* 9 7 8 1 8 0 5 4 5 0 0 4 7 *

بن پھول

مترجم

احمد کمال حشمی

جملہ حقوق بحق روشن آرا محفوظ

BANPHOOL

(Short stories by Banphool)

Translated by

Ahmad Kamal Hashami

Add: H/28/1, B.L.No.2

Kankinara−743126 (W.B)

Mob: 9433145485 / 7003296373

Edition: 2022   Price : Rs.203/-

بن پھول	:	نام کتاب
احمد کمال ہاشمی	:	مترجم و ناشر
2022	:	سن اشاعت
203 روپے	:	قیمت
336	:	صفحات
500	:	تعداد
آفسیٹ آرٹ پرنٹرس، ۳؍ایلیٹ روڈ، کولکاتا۔۱۶	:	مطبع
میرا گرافکس (علی ظفر)، کولکاتا	:	کمپوزنگ
مکان نمبر 1/28، گلی نمبر 2 کانکی نارہ۔743126 (مغربی بنگال)	:	مترجم کا پتا

انتساب

سینئر رفیق کار اور دوست

شری کشور کمار بسواس

کے نام

To

senior colleague and friend

Sri Kishor Kumar Biswas

فہرست

صفحہ نمبر	عنوان	صفحہ نمبر	عنوان
59	دوسرے جنم میں	7	تیسرا خط
64	نئی پرانی	10	بن پھول
67	کراماتی دیوتا	12	آنکھیں
70	چچی	13	نیم کا پیڑ
74	گنیش	14	بھکاری
81	پرندہ	15	قاری کی موت
84	انتظار	17	تاج محل
90	ثبوت	21	قطب مینار
93	دودھ کی قیمت	23	وہ
97	جوگین پنڈت	25	تتلی
101	دِیا	26	رامائن کا ایک سین
107	ندی	27	درزی
112	ڈاکٹر ونود	29	تبدیلی
115	عورت کا دل	31	کالی لڑکی
119	کوّے کی فطرت	34	ضرورت
122	خلافِ قانون	35	نادیدہ
128	بودھی	38	پوسٹ کارڈ
130	مختصر مضمون	39	دیوار
133	اندھیرے کا پل	45	ایسا کیوں
137	پنر جنم	51	برہنہ الفاظ
143	دو کنارے	56	ضعیفہ

صفحہ نمبر	عنوان	صفحہ نمبر	عنوان
216	چہرے کی تبدیلی	146	مرد
221	ناتمام	152	وہ لڑکی
224	ٹنّی اور وی۔آئی۔پی لوگ	155	معمولی واقعہ
226	فلو	157	بینوتا دستیدار
229	خط ملتے ہی	161	سُندرا
233	چتوری لال	164	بھوت
239	سائینس	167	کہانی کی کہانی
243	حسِ مزاح	171	منزلِ گمشدہ
247	بیج اور درخت	174	سروپ
251	طمانچہ	180	لاش
254	وشنو بھکت - کالی بھکت	184	سور بھ
257	ایک پل کا کرشمہ	189	مانسی
259	مالا بدل	191	رنگوں کا کھیل
261	بے مثال	192	نی
263	لاثانی	193	ایک چھوٹی کہانی
266	چمپا	194	سچ
272	پوجا کی کہانی	195	ایک صدی کا فرق
274	جو تھی کا	196	احسان مندی
279	خواب مشترکہ	200	بیچو لال
279	گیتا کی تفسیر	204	دو مسافر
280	پریم کہانی، 1964	206	جان بل
282	رابندناتھ کی کہانی	210	پنچھی اور پنجڑا
283	دلچسپ تجربہ	214	جیوتش

صفحہ نمبر	عنوان	صفحہ نمبر	عنوان
314	تپن	285	ودھاتا
317	یادگار	287	ڈاکٹر بابو
322	ہنس	290	ہم قدم
326	درندہ تو نہیں	295	احتجاج
330	اندر باہر	298	آنکھوں دیکھا حال
333	فاضل کرایہ	301	اشتہار
334	حل	305	تعلیم یافتہ
	بن پھول کی تخلیقات کی	307	مایا
336	فہرست	310	جیون درشن

☆ ☆ ☆

تیسرا خط

معزز قارئین .... السلام علیکم

"بن پھول" لے کر آپ کی خدمت میں حاضر ہوں۔

یہ بنگلہ زبان کے مشہور اور معتبر شاعر، ادیب، کہانی کار اور ڈرامہ نگار بن پھول کی ایک سو دو مختصر کہانیوں کے ترجم کا مجموعہ ہے۔ بن پھول کا اصل نام بولائی چند مکھو پادھیائے تھا۔ وہ پیشے سے ڈاکٹر تھے۔

میں اپنی طالب علمی کے زمانے سے ہی بن پھول کے نام سے واقف تھا اور انہیں بنگلہ کہانی نویس کی حیثیت سے جانتا تھا۔ مگر چند برسوں پہلے جب اپنے ایک بنگالی کلیگ کے ہاتھوں میں میں نے انکی کی چند کہانیوں کا ایک مختصر سا مجموعہ دیکھا تو مجھے معلوم ہوا کہ بن پھول کی کہانیوں میں افسانچوں کی تعداد زیادہ ہے۔ چونکہ ابتدائی زمانے سے ہی افسانچوں میں میری دلچسپی رہی ہے اس لئے میں نے اپنے کلیگ سے وہ پتلی سی کتاب مطالعے کی غرض سے مانگ لی (یہ بات بہت کم۔ لوگ جانتے ہوں گے کہ میں نے اپنی ادبی زندگی کا آغاز 1981 میں افسانچہ نگاری سے کیا تھا)۔ اس کتاب کی پہلی ہی کہانی "چو کھ گیلو" نے مجھے بہت متاثر کیا جس کا ترجمہ میں نے ''آنکھیں'' کے عنوان سے کیا ہے۔ پھر جیسے جیسے میں پڑھتا گیا بن پھول کی افسانچہ نگاری کا گرویدہ ہوتا گیا۔ پھر میرے ذہن میں خیال آیا کہ کیوں نہ بن پھول کی کہانیوں کا ترجمہ کر کے اردو قارئین کے سامنے پیش کیا جائے۔ یہ خیال آتے ہی میں نے پتلی سے کتاب اپنے بنگالی کلیگ کو واپس کر دی اور کالج اسٹریٹ (کلکتہ) سے بن پھول کی تقریباً ساڑھے پانچ سو کہانیوں پر مشتمل دو موٹی موٹی کتابیں خرید لایا اور پڑھنا شروع کیا۔ جو کہانی مجھے پسند آتی میں اسے ترجمہ کرنے کی غرض سے نشان زد کرتا جاتا۔ اس طرح ترجمے کا سلسلہ شروع ہوا۔

جب میں نے اپنے شاعر اور ادیب دوستوں کو بتایا کہ میں بن پھول کی کہانیوں کا ترجمہ کر رہا ہوں تو سب نے ایک ہی سوال کیا کہ ''بن پھول'' کے مصنف کا نام کیا ہے۔ جب میں نے انہیں بتایا کہ ''بن پھول'' مصنف کا نام ہے تو سبھی حیرت سے میرا منھ تکنے لگے اور میں ان کی

لاعلمی پر حیرت زدہ ہوا۔ دوران گفتگو مجھے اندازہ ہوا کہ مغربی بنگال کے اردو کے بیشتر شعراء اور ادباء بندر ناتھ ٹیگور، قاضی نذرالاسلام اور سرت چندر چٹرجی کے سوا کسی اور نام سے واقف بھی نہیں ہیں۔ بنگلہ ادب سے اردو والوں کی لاتعلقی اور لاعلمی کا اندازہ اس بات سے بھی لگایا جاسکتا ہے کہ ایک مترجم نے بن پھول کی کہانی ''مسٹر مکھر جی'' کا ترجمہ کلکتہ کے ایک اردو اخبار کے ادبی ایڈیشن میں اشاعت کے لئے بھیجا۔ چند ہفتوں کے بعد کہانی شائع ہوئی تو موٹے حروف میں کہانی کا عنوان تھا ''بن پھول'' اور مصنف کا نام مسٹر مکھر جی۔

اس صورت حال کے پیش نظر میرا ترجمے کا ارادہ مصمم ہوتا گیا تا کہ بن پھول کو اردو میں متعارف کراسکوں۔

مغربی بنگال کے تمام مترجمین سے میری گزارش ہے کہ اِدھر اُدھر کی منتخب نظموں اور کہانیوں کے ترجمے کرنے کے بجائے وہ کسی مخصوص شاعر یا کہانی نویس کی پچیس تیس نظموں یا کہانیوں کے ترجمے کریں تا کہ اردو کے قارئین بنگلہ زبان کے شاعروں اور ادیبوں سے واقف ہوسکیں۔

مغربی بنگال اردو اکادمی یہ کام بہتر طور پر کرسکتی ہے۔ اکادمی کو چاہئے کہ امیو چکرورتی، نیریندر ناتھ چکرورتی، جیونا نند داس، سبھاش مکھو پادھیائے، شنکھو گھوش، سنیل گنگو پادھیائے، شکتی چٹو پادھیائے اور جے گوسوامی وغیرہ جیسے شعراء کی نظموں اور مہاشویتا دیوی، سمریش باسو، بمل کر، سبودھ گھوش، سنجیب چٹو پادھیائے، بھوتی بھوشن بندھو پادھیائے، مانک بندھو پادھیائے اور سید مصطفیٰ سراج وغیرہ جیسے ادیبوں کی کہانیوں اور ناولوں کے ترجمے کروائے۔

ترجمے کے فن پر بہت سارے مضامین لکھے جا چکے ہیں اور اس بات پر سبھی متفق ہیں کہ ترجمے کا کام بہت دشوار ہے۔ میرا خیال ہے کہ ترجمہ کرنا آسان مگر اچھا ترجمہ کرنا مشکل ہے۔ کسی بھی زبان کے متن کا دوسری زبان میں لفظی ترجمہ کردینا بہت آسان ہے مگر دوسری زبان کے مزاج اور ماحول کے مطابق اس زبان کے مناسب الفاظ کا اس طرح انتخاب کرنا کہ نہ اصل متن کا صرف درست مفہوم پیش کرسکے بلکہ اس زبان کے قارئین کو اپنی زبان محسوس ہو، مشکل امر ہے اور یہی اچھے ترجمے کی خوبی ہے۔ اچھے ترجمے کی ایک اور خوبی یہ مانی جاتی ہے کہ ترجمے کی زبان اتنی رواں ہو اور جملے اس قدر مربوط اور مبسوط ہوں کہ ترجمہ ترجمے کے بجائے اصل تحریر لگے۔ میں ایسا

بن پھول   مترجم: احمد کمال حشمی

کرنے میں کہاں تک کامیاب ہوں یہ فیصلہ آپ کریں۔

بن پھول کی کہانیوں کے ترجمے میں میرے سینئر کلیگ اور دوست شری کشور کمار بسواس کا بڑا تعاون حاصل ہوا۔ وہ میرے لئے چلتے پھرتے بنگلہ کی ڈکشنری ثابت ہوئے۔ ترجمے کے دوران جب بھی میرا سامنا بنگلہ کے کسی مشکل اور ادق لفظ سے ہوتا تھا میں کشور دا کو فون کرتا تھا۔ کشور دا نہ صرف لفظ کے معانی بتاتے بلکہ پورے جملے کی وضاحت کر دیتے۔۔ میں صمیم قلب سے ان کا ممنون ہوں اور یہ کتاب ان کے نام سے معنون کرتے ہوئے خوشی محسوس کر رہا ہوں۔

بن پھول کی کہانیوں پر کوئی تبصرہ کرنے سے میں قصداً گریز کر رہا ہوں کہ میں مصنف اور آپ کے درمیان دیوار بننا نہیں چاہتا۔ میں نے ایک مترجم کی حیثیت سے بن پھول کی کہانیوں کو آسان اردو میں منتقل کر دیا ہے۔ آپ خود یہ طے کریں کہ ان کہانیوں کا معیار اور مزاج کیا ہے۔ بس اتنا یاد رکھیں کہ یہ ساری کہانیاں بیسویں صدی کے وسط میں لکھی گئی ہیں۔

اس کتاب میں شامل کہانیوں میں کچھ کہانیاں حیرت ناک ہیں تو کچھ درد ناک، کچھ مزاحیہ ہیں تو کچھ اساطیری مگر یہ میرا انتخاب ہے جس میں میری پسند اور میرے مزاج کا دخل ہے۔ اگر کچھ کہانیاں کمزور لگیں تو اسے میری بد ذوقی پر محمول کریں۔

اس کتاب میں کچھ ایسی کہانیاں بھی ہیں جن کے ترجمے دوسرے مترجمین پہلے کر چکے ہیں۔ ممکن ہے کہ ان کے مطالعے کے دوران آپ کے ذہن میں تقابلی جائزے کا خیال آئے۔ اگر آپ بنگلہ پڑھنا جانتے ہیں تو اصل کہانی کو سامنے رکھ کر تقابلی جائزہ لیں۔

اب آپ ورق الٹئے اور کہانیاں پڑھنا شروع کیجئے۔ مجھے اجازت دیجئے۔

والسلام

احمد کمال ہاشمی

بن پھول

''بن پھول'' بنگلہ ادب کا ایک بہت ہی معتبر اور محترم نام ہے۔ وہ شاعر، ادیب اور ڈرامہ نگار تھے۔ بن پھول کا اصل نام بولائی چند مکھو پادھیائے تھا۔ وہ 19 جولائی 1899ء کو بہار کے کٹیہار ضلع کے منیہاری گاؤں میں پیدا ہوئے۔ ان کے والد کا نام ستیہ چرن مکھو پادھیائے تھا جو پیشے سے ڈاکٹر تھے۔ بن پھول کی والدہ کا نام مرنالینی دیوی تھا۔ 1914ء میں بن پھول کو صاحب گنج ریلوے اسکول میں داخل کرایا گیا۔ انہوں نے 1918ء میں میٹرک کا امتحان پاس کیا اور 1920ء میں بھاگل پور کے سینٹ کولمبس کالج سے آئی۔ایس۔سی کی ڈگری لی۔ اس کے بعد انہوں نے ڈاکٹری پڑھنے کیلئے کلکتہ میڈیکل کالج میں داخلہ لیا۔ اسی دوران ان کی شادی لیلاوتی دیوی سے ہوئی جو اس وقت بیٹھون کالج کلکتہ میں آئی۔اے کی طالبہ تھیں۔ ڈاکٹری کی پڑھائی کے چھٹے سال میں انہوں نے اپنا تبادلہ پٹنہ میڈیکل کالج میں کروالیا جو نیا نیا قائم ہوا تھا۔ 1928ء میں ڈاکٹری کی پڑھائی مکمل کرنے کے بعد پٹنہ میڈیکل کالج میں ہی انہیں ڈاکٹری کی ملازمت مل گئی۔ بعد ازاں عظیم گنج میڈیکل کالج میں بھی انہوں نے خدمات انجام دیں۔ بھاگل پور میں انہوں نے Pathologist کی حیثیت سے بھی کام کیا۔ 1968ء میں اپنا مکان فروخت کر کے وہ بھاگل پور سے کلکتہ آ گئے اور سالٹ لیک کے علاقے میں رہائش اختیار کرلی۔

بن پھول نے زمانہ طالب علمی سے ہی لکھنا شروع کر دیا تھا۔ انہوں نے اپنے خوشخط میں ''وکاش'' نامی ایک جریدہ کا اجرا کیا تھا جس میں ان کی ابتدائی زمانے کی کہانیاں اور نظمیں شائع ہوئی تھیں۔ اس زمانے میں ''مالنچ'' بہت ہی مشہور و معروف رسالہ تھا۔ ان کی ایک نظم جب اس رسالے میں شائع ہوئی تو ان کے اسکول کے ہیڈ ماسٹر نے ان کی سرزنش کی اور تعلیم کی طرف توجہ دینے کی تاکید کی لیکن انہوں نے اپنے ہیڈ ماسٹر کی باتیں ان سنی کر دیں اور لکھنے کا سلسلہ جاری رکھا۔ اسی زمانے میں انہوں نے اپنے ٹیچروں کی ڈانٹ کے خوف سے اپنا نام بدل لیا اور ''بن پھول'' کے قلمی نام سے اپنی تخلیقات چھوانے کا سلسلہ جاری رکھا۔

بن پھول کو بنگلہ ادب میں شاعر، کہانی نویس، ناول نگار اور ڈرامہ نگار کی حیثیت سے

اعتبار حاصل ہے۔ ان کی ادبی زندگی 65 برسوں پر محیط ہے۔ ان 65 برسوں میں انہوں نے 586 کہانیاں، 60 ناول، 5 ڈرامے، بہت سارے بک بائی ڈرامے، ایک خود نوشت سوانح عمری، بے شمار مضامین اور ہزاروں نظمیں لکھیں۔ لیکن ان کی شناخت ان کی مختصر کہانیوں کی وجہ سے زیادہ ہے۔ وہ بنگلہ زبان کے واحد قلمکار ہیں جنہوں نے مختصر ترین کہانیاں لکھیں۔ ترینوکھونڈو، مرگیہ، اگنی، اگنیشور، ہاٹے باجارے اور بھوبن سوم ان کے کچھ مشہور ناول ہیں۔

انہیں ان کی ادبی خدمات کے لئے 1951ء میں سمرتی پروسکار، 1962ء میں رابندر پروسکار اور 1967ء میں جگت ترنی پدک ملا۔

1973ء میں انہیں جادب پور یونیورسٹی کی طرف سے ڈیلٹ کی اعزازی ڈگری تفویض کی گئی۔

1975ء میں حکومت ہند کی طرف سے انہیں پدم بھوشن بھی ملا تھا۔

بن پھول کا انتقال 9 رفروری 1979 کو 80 سال کی عمر میں ہوا۔ 1999ء میں ان کی پیدائش کی سویں (100) سالگرہ پر حکومت ہند نے ان کی یاد میں ڈاک ٹکٹ جاری کیا تھا۔

آنکھیں

عام آدمی کی نظر میں وہ بہت حسین نہیں تھی ۔

ایسا نہیں تھا کہ میں اسے بہت حسین و جمیل سمجھتا تھا مگر میں اس سے پیار کرتا تھا۔اس کی آنکھیں بہت خوبصورت تھیں ۔ ویسی خوابیدہ آنکھیں میں نے اپنی زندگی میں کبھی نہیں دیکھی تھیں ۔اس کے الھڑپن کے چاروں طرف چرچے تھے۔اسی الھڑ اور چنچل پنی نے میرا دل چرا لیا تھا۔اس کی دونوں آنکھوں نے مجھے سحر زدہ کر رکھا تھا۔

مجھے یاد ہے میں نے اس سے ایک روز تنہائی میں بڑی عاجزی سے کہا تھا۔

''جی چاہتا ہے کہ میں تمہاری دونوں آنکھیں نکال کر رکھ لوں ۔''

''کیوں......؟؟''

''کیونکہ مجھے ان آنکھوں نے دیوانہ بنا رکھا ہے ۔ مجھے یہ آنکھیں دنیا میں سب سے زیادہ عزیز ہیں ۔''

میں اس سے بے انتہا پیار کرتا تھا مگر میں اسے اپنا نہیں سکا ۔

ایک دن ایک اجنبی بینڈ باجے کے ساتھ آیا اور اسے بیاہ کر لے گیا۔

میرے دل پر بجلی گر پڑی ۔

لیکن میں یہ صدمہ برداشت کر لیتا اگر اس کے ساتھ ساتھ ایک اور دلدوز حادثہ نہ ہوا ہوتا۔

میٹی جب میکے آئی تو میں نے دیکھا کہ وہ دونوں آنکھوں سے اندھی ہو چکی ہے ۔ میں نے سنا کہ آنکھوں میں گلاب پانی ڈالنے کے بجائے اس نے غلطی سے کوئی اور دوا ڈال لی تھی ۔

ایک دن اچانک اس سے تنہائی میں ملاقات ہو گئی ۔ میں نے کہا''افسوس! ذرا سی لاپرواہی سے تمہاری دونوں خوبصورت آنکھیں چلی گئیں ۔''

اس نے جواب دیا''میری دونوں آنکھیں کیسے چلی گئیں ۔ یہ اگر تم نہیں سمجھ سکے تو پھر بتانے کا بھی کوئی فائدہ نہیں ....!!

بن پھول   مترجم : احمد کمال ہاشمی

نیم کا پیڑ

کوئی اس کی چھالیں اتار کرابالتا ہے ۔

کوئی اس کی پتیاں نوچ کر سِل پر پیتا ہے تو کوئی گرم تیل میں بھونتا ہے تا کہ وہ انہیں کھجلی اوراکزیمہ کی جگہ پرلگا سکے ۔ جلد کی بیماریوں کی یہ کافی مفید دوا ہے ۔

کچھ لوگ اس کی نرم پتیوں کو کھاتے بھی ہیں، کبھی کچی اور کبھی بھون کر ۔

جگر کے امراض میں یہ کافی کار آمد ثابت ہوتا ہے ۔

کچھ لوگ اس کی نرم ڈالیوں کو دانت مضبوط رکھنے کیلئے چباتے بھی ہیں ۔

حکماء اس کے فوائد بیان کرتے نہیں تھکتے ہیں ۔

اگر گھر کے قریب پیڑلگا دیا جائے تو گھر کے بزرگ بڑے خوش ہوتے ہیں ۔ کہتے ہیں ......"نیم کی ہوائیں بڑی اچھی ہوتی ہیں ۔ رہنے دو، پیڑ کو مت کاٹو ۔"

لوگ کاٹتے تو نہیں ہیں لیکن اس کی حفاظت بھی نہیں کرتے ہیں ۔

اس کے آس پاس کوڑے کرکٹ کا انبار جمع ہوتا رہتا ہے ۔

کچھ لوگ پیڑ کے نچلے حصے کو سیمنٹ سے پختہ کردیتے ہیں ۔ یہ ایک الگ مصیبت ہے ۔

ایک روز اچانک ایک اجنبی آیا ۔ وہ توصیفی نظروں سے نیم کے پیڑ کو دیکھتا رہا ۔ نہ اس نے اس کی چھالیں اتاریں، نہ پتیاں نوچیں اور نہ ہی ڈالیں توڑیں ۔ وہ بس متاثر نظروں سے اسے دیکھتا رہا گیا ۔ پھر بول اٹھا ......"واہ! اس کی پتیاں کتنی نازک ہیں ۔ اس کے پھول کتنے خوبصورت ہیں ۔ ایسا لگتا ہے جیسے آسمان سے ستارے اتر کر جھیل میں آ گئے ہوں ۔"

کچھ دیر کے بعد اجنبی چلا گیا ۔ اجنبی ایک شاعر تھا ۔

نیم کے پیڑ کی خواہش ہوئی کہ وہ بھی اس اجنبی کے ساتھ چلا جائے لیکن جا سکا کیونکہ اس کی جڑیں زمین کے اندر کافی دور تک چلی گئی تھیں ۔ وہ مکان کے پچھواڑے کوڑا کرکٹ کی ڈھیر میں کھڑا کا کھڑا رہ گیا ۔

پڑوسی کے گھر کی کام کی جو خوب سیرت اور خوبصورت بہو کی حالت بھی ٹھیک نیم کے پیڑ

کی جیسی ہے۔

☆ ☆ ☆

بھکاری

بھکاری ایک امیر شخص کے برآمدے میں بیٹھا ہوا تھا۔ دھوپ اتنی تیز تھی کہ لکڑیاں پھٹ رہی تھیں۔ کولتار کی سڑک پگھل رہی تھی۔ اس بیچارے کے لئے کڑی دھوپ میں چلنا مشکل ہو رہا تھا مگر چل کر بھی کوئی فائدہ نہیں ہوتا۔ اس بھری دوپہر میں ہر گھر کا دروازہ بند تھا۔ اسے بھیک کون دیتا۔ صدا دینے پر لوگ اسے گھر سے بھگا دیتے۔ یہ دوپہر کے کھانے کے بعد آرام کا وقت تھا۔ ایسے وقت میں کسی کے در پر صدا لگانا مناسب نہیں تھا۔ صبح سے اب تک وہ بہت چل چکا تھا مگر زیادہ بھیک نہیں ملی تھی۔ آج کل نیا پیسہ کا زمانہ تھا۔ سبھی اسے نیا پیسہ ہی دیتے تھے۔ ایک مٹھی ستّو کھانے کے لئے بھی چار آنے کی ضرورت تھی یعنی پچیس پچیس نئے پیسے چاہئے تھے۔ پچیس مخیّر لوگوں کا ملنا آسان نہیں تھا۔ وہ بیٹھا بیٹھا یہی سب سوچ رہا تھا۔ وہ سن رسیدہ تھا۔ بدن پر ہڈی چمڑے کے علاوہ وہ کچھ نہیں تھا۔ کپڑے پھٹے پرانے اور میلے تھے اور وہ بھی اتنے چھوٹے کہ جانگھ تک ڈھکنے سے قاصر تھے۔ چہرے پر سفید و سیاہ داڑھی اور مونچھیں تھیں۔ آنکھیں چھوٹی چھوٹی تھیں۔ اس کے پیروں میں پھٹے مگر قیمتی چمڑے کے جوتے تھے جو اس کی حالت سے میل نہیں کھاتے تھے۔ کچھ دنوں قبل ایک امیر زادے نے یہ جوتے اسے خیرات میں دیئے تھے۔ رحم کھا کر نہیں بلکہ مجبوری میں کیونکہ اس کے ریک میں ان جوتوں کے لئے جگہ نہیں تھی۔ جوتے فروخت بھی نہیں کئے جا سکتے تھے، اس لئے اس نے اسے خیرات میں دے دیئے۔

بھکاری بیٹھا بیٹھا اونگھ رہا تھا کہ اچانک اس کی نیند ٹوٹ گئی۔

"پالش.....پالش"

بھکاری نے دیکھا کہ ایک دبلا پتلا لڑکا جوتے پالش کرنے کا سامان کاندھے پر اٹھائے دھوپ میں چلا جا رہا تھا۔ بھکاری نے متلاشی نظروں سے چاروں طرف دیکھا۔ دور دور تک کوئی نظر نہیں آیا۔ اس کڑی دھوپ میں جوتے پالش کروانے کے لئے کون آئے گا؟ بھکاری اس لڑکے

<hr>

مترجم: احمد کمال حشمی

کی حماقت پر دل ہی دل میں ہنسنے لگا۔ اس نے اس لڑکے کو آواز دی۔

”اے لڑکے ادھر آؤ“

لڑکا قریب آیا تو اس بھکاری نے جو کچھ کہا وہ حیران کن تھا۔

”میرے جوتے پالش کر دو“

”آپ جوتے پالش کروائیں گے؟“ اس نے طنزیہ لہجے میں کہا۔

”ہاں کرواؤں گا۔“

”چار پیسے دینے ہوں گے“

”دوں گا۔ میرے جوتے پالش کر دو۔ یہ لو پہلے پیسے لے لو۔“

اس نے اپنی جیب ٹٹولی۔ اس کے پاس چھ نئے پیسے تھے جو اب تک بھیک مانگ کر جمع کئے گئے تھے۔ لڑکا اس کے جوتے پالش کرنے لگا۔

بھکاری لڑکے کی طرف مسلسل دیکھتا رہا۔

تقریباً ایک سال قبل اس کا چھوٹا بیٹا نلیا گھر سے بھاگ گیا تھا۔ سننے میں آیا کہ وہ کلکتے میں جوتے پالش کیا کرتا ہے۔ نلیا اور اس لڑکے کے چہرے میں ذرہ برابر بھی مماثلت نہیں تھی مگر بھکاری کو مماثلت نظر آ رہی تھی۔ وہ ایک ٹک لڑکے کی طرف دیکھے جا رہا تھا۔ لڑکا پالش کرتے کرتے زیر لب مسکرا رہا تھا۔

نلیا بھی اسی طرح مسکراتا تھا۔

☆ ☆ ☆

قاری کی موت

یہ تقریباً دس سال پہلے کا واقعہ ہے۔

میں آسنسول اسٹیشن پر ٹرین کا انتظار کر رہا تھا۔ میرے بغل میں ایک شخص بیٹھا ہوا تھا۔

اس کے ہاتھ میں ایک ضخیم کتاب تھی کافی موٹا ایک ناول۔ میں نے اس سے بات چیت کی تو پتہ چلا کہ اسے اپنی ٹرین کیلئے سارا دن انتظار کرنا پڑے گا۔ میری ٹرین کے آنے میں تین گھنٹوں کی

دیر تھی۔ ہم دونوں ہی بنگالی تھے۔ اس لئے میں نے اگلے پانچ منٹوں کے بعد جو سوال اس سے کیا وہ یہ تھا۔

”کیا میں آپ کی کتاب ایک بار دیکھ سکتا ہوں؟“

”ہاں، ہاں ضرور!!“ اس نے فطری طور پر جواب دیا۔ مجھے اس جواب کی امید بھی تھی۔ میں نے فوراً اس کے ہاتھوں سے کتاب اچک لی۔

گرمی کی دو پہر تھی۔ آسنسول اسٹیشن کی چھت ٹین کی تھی۔ ہر چیز گرمی سے بھن رہی تھی۔ ناول بڑا دلچسپ تھا۔ کتاب کے مالک اس شخص نے ترچھی نظروں سے میری طرف بیزاری سے دیکھا اور ٹائم ٹیبل والا کتابچہ نکال کر اس کی ورق گردانی کرنے لگا۔ میں لاتعلق ہو کر ناول پڑھتا رہا۔ کتاب بہت اچھی تھی۔ حقیقت تو یہ تھی کہ اتنا دلچسپ ناول میں نے اس سے پہلے کبھی نہیں پڑھا تھا۔ کتاب نے مجھے پوری طرح اپنے حصار میں لے لیا تھا۔

دو گھنٹوں تک کتاب کا مالک ٹائم ٹیبل والے کتابچے کو یونہی الٹا پلٹتا رہا۔ آخر کار اس نے میری طرف دیکھتے ہوئے کہا......”آپ کی ٹرین کے آنے میں اب زیادہ وقت نہیں رہ گیا ہے اس لئے......“ اس نے اتنا کہہ کر کھنکھارا۔ میں اس وقت محو تھا۔

میں نے اپنی کلائی گھڑی دیکھی۔ ابھی ٹرین کو آنے میں ایک گھنٹے کی دیر تھی اور کتاب کا آدھے سے زیادہ حصہ پڑھنا باقی تھا۔ میں نے اس سے گفتگو کر کے وقت برباد کرنا مناسب نہیں سمجھا۔ میں اور تیزی سے پڑھنے لگا۔ کتاب بہت مزیدار تھی۔ باقی وقت پر لگا کر اڑ گیا۔ میری ٹرین کے آنے کا وقت ہو گیا تھا مگر ابھی بھی کتاب کا بیشتر حصہ پڑھنا باقی تھا۔ مجھ پر کتاب ختم کرنے کا جنون سوار ہو گیا۔ میں نے فیصلہ کیا کہ اگلی ٹرین سے جاؤں گا۔ کتاب پوری ختم کئے بغیر میں وہاں سے اٹھنے والا نہیں تھا۔ کتاب کا مالک اب تلملانے لگا تھا۔ ٹرین چلی گئی۔ میں پھر کتاب پڑھنے لگا۔

مگر میں پوری کتاب پڑھ نہیں پایا..........کتاب کے آخری کچھ ورق غائب تھے۔ میں نے کتاب کے مالک سے کہا......”ارے صاحب! کتاب کے آخری بہت سارے اوراق نہیں ہیں۔ آپ نے مجھے پہلے کیوں نہیں بتایا؟“

وہ شخص پلکیں جھپکائے بغیر میری طرف خاموشی سے دیکھتا رہا۔ غصے سے اس کی نسیں

پھولنے لگی تھیں ۔

دس برسوں کے بعد وہی کتاب ایک بار پھر میرے ہاتھ لگ گئی۔ میں اپنی بھانجی کو اس کے سسرال پہنچانے گیا تھا۔ سوچا تھا کہ پہنچا کر اسی روز واپس آ جاؤں گا مگر کتاب کی للک میں میں رُک گیا۔ موقع ملتے ہی میں نے کتاب کا مطالعہ شروع کر دیا۔ صرف آخری حصہ نہ پڑھ کر میں نے کتاب کو ابتدا سے پڑھنے کا ارادہ کیا۔ مگر چند صفحات پڑھنے کے بعد مجھے بوریت ہونے لگی ۔ میں نے کتاب کو اُلٹ پلٹ کر دیکھا۔ کتاب تو وہی تھی ۔ میں نے کچھ اور صفحات پڑھے مگر لطف نہیں آیا۔ میں پھر بھی پڑھتا رہا۔............ اب مزید آگے پڑھنا مشکل ہو رہا تھا۔

کیا یہ وہی کتاب ہے جسے میں دس سال پہلے آسنسول اسٹیشن پر گرمی کی دو پہر میں دنیا و مافیہا سے بے خبر ہو کر پڑھ رہا تھا؟''

بھلا ایسی واہیات کتاب بھی کوئی لکھتا ہے؟

ایسی کتاب کو پورا پڑھنا قطعی ممکن نہیں ہے۔

مجھے پتہ ہی نہیں چلا کہ دس سال پہلے والا مطالعے کا وہ شوقین قاری کب کا مر چکا ہے ۔ اس بار بھی میں پوری کتاب نہیں پڑھ پایا۔

☆☆☆

تاج محل

میں پہلی بار آگرہ تاج محل دیکھنے کیلئے ہی گیا تھا۔ پہلی جھلک کا احساس آج بھی میرے دل میں محفوظ ہے ۔ ٹرین ابھی آگرہ اسٹیشن میں ٹھیک سے داخل بھی نہیں ہوئی تھی کہ ایک مسافر بے ساختہ بول اٹھا......'' وہ رہا تاج محل'' میں بھی کھڑکی سے باہر دیکھنے لگا۔ دن کے اجالے میں تاج محل کو دیکھ کر مجھے مایوسی ہوئی ۔ عام سی سفید مسجد کی طرح یہ تاج محل ہے!! میں پلکیں جھپکائے بغیر ایک ٹک دیکھتا رہا۔ لاکھ تاج محل سہی! شاہ جہاں کا تاج محل سہی!!

بے کیف شام میں قیدی شاہجہاں قلعے کے برآمدے میں بیٹھا تاج محل کو حسرت سے دیکھتا تھا۔ ممتاز کے ارمانوں کے تاج محل کو!!

عالمگیر سنگ دل نہیں تھا۔ اس نے اپنے والد کی خواہش کی تکمیل کی تھی۔ شاہی جلوس نکلا ہے۔ شاہجہاں کا اپنی معشوقہ سے ملن ہونے والا ہے۔ جدائی ختم ہونے والی تھی۔ بے جان جسم قبر میں اتارا جا رہا ہے۔ اسی تاج محل میں ممتاز کے قریب ہی اس کی آخری آرام گاہ تیار ہے۔ وہاں ایک قبر تھی۔ شاید اب بھی ہو۔ دارا شکوہ کی قبر!

عام سی سفید رنگ کی مسجد کی طرح نظر آنے والا تاج محل دیکھتے دیکھتے نظروں سے اوجھل ہو گیا۔

پورنیما کا دوسرا دن تھا۔ چاند ابھی طلوع نہیں ہوا تھا۔ مشرقی افق پر چاندنی نمودار ہو رہی ہی تھی۔ شام ڈھلتے ہی میں دوسری بار تاج محل دیکھنے گیا۔ وہ احساس مجھے اب تک اچھی طرح یاد ہے۔ صدر دروازے سے میں جیسے ہی اندر داخل ہوا میرے کانوں میں پتوں کی کھر کھر اہٹ کی آواز آئی۔ مجھے لگا جیسے یہ پتوں کی آواز نہیں بلکہ ماضی بعید سے کسی کی دبی دبی رونے کی آواز آ رہی ہو۔ تاریکی کا سینہ چاک کرتی ہوئی ہلکی روشنی میں جو عمارت نظر آ رہی ہے کیا وہی تاج محل ہے؟ میں آہستہ آہستہ آگے بڑھتا رہا۔ چھوٹے بڑے مینار اور گنبد واضح طور پر دکھائی دینے لگے۔ پھر اندھیرے کی سیاہی سے نکل کر سفیدی کا احساس ہونے لگا۔ اچانک نظروں کے سامنے پورا تاج محل عیاں ہو گیا۔ چاند نکل آیا تھا۔ مجھے ایسا لگا جیسے چاندنی کی چادر میں لپٹی شاہجہاں کے دل کی رانی، ملکہ ممتاز خود میرا استقبال کر رہی ہو۔

اس کے بعد بہت دن گزر گئے۔ کس کنٹریکٹر نے تاج محل سے کتنی دولت کمائی، کون ہوٹل والا تاج محل کی بدولت راجہ بن گیا، خوانچے والے نقلی پتھروں سے چھوٹے چھوٹے تاج محل اور سگریٹ بیچ کر روز کتنی آمدنی کر لیتے ہیں، تانگے والے نو وارد مسافروں کو بیوقوف بنا کر کس طرح زیادہ سے زیادہ کرایہ وصول کرتے ہیں۔ یہ سب خبریں پرانی ہو چکی ہیں۔ اس کے بعد میں اندھیرے میں، اجالے میں، شام کے وقت، صبح کے وقت، سردی، گرمی اور برسات میں بہتوں بار تاج محل دیکھ چکا ہوں۔ اتنی بار دیکھ چکا ہوں کہ اب اس میں پہلی سی دلکشی مجھے نظر نہیں آتی۔ قریب سے گزرنے پر بھی نظر اس طرف نہیں اٹھتی۔ اب تو مجھے روز تاج محل کے قریب سے گزرنا پڑتا ہے۔ میں آگرہ کے قریب ایک خیراتی اسپتال میں ڈاکٹر ہوں۔ تاج محل میں اب میرے لئے کوئی دلچسپی باقی نہیں رہ گئی ہے۔

بن پھول   مترجم: احمد کمال ہاشمی

لیکن ایک دن ایسا ہوا کہ............ اچھا آپ شروع سے سنئے۔

اس دن جب میں آؤٹ ڈور کے مریضوں کو دیکھنے کے بعد برآمدے سے اتر رہا تھا تو دیکھا کہ ایک ضعیف العمر مسلمان آدمی صدر دروازے سے داخل ہو رہا ہے۔ اس کی پیٹھ پر ایک بڑا سا ٹوکرا بندھا ہوا تھا۔ ٹوکرے کے بوجھ کے سبب بیچارہ جھک کر چل رہا تھا۔ مجھے لگا شاید وہ کوئی میوے والا ہے مگر جیسے ہی اس نے ٹوکرا نیچے اتارا میں نے دیکھا کہ ٹوکرے میں کوئی میوہ نہیں بلکہ ایک برقعہ پوش عورت بیٹھی ہے۔ اس ضعیف شخص کا چہرہ بہت حد تک باؤل گا یکوں سے مشابہ تھا۔......جبّہ پوش، سفید ڈاڑھی!! اس نے آگے بڑھ کر مجھے سلام کیا اور خالص اردو میں بتایا کہ وہ اپنی بیگم کو اپنی پیٹھ پر ڈھو کر مجھے دکھانے لایا ہے۔ وہ بہت غریب ہے۔ اس لئے مجھے گھر لے جا کر فیس ادا کرنے کی اس کی استطاعت نہیں ہے۔ وہ میری مہربانی کا خواہاں تھا۔

اس کے قریب جاتے ہی مجھے شدید بدبو کا احساس ہوا۔ اسپتال کے اندر لے جا کر اس کے برقعہ اتارتے ہی معاملہ میری سمجھ میں آ گیا (شاید وہ اسی لئے سخت مزاحمت کر رہی تھی) اسے Cancrum Oris کا مرض تھا۔ آدھا چہرہ سڑ گیا تھا۔ دایاں گال تھا ہی نہیں۔ دانت خوف ناک انداز میں باہر نکل آئے تھے۔ بدبو اتنی شدید تھی کہ اس کے قریب رہنا دشوار ہو رہا تھا۔ دور سے پیٹھ پر لاد کر لانے سے ایسے مریض کا علاج ممکن نہیں تھا۔ اسپتال کے ان دور میں جگہ نہیں تھی۔ اس لئے مجھے مجبوراً اسے برآمدے میں ہی رکھنا پڑا مگر اسے برآمدے میں بھی زیادہ دیر تک نہیں رکھا جا سکا۔ تیز بدبو کے سبب دوسرے مریض احتجاج کرنے لگے۔ کمپاؤنڈر، ڈریسر یہاں تک کہ مہتر بھی اس کے قریب جانا نہیں چاہ رہے تھے لیکن وہ ضعیف شخص ان سب باتوں سے بے نیاز ساری رات تیمارداری کرتا رہا۔ مریضوں کے احتجاج کے پیش نظر اسے برآمدے سے ہٹانا پڑا۔ اسپتال کے قریب ایک گھنا درخت تھا۔ میں نے اسے اس کے نیچے رہنے کا مشورہ دیا۔ وہ وہیں رہنے لگا۔ وہ روز اسپتال سے دوائیں لے جاتا۔ میں حسبِ ضرورت جا کر انجکشن لگاتا۔ اسی طرح علاج چلتا رہا۔

ایک روز موسلا دھار بارش ہو رہی تھی۔ میں ایک بیرونی مریض کو دیکھ کر لوٹا تو اچانک میری نظر اس ضعیف شخص پر پڑی۔ وہ بارش میں کھڑا بھیگ رہا تھا۔ اس نے ایک چادر کے دونوں کونے درخت کی شاخوں سے باندھ رکھے تھے اور دو کونے اپنے ہاتھوں میں پکڑ کر کھڑا تھا۔ چادر

مترجم: احمد کمال آشمی
بن پھول

کے سائے میں اس کی بیگم تھی۔ وہ خاموش کھڑا بارش میں بھیگ رہا تھا۔ میں نے اپنی گاڑی گھمائی۔ ایک چادر سے موسلا دھار بارش کا مقابلہ نہیں کیا جا سکتا تھا۔ اس کی بیگم سر سے پاؤں تک بھیگ گئی تھی اور تھرتھر کانپ رہی تھی۔ بخار سے جسم تپ رہا تھا۔

''فی الحال اسے اسپتال کے برآمدے میں لے چلو'' میں نے کہا۔

''کیا اس کے بچنے کی کوئی امید ہے؟'' ضعیف العمر شخص اچانک پوچھ بیٹھا۔

''نہیں'' مجھے سچ بولنا پڑا۔

ضعیف شخص خاموش کھڑا رہا۔ میں لوٹ آیا۔ دوسرے روز میں نے دیکھا کہ درخت کے نیچے کوئی نہیں ہے۔

کچھ دنوں کے بعد اس دن بھی میں ایک بیرونی مریض کو دیکھ کر لوٹ رہا تھا۔ ایک میدان سے گزرتے ہوئے میں نے اس ضعیف العمر شخص کو دیکھا۔ پتا نہیں وہ وہاں بیٹھا کیا کر رہا تھا۔ دوپہر کی چلچلاتی دھوپ تھی۔ آخر وہ ضعیف شخص کر کیا رہا تھا؟ میدان میں اپنی نیم جان بیگم کو لے کر وہ کسی پریشانی میں مبتلا تو نہیں تھا؟ میں آگے بڑھا۔ وہ ٹوٹی اینٹیں اور مٹی سے کچھ بنا رہا تھا۔

''یہاں کیا کر رہے ہیں میاں صاحب؟'' میں پوچھ بیٹھا۔

ضعیف شخص احتراماً کھڑا ہو گیا۔ پھر اس نے مجھے جھک کر سلام کیا ......''میں اپنی بیگم کی قبر بنا رہا ہوں جناب''

''قبر؟''

''ہاں جناب''

میں کچھ دیر تک خاموش بیٹھا رہا۔ پھر پوچھا ......''تم رہتے کہاں ہوں؟''

''میں آگرہ کے قرب و جوار میں گھوم گھوم کر بھیک مانگتا ہوں غریب پرور''

''لیکن میں نے تمہیں یہاں پہلے کبھی نہیں دیکھا۔ تمہارا نام کیا ہے؟''

''فقیر شاہجہاں'' اس نے جواب دیا۔

میں حیرت سے بت بنا کھڑا رہ گیا۔

قطب مینار

ایک نئے شادی شدہ رشتے دار کے گاؤں گوپال بائی میں آکر مجھے اپنے گاؤں منہاری کی یاد آنے لگی ۔ قطب الدین خصوصی طور پر یاد آنے لگا ۔ بہت دنوں قبل اس کا انتقال ہو چکا تھا ۔ اگرچہ وہ کوئی مشہور و معروف شخص نہیں تھا پھر بھی آج میں اس کی یاد میں کچھ لکھ رہا ہوں ۔

قطب ہمارا نوکر تو نہیں تھا مگر ہمارے گھر کا کام اکثر کر دیا کرتا تھا ۔ وہ زیادہ تر گھر امی کا کام کرتا تھا ۔ ہمارا مکان پھونس کا تھا ۔ اس کی مرمت کے لئے کبھی کبھی اسے بلانے کی ضرورت پڑ جاتی تھی ۔ وہ دوسرے کام بھی کر دیا کرتا تھا ۔ جب ہمارے کھیت کی زمین کی کھدائی کی ضرورت پڑتی تھی تو اسے بلایا جاتا تھا ۔ اس کام میں اس کا کوئی ثانی نہیں تھا ۔ دوپہر کی کڑی دھوپ میں بھی وہ کدال لے کر مٹی کھود سکتا تھا ۔ کبھی کبھی کدال پر جسم کا سارا بوجھ ڈال کر وہ اپنی کمر سیدھی کر لیتا اور پھر کھدائی کے کام میں لگ جاتا ۔

وہ گٹھیلے بدن کا مالک تھا ۔ جسم کا رنگ گہرا کالا تھا ۔ چہرے پر گھنی ڈاڑھی تھی ۔ میرے ساتھ اس کا گہرا تعلق تھا کیونکہ وہ میری سواری تھا ۔ وہ کبھی کبھی مجھے اپنے شانوں پر بٹھا کر سیر کراتا تھا ۔ میں اس کے شانوں پر اس کا سر تھام کر بیٹھ جاتا ۔ میرے دونوں پاؤں اس کے سینے پر جھولتے رہتے تھے ۔ گاؤں سے باہر نکل کر وہ کبھی کبھی گھوڑے کی آواز نکالتے ہوئے گھوڑے کی طرح دوڑنے لگتا اور پڑوسی کے آموں کے باغ سے بھی آگے نکل جاتا ۔ کبھی کبھی وہ زمیندار کے ہاتھی کی نقل اتارتے ہوئے ہاتھی کی طرح چلنے لگتا ۔ خود مہارت بھی بن جاتا اور مہارت کی آواز نکالتا ہوا جنگل میں گھس جاتا ۔

اس کے بارے میں ایک منفی بات بھی مشہور تھی ۔ کہا جاتا تھا کہ وہ ایک چور ہے ۔ وہ نقب زنوں کا سردار تھا ۔

وہ واقعی نقب زن تھا کہ نہیں یہ میں نہیں جانتا تھا کیونکہ اس کی تصدیق کرنا مشکل تھا ۔ مگر اس سلسلے کے دو واقعات مجھے یاد ہیں، وہی میں بتا رہا ہوں ۔

ایک بار ہمارے گھر کے چھپر کا کام چل رہا تھا ۔ تقریباً بیس گھر امی کام پر لگے ہوئے

بن پھول
مترجم : احمد کمال آشمی

تھے۔ان میں قطب بھی شامل تھا۔ یکا یک ماں کو پتہ چلا کہ ان کے سونے کا ہار نہیں مل رہا ہے۔ انہوں نے ہار گلے سے اتار کر غسل کیا اور بھول کر چلی آئیں۔ جب انہیں یاد آیا تو دیکھا کہ غسل خانے میں ہار نہیں ہے۔ ہنگامہ برپا ہوگیا۔ سب کو شبہ ہوا کہ گھر امیوں میں سے ہی کسی نے ہار چرایا ہے۔ شک کی سوئی بار بار قطب کی طرف اشارہ کر رہی تھی۔ اسی وقت سپاہی رام پرت آ گیا۔ وہ زمیندار کا محافظ تھا۔ بہت بار عب شخصیت تھی اس کی۔ وہ جو چاہتا کر گزرتا۔ اسے کوئی روکنے ٹوکنے والا نہیں تھا۔ رام پرت میرے ماں باپ کا بہت احترام کرتا تھا۔ ماں کا ہار چرایا گیا تھا۔ غصے سے اس کے نتھنے پھولنے لگے۔ اس نے میرے والد سے کہا......''بن کا گیڈر جائے گا کدھر' اس نے سارے گھر امیوں کو آنگن میں یکجا کیا اور کہا......

''مائی جی کا ہار کھوگیا ہے۔ تم میں سے کسی نے چرایا ہے کہ نہیں یہ میں نہیں جانتا مگر ہاں تم لوگوں کو ہی ڈھونڈ نا ہوگا۔ نہیں ملنے کی صورت میں تم سے کسی کی ہڈی سلامت نہیں رہے گی۔ یہ دیکھو' یہ کہہ کر اس نے اپنی مضبوط لاٹھی دکھائی۔

مگر اس دھمکی کا کوئی فائدہ نہیں ہوا۔ دس دن گزرنے کے بعد بھی ہار نہیں ملا۔ اس کے بعد ایک دن ماں کی ملاقات قطب سے ہوئی۔ ماں نے اس سے کہا......

''بیٹے! پتہ نہیں میں نے اپنی ساس کا دیا ہوا ہار کہاں کھو دیا۔ انہوں نے میری شادی کے موقع پر منھ دکھائی میں مجھے وہ ہار دیا تھا جو پتہ نہیں کیسے کھو گیا؟''

اس وقت قطب نے کوئی جواب نہیں دیا لیکن دوسرے ہی دن اس نے ہار لا کر ماں کو دے دیا اور کہا......''ہار جھاڑی میں پڑا ہوا ملا۔ شاید کسی کوڑے نے گرایا ہوگا''

دوسرے روز ایک غیر متوقع بات ہوئی۔ قطب الدین کو راستے میں بیہوش پایا گیا۔ کسی نے اسے بری طرح مارا تھا۔ اس کے جسم پر چوٹ کے نشانات تھے۔

اس واقعہ کے بعد ہمارے گھر میں ایک مرتبہ اور چوری ہوئی۔ اس بار دیوار میں نقب لگائی گئی تھی۔ چور کئی ایک صندوق چرا کر لے گئے تھے جن میں ہمارے قیمتی کپڑے اور زیورات تھے۔ لیکن سب سے زیادہ نقصان میرا ہوا تھا۔

درگا پوجا کے موقع پر میرے ماموں نے میرے لئے جو چابی والی رنگین موٹر گاڑی خریدی تھی وہ بھی ایک صندوق میں تھی۔

بن پھول   مترجم : احمد کمال ہاشمی

چوری کے واقعہ کے سات دنوں کے بعد قطب سے میری ملاقات ہوئی۔ میں نے قطب کو بتایا کہ میری موٹرگاڑی بھی چورلے گئے۔ یہ کہتے ہوئے میری آنکھوں میں آنسو آگئے تھے۔ قطب نے اس وقت کچھ نہیں کہا مگر دوسرے ہی روز موٹر لا کر دے گیا اور کہنے لگا ……… تمہاری موٹر کی چوری نہیں ہوئی تھی۔ یہ تو جھاڑیوں کے کنارے پڑی ہوئی ملی۔ شاید کسی کوّے نے گرایا ہوگا۔''

مگر معاملہ یہیں ختم نہیں ہوا۔ اس موٹر سے تفتیش شروع کر کے پولس ان چوروں تک پہنچ گئی اور گرفتار کرلیا۔ پولس نے قطب کی زبردست پٹائی کی۔

معاملہ یہاں بھی ختم نہیں ہوا۔ چند روز بعد ایک دردناک خبر ملی۔ رات کو قطب کھلے میدان میں سویا ہوا تھا کہ کسی نے گلا کاٹ کر اس کا قتل کردیا۔ شاید چوروں نے گھر کے بھیدی کو زندہ چھوڑ نا خطرے سے خالی نہیں سمجھا تھا۔

آج بہت دنوں کے بعد گوپال باٹی گاؤں کی پرسکون فضا میں بیٹھے ہوئے، میرے ذہن و دل میں قطب الدین کی یادوں کا جو بلند و بالا مینار بن گیا ہے اگر میں اس کی تشبیہہ قطب مینار سے دوں تو کیا مورخین کو کوئی اعتراض ہوگا؟

☆ ☆ ☆

وہ

میں اندھیرے میدان میں ٹہل رہا تھا۔ وہ بھی میرے ساتھ تھی۔ میں اس کے بدن کی خوشبو، چوڑیوں کی کھنک، سانسوں کا زیرو بم سب کچھ محسوس کر رہا تھا۔ وہ میرے قریب بہت قریب تھی۔ وہ خاموش تھی۔ میں بھی خاموش تھا لیکن پھر بھی گفت و شنید جاری تھی۔ ہم دونوں خاموشی کی زبان میں باتیں کر رہے تھے۔ اس کا ماضی، حال اور مستقبل میرے ذہن کے پردے پر ابھر رہے تھے۔ اس لئے جب اس نے مجھ سے خاموشی کی زبان میں سوال کیا ……''تم نے تو مجھے کبھی دیکھا نہیں پھر بھی تم مجھ سے اتنا پیار کیوں کرتے ہو؟''

تب میں نے بلا جھجک جواب دیا ………میں تم کو جانتا ہوں۔''

”تم مجھے کیسے جانتے ہو؟“

”مجھے پتہ نہیں کیسے جانتا ہوں لیکن جانتا ہوں۔“

اندھیرا اور گہرا ہو گیا تھا۔ میں اس کے ساتھ بہت دیر تک چلتا رہا۔ کتنی دیر چلا مجھے یاد نہیں۔ ایسا لگ رہا تھا جیسے صدیاں گزر گئی ہوں۔ اچانک اس کا ایک سوال میرے کانوں میں گونجا...........

”اگر تم مجھے اتنا پیار کرتے ہو تو اپنا کیوں نہیں لیتے؟“

”تم نے مجھے موقع ہی کہاں دیا“

اس کے بدن کی خوشبو نے مجھے مسحور کر دیا۔ ایسا لگا جیسے اس کی چمکدار آنکھوں کی روشنی بجلی کی طرح اندھیرے کو چیرتی چلی گئی۔ لمحے بھر کے لئے چاروں طرف اجالا پھیل گیا۔

”تم نے مجھ کو پوری طرح قابو میں کر رکھا ہے اور کہتے ہو میں نے موقع نہیں دیا۔“

”میں جہاں چاہتا تھا وہاں تم نے موقع نہیں دیا۔“

”کہاں چاہتے ہو؟“

”لمس کی جنت میں!!“

اس کی سانسوں کی رفتار تیز ہو گئی۔ اندھیرا تھرتھرانے لگا۔ مجھے محسوس ہوا جیسے وہ میرے بہت قریب آ گئی ہو۔ اس کی آنکھوں سے پانی کا ایک قطرہ ایک سرد قطرہ میرے گال پر گرا۔ میں محتاط ہو گیا۔ بارش ہونے لگی تھی۔ میں گھر کی طرف چل پڑا۔ وہ بھی میرے ساتھ چل پڑی۔ بارش تیز ہو گئی۔ میں نے بھی اپنی رفتار تیز کر دی۔ اس کی رفتار بھی تیز ہو گئی۔ وہ میرے قریب سے قریب تر ہوتی گئی۔ پھر مجھے محسوس ہوا جیسے اس کا بھیگا میرے بدن کو چھو گیا ہو۔ ہم دونوں ایک ساتھ تیز قدموں سے آگے بڑھ رہے تھے۔ سنسان راستہ ہم دونوں خاموشی سے طے کرتے رہے۔ آگے لمبی گلی تھی۔ گلی میں گھنگھور اندھیرا تھا۔ گلی کے آخری سرے پر میرا بلند بالا مکان اندھیرے میں دیو کی طرح کھڑا تھا جو مجھے فوراً نگل لینے کو تیار کھڑا تھا۔ میں تیزی سے برآمدے میں پہنچا۔ وہ بھی میرے ساتھ برآمدے تک آ گئی۔ میں اپنے کمرے میں داخل ہوا۔ وہ بھی میرے کمرے میں داخل ہو گئی۔ میں نے ہاتھ بڑھا کر سوئچ آن کر دیا۔ چاروں طرف تیز روشنی پھیل گئی۔ میں نے دیکھا وہاں میرے سوا اور کوئی نہیں تھا۔

بن پھول   مترجم: احمد کمال ہاشمی

تتلی

نیلے شیڈ والے الیکٹرک لیمپ پر کچھ دنوں سے ایک تتلی روزآ کر بیٹھ جایا کر رہی ہے۔ میں جتنی دیر تک میز پر بیٹھ کر لکھتا پڑھتا رہتا ہوں وہ خاموشی سے شیڈ پر بیٹھی رہتی ہے۔ آشا کے انتقال کے چند روز بعد سے ہی وہ میری ہر شام کی ساتھی بن گئی ہے۔

میرا دوست سومیشور آ گیا۔ ادھر کچھ دنوں سے وہ اکثر آ رہا ہے۔ اس پر نظر پڑتے ہی میں ڈر جاتا ہوں۔ اس کی بہن بیلا کے تئیں میرے دل میں جو نرم گوشہ ہے اس کو اس کا پتہ چل گیا ہے۔ میں عجب مخمصے میں ہوں۔ سومیشور آتے ہی بلا تمہید پوچھ بیٹھا۔

"بیلا کے بارے میں تم نے کیا سوچا ہے؟"

میں خاموش رہا۔

"کچھ بھی ہو ایک فیصلے پر پہنچو یار! تمہیں آخر شادی تو کرنی ہی ہے۔ سبھی کرتے ہیں۔ اگر بیلا سے شادی کرو گے تو مجھے بھی اطمینان ہو جائے گا۔ بیلا بھی تم کو پسند کرتی ہے۔"

یہ سب درست تھا مگر میں پھر بھی خاموش رہا۔ جب آشا زندہ تھی تو میں نے اس سے کہا تھا کہ میں کبھی دوسری شادی نہیں کروں گا۔ لیکن اب مجھے ایسا لگتا ہے کہ شادی کرنی ہی ہوگی اور بیلا سے ہی کرنی ہوگی۔ لیکن میں اپنی کشمکش دور نہیں کر پا رہا ہوں۔

"خاموش کیوں ہو؟ اگر تم راضی نہیں ہو تو میں اصرار نہیں کروں گا۔ مگر صاف صاف بولو۔ اگر ایسا ہے تو میں دیجبین کے پاس پیغام لے کر جانے کی کوشش کروں گا۔ اگر تم راضی ہو گئے تو میں کسی اور کے پاس پیغام لے کر نہیں جاؤں گا۔ مجھے امید ہے دیجبین انکار نہیں کرے گا لیکن ...."

وہ موٹی مونچھوں والا دیجبین بیلا سے شادی کرے گا!! اس کی ایسی خواہش ہے کیا؟ میں نے کہا ...."دیجبین کے پاس جانے کی ضرورت نہیں ہے۔ میں ہی بیلا سے شادی کروں گا مگر مجھے کچھ وقت دو یار!"

"اگر تم نے وعدہ کیا تو میں انتظار کر سکتا ہوں۔" میں خاموش رہا۔

”وعدہ؟؟“

”وعدہ!“

”ٹھیک ہے۔ میں جا کر بیلا کو خوشخبری سناتا ہوں۔“ سومیشور چلا گیا۔

اس کے بعد جو کچھ ہوا وہ نا قابل یقین ہے۔ یکا یک میرے کانوں میں آشا کی آواز گونجی.........”اب میری کوئی ضرورت نہیں۔ میں چلی“

تتلی اُڑ کر کھڑ کی سے باہر چلی گئی۔

☆ ☆ ☆

رامائن کا ایک سین

سیتا کو بن باس بھیجنے کے بعد بیوی کی جدائی میں شری رام کی حالت دیوانوں جیسی ہوگئی۔ ان کے دل و دماغ کو ایک ہی خیال بار بار پریشان کر رہا تھا.......”میں نے بہت بڑی زیادتی کردی ہے۔“

انہوں نے کل گرو وششٹھ سے کہا.......”گرو دیو! زیادتی، یہ بہت بڑی زیادتی ہے۔ سیتا کا کوئی دوش نہیں ہے۔ وہ دیوی بالکل نردوش ہے۔ اسے سزا دینے کا مجھے کوئی حق نہیں ہے۔ میں نے بہت بڑا پاپ کیا ہے۔ میں نے...........“

رام کی بات کاٹتے ہوئے وششٹھ بول اٹھے.......”بچے! سچ کی رکھشا کرنا ہی شتریہ کا دھرم ہے۔ تم سچ کے محافظ ہو۔ تم نے سچ کی راہ پر چل کر سچ اچھا کام کیا ہے۔“

رام نے کہا.......”نہیں، یہ سچ نہیں ہے۔ یہ سراسر جھوٹ ہے۔ یہ تو زیادتی ہے گرو دیو“

گرو دیو نے کہا.......”پریشان مت ہو بچے! راج دھرم بڑا کٹھن ہوتا ہے۔“

رام چندر نے ان کی بات نہیں مانی۔ وہ بیقرار ہو گئے.......”مجھے حکومت نہیں چاہئے۔ مجھے دولت نہیں چاہئے.........حکومت چلی جائے، شہرت چلی جائے مگر مجھے سیتا چاہئے۔ مجھے وہ دیوی چاہئے۔“ شری رام دیوانے ہو گئے۔

ڈرامے میں رام کا رول ختم کرنے کے بعد اداکار نکڑ مائتی جب رات گئے گھر لوٹا تو اس کے قدم بری طرح لڑکھڑا رہے تھے۔ وہ شراب کے نشے میں دھت تھا۔

کافی دیر تک دستکیں دینے کے بعد جب اس کی بیوی نے دروازہ کھولا تو نکڑ مائتی نے آگ بگولہ ہو کر کہا .... ''حرام زادی! آدھا گھنٹہ سے میں دروازہ پیٹ رہا ہوں اور تم کو کوئی ہوش نہیں ہے؟''

ہری متی نے جواب دیا .... ''مجھے نیند آگئی تھی۔''

نکڑ مائتی نے کہا .... ''کمبخت زبان لڑاتی ہے۔''

یہ کہہ کر اس نے بیوی کو ایک زوردار لات ماری اور پھر دوسری لات!!

☆☆☆

درزی

اتنا سارا کام باقی تھا کہ مجھے سانس لینے کی بھی فرصت نہیں تھی۔ مشین کی گھڑ گھڑاہٹ سے اکتاہٹ ہو رہی تھی مگر کوئی چارہ بھی نہیں تھا۔ کل صبح تک مجھے ڈھائی سو جھنڈے سل کر دینے تھے مگر اس بات کا اطمینان تھا کہ اس گھڑ گھڑاہٹ میں اچھی خاصی رقم کی آمدنی پوشیدہ تھی۔ نزمل وارد ہوا۔ اس نوجوان کو میں اچھی طرح جانتا تھا۔ وہ مقامی کالج میں پڑھتا تھا اور میرے یہاں ہی اپنے کپڑے سلوایا کرتا تھا۔ اس نے کہا ....

''دشیشر دا! ہمارے کالج کے یونین کے لئے پچاس عدد ترنگا جھنڈوں کی ضرورت ہے۔''

''بھئی! میرے پاس وقت نہیں ہے۔ تم کسی اور کے پاس چلے جاؤ۔''

''میں سب کے پاس گیا تھا۔ کسی کے پاس وقت نہیں ہے۔''

''کیا سارے درزی جھنڈے سل رہے ہیں؟''

''جی ہاں! سبھی''

بات غلط نہیں تھی۔ شہر کے سارے درزی مصروف تھے۔

’’لیکن بھئی! مجھے فرصت بالکل نہیں ہے۔ چار کاریگر مل کر بھی کام پورا نہیں کر پا رہے ہیں۔‘‘

’’لیکن مجھے جھنڈے ہر حال میں چاہئیں۔ اگر آپ چاہیں تو زیادہ معاوضہ دے سکتا ہوں۔‘‘

’’دوگنا معاوضہ دینا ہوگا۔‘‘ میں نے کہا۔

’’ٹھیک ہے۔‘‘ نزآل راضی ہوگیا۔

مجھے رات بھر کام کرنا پڑے گا اور کوئی چارہ نہیں تھا۔

مہاتما گاندھی کل اسی اسٹیشن سے ہو کر گزرنے والے تھے۔ سارا شہر کاندھوں پر جھنڈا اٹھائے ان کا استقبال کرنے کے لئے جانے والا تھا۔

دو سال گزر گئے۔

آج پھر میرے پاس سانس لینے کی فرصت نہیں ہے۔ آج بھی مشین کی گھڑ گھڑاہٹ سے اکتاہٹ ہو رہی ہے اور آج بھی میں اسے برداشت کرنے پر مجبور ہوں۔ آج بھی سبب وہی ہے۔ کل صبح تک مجھے ڈھائی سو جھنڈے سل کر تیار کرنے ہیں۔ آج پھر نزآل آیا۔ اس سے پھر وہی بات دہرائی۔

’’شیشیر دا! ہمارے کالج کے یونین کے لئے پچاس عدد جھنڈے چاہئیں۔‘‘

میرا جواب بھی وہی تھا...... ’’بھئی! مجھے فرصت نہیں ہے۔ تم کسی اور کے پاس جاؤ۔‘‘

جواب میں نزآل نے دو سال پہلے جو باتیں کہی تھیں اس بار بھی اس نے وہی باتیں کہیں..........

’’میں سب کے پاس گیا تھا۔ کسی کے پاس فرصت نہیں ہے۔ آپ کو ہمارے لئے جھنڈے سلنے ہی پڑیں گے۔ اگر آپ چاہیں تو میں آپ کو زیادہ معاوضہ دوں گا۔‘‘

پچھلی بار کی طرح موقع سے فائدہ اٹھاتے ہوئے میں نے دوگنا معاوضہ طلب کیا۔

پچھلی بار کی طرح نزآل راضی بھی ہوگیا۔

واقعہ بھی پچھلی بار والا ہے۔ مہاتما گاندھی کل پھر اسی اسٹیشن سے ہو کر گزریں گے اور

سارا شہر کاندھوں پر جھنڈا اٹھائے موجود رہے گا۔ سب کچھ وہی ہو رہا ہے۔ صرف ایک فرق ہے۔ اس بار جھنڈوں کا رنگ ترنگا نہیں کالا ہے۔

★ ★ ★

تبدیلی

دیو کو دیکھ کر میں ذرہ برابر بھی خوفزدہ نہیں ہوا بلکہ سچ پوچھئے تو اسے دیکھ کر مجھے خوشی ہوئی۔ دیو کچھ دیر تک میری طرف مسکرا کر دیکھتا رہا پھر گویا ہوا ....''میں دنیا میں سب سے زیادہ طاقتور ہوں۔ تمہیں کیا چاہیئے بولو۔''

''ملازمت''میں نے کہا۔

''کیسی ملازمت؟''

''کوئی اچھی سی ملازمت''

''ٹھیک ہے۔ تم یہیں میرا انتظار کرو۔ میں تھوڑی دیر میں لوٹ کر آتا ہوں۔'' یہ کہہ کر قوی ہیکل دیو لمبے لمبے قدم بڑھاتا ہوا چلا گیا۔ میں خاموش بیٹھا رہا۔ دیو کا فلک بوس سر، ناریل کے پیڑ جیسا اونچا قد اور بڑی بڑی آنکھیں دیکھ کر میں نے سوچا اتنا طاقتور مرد میرے لئے یقیناً ایک اچھی سی ملازمت کا انتظام کر دے گا۔

کچھ دیر کے بعد دیو واپس آیا۔ اس نے اپنے بغل میں بہت سارے اخبارات دبا رکھے تھے۔ اس کے ہاتھ میں ایک قلم بھی تھا۔ اس نے کہا ....

''درخواست لکھو۔''

''مجھے درخواست کس کے نام لکھنی ہوگی؟''

''میں نام اور پتہ لے کر آیا ہوں۔''

کئی ایک اخبارات میرے سامنے پھیلاتے ہوئے دیو نے کہا ....''ان میں ملازمت کی بہت ساری خبریں ہیں۔ ساری جگہوں پر درخواستیں دے ڈالو۔ میں انہیں ٹائپ کروا کر جہاں جہاں بھیجنی ہیں بھجوا دوں گا۔''

میں نے پچیس درخواستیں لکھ کر دیو کے حوالے کر دیں۔ دیو انہیں لے کر چلا گیا۔ تھوڑی دیر کے بعد جب وہ دوبارہ واپس آیا تو اسے دیکھ کر میں حیران رہ گیا۔ دیو اب دیو نہیں رہا تھا بلکہ چھوٹے قد کا ایک معمولی انسان ہو گیا تھا۔ میرے سامنے کھڑا ہو کر وہ زیرِ لب مسکرا رہا تھا۔ میں نے پوچھا..........."کیا ہوا؟"

اس نے کوئی جواب نہیں دیا اور دونوں ہاتھوں کے انگوٹھے ہلانے لگا۔

"آپ کا قد اتنا چھوٹا کیسے ہو گیا؟"

"اپنی عزت کی وجہ سے۔ مجھے پہلے پتہ نہیں تھا مگر اب مجھے معلوم ہوا کہ جو لوگ ملازمت دینے والے ہیں وہ لوگ مجھ سے زیادہ طاقتور ہیں۔"

"تو اب میرا کیا ہوگا؟"

"میں نے کچھ انتظام کیا ہے۔" یہ کہہ کر اس نے پیچھے مڑ کر کچھ اشارہ کیا۔ اس کے اشارہ کرتے ہی اچانک وہاں ایک آدمی نمودار ہو گیا۔

"اس کی ایک خوبصورت بیٹی ہے۔ تمہیں اس سے شادی کرنی ہوگی۔ اس کے عوض میں یہ آدمی تم کو پانچ ہزار روئے نقد دے گا۔ تم ان روپوں سے کوئی چھوٹا موٹا کاروبار شروع کر سکتے ہو۔"

یہ کہہ کر دیو غائب ہو گیا۔ کچھ دیر قبل جس کا قد آسمان چھو رہا تھا وہ اب ہوا میں تحلیل ہو چکا تھا۔ میں نے اس دیو کی نافرمانی نہیں کی۔ یہ جو آپ کیرانے کی دکان دیکھ رہے ہیں یہ میں نے اپنے خسر کے دیئے گئے روپوں سے خریدی ہے۔

دیو اور انسان کی یہ کہانی سن کر آپ لوگ شاید مجھ پر ہنس رہے ہوں گے اور یہ سوچ رہے ہوں گے کہ میں افیم یا گانجہ کھانے کا عادی ہوں۔

لیکن نہیں، ایسا کچھ نہیں ہے۔ علم کے سمندر میں میں نے جو جال پھینکا تھا اس میں ایک گھڑا پھنس کر آ گیا تھا۔ اسی گھڑے میں وہ دیو قید تھا..........گھڑے کا نام ہے ڈگری اور دیو کا نام ہے غرور۔

عربی ناول میں آپ لوگوں نے یہ کہانی جس طرح پڑھی ہوگی یہ کہانی اس طرح کی نہیں ہے اور ہوگی بھی کیسے میں عربی نہیں ہوں، بنگالی ہوں اور یہ ملک بھی عرب نہیں ہے، بھارت ہے!!

بن پھول   مترجم: احمد کمال ہاشمی

کالی لڑکی

مُنّیا پانچ سال بعد اپنے گاؤں موہن پور واپس آرہی تھی۔اسی موہن پور گاؤں سے مُنّیا کو ایک بار نکل بھاگنا پڑا تھا۔اس نے نہ تو چوری کی تھی اور نہ ہی کسی کا قتل کیا تھا۔تعزیرات ہند کے کسی دفعہ کے مطابق اسے گاؤں چھوڑنے کی سزا بھی نہیں ملی تھی۔قصور اس کا صرف یہ تھا کہ وہ کالی تھی۔اس پر طُرّہ یہ کہ وہ غریب تھی۔اس کے سرسے باپ کا سایہ اٹھ چکا تھا۔اس کے لئے سینکڑوں رشتے آئے مگر کسی نے اسے پسند نہیں کیا۔مُنّیا کی بیوہ ماں ایک شخص کے پاؤں پر گر گر گر گڑ گڑائی بھی تھی مگر اس نے بھی انکار کر دیا تھا۔اس گاؤں میں ایک مالدار شخص کا بیٹا دھیریش رہتا تھا۔مُنّیا کی ماں تھوڑی ہچکچاہٹ کے ساتھ اس کے پاس تجویز لے کر گئی۔دھیریش اس وقت اپنے دوست کدّم کے ساتھ گھومنے نکلا تھا۔مُنّیا کی ماں تالاب سے پانی لانے کیلئے نکلی تھی۔موقع کو غنیمت جان کر مُنّیا کی ماں نے اس سے رشتے کی بات کہہ ڈالی۔اس نے سوچا تھا کہ اگر دھیریش راضی ہوگیا تو وہ اس کے باپ کے پاؤں پکڑ کر گڑ گڑائے گی۔رشتے کی بات سن کر دھیریش کی بھنویں تن گئیں۔وہ چند لمحوں تک خاموش کھڑا رہا۔وہ بی۔ایس۔سی پاس تھا۔اس نے سوال کر دیا۔۔۔۔۔۔۔۔۔

"آپ نے کبھی نیپچون کا نام سنا ہے؟"

"نیپچون؟""نہیں تو!!میں نے نیپال کا نام ضرور سنا ہے۔اوہ!ہاں یاد آیا۔پھولوا کے لنگڑے بیٹے کا نام نیپچو ہے۔شاید تمہارا اشارہ اسی کی طرف ہے۔وہ اب یہاں نہیں رہتا۔"

کدّم نے جواب دیا۔۔۔۔۔۔۔۔"یہ سب چھوڑئیے خالہ جان!دھیریش کا رشتہ ایک جگہ طے پا چکا ہے۔"

"اوہ!اچھا!!مجھے اس کا علم نہیں تھا۔۔۔۔۔۔۔بیٹے تم ہی لوگ میری مُنّیا کے لئے کوئی اچھا سا لڑکا ڈھونڈ دینا۔"

"ٹھیک ہے کوشش کروں گا۔"

مُنّیا کی ماں کے چلے جانے کے بعد کدّم نے پوچھا۔۔۔۔۔۔"تم اس سے اچانک نیپچون کے

                    مترجم: احمد کمال حشمی

بارے میں کیوں پوچھ بیٹھے؟‘‘

’’بونا ہو کر چاند چھونے کی بات تو تم نے سنی ہوگی۔ یہ محترمہ تو بونی ہو کر نیپچون چھونا چاہتی ہیں۔ میں انہیں یہی بتانا چاہ رہا تھا۔‘‘

’’یار تم بھی بڑی دور کی کوڑی لائے۔‘‘

’’لڑکی اگر گوری ہوتی تو شاید میں کچھ سوچتا بھی۔‘‘ دھیریش نے کہا......’’ویسے ناک نقشہ بُرا نہیں ہے اس کا۔ کیوں، تمہارا کیا خیال ہے؟‘‘

کدم نے اپنی بائیں آنکھ دبا کر اس کی تائید کی۔

اس واقعہ کے بعد سے گاؤں کے سارے نوجوان منیا کے گھر کے آس پاس منڈلانے لگے۔ کوئی سیٹی بجاتا تو کوئی فلمی گانا گاتا۔ اکثر نوجوان لڑکے اس کے گھر کے پاس اڈہ جمانے لگے۔ آخر تنگ آ کر ایک رات منیا کی ماں منیا کو لے کر گاؤں چھوڑ کر چلی گئی۔ کسی کو پتہ نہیں چل سکا کہ وہ کہاں گئی۔

پانچ سال بعد منیا نے اپنے ایک رشتہ دار چنچل کمار کو خبر دی کہ وہ اپنے شوہر کے ساتھ موہن پور آرہی ہے۔ اس نے چنچل کمار سے کہا کہ وہ گھر کی صفائی کروا کر رکھے۔ اس نے اس کام کے لئے منی آرڈر سے دو سو روپئے بھی بھجوائے تھے۔ یہ خبر سن کر سب کو حیرانی تھی۔

مقررہ دن منیا اور اس کا شوہر گاؤں پہنچ گئے۔ ان لوگوں کو دیکھ کر گاؤں والوں کی حیرانی میں مزید اضافہ ہوگیا۔ منیا کسی رانی کی طرح سج سنور کر آئی تھی۔ اس کے ہمراہ تین نوکر اور دو نوکرانیاں بھی تھیں۔ اس کا شوہر کسی شہزادے کی طرح وجیہہ تھا۔ سب کی آنکھیں حیرت سے پھٹی کی پھٹی رہ گئیں۔ منیا نے بتایا..........

’’تقریباً ایک سال قبل ماں کا انتقال ہوگیا۔ اس کی آخری خواہش یہ تھی کہ اس کی برسی پر پورے گاؤں کی دعوت کی جائے۔ ہم لوگ اس کی خواہش کی تکمیل کے لئے ہی آئے ہیں۔‘‘

اس نے پورے گاؤں کی شاندار دعوت کی۔ بچے، بوڑھے، برہمن، ہریجن، شریف، بدمعاش سارے لوگ مدعو کئے گئے۔ اس نے غریبوں میں کپڑے تقسیم کئے۔ گاؤں کے اسکول اور مندر میں خطیر رقم دی۔ دھیریش اور کدم رشک سے سب کچھ دیکھ رہے تھے۔ غریب اور مصیبت زدہ لوگ دعائیں دے رہے تھے۔ گاؤں کے وہ لوگ جنہوں نے کبھی منیا کا مذاق اڑایا تھا اور اس

پر طعنے کسے تھے آج بھی وہ منیا کی شکل وصورت اور قسمت کی تعریفیں کرنے میں عار محسوس نہیں کر رہے تھے۔ گاؤں کے سارے نوجوان لڑکے منیا کے شوہر سے مرعوب ہونے لگے تھے۔ جیسی وجاہت، ویسی سیرت، جتنا امیر اتنا ہی فراخدل۔ مانگے بے مانگے گاؤں کے فٹ بال کلب، ناٹک گھر اور ہری سبھا میں اس نے موٹی رقم عنایت کی۔ ایک دن اس نے سب کے ساتھ مل کر ناٹک میں حصہ بھی لیا۔ گانے بھی گائے۔ دو ہفتوں تک پورے موہن پور کو دیوانہ بنا کر آخر کار وہ لوگ واپس چلے گئے۔

بردوان اسٹیشن پہنچ کر منیا نے کہا......... ''چنو بھائی! آپ یہیں اتریں گے؟''

''ہاں! چلو میرے پیسے نکالو۔''

''اچھا دے رہی ہوں۔ کیا پورے دوسرو پیّے ہی لیں گے؟''

''ہاں، بالکل! یہی تو طے ہوا تھا۔''

''ٹھیک ہے لیجئے۔''

منیا نے روپے گن کر دے دیئے۔ پھر کہنے لگی......''پندرہ دن کتنی خوبصورتی سے خواب کی طرح گزر گئے۔ کاش! سب کچھ سچ ہوتا۔''

''سپنے کبھی سچ نہیں ہوتے۔ میں چلا۔ کل اسٹوڈیو میں ملاقات ہوگی۔'' چنو بھائی یعنی چنی لال چلا گیا۔

چنی لال اور منیا دونوں اداکار تھے۔ اپنی ماں کی آخری خواہش پوری کرنے کے لئے منیا چنی لال کے ساتھ گاؤں جا کر شوہر اور بیوی کا کردار بڑی خوبصورتی سے ادا کرکے واپس آ گئی تھی۔

ٹرین چل پڑی تھی۔ فرسٹ کلاس کمپارٹمنٹ میں منیا اکیلی بیٹھی ہوئی کھلی کھڑکی سے دور آسمان میں دیکھ رہی تھی۔ ہوا کے جھونکوں سے اس کی زلفیں لہرا رہی تھیں۔ ساڑی بے ترتیب ہو رہی تھی۔ لیکن منیا اس سے بے نیاز اپنے خیالوں میں کھوئی ہوئی بیٹھی تھی۔

اس نے کافی دولت کمائی ہے۔ اس کے پاس موٹر بنگلہ سب کچھ ہے۔ اس نے ڈھیر سارے کپڑے اور زیورات بھی خرید کر رکھے ہیں۔ اس کے آگے پیچھے بیشمار لوگ گھومتے رہتے ہیں

لیکن.............

اس کی آنکھوں سے آنسو کے قطرے چھلک پڑے!!

☆ ☆ ☆

ضرورت

مجھے اپنی زندگی میں دو سچے واقعات کا سامنا کرنا پڑا تھا۔

پہلا واقعہ بہت معمولی ہے۔ آپ لوگوں نے بھی کبھی ایسا منظر ضرور دیکھا ہوگا۔ میلے میں ایک بھکاری بچہ بھیک مانگ رہا تھا۔ لاغر جسم، آنکھوں میں پچپڑ، سر کے بال خشک اور میلے بدن کپڑوں سے بے نیاز، کمزور آواز میں سب کے آگے ہاتھ پھیلا کر بھیک مانگ رہا تھا۔ لیکن میلے میں اس کی باتیں سننے کا وقت کسی کے پاس نہیں تھا۔ مجھے اس سے ہمدردی ہوگئی۔ میں نے بیگ سے ایک پیسہ نکال کر اسے دینا چاہا مگر خیال آیا کہ اس ایک پیسے سے کیا اس کا پیٹ بھر جائے گا؟ کم از کم چار آنے نہ دیئے جائیں تو فائدہ کیا؟ میں نے اسے چار آنے دیئے۔ اس کے ہونٹوں پر مسکراہٹ دوڑ گئی۔ وہ کچھ خریدنے کے لئے دوڑا مگر اس نے کھانے کی کوئی چیز نہیں خریدی......اس نے خریدی ایک بانسری، بانسری خرید کر وہ بہت خوش ہوا اور بانسری بجانے لگا۔

دوسرا واقعہ ذرا غیر معمولی ہے۔ فساد کا ماحول تھا۔ لوگ ڈنڈے اور بھالے جیسے اسلحہ یکجا کر رہے تھے۔ میں صرف یکجا ہی نہیں کر رہا تھا بلکہ لوگوں میں تقسیم بھی کر رہا تھا۔ مالِ مفت دلِ بے رحم کے مصداق ڈنڈے حاصل کرنے والوں کی ایک بھیڑ لگ گئی۔ سارے ڈنڈے تقسیم کرنے کے بعد صرف ایک ڈنڈا میرے پاس بچ گیا۔ میں نے فیصلہ کیا کہ یہ آخری ڈنڈا اپنے پاس رکھوں گا۔ اس روز ایک افواہ تیزی سے پھیلنے لگی کہ مسلمان آج رات ہمارے علاقے پر دھاوا بولیں گے۔ کرفیو لگا دیا گیا تھا۔ لوگوں کی آمد و رفت بند تھی۔ اس وقت غالباً رات کے دس بج رہے تھے۔ میں صدر دروازے بند کر کے ایک ناول پڑھنے میں غرق تھا۔ ایسے میں کسی نے دروازے پر رازدارانہ انداز میں دستک دی۔

"کون ہے؟"

”میں ہوں کینارام!!“

کینارام میرا دوست تھا۔ اس نے مجھ سے ڈنڈا نہیں لیا تھا۔ میں نے سوچا شاید وہ ڈنڈا مانگنے آیا ہوگا۔ میں نے دروازہ کھولتے ہوئے پوچھا ....

”ڈنڈے لینے آئے ہو؟“

”نہیں! مجھے بیڑی چاہئے۔ کیا تمہارے پاس ہے؟ دو دنوں سے بیڑی کی دکان بند ہے۔ بیڑی کے بغیر میرا پیٹ پھول رہا ہے۔“

اتنی رات گئے اپنی جان خطرے میں ڈال کر کینارام ڈنڈا نہیں بیڑی مانگنے آیا تھا۔

ہر آدمی کی اپنی اپنی ضرورت ہوتی ہے۔

مجھے کسی چیز کی کوئی کمی نہیں ہے۔ بینک میں کافی رقم جمع ہے۔ فرصت ہی فرصت رہتی ہے۔ گزر بسر کے لئے کوئی کام کرنے کی ضرورت نہیں ہے۔ پاؤں کے اوپر پاؤں رکھ کر آرام سے زندگی بسر کر رہا ہوں۔ دولت سے جتنی آسائشیں خریدی جا سکتی ہیں وہ سب مجھے میسر ہیں۔ اس کے باوجود میں خودکشی کر رہا ہوں کیونکہ مجھے اس کی ضرورت ہے۔

ہر آدمی کی اپنی اپنی ضرورت ہوتی ہے۔ مذکورہ بالا دونوں واقعات اس بات کے گواہ ہیں۔

پستول کی گولی سے اپنے سر پر فائر کرنے والا امرتجے سنگھ جس خون آلودہ تکیئے پر سر رکھ کر ابدی نیند سویا ہوا تھا اسی تکیئے کے نیچے مذکورہ بالا تحریر پائی گئی۔

☆☆☆

نادیدہ

یہ واقعہ کیسے ظہور پذیر ہوا یہ میں نہیں جانتا۔ ہاں اتنا ضرور جانتا ہوں کہ معاملہ سائنس دانوں کی فہم سے بالاتر ہے۔ حساس دل لوگ شاید سمجھ سکتے ہیں۔

ایک دن سرخ پھولوں سے ڈھکے ایک پیڑ کے نیچے ایک بوڑھی عورت لکڑیاں چن رہی

تھی۔ اس کے ساتھ اس کی جوان پوتی سکھیا بھی تھی۔ وہ مگر لکڑیاں نہیں چن رہی تھی۔ وہ کافی مسرور نظر آ رہی تھی اور یونہی ادھر ادھر گھوم رہی تھی۔ کبھی وہ درختوں کی ڈالیوں سے کھیلتی، کبھی جنگلی پھول توڑتی اور کبھی اڑتی تتلیوں کا نظارہ کرتی جاتی تھی۔ کچھ دیر کے بعد اچانک سرخ پھولوں والے پیڑ کے نیچے آ کر کھڑی ہو گئی اور نگاہیں اٹھا کر دیکھنے لگی۔ سارے پھول کافی اونچائی پر کھلے ہوئے تھے۔ پیڑ پر چڑھے بغیر انہیں توڑنا ممکن نہیں تھا۔ اس کے ہاتھ جہاں تک پہنچتے تھے وہاں صرف کلیاں کھلی ہوئی تھیں۔ وہ پیڑ پر چڑھنے کا ارادہ کر ہی رہی تھی کہ بوڑھی عورت نے اسے روک دیا۔

’’کیا کر رہی ہو؟‘‘

’’میں ان پھولوں کو توڑنا چاہتی ہوں۔‘‘

’’نہیں! پیڑ پر چڑھنے کی ضرورت نہیں ہے۔ دو ہفتوں کے بعد جس لڑکی کی شادی ہونے والی ہے وہ پیڑ پر چڑھنا چاہتی ہے!!‘‘

’’کیوں؟ کیا ہوا؟‘‘

’’اگر تم گر گئی تو تمہارے ہاتھ پاؤں ٹوٹ گئے تو تمہارے بھیّو کے ساتھ تمہاری شادی نہیں ہو پائے گی۔ اور اُدھر مرلی کے ماں تمہارے اوپر نظریں ٹکائے ہوئے بیٹھے ہیں۔‘‘

یہ سن کر اس کے ذہن کے پردے پر ہٹے کٹے گبرو بھیّو کا چہرہ نمودار ہو گیا اور اس نے پیڑ پر چڑھنے کا ارادہ ترک کر دیا۔

’’دادی! آپ یہاں دوبارہ کب آئیں گی؟‘‘

’’ایک ہفتے کے بعد‘‘

’’میں بھی آپ کے ساتھ آؤں گی۔‘‘

’’تمہیں تو آنا ہی پڑے گا۔ اتنا وزنی بوجھ میں تو ڈھو نہیں سکتی۔‘‘

’’میری شادی ہو جانے کے بعد آپ کا یہ بوجھ کون اٹھائے گا؟‘‘

’’تم اور بھیّو۔ دونوں!!‘‘

سکھیا ہنسنے لگی۔ ان کی تمام باتیں غنچے اور پھول توجہ سے سن رہے تھے۔

موسم بہار میں جنوب سے چلنے والی ہواؤں نے خوشامد کی مگر کلیوں پر کوئی اثر نہیں ہوا۔

اس کے بعد بھونروں کا ایک غول آیا..........''کیا تم لوگ گھونگھٹ نہیں ہٹاؤ گی؟''

کلیوں نے کوئی جواب نہیں دیا۔ بھونرے کافی دیر تک گنگناتے رہے مگر لاحاصل۔ سورج کی کرنوں نے ان کا منہ دُھلایا۔ کرنوں کی نرم گذارش سے ان کا من بیکل ہوا تھا۔ اس کے باوجود کلیاں ٹس سے مس نہیں ہوئیں جیسے کہ وہ اپنا منہ بند رکھنے کی ضد پر اڑی ہوئی ہوں۔ پڑوسیوں نے پوچھا...........

''تم لوگوں کی خاموشی کا مقصد کیا ہے ذرا بتاؤ بھی۔ ہوائے گل چلی گئی اور......''

کلیوں نے کوئی جواب نہیں دیا۔ سب مل کر مسلسل کوششیں کرتے رہے۔ جنوبی ہوا پھر چلی۔ بھونرے دوبارہ آئے۔ سورج کی کرنوں نے مکرّر گذارش کی۔ ان کے رگ و پے میں نشہ سرایت کرنے لگا۔ ان کے جذبات و احساسات برافروختہ ہونے لگے۔ لیکن اس کے باوجود کلیاں اپنا منہ دبائے خاموش پڑی رہیں۔

ایک ہفتے کے بعد سکھیا نے بھیکو کی طرف دیکھتے ہوئے کہا......''اچھا ہوا کہ دادی آج نہیں آئیں۔''

''دادی آتیں تو کیا میں آتا؟''

''لیکن دادی کیلئے لکڑیوں کا ایک ڈھیر لے جانا ہوگا۔''

''ٹھیک ہے۔ میں اس پیڑ پر چڑھ کر لکڑیاں توڑتا ہوں۔''

''ذرا ہشیاری سے چڑھنا۔''

بھیکو چلا گیا۔ سکھیا نے سرخ پھولوں والے پیڑ کی طرف ایک بار نظریں اٹھا کر دیکھا اور حیرت سے بول اٹھی......

''ارے یہ کیا! یہ کلیاں اب تک پھول نہیں بنی رہیں۔''

پھر نہ جانے کیا سوچ کر اس نے کچھ کلیاں شاخوں سے توڑ کر اپنے جوڑے میں سجالیں۔

سکھیا لکڑیوں کا ڈھیر سر پر اٹھائے آگے آگے چل رہی تھی۔ بھیکو بانسری بجاتا ہوا اس

کے پیچھے پیچھے چل رہا تھا۔ اچانک بھیکو بول اٹھا......''تمہارے جوڑے میں ایک عجیب بات ہو رہی ہے۔''

''کیا؟''

''جوڑے میں لگی کلیاں کھل کر پھول بن رہی ہیں۔''

''شاید تمہاری بانسری کی آواز کا اثر ہے۔''

بھیکو یہ سن کر زیرِ لب مسکرایا اور دوبارہ بانسی بجانے لگا۔

پھول کھلنے کی اصل وجہ کوئی نہیں جان پایا۔

☆ ☆ ☆

پوسٹ کارڈ

''آپ مجھے پوسٹ کارڈ پر خط کیوں لکھتے ہیں؟ مجھے شرم آتی ہے۔''

''شرم کیوں؟ میں کسی دوسرے کی بیوی کو تھوڑی خط لکھتا ہوں۔ اپنی بیوی کو لکھتا ہوں۔''

''رانی کے شوہر کو دیکھئے۔ رنگین کاغذ پر خط لکھ کر خوبصورت لفافے میں بھیجتا ہے۔ کتنی خوشبو آتی ہے۔ میں نے دیکھا ہے کہ وہ سبز رنگ کی روشنائی سے بہت لمبے لمبے خطوط لکھتا ہے۔''

''تو کیا ہوا؟ رنگین لفافے میں لمبے خطوط لکھنے سے پیار زیادہ ہوتا ہے کیا؟ میں نے پوسٹ کارڈ پر بھی بہت ساری باتیں لکھی ہیں۔ تم شاید سمجھ نہیں سکی۔ ذرا خط پڑھو تو۔''

رات گہری تھی۔ کمرے میں شوہر اور بیوی کے درمیان گفتگو ہو رہی تھی۔ جوان بیوی نے صندوق کے اندر سے خط نکال کر پڑھنا شروع کیا۔.........

میری پیاری!

تم کو لگ رہا ہوگا کہ میں تم سے بہت دور چلا گیا ہوں۔ دُمکا ہمارے گھر سے دور سہی مگر میں تمہارے قریب ہوں۔ تم محسوس کر کے دیکھو۔ ملازمت کی تلاش میں گھر سے دور جانا ہی پڑتا ہے۔ دوسرا کوئی

راستہ بھی نہیں۔ مجھے یہاں بھی اب تک کوئی ملازمت نہیں مل سکی ہے۔ ملازمت نہیں ملی ہے پھر بھی تمہارے لئے ایک سوپ اور ٹوکری لے کر آؤں گا۔ یہ چیزیں یہاں بنتی ہیں۔ میرا ڈھیر سارا پیار قبول کرو۔

صرف تمہارا۔۔۔۔۔۔

''سوپ اور ٹوکری پسند آئی؟''

''ہاں''

مگر وہ حقیقت بتانے کی جسارت نہیں کر سکا۔ ریل اور بس کا کرایہ الگ کر کے، ہوٹل میں کھانا کھا کر سوپ اور ٹوکری خریدنے کے بعد اس کے پاس لفافے خریدنے کے پیسے نہیں تھے۔ پوسٹ کارڈ خریدنے میں ہی سارے پیسے ختم ہو گئے۔ وہ اپنے لئے ایک بیڑی بھی نہیں خرید سکا تھا۔

☆☆☆

دیوار

ٹیلی فون کی گھنٹی بجی تو شوبھن لال چونک گیا۔ اس کا خیال تھا کہ ٹیلی فون خراب پڑا ہوا ہے۔ وہ اس وقت برآمدے میں بیٹھا ہوا تھا۔ وہیں اسے گھنٹی کی آواز سنائی دی۔ وہ سوچنے لگا اس وقت کس کا فون ہو سکتا ہے۔ اس شہر میں تو اسے کوئی جاننے والا ہے ہی نہیں۔ اس نے تو صرف سجاتا سے باتیں کرنے کے لئے کافی پیسے خرچ کر کے ٹیلی فون لگوایا تھا جس پر کبھی کبھی سجاتا سے بات ہو جاتی تھی۔ سجاتا کبھی خود کال نہیں کرتی تھی۔ جب شوبھن فون کرتا تو اس سے بات کرتی تھی مگر اس کی ماں ہمیشہ اس کے سر پر سوار رہتی تھی۔ مگر یہ کم نہیں تھا کہ اس سے کچھ دیر بات ہو جاتی تھی۔ شوبھن کے لئے یہ اطمینان کا باعث تھا۔ وہ تو سجاتا کے لئے ہی بہار آ کر رہنے لگا تھا۔ سجاتا کے قریب رہنا ہی اس کا مقصد تھا۔

فون کی گھنٹی مسلسل بج رہی تھی۔

اچانک شوبھن کو خیال آیا کہ کہیں فون سجاتا تو نہیں کر رہی ہے۔ لیکن سجاتا تو کبھی فون

نہیں کرتی ہے۔ پھر وہ یہاں ہے بھی نہیں۔ وہ تو مونگیر گئی ہوئی ہے۔ تو کیا وہ مونگیر سے لوٹ آئی ہے؟ مگر اس نے تو کہا تھا کہ سات آٹھ روز بعد لوٹے گی۔ بہت ممکن ہے کہ وہ واپس آگئی ہو۔ شوبھن اندر گیا۔ اسی وقت فون کی آواز بند ہوگئی۔ پھر بھی اس نے ریسیور اٹھا لیا۔

''ہیلو، کون ہے؟ ہیلو.......ہیلو''

دوسری طرف سے کوئی آواز نہیں آئی۔ اس نے ریسیور رکھ دیا اور پھر باہر آ کر بیٹھ گیا۔ وہ سجاتا کے بارے میں سوچنے لگا۔ سجاتا کے ساتھ اس کی دوستی بچپن سے ہی تھی۔ دونوں نے ایک ساتھ اسکول میں تعلیم حاصل کی تھی۔ پھر دونوں نے ایک ساتھ میٹریکولیشن پاس کیا۔ اس کے بعد اس نے کلکتہ کے ایک کالج میں داخلہ لے لیا۔ وہیں سے وہ سجاتا کو خط لکھنے لگا۔ کیا اس نے سارے خطوط اب تک سنبھال کر رکھے ہوں گے؟ اس نے ایک بار بتایا تھا کہ اس نے سارے خطوط جلا دیئے۔ مگر اس کے پاس سجاتا کے کئی خطوط اب تک محفوظ تھے۔ اس کے خطوط بڑے سیدھے سادے ہوا کرتے تھے لیکن ان خطوط سے بھی شوبھن نئے مفاہیم اخذ کر لیتا تھا۔ وہ کبھی یہ نہیں لکھتی ....''میں خیریت سے ہوں۔'' وہ لکھتی ''میری صحت ٹھیک ہے''۔ شوبھن اس جملے سے گہرے معنی اخذ کر لیتا تھا۔ صحت ٹھیک ہونے کا مطلب وہ یہ نکالتا تھا کہ ''جی گھبرا رہا ہے''۔ وہ اس طرح کی باتیں تو واضح طور پر نہیں لکھ سکتی تھی۔ وہ لکھتی ''آپ کلکتہ میں اپنے دوستوں کے درمیان یقیناً بہت خوش ہوں گے۔'' اس نے کبھی یہ نہیں لکھا کہ ''آپ مجھے بھول گئے ہوں گے۔'' ایسی باتیں پوشیدہ رہتیں مگر انہیں سمجھنے میں شوبھن کو دشواری نہیں ہوتی تھی۔ ان کہی باتیں شوبھن زیادہ سمجھتا تھا۔ سجاتا جو باتیں نہیں کہتی تھی شوبھن تک ان باتوں کی بھی ترسیل ہو جاتی تھی۔ الفاظ کی رسائی محدود ہوتی ہے، اَن کہی باتوں کا اثر زیادہ گہرا ہوتا ہے۔ سجاتا کے مختصر خطوط شوبھن کئی بار پڑھ چکا تھا اور ہر بار اسے الگ لطف آتا تھا۔ ایک خط میں سجاتا نے لکھا تھا ....''امید ہے کہ پڑھائی میں کوئی رکاوٹ نہیں ہو رہی ہوگی۔'' اس جملے میں جو بلیغ طنز تھا اسے شوبھن نے خوب محسوس کیا۔ سجاتا کے تصور سے ہی شوبھن کھل اٹھتا تھا۔ شام کی تاریکی میں جھینگروں کی آواز، آسمان میں سیاہ بادلوں کے درمیان دو چار ستارے، اندھیرے میں کھڑا طویل قامت برگد کا پیڑ، ہر چیز میں اسے سجاتا کا چہرہ نظر آنے لگا۔ شوبھن کو محسوس ہوا جیسے یہ اندھیرا سجاتا کی زندگی کے اندھیروں کی طرح ہے۔ جھینگروں کی آواز تو روز ہی سنائی پڑتی ہے مگر ان کے پیچھے جو درد ہے

کیا ہم وہ محسوس کر پاتے ہیں؟ ان اندھیروں سے جو اُن کہی صدا آرہی ہے کیا ہم نے اسے کبھی سمجھنے کی کوشش کی ہے؟ کیا ہم سجاتا کو سمجھ سکے ہیں؟ بادلوں کے درمیان ستاروں کی چمک کی طرح اس کی خوشی کی بھی چمک کی قدر و قیمت کبھی ہم نے سمجھنے کی کوشش کی ہے؟ گھور اندھیرے میں جو ایک تو انا بر گد کا پیڑ کھڑا ہے جس کی نس نس میں جان ہے، جس کے نرم پتوں سے خوشی جھلکتی ہے کیا ہم اسے کبھی پہچان سکے ہیں؟ نہیں پہچان سکے ہیں۔ ہم سجاتا کو بھی نہیں پہچان سکے ہیں۔ سجاتا نے ایک بار کہا تھا ....

''ہمیں آزادی صرف کاغذ قلم پر ملی ہے۔ ہمارے چاروں طرف ایک اونچی دیوار کھڑی ہے جس کا صرف رنگ بدلتا رہتا ہے دیوار کبھی گرتی نہیں ہے۔'' سجاتا کی ماں کے مرنے کے بعد وہ دیوار اور بھی اونچی ہوگئی ہے۔ سجاتا کی ماں شوبھن کو بہت عزیز رکھتی تھی۔ ممکن ہے کہ وہ شادی پر راضی بھی ہو جاتی۔ برہمن اور بیدیہ کے درمیان شادیاں تو اب ہونے ہی لگی ہیں لیکن اس سے کہنے کا موقع کبھی شوبھن کو حاصل نہیں ہوا۔ ایک دن اچانک دل کا دورہ پڑنے سے اس کا انتقال ہوگیا۔ اس کے بعد سجاتا کے والد تبادلے کے بعد بہار آگئے۔ شوبھن بھی بہار آگیا کیونکہ سجاتا سے دوری اس کے لئے سوہانِ روح تھی۔ کلکتے میں بھی وہ کرایے کے مکان میں رہتا تھا یہاں بھی اس نے کرایے کا مکان لے لیا۔ یہاں مکان کا کرایہ بہت کم تھا۔ اگر زیادہ بھی ہوتا تو شوبھن ضرور آتا۔ اس کے لئے کوئی رکاوٹ نہیں تھی۔ اس کے ماں باپ، بھائی، بہن کوئی دنیا میں نہیں تھا۔ اس کی کوئی ملازمت بھی نہیں تھی۔ وہ شاعر تھا۔ والد ورثے میں کافی دولت چھوڑ گئے تھے۔ اس لئے کوئی پریشانی نہیں تھی۔ سجاتا کے والد کے بہار پہنچنے کے چھ مہینے بعد ہی شوبھن بھی پہنچ گیا تھا۔ وہ سجاتا کے گھر بھی گیا۔ وہاں جا کر اس نے دیکھا کہ سجاتا کے والد نے دوسری شادی کر رکھی ہے۔ وہ بھی آیتا سے۔ آیتا کالج میں شوبھن کی ہم جماعت تھی۔ صرف یہی نہیں وہ شوبھن کے عشق میں بھی گرفتار تھی اور شادی کرنا چاہتی تھی۔ اس کے لکھے ہوئے سارے خطوط شوبھن نے سجاتا کو دکھانے کے لئے محفوظ رکھے تھے مگر پھر نہیں جلا دیا۔ اس نے کبھی خواب و خیال میں بھی نہیں سوچا تھا کہ وہی آیتا کبھی سجاتا کی سوتیلی ماں بن جائے گی۔ پہلی بار جب وہ سجاتا کے گھر گیا تھا تو آیتا کو دیکھ کر متحیر ہوا تھا۔ آیتا بھی یقیناً چونکی ہوگی مگر اس نے ظاہر ہونے نہیں دیا تھا۔ اس نے شوبھن کو دیکھ کر گھونگھٹ کاڑھ لیا تھا۔ اور اندر چلی گئی جیسے کہ شوبھن کو پہچانتی ہی نہ ہو۔ شوبھن

زیادہ دیر وہاں نہیں رکا۔ شوبھن نے سجاتا کے والد کو خط لکھ کر سجاتا سے شادی کی پیشکش کی تھی۔ سجاتا کے والد نے جو جواب لکھا تھا وہ آج بھی شوبھن کو یاد ہے ....

پیارے شوبھن لال!

تم پڑھے لکھے انسان ہو۔ مجھے تم سے ایسے خط کی امید نہیں تھی۔ میں تم سے بیٹے کی طرح پیار کرتا ہوں۔ مجھے امید تھی کہ تم سجاتا کو اپنی بہن سمجھو گے۔ اس کے علاوہ سجاتا برہمن ہے اور تم ویدیہ۔ آج کل ویدیہ بھی خود کو برہمن ثابت کرنے کی کوشش کرنے لگے ہیں مگر سماج نے اس کی منظوری اب تک نہیں دی ہے۔ سجاتا کی ماں اگر چہ اس کی سوتیلی ماں ہے مگر وہ اس کی خیر خواہ ہے۔ وہ کسی بھی قیمت پر اس شادی پر رضامند نہیں ہوگی۔ میں نے اسے تمہارا خط دکھایا تھا۔ اس نے کہا کہ اگر یہ شادی ہوئی تو وہ گھر چھوڑ کر چلی جائے گی۔ اس نے ایک اور بات کہی ...... جب تمہارے خیالات ایسے ہیں تو ہمارے گھر میں تمہارا آنا مناسب نہیں ہوگا۔ میری دعائیں تمہارے ساتھ ہیں۔

دعا گو

ہراناند چٹوپادھیائے

دیوار سچ مچ کافی اونچی تھی۔ آیتا کے آنے کے بعد اور بھی اونچی ہوگئی۔ شوبھن کو یہ سمجھنے میں دیر نہیں لگی کہ آیتا سجاتا کی اتنی بڑی خیر خواہ کیسے ہوگئی۔ اگر آیتا نہیں ہوتی تو ممکن تھا کہ شوبھن، ہراناند بابو کو راضی کر لیتا۔ ایک دن ہراناند بابو کے ساتھ شوبھن کی ملاقات جھاؤ کوٹھی کے صحن میں ہوگئی۔ اس ویران جگہ پر شوبھن روز چہل قدمی کرنے جایا کرتا تھا۔ جھاؤ کوٹھی ایک بہت بڑی بنگلہ نما حویلی تھی۔ چاروں طرف کھلی جگہ تھی۔ یہ جگہ شوبھن کو بہت پسند تھی۔ وہ روز شام کو چہل قدمی کرنے وہاں جاتا تھا۔ ایک دن اس نے فون پر سجاتا سے کہا تھا ...."میرا تو تمہارے گھر جانا ممکن نہیں ہے۔ تم کسی دن کسی بہانے سے جھاؤ کوٹھی آؤ۔ تمہیں دیکھے بہت دن ہوگئے ہیں۔" مگر سجاتا آنے پر راضی نہیں ہوئی۔ اس کے دو دن بعد شوبھن کی ملاقات ہراناند بابو سے جھاؤ کوٹھی کے صحن میں ہوئی۔ حکومت وہ حویلی خریدنا چاہتی تھی۔ ہراناند بابو حکومت کی طرف سے وہ حویلی

دیکھنے آئے تھے۔

’’کیا شوبھن؟ تم اب تک یہیں ہو؟‘‘

’’جی ہاں‘‘

’’کب تک رہوگے؟‘‘

’’ہمیشہ رہوں گا۔‘‘ یہ جواب ہرانند بابو کی توقع کے خلاف تھا۔ انہوں نے پوچھا ....
’’تمہارے دماغ ٹھکانے آئے؟‘‘

’’میرا دماغ شروع سے ٹھکانے پر ہے۔ میں نے آپ کو جو کچھ لکھا تھا وہ غلط نہیں تھا۔
میں سجاتا کا آخری دم تک انتظار کروں گا۔ اگر آپ ٹھنڈے دماغ سے سوچتے تو مجھ سے ناراض
نہیں ہوتے۔‘‘

ہرانند بابو کچھ دیر تک شوبھن کی طرف دیکھتے رہے پھر بولے .... ’’میں نے سجاتا
سے بھی پوچھا تھا۔ وہ راضی ہے۔ آج کل جو زمانہ ہے میں بھی راضی ہو جاتا مگر سجاتا کی ماں مسئلہ
ہے۔ میں نے تم کو جو خط لکھا تھا وہ اس نے ہی مجھ سے لکھوایا تھا۔ اس نے یہ کہا تھا کہ اگر یہ شادی
ہوئی تو یا تو وہ گھر چھوڑ کر چلی جائے گی یا پھانسی لگا کر خودکشی کر لے گی۔ ایسی صورت میں میں اور کیا
کرتا۔ تم انتظار کرو۔ شاید کبھی اس کا خیال بدل جائے۔‘‘

مگر شوبھن لال جانتا تھا کہ اس کا خیال کبھی نہیں بدلے گا۔ وہ یہ بھی جانتا تھا کہ ہرانند
بابو بڑھاپے میں کمسن بیوی کی مخالفت نہیں کر سکتے تھے۔

شوبھن لال بیٹھا سجاتا کے بارے میں ہی سوچتا رہا۔ اچانک اسے محسوس ہوا کہ کوئی
اس کی پشت پر کھڑا ہے۔ وہ فوراً اٹھ کھڑا ہوا مگر وہاں کوئی نہیں تھا۔ وہ پھر بیٹھ گیا۔ سرد ہوا چل رہی
تھی۔ کتے بھونک رہے تھے۔ شوبھن لال پھر کھڑا ہو گیا۔ اس نے ٹارچ جلا کر چاروں طرف
دیکھا۔ کوئی نظر نہیں آیا۔ کتوں کا بھونکنا بند ہو گیا تھا۔ اب الوؤں کی آوازیں آنے لگی تھیں۔ اپنی
کرخت آواز میں وہ کچھ بول رہے تھے جو شوبھن لال سمجھنے سے قاصر تھا۔ کچھ دیر بعد اسے لگا جیسے
وہ کہہ رہے ہوں .... ’’دیکھ رہے ہو۔ دیکھ رہے ہو۔‘‘ مگر وہ کیا دیکھتا؟ کچھ بھی تو دکھائی نہیں
پڑ رہا تھا۔ تھک کر وہ ایزی چیر پر دراز ہو گیا۔ اسے محسوس ہوا جیسے کوئی اس کے چاروں طرف

بن پھول   مترجم: احمد کمال ہاشمی

طواف کر رہا ہو۔ وہ کچھ دیر ساکت پڑا رہا جیسے کہ بے ہوش ہو گیا ہو۔

فون کی گھنٹی پھر بج اٹھی۔

شوبھن جلدی سے اٹھا اور گھر کے اندر چلا گیا۔

’’ہیلو...... کون؟ سجاتا؟ ارے سجاتا ہو۔ بولو کیا حال ہے؟‘‘

’’آپ آئیے۔ اس بار ملاقات ضرور ہوگی۔‘‘ سجاتا نے کہا۔ اس کی آواز دور سے آتی ہوئی محسوس ہو رہی تھی۔

’’تمہارے گھر آؤں؟‘‘

’’نہیں جھاؤ کوٹھی آئیے۔ آپ نے ایک بار وہیں مجھے بلایا تھا مگر میں نہیں جا سکی تھی۔ آج میں وہیں ہوں۔ آپ آ جائیے۔‘‘

’’تم اتنی رات کو وہاں کیسے پہنچ گئی؟‘‘

’’آپ آئیے۔ پھر بتاؤں گی۔‘‘

جھاؤ کوٹھی پہنچ کر شوبھن نے دیکھا کہ سجاتا سیڑھیوں پر اکیلی بیٹھی ہوئی ہے۔

’’سجاتا؟‘‘

’’ہاں...... اب میرے چاروں طرف کی دیوار گر چکی ہے۔ اب میں آزاد ہوں۔ اب کوئی رکاوٹ نہیں رہ گئی ہے۔‘‘

شوبھن نے ٹارچ جلا کر دیکھا۔ سجاتا کے چہرے سے خوشی پھوٹ رہی تھی۔

’’تم آزاد ہو گئی ہو کا کیا مطلب ہے؟‘‘

’’میں مونگیر گئی تھی۔ وہیں دیوار گرنے سے دب کر میں مر گئی۔ کیا یہاں زلزلہ نہیں آیا تھا؟‘‘

’’ہاں آیا تو تھا۔ مگر میں زندہ بچ گیا۔‘‘

’’یعنی آپ کی دیوار اب تک نہیں گری ہے۔ پھر ہمارا ملن کیسے ہوگا؟‘‘ یہ کہہ کر سجاتا نے اپنے دونوں ہاتھ بڑھا دیئے۔ شوبھن لال نے ہاتھ پکڑنے کی کوشش کی مگر پکڑ نہیں سکا۔ سجاتا کا جسم تھا ہی نہیں۔

’’میرے چاروں طرف کی ساری دیواریں گر چکی ہیں۔ مگر آپ کی دیواریں اب تک

نہیں گری ہیں۔ پھر ہمارا ملن کیسے ہوگا؟'' سجاتا یہ کہہ کر بے ساختہ رو پڑی۔

''تم ہی بتاؤ سجاتا۔ میں تم سے کیسے ملوں؟''

سجاتا نے سامنے ایک کنویں کی طرف اشارہ کرتے ہوئے کہا .... ''آپ اس میں چھلانگ لگا دیجئے۔ دیوار ڈھا دیجئے۔''

شوبھن خاموش کھڑا رہا۔

''آئیے۔'' سجاتا نے کہا اور کنویں کی طرف بڑھنے لگی۔ کنویں کے قریب پہنچ کر اس نے کہا .... ''لگائیے چھلانگ۔ ساری دیواریں ڈھا دیجئے۔ ساری رکاوٹیں دور کر دیجئے۔''

شوبھن لال کچھ دیر ساکت کھڑا رہا۔ پھر اس نے کنویں میں چھلانگ لگا دی۔

☆ ☆ ☆

ایسا کیوں

کمار کی عمر صرف دس سال تھی۔ وہ امیر گھرانے کا اکلوتا بیٹا تھا۔ اس کے باپ کا انتقال ہو چکا تھا۔ اپنے باپ کی بڑی جائداد کا وہ اکیلا وارث تھا۔ اس کی ماں کو سارے لوگ رانی ماں کہتے تھے۔ کمار کو یہ بات سمجھ میں نہیں آتی تھی کہ لوگ اس کی ماں کو رانی کیوں کہتے ہیں۔ اس کا باپ تو راجہ نہیں تھا۔ کمار احتجاج تو نہیں کرتا تھا مگر دل ہی دل میں سوچتا ضرور تھا کہ جو رانی نہیں ہے اسے رانی کہنا مذاق تو نہیں ہے۔

رانی ماں کا سارا پیار اپنی اکلوتی اولاد کمار کے لئے امڈتا تھا۔ اس کے لئے ایک موٹر گاڑی، ایک گھوڑا، دو خادمائیں، دو خادم مخصوص تھے۔ دو پرائیوٹ ٹیوٹر اسے پڑھانے پر معمور تھے۔ ایک صبح کو پڑھاتا تھا دوسرا شام کو۔

کمار تھک جاتا تھا۔ صبح سے شام تک اسے فرصت نہیں ملتی تھی۔ وہ ایک پل کے لئے بھی اکیلا نہیں رہ پاتا تھا۔ صبح کو آنکھ کھلتے ہی رما پر نظر پڑتی تھی۔ رما اس کا منھ دھلاتی، کپڑے بدلتی، اس کے بال سنوارتی اور پھر اسے موتی کے حوالے کر دیتی۔ موتی گھر کی پرانی خادمہ تھی۔ کمار کو کھانا پلانے کی ذمہ داری اس پر تھی۔ وہ سب سے پہلے زبردستی ایک گلاس دودھ پلاتی تھی۔ اس کے بعد

بھی کمار کو جبراً بہت کچھ کھانا پڑتا تھا۔ انگور، سیب، پستہ، بادام، سندیس، رس گلے، پوری، ترکاری سامنے رکھ کر موتی اسے کھانے پر اصرار کرتی۔ موتی کی قید سے خود کو آزاد کرانا کمار کے لئے مشکل ہوتا تھا۔ اس کی بات رکھنے کے لئے کمار کو کچھ نہ کچھ کھانا ہی پڑتا تھا۔ کھانا ختم ہوتے ہی باہر سے نوکر کی آواز آتی ....''کمار بابو! ماسٹر صاحب آگئے ہیں۔'' اسے فوراً پڑھنے بیٹھنا پڑتا تھا۔ شیو ناتھ بابو اچھے اور تجربہ کار استاد تھے۔ کالج کے پروفیسر ہوا کرتے تھے۔ فی الحال سبکدوشی کی زندگی گزار رہے تھے۔ ان کے پڑھانے کا طریقہ کچھ الگ تھا۔ وہ ہر روز کسی نہ کسی مشہور انسان کے حالات زندگی کہانی کی طرح بیان کر کے کمار کو سناتے۔ اس کے بعد پڑھانا شروع کرتے۔ دس بجتے ہی اندر سے آواز آتی کہ ماں بلا رہی ہے۔ رانی ماں صبح سویرے اٹھ کر غسل کر کے پوجا کرنے بیٹھ جاتیں۔ پوجا سے فارغ ہو کر کمار کو آواز دیتی تھیں۔ ماں کی نظروں کے سامنے کمار کا خاص خانساماں تیتیو اس کے بدن پر تیل مالش کرتا تھا۔ رانی ماں ہدایت دیتی جاتی تھیں۔ اس کے بدن پر تین طرح کے تیلوں کی مالش ہوتی تھی۔ سرسوں کا تیل، زیتون کا تیل اور جاوا کسم۔ زیتون کا تیل پورے بدن میں لگایا جاتا۔ سرسوں کا تیل کان اور ناک میں ڈالا جاتا اور جاوا کسم سر پر لگایا جاتا۔

کمار پر جھنجلاہٹ سوار ہو جاتی تھی۔ تیتیو اسے الٹ پلٹ کر اس طرح مسلتا تھا جیسے کہ وہ انسان نہیں گھوڑا ہو مگر وہ کچھ بول نہیں پاتا تھا کیونکہ ماں سامنے بیٹھی ہوئی ہوتی تھی۔ اس کے بعد ماں اسے غسل خانے میں لے کر گرم پانی سے نہلاتی تھی۔ نہلانے کے بعد تولیہ اس کے بدن پر اتنے زور سے رگڑتی کہ کمار کہنے لگتا کہ ماں میں برتن ہوں جو اتنے زور سے رگڑ رہی ہو۔ ماں جواب دیتی ......اگر زور سے نہ رگڑوں تو بدن کا میل کیسے صاف ہوگا۔ لیکن کمار کو پتہ تھا کہ اس کے بدن پر میل نہیں ہوتا۔ میل ہوتا بھی کیسے؟ وہ تو سارا دن کپڑے پہنے رہتا تھا۔ اس کے کئی ایک جوڑے تھے۔ ننگے پاؤں چلنے کی ممانعت تھی۔ سردی کے موسم میں موزے اور دستانے پہننے پڑتے تھے۔ پھر بدن پر میل کیسے جمتا مگر رانی ماں میل میل کی رٹ لگائے رہتی۔ وہ تولیہ اس قدر رگڑتی کہ لگتا ہے جلد ادھڑ جائے گی۔ وہ روتا چیختا مگر ماں چھوڑتی نہیں تھی۔ اس کے بعد بدن پر صابن لگانے کی باری آتی تھی۔ وہ بھی ایک تکلیف دہ امر تھا۔ صابن اگرچہ قیمتی ہوا کرتا تھا مگر آنکھوں میں لگنے سے جلن کم نہیں ہوتی تھی۔ غسل کے بعد اسے سجانے سنوارنے کا دور شروع ہوتا تھا۔ یہ

بن پھول   مترجم: احمد کمال ہاشمی

کام رانی ماں اپنے ہاتھوں سے کرتی تھیں۔ بالوں میں اتنے زور سے کنگھی کرتیں کہ کماری کی آنکھوں سے آنسو نکل آتے۔ کنگھی چاندی کی تھی۔ اس کے کانٹے بہت نوکیلے ہوتے تھے۔ کماری جتنا ''چھوڑیئے چھوڑیئے'' کہتا رانی ماں اتنی ہی زور سے کنگھی کرتیں۔ اس کے بعد اسنو پاؤڈر لگایا جاتا، کپڑے پہنائے جاتے۔ یہ سارے کام کماری کو تھکا دیتے تھے۔ آخر میں ماں ایک بوسہ لے کر کہتی ....''چلو اب کھانا کھالو'' بوسہ تو کماری کو بہت اچھا لگتا تھا مگر کھانے کی تجویز ناگوار گزرتی تھی۔ وہ جواب دیتا کہ ابھی بھوک نہیں ہے۔ یہ سن کر رانی ماں ناراض ہو کر کہتیں .... ''بھوک تو تمہیں کبھی نہیں لگتی ہے۔ تمہیں یاد نہیں ہے کہ ڈاکٹر نے تمہیں گیارہ بجے تک کھانا کھا لینے کو کہا ہے؟''

ہر ہفتے ایک ڈاکٹر کماری کو دیکھتا تھا۔ اس کی ہدایت کے مطابق ہی کماری کو ہر کام کرنا پڑتا تھا۔ بڑوں کے لئے سفید پتھر کا ایک ڈائننگ ٹیبل گھر میں تھا مگر وہ کماری کے لئے بہت اونچا تھا۔ اس لئے رانی ماں نے اس کے لئے سفید پتھر کا ایک چھوٹا سا ٹیبل خرید دیا تھا۔ اس ٹیبل کے قریب ایک قالین بچھا دی جاتی تھی۔ کماری اسی پر بیٹھ کر کھانا کھایا کرتا تھا۔ رانی ماں اس کے قریب ہی بیٹھ کر اسے کھلاتی تھیں بلکہ یہ کہنا مناسب ہوگا کہ زبردستی کھلاتی تھیں۔ یہ بھی ایک ہنگامہ خیز عمل ہوتا تھا۔ کماری کھاتے کھاتے بار بار کھانا ٹیکھا ہونے کا شاکی ہوتا۔ بار بار پانی پیتا، کانٹوں کا بہانہ کر کے مچھلی کھانے سے گریز کرتا مگر رانی ماں بھی آسانی سے چھوڑنے والی نہیں تھیں۔ کبھی لاڈ سے اور کبھی ڈانٹ کر کھلاتی تھیں۔ کماری کی پسندیدہ چیز اچار تھی مگر رانی ماں اسے زیادہ کھانے نہیں دیتیں۔ اسے کماری اپنے اوپر ظلم تصور کرتا۔ کھانے کے بعد اسے سلا دیا جاتا۔ نیند آئے نہ آئے اسے سونا پڑتا تھا۔ سر کے اوپر پنکھا، نرم و گداز بستر، آرام دہ گھر، گھر کی کھڑکی اور دروازے بند مگر نیند نہیں آتی تھی۔ وہ آنکھیں بند کر کے پڑا رہتا۔ اٹھ کر بھاگ بھی نہیں سکتا تھا کیونکہ ماں بغل میں ہی سوئی رہتی تھی۔ سہ پہر تین بجے تک اسے یہ ''مظالم'' برداشت کرنے پڑتے تھے۔ تین بجے ما اس کو کھیلنے والے کمرے میں لے جاتی تھی۔ رما اس کے ساتھ کھیلتی نہیں تھی بلکہ دروازے پر بیٹھ کر اس کی نگہداری کرتی تھی۔ کھیلنے کے کمرے میں انواع و اقسام کے کھلونے تھے۔ لکڑی کا گھوڑا، ٹیڈی ویر، میکانو، ہر طرح کے گڈے اور گڑیا، مختلف رنگوں کی تصویریں، ایک راکنگ چیر ..... مگر ان سب کھلونوں میں کماری کی کوئی دلچسپی نہیں تھی۔ اسے ان سب کھلونوں سے کھیلنے میں

بن پھول   مترجم: احمد کمال آتشی

ذرہ برابر بھی لطف نہیں آتا تھا۔ سارے کھلونے پرانے ہو چکے تھے۔ وہ بس مشینی انداز میں ان سے کچھ دیر کھیل لیتا تھا جیسے کہ پڑھنے کی طرح کھیلنا بھی ایک ضروری کام ہو۔ تقریباً ڈیڑھ گھنٹوں تک کھیلنے کے بعد اسے پھر مونی کے پاس جانا پڑتا تھا اور گرم حلوہ پوری کھانی پڑتی تھی۔ وہ خاموشی سے کھا لیتا تھا۔ احتجاج کرنے پر ماں کی نیند ٹوٹ سکتی تھی۔ رانی ماں شام پانچ بجے تک سونے کی عادی تھیں۔ کچی نیند ٹوٹنے سے ان کے سر میں درد ہونے لگتا تھا جو دوا کھانے پر بھی ٹھیک نہیں ہوتا تھا۔ اس لئے کمار زیادہ احتجاج نہیں کرتا تھا۔ کھانے کے بعد مونی اسے باہر گھومنے والا لباس پہناتی تھی۔ کمار بڑے شوق سے وہ کپڑے پہنتا تھا کیونکہ اسے گھومنے جانا ہوتا تھا۔ ڈرائیور وجے اسے دور ایک میدان میں لے جاتا تھا۔ اس میدان کے قریب غریبوں کی ایک بستی تھی۔ کمار کو اس بستی کے قریب جانا بہت اچھا لگتا تھا۔ وہاں اس کا ہم عمر پھگوا رہتا تھا۔

پھگوا چمار کا بیٹا تھا۔ اس کے ماں باپ مہتر مہترانی تھے۔ وہ کھپریل کے ایک چھوٹے سے گھر میں رہتا تھا۔ اس پاس سارے چمار ہی رہتے تھے۔ وہ چماروں کی ہی بستی تھی۔ ایک کھلی جگہ کے چاروں طرف گھر آباد تھے۔ اس کھلی جگہ پر سب کا برابر کا حق تھا۔ کمار کی گاڑی پر سے وہ جگہ صاف نظر آتی تھی۔ ایک کونے میں کوڑے کا ڈھیر تھا۔ دوسرے کونے میں اپلے پڑے ہوئے تھے۔ ایک طرف مرغی اپنے بچوں کے ساتھ دانے چگ رہی تھی۔ پھگوا کی دو بہنیں تھیں .... جھمری اور سونری۔ جھمری چھ سال کی تھی اور سونری چار سال کی۔ ان کے سروں پر گھنے بال تھے مگر بال تیل سے عاری تھی۔ آنکھوں کے کونوں میں کیچڑ اور ناک میں سردی بھری رہتی تھی۔ ننگے بدن پر پھٹا پرانا پینٹ ہوا کرتا تھا۔ وہ راستے میں بیٹھ کر دھول مٹی سے کھیلتے تھے۔ مٹی کا گھر بناتے تھے۔ گھاس اور پتوں کی ترکاری پکاتے تھے۔ دو اینٹوں سے چولہا بنا لیتے تھے۔ قریب ہی ایک تالاب تھا۔ جھمری اس تالاب سے مٹی کے ایک پیالے میں پانی لاتی تھی۔ آنے جانے میں پیر کیچڑ میں اٹ جاتے تھے۔ مگر انہیں اس کی کوئی فکر نہیں تھی۔ اسی میدان میں اس کا بھائی پھگوا بھینس چراتا تھا۔ وہ اس بھینس کی پیٹھ پر لاٹھی لے کر بیٹھ جاتا تھا۔ کبھی لیٹ جاتا تھا۔ بھینس کے ساتھ اس کا ایک خوبصورت بچہ بھی ہوا کرتا تھا جو بھینس کے دونوں پیروں کے درمیان اپنا منہ گھسیڑ کر دودھ پیتا رہتا تھا۔ پھگوا کے پاس لکڑی کی ایک چھوٹی بانسری بھی تھی جسے وہ بھینس کی پیٹھ پر بیٹھا بجاتا رہتا تھا۔ ایک برگد کے پیڑ کی شاخیں کافی نیچے تک بڑھ آئی تھیں۔ پھگوا کبھی کبھی بھینس کی

پیٹھ سے اتر کر ان شاخوں سے لٹک کر جھولے جھولتا تھا۔ کچھ چرواہے بچے اور بھی آجاتے تھے۔

کمار قیمتی کپڑوں میں ملبوس اپنی موٹر میں بیٹھا انہیں دیکھتا رہتا تھا۔ اس کا دل بھی ان کے ساتھ کھیلنے کو چاہتا تھا۔ اسے لگتا تھا کہ موٹر پر سوار ہونے سے بھینس کی پیٹھ پر سوار ہونا زیادہ لطف انگیز ہے۔ برگد کی شاخوں سے لٹک کر جھولنا لکڑی کے گھوڑے پر بیٹھ کر جھولنے سے کہیں بہتر ہے۔ اس کی موٹر گاڑی میدان کے چاروں طرف چکر کاٹتی تھی اور کمار للچائی نظروں سے پھگوا، جھمری اور سونری کو دیکھا کرتا تھا۔ مگر اسے پتہ تھا کہ ان لوگوں کے ساتھ کھیلنے کا موقع شاید اسے کبھی نہیں ملے گا۔

دوسری طرف پھگوا بھی روز للچائی نظروں سے موٹر گاڑی کی طرف دیکھا کرتا تھا۔ وہ سوچا کرتا تھا.........آہاہاہا! کتنی خوبصورت موٹر ہے۔ کیا خوب رنگ ہے۔ گاڑی کتنی چمک رہی ہے۔ وہ رشک سے کمار کی طرف دیکھتا تھا جیسے کہ وہ کسی دیوتا کا دیدار کر رہا ہو۔ اس کا دل بھی چاہتا تھا کہ کاش وہ کبھی ایسی موٹر گاڑی پر چڑھ پاتا مگر اسے پتہ تھا کہ ایسا موقع اس کی زندگی میں کبھی نہیں آئے گا۔

مگر ایسا موقع ایک دن آ گیا۔

ڈرائیور جے کو افیم کھانے کی عادت تھی۔ ایک روز اچانک اسے پتہ چلا کہ اس کی افیم ختم ہو گئی ہے۔ وہ خریدنا بھول گیا تھا۔ اس وقت گھر واپس جا کر افیم خریدنا ممکن نہیں تھا۔ بازار بند ہو چکا ہوتا۔ اس نے سوچا کہ موٹر لے کر سیدھا بازار چلا جائے لیکن اگر رانی ماں کو پتہ چل گیا تو اس کی ملازمت چلی جائے گی۔ ان کا حکم تھا کہ کمار کو کبھی بھی بازار کی بھیڑ بھاڑ میں نہ لے جایا جائے۔ اسے خیال آیا کہ اس کے دوست بوتو کا مکان میدان کی دوسری طرف ایک بستی میں ہے۔ اسے بھی افیم کھانے کی عادت تھی۔ اس سے افیم مانگی جا سکتی تھی۔ لیکن موٹر لے کر وہاں جانا ممکن نہیں تھا کیونکہ راستہ بہت خراب تھا۔ اسے پیدل ہی جانا پڑتا۔ اس نے کمار سے کہا.........

"کمار بابو! تم موٹر میں بیٹھے رہنا۔ میں کچھ دیر میں آتا ہوں۔ تم خبردار موٹر سے مت اترنا۔" یہ کہہ کر جے چلا گیا۔

اس کے جاتے ہی کمار موٹر سے اترا اور دوڑ کر پھگوا کے قریب پہنچ گیا۔ اس وقت پھگوا بھینس کی پیٹھ پر بیٹھ کر بانسری بجا رہا تھا۔

’’تمہارا نام کیا ہے بھائی؟‘‘ کمآر نے پوچھا۔

’’پھگوا‘‘

’’کیا تم مجھے بھینس کی پیٹھ پر چڑھنے دو گے؟‘‘

’’ہاں ضرور‘‘

پھگوا طاقت اور ذہانت دونوں میں تیز تھا۔ وہ زمین پر بیٹھ گیا۔ کمآر نے اس کے کاندھے پر پیر رکھا اور بھینس کی پیٹھ پر سوار ہوگیا۔ کچھ دیر تک وہ یونہی مزے لیتا رہا۔ پھر اس نے کہا ....

’’اب میں شاخوں سے لٹک کر جھولا جھولوں گا۔‘‘

وہ کچھ دیر پھگوا کی مدد سے جھولتا رہا۔ پھر اس نے جھمری اور سوزری کی طرف اشارہ کرتے ہوئے پوچھا .... ’’وہ دونوں کون ہیں؟‘‘

’’وہ میری بہنیں ہیں .... جھمری اور سوزری‘‘

’’میں ان کے ساتھ بھی کچھ دیر کھیلوں گا۔‘‘

’’ٹھیک ہے چلو۔ میں تمہیں لے کر چلتا ہوں ۔‘‘

کمآر دھول مٹی میں اٹ کر ان کے ساتھ کھیلنے لگا۔ اسے لگا جیسے جنت ہاتھ آگئی ہو۔

پھگوا نے نرم لہجے میں پوچھا ....

’’کیا تم مجھے اپنی موٹرگاڑی پر چڑھاؤ گے؟‘‘

’’ہاں، جاؤ ۔ چڑھ جاؤ۔‘‘

جھمری اور سوزری نے بھی چڑھنے کی خواہش ظاہر کی ۔

’’صاحب بابو! تم مٹی سے گھر بناؤ۔ تب تک ہم لوگ موٹر کا مزہ لیتے ہیں۔‘‘ یہ کہہ کر تینوں موٹر کی طرف دوڑ پڑے۔ دروازہ کھلا ہوا تھا۔ جھمری اور سوزری پچھلی سیٹ پر بیٹھ گئی۔ پھگوا نے اگلی سیٹ پر بیٹھ کر اسٹرنگ پکڑ لی ۔

کچھ ہی دیر بعد کمآر نے ڈانٹ پھٹکار کی آواز سنی۔ اس نے سر گھما کر دیکھا۔ وجے واپس آ گیا تھا اور تینوں بچوں کو مار رہا تھا۔ کمآر دوڑ کر وہاں پہنچا۔ اس نے دیکھا کہ وجے پھگوا کو ایسا مارا تھا کہ اس کی ناک سے خون بہنے لگا تھا۔ جھمری اور سوزری کے گالوں پر تھپڑ کے داغ تھے ۔

”انہیں چھوڑ دو۔انہیں میں نے ہی گاڑی میں بیٹھنے کی اجازت دی تھی۔“

”چھی۔چھی۔چھی۔تم نے یہ کیا حرکت کردی کمار بابو؟ تمہارے کپڑے گندے ہوگئے ہیں۔جوتے میلے ہوگئے ہیں۔رانی ماں مجھے نہیں چھوڑیں گی۔

اس دن وہ جے کو ملازمت سے برخاست کردیا گیا۔اس کی جگہ سردار سردل سنگھ کو ڈرائیور مقرر کیا گیا۔

کمار اب بھی موٹر پر سوار ہوکر میدان کی طرف جاتا ہے۔ وہ دور سے ہی پھگوا اور جھمری، سونری کو دیکھا کرتا ہے مگر اب وہ ان کے قریب نہیں جاسکتا۔ سردل سنگھ سخت انسان ہے۔

ان لوگوں کے بیچ جو ایک اَن دیکھی دیوار تھی وہ صرف ایک دن کے لئے اچانک گر گئی تھی۔ رانی ماں نے وہ دیوار دوبارہ کھڑی کردی تھی جواب کبھی نہیں گر سکتی تھی۔

کمار سوچنے لگا.......... آخر ایسا اصول کیوں ہے؟ دوسری طرف پھگوا، جھمری اور سونری بھی یہی سوچ رہے تھے۔

☆ ★ ☆

برہنہ الفاظ

”اے روکو“

ٹیکسی رک گئی۔ شیامل بھدرا اترا اور فٹ پاتھ کے کنارے کوڑے دان کے پاس جو بھکارن منھ گھما کر کھڑی تھی اس کے قریب پہنچا اور اس کا چہرہ دیکھنے لگا۔ پھر اس نے میری طرف دیکھ کر نفی میں سر ہلایا یعنی یہ وہ نہیں تھی۔

بھکارن منمنائی..........”ایک پیسہ دے دونا بابا، دو روز سے بھوکی ہوں“

شیامل ٹیکسی کی طرف واپس آیا اور پیسوں کی تھیلی سے دو روپے نکال کر بھکارن کو دے دیئے۔ بھکارن نے اس کی طرف حیرت سے دیکھا۔ آج تک کسی نے اسے بھیک میں دو روپے

نہیں دیئے تھے۔

''سیدھا چلو'' اس نے کہا اور ٹیکسی آگے بڑھ گئی۔

''یہ بھی وہ نہیں تھی۔'' شیامل نے مسکرا کر میری طرف دیکھا۔ اب تک ہم لوگ کل بیس بھکارنوں کو دیکھ چکے تھے۔

''تم اسے ڈھونڈ نہیں پاؤ گے۔'' میں نے کہا۔

''مجھے ڈھونڈنا ہی ہوگا۔ میں کلکتے کا چپہ چپہ چھان ماروں گا۔'' اس نے بیقراری سے باہر کی طرف دیکھتے ہوئے کہا۔ میں یہ سوچ کر خاموش ہوگیا کہ خبطیوں کو سمجھانا مشکل ہوتا ہے۔ فنکار خبطی ہی تو ہوتے ہیں۔ پھر اس نے شراب بھی پی رکھی تھی۔

''ارے روکو'' ٹیکسی پھر رک گئی۔ شیامل پھر اتر گیا۔ سامنے والی گلی کے نکڑ پر دو تین بھکارنیں ایک ساتھ کھڑی تھیں۔ ان میں سے دو عمر دراز تھیں اور تیسری قدرے جوان۔ اس کی گود میں ایک بچہ بھی تھا۔ شیامل نے تینوں کے چہروں کو غور سے دیکھا اور نفی میں سر ہلاتا ہوا ٹیکسی میں واپس آ گیا۔ پھر کچھ نوٹ لے جا کر انہیں دے دیا۔ پتہ نہیں اس کی تھیلی میں اور کتنے پیسے تھے۔

''سیدھے چلو'' شیامل صبح سے یہی بولتا رہا ہے۔ ٹیکسی کا میٹر تیزی سے چلتا ہا مگر شیامل کو اس کی ذرہ برابر پرواہ نہیں تھی۔ فی الحال وہ را جاتھا۔ اس کی بنائی ہوئی تصویر پورے پانچ ہزار میں فروخت ہوئی تھی۔ رقم اسے کل ہی ملی تھی۔ اور آج صبح سے یہ حرکت!!

اس کے پس منظر میں ایک کہانی ہے۔ دو برس پہلے کا واقعہ ہے۔ مجھے ایک روز اچانک پتہ چلا کہ شیامل کلکتہ آیا ہوا ہے۔ مصوری اس کا نشہ بھی تھی اور پیشہ بھی مگر اسے جتنا شدید نشہ تھا اتنا کامیاب پیشہ نہیں تھا۔ مصور شیامل بھدر کے نام سے لوگ زیادہ واقف نہیں تھے مگر میں ہمیشہ اس کی مصوری کا شیدائی رہا تھا۔ میں پہلی ہی فرصت میں اس سے ملنے گیا۔ میں نے دیکھا کہ اس نے بیرونی کمرے میں اپنی بنائی ہوئی بے شمار تصویریں لگا رکھی ہیں۔ وہ بیٹھا شراب نوشی کر رہا تھا۔

''یار! تم آئے اور مجھے اطلاع تک نہیں دی۔''

''کل ہی تمہارے گھر جاؤں گا۔ چچی کیسی ہیں؟''

''خیریت سے ہیں۔''

”کل میں ان کے ہاتھ کا کھنا کھاؤں گا۔“

”ضرور۔۔۔۔۔وہ خوش ہوں گی۔۔۔۔۔مگر بھولنا مت۔“

”نہیں۔۔۔۔۔بالکل نہیں بھولوں گا۔“

”ٹھیک ہے۔ میں کچھ اور لوگوں کو کھانے پر مدعو کر لیتا ہوں۔“

”زیادہ زحمت مت اٹھاؤ۔“

”زحمت کیسی؟ کچھ لوگ تم سے ملنے کے متمنی ہیں۔“

”اچھا، ٹھیک ہے۔“

دوسرے روز مجھے امید تھی کہ وہ آٹھ نو بجے تک آ جائے گا مگر گیارہ بجے تک جب وہ نہیں آیا تو فکر لاحق ہوگئی۔ میں ٹیکسی سے اس کی قیام گاہ تک پہنچ گیا۔ میں نے دیکھا کہ وہ مصوری میں پوری طرح غرق ہے۔ مجھ پر نظر پڑتے ہی بول اٹھا۔۔۔۔۔۔۔۔۔

”اوہ! چلو چلتا ہوں۔“ شاید دیر ہوگئی ہے۔ وہ جلدی سے تیار ہو کر نکل پڑا۔ کچھ دور آنے کے بعد وہ بولا۔۔۔۔۔۔۔”اوہو۔۔۔۔۔۔۔۔ایک بھول ہوگئی۔

”کیا ہوا؟“

”وھسکی کی بوتل گھر ہی پر رہ گئی۔ آج کل پیسوں کی قلت ہے ورنہ راستے میں ایک بوتل خرید لیتا۔ چلو واپس چلتے ہیں اور لے کر آتے ہیں۔ چچی سے نظریں بچا کر دو گھونٹ پی لوں گا۔ پیٹ میں جب تک وھسکی نہیں جائے گی مزہ نہیں آئے گا۔“

ٹیکسی واپس لے جانی پڑی۔ کچھ دیر بعد ہم لوگ وھسکی لے کر روانہ ہوئے۔ اچانک شیامل بول اٹھا۔۔۔۔۔۔۔”ارے روکو۔“

ٹیکسی رک گئی۔

”اب کیا ہوا؟“

”ٹھہرو، میں اسے بھی دیکھ لوں۔“ یہ کہہ کر وہ ٹیکسی سے کود گیا۔ کچھ دور پر فٹ پاتھ کے کنارے ایک کوڑے دان تھا۔ چیتھڑوں میں لپٹی ایک جوان نیم برہنہ بھکارن اس میں سے نکال کر کچھ کھا رہی تھی۔ شیامل اس کے قریب جا کر کھڑا ہو گیا۔ کچھ دیر یونہی کھڑا رہا۔ پھر گھوم گھوم کر مختلف زاویوں سے اس بھکارن کو دیکھنے لگا۔ میں بے چینی سے پہلو بدلنے لگا۔ تمام مدعوئین

میرے گھر پہنچ چکے ہوں گے۔ میں بھی ٹیکسی سے اتر گیا۔

''اس طرح کیا دیکھ رہے ہو؟''

''تصویر،''

نوجوان بھکارن بھی شرمائی نگاہوں سے شیامل کی طرف دیکھنے لگی۔اسے محسوس ہوا جیسے اس کا برہنہ جسم شیامل کو متاثر کر رہا ہے۔اس نے بوسیدہ آنچل کو بدن پر پھیلاتے ہوئے پر درد لہجے میں کہا۔۔۔۔۔۔۔۔''مجھے کوئی کپڑا دے دیجئے۔میرے کپڑے بالکل پھٹ گئے ہیں۔میں نے کئی لوگوں سے مانگے۔کسی نے نہیں دیئے،''

شیامل نے اپنی جیب سے دس روپے نکال کر اسے دے دیئے پھر متفکرانہ انداز میں آ کر ٹیکسی میں بیٹھ گیا۔میں نے کہا۔۔۔۔۔۔۔۔''کچھ دیر پہلے تم کہہ رہے تھے کہ تمہارے پاس پیسوں کی قلت ہے اور ابھی تم نے اس بھکارن کو پورے دس روپے دے دیئے۔''

''تمہیں شاید اندازہ نہیں ہے کہ اس نے مجھے کتنے روپے دیئے۔شاید ایک ہزار روپے،''شیامل نے جواب دیا۔

درحقیقت بھکارن سے شیامل کو پانچ ہزار روپے ملے۔''برہنہ الفاظ'' نامی تصویر پورے پانچ ہزار روپے میں فروخت ہوئی جس میں ایک نیم برہنہ جوان بھکارن جھک کر کوڑے دان میں کچھ تلاش کر رہی تھی۔یہ اسی نوجوان بھکارن کی تصویر تھی۔تصویر دیکھنے کے لائق تھی۔کل رات اس تصویر کی پوری قیمت ملتے ہی شیامل پر جنون طاری ہو گیا تھا۔آج صبح آ کر اس نے مجھ سے کہا۔۔۔۔۔۔۔۔''میرے ساتھ چلو۔اس نوجوان بھکارن کو ڈھونڈ نکالنا ہے۔میں اس رقم کا آدھا حصہ اسے دینا چاہتا ہوں۔''

میں نے اسے بہت سمجھایا کہ اسے ڈھونڈ نا ممکن نہیں ہے مگر جنونی شخص کو سمجھانا مشکل ہے۔صبح سے اب تک ہم لوگ چکر کاٹ رہے ہیں۔

''اچھا، یہ بتاؤ۔تم نے تصویر کا نام ''برہنہ الفاظ'' کیوں رکھا؟'' میں نے اچانک اس سے سوال کر دیا۔

''میں نے سنسکرت کا ایک اشلوک پڑھا تھا۔اشلوک تو یاد نہیں ہے مگر مفہوم یاد ہے۔'' اس نے کہنا شروع کیا۔۔۔۔۔۔۔۔''ایک بار ایک راجا کے دربار میں بہت سارے عالم

فاضل لوگ جمع تھے۔ کوئی راجا کے قصیدے پڑھ رہا تھا۔ کوئی تقریر کر رہا تھا۔ کوئی اپنی رام کہانی بیان کر رہا تھا۔ کوئی نظم سنا رہا تھا۔ راجا سب کو توجہ سے سن رہے تھے اور انعامات سے نواز رہے تھے۔ محفل کے اختتام پر راجا نے دیکھا کہ محفل کے دروازے والے گوشے میں ایک برہمن جو سر جھکائے بیٹھے تھے وہ کچھ سنائے بغیر اٹھ کر جا رہے ہیں۔ راجا نے انہیں بلایا اور پوچھا .... آپ کیوں آئے تھے؟ برہمن نے کہا .... مہاراج کو ایک نظر دیکھ کر اپنے پُن میں اضافہ کرنے۔ راجا نے کہا ...... سب لوگوں نے کچھ نہ کچھ سنایا مگر آپ نے تو کچھ نہیں سنایا۔ کیا آپ کے پاس بولنے کو کچھ بھی نہیں ہے؟ برہمن نے کچھ دیر تک خاموش رہنے کے بعد جواب دیا ...... مہاراج! میرے پیٹ کی آگ میں میرے الفاظ کے سارے لباس جل کر راکھ ہو گئے ہیں۔ اس لئے برہنہ الفاظ راج دربار میں سامنے نہیں آ سکے۔ یہ سن کر راجا نے ان کی غربت دور کر دی۔

تھوڑی دیر خاموش رہ کر شیامل نے کہا .... ''اُس دن فٹ پاتھ پر کوڑے دان کے قریب میں نے اپنی الفاظ کو مجسم دیکھا .... اسے ڈھونڈنا ہی ہوگا۔''

سارا دن چکر کاٹنے کے باوجود اسے ڈھونڈا نہیں جا سکا۔ شیامل نے ٹیکسی کا کرایہ دو سو روپے ادا کئے اور بھکارنوں میں کل پانچ سو روپے تقسیم کئے۔

میں ایک روز اس دولت مند آدمی کے گھر گیا جس نے وہ تصویر خریدی تھی۔ میں اس تصویر کو ایک بار اور دیکھنا چاہتا تھا۔ اسے جب پتہ چلا کہ میں شیامل کا دوست ہوں تو وہ شخص خود باہر آیا اور بڑے احترام کے ساتھ مجھے اندر لے گیا۔ اس کی عمر چالیس سال سے کچھ کم ہی ہوگی۔ اس نے مجھے ڈرائنگ روم میں لے جا کر بٹھایا۔ وہیں وہ تصویر ٹنگی ہوئی تھی۔ اس نے مجھ سے کہا ....

''آپ کے دوست نے رنگ اور برش کا خوب کمال دکھایا ہے۔ لڑکی کی جوانی زبردست طریقے سے ابھر کر آئی ہے۔''

یہ کہہ کر وہ ہوس بھری نظروں سے بھکارن کے نیم برہنہ جوان جسم کا جائزہ لینے لگا۔

میں اس کی طرف دیکھتا رہ گیا۔

☆☆☆

ضعیفہ

''ایک پیسہ دینا بابو''

یہی اس کے بھیک مانگنے کا انداز تھا۔ وہ میرے کلینک میں روزانہ آتی تھی۔ اس کے ہاتھ میں پیڑ کی ایک سوکھی ہوئی شاخ ہوا کرتی تھی جس کے سہارے وہ راستہ چلتی تھی۔ بھکارن کو بھلا کون لاٹھی خرید کر دیتا۔ پیڑ کی وہ سوکھی ہوئی شاخ بھی شاید اس نے کہیں سے توڑی تھی۔ اس کے کپڑے جگہ جگہ سے پھٹے ہوئے تھے۔ جگہ جگہ سلائی بھی کی گئی تھی۔ گلابی رنگ کا کپڑا تھا۔ ایسا لگتا تھا جیسے اس کپڑے کو کبھی کسی طوائف نے زیب تن کیا تھا جو اس ضعیفہ کے تن پر بالکل ہی فٹ نہیں آ رہا تھا۔ اس سے سردی کا مقابلہ بھی نہیں کیا جا سکتا تھا۔

ضعیف بھکارن تقریباً روز ہی میرے پاس آتی تھی اور آ کر وہی روز والی صدا لگاتی تھی ....''ایک پیسہ دینا بابو۔'' میں اسے روز ایک پیسہ دیا کرتا تھا۔ میں نے اپنے طور پر اس کا ایک نام بھی دے رکھا تھا۔ پی۔ پی یعنی پر مانٹ پانے والی۔

جس روز میرے کلینک میں مریضوں کی بھیڑ ہوتی تھی میں اسے ایک پیسہ دے کر رخصت کر دیا کرتا تھا مگر جس دن کوئی نہیں رہتا میں اس سے باتیں کرتا۔ ایک دن میں نے اس سے پوچھا کہ وہ بھیک کیوں مانگتی ہے۔ اس نے بتایا کہ ....''بیٹا اور بہو مجھے کھانا نہیں دیتے ہیں، گھر میں رہنے بھی نہیں دیتے ہیں۔ مجھے گھر سے نکال باہر کیا ہے۔ جب تک میں محنت مزدوری کرنے کے قابل تھی وہ مجھے کھانا بھی دیتے تھے اور رہنے کی جگہ بھی مگر اب نہیں دیتے۔'' پھر اس نے اپنا بایاں ہاتھ پیشانی پر رکھ کر کہا ....''سب قسمت کا کھیل ہے بابو۔''

ایک دن میں نے اسے پیسہ دیتے ہوئے پوچھا ....''تمہاری اور کیا خواہش ہے؟'' اس نے جواب دیا ''موت''۔ مجھے ایسے منفی جواب کی توقع نہیں تھی۔ میں نے اس کے جھریوں بھرے چہرے کی طرف بغور دیکھا جس سے مایوسی عیاں تھی۔

ایک روز میں اکیلا بیٹھا ہوا تھا۔ ضعیفہ نے آ کر صدا لگائی۔ میں نے دیکھا اس کی آنکھیں بوجھل ہو رہی ہیں۔ ٹھیک سے دیکھ بھی نہیں پا رہی تھی۔ آنکھوں کے دونوں کناروں پر کیچڑ جمی ہوئی

بن پھول   مترجم: احمد کمال ہاشمی

تھی۔ میں نے اسے دوادی۔

"آنکھوں میں کیا ہوا ہے؟"

"ٹھنڈ لگ گئی ہے بابو۔ ایک کپڑا دو نا۔ بہت سردی ہے۔"

"یہاں کپڑا کہاں ہے؟ کبھی گھر آنا۔" اس نے بتایا کہ وہ میرے گھر کا پتہ نہیں جانتی ہے۔ اس نے گزارش کی کہ میں اس کے لئے اگلے روز ایک کپڑا لے کر آؤں۔ میں نے وعدہ بھی کر لیا۔ میں نے سوچا ٹھیک ہی تو ہے میں موٹا کھدر پہنتا ہوں اس کپڑے میں ضعیفہ کو راحت ملے گی۔

دوسرے روز ضعیف بھکارن آئی اور مجھے شرمندہ ہونا پڑا کیونکہ مجھے کپڑے لانے کا خیال ہی نہیں رہا۔ تیسرے دن بھی میں بھول گیا۔ چوتھے دن بھی یہی ہوا۔ اس کے بعد والے دن بھی مجھے اپنی یاد داشت پر شرمندہ ہونا پڑا۔ میں نے اپنے ڈرائیور سے کہا کہ اگلے روز وہ مجھے یاد دہانی کرائے۔ مگر وہ بھی مسلسل بھولتا رہا۔ اس کے بعد سے ضعیفہ نے کپڑے کا مطالبہ کرنا چھوڑ دیا مگر وہ جب بھی آتی مجھے کپڑے کی یاد آجاتی۔ آخر ایک روز مجھے ڈرائیور نے بروقت یاد دہانی کرا دی۔ میری بیوی نے موٹے کھدر کا ایک لباس نکال کر دیا۔ ڈرائیور نے اسے لے جا کر کلینک کی ایک طاق پر حفاظت سے رکھ دیا۔ میں نے سوچا کہ ضعیفہ آئے گی تو دے دوں گا مگر ضعیفہ نہیں آئی اور اس کا احساس بھی مجھے طاق پر رکھے کپڑے کو دیکھ کر دو تین روز بعد ہوا کیونکہ اس دوران کلینک میں مریضوں کی بھیڑ زیادہ رہی تھی۔

دس روز گزر گئے مگر ضعیفہ نظر نہیں آئی۔ ضعیفہ میرے ذہن سے پوری طرح نکل بھی گئی۔ پہلے تو بھیڑ میں بھلے ہی مجھے اس کی یاد نہ آتی رہی ہو مگر جب میں اکیلا ہوتا تھا مجھے ضعیفہ یاد آیا کرتی تھی کہ آخر اسے کیا ہوا۔ مگر ادھر مسلسل کئی روز تک مجھے تنہائی نصیب ہی نہیں ہوئی تھی۔ اس دوران ایک تو میری اپنی بے پناہ مصروفیت رہی پھر شہر میں کافی ہنگامہ رہا۔ خبر گرم تھی کہ پردھان منتری آنے والے ہیں اور میدان میں تقریر کریں گے۔ چاروں طرف زور و شور سے تیاریاں چل رہی تھیں۔

جس روز پنڈت نہرو تقریر کرنے والے تھے مجھے ایک دور دراز کے گاؤں میں جانا پڑ گیا۔ میں اس روز صبح تڑکے روانہ ہو گیا تا کہ جلد از جلد واپس آ کر پنڈت نہرو کی تقریر سن سکوں مگر

بن پھول   مترجم: احمد کمال ہاشمی

مریض کو دیکھنے اور اس کے گھر والوں سے باتیں کرنے میں کافی دیر ہوگئی۔ مجھے لگا کہ شاید میں پنڈت نہرو کی تقریر نہیں سن سکوں گا۔ مگر مریض کے گھر والوں نے بتایا کہ میدان سے ہوتے ہوئے ایک شارٹ کٹ راستہ ہے جس پر چل کر میں وقت پر پہنچ جاؤں گا۔ اس راستے سے گاڑی بھی جا سکتی ہے۔ سو میں اسی راستے پر روانہ ہوگیا مگر میں پنڈت جی کی تقریر سن نہیں سکا۔ ایک گاؤں کے قریب پہنچ کر ڈرائیور نے اچانک گاڑی روک دی۔ راستے میں ایک لاش پڑی ہوئی تھی جسے گدھ اور کوے نوچ نوچ کر کھا رہے تھے۔ چہرے کی حالت اتنی خراب ہوگئی تھی کہ پہچاننا دشوار تھا۔ لاش پوری طرح برہنہ تھی۔ اس کے قریب ہی پیڑ کی ایک سوکھی شاخ پڑی ہوئی تھی۔ مجھے سمجھنے میں دیر نہ لگی کہ یہ اسی ضعیفہ کی لاش ہے۔ میں گاڑی سے اتر گیا۔ ڈرائیور گدھوں کو ہنکانے لگا۔ میں پیدل چلتا ہوا گاؤں میں داخل ہوا۔ مجھے میرا ایک شناسا آدمی مل گیا۔ اس کی زبانی پتہ چلا کہ کل رات سردی کی وجہ سے ضعیفہ مرگئی۔ اس کے جسم پر ایک بھی کپڑا نہیں تھا۔

"کیا ضعیفہ یہیں رہتی تھی؟"

"نہیں، میں نے اسے پہلے کبھی یہاں نہیں دیکھا۔"

ایک دوسرے شخص نے بتایا..........."دو دن پہلے ہی ضعیفہ اس گاؤں میں آئی تھی۔ اس نے کہا تھا کہ اس گاؤں میں اس کا بیٹا رہتا ہے مگر ایسا نہیں ہے۔ لٹولال نام کا کوئی آدمی اس گاؤں میں نہیں رہتا ہے۔"

میں نے کہا..........."ایک لاش کو گدھ نوچ نوچ کر کھا رہے ہیں اور تم لوگوں سے کچھ نہیں ہو سکا؟"

دونوں شرمسار ہوگئے۔ پھر کہنے لگے..........."لاش جلانے میں تقریباً دس روپئے خرچ ہوں گے۔ آپ ہی بتائیں ڈاکٹر بابو یہ رقم کہاں سے آئے گی۔ ہم لوگ اتنے خوشحال نہیں ہیں۔ ہمیں تو دو وقت کی روٹی بھی مشکل سے ملتی ہے۔ کس سے مدد مانگیں؟"

"ٹھیک ہے، تم لوگ انتظام کرو، میں پیسے دیتا ہوں۔"

میں نے انہیں بیس روپئے دیئے۔ اس شخص نے کہا..........."اتنے پیسوں میں تو لال کفن بھی آ جائے گا اور کیرتن گانے والے بھی مل جائیں گے۔"

پھر گاؤں والے لاش کو لال کفن سے ڈھک کر کیرتن گاتے ہوئے گنگا کنارے لے

گئے۔ واپس آکر میں نے سنا کہ نہرو جی نے اپنی تقریر میں کہا کہ غریب لوگوں کی فلاح و بہبود کیلئے ان کی سرکار جی جان سے کوشش کر رہی ہے۔ تقریر کرنے کے بعد وہ ہوائی جہاز سے پٹنہ کے لئے روانہ ہو گئے۔ وہاں بھی انہیں تقریر کرنی تھی۔

’’ایک پیسہ دینا بابو۔‘‘

جانی پہچانی آواز سن کر میں چونک گیا۔ میں نے دیکھا کہ دروازے پر وہی ضعیفہ کھڑی ہے۔ اس نے ہاتھ میں وہی سوکھی ڈال پکڑ رکھی ہے۔

’’تم ابھی تک زندہ ہو؟‘‘

’’موت میری قسمت میں کہاں ہے بابو؟‘‘

’’تمہارے لئے کپڑا رکھا ہوا ہے۔ لے جاؤ۔ تم اتنے دنوں تک کہاں تھی؟‘‘

’’پاؤں میں کیل چبھ گئی ہے۔ کوئی دوا دو نا بابو۔‘‘

اس کے پاؤں میں کیل چبھ گئی تھی اس لئے وہ اتنے دنوں تک غائب تھی۔ میں نے تھوڑا ٹنکچر آیوڈین لگا دیا۔ میں نے اس کو روز والا پیسہ بھی دیا۔ پرانا کھدّرکا کپڑا اپنے بدن پر ڈال کر وہ مجھے آشیرواد دیتی ہوئی چلی گئی۔

تب مجھ پتہ چلا کہ اس روز مجھ سے غلطی ہوئی تھی۔ پیڑ کی سوکھی ڈال ہاتھ میں پکڑ کر بھیک مانگنے والی ضعیفائیں ہمارے ملک میں بے شمار ہیں۔

☆ ☆ ☆

دوسرے جنم میں

یہ کہنا مشکل تھا کہ قصور کس کا تھا۔ قصور دراصل کسی کا نہیں تھا۔ قصور حالات کا تھا۔ حالات ایسے تھے کہ شانتی خود کو سنبھال نہیں پائی۔ نہیں سنبھالنے پر بھی میں شانتی کو قصوروار نہیں ٹھہرا سکتا کیونکہ وہ عام عورت تھی کوئی دیوی نہیں تھی۔ اس کے دوسرے شوہر نے شادی کی پہلی رات عروسی میں ایک آئل پینٹنگ والی تصویر دکھا کر کہا تھا……’’میں نے اس سے عشق کر کے شادی کی تھی مگر یہ میری بدقسمتی ہے کہ وہ اب اس دنیا میں نہیں ہے۔ میں نے فیصلہ کیا تھا کہ دوسری

شادی نہیں کروں گا مگر ماں کے اصرار پر شادی کرنی پڑی۔ میں اس تصویر پر روز اگر بتیاں جلاتا ہوں، تم بھی جلا دیا کرنا۔ میں تم سے ایک اور گزارش کرنا چاہتا ہوں۔ اگر چہ تم کھوکھن کی سگی ماں کی جگہ نہیں لے سکتی ہو لیکن پھر بھی اسے اپنا بنانے کی کوشش کرنا۔''

یہ سنتے ہی کھوکھن کو اپنا بنانے کی خواہش شانتی کے دل سے نکل گئی تھی۔ اس کے دل میں آیا کہ اس تصویر کو تار تار کر کے چاک چاک کر کے پھینک دے۔ اس کے شوہر نریش بابو تعلیم یافتہ انسان تھے۔ اگر وہ پہلی ہی رات جذباتی انداز میں وہ باتیں نہ کہتے تو شاید شانتی کے دل کی کیفیت کچھ الگ ہوتی۔ اس کی دوسری وجہ بھی تھی۔

نریش بابو کی ماں ایک زہریلی ناگن تھی۔ اس کی باتیں پھن مارنے کی طرح ہوتی تھیں۔ شادی کے دوسرے ہی دن اس نے شانتی کی شکل وصورت اور اس کے والدین کی تنگ نظری پر ایسی تنقیدیں کی تھیں کہ اگر شانتی پتھر کی مورت ہوتی تو چکنا چور ہو جاتی مگر وہ پتھر نہیں تھی اس لئے ٹوٹی نہیں مگر اس کا دل زہر آلود ہو گیا۔ وہ دنیا والوں کو دکھانے کیلئے سہی کھوکھن کو پیار کرنے گئی تو نریش بابو کی ماں ایسے شور مچانے لگی جیسے کہ کھوکھن کو اس کے کسی دشمن نے پکڑ لیا ہو۔ نریش بابو کی ماں ہی کھوکھن کو کھلاتی، نہلاتی اور ہمیشہ اپنے پاس رکھتی۔ کھوکھن رات کو اسی کے ساتھ سوتا۔ نریش بابو کی ماں ایسا تاثر دیتی جیسے کہ اس کی زندگی میں سب کچھ کھوکھن ہی ہے۔ اس کی پرورش اور پرداخت میں وہ کوئی کمی برداشت نہیں کر سکتی۔ کھوکھن کی ساری ضرورتیں وہ اپنے ہاتھوں سے پوری کرے گی اور شانتی ایک نوکرانی کی طرح صرف ضرورت کے سامان مہیا کرے گی.......... کھوکھن کے کپڑے دھونے کے لئے صابن لائے گی اور اس کے لئے کھانا پکائے گی۔ اس کے علاوہ اور کچھ نہیں۔ کھوکھن صرف تین سال کا تھا مگر اس کے نازنخرے حد سے زیادہ تھے۔ گھر میں رات دن اس کے رونے، چیخنے، چلانے کی آواز گونجتی رہتی۔

شانتی اوب چکی تھی۔ اگر وہ تعلیم یافتہ ہوتی، اگر اسے کہیں اور آزادانہ زندگی بسر کرنے کا موقع ملتا تو وہ شاید گھر چھوڑ کر چلی جاتی۔ لیکن ایسا ممکن نہیں تھا۔ ایک کھونٹے سے باندھ کر اس پر چابک مارا جا رہا تھا۔ چابک کھوکھن تھا اور چابک مار رہی تھی اس کی دادی۔ مگر آپ کو جان کر حیرت ہوگی کہ اس چابک کو یعنی کھوکھن کو پیار کرنے کی خواہش اس کے دل میں پنپنے لگی تھی۔ کھوکھن تھا ہی اتنا خوبرو کہ نظر پڑتے ہی اسے گود میں اٹھانے اور بوسہ لینے کو دل کرتا تھا۔ مگر اپنی

اس پوشیدہ محبت کو ظاہر کرنے کا موقع اسے نصیب نہیں تھا۔ وہ اکثر تنہائی میں کھوکھن کو پیار کرنے کی کوشش کرتی۔ ایک بار اس نے کھوکھن کو گلے سے لگا بھی لیا تھا لیکن کھوکھن نے اس کے ہاتھ پر دانت گاڑ دیئے اور بھاگ کھڑا ہوا۔ شور مچانے لگا ....''دادی، دادی! چڑیل مجھے پکڑ رہی ہے۔'' ناگن فوراً دوڑ کر پھن مارنے آ گئی۔ زندگی اسی طرح گزر رہی تھی۔ مگر زندگی ہمیشہ یکساں طور پر نہیں گزرتی۔ ناگن بھی امر نہیں تھی۔ جب کھوکھن کی عمر پانچ سال کی ہوئی تو اس کی دادی کا انتقال ہو گیا۔ شانتی کو لگا کہ شاید اب کھوکھن اس کے قریب آئے گا۔ مگر نہیں آیا۔ اس کی دادی نے اس کے کان بھر دیئے تھے ....''شانتی ڈائن ہے۔ شانتی چڑیل ہے۔ اسکے قریب مت جانا۔'' اس لئے کھوکھن اس کے قریب نہیں پھٹکتا تھا۔ گھر کی پرانی ملازمہ سودامنی اسے تیل لگاتی، نہلاتی، کھانا کھلاتی۔ وہ رات کو سودامنی کے ساتھ ہی سوتا تھا۔ شانتی کو ہلکان کر کے رکھتا۔ کبھی اس کے کپڑے پھاڑ دیتا، کبھی تیل کی شیشی الٹ دیتا۔ کبھی صابن کنویں میں پھینک دیتا۔ نریش بابو اسے کچھ نہیں کہتے۔ ایک دن شانتی نے ان سے کہا ....''تم اسے کبھی ڈانٹا کرو۔ کتنا شرارتی ہو گیا ہے۔ وہ مجھے گندی گالیاں دیتا ہے۔''

نریش بابو نے مسکراتے ہوئے جواب دیا ....''میری ڈانٹ کا اس پر کوئی اثر پڑنے والا نہیں ہے کیونکہ میں نے تم سے شادی کی ہے۔''

اس روز جو واقعہ رونما ہوا وہ تو بہت معمولی مگر چند گھنٹوں کے بعد ہی وہ غیر معمولی ہو گیا۔ اسٹور روم میں آہٹ سن کر شانتی نے آواز لگائی ....''کون ہے؟'' کوئی جواب نہ ملنے پر شانتی نے اندر جھانک کر دیکھا۔ کھوکھن ہانڈی میں ہاتھ ڈال کر گڑ نکال کر کھا رہا تھا۔ منھ، ناک، ہاتھ گڑ سے اٹے ہوئے تھے۔ شانتی ایک چھڑی لے کر اسے مارنے دوڑی۔ کھوکھن دوڑ کر سڑک کی طرف بھاگا۔ سڑک پر پہنچ کر وہ کھڑکی کی طرف دیکھ کر مسکراتا رہا۔ ٹھیک اسی وقت کہیں سے ایک فوٹو گرافر وارد ہوا۔ وہ ان فوٹو گرافروں میں سے تھا جو راستے میں گھوم گھوم کر فوٹو کھینچتے چلتے ہیں اور مناسب قیمتوں پر انہیں فروخت کر دیتے ہیں۔ کھوکھن کے مسکراتے ہوئے چہرے کی تصویر اس نے کھینچ لی اور چلا گیا۔ شانتی کھڑکی سے سر نکال کر اسے بلاتی رہی ....''آؤ آؤ جلدی آؤ'' مگر کھوکھن نہیں آیا۔ وہ ہنستا رہا۔ شانتی تیزی سے باہر نکلی۔ کھوکھن بھاگ کھڑا ہوا۔ دوسرے ہی لمحے وہ سامنے سے آتے ہوئے ٹرک کے نیچے آ گیا۔ شام کو جب نریش بابو گھر لوٹے تو دیکھا

بن پھول   مترجم: احمد کمال ہاشمی

شانتی نے پھانسی لگا کر خودکشی کرلی ہے۔

تین سال بعد............

کومور کھالی چیری ٹیبل ڈسپنسری میں ڈاکٹر کے چاروں طرف مریضوں کی بھیڑ تھی۔ سامنے کی دیوار پر ایک کلنڈر لٹک رہا تھا۔ کلنڈر میں کھوکھن کی تصویر تھی۔ کھوکھن کی اس تصویر کو ادویات کے ایک تاجر نے مالٹ کے اشتہار کے لئے استعمال کیا تھا۔ بڑی ہنرمندی سے کھوکھن کے ہاتھ میں مالٹ کی ایک بوتل پکڑا دی گئی تھی۔ ایسا لگتا تھا جیسے کھوکھن خوشی خوشی مالٹ کھا رہا ہو۔ اس کے منھ، ناک اور ہاتھ مالٹ سے اٹے ہوئے تھے۔ کھوکھن کے چہرے پر مسکراہٹ تھی۔ تصویر بہت جاذبِ نظر لگ رہی تھی۔ مریضوں کی بھیڑ میں ایک جوان عورت بار بار کھوکھن کو دیکھ رہی تھی۔

''تمہیں کیا چاہئے؟'' ڈاکٹر پوچھ بیٹھا۔

''میری ساس کی کمر میں بہت درد ہے ڈاکٹر صاحب''

''کتنے دنوں سے ہے؟''

''سات دنوں سے''

''میں ایک مالش لکھ دے رہا ہوں۔ روز دو تین بار لگانا۔ کچھ گولیاں بھی دے رہا ہوں۔ چار چار گھنٹے بعد کھلانا۔ تین دنوں کی دوائیں دے رہا ہوں۔''

عورت پرزہ لے کر وہیں بیٹھی رہی اور کلنڈر کی تصویر کی طرف دیکھتی رہی۔

''جاؤ۔ دوائیں خرید لو'' ڈاکٹر نے کہا۔

''ہاں میں جا رہی ہوں............وہ تصویر کس کی ہے ڈاکٹر بابو؟''

''وہ تو کلنڈر ہے۔''

عورت کچھ دیر تک تصویر کے پاس منڈلاتی رہی۔ بار بار دیکھتی رہی۔ پھر دوائیں لے کر چلی گئی۔ دوسرے روز پھر آ گئی اور تصویر کی طرف مسلسل دیکھتی رہی۔ ڈاکٹر نے پوچھا............

''تمہاری ساس کی طبیعت کیسی ہے؟''

''ٹھیک ہے۔''

''میں نے تو تین دنوں کی دوائیں لکھی تھیں۔ تم آج کیوں چلی آئی؟''

”بس یونہی........... میں یہ تصویر دیکھنے آئی ہوں۔“

”تصویر تمہیں بہت اچھی لگ رہی ہے؟“

وہ کچھ دیر تک خاموش رہی۔ پھر اس کے ہونٹ کپکپائے اور آنکھیں نم ہو گئیں۔

”کیا ہوا؟“

”نہیں۔کچھ نہیں۔“

چند لمحوں کے بعد اس نے اپنے آنسو پونچھے اور بولی...........”مجھے سمجھ میں نہیں آ رہا ہے کہ اس کی تصویر یہاں کیسے آ گئی؟“

”کس کی تصویر؟“

”میرے کھوکھن کی۔ پانچ سال کی عمر میں وہ انتقال کر گیا تھا۔ یہ تصویر آپ کو کہاں سے ملی؟ کلنڈر کیا ہوتا ہے؟“

گاؤں کی ان پڑھ عورت کو یہ بتانا مشکل تھا کہ کلنڈر کیا ہوتا ہے۔

”تمہارا بیٹھا ایسا ہی تھا؟“

”ہو بہو.........وہی چہرہ.........وہی آنکھیں...........وہی مسکراہٹ“

”ٹھیک ہے۔ تصویر تم لے جاؤ۔“

”کیا آپ سچ مچ یہ تصویر مجھے دے دیں گے؟“

ڈاکٹر بابو نے کلنڈر اتارا اور اس عورت کو دے دیا۔ وہ اسے بے تحاشہ چومنے لگی۔

”مجھے چھوڑ کر تم کہاں چلے گئے تھے۔ چلو گھر چلو۔“

وہ تصویر کو سینے سے لگائے چلی گئی۔

تصویر والے کھوکھن کو جو ماں ملی تھی وہ اس کی سگی ماں تھی؟ شانتی تھی؟ یا کوئی اور؟ کیا پتا؟

☆ ☆ ☆

نئ پرانی

میں نے کہا......... ''اسے اسپتال لے جائیے۔''

''کیوں؟ کیا آپ کچھ نہیں کر سکتے؟'' پاٹھک جی نے لجاجت سے پوچھا۔

''کر سکتا ہوں۔لیکن اسے اسپتال لے جانا ہی بہتر ہوگا۔آج کل وہاں ایک لیڈی ڈاکٹر آئی ہوئی ہیں جو بہت باکمال ہیں۔''

یہ سن کر پاٹھک جی کچھ دیر خاموش رہے پھر بولے.........''ایک کہانی سنیں گے آپ؟''

''کیسی کہانی؟''میں نے پوچھا۔

''دیو مالائی کہانی۔اگر آپ سننا پسند کریں گے تو میں سناؤں گا۔''

میں سننا تو نہیں چاہ رہا تھا مگر پاٹھک جی کی بزرگی کے احترام میں میں انکار نہیں کر سکا اس لئے میں نے کہا.........''ہاں!سنائیے۔''

''پرانے زمانے میں ایک سادھو مہاراج تھے۔شادی کرنے کے بعد انہیں احساس ہوا کہ وہ گمراہ ہو گئے ہیں۔وہ دھرم سے دور ہوتے جا رہے ہیں اور دنیاوی موہ مایا کے جال میں پھنستے جا رہے ہیں۔اگر ابھی ہوشیار نہیں ہوئے تو گناہوں کے اتھاہ سمندر میں ڈوبتے چلے جائیں گے۔یہ سوچ کر وہ فوراً ہوشیار ہو گئے اور گھر بار چھوڑ کر نکل گئے۔ہمالیہ کی گود میں جا کر پناہ لی اور کٹھن تپسیا میں مصروف ہو گئے۔کافی دنوں کی تپسیا کے بعد ایک روز بھگوان ان کے سامنے وارد ہوئے اور کہا.........

''بچے!میں تمہاری کٹھور تپسیا سے کافی خوش ہوا ہوں اس لئے میں تمہیں ایک وردان دیتا ہوں۔تم کسی بھی آدمی کو امر بنا سکتے ہو۔جاؤ اب اپنے گھر جاؤ۔''

سادھو مہاراج گھر آ گئے۔گھر آ کر دیکھا کہ ان کی بیوی کافی ضعیف ہو گئی ہے اور ایک خوب رو نوجوان اس کی خدمت میں لگا ہوا ہے۔بیوی نے بتایا.........''یہ آپ ہی کا بیٹا ہے۔ آپ کے گھر چھوڑ کر چلے جانے کے کچھ دنوں بعد ہی پیدا ہوا تھا۔اسی کا منھ دیکھ کر میں اب تک

آپ کا انتظار کرتی رہی ہوں۔ ہمارا بیٹا بہت فرماں بردار اور ذہین ہے۔ اس کی سیرت بھی قابلِ تعریف ہے۔ لیکن ایک جیوتشی نے اس کے ہاتھوں کی لکیروں کو دیکھ کر بتایا کہ یہ مزید ایک ہی سال زندہ رہ سکے گا۔ یہ سن کر میں بہت مایوس ہوگئی ہوں۔ کیا اس مسئلے کا کوئی حل نہیں ہے؟''

سادھو مہاراج نے جواب دیا۔۔۔۔۔۔۔۔''تمہیں فکر مند ہونے کی ضرورت نہیں ہے۔ میں اسے امر بنا دوں گا۔ میں نے اپنی تپسیا سے وہ طاقت حاصل کر لی ہے۔''

''کیا واقعی؟ اگر ایسا ہے تو تم اسے فوراً امر بنا دو۔''

سادھو مہاراج نے تھوڑی دیر تک کچھ سوچا پھر کہا۔۔۔۔۔۔۔''میں اسے ایک سکینڈ میں امر بنا سکتا ہوں لیکن میرا ایسا کرنا مناسب نہیں ہوگا کیونکہ یہ میرا خود اپنا بیٹا ہے۔ میں وشنو کو بلاتا ہوں۔ وہ اسے امر بنائیں گے۔''

وشنو کا یاد کرتے ہی وشنو حاضر ہوگئے۔ سب کچھ سننے کے بعد انہوں نے کہا۔۔۔۔۔۔۔۔''اس کے لئے مجھے بلانے کی کیا ضرورت تھی؟ تم تو خود ہی اسے امر بنا سکتے ہو۔''

سادھو مہاراج نے کہا۔۔۔۔۔''ہاں میں بنا سکتا ہوں مگر آپ اسے امر بنائیں گے تو زیادہ اچھا ہوگا۔ آپ تو خود وشنو۔۔۔۔۔۔''

وشنو نے کہا۔۔۔۔۔۔۔''تم نے زیادہ اچھی بات کی تو چلو برہما کے پاس چلتے ہیں۔ اگر وہ اسے امر بنا دیں تو کسی کو کوئی اعتراض نہیں ہوگا۔''

''ٹھیک ہے چلئے۔''

سادھو، وشنو اور وہ نوجوان تینوں برہما کی خدمت میں حاضر ہوئے۔ برہما نے ساری باتیں سننے کے بعد کہا۔۔۔۔۔''اس کام کے لئے تم لوگ میرے پاس کیوں آئے ہو؟ تم دونوں میں سے کوئی ایک خود اسے امر بنا سکتا ہے۔''

''لیکن یہ کام اگر آپ کر دیں تو ہر طرح سے مناسب ہوگا۔''

''اگر تم لوگ ہر طرح سے مناسب کام کروانا چاہتے ہو تو یہ مہیشور ہی کر سکتے ہیں۔ چلو ہم لوگ مہیشور کے پاس چلتے ہیں۔''

برہما، وشنو، سادھو اور اس کا بیٹا مہیشور کے پاس پہنچے۔ پوری کہانی سننے کے بعد مہیشور نے کہا۔۔۔۔۔''تم لوگ اس کام کے لئے اتنی دور چلے آئے۔ یہ کام تو تم تینوں میں سے کوئی

ایک کر ہی سکتا تھا۔''

برہما نے کہا۔۔۔۔۔۔۔''لیکن اگر آپ کر دیں تو کام پکا اور پختہ ہوگا۔''

''پکا اور پختہ کام تو تب ہوگا جب بھاگیہ ودھاتا اپنے کھاتے میں اسے امر لکھ دیں۔ چلو انہیں کے پاس چلتے ہیں۔ اس کام کو پکا اور پختہ طریقے سے، ہی انجام تک پہنچاتے ہیں۔''

پانچوں بھاگیہ ودھاتا کے دربار کی طرف چل پڑے۔ ایک بہت بڑی چٹان سے بنے بلند و بالا دروازے سے ہو کر اندر داخل ہونا پڑتا تھا۔ دروازے سے گزرتے وقت ایک حادثہ رونما ہو گیا۔ دروازے کے اوپری حصے سے ایک بڑا پتھر سرک کر اس نوجوان کے سر پر گرا اور وہ وہیں ڈھیر ہو گیا۔ سادھو مہاراج نے ایک فلک شگاف چیخ ماری۔

بھاگیہ ودھاتا نے سادھو مہاراج کو مخاطب کرتے ہوئے کہا۔۔۔۔۔۔۔''اب چیخ پکار کرنے کا کوئی فائدہ نہیں ہوگا۔ اس کی موت کے ذمہ دار تم ہی ہو۔''

''میں؟؟''

''ہاں، تم!! تم اسے خود امر بنا سکتے تھے۔ لیکن ایسا کرنے کے بجائے برہما، وشنو اور مہیشور کو لے کر تم میرے پاس چلے آئے۔ یہ دیکھو میرے کھاتے میں تحریر ہے کہ وہ نوجوان برہما، وشنو، مہیشور اور اپنے پتا کے ساتھ جب بلند و بالا دروازے سے گزرے گا تو ایک پتھر کے اس کے سر پر گرنے سے اس کی موت واقع ہوگی۔ اور یہ سب کچھ تمہاری ہی وجہ سے ممکن ہوا ہے۔''

کہانی سنانے کے بعد پاٹھک جی نے کہا۔۔۔۔۔۔۔''پہلی بار جب اوشا کے پیٹ میں درد اٹھا تھا تو میں نرس آپا کے پاس گیا۔ اس نے کہا: میں تو کچھ نہ کچھ کر سکتی ہوں لیکن بہتر ہوگا اگر ڈاکٹر ششی اس کی ذمہ داری لے لیں۔ ڈاکٹر ششی کے پاس پہنچا تو انہوں نے مجھے آپ کے پاس بھیج دیا۔۔۔۔۔۔اور اب آپ مجھے اسپتال کی لیڈی ڈاکٹر کے پاس بھیج رہے ہیں۔''

میں نے ہنستے ہوئے کہا۔۔۔۔۔۔۔''میں اوشا کی بہتری کیلئے یہ رائے دے رہا ہوں۔ میں نے چیک اپ کر کے دیکھ لیا ہے۔ پیٹ میں بچہ سیدھا نہیں ہے۔ Transverse presentation کا کیس ہے۔ ایسی صورت میں اسپتال لے جانا ہی اچھا ہے۔ اس کے علاوہ اوشا کے جسم میں خون کی کمی بھی ہے۔ دونوں پاؤں سوج گئے ہیں۔ ممکن ہے کہ خون چڑھانے کی ضرورت آن پڑے، اس لئے اسے اسپتال لے جائے۔''

مترجم: احمد کمال حشمی   بن پھول

پاٹھک جی میری ہدایت پر اسے اسپتال لے گئے۔ اسپتال میں جا کر او شا مر گئی۔

دو مہینوں کے بعد ٹھیک اسی طرح کا ایک اور کیس میرے پاس آیا۔ معاملہ مضافات کے ایک زمیندار کی بہو کا تھا۔ وہ لوگ مجھے بلا کر لے گئے۔

چیک اپ کرنے کے بعد میں نے کہا ۔۔۔۔۔۔۔ ''میں ڈیلیوری کروا دوں گا مگر میری فیس ایک ہزار روپے ہوگی۔'' وہ لوگ راضی ہوگئے۔

میری کوششوں سے کسی قسم کی پیچیدگی کے بغیر بچے کا تولد ہوگیا۔ زچہ اور بچہ دونوں پوری طرح صحت مند تھے۔ میں نے اپنی فیس وصول کی اور واپس گھر کی طرف روانہ ہوگیا۔ ابھی میں کچھ دور ہی گیا تھا کہ میری گاڑی کا ایک ٹائر پھٹ گیا۔ ڈرائیور گاڑی روک کر ٹائر بدلنے لگا۔ میں گاڑی سے اتر کر کھلے میدان میں چہل قدمی کرنے لگا۔ چاروں طرف گھپ اندھیرا تھا۔ ہاتھ کو ہاتھ سجھائی نہیں دے رہا تھا۔ اچانک میں چونک گیا۔ میرے کانوں میں کسی کی آواز آئی ۔۔۔۔۔۔ ''ڈاکٹر انکل! آپ نے مجھے اسپتال کیوں بھیجا تھا۔ کیا محض اس لئے کہ میرے پتا آپ کو فیس کی شکل میں موٹی رقم نہیں دے سکتے تھے ۔۔۔۔۔۔''میں تیزی سے گاڑی کی طرف واپس آیا۔ میں نے ڈرائیور سے پوچھا ۔۔۔۔۔۔۔۔۔

''بتاؤ تو یہ کون سی جگہ ہے۔ اندھیرے میں میں سمجھ نہیں پا رہا ہوں۔''

''جناب! یہ شمشان ہے۔'' ڈرائیور نے بتایا۔

میں سوچنے لگا وہ آواز کس کی تھی۔ او شا کی یا میرے ضمیر کی!!

☆☆☆

کراماتی دیوتا

مندر اگرچہ کافی پرانا اور بوسیدہ تھا، اس کے قرب و جوار میں جھاڑیاں اُگ آئی تھیں، دن بھر میں مہا دیو کے سر پر شاید ایک قطرہ پانی بھی نہیں گرایا جاتا ہو گا مگر مہا دیو بڑے کراماتی تھے۔ سناتن پور کے مہا دیو کا نام بھلا کس نے نہیں سن رکھا تھا۔ کراماتی مہا دیو کی مختلف کہانیاں بچے اور بوڑھے سبھی جانتے تھے۔ بپن چودھری نے مہا دیو کے در پر منت مان کر مقدمہ جیتا اور بہت بڑی

جائیداد کے مالک بن گئے۔ پائل خاندان کا بچہ تو ٹائفائڈ سے تقریباً مر ہی چکا تھا مگر مہادیو کے در پر دھونی رما کر اس کی ماں نے اسے موت کے منھ سے باہر نکالا تھا۔ مکھر جی خاندان کی جو اتنی ترقی ہوئی ہے وہ بھی مہادیو کی مہربانیوں کا نتیجہ ہے۔ مہادیو نے اس کے خواب میں آ کر اسے جوٹ کا کاروبار کرنے کی ترغیب دی تھی۔ اسی مہادیو کی منت کی بدولت ہریہر گھوشال نے لاٹری میں بہت بڑی رقم جیتی تھی۔ اس قسم کی چھوٹی موٹی کرامات کے علاوہ پرانے مندر کے اس مہادیو کی کرامت کا ایک اور خوفناک ثبوت ہر سال ملتا ہے۔ بیساکھی پورنیما کے دن مہادیو کی شان میں سناتن پور میں عظیم الشان تقریب کا اہتمام ہر سال کیا جاتا ہے۔ بے شمار مرد اور عورتیں اس دن شیو کے سر پر پانی ڈالتی ہیں۔ شیو شیو ہر ہر کی صداؤں سے پوری فضا گونج اٹھتی ہے۔ مکھر جی خاندان کے لوگ ناٹک کے وسیلے سے مہادیو کے خواب کا قرض چکانے کی کوشش کرتے ہیں۔ چودھری پریوار کا مکان اس روز رنگ برنگے قمقموں سے جگمگا اٹھتا ہے۔ اس دن گاؤں کے سارے لوگ وہاں جی اور پیٹ بھر کر کھانا کھاتے ہیں۔ اس دن ایک اور واقعہ رونما ہوتا ہے۔۔۔۔۔۔ یہ واقعہ مہادیو کی کرامت کا سب سے بڑا ثبوت ہے۔۔۔۔۔۔۔۔۔۔ اس دن گاؤں کا کوئی ایک آدمی پاگل ہو جاتا ہے۔ برسوں سے ایسا ہی ہوتا آیا ہے۔ ہر سال بھولا ناتھ پاگل کسی ایک شخص کو اپنے گروہ میں شامل کر لیتا ہے۔

اس سال بھی بیساکھی پورنیما کی تقریب حسب روایت پوری شان و شوکت سے اختتام پذیر ہوئی۔ مکھر جی خاندان میں منعقد ناٹک ''کرن ارجن'' کی خوبصورت اداکاری سے سب لوگ متاثر ہوئے تھے۔ چودھری خاندان کی کھیر اگر چہ تھوڑی پھیکی تھی پھر بھی تمام لوگوں نے جی بھر کر نوش کیا۔ میلہ بھی پورے تام جھام کے ساتھ منعقد ہوا تھا۔ آس پاس کے گاؤں سے آنے والے لوگوں کی تعداد بھی کم نہیں تھی۔ تقریب کے دوسرے روز پائل خاندان کے برآمدے میں بیٹھ کر اسی موضوع پر گفتگو ہو رہی تھی۔ اسی وقت یادو نے آ کر بتایا۔۔۔۔۔۔۔ ''ارے! آپ لوگوں نے سنا؟ اس سال کوئی پاگل نہیں ہوا!!''

گفتگو اچانک تھم گئی۔ یہ کیا کہا؟ یہ تو قطعی ناممکن ہے۔ ہر ئین نے کہا۔۔۔۔۔۔۔۔۔۔ ''کیوں؟ وہ گانجہ خور بیشو۔۔۔۔۔۔؟؟''

''میں دیکھ کر آ رہا ہوں۔ وہ بالکل ٹھیک ٹھاک ہے،'' یادو نے جواب دیا۔

تمام لوگوں کا خیال تھا کہ اس بار بیشو ہی مہا دیو کی روایت کا شکار ہوگا مگر وہ ٹھیک ٹھاک تھا۔ بزرگ نیل منی اب تک خاموشی سے تمبا کو چبار ہے تھے۔ وہ بولنے لگے ………''ایسا بالکل نہیں ہوسکتا ہے۔ ٹھیک سے پتہ لگاؤ۔کوئی نہ کوئی ضرور پاگل ہوا ہوگا۔ ہمیشہ سے ایسا ہی ہوتا آیا ہے۔''

''یادو نے کہا ………''اس بار ہر شخص کا دماغی توازن ٹھیک ہے۔ کسی کا توازن نہیں بگڑا ہے۔''

''ایسا ہو نہیں سکتا ہے۔'' نیل منی نے کہا۔

یادو نے مسکرا کر جواب دیا ………''میں کہتا ہوں۔کوئی پاگل نہیں ہوا ہے اس سال''

نیل منی غصے سے اٹھ کھڑے ہوئے ………''تم تو جمعہ آٹھ دن کے لونڈے ہو۔ تمہاری بات کی اہمیت ہی کیا ہے۔ کیا تمہارے کہنے سے برسہا برس کی روایت ختم ہو جائے گی؟ کہیں کوئی نہ کوئی پاگل ضرور ہوا ہے جس کی خبر ابھی ہمیں نہیں ملی ہے۔''

تیسرے دن بھی کسی کے پاگل ہونے کی خبر نہیں ملی۔

سناتن پور کے باشندے دل ہی دل میں خوفزدہ ہو گئے۔ یقیناً کوئی منحوس واقعہ رونما ہوگا۔اس سال واقعی کوئی پاگل نہیں ہوا تھا۔مختلف لوگ مختلف قیاس آرائیاں کرنے لگے۔ عورتیں کہہ رہی تھیں ……… انہیں پہلے ہی اندازہ تھا کہ اس طرح کا سانحہ کبھی کبھی گزرے گا۔ سال بھر میں صرف ایک بار مہا دیو کو یاد کرنے سے کیا ہوگا۔ باقی تین سو چونسٹھ دن تو شیو کو کوئی پوچھتا بھی نہیں ہے۔ شیو کے سر پر ایک قطرہ پانی بھی کوئی نہیں ڈالتا ہے۔ مہا دیو اب تک سب کچھ برداشت کر رہے تھے مگر کب تک؟ فاضل ہالدار مہاشے نے اپنا خیال ظاہر کیا …… یہ کچھ اور نہیں تباہی کے آثار ہیں۔ کیا کلیگ اپنا بھیانک چہرہ نہیں دکھائے گا؟ یہ تو سناتن پور کے مہا دیو ہیں جنہوں نے اب تک اپنی شان بنائے رکھی تھی کوئی اور مہا دیو ہوتے تو کب کے معزول کر دیئے گئے ہوتے۔ انہوں نے مثال کے طور پر کئی دوسرے دیوتاؤں کی معزولی کی داستان بیان کی۔ مال دار مکھر جی نے پروہت کو ذمہ دار ٹھہرایا۔ اسی کم بخت نے کچھ گڑ بڑی کی ہوگی۔ پروہت چودھری خاندان کی عاجزی کر کے اپنے آپ کو بری الذمہ قرار دینے کی کوشش کرنے لگا۔

بن پھول   مترجم: احمد کمال ہاشمی

ایک انجانے خطرے کی آمد کے احساس نے سناتن پور کے لوگوں کو خوف زدہ کردیا۔ لیکن راسخ العقیدہ نیل منی نے ہار نہیں مانی۔ انہیں کامل یقین تھا کہ کوئی نہ کوئی پاگل ضرور ہوا ہے۔ گاؤں والے اسے ڈھونڈ نہیں پا رہے ہیں۔ سناتن پور کے شیبو کی کرامت زائل ہو جائے گی؟ ایسا نہیں ہو سکتا ہے!!

بیساکھ کی چلچلاتی دو پہر تھی۔ تیز دھوپ چاروں طرف آگ برسا رہی تھی۔ گھروں کی کھڑکیاں اور دروازے بند تھے۔ نیل منی پورے گاؤں میں تن تنہا مارے مارے پھر رہے تھے۔ آنکھیں سرخ ہو رہی تھیں۔ سانسیں پھول رہی تھیں۔ وہ پورے گاؤں میں گھوم گھوم کر مکان در مکان پاگل کو تلاش کر رہے تھے۔ وہ ہر حال میں پاگل کو ڈھونڈ نکالنا چاہتے تھے۔

سناتن پور کے باشندوں نے راحت کی سانس لی۔

کرامتی دیوتا کی کرامت رونما ہو چکی تھی۔

☆ ☆ ☆

چچی

آج کل اخلاق مند لوگ بہت کم ملتے ہیں۔ ہم سب اپنے اپنے خول میں جانوروں کی طرح رہتے ہیں۔ اخلاق کی بنیاد جن ستونوں پر ہوتی ہے وہ ہمارے یہاں عنقا ہے۔ سب سے ضروری دل بڑا ہونا چاہئے لیکن حسد، جلن، خود غرضی اور سیاست کے زہر نے ہمارے دلوں کو بڑا ہونے سے روک رکھا ہے۔ دوسرا مضبوط پیسوں کی فراوانی ہوتا ہے۔ مہمانوں، دوستوں اور رشتے داروں کی توا ضح ہم کہاں کر پاتے ہیں۔ ہم تو خود ہی نہ اچھا کھاتے ہیں نہ اچھا پہنتے ہیں۔ تیسرا ستون جگہ ہے۔ چھوٹے چھوٹے فلیٹوں میں رہ کر اخلاق کا مظاہرہ نہیں ہو سکتا ہے۔ کچھ لوگ اس سے مستثنیٰ ضرور ہوتے ہیں مگر عام طور پر چھوٹے چھوٹے گھروں میں رہنے سے لوگوں کے دل بھی چھوٹے ہو جاتے ہیں۔ انہی وجوہات کی بنا پر اخلاق مند لوگوں کی کمی ہو گئی ہے۔

میں ایک دن اپنے ایک رشتے دار کے گھر گیا تھا۔ وہاں ایک انجانا شخص بیٹھا ہوا تھا۔

میرے رشتے دار اس سے مخاطب تھے ....

''بھائی! میں تمہیں رات کو رکنے کو ضرور کہتا مگر تم دیکھ ہی رہے ہو کہ ہمارے گھر میں دو ہی کمرے ہیں۔ کھانے پر بھی نہیں روک رہا ہوں کیونکہ ہمارے گھر میں رات کا کھانا نہیں پکتا ہے۔ ہم لوگ پاؤ روٹی کھا کر رہ جاتے ہیں۔''

اس شخص نے ہنس کر کہا .... ''کوئی بات نہیں۔ میں کسی ہوٹل میں رات گزار لوں گا۔ کل شام کو پھر آنے کی کوشش کروں گا۔''

یہ کہہ کر وہ شخص چلا گیا۔ میرے رشتے دار کی بیوی بولنے لگی .... ''ہم لوگ اپنا پلنگ تھوڑا کھسکا کر اس کے سونے کا انتظام کر سکتے تھے۔ اسٹوو پر پوریاں اور انڈے کی ترکاری پکا کر کھلا سکتے تھے مگر وہ شخص مسلمان ہے اس لئے ہم نے اسے روکنا مناسب نہیں سمجھا۔''

وہ پاکستانی خاتون تھیں۔ میں پوچھ بیٹھا .... ''مسلمان سے دوستی کیسے ہوئی؟''

وہ کہنے لگیں .... ''اسمٰعیل کے والد اور میرے سسر گہرے دوست تھے۔ اس لئے جب وہ کلکتہ آتے ہیں ملنے ضرور آ جاتے ہیں۔ انہیں دیکھتے ہی مجھے گھن آنے لگتی ہے۔ دل کرتا ہے کہ وہ جتنی جلدی چلے جائیں اتنا ہی بہتر۔''

میرے رشتے دار نے ہنستے ہوئے کہا .... ''مگر ایک بات یاد رکھنا۔ انہیں کے طفیل میری ملازمت ہوئی ہے۔ اسمٰعیل کوشش نہیں کرتا تو مجھے یہ ملازمت نہیں ملتی۔''

''اس سے کیا ہوا؟ ان لوگوں کو ہم لوگوں نے جو نقصان پہنچایا ہے اس کے بعد مجھے ان لوگوں پر بھروسہ نہیں رہا۔''

یہ کہتے ہوئے خاتون خانہ کی آنکھیں سرخ ہو گئیں۔ میں سمجھ گیا کہ ماؤنٹ بیٹن یہی چاہتے تھے اور ہمارے سیاسی نیتاؤں نے اس خواہش کی تکمیل میں پورا ساتھ دیا تھا۔ مجھے فوراً چچی کی یاد آ گئی۔

میرے والد مینہاری گاؤں میں ڈاکٹر تھے۔ دور دراز کے گاؤں کے مریض بھی ان کے پاس آتے تھے۔ چچی سے ہمارا تعارف کب ہوا یہ مجھے ٹھیک سے یاد نہیں ہے۔ میں نے سنا ہے کہ میری پیدائش سے قبل وہ ایک بار میرے گھر آئی تھیں اور میری ماں کو دیدی کہا تھا۔ ان کے شوہر

بن پھول   مترجم: احمد کمال ہاشمی

رحمت اللہ نے میرے والد کو اپنا بڑا بھائی مان کر ان کی کلائی پر رنگین راکھی باندھی تھی ۔ مجھے یہ بھی یاد ہے کہ چچی نے مجھے بچپن میں ڈھیر سارے تحائف دیئے تھے ۔ مجھے انہوں نے زرّی والی ٹوپی دی تھی ۔ ان کے ہاتھوں کی بنی ہوئی چادر ہمارے گھر کے پلنگ پر بہت دنوں تک بچھی رہتی تھی ۔ ایک بار ہولی کے موقع پر انہوں نے مجھے سرخ رنگ کی ایک چھتری، ریشم کا کرتا اور پاجامہ بھی دیا تھا ۔ وہ جہاں بھی جاتیں وہاں سے میرے لئے کوئی نہ کوئی تحفہ ضرور لے کر آتیں ۔ بہت دنوں تک میں اس بات سے بھی انجان رہا کہ چچی مسلمان ہیں ۔ میں تو یہی سمجھتا تھا کہ وہ ہماری دور کی کوئی رشتے دار ہیں ۔ وہ بنگلہ روانی سے بولتی تھیں ۔ اسی لئے یہ سمجھنا اور بھی دشوار تھا کہ وہ رشتے دار نہیں ہیں غیر ہیں ۔ ان کی کوئی اولاد نہیں تھی ۔ ڈاکٹری، حکیمی اور کبیر اجی طریقۂ علاج سے بھی ان کا بانجھ پن ختم نہیں ہوا ۔ اس لئے وہ مختلف مزارات پر جا کر منتیں مانگتی تھیں ۔ ہندوستان کے مختلف مزارات کے علاوہ وہ مکہ بھی جا چکی تھیں ۔ لیکن وہ جہاں بھی جاتیں میرے لئے کچھ نہ کچھ ضرور لے کر آتیں ۔ ان کے دیئے ہوئے دو خاص تحفے میرے ذہن میں آج بھی محفوظ ہیں ۔ ایک چاندی کی چھوٹی سی ڈبیہ تھی جس میں اعلیٰ قسم کے عطر میں بھیگی ہوئی روئی رہتی تھی ۔ دوسری چیز تھی ''کٹونی'' چاول جو بالکل چھوٹے چھوٹے دانوں کی شکل کا ہوتا تھا ۔ اس کی کھیر بہت لذیذ ہوتی تھی ۔

چچی جب بھی ہمارے گھر آتیں تو ہمیں دور سے پتہ چل جاتا تھا کہ ان کی بیل گاڑی کی بیلوں کے گلے میں گھنٹیاں بندھی ہوئی تھیں ۔ ان کے بیلیں بہت خوبصورت تھیں ۔ سفید رنگ کی اتنی خوبصورت بیلیں کم دیکھنے کو ملتی ہیں ۔ ان کی کالی کالی سینگیں کالے پتھر کی بنی ہوئی لگتی تھیں ۔ اتنی سیدھی اور نرم مزاج کی بیلیں تھیں کہ لگتا تھا کسی مہذب گھرانے کی اولاد ہیں ۔ ایسی شرافت تو انسانوں میں بھی نظر نہیں آتی ہے ۔ بیل کے علاوہ گاڑی بھی بہت خوبصورت تھی ۔ گاڑی پر جو گھر بنا ہوا تھا وہ مستطیل نما تھا ۔ بانس اور رنگین رسیوں سے بنا ہوا بہت حسین لگتا تھا ۔ اس کے اندر کھڑکی بھی تھی اور آئینہ بھی تھا ۔ کچھ تصویریں بھی ٹنگی ہوئی تھیں ۔ گاڑی کے آنے کی آواز آتے ہی میں چہک اٹھتا تھا ۔ میری ماں کٹر برہمن تھی مگر جب چچی آ کر بستر یا کرسی پر بیٹھتیں تو ماں اعتراض نہیں کرتی تھیں ۔ چچی کے جانے کے بعد گنگا جل چھڑک کر پوتر کر لیتی تھیں ۔ چچی کے خلوص نے ماں کے کٹر پن پر فتح حاصل کر لیا تھا ۔ چچی جب ہمارے گھر آتیں تو ہم لوگوں کے لئے کچھ پکا کر

ضرور لاتیں۔موا،سندیس،حلوہ وغیرہ۔اگر چہ ماں وہ ساری چیزیں نہیں کھاتی تھی مگر ہمیں کھانے سے روکتی بھی نہیں تھی۔ہاں کھانا دینے سے قبل وہ ان چیزوں پر گنگا جل چھڑک دیا کرتی تھی۔

ایک بار ماں کو مشکل کا سامنا کرنا پڑ گیا۔میرے پوئیتے کا جشن تھا۔میرا سر مند وادیا گیا تھا۔بلند آواز میں پوجا پاٹ جاری تھی۔ایسے میں چچی اپنی بیل گاڑی لے کر آگئیں اور کہا ۔۔۔۔۔۔۔۔

''میں اپنے بیٹے کو اپنے گھر لے جاؤں گی۔میں نے وہیں تقریب کا اہتمام کیا ہے۔''ماں فکرمند ہو گئی۔چچی کے ساتھ اتنے گہرے مراسم ہو گئے تھے کہ انکار کرنا مشکل تھا مگر ایک برہمن کا ایک مسلمان کے گھر کا کھانا کھانا اسے کیسے منظور ہوتا۔ماں کشمکش میں مبتلا ہو گئی۔پتا جی نے کہا ۔۔۔۔۔۔۔

''تمہارے گھر کا کھانا کھانا ابھی ممکن نہیں ہے۔ایک سال تک ہمیں اپنی رسمیں پوری کرنی پڑے گی۔ہاں،تمہارے گھر سے گھوم پھر کر آ سکتا ہے۔''

چچی بولیں ۔۔۔۔۔۔۔۔۔''بیٹا میرے گھر جائے اور کچھ کھائے بغیر واپس آ جائے یہ ممکن نہیں ہے۔اسے میرے گھر جانا ہی ہوگا۔آپ لوگ بے فکر رہیں۔میں اس کی ذات کو نقصان نہیں پہنچاؤں گی۔اگر آپ لوگوں کو میری بات پر یقین نہ ہو تو سرت بھائی کو ہمارے ساتھ بھیج دیں۔وہ گھوڑے پر سوار ہو کر نگہبان بن کر ہمارے ساتھ چلیں۔اگر آپ لوگ بھی چلنا چاہیں تو میں ایک اور گاڑی بھیج دیتی ہوں۔''

آخرکار مجھے ان کے گھر جانا ہی پڑا۔ماموں گھوڑے پر سوار ہو کر پیچھے پیچھے چلنے لگے۔وہاں پہنچ کر میں نے جو کچھ دیکھا وہ میرے وہم و گمان میں بھی نہیں تھا۔چچی کے گھر کا آنگن بہت بڑا تھا۔آنگن میں چچی نے گھاس پھونس کے دو کمرے بنوار کھے تھے۔ایک کمرے میں نیا پلنگ اور بچھونا اور ایک کرسی سجا رکھی تھی۔دوسرے کمرے میں کھانا پک رہا تھا۔میتھی خانساماں کھانا پکا رہا تھا۔خالص گھی کی پوریاں،آلودم،پلول بھاجہ،سندیس اور کھیر وغیرہ۔اس کے دو معاون کار بھی میتھلی برہمن تھے۔دونوں کر بھی گوالے تھے۔گھر کے قریب کسی مسلمان کا سایہ بھی نہیں تھا۔ہمارے کھانے کے لئے چچی نے مقامی برہمن زمیندار کے گھر سے چاندی کے برتن بھی منگوار کھے تھے۔کھانے کے وقت چچی ایک چٹائی پر ہم سے دور بیٹھ گئیں اور ماموں کو مخاطب کر کے کہا ۔۔۔۔۔۔۔۔۔

''دیدی سے کہہ دیجئے گا کہ میں نے ان کے بیٹے کی ذات کی پوری حفاظت کی ہے۔''

کھانے کے بعد انہوں نے مجھے گیروارنگ کا ایک کرتا اور چادر دی۔

بن پھول   مترجم: احمد کمال ہاشمی

چی کے بارے میں سوچتے سوچتے میں تقریباً پچاس سال پرانے مینہاری گاؤں میں چلا گیا تھا۔ مگر رشتے دار کی بیوی کی بات مجھے حال کی دنیا میں واپس لے آئی ۔ وہ کہہ رہی تھی ......

'' کیا آپ چائے پئیں گے؟ اگر پئیں گے تو اسٹو جلا کر پانی چڑھا دوں۔''

'' نہیں ۔ اتنی رات کو میں چائے نہیں پیوں گا۔'' میں نے کہا اور وہاں سے اٹھ کر چلا آیا۔

آج کل کسی کے گھر میں زیادہ دیر تک بیٹھنا مناسب نہیں ہے ۔

☆☆☆

گنیش

یہ کہانی پڑھ کر آپ ہنسیں گے یا مغموم ہوں گے اس کا انحصار آپ کی اپنی طبیعت پر ہے ۔

کہانی گنیش کی ہے۔ گنیش بہت معمولی انسان تھا۔ اگر اس کی شخصیت میں کوئی خاص بات تھی تو وہ تھی اس کی شباہت ۔ اس کی پیشانی کی ریں سوجی ہوئی لگتی تھیں ۔ آنکھیں باہر کی طرف نکلی آ رہی تھیں ۔ ایسا لگتا تھا جیسے اس نے پوری قوت سے اپنی سانسیں روک رکھی ہوں ۔ گردن نام کی کوئی چیز تھی ہی نہیں ۔ یوں لگتا تھا جیسے اس کے شانوں پر اس کا سر رکھ دیا گیا ہو۔ گنیش ایک بار سخت بیمار پڑا تھا۔ معمولی بخار نہیں تھا۔ وہ اچانک چکرا کر گر گیا تھا۔ دس کوس دور شہر سے ایک بڑے ڈاکٹر کو لایا گیا تھا۔ اس نے ایک آلے کی مدد سے اس کا بلڈ پریشر چیک کیا اور حیران رہ گیا۔ اس کا کہنا تھا کہ اتنی کم عمری میں اتنا ہائی بلڈ پریشر اس نے پہلے کبھی نہیں دیکھا تھا۔ اس ماہر اور تجربے کار ڈاکٹر کی ہدایت پر عمل کرتے ہوئے مختلف النوع کا سادہ کھانا کھا کر گنیش کی جان تو کسی طرح بچ گئی مگر وہ بری طرح مقروض ہو گیا۔ جوان بیوی و بھاوتی کے ہاتھوں کے کنگن تک فروخت ہو گئے ۔

اصل کہانی یہیں سے شروع ہوتی ہے۔

صحت یاب ہونے کے باوجود گنیش کو نقاہت کا احساس ہو رہا تھا۔ دواؤں اور غذاؤں

کے زور پر اس کا بلڈ پریشر تو اعتدال پر تھا مگر جب اس کی نظر و بھاوتی کے خالی ہاتھوں پر پڑتی اس کے دل میں درد کی لہر دوڑ جاتی اور خون کی رفتار بھی تیز ہو جاتی۔ غریب گنیش کے لئے یہ ممکن نہیں تھا کہ وہ اس بڑے ڈاکٹر کی خدمات حاصل کر پاتا یا اس کی تجویز کردہ مہنگی دوائیں خرید پاتا اس لئے ہائی بلڈ پریشر کے ساتھ ہی اس کی زندگی گزرنے لگی۔

اسی دوران اچانک ایک دن ایک حادثہ رونما ہوا۔ حادثہ بہت بڑا نہیں تھا مگر گنیش کے لئے وہ حادثہ ایک سانحے سے کم نہیں تھا۔ گنیش روز علی الصبح کام پر نکل پڑتا تھا۔ قریبی گاؤں کے اڈی برادران کی کپڑوں کی دکان پر وہ کام کرتا تھا اور رات کو دس گیارہ بجے واپس آتا تھا۔ و بھاوتی گھر میں تنہا رہتی تھی کیونکہ پچھلی تین نسلوں سے گنیش کا کوئی اور رشتے دار نہیں تھا۔ اس روز کھانا پروستے ہوئے و بھاوتی نے کہا .... ''آج بھیا آئے تھے۔''

''اچھا! تو تم نے روکا کیوں نہیں۔ مجھ سے مل کر جاتے۔''

''میں نے بہت روکا مگر وہ رکے نہیں۔ انہیں کوئی ضروری کام تھا اس لئے واپس چلے گئے۔'' گنیش نے خاموشی سے کچھ نوالے حلق سے اتارے پھر بولا ...... ''کیا کیا باتیں ہوئیں؟''

''بس یونہی سی ....''

چند ثانیے تک خاموش رہنے کے بعد و بھاوتی نے دبی مسکراہٹ کے ساتھ کہا ....

''کنگن کے بارے میں پوچھ رہے تھے۔''

یہ سن کر گنیش کی آنکھیں مزید باہر نکل پڑیں۔ ''کیا پوچھا انہوں نے؟''

''انہوں نے پوچھا کہ میرے ہاتھ خالی کیوں ہیں؟ دونوں کنگن کہاں گئے؟''

''تم نے کیا جواب دیا؟''

''میں نے کہہ دیا کہ انہیں تو ڈر کر میں نے نئے ڈیزائن کے کنگن بنوانے کیلئے دیئے ہیں۔''

منھ میں چاول کے نوالے ڈال کر گنیش منھ چلانے لگا۔ اس کی پیشانی کی رگیں مزید پھول گئیں۔

''تم نے ان سے جھوٹ کیوں بولا؟ سچ بات بتا دیتیں۔''

''مجھے پشیمانی ہو رہی تھی۔'' کچھ دیر رک کر و بھاوتی دوبارہ بول اٹھی .... ''میکے

والوں کی نظر میں اپنے آپ کو ہلکی کیوں کروں؟ آئندہ کبھی نئے کنگن بنوالوں گی۔''

گنیش خاموش رہا۔ وبھاوتی نے مسکراتے ہوئے پوچھا..........''اور چاول دوں؟''

''نہیں۔''

''میں دودھ گرم کرکے لارہی ہوں۔'' وبھاوتی بغل والے کمرے میں چلی گئی۔ گھر میں گائے تھی اس لئے گنیش کو دودھ میسر ہوجاتا تھا ورنہ خرید کر پینے کی استطاعت اس کی نہیں تھی۔

کچھ دیر کے بعد وبھاوتی دودھ کا پیالہ اٹھائے کمرے میں داخل ہوئی۔ گنیش بول اٹھا..........

''تم نے ٹھیک ہی کہا کہ کنگن کبھی بنوالیں گے۔'' پھر اس نے اپنا ہاتھ چاٹتے ہوئے کہا..........''تم ان لوگوں کی نظروں میں ہلکی کیوں بنوگی؟ بالکل ٹھیک؟''

اتنا کہہ کر اس نے ترچھی نظروں سے وبھاوتی کے خالی ہاتھوں کی طرف دیکھا اور پھر گلاس اٹھا کر غٹاغٹ سارا پانی پی گیا۔

ایک مہینہ گزر گیا۔

وہ اماوس کی رات تھی۔ چاند تاخیر سے نکلا تھا۔ مشرقی افق پر خاموشی کا راج تھا۔ وہ ابر کے ٹکڑے جو ابھی تک تاریکی میں گم تھے چاند کی روشنی میں نمودار ہوگئے۔ درخت کی شاخوں سے چھن کر چاندنی کی اک کرن گنیش کے بستر پر پڑ رہی تھی۔ گنیش اور وبھاوتی ایک دوسرے کے بغل میں لیٹے ہوئے محوِ گفتگو تھے۔ ادھر اُدھر کی باتیں ہورہی تھیں۔ پڑوسیوں کا ذکر چل رہا تھا۔ اچانک وبھاوتی بول اٹھی..........''مترا خاندان کی بہونے نئے کنگن بنوائے ہیں۔ میں آج دیکھنے گئی تھی۔ بیدھو سنار نے کیا خوبصورت کنگن بنائے ہیں۔!! عمدہ ڈیزائن!! چمک ایسی کہ نظر نہیں ٹھہرتی ہے۔''

''کیا واقعی!!'' گنیش کی پیشانی کی ریگیں پھر تن گئیں۔

''ہاں! خوبصورت کانٹے دار ڈیزائن ہے۔''

''یہ کون سا ڈیزائن ہوا؟''

''بہت خوبصورت نوکدار ڈیزائن ہے۔ پالش بھی بہت چمک دار ہے۔''

گنیش خاموش ہوگیا۔ کچھ دیر کے بعد وبھاوتی پھر بول اٹھی..........''لیکن اس میں ایک خرابی بھی ہے۔ نوک اتنی تیز ہے کہ ذرا بد احتیاطی سے کپڑے پھٹ سکتے ہیں۔''

بن پھول   مترجم: احمد کمال ہاشمی

گنیش اب بھی خاموش تھا۔ ہوا کا ایک جھونکا کھڑکی سے اندر آیا اور پھولوں کی خوشبو سے سارا کمرہ معطر ہو گیا۔

''آپ سو گئے کیا؟''

''ہاں! نیند آ رہی ہے۔'' گنیش نے یہ کہہ کر کروٹ بدل لی مگر نیند اس کی آنکھوں سے کوسوں دور تھی۔ وہ یونہی آنکھیں بند کیے خاموشی سے بستر پر پڑا رہا۔ پھر نہ جانے کب وہ اچانک نیند کی آغوش میں چلا گیا۔ اس نے ایک خواب دیکھا۔ اس نے دیکھا کہ اس نے وبھاوتی کیلئے کانٹے دار کنگن بنوا دیئے ہیں اور وہ بھاوتی کو لے کر اپنے سسرال گیا ہے۔ وہ بھاوتی اپنے بڑے بھائی کو کنگن دکھا کر پوچھ رہی ہے.......... ''بھیا دیکھئے تو کیا یہ ڈیزائن خوبصورت نہیں ہے۔''

دوسرے دن وہ بیدھو سنار سے ملنے چلا گیا۔

''کانٹے دار ڈیزائن کے کنگن بنوانے میں کیا خرچ آئے گا بیدھو؟''

''کتنے تولے کے بنواؤ گے؟''

''عمدہ کنگن کتنے تولے میں بنیں گے؟''

''عمدہ کنگن بنوانے میں دو سو روپیے خرچ ہوں گے۔''

''دو سو روپیے!!'' گنیش کی پیشانی کی رگیں پھرتن گئیں۔

کئی روز یونہی گزر گئے۔ آخر ایک روز کافی ہمت جٹا کر اس نے دگمبر اڈی سے اپنے دل کی بات کہہ ڈالی...........

''مجھے دو سو روپیے قرض چاہئیں۔''

یہ بات سنتے ہی گنجے اور ٹھگنے دگمبر اڈی نے حسب عادت اپنی آنکھوں پر سے عینک اتاری اور گردن جھکا کر دھوتی کے کپڑے سے عینک کا شیشہ صاف کرنے لگا۔ گنیش خاموشی سے کھڑا رہا۔ عینک کا شیشہ صاف کرنے کے بعد دگمبر اڈی نے گنیش کی طرف سر اٹھا کر دیکھا......

''قرض اور وہ بھی تم کو؟''

''جی ہاں''

''اتنی رقم کی کیا ضرورت آن پڑی؟''

''ایک ضروری کام ہے۔''

"چلو مان لیا ضروری کام ہے مگر قرض چکاؤ گے کیسے؟"

"اپنی تنخواہ میں سے ہر مہینے کچھ چکاتا رہوں گا۔"

"تمہاری تنخواہ تو محض دس روپے ہے۔اس میں سے تم کتنی رقم چکا پاؤ گے۔تم پاگل ہو یا دیوانے۔"

یہی سچائی تھی۔ گنیش نے خاموشی اختیار کر لی۔

"اگر تم کوئی زیور گروی رکھو تو شاید میں کچھ قرض دے سکتا ہوں۔" گنیش کچھ دیر تک خاموش کھڑا رہا۔ پھر اپنے کام میں مصروف ہو گیا۔

کچھ دنوں کے بعد وبھاوتی کے بھیا دوبارہ آئے۔اس روز گنیش گھر ہی پر تھا۔

"میں سوتی کی شادی کی دعوت دینے آیا ہوں۔"

"شادی کب ہے؟"

"دس روز بعد۔"

سوتی وبھاوتی کی چھوٹی بہن تھی۔

"شادی میں ضرور آنا ورنہ ماں کر برا لگے گا۔ کرائے پر گاڑی لے لینا۔ میں کرایہ ادا کر دوں گا۔ وہاں سے گاڑی بھیجنا مشکل ہے۔"

"ٹھیک ہے۔"

وبھاوتی کے بھیا کچھ دیر رُک کے، سگریٹ پیا پھر شادی کے تعلق سے ادھر ادھر کی گفتگو کر کے چلے گئے۔مزید رکنا مناسب نہیں تھا کیونکہ انہیں اور بھی لوگوں کو مدعو کرنے جانا تھا۔ان کے جاتے ہی وبھاوتی بول اٹھی............

"میں شادی میں نہیں جاؤں گی۔ماں کنگن کے بارے میں پوچھ بیٹھے گی۔" گنیش خاموش رہا۔

شادی کا دن آ گیا۔ وبھاوتی بیماری کا بہانہ بنا کر نہیں گئی۔

ایک مہینے کے بعد ایک روز اچانک رات کو وبھاوتی بول اٹھی.........."ایک چیز دکھاؤں آپ کو؟"

"کیا ہے؟"

وبھاوتی نے ایک جوڑا کنگن نکال کر دکھایا۔ کانٹوں والے ڈیزائن کے کنگن!!

’’یہ تمہیں کہاں سے مل گئے؟‘‘

’’کہیں سے ملے۔ یہ بتائیے کہ یہ کیسے لگ رہے ہیں؟‘‘

’’بہت خوبصورت ہیں۔ شاید یہ مترا گھرانے کے ہیں۔‘‘

’’ہاں، میں آپ کو دکھانے کے لئے لائی تھی۔ ہم دونوں کے ہاتھوں کا ناپ یکساں ہے۔ یہ دیکھئے،‘‘ وبھاوتی دونوں کنگن اپنے ہاتھوں میں پہن کر دکھانے لگی۔ گنیش آنکھیں پھاڑ پھاڑ کر دیکھتا رہا۔

’’کانٹے بڑے نوکیلے ہیں نا؟‘‘

’’لیکن بہت خوبصورت لگ رہے ہیں۔‘‘

دوسرے دن گنیش دکان میں اپنے کام میں مصروف تھا کہ اسی وقت بیدھو سنار آ گیا۔ دگمبر اڈی کی بہو کے لئے ایک جوڑا کانٹے دار ڈیزائن کے کنگن بنانے کیلئے وہ پیشگی رقم لینے کے لئے حاضر ہوا تھا۔ دگمبر اڈی کی بہو کے پاس زیورات کی کمی نہیں تھی۔ زیورات کے دوسیٹ تو شادی کے موقع پر دگمبر اڈی نے ہی دیئے تھے۔ اسی بیدھو سنار نے زیورات بنائے تھے اور گنیش نے ہی روپے اپنے ہاتھوں سے گن کر اس کے حوالے کئے تھے۔

دگمبر اڈی گدی پر ہی تھے۔ بیدھو سنار پر نظر پڑتے ہی انہوں نے عینک اتار کر شیشہ صاف کیا اور دوبارہ آنکھوں پر چڑھا نہ ہوئے بولے………’’سنو بیدھو! میں نے سنا ہے نئے فیشن کے کانٹے دار ڈیزائن کا کوئی نیا کنگن چلا ہوا ہے آج کل۔ میری بہو کا اصرار ہے کہ اس کے لئے ایک جوڑا نیا کنگن بنوانا ہو گا تم اچھی طرح سے سمجھ بوجھ لو۔ ڈیزائن بنانے میں کوئی غلطی مت کر بیٹھنا۔ تم اندر جا کر سمجھ لو میں ٹھیک سے سمجھا نہیں پاؤں گا۔‘‘

بیدھو اندر چلا گیا۔

کچھ دن گزر گئے۔ اس روز شام ابھی گہری نہیں ہوئی تھی۔ وبھاوتی باورچی خانے میں مصالے پیس رہی تھی۔ اچانک گنیش وہاں پہنچ گیا۔ اس کی رگیں تنی ہوئی تھیں۔ دونوں آنکھیں حلقوں سے باہر نکلی آ رہی تھیں۔ وبھاوتی حیران رہ گئی۔

’’ارے! آج آپ اتنی جلدی کیسے آ گئے؟‘‘

”سنو“

”کیا ہے؟“

”تمہارے لئے میں کنگن لے کر آیا ہوں۔ ذرا دیکھو تو........“، گنیش کی آواز کانپ رہی تھی۔ و بھاوتی نے حیرانی سے دیکھا کہ سچ مچ ایک جوڑا کانٹے دار ڈیزائن کا کنگن بیگنی رنگ کے کاغذات میں لپیٹ کر رکھا ہوا تھا۔

”آپ نے مجھے تو پہلے کچھ نہیں بتایا تھا۔ پیسے کہاں سے آئے؟“

”کہیں سے بھی آئے۔ تم پہن کر دیکھو تو سہی۔“

”میں ہاتھ دھو کر آتی ہوں۔“

”نہیں! پہلے پہن کر دیکھو“ یہ کہہ کر اس نے زبردستی کنگن پہنا دیئے۔ گنیش کے ہونٹوں پر مسکراہٹ پھیل گئی۔ اس نے اپنی جیب سے چھوٹی سی شیشی نکالی۔

”یہ کیا ہے؟“

”عطر!!“

”عطر کیا ہو گا؟“

”چاروں طرف چھڑکوں گا۔ تم آؤ تو سہی!!“ گنیش یہ کہتے ہوئے و بھاوتی کا ہاتھ پکڑ کر اندر کمرے میں لے گیا۔

پیڑ کی گھنی شاخوں سے چھن کر چاندنی بستر پر پڑ رہی تھی۔ پھولوں کی خوشبو اور عطر کی تیز مہک سے پورا کمرہ معطر تھا۔ گنیش اور و بھاوتی گہری نیند میں تھے۔ و بھاوتی نے اپنے ہاتھوں میں کانٹے دار ڈیزائن والے کنگن پہن رکھے تھے۔

”اوہ!! آہ!!“ گنیش کراہ کر اٹھ بیٹھا۔

”کیا ہوا؟“

”پیشانی پر زخم آ گیا ہے۔ شاید تمہارے کانٹے دار کنگن کا زخم ہے.....اوہ!! خون نکل رہا ہے۔ ذرا بتی تو جلاؤ.....“

و بھاوتی نے فوراً اٹھ کر شمع روشن کر دی۔ اس نے دیکھا کہ خون تیزی سے نکل رہا ہے۔ کانٹے دار ڈیزائن والے کنگن کی نوک سے پیشانی کی ایک موٹی رگ کٹ گئی تھی۔ اس نے فوراً

ایک کپڑا پھاڑ کر باندھ دیا۔ چند ہی منٹوں میں کپڑا خون سے تر بتر ہو گیا۔ پھر وہ باہر سے چکنی گھاس لے آئی اور دانتوں سے چبا کر زخم پر لگا دیا۔ پھر اس نے کپڑے کے ایک ٹکڑے کو ریڑی کے تیل میں بھگو کر پٹی باندھ دی اور انگلی سے کچھ دیر تک دبائے رکھا۔ لیکن کوئی فائدہ نہیں ہوا۔ خون مسلسل نکل رہا تھا۔

دوسرے دن دسمبر اڈی، بیدھو سنار اور لال پگڑی والی پولس کو لے کر آ گیا۔ گنیش کے سر پر بھی ایک لال پگڑی بندھی ہوئی تھی۔ لیکن اس پگڑی کا رنگ بالکل سرخ نہیں بلکہ سیاہی مائل سرخ تھا۔ و بھاوتی اس کے قریب بیٹھ کر اسے پنکھا جھل رہی تھی ۔ بیدھو بول اٹھا ....

"یہ رہے وہ کنگن!! اس نے آپ کا نام لے کر مجھ سے کنگن لے لئے تھے۔ میں نے بلا تامل دے دیئے۔ میرے وہم و گمان میں بھی نہیں تھا کہ آپ کا اتنا پرانا ملازم .... ''

چوری کا مال پکڑا گیا مگر چور کو گرفتار نہیں کیا جا سکا۔ چند منٹوں قبل ہی گنیش کی روح پرواز کر چکی تھی ۔ و بھاوتی کو پتہ ہی نہیں تھا کہ وہ اپنے شوہر کے مردہ جسم کو پنکھا جھل رہی ہے ۔

☆ ☆ ☆

پرندہ

"اے ناچنا بند کرو"

شیر نے گرجدار آواز میں مور کو حکم دیا مگر مور ناچتا ہی رہا جیسے کہ اس نے جنگل کے راجہ کا حکم سنا ہی نہ ہو۔

"ناچنا بند کرو۔ میرے کام میں خلل پڑ رہا ہے۔'' شیر نے کہا۔ مگر مور ناچتا ہی رہا۔ مورنی اس کے قریب ہی بیٹھی ہوئی تھی بھلا وہ کیسے نہیں ناچتا۔

"بند کرو اپنا ناچ'' شیر نے پھر حکم دیا۔ مگر مور نے ان سنی کر دی۔ شیر کی دھاڑ سے آسمان ہل گیا۔

"بند کرو .... بند کرو .... بند کرو۔''

مور نے اس بار بھی کوئی توجہ نہیں دی۔ شیر نے مور کی طرف ایک لمبی چھلانگ لگائی۔

بن پھول   مترجم: احمد کمال ہاشمی

مور اور مورنی فوراً اُڑ کر ایک اونچے پیڑ کی ایک شاخ پر بیٹھ گئے ۔ وہاں سے ایک پہاڑ کی چوٹی نظر آرہی تھی ۔ بڑا حسین منظر تھا۔ ایسا لگ رہا تھا جیسے سبز بادل پہاڑ کے ڈھلان سے اتر رہے ہوں ۔ مور نے پھر ناچنا شروع کر دیا۔ مورنی اس کے چاروں طرف گھومنے لگی ۔

شیر کی شان کو بڑی ٹھیس پہنچی تھی ۔ اس نے اپنے وزیر چیتا کو بلا کر کہا ۔۔۔۔۔۔۔۔

"میں جنگل کا راجہ ہوں اس کے باوجود اس حقیر مور نے میری حکم عدولی کی ہے ۔ یہ سراسر میری توہین ہے ۔ اس کو سزا دینے کا اہتمام کرو"

"ضرور!! یہ مور بڑے بدذات ہوتے ہیں ۔" چیتا نے کہا ۔۔۔۔۔۔۔۔ "میں جب بھی شکار پر نکلتا ہوں وہ شور مچا کر تمام جانوروں کو خبردار کر دیتا ہے ۔ جب آپ نے حکم دیا ہے حضور! تو میں اس کو مزہ چکھاتا ہوں ۔"

─────────────

دو دنوں کے بعد ایک گیدڑ نے آ کر مور کو سلام کیا ۔ مور میدان میں ٹہل رہا تھا۔ گیدڑ کو دیکھتے ہی وہ اڑ کر پیڑ پر بیٹھ گیا ۔ گیدڑ نے بڑی خاکساری کا مظاہرہ کرتے ہوئے کہا ۔۔۔۔۔۔۔۔

"آپ بڑے باصلاحیت ہیں ۔ آپ کی بڑائی کرنا میرے بس کی بات نہیں ہے ۔ پھر بھی میں عرض کروں گا کہ آپ کو میرے ساتھ میرے غریب خانے تک چلنا ہوگا ۔"

"کیوں؟" مور نے پوچھا ۔

"میری بیوی نے کچھ ہی دیر قبل ایک بچے کو جنم دیا ہے ۔ بچے کو جنم دیتے ہی وہ پاگلوں جیسی حرکت کرنے لگی ہے ۔ کوّا اس کا علاج کر رہا ہے ۔ اس کا مشورہ ہے کہ اگر وہ مور کا ناچ دیکھ لے گی تو صحت یاب ہو جائے گی ۔"

یہ سن کر مور مسکرانے لگا ۔۔۔۔۔۔۔۔ پھر بولا ۔۔ "گیدڑ مہاشے! آپ کو اس جنگل میں کون نہیں جانتا ۔ آپ کی بیوی کی حالت سن کر مجھے افسوس ہوا مگر آپ کو شاید یہ معلوم نہیں کہ صرف اپنی مورنی کے لئے ناچتا ہوں ۔ میں کسی اور کے لئے نہیں ناچ سکتا ۔ یہ ناممکن ہے ۔"

گیدڑ مایوس ہو کر لوٹ گیا ۔ جنگل میں شیر اور چیتا دونوں ایک جگہ چھپ کر بیٹھے تھے ۔ انہوں نے سوچا تھا کہ جیسے ہی مور گیدڑ کے غار کے قریب آ کر ناچنا شروع کرے گا دونوں اس پر جھپٹ پڑیں گے ۔ لیکن ان کی سازش ناکام ہو گئی ۔

اس کے دوسرے دن ایک سانپ نظر آیا۔ سانپ مور کی خوراک ہوا کرتا ہے۔ اسے دیکھتے ہی مور اپنی چونچ اور ناخن سے وار کرنے کے لئے اس کی طرف بڑھا مگر سانپ بہت پھرتیلا نکلا۔ وہ گھاس پر تیزی سے رینگتا ہوا چھپتا چھپاتا جنگل کی طرف بڑھنے لگا۔ جس طرح رامائن میں رام چندر سنہری ہرنی کا پیچھا کر رہے تھے ٹھیک اسی طرح مور بھی سانپ کا پیچھا کرنے لگا۔ اسی دوران اچانک شیر کی دہاڑ سے جنگل گونج اٹھا۔ دوسرے لمحے شیر نے مور پر چھلانگ لگائی مگر مور اس کی گرفت میں نہیں آیا۔ وہ اڑ کر ایک پیڑ پر جا بیٹھا۔ پھر اس نے شیر سے مخاطب ہو کر کہا ....

"حضور! آپ ہمیشہ میری تاک میں کیوں رہتے ہیں؟"

"تم نے میری توہین کی ہے۔"

"میں اپنی مورنی کے لئے ناچتا ہوں اگر اس سے آپ کی توہین ہوتی ہے تو میں مجبور ہوں۔ جب آپ اپنی شیرنی کی خوشی کے لئے اپنی گردن کے بال کھڑے کرکے، دم ہلا کر غراتے ہیں تب تو اپنی توہین محسوس نہیں کرتا۔"

"میں نے تمہیں ناچنے سے منع کیا تھا مگر تم نے میری بات نہیں مانی۔ تم نے اپنے راجہ کے حکم عدولی کی ہے اس لئے میں اسے اپنی توہین تصور کرتا ہوں۔"

"لیکن حضور! آپ ایک بات بھول رہے ہیں۔ آپ جانوروں کے راجہ ہیں اور میں جانور نہیں ہوں پرندہ ہوں۔"

شیر چند لمحوں کے لئے حیرت زدہ رہ گیا۔ پھر بولا .... "تب تو تم دوسرے ملک کے باشندے ہو۔ تمہارا پاسپورٹ کہاں ہے؟ تمہارا ویزا کہاں ہے؟"

مور نے اپنے دونوں پنکھ پھیلائے اور بولا .... "حضور! آپ ہمیں یہاں سے بھگا نہیں سکتے ہیں۔ ہم لوگ یہیں رہیں گے۔ ہمیں قدرت کی طرف سے یہ اختیار حاصل ہے کہ ہم بر، بحر اور ہوا کہیں بھی آ جا سکتے ہیں۔ میں ایک بات اور آپ کو یاد دلاتا چلوں۔ آج آپ نے میرے منھ سے نوالہ چھینا ہے کل میں اس کا انتقام آپ سے ضرور لوں گا۔"

"تم ایک حقیر پرندے ہو۔ تم مجھ سے کیا انتقام لو گے؟ ہا ہا ہا ہا" شیر کے دہاڑ نما قہقہے سے سارا جنگل دہل اٹھا۔

بن پھول   مترجم: احمد کمال ہاشمی

کچھ دنوں کے بعد شیر ایک میمنے کو مار کر کھانے کی تیاری کر رہا تھا کہ اچانک ایک بہت بڑا ہیولا آسمان کی طرف سے نیچے آیا اور ایک جھپٹے کے ساتھ میمنے کو لے کر اڑ گیا۔ شیر نے حیرت سے اوپر کی طرف دیکھا۔ ایک بہت بڑا باز اپنے پنکھ پھیلائے ہوا میں اڑ رہا تھا اور اس کے پنجوں میں میمنہ لٹک رہا تھا۔ باز نے کہا۔ ۔۔۔۔۔۔۔۔۔۔۔

"اے شیر! تم زمین پر رہنے والے جانور ہو۔ تمہاری حکومت صرف زمین تک محدود ہے۔ ہم آسمان میں اڑنے والے پرندے ہیں۔ ہم فنکار ہیں۔ ہم کوی ہیں، ہم جیالے ہیں۔ تم نے ہماری برادری کے ایک پرندے کی بے عزتی کر کے پوری برادری کی بے عزتی کی ہے۔ اس لئے میں تم کو سبق سکھانے آیا تھا۔ لیکن میں تمہاری طرح ذلیل نہیں ہوں۔ میں دوسروں کے منھ سے نوالے چھین کر نہیں کھاتا۔ یہ لو تمہارا شکار تم کو واپس کر رہا ہوں۔"

میمنہ دھپ کی آواز کے ساتھ شیر کے سامنے آ گرا۔ شیر حیرت سے بت بنا بیٹھا رہ گیا۔

☆ ☆ ☆

انتظار

اس زمانے میں راجن کالج کا طالب علم تھا اور بہو بازار کے ایک بورڈنگ ہاؤس میں رہتا تھا۔ طالب علمی کے زمانے میں جو سب سے بڑی پریشانی ہوتی ہے وہ پیسوں کی قلت ہوتی ہے۔ راجن کے والد دریا دل انسان تھے۔ اس لئے ہمیشہ تنگ دستی کا شکار رہتے تھے۔ وہ جو کچھ کماتے دونوں ہاتھوں سے خرچ کر ڈالتے۔ اپنی بیٹی درگا کی شادی کے موقع پر انہوں نے براتیوں کی جس طرح تواضع کی تھی اس کی مثال اس علاقے میں آج تک نہیں ملتی ہے۔ اس لئے وہ اپنے بیٹے راجن کو ضروری اخراجات کے علاوہ زیادہ رقم نہیں دے پاتے تھے۔ اکثر مہینے کے آخر میں اس کا ہاتھ خالی ہو جایا کرتا تھا۔ اسے اپنے دوستوں سے قرض مانگنا پڑتا تھا۔ قرض دینے والے اس کے دوست بھی بہت سارے تھے جو اسے بہت عزیز رکھتے تھے کیونکہ اپنے والد کی طرح وہ بھی دریا دل تھا۔ جب تک اس کے پاس پیسے ہوتے وہ بے دریغ خرچ کرتا۔ دوستوں کی دعوتیں کرتا، سینما دکھاتا، مکھیوں اور جیونٹیوں کی فطرت سے اس نے درس کبھی نہیں لیا۔ اس کے اصول تتلیوں

سے ملتے تھے۔ اس لئے کبھی کبھی وہ مشکلات میں گھر جاتا مگر اس کی عادتیں نہیں بدلتیں۔ اس کے دوست، خاص طور پر کمار الکلینڈ رموی اسے ہمیشہ پریشانیوں سے نکالتا تھا۔ وہ فطرتاً بڑا امخیّر تھا۔ قرض دے کر واپس نہیں مانگتا تھا۔ لیکن ایک مسئلہ یہ تھا کہ وہ لمبی لمبی نظمیں لکھا کرتا تھا جنہیں نہ صرف سننا پڑتا تھا بلکہ دل کھول کو تعریف بھی کرنی پڑتی تھی۔ مالی تنگی کے سبب راجن کو طوعاً کرہاً یہ سب برداشت کرنا پڑتا تھا۔

اس روز اسے ایک بڑی رقم کی ضرورت پڑ گئی۔ اس کی بہن کے پھوپھا سراس سے ملنے آ گئے۔ وہ گاؤں کے رہنے والے تھے اور کلکتہ کے طور طریقوں سے نابلد تھے۔ بڑی مشکل سے وہ راجن کے ٹھکانے تک پہنچنے میں کامیاب ہوئے تھے۔ بورڈنگ ہاؤس کے دربان سے انہوں نے پوچھا تھا..........

’’کیا نیتو محرر کا بیٹا یہیں رہتا ہے؟‘‘

دربان چھپرہ کا رہنے والا تھا۔ اس نے جواب دیا..........’’مجھے نہیں معلوم۔‘‘

تب انہوں نے بورڈنگ ہاؤس کے ایک شخص سے یہی سوال کیا۔ اس کا جواب تھا......

’’سب کے باپ کا نام تو مجھے نہیں معلوم۔ اگر اس کا نام بتائیں تو شاید میں بتا سکوں۔‘‘

’’اس کا نام راجن ہے۔ وہ کالج میں پڑھتا ہے۔‘‘

’’آپ شاید راجن داس کو ڈھونڈ رہے ہیں۔‘‘

’’ہاں، اس کا ٹائٹل داس ہی ہے۔‘‘

’’آپ چوتھے مالے پر چلے جائیں۔ اسکے کمرے کا نمبر 3 ہے۔‘‘

سرسہ صاحب زینے چڑھ کر چوتھی منزل پر پہنچے۔ اس روز اتوار تھا۔ راجن اپنے کمرے میں ہی تھا۔ پھوپھا سرنے راجن کے کمرے کے سامنے پہنچ کر زور سے کھنکھارا۔ راجن نے دیکھا کہ ٹھگنے قد اور لمبے ہاتھوں والا ایک شخص دروازے پر کھڑا ہے۔

’’تم ہی راجن ہو کیا؟‘‘

’’ہاں، میں ہی راجن ہوں۔‘‘

’’تم نے مجھے پہچانا؟‘‘

’’جی نہیں۔ آپ کون؟‘‘

’’میں بھیرب گھوش ہوں ۔ میں تمہاری بہن کا پھو پھا سسرہوں۔ تمہیں تو مجھے پہچان لینا چاہئے تھا۔ میں تمہاری بہن کی برات میں شامل تھا۔ شکم سیر ہوکر کھانا کھانے کے بعد بھی میں نے ستر عدد لنگڑا آم کھائے تھے۔ تم مجھے بھول کیسے گئے؟ یاد آیا؟‘‘

’’ہاں، ہاں، یاد آگیا۔ آیئے بیٹھئے۔‘‘

راجن، بھیرب گھوش کو پہچان نہیں پایا تھا مگر ستر عدد لنگڑا آم کھانے والی کہانی اسے یاد آگئی۔ کمرے میں داخل ہوکر راجن کی چوکی پر بیٹھنے کے بعد گھوش صاحب مکرّر شکایت کرنے لگے .... ’’ڈاگر دیکھی علاقے کے سبھی لوگ، کیا بوڑھا کیا جوان، مجھے پہچانتے ہیں مگر تم رشتے دار ہوکر بھی مجھے نہیں پہچان پائے؟‘‘

’’پانچ برس پہلے صرف ایک بار آپ کو دیکھا تھا اس لئے نہیں پہچان پایا .... آپ کس سے ملنے آئے ہیں؟‘‘

’’تم سے ہی ملنے آیا ہوں۔‘‘

’’کیوں؟ کیا کام ہے؟‘‘

’’کام تو ہے۔ آج کل کوئی کسی سے بلاضرورت ملنے نہیں جاتا۔ آج کل سب لوگ ضرورت کے غلام ہوگئے ہیں۔‘‘

یہ تمہید سن کر راجن پریشان ہوگیا مگر خاموش رہا۔ بھیرب گھوش تھوڑے توقف کے بعد کہنے لگے .... ’’میری ضرورت سن کر شاید تم کو ہنسی آئے گی کیونکہ نئے زمانے کے لڑکے ہو۔ تم لوگ پنرجنم پر یقین نہیں کرتے ہو مگر میں کرتا ہوں۔ میرا یقین ہے کہ اگر اس جنم میں کوئی خواہش ادھوری رہ جائے تو اس کی تکمیل کے لئے دوسرا جنم لینا پڑتا ہے۔ تمام خواہشیں پوری نہ ہوں تو روح بھٹکتی رہتی ہے۔ ممکن ہے کہ تم ان باتوں کو نہ مانو مگر میں مانتا ہوں۔ اگر میرا بیٹا زندہ ہوتا یا میرے پاس زیادہ دولت ہوتی تو میں آج تمہارے پاس نہیں آتا۔ وہیں ڈاگر دیکھی میں رہ کر اپنی خواہش پوری کرلیتا۔ لیکن میں غریب انسان ہوں۔ پرولیا اسٹیشن کے قریب میرا ایک چھوٹا سا ہوٹل ہے جس سے گزر بسر ہوتا ہے۔ کوئی بڑی خواہش پوری کرنے کی استطاعت میری نہیں ہے۔ میں بہت دنوں سے فیصلہ نہیں کر پا رہا تھا کہ اپنے دل کی بات کس سے کہوں۔ میرا بیٹا زندہ ہوتا تو میری خواہش کسی بھی طرح پوری کر دیتا۔ بڑا پیارا بچہ تھا۔‘‘

بھیرب گھوش اچانک خاموش ہو گئے۔ راجن نے دیکھا کہ ان کے چہرے پر درد کی لکیریں ابھر آئی ہیں۔ لب تھرتھرا رہے تھے مگر یہ کیفیت زیادہ دیر تک قائم نہ رہ سکی۔ انہوں نے پھر بولنا شروع کیا ....

”میں بہت دنوں سے ایک بات سوچ رہا تھا مگر یہ بات ہر کسی سے کہہ بھی نہیں سکتا۔ لوگ کہیں کہ بڈھا سٹھیا گیا ہے۔ لیکن ایک دن ایک شادی کی تقریب میں تمہاری بہن درگا سے ملاقات ہوئی۔ وہ لکشمی ہے لکشمی۔ اس کی زبانی پتہ چلا کہ تم کلکتے میں رہتے ہو۔ اس سے تمہارا پتہ بھی دستیاب ہو گیا۔ تم بنّو محرر کے بیٹے ہو تو مجھے امید ہے کہ تم بھی اپنے باپ کی طرح دریا دل انسان ہو گے۔ پھر تم کلکتے میں ہو اس لئے کوئی دشواری نہیں ہو گی۔“

”کام کیا ہے؟“

بھیرب گھوش نے تھوڑا جھجکتے ہوئے کہا .... ”کام زیادہ مشکل نہیں ہے۔ بس کچھ روپے خرچ کرنے ہوں گے۔“

”مگر کام تو بتائیے۔“

”میں کسی مشہور ولایتی ہوٹل میں کھانا کھانا چاہتا ہوں۔ میں نے دیسی ہوٹل میں کھانا بہت کھایا ہے مگر ولایتی کھانا کبھی نہیں کھایا۔ میں نے سنا ہے کہ ولایتی کھانا کافی لذیز ہوتا ہے۔ ایک بار شکم سیر ہو کر کھانا چاہتا ہوں۔“

”آپ کے لئے کوئی کھانا ممنوع تو نہیں ہے؟“

”بالکل نہیں، میں چکن بھی کھاتا ہوں۔ آج کل تو سبھی کھا رہے ہیں۔“

”مگر ایک پریشانی ہے۔“

”کیسی پریشانی ہے؟“

”ولایتی ہوٹل میں کھانا کھانے کے لئے انگریزوں جیسا لباس بھی چاہئے ورنہ داخلہ ممنوع ہے۔“

”ٹھیک ہے۔ میں انگریزی لباس میں پہن لوں گا۔ تم میرے لئے خرید دو۔“

”صرف آپ کے لباس سے تو کام نہیں چلے گا۔ مجھے بھی انگریزی لباس پہننا ہو گا۔ مجھے تو آپ کے ساتھ ہی رہنا ہو گا ناں۔“

’’تو ٹھیک ہے دونوں کے لئے لباس خرید لو۔ واپسی کے کرائے کے علاوہ میرے پاس جو پیسے ہیں وہ میں تمہیں دے دیتا ہوں۔‘‘

بھیرب گھوش نے اپنے صندوق سے دس روپے کا ایک پرانا نوٹ نکالا۔ راجن کی زبان سے بے ساختہ نکلا........... ’’رہنے دیجئے۔ آپ کو کچھ دینے کی ضرورت نہیں ہے۔ میں کچھ انتظام کرتا ہوں۔‘‘ دل ہی دل میں وہ پریشان ہو گیا کیونکہ یہ ایک بڑی رقم کا معاملہ تھا۔ اس نے کہا...........

’’آپ کھانا کھا کر آرام کیجئے۔ میں ذرا باہر جا رہا ہوں۔‘‘

وہ بھاگا بھاگا الکلیندر مولی کے پاس پہنچا کیونکہ ایسے موقعے پر اسی کا آسرا تھا۔ ضرورت پڑنے پر وہ اس کی ساری نظمیں سننے پر آمادہ تھا۔ مرتا کیا نہ کرتا۔

پورے ساڑھے تین سو روپے خرچ ہوئے۔ بھیرب گھوش نے تین آدمیوں کا کھانا اکیلے کھایا۔ واپس جاتے ہوئے انہوں نے سوٹ راجن کو لوٹا دیا اور کہا........... ’’کاٹ چھانٹ کرا پنے سائز کا بنوا لینا۔ میں بہت خوش ہوا ہوں۔ خدا تمہاری عمر دراز کرے۔ تم نے اپنے باپ کی عزت رکھ لی۔ تم اپنے باپ کے اصل بیٹے ہو۔ میں بہت غریب آدمی ہوں۔ بہت معمولی انسان ہوں، تمہیں کون سی دعا دوں؟ سلامت رہو۔ خدا تمہیں بے پناہ دولت سے نوازے۔ کبھی پرولیا آنا۔ میں تمہیں جی بھر کر کھانا کھلاؤں گا۔ ضرور آنا۔ آؤ گے ناں؟‘‘

’’ٹھیک ہے۔ کبھی جاؤں گا۔‘‘

’’ہاں ضرور آنا۔ میں تمہارا انتظار کروں گا۔‘‘

’’بالکل، کبھی چھٹی ملی تو ضرور پہنچوں گا۔‘‘

راجن، بھیرب گھوش کو اسٹیشن تک چھوڑنے گیا۔ ٹرین میں بیٹھ کر وہ روپڑے اور مکرّر گزارش کی...........

’’میرے یہاں ایک بار ضرور آنا۔‘‘

تقریباً دس سال بعد ملازمت کی تلاش میں راجن کو پرولیا جانے کا اتفاق ہوا۔ پرولیا کے ایک مشہور وکیل نے وہاں کے مجسٹریٹ سے ملوانے کے لئے اسے بلایا تھا۔ ملازمت دلوانا

مجسٹریٹ کے ہاتھوں میں تھا۔ راجن جس ٹرین سے سفر کر رہا تھا اس کے پرولیا پہنچنے کا وقت شام سات بجے تھا۔ مگر اگلے اسٹیشن پر ایک انجن کی پٹری سے اتر جانے کی وجہ سے اس کی ٹرین پانچ گھنٹے لیٹ ہوگئی اور رات بارہ بجے پرولیا پہنچی۔ راجن نے شکم سیر ہو کر کھانا کھالیا تھا اور اس کے ساتھ زیادہ سامان بھی نہیں تھا اس لئے اگر وہ چاہتا تو ویٹنگ روم میں رات گزار سکتا تھا مگر اس نے اسی وقت وکیل بابو کے گھر پہنچنا مناسب سمجھا۔ وہ انہیں بتا دینا چاہتا تھا کہ تاخیر ہونے میں اس کی اپنی کوئی غلطی نہیں تھی کیونکہ معاملہ ملازمت کا تھا۔

اسٹیشن سے باہر نکلتے ہی بھیرب گھوش سے ملاقات ہوگئی۔ وہ کھل اٹھے۔

"ارے واہ، تم تو راجن ہو۔ اتنے دنوں کے بعد تمہیں موقع ملا؟ آؤ آؤ میری دکان میں چلو۔ سامنے ہی میری دکان ہے۔ تم اتنی رات کو کیوں آئے؟"

راجن نے دیکھا کہ سامنے کچھ دوری پر ایک سبجی سجائی دکان ہے۔

"چلو چلو۔ میں تمہیں پیٹ بھر کر کھانا کھلاتا ہوں۔" بھیرب گھوش بولے۔

"نہیں میں نہیں کھا سکتا۔ کچھ دیر پہلے ہی میں نے کھانا کھالیا ہے۔ کل آؤں گا۔ ابھی پہلے مجھے نیل کنٹھ بابو سے ملاقات کرنی ہے۔ بہت ضروری کام ہے۔"

"میری دکان میں نہیں جاؤ گے؟"

"آج نہیں کل ضرور آؤں گا۔"

دوسرے دن راجن وہاں پہنچا مگر وہاں نہ دکان تھی اور نہ بھیرب گھوش تھے۔ وہاں خالی میدان تھا۔ کچھ دوری پر ایک اور دکان تھی۔ راجن نے وہاں جا کر پوچھا ....

"بھیرب گھوش کی دکان کہاں ہے؟"

"وہ دکان تو پانچ سال پہلے بھیرب بابو کے مرنے کے بعد ہی ختم ہوگئی۔"

"یہ کیا کہہ رہے ہیں آپ؟ میں نے تو کل رات ہی انہیں دیکھا تھا۔"

"آپ سے غلطی ہوئی ہے۔" دکاندار نے مسکراتے ہوئے جواب دیا۔

وہاں ایک سن رسیدہ شخص بیٹھا ہوا تھا۔ اس نے کہا ....

"غلطی نہیں بھی ہو سکتی ہے۔ اور بھی کچھ لوگوں نے بھیرب گھوش کو دیکھا ہے۔ کوئی

ٹرین آتے ہی وہ گیٹ پر کھڑے نظر آتے ہیں۔ جتین بابو دو بار دیکھ چکے ہیں۔ امین بھی ایک بار دیکھ چکا ہے۔ کالو دیکھ چکا ہے۔ کیا تمہیں پتہ نہیں کہ گزشتہ پانچ برسوں سے ایسا ہی ہو رہا ہے؟''

''مجھے پتہ ہے مگر یہ حضرت ڈر جائیں گے اس لئے میں نے انہیں نہیں بتایا۔'' دوکان دار نے کہا۔

''شاید بھیرب گھوش کی کوئی خواہش نامکمل رہ گئی ہے۔ اس لئے اس کی آتما آج تک بھٹک رہی ہے۔'' بوڑھے شخص نے کہا۔

☆ ☆ ☆

ثبوت

کوئی نہیں جانتا تھا کہ وہ بزرگ کہاں سے آئے ہیں۔ لباس سے بھی کچھ پتہ نہیں چلتا تھا۔ نہ تلک دھاری، نہ جٹادھاری، نہ گھیر والا لباس، کچھ بھی نہیں تھا۔ اگر وہ شہر کے ہنگاموں سے دور ایک ویران مکان میں پنہہ گزیں نہیں ہوتے تو شاید کسی کو یہ بھی پتہ نہیں چلتا کہ وہ کوئی پیر فقیر ہیں۔ پہلے ہی لوگوں کو ان کے سلسلے سے کچھ غلط فہمیاں بھی ہوئیں۔ کسی کو لگا کہ وہ کوئی مفرور مجرم ہیں۔ کسی کا خیال تھا کہ وہ کوئی جاسوس ہیں۔ غرض کہ جتنے لوگ اتنی باتیں۔ ہر شخص اپنے اپنے طور پر قیاس آرائیاں کر رہا تھا۔ لیکن جب آگے چل کر کوئی چونکا دینے والا واقعہ ظہور پذیر نہیں ہوا تو لوگوں کو اطمینان ہو گیا کہ وہ کوئی شریف انسان ہیں، کوئی فقیر ہیں۔ لیکن لوگوں کے اس خیال کو انہوں نے اپنی طرف سے تقویت نہیں بخشی۔ اگر کوئی ہاتھ دکھانا چاہتا یا تعویز مانگنے آتا تو وہ کہتے کہ میں کچھ نہیں جانتا ہوں۔ مذہی معاملات میں بھی ان کا جواب نفی میں ہوا کرتا تھا مگر وہ ہمیشہ نرم گرفتاری سے کام لیتے تھے۔ کبھی خفگی کا اظہار نہیں کرتے تھے۔ متجسس افراد بار بار ان کے یہاں حاضر ہوتے مگر ہر بار انہیں مایوس ہو کر واپس آنا پڑتا۔

لیکن ہرادھن بابو بھی کبھی مایوس نہیں ہوئے۔ انہیں جب بھی فرصت ملتی وہ وہاں پہنچ جاتے۔ ان کے دل میں اس تنہائی پسند اور بے لوث طبیعت کے انسان کے تئیں عقیدت پیدا ہو گئی تھی۔ وہ ان کے پاس خاموش بیٹھے رہتے۔ ان کا دل کہتا تھا کہ اس شخص میں کوئی خاص بات ضرور

بن پھول   مترجم: احمد کمال ہاشمی

ہے۔ لیکن وہ خاص بات کیا ہے یہ جاننے کی کبھی انہوں نے کوشش نہیں کی تھی۔ ان کے قریب بیٹھنے سے ہی ان کے دل میں تقدس کا عجیب سا احساس پیدا ہوتا تھا۔ ان سے گفتگو بھی بہت مختصر ہوتی تھی۔ موضوعات بھی عام سے ہوتے تھے۔ ایک بار ہرادھن بابو نے مذہبی موضوع پر گفتگو چھیڑ دی ....

’’اچھا یہ بتایئے کہ بھگوان کے بارے میں آپ کی کیا رائے ہے؟‘‘

’’میں کیا کہہ سکتا ہوں!!‘‘ یہ کہہ کر انہوں نے اپنی کم علمی کا اظہار کیا اور خاموش ہو گئے۔

’’کیا آپ نے کبھی بھی کچھ نہیں دیکھا؟‘‘

’’آپ جو دیکھتے ہیں میں بھی وہی دیکھتا ہوں۔ آسمان، سمندر، ندی، میدان، پھل، پھول، سورج، چاند، ستارے ....ان سب چیزوں کے علاوہ میں کچھ اور نہیں دیکھ پاتا ہوں۔‘‘

’’تو کیا بھگوان انہیں کا نام ہے؟‘‘

’’پتہ نہیں‘‘ یہ کہہ کر وہ پھر خاموش ہو گئے۔ کچھ دیر بعد ہرادھن بابو اٹھ کھڑے ہوئے۔ راستے میں نرین بابو بول گئے۔ نرین بابو بہت تعلیم یافتہ انسان تھے۔

’’کہاں گئے تھے ہرادھن بابو؟‘‘

’’گنگا کنارے والے سادھو بابا کے پاس‘‘

’’کون سادھو؟ ویران مکان میں رہنے والا وہ آدمی؟‘‘

’’ہاں‘‘

آپ سے کس نے کہہ دیا کہ وہ سادھو ہے؟‘‘ نرین بابو نے کہا ’’وہ تو کوئی فراڈ ہے جو راز کھل جانے کے ڈر سے کم باتیں کرتا ہے۔‘‘

ہرادھن بابو مسکرا کر رہ گئے۔ وہ نرین بابو سے بحث کرنے کے موڈ میں نہیں تھے۔

’’اس کے سادھو ہونے کا کوئی ثبوت ملا آپ کو؟‘‘ نرین بابو نے دریافت کیا۔

’’نہیں۔‘‘

’’تو پھر۔‘‘ ہرادھن بابو خاموش ہو گئے۔

دن گزرتے رہے۔ ہرادھن بابو وقتاً فوقتاً بابا کے پاس جاتے رہے۔ تمام لوگوں کا

تجسس ختم ہو چکا تھا مگر ہرادھن بابو کا تجسس اب تک برقرار تھا۔

لیکن کچھ دنوں کے بعد ہرادھن بابو نے بھی وہاں آنا جانا بند کردیا۔ان کے بیٹے کو ٹائیفائیڈ ہوگیا تھا۔اس کے علاج میں وہ اتنے مصروف ہوگئے تھے کہ کہیں آنے جانے کا وقت ہی نہیں ملتا تھا۔بیٹے کی بیماری لگا تار بڑھتی جارہی تھی۔انہوں نے علاج میں کوئی کسر نہیں چھوڑی تھی۔شہر کے بڑے ڈاکٹروں کو دکھایا مگر کوئی افاقہ نہیں ہوا۔شب وروز بڑی مشکل سے گزر رہے تھے۔آخرایک دن ڈاکٹروں نے جواب دے دیا۔گھر میں رونا پیٹنا مچ گیا۔ہرادھن بابو بیٹے کے بسترِ مرگ کے قریب بیٹھے تھے۔ان کی دنیا تاریک ہوگئی تھی۔اچانک بابا کا خیال آیا۔وہ آہستہ سے اٹھے اور باہر نکل گئے۔

رات کافی ہو چکی تھی۔اماوس کا چاند بادل کا سینہ چیر کر ابھی ابھی نکلا تھا۔ندی میں پانی بڑھا ہوا تھا۔تیز ہوائیں چل رہی تھیں۔ندی میں لہریں آواز پیدا کر رہی تھیں۔ہرادھن بابو گرتے پڑتے کسی طرح ویران مکان تک پہنچ گئے۔بابا ابھی تک جاگ رہے تھے۔

’’میرے بیٹے کی جان بچا لیجئے بابا۔‘‘ہرادھن بابو بابا کے قدموں پر جھک گئے۔

’’کیا ہوا ہرادھن بابو؟‘‘اٹھئے اٹھئے۔کیا ہوا آخر؟‘‘بابا بولے۔

بابا نے ساری باتیں سنیں۔پھر کہا۔۔۔۔۔۔۔۔۔’’میں کیا کرسکتا ہوں؟ میرے بس میں کچھ نہیں ہے۔‘‘ہرادھن بابو رو پڑے۔۔۔۔۔۔۔۔۔’’رحم کیجئے۔میرا ایک ہی بیٹا ہے۔‘‘

بابا خاموش تھے۔

’’کیا اسے بچانے کا کوئی راستہ نہیں؟ کوئی امید نہیں؟‘‘

’’جس کی عمر تمام ہوگئی ہو۔۔۔۔۔۔۔۔۔!!‘‘ بابا اتنا کہہ کر خاموش ہوگئے۔ہرادھن بابو دھاڑیں مار کر رونے لگے۔

’’میرا اکلوتا بیٹا ہے،‘‘ آپ کچھ کیجئے۔آپ چاہیں تو کچھ نہ کچھ ہوسکتا ہے۔اسے بچانے کا کوئی طریقہ ضرور ہوگا۔آہ رحم کیجئے۔‘‘

تھوڑی دیر تک خاموش رہنے کے بعد بابا نے کہا۔۔۔۔۔۔۔۔۔’’میں نے سنا ہے اگر کوئی آدمی اپنی عمر دے تو مرنے والے کی عمر کچھ دنوں کیلئے بڑھ سکتی ہے۔مگر یہ کیسے ممکن ہے؟‘‘

’’آپ چاہیں تو کچھ بھی ہوسکتا ہے۔آپ دریا کیجئے۔‘‘بابا کے پاؤں پکڑ کر ہرادھن بابو

بچوں کی طرح بلک بلک کر رونے لگے۔ تھوڑی سی شش و پنج کے بعد بابا نے اپنے پاؤں ہٹا لئے اور کھڑے ہو گئے۔ کچھ دیر خاموش رہنے کے بعد گویا ہوئے .... ''آپ بھگوان سے پرارتھنا کیجئے۔ وہ اگر چاہے تو سب کچھ ممکن ہے۔ وہی آخری سہارا ہے۔ ہم لوگ کیا ہیں؟''

بابا نے سمجھا بجھا کر ہرادھن بابو کو گھر واپس بھیج دیا۔ گھر پہنچ کر ہرادھن بابو نے دیکھا کہ بیٹے کی حالت میں کچھ بہتری آئی ہے۔ ڈاکٹر کو بلوایا گیا۔ ڈاکٹر کو بھی حیرانی ہوئی، نبض چلنے لگی تھی۔ مریض کی حالت پہلے سے بہتر ہوگئی تھی۔ جس طرح ابر آلود آسمان سے بادلوں کے چھٹنے سے آہستہ آہستہ آسمان صاف ہونے لگتا ہے ٹھیک اسی طرح ہرادھن بابو کے بیٹے کی طبیعت آہستہ آہستہ بہتری کی طرف گامزن تھی۔ دوسرے روز صبح دس بجے ڈاکٹر نے کہا .... ''خطرہ ٹل گیا ہے۔ آپ کا بیٹا بچ جائے گا۔''

فرطِ مسرت سے مغلوب ہو کر ہرادھن بابو بابا کو یہ خوشخبری سنانے چل پڑے۔ وہاں انہیں کوئی دکھائی نہیں دیا۔ انہوں نے بابا کو آواز دی مگر کوئی جواب نہیں ملا۔ اندر جا کر انہوں نے دیکھا کہ سر سے پاؤں تک چادر اوڑھے بابا سو رہے ہیں۔ انہوں نے بابا کو پھر آواز دی مگر اس بار بھی کوئی جواب نہیں ملا۔ انہوں نے بابا کو جھنجھوڑا مگر لا حاصل۔ انہوں نے چادر ہٹائی اور حیران رہ گئے۔ بابا کا بے جان جسم پڑا ہوا تھا۔ ان کے ہونٹوں پر ایک پرسکون مسکراہٹ تھی۔

☆ ☆ ☆

دودھ کی قیمت

ٹرین آرہی تھی۔ بہت ساری خوش لباس اور متناسب جسامت والی خوب صورت لڑکیاں اسٹیشن پر کھڑی تھیں۔ کچھ نوجوان لڑکے شعوری طور پر اور کچھ لاشعوری طور پر ان کے ارد گرد چکر لگا رہے تھے۔ اس بھیڑ میں ایک ضعیفہ ایک ہولڈال کے فیتے سے الجھ کر گر پڑی جس پر کسی کی نظر نہیں پڑی۔ نظر پڑنی بھی نہیں چاہئے تھی کیونکہ خواتین کے ساتھ مہذب برتاؤ کی تہذیب صرف جوان لڑکیوں کے لئے محدود تھی۔ جس آدمی کے ہولڈال سے الجھ کر ضعیفہ گر پڑی تھی وہ تعلیم یافتہ شخص قریب ہی موجود تھا۔ اس نے دھمکی آمیز لہجے میں ضعیفہ سے کہا ....

مترجم: احمد کمال آرزشمیبن پھول

''دیکھ کر راستہ نہیں چلتی ہو۔اگر میرا ہولڈال پھٹ جاتا تو...........؟''

ضعیفہ کے دائیں پاؤں میں موچ آگئی تھی۔ پھر بھی وہ لنگڑاتی ہوئی پلیٹ فارم پر تیزی سے آگے بڑھنے لگی کیونکہ اسے ہر حال میں سیٹ حاصل کرنی تھی۔ مگر یہ ناممکن تھا۔ ٹرین وہاں زیادہ دیر نہیں ٹھہرتی تھی۔ پھر بھی وہ کسی طرح ایک انٹر کلاس بوگی میں سوار ہوگئی۔ پھر حسب توقع تمام مسافر''ارے ارے''کا شور مچانے لگے۔ آج کل انٹر کلاس کو سکنڈ کلاس کہا جانے لگا ہے۔

ایک بنگالی شخص اپنے سامان کے ساتھ کافی آرام سے پھیل کر بیٹھا تھا۔اگر وہ چاہتا تو تھوڑا کھسک کر ضعیفہ کے بیٹھنے کی جگہ کر سکتا تھا مگر اس نے ایسا نہیں کیا بلکہ ضعیفہ کو مشورہ دینے لگا...........''سوار تو ہوگئی مگر بیٹھوگی کہاں؟''

''بیٹا، میں نیچے تمہارے پیروں کے پاس بیٹھ جاؤں گی۔ دو اسٹیشن کے بعد اترنا ہے۔ تم لوگوں کو زیادہ دیر تک تکلیف نہیں دوں گی۔''

ضعیفہ اس شخص کے جوتے ہٹا کر نیچے بیٹھ گئی۔ زیادہ دشواری نہیں ہوئی کیونکہ ضعیفہ دبلی پتلی عورت تھی۔ کسی طرح سمٹ کر بیٹھ گئی مگر کچھ ہی دیر کے بعد اس کی بے چینی بڑھنے لگی۔ جس پیر میں موچ آئی تھی اس میں درد ہونے لگا تھا۔ پاؤں سوج گیا تھا۔ وہ فکر مند ہوگئی کہ اترے گی کیسے؟ دو اسٹیشن کے بعد اسے نہ صرف اترنا تھا بلکہ دوسری ٹرین بھی پکڑنی تھی۔ اسے تو پاؤں ہلانے میں بھی تکلیف ہو رہی تھی۔ ٹرین کے اس کمپارٹمنٹ میں بہت سارے بنگالی موجود تھے۔ ان میں سے کچھ ضعیفہ کے بیٹوں کی عمر کے تھے اور کچھ اس کے پوتوں کی عمر کے۔ ان میں سے کوئی اس کی مدد کرے گا اس کی توقع اسے گزشتہ تجربات کی روشنی میں بالکل نہیں تھی۔ مگر کسی سے مدد کی درخواست کرنے کے علاوہ اور کوئی چارہ بھی نہیں تھا۔ ضعیفہ کو جس اسٹیشن پر اترنا تھا وہ آ گیا۔ بہت سارے مسافر تیزی سے اترنے لگے۔ کسی نے ضعیفہ کی طرف دیکھنا بھی گوارہ نہیں کیا۔

''مجھے اتار دو بیٹا۔ میں کھڑی بھی نہیں ہو پا رہی ہوں۔'' ضعیفہ کی یہ گزارش سب کے کانوں تک پہنچی مگر سب نے ان سنی کر دی۔ ایک آدمی نے کہا...........

''بھکارن کا ٹھاٹھ دیکھ رہے ہیں؟ بغیر ٹکٹ کے سفر کر رہی ہے اور...........''

اس نے ضعیفہ کو بھکارن سمجھا تھا مگر وہ بھکارن نہیں تھی۔ اس کے پاس ٹکٹ تھا اور وہ بھی سکنڈ کلاس کا۔ ایک اور شخص نے عالمانہ تبصرہ کیا...........

"اس مجبور بوڑھی کو راستے میں چھوڑ دیا گیا ہے۔لگتا ہے اس کا شوہر ہے نہ بیٹا۔عجیب بات ہے!!"

یہ کہہ کر وہ شخص سگریٹ کا کش لیتے ہوئے اترا اور چل دیا۔ٹرین میں جو لوگ تھے ان میں سے دو حضرات لنچ بکس کھول کر کھانے میں مصروف ہو گئے۔ضعیفہ کی گزارش ان کے کانوں تک بھی پہنچی تھی مگر ان لوگوں نے بھی اس پر توجہ دینے کی زحمت نہیں کی۔اتنی دیر میں ضعیفہ گھسٹتے گھسٹتے دروازے کے قریب پہنچ چکی تھی مگر اترنے کی ہمت نہیں کر سکی۔

"ارے بوڑھی! دروازے سے ہٹو" ایک مارواڑی بوڑھی کو پیروں سے ٹھیلتے ہوئے ٹرین میں سوار ہو گیا۔اس کے پیچھے ایک ہٹا کٹا قلی سر پر سامان اٹھائے داخل ہوا۔قلی کے پیچھے آنکھوں پر نیلا چشمہ چڑھائے لفنگے قسم کا ایک نوجوان تھا۔اس نے کہا ۔۔۔۔۔۔۔۔۔۔

"بوڑھی ماں! راستہ چھوڑ دو۔دروازے پر کیوں بیٹھی ہو؟"

"پاؤں میں چوٹ آئی ہے بیٹا۔اتر نہیں پا رہی ہوں۔"

"او اچھا۔۔۔۔۔۔۔۔دیکھتا ہوں۔شاید کوئی اسٹریچر مل سکے۔" یہ کہہ کر وہ بھیڑ میں گم ہو گیا اور واپس نہیں آیا۔جو ہٹا کٹا قلی سر پر سامان اٹھائے اندر گیا تھا وہ باہر جانے کے لئے دروازے پر آ گیا۔۔۔۔۔۔۔۔"ماں جی! کرپا کرکے تھوڑا ہٹ کے بیٹھئے۔آنے جانے کے راستے میں کاہے بیٹھ گئی ہو؟"

ضعیفہ بے ساختہ رو پڑی ۔۔۔۔۔۔میں اتر نہیں پا رہی ہوں بیٹا۔پاؤں میں چوٹ لگی ہے۔"

"آپ کہاں جائیں گی؟"

"گیا"

"چلئے! ہم آپ کو لے جاتے ہیں۔" جس طرح کوئی مضبوط اور صحت مند انسان کسی بچے کو گود میں اٹھا لیتا ہے اسی طرح قلی نے ضعیفہ کو اٹھا لیا اور سیدھا فرسٹ کلاس ویٹنگ روم میں لے آیا۔

"آپ یہاں بیٹھئے ماں جی۔گیا پسنجر کے آنے میں تھوڑی دیر ہے۔میں ٹھیک وقت پر آ کر آپ کو ٹرین میں چڑھا دوں گا۔"

ضعیفہ ویٹنگ روم کے فرش پر بیٹھ گئی۔ وہاں جو دراز یہ چیزیں تھیں ان پر انگریزی کپڑوں

میں ملبوس دو بنگالی پاؤں اٹھا کر لیٹے ہوئے تھے۔ ایک شخص اخبار پڑھ رہا تھا اور دوسرا کوئی انگریزی کتاب۔ کتاب کے سر ورق پر جو نیم برہنہ لڑکی کی مسکراتی ہوئی تصویر تھی اسے دیکھ کر ضعیف کو لگا جیسے وہ اسے دیکھ کر طنزاً مسکرا رہی ہو۔ ان دونوں لوگوں میں پہلے سے جو گفتگو ہو رہی تھی وہ دوبارہ شروع ہوئی ....

''خواتین کے ساتھ مہذب برتاؤ کرنے کا چلن ہمارے دیش میں بھی رہا ہے۔ ہمارے گرنتھوں میں لکھا ہوا ہے کہ خواتین کی مدد کرنا بھگوان کی مدد کرنا ہے۔''

جو شخص انگریزی کتاب پڑھ رہا تھا وہ شاید یہ بات نہیں جانتا تھا۔ وہ اٹھ کر بیٹھ گیا اور بولا .... ''ایسا کیا؟ اگر مجھے پہلے سے یہ پتہ ہوتا تو میں اس کمبخت کو نہیں بخشتا۔ اسے احساس دلا دیتا کہ ہمارے گرنتھوں میں بھی اس کا ذکر ملتا ہے۔ ہم بدتہذیب نہیں رہے ہیں۔''

ضعیف سمجھ گئی کہ شاید کچھ دیر پہلے کسی انگریز سے اس شخص کی تکرار ہو چکی ہے۔ گوری چمڑی والے انگریز نے شاید انگریزی کپڑوں میں ملبوس بنگالی اس کالے کو بدتہذیب کہہ کر مذاق اڑایا تھا۔ ضعیف نے دل ہی دل میں کہا .... ''بیٹے! تم لوگ واقعی بدتہذیب ہو۔ تم لوگوں کی تہذیب صرف جوان لڑکیوں کے لئے مخصوص ہے۔''

ضعیف کو بنگلہ، سنسکرت اور انگریزی زبانوں پر عبور حاصل تھا۔ وہ اپنے زمانے میں بیتھون اسکول کی طالبہ رہ چکی تھی۔ اچانک دوسرے شخص کی نظر ضعیف پر پڑی۔

''ارے! یہ یہاں کہاں سے آ گئی؟''

''لگتا ہے کوئی بھکارن ہے۔'' پہلے شخص نے قیاس آرائی کی۔

''ملک میں بھکاریوں کی تعداد بہت ہو گئی ہے۔ آزادی کے بعد اس تعداد میں اضافہ ہوا ہے۔ سارے بھکاری منھ کھول کر مانگتے بھی نہیں ہیں۔'' یہ کہہ کر اس شخص نے ایک پیسہ نکالا اور ضعیف کی طرف اچھال دیا۔ ضعیف چپ چاپ بیٹھی رہی۔

''پیسہ اٹھا لو۔ میں نے تم ہی کو دیا ہے۔''

ضعیف پھر خاموش رہی۔ اس شخص کو لگا ضعیف شاید بنگلہ نہیں سمجھتی ہے اس لئے اس نے اپنی بات راشٹریہ بھاشا میں دہرائی .... ''پیسہ اٹھا لو۔ میں نے تم ہی کو دیا ہے۔''

تب ضعیف نے شکستہ بنگلہ میں کہا .... ''بیٹا! میں بھکارن نہیں ہوں۔ میں بھی تم

لوگوں کی طرح مسافر ہوں۔‘‘

’’تو تم یہاں کیسے آگئی؟ یہ تو اپر کلاس ویٹنگ روم ہے۔‘‘

’’میرے پاس سکنڈ کلاس کا ٹکٹ ہے۔‘‘ ضعیفہ نے جواب دیا۔ اس وقت وہی ہٹا کٹا قلی دروازے پر نظر آیا۔.........’’چلئے ماں جی! گیا پسنجر آگئی ہے۔‘‘

اس نے ضعیفہ کو پھر اپنے بازوؤں میں اٹھایا اور باہر نکل گیا۔ گیا پسنجر میں بھیڑ زیادہ تھی مگر قلی بھی مضبوط جسم کا مالک تھا۔ طاقت کی جیت ہر جگہ ہوتی ہے۔ وہ دھکا دھکی کرکے ضعیفہ کے لئے جگہ حاصل کرنے میں کامیاب ہوگیا۔ ضعیفہ نے دو روپئے نکال کراسے دیئے۔

’’میری مزدوری آٹھ آنے ہے۔ آپ مجھے دو روپے کیوں دے رہی ہیں؟‘‘ قلی بولا۔

’’بیٹا! تم نے میرے لئے بہت کچھ کیا۔ اس لئے زیادہ پیسے دے رہی ہوں۔‘‘

’’نہیں مائی جی! مجھے معاف کریں۔ میں دھرم نہیں بیچتا۔‘‘

’’تم میرے بیٹے ہو۔ تم نے بیٹے کا فرض ادا کیا ہے۔ میں نے تمہیں دودھ نہیں پلایا اس لئے میں جو دے رہی ہوں اسے دودھ کی قیمت سمجھ کر قبول کرلو بیٹا...... جیتے رہو......بھگوان تمہیں سدا خوش رکھے۔‘‘ ضعیفہ کی آواز لرز گئی۔ آنکھوں سے آنسو کے قطرے چھلک پڑے۔ قلی کچھ دیر تک خاموش کھڑا رہا۔ پھر نمسکار کرکے اترا اور چلا گیا۔

☆ ☆ ☆

جوگین پنڈت

ہری پور کے لوئر پرائمری اسکول کے ٹیچر جوگین پنڈت کو بڑھاپے میں گہرے صدمے سے دوچار ہونا پڑا۔ نئے زمانے کے طور طریقوں سے وہ خود کو کسی طرح ہمکنار نہیں کر سکے۔ آج بھی وہ بچوں کو سبق زبانی یاد کرنے کو کہتے ہیں۔ نہ کرنے کی صورت میں سزائیں دیتے ہیں۔ کان مروڑتے ہیں، تھپڑ مارتے ہیں، بینچ پر کھڑا کردیتے ہیں، مرغا بنا دیتے ہیں۔ ان سب کے علاوہ چھڑی بھی مارتے ہیں۔ بدتمیز بچوں کو تو مار مار کر ادھ مرا کردیتے ہیں۔ ان کاموں کے علاوہ وہ ایک کام اور کرتے ہیں۔ اسکول میں آ کر دو گھنٹے سوتے ہیں۔

''وہ تقریباً ایک کوس دور ایک سنار کے گھر میں رہتے ہیں۔ انہیں روز دیر رات تک جاگ کر حساب کتاب کرنا پڑتا ہے۔ اس کے عوض ان کی رہائش اور کھانے کا انتظام مفت ہے۔ کھانا وہ خود ہی پکا لیتے ہیں۔ ان کی شخصیت بہت بار عب تھی۔ ہر شخص ان سے ڈرتا ہے۔ بچے ان کی غیر موجودگی میں انہیں موہیش پنڈت کہتے ہیں۔ کالا رنگ اور مضبوط تن و توش کے مالک ہیں۔ کوئی ان سے الجھنے کی ہمت نہیں کرتا ہے۔ ایک کوس کا سفر کر کے وہ روزانہ تقریباً بارہ بجے اسکول پہنچتے ہیں۔ اس وقت ان کے دونوں پاؤں دھول میں اٹے ہوتے ہیں۔ ان کے ساتھ ان کی ایک چھوٹی سی پوٹلی ہوتی ہے۔ اس پوٹلی میں ایک مچھا، کچھ کتابیں، ان کا چشمہ اور ایک ڈبیہ کے علاوہ اور کوئی قابل ذکر چیز نہیں ہوتی ہے۔ اسکول پہنچتے ہی وہ پانی لانے کا حکم جاری کرتے ہیں۔ بچے قریب کے تالاب سے پانی بھر لاتے ہیں جس سے جوگین پنڈت اپنے پاؤں دھوتے ہیں۔ پھر پوٹلی سے مچھا نکال کر پاؤں پونچھتے ہیں۔ اس کے بعد بچوں کی مدد سے دو پنچ جوڑ لیتے ہیں اور پھر ڈبیہ سے ایک عدد لوگ یا الائچی نکال کر منہ میں ڈال کر ڈبیہ پوٹلی میں واپس رکھ لیتے ہیں۔ پھر بچوں کو مخاطب کر کے کہتے ہیں ....

''ٹھیک ہے۔ اب تم لوگ جاؤ اور سبق زبانی یاد کرو۔ سو کر اٹھنے کے بعد سبق سنوں گا۔ یاد نہیں ہونے پر تم لوگوں کی خیر نہیں۔'' بچے باہر نکل جاتے ہیں اور جوگین پنڈت اپنی پوٹلی کا تکیہ بنا کر بینچ پر سو جاتے ہیں۔

اسکول کے سامنے برگد کا ایک گھنا درخت ہے۔ بچے اسی کی چھاؤں میں بیٹھ کر پڑھتے ہیں۔ دو گھنٹوں کے بعد پنڈت مہاشے کی نیند پوری ہوتی ہے۔ بچوں سے وہ دوبارہ پانی منگوا کر منہ دھوتے ہیں۔ ناک اور کان کی صفائی خاص طور پر کرتے ہیں۔ ان کی ناک اور کان دونوں بڑے بڑے ہیں۔ ہاتھ منہ دھونے کے بعد برگد کے درخت سے ایک شاخ توڑ کر وہ پڑھانے بیٹھتے ہیں۔ جب تک پڑھائی ختم ہوتی ہے تب تک شاخ ٹوٹ چکی ہوتی ہے۔ یہی روز کا معمول تھا۔

لیکن آج تک ان کے اسکول کا ایک بھی بچہ کبھی فیل نہیں ہوا تھا۔ کئی بچے ہر سال وظیفہ بھی پاتے ہیں۔ ایک بھی بچہ نا کارہ نہیں نکلا۔ صرف اسکول نہیں اسکول کے باہر بھی ان کا دبدبہ کم نہیں تھا۔ اگر کوئی بچہ ٹھیک سے پڑھائی نہیں کرتا یا اپنے طور طریقے نہیں سدھارتا تو جوگین پنڈت

مترجم: احمد کمال ہاشمی
بن پھول

اس کے گھر تک پہنچ جاتے اور اس کے والدین کو بھی نصیحت کرتے ۔ جب تک ان کے اسکول کا ایک ایک بچہ مہذب نہیں ہو جاتا وہ سکون سے نہیں رہتے ۔

وہ بچوں کی زوردار پٹائی ضرور کرتے ہیں مگر ان سے محبت بھی بے پناہ کرتے ہیں ۔ ان کی تنخواہ زیادہ نہیں ہے اس کے باوجود وہ اپنی جیب سے اچھے بچوں کو انعام سے نوازتے ہیں ۔ غریب بچوں کو کتابیں خرید کر دیتے ہیں ۔ اگر کسی بچے کی طبیعت خراب ہو جاتی ہے تو متعدد بار اس کے گھر جا جا کر اس کی خیریت پوچھتے ہیں ۔ بوقت ضرورت اس کی تیمارداری بھی کرتے ہیں ۔ دنیا میں ان کا اپنا کوئی نہیں ہے ۔ ان کی شادی بہت پہلے بانکوڑہ میں ہوئی تھی ۔ اس وقت وہ وہیں کے ایک اسکول میں سنسکرت پڑھاتے تھے لیکن جب ان کی بیوی کا انتقال ہو گیا تو ان کا دل وہاں نہیں لگا ۔ اخبار میں اشتہار دیکھ کر وہ یہاں چلے آئے ۔ یہاں پچیس سال گزر چکے ہیں ۔ یہاں کے بچے ہی ان کے لئے سب کچھ ہیں ۔ اس لئے وہ ان پر اپنے حقوق اور اختیارات دونوں استعمال کرتے ہیں ۔

لیکن اب زمانہ بدل گیا ہے ۔ ان کے پرانے طور طریقے لوگوں کو پسند نہیں آتے ہیں ۔ اگرچہ اب تک ان کے خلاف بولنے کی ہمت کسی میں نہیں ہوئی تھی مگر جس دن سے نئے داروغہ کے بدتمیز بیٹے کی انہوں نے جم کر پٹائی کی تھی اسی دن سے ان کے خلاف سازش رچی جانے لگی تھی ۔ چھ فٹ لمبے اور تگڑے جوگین پنڈت کی شخصیت ہی ایسی تھی کہ داروغہ بابو بھی ان کے منھ پر ان کے خلاف لب کشائی کی جرأت نہیں کر سکے مگر وہ خاموش بھی نہیں بیٹھے ۔ انہوں نے جوگین پنڈت کی بری عادتوں کا ذکر کرتے ہوئے ایک طویل شکایت نامہ لکھا اور گاؤں کے لوگوں کے دستخط لے کر محکمہ تعلیم کے اعلیٰ افسر کو بھیج دیا ۔ جوگین پنڈت کے فرشتوں کو بھی اس کا پتہ نہیں چل سکا ۔ کچھ دنوں کے بعد داروغہ بابو کو خبر ملی کہ ضلع انسپکٹر تحقیقات کے لئے آنے والے ہیں ۔ داروغہ بابو بہت خوش ہوئے ۔

مقررہ دن انسپکٹر بھوت ناتھ بھومک آئے اور داروغہ بابو کو لے کر اسکول پہنچے ۔ اس وقت جوگین پنڈت اپنی نیند پوری کر کے بچوں کو پڑھا رہے تھے ۔ اسکول پہنچ کر انسپکٹر بھوت ناتھ بھومک نے اچانک ایک ایسی حرکت کر دی کہ داروغہ بابو حیران رہ گئے ۔ جوگین پنڈت کو دیکھ کر اتنے بڑے افسر کی ہوا نکل گئی ۔ اس نے آگے بڑھ کر انہیں پر نام کیا اور احتراماً ایک طرف کھڑا

                    مترجم : احمد کمال ہاشمی

ہو گیا۔ داروغہ بابو کو علم نہیں تھا کہ بھوت ناتھ بھومک، جوگین پنڈت کے سابق شاگرد تھے۔ جب وہ بانکوڑہ میں تھے انہوں نے بھوت ناتھ بھومک کو بچپن میں پڑھایا تھا۔ جوگین پنڈت بھی کم حیران نہیں ہوئے۔ انہوں نے پہلی ہی نظر میں بھوت ناتھ کو پہچان لیا۔

’’ارے تم تو بھوت ناتھ ہو!! تم اچانک یہاں کیسے آ گئے؟‘‘

’’میں اسکول انسپکٹر بن گیا ہوں پنڈت مہاشے۔‘‘

’’ارے واہ! بہت خوب!! مگر تم یہاں کیسے آ گئے ہو؟ اچھا...... میں سمجھ گیا تم شاید اسکول کا معائنہ کرنے آئے ہو۔‘‘ جوگین پنڈت کے چہرے پر مسکراہٹ دوڑ گئی۔ ان کی آنکھوں سے فخر اور شفقت عیاں تھی۔

بھوت ناتھ بھومک نے پشیمانی سے کہا......... ’’جی نہیں۔ میں ایک ضروری کام سے آیا ہوں۔ آپ سے کچھ باتیں کرنی ہیں۔‘‘

’’کیا بات ہے؟‘‘

’’چھٹی کے بعد بتاؤں گا۔‘‘

’’ٹھیک ہے۔ میں بچوں کو چھٹی دیئے دیتا ہوں......... بچو گھر جاؤ۔ انسپکٹر صاحب کے احترام میں میں تم لوگوں کو چھٹی دے رہا ہوں۔ دیکھو، یہ میرا پرانا شاگرد ہے۔ چلو، سب اسے پرنام کرو۔‘‘

پرنام کرنے کے بعد بچے گھر چلے گئے۔ صورت حال کی نزاکت کا اندازہ کرتے ہوئے داروغہ بابو بھی کھسک گئے۔ جوگین پنڈت نے ان سے کوئی بات نہیں کی۔ وہ بھوت ناتھ سے مخاطب ہوئے۔

’’ہاں، تو بتاؤ۔ کیا حال چال ہے؟ شادی کی تم نے؟ کتنے بچے ہیں؟‘‘

’’دو بیٹے ہیں۔‘‘

ادھر ادھر کی باتوں کے بعد آخر میں ہچکچاتے ہوئے بھوت ناتھ نے اپنے آنے کی اصل وجہ بتائی اور وہ شکایت نامہ انہیں دکھایا اور کہا......... ’’میں آپ کے خلاف کوئی رپورٹ نہیں لکھوں گا لیکن.........‘‘ اتنا کہہ کر بھوت ناتھ رک گئے۔

جوگین پنڈت مبہوت ہو کر شکایت نامے پر نظر دوڑانے لگے۔ انہیں اپنی آنکھوں پر

یقین نہیں آ رہا تھا۔ جن کے بچوں کی بھلائی کے لئے انہوں نے اپنی ساری عمر گنوا دی ان لوگوں نے ان کے خلاف رپورٹ درج کرائی تھی۔ ایک ایک دستخط وہ اچھی طرح پہچانتے تھے۔ دستخط کرنے والوں میں ان کے کچھ شاگردان بھی تھے۔ کچھ دیر تک بت بنے رہنے کے بعد جوگین پنڈت کہنے لگے ....

"اب میں یہاں نہیں رہوں گا۔ کل ہی یہاں سے چلا جاؤں گا۔"

"کہاں جائیں گے؟"

"جدھر قسمت لے جائے۔"

بھوت ناتھ بھومک، جوگین پنڈت کو اچھی طرح جانتے تھے۔ انہیں پتہ تھا کہ ان کا فیصلہ اٹل ہے۔ انہوں نے جوگین پنڈت سے کہا .... "میں کچھ کہنا چاہتا ہوں پنڈت مہاشے مگر ہمت نہیں ہو رہی ہے۔ اگر آپ اجازت دیں تو شاید کہہ سکوں۔"

"بولو، کیا بولنا چاہتے ہو؟"

"اگر آپ نے یہاں سے جانے کا فیصلہ کر ہی لیا ہے تو میرے گھر چلیئے۔ میں آپ کو سر آنکھوں پر بٹھا کر رکھوں گا۔ آپ میرے دونوں بچوں کو پڑھانے کی ذمہ داری قبول کر لیں تو مجھے اطمینان ہوگا کیونکہ مجھے ہمیشہ باہر باہر رہنا پڑتا ہے۔"

جوگین پنڈت نے کچھ لمحے سوچا اور بولے .... "ٹھیک ہے۔ مجھے منظور ہے۔"

دوسرے دن صبح تڑکے جوگین پنڈت گاؤں سے نکل پڑے۔ گاؤں کی سرحد تک پہنچ کر انہوں نے مڑ کر آخری بار گاؤں کی طرف دیکھا اور چلے گئے۔

☆ ☆ ☆

دِیا

گھر کے ایک کونے میں پیتل کی چھپاتی ہوئی مٹی کا ایک دیا روشن ہے۔ باہر گہرا اندھیرا چھایا ہے۔ جھینگروں کی آوازیں لگا تار آ رہی ہیں۔ کھوکن دیئے کی روشنی میں پڑھ رہا ہے۔ قریب ہی اس کے دادا جان آرام کرسی پر دراز ٹانگیں پھیلائے حقہ گڑگڑا رہے ہیں۔ تمباکو کی

مہک پورے کمرے میں پھیل رہی ہے۔ کھوکن یتیم بچہ تھا۔ اس کی پرورش انہوں نے ہی کی تھی۔ وہ روزاسے اسکول لے جاتے اور لے آتے ہیں۔ اس کے ساتھ کھیلتے بھی ہیں۔ اس کے ساتھ سیر کرنے جاتے ہیں۔ یہاں تک کہ اسکولے کرسنیما دیکھنے بھی جاتے ہیں۔ ایک پل کے لئے بھی اسے اپنی نظروں سے اوجھل نہیں ہونے دیتے ہیں۔ اسے روزخود پڑھاتے بھی ہیں۔

وہ سائنس کے مستند استاد تھے۔ ابھی بھی انہیں گاہے گاہے کالج میں لکچر دینا پڑتا ہے۔ وہ دوسال پہلے ملازمت سے سبکدوش ہوچکے ہیں۔ پینشن پاتے ہیں اور کھوکن کے ساتھ رہتے ہیں۔ اپنے پینشن کا زیادہ تر حصہ وہ غریبوں میں بانٹ دیتے ہیں۔ بہت سارے بچوں کے اسکول اور کالج کی فیس وہ ادا کرتے ہیں۔ غریب رشتے داروں کی بھی مدد کرتے رہتے ہیں۔ یہاں تک کہ اپنے گھر میں بجلی کے بجائے دیا جلانا پسند کرتے ہیں۔ وہ بھی مٹی کا دیا!!

کھوکن کہانیوں کی کتاب پڑھ رہا تھا۔ اچانک اس کے ذہن میں ایک سوال نے سراُبھارا۔۔۔۔۔۔۔۔۔۔

''دادا جان کیا آپ ہڈی سے بجلی کا ہتھیار بنا سکتے ہیں؟''

کھوکن کا خیال تھا کہ اس کے دادا ایک بڑے سائنس داں ہیں۔

''نہیں، میں نہیں بنا سکتا۔ میں صرف کھانا اور سونا جانتا ہوں۔''

''آپ تو کھانا صرف ایک وقت کا کھاتے ہیں۔ سوتے کب ہیں یہ بھی پتہ نہیں چلتا۔ آپ تو کالج میں بہت سارے تجربے کرتے رہتے ہیں۔ مجھے نریش بابو سے خبر ملتی ہے۔ بتائیے نا، ہڈی سے بجلی کا ہتھیار بنایا جاسکتا ہے کہ نہیں؟ ضرور بنایا جاتا ہوگا تبھی تو کتاب میں لکھا ہے کہ رشی دھتیچی نے اپنی ہڈی سے ہتھیار بنا کر برتراسورکو مارڈالا تھا۔۔۔۔۔۔ ایٹم بم کیا ہوتا ہے؟''

''تم کچھ اور بڑے ہو جاؤ گے تو سب کچھ جان جاؤ گے۔ ویسے ایٹم بم اور بجلی کا ہتھیار دو الگ الگ چیزیں ہیں۔ ایٹم بم ہڈی سے نہیں بنتا۔''

''جب پرانے زمانے میں رشی دھتیچی کی ہڈی سے بجلی کا ہتھیار بنتا تھا تو آج کے زمانے میں بھی بن سکتا ہے۔ بن سکتا ہے کہ نہیں؟''

''یقیناً بن سکتا ہے اور بنتا بھی ہے۔''

''کہاں؟''

’’ہر جگہ..........تمہاری آنکھوں کے سامنے بن رہا ہے مگر تم سمجھ نہیں پاتے ہو۔‘‘

’’میری آنکھوں کے سامنے ہڈی سے بجلی کا ہتھیار بن رہا ہے اور میں دیکھ کر بھی سمجھ نہیں پا رہا ہوں؟ کیسے بھلا؟‘‘

دادا جان پاؤں ہلانے لگے۔ اس کے بعد حقے کی گڑگڑاہٹ کی آواز آنے لگی۔ جھینگروں کی آوازیں اور تیز ہوئی تھیں۔ کھوکن نے کھڑکی سے باہر دیکھا۔ چاروں طرف گہری تاریکی تھی۔

’’دادا جان کچھ بولئے تو سہی‘‘

دادا ابھی کچھ بولنے جا ہی رہے تھے کہ باورچی نے آواز لگائی..........’’کھوکن تمہارا کھانا نکل گیا ہے۔ آ کر کھا لو۔‘‘

’’جاؤ، کھانا کھا لو۔‘‘ دادا جان نے کہا۔

کھانا کھا کر کھوکن بولا..........’’دادا جان، بتائیے نا، بجلی کا ہتھیار کہاں تیار ہو رہا ہے؟ میری نظروں کے سامنے ہو رہا ہے؟‘‘

’’ہاں ہو رہا ہے۔ عمر بڑھنے کے بعد تمہاری نظریں اور تیز ہوں گی تب تمہیں نظر آئیگا۔‘‘

’’ابھی دیکھ نہیں پاؤں گا؟‘‘

’’کہاں دیکھ پا رہے ہو؟‘‘

کھوکن سمجھ گیا کہ ابھی دادا جان کا دھیان کہیں اور ہے۔ ہتھیار کے بارے میں ابھی کچھ بتانا نہیں چاہتے ہیں۔ دادا جان کبھی کبھی ایسا بھی کرتے ہیں۔ کبھی کبھی وہ پتہ نہیں کیا سوچنے لگتے ہیں۔ آنکھیں موندے پاؤں ہلائے جا رہے ہیں۔ وہ یقیناً کچھ سوچ رہے ہیں۔ اچانک کھوکن کو یاد آیا کہ ماسٹر صاحب نے ریاضی کے کچھ سوالات گھر سے حل کر کے لانے کے لئے دیئے ہیں۔ کہانیوں کی کتاب ہاتھ لگتے ہی وہ یہ بھول گیا تھا۔ وہ فوراً سوالات حل کرنے بیٹھ گیا۔ دادا جان اپنی آنکھیں بند کئے پاؤں ہلاتے رہے۔ بجلی کی ہتھیار والی بات دھری کی دھری رہ گئی۔ سوالات حل کر کے کتابیں قرینے سے رکھ دینے کے بعد کھوکن جب سونے کے لئے بستر پر آیا تب بھی دادا جان ویسے ہی بیٹھے نظر آئے۔

’’دادا جان، آپ سوئیں گے نہیں؟‘‘

''ہاں، چلو''

''آج ایک کہانی سنانے کا وعدہ تھا آپ کا۔ شاید آپ بھول گئے ہیں۔''

''میں کہانی ہی سوچ رہا تھا۔ چلو سناتا ہوں۔'' دادا جان نے کہنا شروع کیا ……… ''فرض کرو ایک آدمی کدال سے مٹی کھود رہا ہے۔ وہ پسینے سے شرابور ہے۔ بیچارہ ہانپ بھی رہا ہے مگر پھر بھی وہ نہیں رک رہا ہے۔ مسلسل کھودے جا رہا ہے۔ مٹیاں وہ ایک طرف جمع کئے جا رہا ہے اور اس کی بیوی کنویں سے پانی لا لا کر اس پر ڈال کر اسے گیلی کئے جا رہی ہے۔ تصور کی آنکھوں سے دیکھو۔''

''ہاں، دیکھ رہا ہوں۔''

''اچھا اب تم کدال کے بارے میں سوچو۔ کیا تم جانتے ہو کہ کدال کیسے بنتا ہے؟''

''ہاں، جانتا ہوں۔ لوہے اور لکڑی سے بنتا ہے۔''

''لوہا کہاں سے آتا ہے؟''

''کان سے؟''

''کان سے نکلنے کے بعد لوہا کدال کیسے بنتا ہے؟''

''لوہے کو پگھلا کر بنایا جاتا ہے ………''

کھوکن بولتے بولتے رک گیا۔ لوہے کو پگھلانے کے بعد آگے کیا کیا جاتا ہے یہ تو اسے پتہ ہی نہیں تھا۔

''پگھلے ہوئے لوہے کو شاید سانچے میں ڈھالا جاتا ہے ……… مجھے ٹھیک سے نہیں معلوم۔''

''ہاں، اور بھی بہت کچھ کیا جاتا ہے مگر ابھی تم صرف اتنا ہی یاد رکھو کہ لوہے کو آگ میں پگھلایا جاتا ہے ……… کدال کے دستے کے لئے لکڑی کہاں سے آتی ہے؟''

''درخت کاٹ کر''

''ٹھیک!! یہ بات یاد رکھو ……… اب ایک اور بات تصور کرو ……… نیند تو نہیں آ رہی ہے ناں تمہیں؟''

کھوکن جھنجھلا گیا ……… ''آپ کہانی بولیے۔ اتنے سوالات مت کیجیے۔''

’’انہی سوالوں سے کہانی بنے گی؟‘‘

’’ٹھیک ہے .... بولئے اور کیا تصور کرنا ہوگا؟‘‘

’’تصور کرو کہ ایک کسان کھیت میں محنت کر رہا ہے۔ کبھی وہ دھوپ میں جلتا ہے، کبھی بارش میں بھیگتا ہے۔ دل ہی دل میں یہ تصویر بناؤ۔‘‘

’’بنا لیا۔ مگر آپ کہانی کب بولیں گے؟‘‘

’’کہانی تم خود بناؤ گے۔ میں تو تمہیں کہانی کا مواد فراہم کر رہا ہوں .... اب تمہیں ہل کی بات تصور کرنی پڑے گی۔ تو پھر لکڑی اور لو ہے کا ذکر آ گیا۔ درخت سے لکڑی کاٹی گئی اور کان سے لوہا نکال کر پگھلایا گیا۔ اس کے بعد اب سوچو جوان بیلوں کے بارے میں جو بڑی محنت سے ہل جوتتی ہیں۔ سوچ لیا تم نے؟‘‘

’’ہاں سوچ لیا مگر ان باتوں کا کہانی سے کیا تعلق ہے؟‘‘

’’تعلق ہے .... اب مٹی کے بارے میں کچھ سوچو جس کا سینہ چیرتے ہوئے ہل آگے بڑھتا ہے۔ تم ذرا ٹھیک سے سوچو تب تک میں حقہ پی لوں۔‘‘

کھوکن سوچنے لگا۔ اس کے ذہن میں ایک نئے خیال نے سر ابھارا .... تکلیف اور دکھ کا خیال۔ وہ سوچنے لگا مٹی کا سینہ چیر کر ہل چلتا ہے، لو ہے کو آگے میں جلنا پڑتا ہے۔ بیلوں کو کتنی تکلیف اٹھانی پڑتی ہے۔ کسان کو کتنی محنت کرنی پڑتی ہے۔

حقے کی گڑگڑاہٹ رک رک کر آ رہی ہے۔ اس کے درمیان جھینگروں کی آوازیں بھی سنائی پڑ رہی ہیں۔ کھڑکی کے باہر گہرا اندھیرا ہے۔ اندھیرے کے اس پار آسمان نظر آ رہا ہے۔ جہاں کچھ ستارے ٹمٹما رہے ہیں۔ دادا جان کا حقہ پینا مکمل ہوا تو بولنے لگے ....

’’اس بار تصور کرو کہ کھیت میں چاروں طرف فصل لہرا رہی ہے۔ ہر طرف ہریالی ہے۔‘‘

’’کون سی فصل؟‘‘

’’ریڑھی اور کپاس کی فصلیں .... ایک کھیت میں ریڑھی کی فصل اور دوسری میں کپاس کی۔‘‘

’’دھان کی فصل نہیں؟‘‘

’’میں تمہیں جس کہانی کا مواد دینا چاہتا ہوں اس میں دھان کی ضرورت نہیں ہے۔ ریڑھی اور کپاس کی ضرورت ہے۔اس لئے انہی کا تصور کروا رہا ہوں۔‘‘

’’اس کے بعد تصور کرو کہ انسان ریڑھی سے بیج اور کپاس سے روئی نکال رہا ہے۔ بیشمار درختوں سے ریڑھی اور کپاس حاصل ہو رہے ہیں۔‘‘ اتنا کہہ کر دادا خاموش ہو گئے۔

’’پھر کیا ہوا؟‘‘

’’اب اس مٹی کی طرف چلتے ہیں۔‘‘

’’کس مٹی کی طرف؟‘‘

’’اس مٹی کی طرف جو ایک شخص کھود رہا تھا۔تصور کرو اس مٹی کی شکل بدل رہی ہے۔ کمہار کے چاک پر چڑھ کر اس کی کئی شکلیں بن رہی ہیں۔ گھڑا، ہانڈی، رکابی، دیا وغیرہ۔‘‘

’’اس کے بعد؟‘‘

’’اس کے بعد انہیں آگ پر چڑھایا جاتا ہے۔تب ان میں سختی آتی ہے۔‘‘

’’پھر...........؟‘‘

’’اب چلتے ہیں ریڑھی کے بیج کی طرف۔کولہو میں ڈال کر انہیں پیسا جاتا ہے۔کولہو کو ایک بیل گھماتی ہے۔ بیل تھک جاتی ہے مگر رک نہیں سکتی۔رکتے ہی پیٹھ پر ڈنڈے پڑتے ہیں ....اب ذرا اس کولہو کے بارے میں سوچو۔جس طرح درخت کاٹ کر کدال کا دستہ بنتا ہے، ہل بنتا ہے،اسی طرح کولہو بھی بنتا ہے۔کولہو میں لوہا بھی ہوتا ہے۔وہ لوہا جو آگ میں تپتا ہے تب انسان کے کام آتا ہے۔‘‘

دادا جان پھر خاموش ہو گئے۔ چاروں طرف ہُو کا عالم ہے۔اب کسی جھینگر کی آواز بھی نہیں آ رہی ہے۔کھلی کھڑکی سے کالا آسمان نظر آ رہا ہے۔ پختروں میں کیا غضب کی روشنی ہے۔ وہ روشنی کھو کن سے کچھ کہنا چاہتی ہے جسے کھو کن سمجھنے سے قاصر ہے۔

’’اچھا‘ اب چلو کپاس کے پاس چلتے ہیں۔‘‘ دادا جان کہنے لگے ....’’کپاس کو نوچ نوچ کر الگ کر کے اس کی دھنائی ہوتی ہے۔ پھر اس سے دھاگہ بنتا ہے۔ان دھاگوں سے کپڑے بنتے ہیں۔جن اوزار سے یہ سب کام کی چیزیں بنتی ہیں وہ اوزار لکڑی اور لوہے کے بنے ہوتے ہیں۔لکڑی نے اپنا جسم چیرا اور لوہے نے خود کو آگ میں جلایا ہے۔‘‘ دادا جان ایک بار پھر

خاموش ہو گئے۔

"پھر کیا ہوا؟"

"اب رشی دھتچی اور برتراسور کی کہانی کی طرف لوٹتے ہیں۔ اندھیرا بھی اس کے جیسا ہی خطرناک شیطان ہے۔ اسے روشنی مار ڈالتی ہے۔ اس چھوٹے سے دیئے کی روشنی نے اندھیرے پر حملہ کیا ہے۔ اب ذرا سوچو کہ اس چھوٹے سے دیئے کی روشنی کو ممکن بنانے کے لئے کتنے رشیوں کو اپنی جان کی قربانی دینی پڑی ہے۔۔۔۔۔۔۔۔۔ جب تم بڑے ہو جاؤ گے تو سمجھ پاؤ گے کہ کتنے ہی شیطانوں نے ہر زمانے میں کتنے ہی طریقوں سے ہمیں نقصان پہنچانے کی کوشش کی ہے مگر کبھی کامیاب نہیں ہوئے کیونکہ ہر زمانے میں دھتچی جیسے رشی بھی پیدا ہوتے رہے ہیں۔ آج بھی یہ سلسلہ جاری ہے۔" دادا جان پھر خاموش ہو گئے۔

کھوکن نے دیکھا کہ دیئے کی لو مسکرا رہی ہے اور پختر کے ستارے اس کا ساتھ دے رہے ہیں۔

☆☆☆

ندی

پتامبر میرا بچپن کا دوست تھا۔ ایک ہی گاؤں اور ایک ہی ماحول میں ہم دونوں کا بچپن گزرا تھا۔ ہمارے گاؤں میں ترلاندی بہتی تھی۔ اس ندی کے کنارے میں اور پتامبر مختلف کھیل کھیلتے تھے۔ تیراکی کرتے تھے، کشتیاں چلاتے تھے۔ اس ندی کی بہت ساری تصویریں آج بھی میری نگاہوں میں بسی ہوئی ہیں۔ ترلاندی کے ذکر کے بغیر ہمارے گاؤں کا ذکر ممکن نہیں ہے۔ جیسے کہ ترلاندی گاؤں کا ایک باشندہ ہو۔ وہ ندی مجھے بہت پیاری لگتی تھی۔ اس ندی میں لوگوں کو کوڑا کرکٹ پھینکتے دیکھ کر مجھے بہت تکلیف ہوتی تھی۔ گاؤں کا سارا کوڑا کرکٹ اکٹھا کر کے لوگ ترلاندی میں پھینکتے تھے جیسے کہ وہ ندی نہ ہونا لاہو۔ ترلاندی ساری گندگیاں خوشی خوشی بہا لے جاتی تھی۔ جب اس میں کوڑا کرکٹ پھینکا جاتا تو مجھے اس کی تکلیف کا احساس ہوتا تھا مگر دوسرے ہی دن وہ پھر مسکرا اٹھتی۔

بن پھول   مترجم: احمد کمال ہاشمی

جس طرح تمام عمر ماں کی گود میں رہنا ممکن نہیں رہنا ممکن نہیں اسی طرح گاؤں میں بھی ہمیشہ رہنا ممکن نہیں ہوتا ہے۔ گاؤں کے اسکول تک کی پڑھائی مکمل کرنے کے بعد مجھے اور پتامبر کو گاؤں کو خیر باد کہنا پڑا۔ میں کلکتہ چلا گیا اور پتامبر کوچ بہار۔ میں نے بورڈنگ میں رہ کر اپنی پڑھائی جاری رکھی۔ پتامبر کوچ بہار میں اپنے ماموں کے گھر میں رہ کر پڑھنے لگا۔ کچھ دنوں تک ہم دونوں کے درمیان خط و کتابت کا سلسلہ رہا جو آہستہ آہستہ وقت گزرنے کے ساتھ منقطع ہو گیا۔ اس طرح ہم دونوں کا تعلق ختم ہو گیا۔ مجھے تعلیم کے سلسلے میں بیرون ملک بھی جانا پڑا۔ پتامبر کوچ بہار ہی میں تعلیم ختم کر کے روزگار سے جڑ گیا۔ وہ زیادہ نہیں پڑھ سکا۔ میٹریکولیشن بھی پاس نہیں کر سکا تھا۔ بنگالیوں کی روزگار کی دنیا ملازمت تک محدود و دہوتی ہے مگر کسی نن میٹرک کو اچھی ملازمت نہیں ملتی۔ اسے کچھ دنوں تک ایک دفتر میں کلرک کی ملازمت کا موقع ملا تھا مگر تنخواہ اتنی کم تھی کہ اخراجات پورے نہیں ہوتے تھے۔ اس لئے ملازمت ترک کر کے اس نے کاروبار شروع کر دیا۔ ....
ایک ایسا کاروبار جس میں پونجی اور تعلیم کی ضرورت نہیں پڑتی ہے۔ وہ پروہت بن گیا۔ وہ ذات کا برہمن تھا۔ اسے اداکاری بھی آتی تھی اور لچھے دار گفتگو سے عورتوں کو متاثر کرنے کا فن بھی وہ خوب جانتا تھا۔ اس لئے بارہ مہینوں میں تیرہ تہواروں والے اس ملک میں اس کا کاروبار چل نکلا۔ اس نے شادی بھی کر لی۔ اس کی ایک بیٹی تھی جس کا نام آرتی تھا۔

میں نے سول سروسز کا امتحان پاس کیا تھا۔ میرا تبادلہ مختلف شہروں میں ہوتا رہا۔ جب میرا تبادلہ کوچ بہار میں ہوا تو پتامبر سے ملاقات ہوئی۔ پہلی نظر میں میں اسے پہچان نہیں سکا۔ میں بھول گیا تھا کہ وہ کوچ بہار میں رہتا ہے۔ میرے ساتھ میری بیوہ بہن رہتی تھی۔ وہ بہت مذہبی مزاج کی تھی۔ میں جس شہر میں جاتا اس کی پوجا پاٹ کے لئے مجھے کسی پروہت کی ضرورت پڑتی تھی۔ کوچ بہار میں پروہت کو ڈھونڈنے میں ہی پتامبر سے ملاقات ہو گئی۔ میرے دفتر کا ایک کلرک اسے لے کر میرے گھر آیا تھا۔ میں اسے سچ مچ نہیں پہچان سکا تھا۔ بچپن میں جو گورا چٹا لڑکا میرا ہم جماعت تھا اس کی کوئی جھلک پتامبر میں باقی نہیں تھی۔ دراز قد، دبلا پتلا جسم، چہرے پر سفید و سیاہ ڈاڑھی اور مونچھیں تھیں۔ بدن پر زرد رنگ کا کمچھا، انگلی میں انگوٹھی تھی۔ کمر تھوڑی جھک گئی تھی۔ ہونٹوں پر عجیب سی ہنسی اور آنکھوں میں چمک تھی۔ اس شکل و شباہت سے میرے بچپن کے دوست کی کوئی مماثلت نہیں تھی۔ بچپن میں ہم ایک دوسرے کو "تم" کہہ کر مخاطب کرتے

بن پھول   مترجم: احمد کمال ہاشمی

تھے۔

پتامبر نے جھجکتے ہوئے کہا.........''کیا آپ نے مجھے پہچانا سر؟''

میں نے حیرانی سے اس کی طرف دیکھا اور کہا.........''نہیں۔کیا ہم پہلے کبھی مل چکے ہیں؟''

''ہم دونوں سونار پور گاؤں میں راموٹھا کرکے پاٹھ شالہ میں ایک ساتھ پڑھتے تھے۔ میرا نام پتامبر ہے۔''

اس دن میں بہت شرمندہ ہوا۔

آدرآتی دھیرے دھیرے میرے گھر کی ایک فرد بن گئی۔ میں جوانی ہی میں رنڈوا ہوگیا تھا۔ میرے گھر میں میری بہن کے علاوہ اور کوئی عورت نہیں تھی۔ آدرآتی کچھ دنوں میں میری بہن سرلا کے بہت قریب ہوگئی۔ وہ سچ مچ بہت پیاری بچی تھی۔ ویسی بچیاں بہت کم دیکھنے کو ملتی ہیں۔ اس نے فرسٹ ڈویژن سے میٹرک یولیشن پاس کیا تھا۔ اپنی غربت کے سبب پتامبر اس کا داخلہ کالج میں نہیں کروا سکا۔ میں نے کہا.........''اس کی تعلیم کے سارے اخراجات میں اٹھانے پر تیار ہوں۔تم اس کا داخلہ کالج میں کروا دو۔'' مگر پتامبر اس پر راضی نہیں ہوا۔ شاید میری پیشکش نے اس کی خودداری کو مجروح کیا تھا۔ غریب لوگ زیادہ خوددار ہوتے ہیں۔ اس نے مسکرا کر جواب دیا.........''زیادہ تعلیم دلا کر کیا ہوگا؟ آخر میں اس کی شادی کروانی پڑے گی۔ میں اسی کوشش میں ہوں۔ وہ بچپن سے شیو کی پوجا کرتی آرہی ہے۔ مجھے یقین ہے کہ اسے اچھا دولہا ضرور ملے گا۔ایک اچھے لڑکے کا رشتہ آیا ہے۔''

اس اچھے لڑکے کے والد اور پھوپھا آدرآتی کو دیکھنے آئے۔ ان کی آمدورفت کا سارا خرچ پتامبر کو اٹھانا پڑا۔ دونوں اگرچہ متوسط طبقے کے لوگ تھے مگر شاہانہ انداز دکھا رہے تھے۔ پتامبر نے اپنی حیثیت سے بڑھ کر ان کی تواضع کی۔ ان لوگوں نے آدرآتی کو مختلف زاویوں سے دیکھا اور پھر فیصلہ سنایا.........''لڑکی کالی ہے۔ہمیں گوری لڑکی چاہئے۔''

آدرآتی گوری نہیں تھی سانولی تھی مگر اس کی جیسی نیک سیرت لڑکیاں کم ہوں گی۔ پتامبر کو بہت تکلیف ہوئی لیکن اس نے دوسرا رشتہ ڈھونڈنا شروع کر دیا۔ جو دوسرا رشتہ آیا وہ بہت اچھا نہیں

تھا۔لڑکا اے۔اے پاس کرکے بیروزگار تھا۔ان لوگوں نے آدرتی کو پسند تو کرلیا مگر جہیز میں جو
مطالبہ کیا وہ پتامبر کے بس کے باہر تھا۔ پتامبر نے بیٹی کی شادی کے لئے ایک انشورنس کمپنی میں
بڑی مشکل سے پانچ ہزار روپئے جمع کئے تھے۔ لڑکے والوں کا مطالبہ ہی پانچ ہزار روپئے نقد کا
تھا۔ اس کے علاوہ زیورات، کپڑے، سامان اور بیس براتیوں کے کھانے پینے اور آنے جانے
کا کرایہ الگ انجام کا رشتہ طے نہیں ہوا۔ پھر اس کے بعد کئی اور رشتے آئے مگر بات کہیں نہیں
بنی۔ بیشتر لڑکے والوں کو آدرتی پسند نہیں آئی۔ جنہیں پسند آئی ان کے مطالبات پتامبر کی
استطاعت سے زیادہ تھے۔ کچھ لڑکوں سے کنڈلی نہیں ملی۔ اس سلسلے کا آخری رشتہ میرے ایک
دوست سدھیر کے بیٹے کا آیا۔ سدھیر میرا ہم جماعت تھا۔ہم دونوں پریسیڈنسی کالج میں ایک
ساتھ پڑھتے تھے۔اس کا بیٹا دپنکر اچھا لڑکا تھا۔ مجھے پتہ چلا کہ اس نے ایم۔اے اچھے نمبروں
سے پاس کیا ہے۔ میں نے دپنکر کے ساتھ آدرتی کے رشتے کی پیشکش کرتے ہوئے سدھیر کو خط
لکھا۔ مجھے امید تھی کہ سدھیر میری تجویز رد نہیں کرے گا۔اس نے براہ راست انکار نہیں کیا۔اس
نے آدرتی کو دیکھنے کی بھی زحمت نہیں کی۔اس نے لکھا..........''تمہیں جب لڑکی پسند ہے تو مجھے
اس سلسلے میں کچھ نہیں کہنا ہے مگر دپنکر ہماری اکلوتی اولاد ہے۔اس لئے میری بیوی کی خواہش
ہے کہ جس لڑکی سے کنڈلی ملے گی ہم اپنے بیٹے کی شادی اسی لڑکی سے کریں گے'' آدرتی کی
کنڈلی بھیج دی گئی۔سات دنوں کے بعد جواب آیا کہ کنڈلی نہیں ملی۔ بنگالیوں کی آنکھوں کا پانی
گہرا ہوتا ہے۔ جہاں براہ راست انکار کرنا ممکن نہیں ہوتا ہے وہاں انکار کرنے کا کوئی بہانہ ڈھونڈ
لینا وہ اچھی طرح جانتے ہیں۔ میں جتنے دنوں وہاں رہا آدرتی کا رشتہ طے نہیں ہوسکا اور ہونے کی
امید بھی نہیں تھی کیونکہ ہمارے سماج میں لڑکیوں کی شادیاں جس بنیاد پر ہوتی ہیں پتامبر اس کا اہل
نہیں تھا۔ کچھ دنوں بعد وہاں سے میرا تبادلہ ہو گیا۔

بگوڑا میں مجھے میرے ایک اور دوست دیبجین کا خط ملا۔ دیبجین سدھیر کا بھی دوست
تھا۔ دیبجین نے لکھا تھا............

''سدھیر اپنے بیٹے کا رشتہ ڈھونڈ رہا ہے۔ اگرچہ وہ کھل کر کچھ نہیں کہتا مگر مجھے لگتا ہے
کہ اسے نقد کی لالچ ہے۔ میں نے سنا ہے کہ اس نے ایک جگہ دس ہزار روپے کا کھل کر مطالبہ کیا
تھا۔ جب لڑکی کے والد نے کہا کہ وہ زیادہ سے زیادہ چھ ہزار روپے دے سکتے ہیں تو پتہ ہے سدھیر

نے کیا جواب دیا؟ اس نے جواب دیا کہ میں اس رقم پر راضی ہو جاتا مگر لڑکی سے کنڈلی نہیں ملی۔''

اس خط کے ملنے کے چھ مہینے کے بعد مجھے خبر ملی کہ سدھیر کا بیٹا اے۔اے۔ ایس میں کامیاب ہوا ہے۔ کچھ دنوں کے بعد وہ اے۔ڈی۔ایم ہو کر میرے پاس ٹریننگ لینے آیا۔ اسے دیکھ کر مجھے بہت خوشی ہوئی۔ وہ اپنی بیوی کے ساتھ مجھ سے ملنے آیا۔ اس کی بیوی کالی، نہایت دبلی پتلی اور دراز قد تھی۔ پتہ چلا کہ وہ ذات کی سنار ہے مگر اعلیٰ تعلیم یافتہ ہے۔ وہ دونکر کی ہم جماعت تھی۔ دونوں کا لو میرج تھا۔ اس لڑکی سے مل کر مجھے اچھا لگا۔ باتوں باتوں میں پتہ چلا کہ دونوں کی کنڈلی بھی نہیں ملائی گئی تھی اور نہ ہی سدھیر کو جہیز پر بحث کرنا نصیب ہوا۔ اور سب سے عجیب بات یہ تھی کہ سدھیر نے اپنے بیٹے سے تعلق بھی منقطع نہیں کئے تھے۔ اس نے اس بہو کو قبول کر لیا تھا۔

تبادلہ ہو کر آنے کے بعد مجھے پتامبر کا صرف ایک خط ملا تھا۔ ایک خط آدرتی نے بھی لکھا تھا۔ اس کے بعد یہ سلسلہ بند ہو گیا۔ میں نے بھی ایک خط لکھا تھا لیکن مجھے اس کا جواب نہیں ملا۔ پھر مصروفیات کے سبب میرا ان سے رابطہ نہیں رہا۔ انجام کار دھیرے دھیرے میں ان کے بارے میں بھولتا گیا مگر زیادہ دنوں تک بھولا نہیں رہ سکا۔

میں اپنی سبکدوشی کے بعد کلکتے میں رہنے لگا تھا۔ وقت گزارنے کے لئے میں نے ایک ملازمت بھی ڈھونڈ لی تھی۔ پنجاب کے چمڑے کے ایک تاجر ظفر خان نے مجھے اپنا منیجر مقرر کر لیا تھا۔ ایک دن میں اپنے دفتر میں بیٹھا ہوا تھا کہ چپراسی نے آ کر خبر دی کہ ایک عورت مجھ سے ملنا چاہتی ہے۔ میں نے اسے بلانے کو کہا۔ تھوڑی دیر میں ایک برقعہ پوش عورت کمرے میں داخل ہوئی۔ جیسے ہی اس نے برقعہ اپنے چہرے سے ہٹایا میں چونک گیا۔

''کیا آپ نے مجھے پہچانا چچا جان؟ میں آدرتی ہوں۔''

''آدرتی؟'' ''تم اس پوشاک میں کیسے؟''

''میں نے ایک مسلمان سے شادی کر لی ہے۔ آپ کے سماج میں مجھے کوئی مقام نہیں ملا۔ ان لوگوں نے مجھے باعزت قبول کیا اور پیار سے رکھا ہے۔ میں بہت خوش ہوں۔ میرے شوہر آپ کے دفتر میں آپ کے اسسٹنٹ منیجر ہیں۔''

''اچھا تو قادر صاحب تمہارے شوہر ہیں!!''

”جی ہاں“

میں حیرت سے بت بنا رہ گیا۔اسی وقت دروزے کی اوٹ سے ایک بچہ جھانکنے لگا۔

”یہ میرا بیٹا عباس ہے۔۔۔۔۔۔۔۔۔۔بیٹا! ادھر آؤ۔نانا کو سلام کرو“

عباس نے قریب آ کر سلام کیا۔میں نے اس کے گال پر چٹکی لے کر شفقت کا اظہار کیا۔آدمی نے مسلمان سے شادی کیوں کی؟ پتا مبر کیسا ہے؟ میں یہ سب پوچھنے کی جسارت نہیں کر سکا۔

بہت دنوں کے بعد میں بارسونار پور گیا۔ میں نے دیکھا کہ ترلاندی اب گاؤں سے ہو کر نہیں بہتی ہے۔ گاؤں کے لوگوں نے اس میں کوڑا کرکٹ پھینک پھینک کر اسے بھر دیا تھا۔مگر ندی ختم نہیں ہوئی تھی۔اس نے اپنی سمت اور رفتار بدل لی تھی۔ جو ندی کبھی سونار پور کی رونق ہوا کرتی تھی، جو ندی کبھی سونار پور کی ہریالی کا باعث ہوا کرتی تھی وہ ندی اب کریم گنج سے ہو کر گزرتی ہے۔اس سے کریم گنج کی رونق اور ہریالی میں اضافہ ہونے لگا ہے۔

☆☆☆

ڈاکٹر ونود

ڈاکٹر ونود عظیم انسان تھے۔ بحیثیت معالج اس علاقے میں ان کا کوئی ثانی نہیں تھا۔ اس کے علاوہ بحیثیت انسان بھی وہ بے مثال تھے۔ غریبوں کے مسیحا تھے۔ بردوان کے قریب ایک گاؤں میں ان کا مکان تھا۔ چار سال پہلے وہ پریکٹس کی غرض سے یہاں آئے تھے اور آتے ہی چھا گئے۔ شہر میں ہی زمین خرید کر مکان بنوانے لگے۔ جیسی صورت ویسی سیرت۔ وجیہہ شکل و صورت، قد لمبا، چوڑا سینہ، سر پر بال کم ضرور تھے مگر اس سے ان کے حسن پر کوئی اثر نہیں پڑتا تھا بلکہ ان کی وجاہت میں اضافہ ہی ہوتا تھا۔ جب سے مجھے یہ خبر ملی کہ ڈاکٹر ونود میرے پڑوسی بن گئے ہیں تب سے میرا تجسس بڑھ گیا تھا۔ میری بہن کی شادی اب تک نہیں ہو سکی تھی۔ اگرچہ میں اس کی عمر سب کو بیس بتاتا ہوں مگر در حقیقت اس کی عمر پچیس سال تھی۔ کچھ دنوں کے بعد اس کے بالوں میں سفیدی آ جائے گی۔ مگر کیا کروں آج کل شادی کے بازار میں دولہوں کی جو قیمت ہے

وہ میرے بس سے باہر ہے اور پھر میری بہن قدرے کالی بھی تھی ۔ نقش ونگار برے نہیں ہیں ۔ تعلیم یافتہ بھی ہے لیکن اس ملک میں روپ اور روپیہ کا تال میل نہ ہوتو لڑکیوں کی شادیاں نہیں ہوتی ہیں ۔ ایک جگہ بات بنتی نظر آرہی تھی مگر جنم کنڈلی نہیں ملنے کے سبب شادی نہیں ہوسکی ۔ ڈاکٹر ونود کو دیکھ کر مجھے امید کی کرن نظر آئی ۔ سننے میں آیا کہ اب تک اس کی شادی نہیں ہوئی ہے ۔ ماں باپ زندہ نہیں تھے ۔ کوئی بری لت بھی نہیں تھی ۔ اس سے بات چیت کے دوران پتہ چلا کہ اس کی عمر پینتیس سال ہے ۔ عمر مناسب تھی ۔

منزل مقصود پر نظر ٹکائے میں نئے زمانے کے مطابق آگے بڑھنے لگا ۔ لڑکی کی شادی اگر مناسب عمر میں نہ ہوتو بہت ساری بیماریاں گھر کر لیتی ہیں ۔ سینے میں درد، سر میں درد، بیہوشی، میری بہن امیتا کو بھی اکثر کچھ نہ کچھ ہوتا رہتا ہے ۔ اب تک میں اسے خود ہومیوپیتھی کی دوائیں دیتا رہا ہوں مگر ایک دن میرے ذہن میں خیال آیا کہ اگر علاج کے بہانے کسی طرح امیتا اور ڈاکٹر ونود کا تعارف ہو جائے اور ونود میرے چنگل میں پھنس جائے تو میری مشکل آسان ہو جائے گی ۔

ایک روز امیتا کے سینے میں درد اٹھا ۔ میں نے ڈاکٹر ونود کو بلا بھیجا ۔ اس نے دیر تک امیتا کا معائنہ کیا اور دوائیں لکھ دیں ۔ میں نے فیس دینی چاہی تو اس نے کہا ۔۔۔۔۔۔۔۔۔ ''پہلے یہ صحت یاب ہو جائے پھر فیس لے لوں گا ''میں نے سن رکھا تھا کہ وہ غریب اور متوسط لوگوں سے فیس نہیں لیتا تھا ۔ اس کی لکھی دواؤں سے افاقہ ہوا ۔ ایک دن میں نے اس کی دعوت کی ۔ اس کے بعد سے اس کا میرے یہاں آنا جانا شروع ہو گیا ۔ دھیرے دھیرے قربت بڑھنے لگی ۔ میرے ساتھ بھی امیتا کے ساتھ بھی ۔ پھر میں نے ایک دن ہمت کر کے شادی کی تجویز پیش کر دی ۔ تجویز سن کر وہ کچھ دیر خاموش رہا ۔ ایسا لگا جیسے چند لمحوں کے لئے اس کا چہرہ پیلا پڑ گیا ہو ۔ پھر وہ مسکرا کر بولا ۔۔۔۔۔۔

''میں یہ شادی نہیں کر سکتا ''

''کیوں؟''

''کچھ مسائل ہیں ۔'' یہ کہہ کر وہ اتنا سنجیدہ نظر آنے لگا میں اس سے یہ پوچھنے کی جسارت نہیں کر سکا کہ کیا ان مسائل کا کوئی حل نہیں ہے ۔ اس دن کے بعد سے اس نے میرے گھر آنا جانا بھی ترک کر دیا ۔ میرا پانسہ الٹا پڑ گیا تھا ۔ میں نے کیا سوچا تھا اور کیا ہو گیا ۔

بن پھول   مترجم : احمد کمال ہاشمی

ایک روز میں کافی جھجکتا ہوا اس کے گھر پہنچا۔ مقصد یہ تھا کہ اسے دوبارہ دعوت دے کر اس سے تعلقات بحال کر لوں۔ وہاں پہنچ کر میں نے ایک اجنبی شخص کو اس کے ساتھ دیکھا۔ اس کے ساتھ جو گفتگو ہو رہی تھی وہ یوں تھی۔.........

''ڈاکٹر بابو! آپ کو میرے ساتھ چلنا ہی پڑے گا۔''

''کلکتے میں بہت سارے بڑے بڑے ڈاکٹر ہیں۔ میرا وہاں جانا ضروری نہیں ہے۔''

''لیکن وہ آپ کے سوا کسی اور سے علاج نہیں کروائیں گے۔ منھ سے خون آتا ہے، روز بخار آ جاتا ہے لیکن وہ کسی اور ڈاکٹر کو اپنے قریب بھٹکنے بھی نہیں دیتے۔''

''اس کا مطلب یہ کہ............''

''آپ وہاں جا کر سب کچھ سمجھ جائیں گے۔ مجھے زیادہ کچھ پتہ نہیں ہے۔ میں تو محض ایک ملازم ہوں۔''

''ٹھیک ہے آپ پتہ بتائیے۔ آج نہیں تو کل جانے کی کوشش کروں گا۔''

اجنبی شخص نے ایک کاغذ پر پتہ لکھ دیا۔ میں نے بھی پتہ دیکھا۔

سات دنوں کے بعد بھی ڈاکٹر ونود واپس نہیں لوٹا۔ اور جب واپس آیا تو اس کے ساتھ ایک لڑکی تھی۔ وہ اس لڑکی کے ساتھ رہنے لگا۔ مجھے بڑی حیرت ہوئی۔ گیا تو تھا مریض دیکھنے اور واپس آیا ایک لڑکی کو لے کر۔ پھر مجھے خبر ملی کہ وہ اس لڑکی کو لے کر دھرم پور سینی ٹوریم جا رہا ہے۔ پتہ نہیں وہ اس بدبخت کو کہاں سے بھگا لایا تھا مگر یہ بات اس سے کہہ بھی نہیں سکتا تھا۔

کچھ دنوں کے بعد مجھے ایک کام کے سلسلے میں کلکتہ جانا پڑا۔ مجھے وہ پتہ یاد آ گیا۔ میں وہاں پہنچا۔ عالیشان عمارت تھی۔ گیٹ پر دربان کھڑا تھا۔ میں نے خبر بھجوائی کہ ایک ضروری کام کے سلسلے میں ملنا چاہتا ہوں۔ دربان مجھے ڈرائنگ روم میں لے گیا۔ میں نے دیکھا کہ ایک خوش شکل آدمی بیٹھا ہوا ہے۔ رنگ گورا، آنکھیں سرخ تھیں۔

''کیا بات ہے؟''

''میں ڈاکٹر ونود کی خبر لینے آیا ہوں۔''

''کیسی خبر؟''

''میں نے اپنی بہن کے ساتھ اس کا رشتہ طے کیا تھا مگر......''

”مگر اس نے شادی نہیں کی۔ یہی کہنا چاہتے ہیں ناں؟“

”جی ہاں“

”اگر کر لیتا تو مجھے جنت مل جاتی۔۔۔۔۔۔۔۔۔۔۔آپ بیٹھئے تو سہی کھڑے کیوں ہیں؟“

میرے بیٹھتے ہی وہ اندر چلا گیا۔ کچھ دیر کے بعد ایک ملازم ناشتہ اور چائے لے کر آیا۔ وہ شخص پھر نظر نہیں آیا۔ لیکن اصل خبر حاصل کرنے میں مجھے پریشانی نہیں ہوئی۔ چائے پی کر میں نے علاقے میں پوچھتا چھی۔ جو کچھ مجھے پتہ چلا اس نے مجھے حیران کر دیا۔ ڈاکٹر ونود شادی شدہ تھے۔ اس کی بیوی کو یہ امیر کبیر شخص بہلا پھسلا کر بھگا لا لایا تھا۔ کچھ دنوں بعد عورت کو ٹی۔ بی کا عارضہ ہو گیا۔ اتنے بڑے پاپ کی سزا تو اسے ملنی ہی تھی۔ یہ خبر پاتے ہی ڈاکٹر ونود آیا اور اسے لے کر چلا گیا۔

اس کے بعد کیا ہوا یہ علاقے کے لوگوں کو پتہ نہیں تھا۔ واپس لوٹتے ہوئے میں نے اخبار خریدا۔ اس میں ایک خبر چھپی تھی۔ ایک شخص نے اپنی بیوفا بیوی کو گولی مار کر خود کو پولس کے حوالے کر دیا۔

بھانت بھانت کے لوگ ہیں اس دنیا میں!!

☆☆☆

عورت کا دل

سمیتا نے کمرے میں داخل ہوتے ہی سوئچ دبایا مگر بتی نہیں جلی۔ وہ جھنجھلا گئی۔ وہ سوچنے لگی بلب خراب ہو گیا کیا؟ پیسے بھی نہیں تھے۔ تنخواہ ملنے میں ابھی پانچ دن باقی تھے۔ بلب کے بغیر گزارہ بھی ممکن نہیں تھا۔ نبند و ہوتا تو اس سے قرض لے لیتی لیکن وہ آج بھی چلا گیا۔ وہ دو پہر کو آیا تھا۔ اگر اسی وقت اس سے کچھ پیسے مانگ لیتی تو اچھا ہوتا۔ اسے اس وقت خیال بھی آیا تھا مگر منھ کھولنے میں شرم مانع ہوئی۔ لیکن شرم کیوں آئی؟ نبند و تو اس سے پیار کرتا تھا۔ اس سے مانگتی تو وہ خوش ہی ہوتا لیکن وہ نہیں مانگ سکی۔ اندھیرے میں کھڑی وہ سوچنے لگی کیا نبند و اس سے شادی کرے گا؟ اس نے اپنی زبان سے کبھی کچھ نہیں کہا تھا۔ اس کے ساتھ اسے سورین کا

بھی خیال آیا۔سورین بھی اس سے ملنے کبھی کبھی آتا تھا۔اس کے رویے سے بھی لگتا ہے کہ وہ اسے پسند کرتا ہے لیکن اس نے بھی کبھی اظہار نہیں کیا تھا۔

اندھیرے کمرے میں کھڑی سمیتا خود کو بہت لاچار محسوس کرنے لگی۔وہ ملازمت کرتی تھی۔مہینے میں ساٹھ روپے ملتے تھے۔اس سے بمشکل گزر بسر ہوتا تھا۔اسے کبھی فلم دیکھنے کی خواہش ہوتی تھی۔کبھی کوئی خوبصورت ساڑی دیکھ کر دل مچل اٹھتا تھا۔ چمکیلے پتھر کا ایک ہار خریدنے میں ہی دس روپے نکل گئے۔اسے لگا کہ اس نے یہ خرچ کرکے اچھا نہیں کیا مگر وہ خود کو روک نہیں سکی تھی۔اگر وہ ہار نہیں خریدی ہوتی تو ابھی مہینے کے آخری دنوں میں یہ حال نہیں ہوا ہوتا۔اگر اس کا کوئی رفیق حیات ہوتا تو دونوں مل کر کماتے اور زندگی شان سے گزرتی۔سمیتا اندھیرے میں خاموش کھڑی تھی۔اس کے پاس موم بتی خریدنے کے بھی پیسے نہیں تھے۔ وہ ایک بورڈنگ میں کھانا کھاتی تھی۔تنخواہ ملتے ہی اس کا بڑا حصہ دے دینا پڑتا تھا۔ایک ورائٹی اسٹور والے سے اسکی شناسائی تھی۔اس سے وہ کبھی کبھی پاؤڈر اور میک اپ کے دوسرے سامان ادھار لیا کرتی تھی۔لیکن کیا اس کے پاس موم بتی ہوگی؟ اچانک سمیتا چونک اٹھی۔کوئی دروازے کی کنڈی ہلا رہا تھا۔اس نے سوچا سورین ہوگا۔لیکن کیا اندھیرے کمرے میں سورین کو اندر بلانا مناسب ہوگا؟ وہ کچھ دیر تک خاموش کھڑی رہی۔اس نے فوراً کوئی ردعمل ظاہر نہیں کیا۔لیکن دروازے کی کنڈی کوئی مسلسل ہلائے جا رہا تھا۔ پھر ایک آواز آئی..........''سمیتا او سمیتا! سوگئی کیا؟''

یہ سورین کی آواز تھی۔سمیتا جلدی سے باہر نکل آئی اور بولی..........''اچھا تم آئے ہو لیکن میں ابھی باہر نکل رہی تھی۔''

''کہاں جا رہی ہو؟''

''بس یونہی۔ٹہلنے۔''

''چلو میں بھی ساتھ چلتا ہوں۔میں تم سے کچھ باتیں کرنے آیا تھا۔''

دونوں باہر نکل گئے۔

''میرے پاس ایک پیسہ بھی نہیں ہے۔پیدل ہی چلنا پڑے گا۔''سمیتا بولی۔

''میرے پاس ہے ناں۔چلو میدان چلتے ہیں۔''

دونوں ایک ٹرام میں چڑھ گئے۔سمیتا ندامت کے بوجھ سے دبی جا رہی تھی۔وہ سوچ

رہی تھی کہ وہ کیوں سورین کے پیسوں کے سہارے ٹرام میں سوار ہوئی۔ وہ کیوں نہیں بول سکی کہ میں پیدل ہی چلوں گی۔ اگر تمہیں میری قربت چاہئے تو میرے ساتھ پیدل چلو۔ وہ یہ سب کچھ نہیں بول پائی اس لئے اس دل ہی دل میں شرمسار ہوتی رہی۔ اسے لگا جیسے وہ کوئی بے سہارا عورت ہو جو لاشعوری طور پر ایک مرد کے احسان تلے دبی ہوئی ہے۔ ابھی کچھ دیر پہلے جو وہ کسی مرد کے سہارے کی بات سوچ رہی تھی وہ بھی اس کی مجبور ذہنیت کی سوچ تھی۔

’’چلو یہاں اترتے ہیں۔‘‘ وہ میدان پہنچ چکے تھے۔ دونوں میدان کے ایک سنسان گوشے میں ایک دوسرے کے قریب بیٹھ گئے۔ کچھ دیر تک خاموش رہنے کے بعد سورین نے کہا ۔۔۔۔۔۔۔۔۔۔ ’’آج میں تم سے کچھ کہنے کے لئے میں تمہارے پاس آیا تھا۔‘‘

’’کیا کہنا ہے؟‘‘

’’اگر تم کو اعتراض نہ ہو تو میں تم سے شادی کرنا چاہتا ہوں۔‘‘

سمیتا کے پورے بدن میں بجلی کی ایک لہر دوڑ گئی۔ مگر وہ بت بنی بیٹھی رہی۔ پھر اس نے پر اعتماد لہجے میں کہنا شروع کیا ۔۔۔۔۔۔۔۔ ’’میں نے فیصلہ کیا ہے کہ میں جب تک کوئی بہتر ملازمت حاصل نہیں کر لیتی تب تک شادی نہیں کروں گی۔ میں کسی پر بوجھ بن کر رہنا پسند نہیں کرتی۔‘‘

’’کیا بیوی اپنے شوہر پر بوجھ ہوتی ہے؟‘‘

’’ہاں، ہوتی ہے۔‘‘

سورین نے اپنی دلیلوں سے سمیتا کو قائل کرنے کی بہت کوشش کی مگر سمیتا ٹس سے مس نہیں ہوئی۔ سمیتا خودداری کی جس بلندی پر تھی وہاں تک سورین رسائی نہیں ہو پائی۔ سمیتا پیدل ہی گھر واپس لوٹی۔ گھر پہنچ کر چٹخنی چڑھا کر وہ سونے کے لئے لیٹ گئی۔ کچھ ہی دیر میں دروازے کی کنڈی پھر کسی نے ہلائی۔

’’کون ہے؟‘‘ سمیتا نے آواز لگائی۔

’’میں ہوں ۔ نبیندو‘‘

’’میرے کمرے کا بلب خراب ہو گیا ہے۔ اس لئے میں سونے کیلئے لیٹ گئی ہوں۔‘‘

’’دروازہ کھولو۔ میں بلب لے کر آیا ہوں۔‘‘

یہ سن کر سمیتا حیران ہو گئی۔ نبیندو کو کیسے پتہ چلا کہ اس کے کمرے کا بلب خراب ہو گیا

ہے۔ دروازہ کھولتے ہی وہ یہی سوال اس سے پوچھ بیٹھی۔

’’دوپہر کو جب تم نہانے گئی تھی میں نے تمہارے کمرے کا بلب نکال کر خراب بلب لگا دیا تھا۔‘‘

’’یہ کیا؟ تم نے ایسا کیوں کیا؟‘‘

’’سورین کو مزہ چکھانے کے لئے۔ میں نے سوچا کہ تمہارے کمرے میں اندھیرا ہوگا تو رکے گا نہیں۔ چلا جائے گا۔‘‘

یہ سن کر سمیتا کا چہرہ شرم سے لال ہو گیا۔

’’کیوں؟ سورین کے آنے پر تمہیں اعتراض کیوں ہے؟‘‘

’’مجھے سخت اعتراض ہے۔ وہ تم سے شادی کرنے کا خواب دیکھ رہا ہے۔ میں اس کو تمہارے ساتھ اکیلا رہنے کا موقع کیوں دیتا بھلا؟ .... ٹھہرو، میں بلب لگائے دیتا ہوں۔‘‘

ٹارچ کی روشنی میں نبیندو نے بلب لگا دیا۔ سمیتا زیر لب مسکرا کر بولی .... ’’میں سورین کے ساتھ میدان گئی تھی۔ اس نے مجھ سے شادی کی پیشکش کی۔‘‘

’’اچھا؟ تم نے کیا جواب دیا؟‘‘

’’میں نے کہہ دیا کہ جب تک میں کوئی بہتر ملازمت حاصل نہیں کر لیتی تب تک شادی نہیں کر سکتی۔ میں اپنے شوہر پر بوجھ بننا نہیں چاہتی۔‘‘

’’بہت مناسب جواب دیا تم نے اسے۔ مگر ....‘‘

جملہ ادھورا چھوڑ کر نبیندو خاموش ہو گیا۔ پھر چہرے پر مسکراہٹ بکھیرتے ہوئے بولا ....’’کیا تم مجھے بھی یہی جواب دو گی؟‘‘

سمیتا، ہاں یہی جواب دوں گی، نہیں کہہ سکی۔

’’مجھے نہیں پتہ .... رات کافی ہو گئی ہے۔ تم اپنے گھر جاؤ۔‘‘ سمیتا نے کہا اور منہ چھپا کر ہنس پڑی۔

☆☆☆

کوّے کی فطرت

میں جہاں بیٹھ کر لکھتا ہوں اس کے ٹھیک سامنے ایک کھڑکی ہے۔ اس کھڑکی سے آسمان کا تھوڑا حصہ اور سوہانجنا کا ایک پیڑ نظر آتا ہے۔ اس پیڑ کی ایک شاخ پھیل کر کھڑکی تک آ گئی ہے۔ ایسا لگتا ہے جیسے وہ کمرے میں داخل ہو کر مجھ سے بات کرنا چاہتی ہو۔ اس کی کونپل، پھول اور پھل کی خاموش گفتگو روز سنتا ہوں۔ میں نے یہ بھی محسوس کیا ہے کہ موسم کے ساتھ ساتھ ان کی گفتگو کا انداز تبدیل ہوتا رہتا ہے مگر میں یہ دعویٰ نہیں کر سکتا کہ میں ساری باتیں سمجھ بھی لیتا ہوں لیکن روز دیکھتا ضرور ہوں۔ ہر روز لکھتے وقت اس سوہانجنا پیڑ کی شاخ کے سبب میرا کچھ وقت ضائع بھی ہوتا ہے۔ ایک روز اس شاخ پر ایک کوّا آ کر بیٹھ گیا۔ صرف بیٹھ ہی نہیں گیا بلکہ اپنی گردن ہلا ہلا کر میری طرف دیکھنے بھی لگا۔ ایسا لگا جیسے وہ بھی مجھ سے باتیں کرنا چاہتا ہے۔ یہ شوق مجھے بھی کم نہیں تھا۔ گپ شپ کرنا تو مجھے شروع سے ہی پسند رہا ہے۔ بشرطیکہ موضوع میرے مزاج کے مطابق ہو یعنی موضوع غیبت اور شکوہ شکایت کا ہو۔ اس سلسلے میں ہم قلمکار، تمام انسانوں سے مختلف نہیں ہوتے ہیں۔ ہاں، ایک فرق ضرور ہوتا ہے۔ عام انسان ہر انسان کے ساتھ یکساں طور پر گپ شپ نہیں کرتا مگر قلمکار ضرور کرتا ہے۔۔۔۔۔۔۔۔۔ زمین، آسمان، پھول، جانور، پرندے سب کے ساتھ گپ شپ کرنے کی صلاحیت قلمکاروں میں ہوتی ہے۔ ایسے میں جس زبان کا استعمال ہوتا ہے وہ عام انسانوں کی سمجھ سے باہر ہوتی ہے۔ دل کی زبان، تصویر کی زبان، اسی زبان میں کوے سے میری گفتگو ہونے لگی۔ آپ لوگوں کی دلچسپی کے لئے میں ساری گفتگو بنگلہ میں لکھ رہا ہوں۔ مجھے امید ہے کہ آپ لطف اندوز ہوں گے۔

"جناب! میں روز آپ کو میز پر بیٹھا دیکھتا ہوں۔ کبھی پیر ہلاتے ہوئے، کبھی ڈاڑھی کھجاتے ہوئے، کبھی آپ آسمان کی طرف دیکھتے رہتے ہیں۔ آخر آپ وہاں بیٹھ کر کرتے کیا ہیں؟ ذرا بتائیے تو سہی۔"

"میں لکھتا ہوں۔"

"میں نے بہت سارے لوگوں کو لکھتے دیکھا ہے۔ میں خازن صاحب کو روز حساب

کتاب کرتے دیکھتا ہوں۔ آپ کیا لکھتے ہیں؟‘‘

’’میں کہانیاں لکھتا ہوں، شاعری بھی کرتا ہوں۔‘‘

’’کیسی کہانیاں لکھتے ہیں؟‘‘

’’انسان کی کہانیاں، ان کے دکھ سکھ کی کہانیاں۔ ان کے عادات و اطوار کی کہانیاں۔ بس یہی سب۔‘‘

’’اوہو........ تب تو میں بھی آپ کو بہت ساری کہانیاں سنا سکتا ہوں۔ میں بہت سارے لوگوں کے گھر میں جاتا ہوں۔ اندر کی خبر رکھتا ہوں۔ کسی کا کوئی راز مجھ سے پوشیدہ نہیں رہتا ہے۔ سب یہ سمجھتے ہیں کہ میں تو محض ایک کوا ہوں۔ لیکن میں سب کچھ دیکھتا ہوں اور لطف اندوز ہوتا ہوں۔ آپ اپنے پڑوسی کے بارے میں جو کچھ نہیں جانتے وہ سب میں جانتا ہوں۔‘‘

’’بغل والے مکان میں تو نوگین بابو رہتے ہیں۔‘‘

’’ہاں، آپ ان کے بارے میں کیا جاتے ہیں؟‘‘

’’صورت سے تو شریف انسان لگتے ہیں۔ گفتگو بھی سلیقے سے کرتے ہیں۔ قیمتی سوٹ پہن کر دفتر جاتے ہیں۔ شاید کوئی اچھی ملازمت کرتے ہیں۔‘‘

’’ملازمت کے بارے میں مجھے کوئی علم نہیں ہے لیکن ان کا کھانا پینا کیسا ہے یہ میں جانتا ہوں۔ دن میں صرف موڑھی (مرمرے) کھاتے ہیں اور رات کو چاول اور بھی سبزی کے ساتھ۔ چھ مہینے نو مہینے پر کسی دن مچھلی پکتی ہے۔ شکل سے تو بڑے باوقار انسان لگتے ہیں مگر ان کے بدن میں کھجلی ہے۔ روز آئینے کے سامنے کھڑے ہو کر مرہم لگاتے ہیں۔ کیا آپ یہ جانتے ہیں؟‘‘

مجھے قبول کرنا پڑا کہ میں یہ سب نہیں جانتا ہوں۔

کوے نے اپنی گردن ٹیڑھی کر کے بولنا شروع کیا .... ’’نکنجو بابو کو پہچانتے ہیں؟‘‘

’’بالکل پہچانتا ہوں۔ بڑے مذہبی انسان ہیں۔‘‘

کائیں کائیں کائیں۔ مجھے لگا کوا جیسے ہنس رہا ہو۔

’’نکنجو بابو مذہبی ضرور ہیں مگر ان کی بیوی گھاٹ گھاٹ کا پانی پیتی ہے۔ میں روز ان کے

باورچی خانے میں گھس کر ان کے جوٹھے برتن دیکھتا ہوں۔ شاید بچا کھچا کچھ کھانے کو مل جائے مگر مجھے اکثر مایوسی ہوتی ہے۔ وہ لوگ انڈے بھی کھاتے ہیں۔''

''نکنجو بابو کٹر مذہبی انسان ہیں۔ ان کی اتنی لمبی ٹکی ہے۔ گلے میں کنٹھ مالا ہے۔ پیشانی پر تلک لگاتے ہیں اور انڈا کھاتے ہیں ....!!''

''وہ تو انڈوں کے بہت شوقین ہیں۔'' یہ کہہ کر کوا کائیں کائیں کی آواز نکال کر ہنسنے لگا۔

''دیکھیے، آپ تو اپنے پڑوسیوں کی کوئی خبر ہی نہیں رکھتے ہیں .... آپ کی کھڑکی سے دور جو ایک سفید دو منزلہ عمارت نظر آ رہی ہے اس کے بارے میں آپ کیا جانتے ہیں؟''

''وہ تو سالک پور کے زمیندار کا مکان ہے۔''

''کبھی تھا۔ اب تو اس خاندان میں ان گنت نواسے، نواسیاں اور پوتے پوتیاں ہیں۔ سالک پور کی زمین تقسیم ہوئی تو ہر ایک کے حصے میں ایک بوٹی گوشت سے زیادہ کچھ نہیں آیا۔ لیکن ان کا ٹھاٹھ باٹھ دیکھا ہے آپ نے؟''

''ہاں وہ تو میں نے دیکھا ہے۔''

''اتنے پیسے کہاں سے آتے ہیں؟''

''یہ تو مجھے نہیں معلوم۔''

''تو سنئے! ہاں بل بابو چور بازار میں دلالی کرتے ہیں۔ کمل بابو رشوت کی دلالی کرتے ہیں۔ بڑے بڑے افسران ان کے توسط سے رشوت لیتے ہیں اور وہ کمیشن رکھ لیتے ہیں۔ چمیلی کا ایک مارواڑی کے ساتھ معاشقہ چل رہا ہے۔ روز شام کو ایک موٹر سائیکل آتی ہے۔ کیا آپ نے کبھی دیکھا نہیں؟ شیفالی نے ایک فلم ڈائریکٹر سے شادی رچا لی ہے۔ منٹو جوئے کے اڈے میں کام کرتا ہے۔ کیا آپ یہ سب جانتے تھے؟''

''اور سنئے'' کوا لگا تار بولے جا رہا تھا۔ میں متحیر تھا۔ میں اتنے سارے منافق اور ذلیل لوگوں کے درمیان رہ رہا تھا اور مجھے ان کے بارے میں کوئی جانکاری نہیں تھی۔ ایک بھی شخص شریف نہیں تھا۔

''میں پھر آؤں گا اور آپ کو بہت ساری کہانیاں سناؤں گا۔'' یہ کہہ کر کوا اڑ گیا۔ میں حیرت سے بت بنا بیٹھا رہا۔ مجھے افسوس ہوا جیسے سوہانجنا کا پیڑ بھی میری طرف دیکھ کر مسکرا رہا ہو۔

بن پھول   مترجم: احمد کمال حشمی

کوا اگلے تین روز تک نظر نہیں آیا۔ چوتھے دن اس کی صورت نظر آئی مگر وہ کچھ غمگین لگ رہا تھا۔

’’کیا حال ہے؟‘‘

’’بہت برا حال ہے۔‘‘

’’کیا ہوا؟‘‘

’’مجھ پر آج انکشاف ہوا کہ میں بچوں کو اپنی اولاد سمجھ رہا تھا وہ دراصل کوئل کی اولادیں تھیں۔ان میں سے ایک بھی بچہ میرا نہیں ہے۔‘‘

میں نے اسے سمجھانے کی کوشش کی کہ ایسا کیسے ہوسکتا ہے۔

کوّے نے جواب دیا............ ’’کیا آپ نے مجھے نکھٹو بابو سمجھ لیا ہے؟ مجھے سب پتہ ہے کہ ایسا کیسے ہوا۔اس کے ساتھ میرا نباہ نہیں ہوسکتا۔ وہ کوئل کے بچوں کے ساتھ رہتی ہے تو رہے۔میں دوسری ڈھونڈ لوں گا۔ان کی کمی نہیں ہے۔‘‘

کوّا کائیں کائیں کرتا ہوا اڑ کر چلا گیا۔

☆ ☆ ☆

خلافِ قانون

بشمبھر ناتھ بڑے سخت گیر ڈپٹی مجسٹریٹ تھے۔ بارعب چہرہ، بڑی بڑی گول آنکھیں، شیر کی طرح مونچھیں تھیں۔ تھوڑی پر ایک بڑا سا کالا تل تھا۔ لحیم شحیم شخص تھے۔ان پر نظر پڑتے ہی دیکھنے والا خوفزدہ ہو جاتا تھا اور وہ یہی چاہتے بھی تھے۔ وہ جس کی طرف بھی دیکھتے تھے گھور کر دیکھتے تھے۔ان کا خیال تھا کہ دنیا میں خراب لوگ زیادہ ہیں اس لئے سب سے دوری بنائے رکھنا ضروری ہے۔ایک بیٹی سوتی کے علاوہ ان کی اور کوئی کمزوری نہیں تھی۔ ماں کی شفقتوں سے محروم بیٹی سے وہ بے انتہا پیار کرتے تھے۔ سوتی ان کی اکلوتی اولاد تھی۔ وہی ان کی زندگی کا مرکز ومحور تھی۔اس کے علاوہ ان کے گھر میں تیسرا اور کوئی نہیں تھا۔اگر چہ وہ لڑکیوں کی جدید تعلیم کے حمایتی نہیں تھے پھر بھی انہوں نے سوتی کا داخلہ اسکول میں کروا دیا تھا۔انہیں سارا دن کچہری میں گزارنا

پڑتا تھا اس لئے اس کی دیکھ بھال کون کرتا۔ وقت گزرنے کے ساتھ سوٹی اسکول سے نکل کر کالج پہنچ گئی۔ انہوں نے دل ہی دل میں فیصلہ کرلیا کہ سوٹی کے بی۔ اے پاس کرتے ہی اپنے بچپن کے دوست پر مداچرن کے بیٹے سمر سے اس کی شادی کرکے اپنی ذمہ داری سے سبکدوش ہو جائیں گے۔ سمر کی بھی ماں مر چکی تھی اور وہ بھی پر مداچرن کی اکلوتی اولاد تھا۔ بشمبھر بابو کا خیال تھا کہ جوڑی شاندار رہے گی۔ ان کی نیت یہ بھی تھی کہ دھیرے دھیرے سمر کو گھر داماد بنالیں گے۔

مگر ان کے ارمانوں پر پانی پھر گیا۔ سمر نے صاف کہہ دیا کہ وہ کسی بے حد حسین و جمیل پری سے شادی کرے گا۔ سوٹی اسے پسند نہیں ہے۔ کسی پری کا ملنا تو ممکن نہیں تھا مگر بیٹے کے پیار میں پاگل پر مداچرن اسے ڈھونڈنے لگے۔ اگر وہ سمر کو زبردستی سوٹی سے شادی کرنے پر مجبور کرتے تو مسئلہ حل ہو جاتا مگر ایسا نہیں ہو سکا لیکن جو ہوا وہ حیران کن تھا۔ سمر نے ایک دبلی پتلی کالی کائستھ لڑکی کے عشق میں گرفتار ہو کر اس سے شادی رچا لی۔ لوگ ٹھیک ہی کہتے ہیں کہ پیار اندھا ہوتا ہے۔ وہ دبلی پتلی کالی لڑکی سمر کی نظر میں پری تھی۔ شادی کے سات دنوں کے بعد جب بشمبھر ناتھ کی ملاقات پر مداچرن سے ہوئی تو وہ کچھ دیر تک انہیں تیکھی نظروں سے گھورتے رہے پھر بولے ......

''کیسا لگا؟ اچھا سبق سکھایا بیٹے نے۔'' اور پھر تیزی سے آگے بڑھ گئے۔

لیکن ان کی قسمت میں بھی ایسا ہی کچھ ہے اس کا علم انہیں قطعی نہیں تھا اور جب علم ہوا تو تیر کمان سے نکل چکا تھا۔ معاملہ کافی آگے بڑھ گیا تھا۔ سادھو چرن کبھی ایسا بھی کر سکتا تھا یہ ان کے وہم و گمان میں بھی نہیں تھا۔ مگر یہ ایٹمی دور ہے۔ وہم و گمان سے پرے باتیں بھی ممکن ہونے لگی ہیں۔

سادھو چرن، گرو چرن کا بیٹا تھا۔ گرو چرن ذات کا مہتر تھا جسے ہری جن کہتے ہیں۔ گرو چرن اور بشمبھر ہم عمر تھے۔ بشمبھر کے والد ترلوچن، گرو چرن کو بیٹے کی طرح عزیز رکھتے تھے۔ گرو چرن ذات کا مہتر تھا تو کیا ہوا اس کے اندر جو خاکساری تھی اس کی قدر نہ کرنا مشکل تھا۔ گرو چرن کی شادی ترلوچن نے ہی کروائی تھی۔ بشمبھر سے پہلے گرو چرن کی شادی ہو چکی تھی۔ گرو چرن کے بیٹے سادھو کی پیدائش کے وقت تک بشمبھر کی شادی بھی نہیں ہوئی تھی۔ سادھو چرن بچپن میں سارا دن ترلوچن کے گھر میں رہا کرتا تھا۔ بشمبھر کی ماں اسے کھانا کھلاتی اور اس کی دیکھ بھال کرتی۔ سادھو چرن کی ماں سارا دن کام کرتی پھرتی۔ میونسپلٹی کے علاوہ وہ دوسروں کے

گھروں میں بھی کام کرتی تھی۔ شام کو واپس لوٹتی تو سوئے ہوئے سادھو چرن کو گھر لے جاتی۔ ترلوچن کے گھر پرورش پانے کے سبب سادھو چرن اب مہتر کا بچہ نہیں رہ گیا تھا۔ کچھ بڑا ہوا تو ترلوچن نے پرائمری اسکول میں اسکا داخلہ کروا دیا۔ وہ ہر سال فرسٹ آنے لگا۔ اسے وظیفہ بھی ملتا تھا۔ پھر ترلوچن نے اسے بشمبھر کے پاس شہر بھیج دیا۔ وہاں بشمبھر کے گھر میں رہ کر اس نے میٹریکولیشن پاس کر لیا۔ جب وہ چوتھی جماعت کا طالب علم تھا تو سوتّی پیدا ہوئی۔ سادھو چرن نے ہی اس کا نام سباسّتی رکھا تھا۔ سادھو چرن کلکتہ کے ایک کرسچن کالج میں بھرتی ہو گیا۔ وہاں بھی اس نے سارے امتحانات امتیازی نمبروں سے پاس کئے۔ پھر اس نے کل ہند آئی۔اے۔ایس کا امتحان بھی پاس کر لیا اور کچھ روز قبل مجسٹریٹ کے عہدے پر فائز ہو کر اسی شہر میں آیا۔ وہ بشمبھر کے گھر اکثر جایا کرتا تھا۔ جب بھی جاتا بشمبھر کے پاؤں چھو کر آشیرواد ضرور لیتا۔ وہ بشمبھر کا باپ کی طرح احترام کرتا تھا۔ سوتّی بھی ”سادھو دا“ کی رٹ لگائے رہتی۔ جب بھی سادھو چرن آتا وہ اس کے لئے کیا کچھ نہیں کرتی تھی۔ وہی سادھو چرن ایسی حرکت کرے گا بشمبھر نے سوچا بھی نہیں تھا۔ وہ ہائی بلڈ پریشر کے مریض تھے۔ سادھو چرن کا خط پڑھ کر غصے سے ان کی رگیں پھول گئیں۔ سادھو چرن نے نہایت عاجزی سے لکھا تھا۔ ....

محترمی!

مجھے پتہ ہے کہ آپ پرانے خیال کے انسان ہیں اور یہ خط پڑھ کر آپ پریشان ہو جائیں گے۔ پھر بھی یہ خط لکھنے پر مجبور ہوں کیونکہ اس کے سوا چارہ بھی نہیں ہے۔ آپ سباسّتی کے پتا ہیں اس لئے آپ کو بتائے بغیر اور آپ کا آشیرواد لئے بغیر سباسّتی سے شادی کرنے میں مجھے تامل ہے۔ آپ کو یہ خط لکھنے سے پہلے ہی سباسّتی سے بات کر چکا ہوں۔ وہ پوری طرح رضامند ہے۔ وہ گریجویٹ ہے اور نئے زمانے کی لڑکی ہے۔ وہ پرانے رسم و رواج کی پابندیوں کو نہیں مانتی ہے۔ ذات پات کا فرق ہمیشہ رہا ہے اور ہمیشہ رہے گا۔ صلاحیتوں اور پیشے کی بنیادوں پر ذات پات کی خانہ بندیاں ہوتی ہیں۔ پرانے زمانے کی خانہ بندیاں اب متروک ہیں۔ اس زمانے میں نئی ذات پیدا ہو چکی ہے۔ ملازم پیشہ لوگوں کی اپنی ایک

الگ ذات ہوتی ہے جس میں اعلیٰ اور ادنیٰ کی تفریق بھی ہوتی ہے۔ افسران کا حلقہ الگ ہے۔ پولیس، ڈاکٹر اور ریل کے ملازم کا تعلق اسی حلقے سے ہے۔ کاروباری لوگوں کی اپنی الگ ذات ہوتی ہے۔ ٹیچروں کی اپنی الگ ذات۔ جو لوگ ملٹری میں ہیں انہیں آپ چھتریہ بھی کہہ سکتے ہیں۔ جن لوگوں کا تعلق درس و تدریس سے ہے انہیں برہمن کہا جا سکتا ہے۔ چھتریہ اور برہمن کی تعداد زیادہ نہیں ہے کیونکہ اگلے زمانے میں جس ریاضت اور عبادت کے سبب انہیں معاشرے میں اعلیٰ مقام حاصل تھا وہ اب عنقا ہے۔ اس زمانے میں پیشہ اور صلاحیت کی بنا پر نئی ذاتیں وجود میں آئی ہیں۔ اس لحاظ سے آپ اور میں ایک ہی ذات سے تعلق رکھتے ہیں۔ آپ اور میں دونوں سرکاری ملازم ہیں۔ آپ ڈپٹی مجسٹریٹ ہیں اور میں مجسٹریٹ ہوں۔ اس لئے اگر میری شادی سوبی سے ہوتی ہے تو کوئی مضائقہ نہیں۔ سوبی جب بہت چھوٹی تھی تب سے اس سے پیار کرتا ہوں۔ اگر آپ اس شادی کی اجازت دیں تو ہم دونوں ساری عمر خوش رہیں گے اور میں آپ کا احسان مند رہوں گا۔ میرا عقیدت مندانہ سلام قبول کیجئے۔ آپ کے جواب کا انتظار رہے گا۔ آپ کے روبرو اس موضوع پر گفتگو کرنا مجھے مناسب نہیں لگا اس لئے میں نے خط کا سہارا لیا ہے۔ مجھے امید ہے کہ آپ مجھے غلط نہیں سمجھیں گے۔

آپ کا

سادھو چرن

بغیر بادل کے بجلی گر پڑی۔ بشمبھر کچھ دیر تک گم صم کھڑے رہے۔ سوبی جب کالج سے گھر لوٹی تو انہوں نے سادھو چرن کا خط سوبی کو دکھایا اور کہا............''اس چھوکرے کی ہمت دیکھو۔ آئندہ اسے گھر میں گھسنے مت دینا۔ اب تک ہم لوگوں نے سنپولے کو دودھ پلا کر بڑا کیا ہے۔''

سوبی سب کچھ جانتی تھی۔ اس نے خاموشی سے خط پڑھ کر واپس کر دیا۔

مترجم: احمد کمال آتشی

بن پھول

’’اس نے لکھا ہے کہ اس نے تم سے بھی بات کی تھی۔‘‘

’’ہاں، میں اسی سے شادی کروں گی۔ آپ اعتراض نہ کریں۔‘‘

’’تم مہتر کے بیٹے سے شادی کرو گی؟‘‘

’’مہتر مت کہئے۔ ہریجن کہئے۔‘‘

’’میں مہتر کو مہتر ہی بولوں گا۔ اس کے مجسٹریٹ ہو جانے سے تمہاری آنکھیں چندھیا گئی ہیں۔ اگر وہ معمولی مہتر ہوتا تو کیا تم اس سے شادی کرتی؟‘‘

’’وہ معمولی نہیں غیر معمولی ہے۔ اگر وہ مجسٹریٹ نہیں ہوتا تو بھی غیر معمولی ہوتا اور میں اسی سے شادی کرتی۔‘‘

بشمبھر بابو کی سرخ آنکھیں اور بھی سرخ ہو گئیں۔ وہ خاموشی سے اپنی بیٹی کی طرف دیکھتے رہے۔ سوبی بڑے اطمینان سے چلتی ہوئی دوسرے کمرے میں چلی گئی۔ دوسرے دن بشمبھر ناتھ نے جوابی خط لکھا ....

سادھو چرن!

میں تمہاری جرأت اور جسارت دیکھ کر حیران رہ گیا۔ بونا ہو کر چاند چھونے کی تمنا چھوڑ دو۔ میں جیتے جی اس کی اجازت نہیں دے سکتا۔ قطعی نہیں دے سکتا۔ سوبی سے تمہاری شادی نہیں ہو سکتی ہے۔ میں نہیں ہونے دوں گا۔

تمہارا
بشمبھر ناتھ

سادھو چرن کا جواب بلا تاخیر آ گیا۔

محترمی!

میری بڑی خواہش تھی کہ آپ کا آشیرواد حاصل کر سکوں گا مگر ہماری بدقسمتی ہے کہ ایسا نہیں ہو سکا۔ آپ شاید ایک بات بھول رہے ہیں۔ سوبی کی عمر اکیس سال سے زیادہ ہے۔ وہ بالغ ہے۔ آپ کی اجازت کے بغیر بھی وہ مجھ سے شادی کر سکتی ہے۔ سات دنوں کے بعد یہی ہوگا۔

میرا اسلام عرض ہے۔

آپ کا

سادھو چرن

ٹھیک سات دنوں کے بعد سوآبی نے بشمبھر سے کہا ....''بابا، میں جا رہی ہوں ۔ انہوں نے میرے لئے گاڑی بھیجی ہے۔ آپ بھی چلئے۔''

''بھاگو۔ دور ہو جاؤ میری نظروں سے۔'' بشمبھر ناتھ بم کی طرح پھٹ پڑے۔ سوآبی تیزی سے باہر نکل گئی۔ اس کے بعد جو کچھ ہوا وہ متوقع بھی تھا اور غیر متوقع بھی۔ بشمبھر ناتھ چکرا کر گر پڑے اور مر گئے۔

سوآبی شادی کے کاغذات پر دستخط کرنے کے لئے آگے بڑھی۔ جیسے ہی اس نے قلم اٹھایا اسی وقت ایک عجیب واقعہ رونما ہوا۔

''یہ کیا کر رہے ہیں بابا؟ میرا ہاتھ چھوڑئیے۔'' سوآبی نے کہا۔ اس کے ہاتھ سے قلم گر گیا۔ دفتر کے سارے لوگ حیرت زدہ رہ رہ گئے کیونکہ وہاں کوئی اور نظر نہیں آ رہا تھا۔ اس کے بعد جو کچھ ہوا وہ اور زیادہ حیران کر دینے والا تھا۔ سوآبی دھڑام سے زمین پر گر گئی۔ اس کے ایک مٹھی بال کھڑے ہو گئے جیسے کوئی ہاتھوں سے پکڑ کر کھینچ رہا ہو۔

''بابا .... بابا .... مجھے چھوڑ دیجئے۔'' سوآبی چیخ رہی تھی۔ مگر اسے چھٹکارا نہیں ملا۔ ایسا لگ رہا تھا کوئی اسے کھینچ کر لئے جا رہا ہے۔ سادھو چرن نے اسے پکڑ کر اٹھانے کی کوشش کی مگر کامیاب نہیں ہو سکا۔ وہ دیکھ بھی نہیں پا رہا تھا کہ سوآبی کو کون کھینچ کر لئے جا رہا ہے۔ اُن دیکھا ہاتھ سوآبی کو گھسیٹتے ہوئے سڑک پر لے آیا۔ پھر اس نے سوآبی کو تیزی سے گزرتی ہوئی لاری کے سامنے اچھال دیا۔ دوسرے ہی لمحے اس کے پرخچے اڑ گئے۔

★★★

بودھی

جب اسے یہ خبر ملی کہ پاکستانی فوجی گاؤں گاؤں میں گھس کر آگ لگا رہے ہیں اور لوگوں کا اندھا دھند قتل کر رہے ہیں تو وہ خوفزدہ ہو گیا۔ گاؤں کے سارے لوگ گاؤں چھوڑ کر بھاگنے لگے۔ مٹی سے زیادہ سب کو اپنی جان پیاری ہوتی ہے۔ سب کو اپنی جان کی پڑی تھی۔ وہ اکیلا ہو گیا۔ وہ سوچنے لگا کہ کیا کرے۔ کیا اسے بھی بھاگ جانا چاہئے مگر گاؤں چھوڑنا اسے منظور نہیں تھا۔ باہر کی دنیا میں کسی سے اس کا رابطہ بھی نہیں تھا۔ اس لئے وہ جائے تو کہاں جائے۔ وہ گاؤں سے باہر کبھی نہیں گیا تھا۔ دو ایک بار کچھ خریدنے کیلئے تلسی ہاٹا گاؤں جانے کا اتفاق ہوا تھا۔ اس نے تلسی ہاٹا بازار سے ہی بودھی گائے خریدی تھی۔ بودھی حاملہ تھی۔ بودھی گائے اور دو بیگھہ زمین کے سوا اس کا کوئی اور اثاثہ نہیں تھا۔ اس کی بیوی بہت پہلے انتقال کر چکی تھی۔ ایک بیٹی تھی وہ بھی اب زندہ نہیں تھی۔ اس کی دنیا میں بودھی کے سوا اور کوئی نہیں تھا۔ بودھی کے حمل کا آخری مہینہ چل رہا تھا۔ ایسے میں وہ اسے لے کر کہاں جاتا۔ مگر ایک دن اسے گاؤں چھوڑ کر جانا ہی پڑا۔ تلسی ہاٹا کے ہی ایک شخص نے آ کر بتایا کہ سب لوگ گاؤں چھوڑ کر جا رہے ہیں۔ تم بھی بھاگ چلو۔ پاکستانی فوجی آ کر سب سے پہلے تمہاری گائے تم سے چھین لیں گے اور ذبح کر کے کھا جائیں گے۔ فوجی جہاں جا رہے ہیں گائے، بھینس، بھیڑ، بکری، مرغی، ہنس جو کچھ ان کے ہاتھ لگ رہا ہے صاف کر دے رہے ہیں۔ اس کے بعد وہ تم کو بھی گولی مار دیں گے۔ اس لئے دیر مت کرو۔ بھاگ لو۔ بودھی کو ذبح کر کے کھالیں گے؟ وہ تو ایسا سوچ بھی نہیں سکتا تھا۔

دو دنوں تک مسلسل چلنے کے بعد وہ ایک ندی کے کنارے پہنچا۔ ندی میں تیز بہاؤ تھا۔ جس راستے سے بھی آئے تھے وہ اس راستے سے نہیں آیا تھا۔ وہ سب سے چھپ کر آیا تھا۔ اسے اس بات کا بہت خوف تھا کہ کہیں کوئی بودھی کو اس سے چھین نہ لے۔ اسے ڈر تھا کہ جس راستے سے سب آ رہے تھے کہیں وہاں پاکستانی فوج نہ پہنچ جائے۔ اس لئے وہ سب کی نظروں سے بچ کر آیا تھا۔ ندی کے کنارے نہ تو کوئی کشتی تھی نہ گھاٹ۔ اس لئے وہ تیر کر پار ہونے کی غرض سے بودھی کو لے کر پانی میں اتر گیا۔ ندی بودھی میں تیز لہریں تھیں۔ وہ لہروں کے سہارے تیرتا رہا۔ بودھی

بھی لہروں کی سمت بہہ رہی تھی مگر تیز لہروں کے سبب اس کے اور بودھی کے درمیان فاصلہ مسلسل بڑھتا جا رہا تھا۔ آخر میں جب وہ دوسرے کنارے پر پہنچا تو اسے بودھی نظر نہیں آئی۔ شام ہو چلی تھی۔ اندھیرا بڑھ رہا تھا مگر بودھی کا کہیں پتا نہیں تھا۔ ایک درخت کے نیچے بیٹھ کر اس نے رات گزار دی۔ صبح ہوئی مگر بودھی کہاں تھی؟ اس نے ایک طرف چلنا شروع کر دیا۔ ایک وسیع میدان سے گزر کر وہ ایک گاؤں میں پہنچا۔ گاؤں بہت بڑا تھا مگر وہ سمجھ نہیں پا رہا تھا کہ وہ پاکستان میں ہے یا ہندستان میں۔ وہ گاؤں کے راستے پر آگے بڑھتا رہا۔ سارے لوگ اجنبی تھے۔ چلتے چلتے وہ ایک جگہ ٹھٹک کر رک گیا۔ ایک مکان کے سامنے اسے بودھی کھونٹے سے بندھی نظر آئی۔ بودھی کو ایک بچہ ہوا تھا۔ اس پر نظر پڑتے ہی بودھی چلانے لگی۔ مکان سے ایک شخص نکلا۔ اس نے اس سے پوچھا۔۔۔۔۔۔۔۔۔ "تم کون ہو؟"

"میں پاکستان سے آ رہا ہوں۔"

"کیا چاہئے تمہیں؟"

"مجھے کچھ نہیں چاہئے۔۔۔۔۔۔۔۔ یہ گائے میری ہے۔"

"تمہاری ہے؟"

"ہاں، میری ہے۔"

"تمہارے پاس کیا ثبوت ہے؟"

"میں ثبوت کیسے پیش کروں؟"

"تو یہاں سے کھسک لو۔"

مگر وہ وہیں کھڑا رہا۔ پھر اس نے اس شخص سے کہا۔۔۔۔۔۔۔۔ "براہ مہربانی مجھے یہاں رہنے دیجئے۔"

"تم ہندو ہو یا مسلمان؟"

وہ گھبرا گیا۔ وہ فیصلہ نہیں کر پایا کہ اسے کیا جواب دینا چاہئے۔ وہ خاموش کھڑا رہا۔ اس شخص نے اپنا سوال دہرایا۔۔۔۔۔۔۔۔ "تم ہندو ہو یا مسلمان؟"

اسی وقت ایک شخص گھر سے نکلا، اس نے کہا۔۔۔۔۔۔۔۔

"یہ کوئی پاکستانی جاسوس لگ رہا ہے۔ اسے پکڑ کر پولس کے حوالے کر دینا چاہئے۔"

وہ بہت خوفزدہ ہوگیا اور وہاں سے بھاگ کھڑا ہوا۔ وہ بے تحاشہ دوڑ رہا تھا۔ کافی دور جانے کے بعد اس نے کسی گائے کی ڈکارنے کی آواز سنی۔ اس نے پیچھے مڑ کر دیکھا۔ بودھی کھوٹا تڑاکراس کے پیچھے دوڑی آ رہی تھی۔ اس کے پیچھے پچھڑا بھی چلا آ رہا تھا۔

"بودھی کے دل میں یہ سوال کبھی نہیں آیا کہ وہ ہندو ہے یا مسلمان۔"

☆ ☆ ☆

مختصر مضمون

"کھوکھن، ارے اوکھوکھن، اٹھونا بیٹا۔ راشن نہیں لاؤ گے؟ دکان بند ہو جائے گی۔ اتنی دیر سے کیا لکھ رہے ہو؟"

کھوکھن سر جھکا کر لکھتا ہی رہا۔

"آخر تم اتنی دیر سے کیا لکھ رہے ہو؟"

"کل پندرہ اگست ہے۔ ہمارے کالج میں جو میٹنگ ہے میں اس میں کچھ پڑھوں گا۔ میں وہی لکھ رہا ہوں۔ کل مجھے وقت نہیں ملے گا۔ کافی کام ہے ...."

"پندرہ اگست تو کئی بار آیا۔ کافی دھوم دھام بھی ہوئی۔ لمبی چوڑی تقریریں کی گئیں مگر ہمارے مسائل تو کبھی حل نہیں ہوئے۔ میٹنگ کرکے کیا فائدہ ہوگا بھلا۔ خیر، جو بھی ہو تم ابھی اٹھو اور راشن لے آؤ۔ گھر میں کچھ نہیں ہے۔ بعد میں لکھ لینا۔"

"گھر میں کچھ نہیں ہے ....؟؟"

"کہاں سے آئے گا؟ ہماری آمدنی ہی کتنی ہے؟ پچھلے ہفتے پورا راشن بھی نہیں ملا تھا۔"

کھوکھن نے قلم روک کر چند لمحے ماں کی طرف دیکھا۔ پھر کہنے لگا .... "یہ کیا؟ ہمیں مچھلی کھائے بہت دن ہو گئے۔ کل پندرہ اگست ہے۔ کل مچھلی لانے کی کوشش کروں گا۔ میں صبح سے ہی لائن میں کھڑا ہو جاؤں گا۔ میری میٹنگ شام کو ہے۔"

"پہلے تم راشن لے کر آؤ۔ کل کی بات کل سوچیں گے۔ چھ، سات روپے کیلو مچھلی خریدنا ہمارے بس میں نہیں ہے۔ موٹا چاول خریدنے میں ہی ہماری حالت پتلی ہو جاتی ہے۔ اچھا اٹھو۔

دیر مت کرو۔"

"بس ۔ بس میر الکھنا ختم ہی ہونے والا ہے۔"

کھوکھن جب تھیلا اور راشن کارڈ لے کر گھر سے نکلا اس وقت راستے میں بھگڈر نظر آئی۔ ہر کوئی بھاگ رہا تھا۔ پتا نہیں کیا وجہ تھی۔ وہ کچھ اور آگے بڑھا۔ راشن کی دکان بند ہو چکی تھی۔ دوسری دکانیں بھی دھڑ دھڑ بند ہو رہی تھیں۔ سب کے چہروں پر خوف کا شائبہ نظر آ رہا تھا۔ کھوکھن کے دوست پنٹو کی کیرانے کی دکان پہلے ہی بند ہو چکی تھی۔ پنٹو نے قرض وغیرہ لے کر بڑی مشکل سے کیرانے کی دکان کی تھی۔ جو اچھی چل نکلی تھی۔ کھوکھن نے ادھر ادھر دیکھا۔ اسے کچھ دوری پر جھکسو پھل فروش نظر آیا۔ وہ سڑک کے کنارے دکان لگا کر پھل بیچا کرتا تھا۔ وہ امرود، کیلے اور ناشپانی وغیرہ سجا کر دکان پر بیٹھا ہوا تھا۔ اتنے میں کھوکھن کے ہم مکتب سورین نے اپنے مکان کی دوسری منزل سے اسے آواز دی ....

"کھوکھن! تم وہاں کیا کر رہے ہو؟ اوپر آ جاؤ۔ چاروں طرف لوٹ مچی ہے۔ راستے پر کھڑے مت رہو۔"

سورین کا بہت بڑا مکان سڑک کے کنارے ہی تھا۔ کھوکھن سوچنے لگا کہ اسے اوپر جانا چاہئے یا نہیں۔ اتنے میں اس نے لوٹ مچانے والوں کا شور سنا۔ کھوکھن اوپر چلا گیا۔ اوپر سے راستے کا سارا منظر نظر آ رہا تھا۔ مشتعل لوگ راستے کے دونوں طرف پتھراؤ کرتے ہوئے آگے بڑھ رہے تھے۔ بلب، کھڑکیوں کے شیشے، دکانوں کے سائن بورڈ چکناچور ہو رہے تھے۔ جھکسو کی دکان لوٹ لی گئی۔ بیچارہ جھکسو ہائے ہائے کرتا رہ گیا۔ سب کچھ کھلے عام ہو رہا تھا مگر پولس کا کوئی پتا نہیں تھا۔

بھیڑ پنٹو کی دکان کے سامنے آ کر رک گئی۔ دکان بند تھی۔ ایک شخص بغل والے لوہار کی دکان سے لوہے کی چھڑ لے کر آیا۔ پھر پیٹ پیٹ کر دکان کا تالا توڑ ا جانے لگا۔ کسی نے بھی روکنے کی کوشش نہیں کی۔ کھوکھن پریشان ہو گیا۔ سورین کے گھر میں فون تھا۔ کھوکھن نے تھانے کو فون کرنے کی کوشش کی مگر ایکسچینج سے آواز آئی کہ تھانے کا نمبر انگیج ہے۔ مزید دو چار بار کوشش کرنے پر وہی جواب ملا۔ تب کھوکھن نے ایس۔ پی کا نمبر ملایا۔ ایس۔ پی نے کہا ...."تھانے کو فون کیجئے۔

”میں نے تین بار کوشش کی مگر لائن بزی مل رہی تھی۔“

”تو پھر انتظار کیجئے۔“

”مگر یہاں دروازہ توڑ کر دکان لوٹی جا رہی ہے۔ آپ فوراً کوئی انتظام کیجئے۔“ کھوکھن نے کہا مگر دوسری طرف سے کوئی جواب نہیں ملا۔ پھر لائن کاٹ دی گئی۔ کھوکھن کی نظروں کے سامنے پٹو کی دکان سے ایک ایک سامان نکال کر پٹک پٹک کر توڑا جانے لگا۔ کچھ لوگ چاکلیٹ، سینٹ، پھول دان، گھڑی اور صابن وغیرہ جیبوں میں بھر رہے تھے۔ اس کے بعد بھیڑ شور مچاتی ہوئی آگے بڑھ گئی۔ ایک بھی پولس والا کہیں نظر نہیں آیا۔ لوٹ مار کرنے والوں کو کوئی روکنے والا نہیں تھا۔ کچھ دیر بعد راستہ سنسان ہو گیا۔ چاروں طرف ہُو کا عالم تھا۔ کھوکھن کہنے لگا ....

”مہنگائی اتنی بڑھ گئی ہے کہ لوگ احتجاج کریں گے ہی۔ کالا بازاریوں اور منافع خوروں کو سزا ملنی ہی چاہئے مگر جھکو کی پھلوں کی دکان لوٹی گئی اور پٹو کی دکان میں توڑ پھوڑ کی گئی۔ آخر ان غریبوں کا کیا قصور تھا؟ بیچارہ پٹو دوبارہ اپنے پیروں پر کیسے کھڑا ہو گا؟“

کھوکھن سڑک پر نکل آیا۔ وہ گھوم گھوم کر دیکھنے لگا کہ کس کا کتنا نقصان ہوا ہے۔ وہ یہ دیکھ کر حیران رہ گیا کہ کالا بازاریوں اور منافع خوروں کا کوئی نقصان نہیں ہوا تھا۔ نقصان ہوا تھا تو جھکسو اور پٹو جیسے غریب لوگوں کا۔

کھوکھن پژمردہ دل کے ساتھ اکیلا چل رہا تھا۔ وہ سوچ رہا تھا کہ کیا ملک میں خانہ جنگی چھڑ گئی ہے؟ اچانک اسے پیچھے سے کسی لاری کی آواز سنائی پڑی۔ یہ ملٹری کی لاری تھی۔ لاری کھوکھن کے قریب آ کر رک گئی۔

”ایک بدمعاش مل گیا۔“ بندوق اٹھائے ہوئے ایک سپاہی لاری سے نیچے اترا۔

”چلو“ کہہ کر اس نے کھوکھن کا ہاتھ پکڑ کر کھینچنا شروع کر دیا۔

”میں نے کچھ نہیں کہا۔ کرنے والے لوگ تو بھاگ گئے۔“ یہ کہہ کر کھوکھن نے اپنا ہاتھ ایک جھٹکے سے چھڑا لیا۔ دوسرے ہی لمحے بندوق کے کندے سے اس کے بدن پر ایک ضرب پڑی۔ وہ منھ کے بل گر پڑا۔ اس کی ناک اور کان سے خون بہہ نکلا۔ اس نے خوفزدہ نظروں سے آسمان کی طرف دیکھا۔ اگلے لمحے اس کی موت ہو گئی۔

اس نے پندرہ اگست کو کالج میں ہونے والی میٹنگ میں پڑھنے کے لئے جس کاغذ پر

بن پھول   مترجم: احمد کمال ہاشمی

مختصر مضمون لکھا تھا وہ کاغذ اس کی قمیص کی جیب میں ہی تھا۔ اس نے لکھا تھا ......

"بے شمار شہیدوں کی جان اور بہت سارے لوگوں کی کوششوں سے جو آزادی ہمیں حاصل ہوئی ہے اگر ہم اچھے نظام حکومت کے ذریعہ اس کی حفاظت نہیں کر سکے تو ......"

کاغذ خون سے لت پت ہونے کے سبب اس سے آگے اس سے نہیں پڑھا نہیں جا سکا۔

☆☆☆

اندھیرے کا پل

گوپال سین پرانے زمانے کے سب اسسٹنٹ سرجن تھے۔ ان کے جیسے صحت مند، کم سخن اور بلند حوصلہ شخص سے بہت سارے لوگ مرعوب تھے اور ان کے عقیدت مند تھے۔ انگریزوں کا زمانہ تھا اس لئے کا ضلع کا سول سرجن عام طور پر کوئی انگریز ہی ہوا کرتا تھا۔ گوپال سین انگریز سول سرجن کی آنکھوں کا تارا تھے۔ اس کا سبب یہ تھا کہ فٹ بال اور ہاکی کے بہت اچھے کھلاڑی ہونے کے ساتھ ماہر شکاری بھی تھے۔ بڑے بڑے شکاری ان کی بڑی عزت کرتے تھے۔ انہوں نے بہت سارے چیتا، بھالو اور ہرن وغیرہ کا شکار کیا تھا اس لئے انگریز ان کی بہت قدر کرتے تھے۔ ایک وجہ اور بھی تھی۔ جس اسپتال میں مریضوں کی بھیڑ زیادہ ہوتی تھی وہاں جانے کے خواہشمند سبھی ڈاکٹر ہوا کرتے تھے بلکہ اعلیٰ افسران کی پیروی بھی کرتے تھے مگر ڈاکٹر گوپال سین ان سب سے الگ تھے۔ وہ اعلیٰ افسران کی کبھی خوشامد نہیں کرتے تھے بلکہ یہ کہتے تھے کہ جہاں کوئی دوسرا ڈاکٹر جانا پسند نہیں کرتا وہاں مجھے بھیج دیا جائے۔ اس لئے ان کی ساری زندگی دور دراز کے شفاخانوں میں کٹی تھی۔ ان کا زیادہ وقت شکار کرنے میں گزرتا تھا۔ اس کے ساتھ ساتھ وہ ایک کام اور کیا کرتے تھے۔ وہ جن جانوروں کا شکار کرتے ...... باگھ، سیال، خرگوش وغیرہ ان کی آنکھوں کا آپریشن بھی کر دیتے تھے۔ ان کی آنکھوں کا لینس بڑی صفائی سے نکال لینے کی کوشش کرتے۔ ایسا کرتے کرتے انہیں موتیا بند کے آپریشن میں مہارت حاصل ہوئی۔ جس اسپتال میں ہوتے وہاں کے غریب لوگوں کی آنکھوں کا موتیا بند کا آپریشن کر کے بینائی لوٹا دیتے تھے۔ شکار کرنے اور لوگوں کے موتیا بند کا آپریشن کرنے میں ہی ان کا زیادہ تر وقت گزرتا

تھا۔اسی طرح دن گزرتے رہے۔ پھر مضافات کے ایک اسپتال میں ان کا تبادلہ ہوگیا۔ وہ باصلاحیت انسان تھے اس لئے جلد ہی ان کی ڈاکٹری چل نکلی۔ خاص طور پر موتیا بند کے آپریشن میں انہیں خوب شہرت حاصل ہوگئی۔اسپتال میں مریضوں کی بھیڑ بڑھنے لگی۔اسپتال میں کل سولہ بیڈ تھے۔ سارے بیڈ موتیا بند کے مریضوں سے بھرے رہنے لگے۔ ایک دن وہاں سول سرجن آئے۔ وہ انگریز نہیں پنجابی تھے۔ان کا نام کیپٹن سردار سنگھ تھا۔وہ پہلے ملٹری میں تھے۔ کچھ دنوں قبل ہی سول سرجن بن کر وہاں آئے تھے۔انہیں سرجری کے ابتدائی اصولوں سے بھی واقفیت نہیں تھی مگر آپریشن کرنے کا شوق حد سے زیادہ تھا۔اسپتال کے لاوارث اور غریب مریضوں پر مشق کرکے مہارت حاصل کرنے کے خواہشمند تھے۔ گوپال سین کا اسپتال دیکھ کر ان کے دل میں رشک اور حسد کا ملا جلا تاثر پیدا ہوا تھا۔ انہیں گوارہ نہیں ہوا کہ محض ایک سب اسسٹنٹ سرجن اتنے سارے موتیا بند کا آپریشن کرے۔ ہرنیا کا بھی ایک مریض تھا۔ وہ کچھ دیر تک دانتوں تلے ہونٹ دبا کر دیکھتے رہے پھر ایک ایک لفظ پر زور دے کر کہنا شروع کیا ....

''ڈاکٹر سین! آپ نے بہت غلط حرکت کی ہے۔ ایسے بڑے آپریشن مضافات کے اسپتال میں کرنا مناسب نہیں ہے۔ یہاں سارے انتظامات نہیں ہیں۔ کیس خراب بھی ہوسکتا ہے۔''

''آج تک تو کوئی کیس خراب نہیں ہوا۔ آپ میرا ریکارڈ دیکھ لیجئے۔''

پنجابی کیپٹن آگ بگولہ ہوگئے .... ''آئی آرڈر یونٹ ٹو ڈوِٹ۔ آئندہ آپ بڑے آپریشن یہاں نہیں کریں گے۔''

''آپ اپنا آرڈر تحریری طور پر عنایت کیجئے۔'' ڈاکٹر سین نے کہا۔

کیپٹن نے اپنا آرڈر تحریری شکل میں دیتے ہوئے کہا .... ''بڑے آپریشن کے سارے کیس میرے پاس صدر اسپتال میں بھیج دیا کریں۔''

ان دنوں گوپال سین کی شادی نہیں ہوئی تھی۔ انہوں نے اپنے کوارٹر کو اسپتال میں تبدیل کردیا۔ وہاں بیک وقت دس مریضوں کی جگہ نکل آئی۔ وہ مریض جوان کے سوا کسی اور سے آپریشن کروانا نہیں چاہتے تھے انہیں وہ اپنے کوارٹر میں رکھ کر ان کا آپریشن کرنے لگے۔ دوسرے مریضوں کو وہ کیپٹن سنگھ کے پاس بھیجنے لگے۔ اس دوران ایک حادثہ رونما ہوگیا۔ اسپتال کے

سکریٹری کا بیٹا گھوڑے پر سوار ہو کر کہیں سے آ رہا تھا کہ اچانک گھوڑے سے گر کر اس کے پیر کی ہڈی ٹوٹ گئی۔ گھٹنے کا جوائنٹ بھی کھل گیا۔ ڈاکٹر سین نے کہا ....''میں اسے فرسٹ ایڈ دے دیتا ہوں۔ آپ اسے صدر اسپتال لے جائیں۔''

''صدر اسپتال کیوں؟ جو کرنا ہے آپ ہی کیجئے۔''

''سول سرجن کے آرڈر کے مطابق میں کچھ نہیں کر سکتا۔ یہ دیکھئے ان کا تحریری آرڈر ہے۔'' یہ کہہ کر ڈاکٹر سین نے حکم نامہ دکھایا اور کہنے لگے ......''میرے کوارٹر کے سارے بیڈ بھرے ہوئے ہیں اس لئے اسے صدر اسپتال ہی لے جانا پڑے گا۔ ایسے کیس میں میرا ہاتھ ڈالنا رسکی ہوگا۔''

صدر اسپتال جا کر وہ لڑکا مر گیا۔ سکریٹری کیپٹن سنگھ سے سخت ناراض ہو گئے۔ وہ دولت مند انسان تھے۔ انہوں نے کیپٹن سنگھ کے خلاف عدالت میں مقدمہ دائر کر دیا۔ گوپال سین نے موتیا بند کے چھ مریض کیپٹن سنگھ کے پاس بھیجے تھے۔ پانچ مریض اندھے ہو کر واپس لوٹے۔ چھٹا واپس ہی نہیں آیا۔ وہ مینجائٹس سے مر گیا۔ سکریٹری نے ان لوگوں سے بھی مقدمہ دائر کروا دیا۔ اس کے علاوہ بہت سارے لوگوں سے دستخط کروا کر اعلیٰ افسران تک شکایت پہنچائی گئی کہ کیپٹن سنگھ لوگوں سے زیادتی کرتے ہیں۔ ان کا یہاں سے تبادلہ ضروری ہے۔ معاملے کی تفتیش کیلئے آئی۔ جی۔ آئے وہ انگریز تھے۔ وہ پہلے سیدھے ڈاکٹر گوپال سین سے ملے اور ان کی زبانی ساری باتیں سنیں۔ کیپٹن کا تحریری حکم نامہ بھی دیکھا۔ آئی۔ جی کے ساتھ کیپٹن سنگھ بھی آئے تھے۔ آئی۔ جی۔ نے گوپال سین سے پوچھا ....''

''تو کیا تم نے موتیا بند کا آپریشن کرنا بند کر دیا ہے؟''

''نہیں! میں پرائیویٹ کیس کا اپنے کوارٹر میں آپریشن کرتا ہوں۔ وہاں دس بیڈ ہیں۔''

''اچھا چلو' ذرا میں بھی دیکھوں۔''

آئی۔ جی نے گوپال سین کے سارے مریضوں کو دیکھا اور پھر کیپٹن سنگھ سے گویا ہوئے ....

''اگر مجھے کبھی موتیا بند ہوا تو میں اس کا آپریشن تم سے نہیں ڈاکٹر سین سے ہی کروانا پسند کروں گا۔ دیکھو، انہوں نے کتنی صفائی سے سارے آپریشن کئے ہیں۔''

ڈاکٹر سین کی ثالثی سے مقدمہ خارج ہو گیا۔ آئی۔ جی نے آرڈر دیا کہ ڈاکٹر سین

اسپتال میں ہر طرح کا آپریشن کر سکتے ہیں۔ کیپٹن سنگھ کا تبادلہ کر کے کہیں اور بھیج دیا گیا۔

پانچ برسوں کے بعد ایک دن چھرہ سے دو لوگ کیپٹن سنگھ کا خط لے کر ڈاکٹر سین کے پاس آئے۔ کیپٹن سنگھ نے لکھا تھا ....''تم لوگوں کی ملی بھگت سے میں ٹرانسفر ہو کر وہاں سے ضرور آ گیا مگر میں نے موتیا بند کا آپریشن کرنا ترک نہیں کیا اور اب تک تقریباً ایک ہزار سے زیادہ آپریشن کر چکا ہوں۔ نوے فیصد لوگوں کا آپریشن کامیاب رہا ہے۔ دو مریضوں کو تمہارے پاس بھیج رہا ہوں۔ دیکھ لو، میں نے کتنا شاندار آپریشن کیا ہے۔ امید ہے کہ تم بخیر و عافیت ہو گے۔''

گوپال سین نے دونوں آنکھوں کا معائنہ کیا۔ آپریش واقعی بڑی مہارت سے کیا گیا تھا لیکن ان دونوں مریضوں کو ان کے پاس بھیجے کے پیچھے کیپٹن سردار کا کون سا جذبہ کار فرما تھا ڈاکٹر سین سمجھ نہیں سکے۔ کیپٹن سنگھ وقفے وقفے سے موتیا بند کا آپریشن کئے گئے مریضوں کو ڈاکٹر سین کے پاس بھیجتے رہے۔ گوپال سین کو لگنے لگا کہ ان پر طنز کرنے کے لئے کیپٹن سنگھ مریضوں کو ان کے پاس بھیج رہے ہیں۔ وہ کچھ کر بھی نہیں سکتے تھے مگر ان کے دل میں غصہ ابلتا رہا۔

دس پندرہ سال اور گزر گئے۔ آہستہ آہستہ کیپٹن نے مریضوں کو بھیجنا بند کر دیا تھا۔ ڈاکٹر سین ملازمت سے سبکدوش ہو چکے تھے۔ اب ان کی آنکھوں کو بھی موتیا بند اتر آیا تھا۔ ان کے دوستوں نے کہا کہ چلئے آپ کو کلکتہ لے چلتے ہیں۔ ڈاکٹر سین نے فوراً جواب دیا ....

''نہیں، میں کلکتہ نہیں جاؤں گا۔ وہاں شریف لوگ نہیں رہتے ہیں۔ میں نے اپنے بچپن کے ایک دوست کو خط لکھا تھا جو خود بھی ایک ڈاکٹر ہے۔ مگر اس نے جواب تک دینا گوارہ نہیں کیا۔ پیسوں کی گرمی شاید شرافت چھین لیتی ہے۔ میں وہاں نہیں جاؤں گا۔ میں اور جتنے روز زندہ رہوں گا آنکھوں کے بغیر ہی جی لوں گا۔ میرا نوکر مدھو جب تک میرے ساتھ ہے مجھے آنکھوں کی ضرورت نہیں ہے۔'' اتنا کہہ کر انہوں نے توقف کیا اور پھر گویا ہوئے ....''ایک شخص کا پتہ چل جاتا تو اس سے آپریشن کروا لیتا لیکن مجھے معلوم نہیں ہے کہ وہ آج کل کہاں ہے؟ دو سال قبل ریٹائر ہوا تھا۔''

''کون؟''

''کیپٹن سنگھ''

ایک سال اور گزر گیا۔ ایک روز صبح مدھو نے اطلاع دی ....''ایک مریض

’’آپ سے ملنا چاہتا ہے۔‘‘

’’کہہ دو کہ ملاقات نہیں ہوسکتی۔‘‘

’’میں نے کہا لیکن وہ ملنے پر بضد ہے۔ایک بار مل لیجئے۔‘‘

مدھو کا ہاتھ پکڑ کر گوپال سین باہر آئے۔

’’گڈ مارننگ ڈاکٹر سین‘‘

’’گڈ مارننگ ۔۔۔۔۔۔۔۔ آپ کون؟‘‘

’’آپ مجھے نہیں پہچان سکے؟ میں کیپٹن سنگھ ہوں۔ میری آنکھوں کو موتیا بند اتر آیا ہے۔ میں آپ سے آپریشن کروانا چاہتا ہوں۔پلیز ڈوِٹ۔‘‘

’’میری آنکھوں میں بھی موتیا بند اتر آیا ہے۔ میں تو خود آپ سے آپریشن کروانے کی سوچ رہا تھا۔‘‘

’’اووو!!‘‘

کیپٹن سنگھ اپنی آنکھیں ملتے ملتے ڈاکٹر سین کی طرف دیکھنے لگے۔ دونوں کو لگا جیسے اندھیرے کا پُل سے ہو کر دونوں ایک دوسرے کے قریب آ گئے ہیں۔‘‘

☆ ☆ ☆

پنر جنم

الکار پوری کے ناز و نعم میں پلے، غیر مستقل مزاج راج کمار کا دل ہمیشہ بے چین رہتا تھا۔اسے خود پتہ نہیں تھا کہ اسے کیا چاہئے اور اس کی خوشی کس چیز میں پنہاں ہے۔ دولت کی کمی نہیں تھی۔ عیش و آرائش کے سارے ذرائع میسر تھے پھر بھی اسے لگتا تھا کہ کسی نہ کسی چیز کی کمی ہے جس کے بغیر ساری آسائشیں پھیکی ہیں۔ مگر وہ کیا چیز تھی یہ خود راج کمار بھی نہیں سمجھ پا رہا تھا۔ چمکتے زردار کپڑے بھی کچھ دنوں میں پرانے لگنے لگتے تھے۔ اس کے باغ میں مختلف رنگوں کے پھول کھلتے تھے۔ بے شمار چڑیاں نغمے گاتی تھیں۔ جنت کی اپسرائیں اس کے ساتھ کھیلنے آتی تھیں۔ ان کا حسن، ان کا تبسم اور ان کا رقص ہوش ربا ہوتے تھے مگر چند ہی دنوں میں راج

کماران سے اوب جاتا تھا۔ وہ مایوس ہوکر سوچتا کہ آخر ان میں نیا کیا ہے؟ یہ کب تک اچھے لگ سکتے ہیں؟

راج کمار کا مصاحب اس کا اداس چہرہ دیکھ کر بے چین ہو جاتا تھا۔ اس کی ہر ممکن کوشش رہتی تھی کہ راجکمار کو ہمیشہ نیا ماحول ملے ۔ نئے نغمے سننے کو ملیں۔ نیا کچھ دیکھنے کو ملے مگر اس کی کوششیں راجکمار کو بس چند دنوں کیلئے خوشی عطا کرتی تھیں۔ اس کے بعد پھر وہی اداسی چھا جاتی تھی۔

ایک دن وہ ندی کے کنارے بیٹھا آسمان کی طرف دیکھ رہا تھا۔ مصاحب اس کے قریب بیٹھا بانسری پر ایک سریلا نغمہ بجا رہا تھا۔ راجکمار آسمان پر نظریں جمائے سُر سن رہا تھا۔ اسے سُر بہت پسند آیا۔

''تم نے یہ سُر کہاں سے سیکھا؟''

''پاروتی پہاڑ پر موجود دیوتاؤں کے مغنی سے'' بانسری بجانا روک کر مصاحب نے بتایا کہ ''وہ کوئی عام مغنی نہیں ہیں۔ وہ استاد ہیں۔ ان کے نغمے سے پتھر پگھل کر پانی بن جاتا ہے، پرندے پھول بن جاتے ہیں۔ پھول پرندے ہو جاتے ہیں۔ وہ بڑے کراماتی ہیں۔''

اچانک راجکمار بول اٹھا۔۔۔۔۔۔۔۔''ادھر دیکھو آسمان میں کیا ہو رہا ہے۔''

مصاحب نے آسمان کی طرف نظریں اٹھائیں۔ بادل سات منزلہ عمارت کی شکل بنا رہے تھے جن میں گنبد اور مینار تھے۔ راجکمار نے کہا۔۔۔۔۔۔۔۔''ہمارا عالیشان محل اس کے سامنے ہیچ ہے۔ کاش میں بادلوں کے اس محل میں قیام کر پاتا۔''

بادل آہستہ آہستہ اپنی شکل بدلنے لگے۔ مینار اور گنبد ٹوٹنے لگے۔ پھر دیکھتے دیکھتے بادلوں نے ہاتھی کی سونڈ کی شکل اختیار کرلی۔ عمارت غائب ہوگئی۔ اب ایسا لگنے لگا جیسے کئی ہاتھی سونڈ اٹھا اٹھا کر کھیل رہے ہوں۔ پھر ہاتھی بھی غائب ہو گئے۔ بادل بکھر گئے۔ کچھ ٹکڑے ہنس بن گئے، کچھ گھڑیال، کچھ بادل دھنی ہوئی روئی کا ذخیرہ بن گئے۔ راجکمار دلچسپی سے انہیں دیکھتا رہا۔ اس کا دل بادلوں کے ساتھ اڑنے لگا۔ اس نے مصاحب کو مخاطب کرتے ہوئے کہا۔۔۔۔۔۔۔۔

''انسان بن کر جینے میں کوئی مزہ نہیں ہے۔ بادل بننا بہتر ہے۔''

''کیوں؟''

”بادل اپنی مرضی سے شکلیں بدل سکتے ہیں۔ عمارت سے ہاتھی بن سکتے ہیں، ہنس بن سکتے ہیں، گھڑیال بن سکتے ہیں اور بہت کچھ۔ کاش میں بادل بن پاتا۔ میں تو اپنی زندگی کی یکسانیت سے تنگ آ چکا ہوں۔“ راجکمار نے کہا اور یکا یک کھڑا ہو گیا۔ کچھ دیر تک مصاحب کی طرف دیکھتا رہا اور پھر بولا ………… ”کچھ دیر پہلے تم نے بتایا کہ مغنی کے نغمے پتھر کو پانی کر دیتے ہیں اور پرندوں کو پھول بنا دیتے ہیں۔ کیا وہ مجھے بادل بنا سکتے ہیں؟“

”یہ تو میں نہیں کہہ سکتا۔ وہ کیا کر سکتے ہیں یہ بتانا مشکل ہے۔“

”چلو! ان کے پاس چلتے ہیں۔“ راجکمار بے چین ہو گیا۔

”ابھی؟ وہ پاروتی پہاڑ کی چوٹی پر ایک غار میں رہتے ہیں۔ غار کے سامنے ایک خاص جگہ ہے۔ وہ اکثر وہیں بیٹھ کر نغمے گاتے ہیں۔ ابھی جانے سے وہاں پہنچتے پہنچتے رات ہو جائے گی۔ آپ کے ماں باپ پریشان نہیں ہوں گے؟“

”میں اپنے مالی کلمی ناتھ کو کہہ دے رہا ہوں کہ ہم لوگ شکار پر جا رہے ہیں۔ واپسی میں دیر ہو سکتی ہے۔ وہ میرے والدین کو بتا دے گا۔“

وہ دونوں تیر کمان لے کر پاروتی پہاڑ کی طرف چل پڑے۔

پاروتی پہاڑ پر چڑھنا آسان نہیں تھا۔ چٹانوں کے سہارے کافی پریشانیوں سے اٹھنا پڑتا تھا۔ سیدھے اٹھنے کا کوئی راستہ نہیں تھا کیونکہ اس پہاڑ پر کبھی کوئی چڑھتا ہی نہیں تھا۔ وہاں جو مغنی رہتے ہیں لوگ ان سے خوف کھاتے تھے۔ قرب و جوار میں بہت سارے پہاڑی بکرے اچھلتے کودتے نظر آتے ہیں جو جسامت میں کافی بڑے اور تین وتوش والے ہوتے ہیں۔ کہا جاتا ہے کہ وہ پہلے انسان تھے۔ مغنی نے انہیں بکروں میں تبدیل کر دیا تھا۔ انسانی شکل میں وہ ڈاکو ہوا کرتے تھے مگر بکروں کی شکل میں اب وہ بہت شریف ہو گئے تھے۔

کچھ اور پر چڑھنے کے بعد راجکمار اور مصاحب تھک گئے۔ آگے بڑھنا مشکل ہو رہا تھا۔ دونوں الگ الگ چٹان پر بیٹھ کر ہانپنے لگے۔ پھر ایک حیرت انگیز بات ہوئی۔ دو بڑے توانا بکرے جو گھوڑوں سے مشابہ تھے ان دونوں کے قریب آ کر معنی خیز نظروں سے دیکھنے لگے۔ انہوں نے کچھ کہا تو نہیں مگر ان کی آنکھیں جیسے بول رہی تھیں ………… ”تم لوگ تھک گئے ہو۔ ہماری پیٹھ پر بیٹھ جاؤ۔ ہم تمہیں مغنی تک پہنچا دیں گے۔“

راجکمار اور مصاحب نے ایک دوسرے کی طرف دیکھا۔ شاید دونوں نے بکروں کی بات سمجھ لی تھی۔ وقت ضائع کئے بغیر دونوں ان بکروں کی پیٹھ پر سوار ہوگئے۔

جس وقت وہ لوگ پہاڑ کی چوٹی پر پہنچے شام ہوچکی تھی۔ ان لوگوں نے حیرت سے دیکھا کہ غار کے اندر سے روشنی پھوٹ رہی ہے۔ گانے کی آواز بھی آرہی تھی۔ ایسا لگتا تھا جیسے گانے کی آواز سے ہی روشنی ہورہی ہو۔ چاروں طرف گہری تاریکی پھیل چکی تھی مگر غار کے سامنے دن کا اجالا تھا۔ بکروں نے ان دونوں کو غار سے کچھ پہلے ہی اتار دیا۔ شاید غار کے قریب جانے کی ہمت ان بکروں میں نہیں تھی۔

غار کے سامنے پہنچ کر راجکمار اور مصاحب اجالے میں خاموشی سے بیٹھ گئے۔ تاریکی دور کرنے والے نغمے کی آواز اندر سے آرہی تھی۔ پھر انہیں پتہ بھی نہیں چل سکا کہ کب ان لوگوں کی آنکھیں بند ہوگئیں اور کب ان لوگوں نے دونوں ہاتھ جوڑ لئے۔ بہت دیر کے بعد ایک گرج دار آواز آئی.........."کون ہو تم لوگ اور کیا چاہتے ہو؟"

راجکمار نے آنکھیں کھول دیں۔ اس نے ایک خوش شکل اور بارعب شخص کو اپنے سامنے کھڑا دیکھا۔ ان کی سیاہ زلفیں شانوں تک لمبی تھیں۔ ان کی آنکھیں شفقت سے لبریز تھیں۔ پورے جسم سے ایک ناقابل بیان روشنی کی لکیر نکل رہی تھی۔ یہ منظر دیکھ کر راجکمار گنگ ہوکر رہ گیا۔

مصاحب نے کہا.........."پربھو! یہ الکاپوری کے راجکمار ہیں۔ زندگی کی ساری آسائشیں میسر ہونے کے باوجود ان کی زندگی میں سکھ چین نہیں ہے۔ اس لئے یہ بادل بننا چاہتے ہیں۔ ان کا ماننا ہے کہ اگر یہ حسب مرضی رنگ اور روپ بدلنے والا بادل بن جائیں تو زندگی کے سارے مزے حاصل کرسکتے ہیں۔"

مغنی نے کہا.........."انسان کو بادل بنانے کے لئے پہلے اس کے جسم کے ٹکڑے ٹکڑے کرنے ہوں گے۔ میں اپنی روحانی قوت سے شیر کو بلاتا ہوں۔ شیر آکر پہلے تو دونوں کے جسم کے ٹکڑے ٹکڑے کرے گا۔ پھر میں ان ٹکڑوں کو بادل بناؤں گا۔"

یہ کہہ کر انہوں نے مالا جپنا شروع کردیا۔ ابھی مالا جپنا ختم بھی نہیں ہوا تھا کہ ایک بہت بڑا شیر سامنے آگیا۔ دوسرے ہی لمحے مصاحب سر پٹ بھاگ کھڑا ہوا۔ اس کے وہم و گمان میں بھی نہیں تھا کہ ایسی غیر متوقع صورتحال میں اسے شیر کا سامنا کرنا پڑے گا۔ راجکمار ہلا بھی

نہیں۔ وہ ساکت کھڑا رہا۔ مغنی نے کہا.........''اپنے آپ کو شیر کے حوالے کردو۔''

''میں تیار ہوں۔ شیر کو حکم دیجئے کہ وہ میرے ٹکڑے ٹکڑے کردے۔''

مغنی تالی بجا کر ہنسنے لگا۔ شیر غائب ہوگیا۔ مغنی نے راجکمار کو مخاطب کرکے کہا.........

''میں تمہاری ہمت دیکھ کر خوش ہوا۔ میں تمہاری خواہش ضرور پوری کروں گا۔ تم پدماسن کرکے بیٹھ جاؤ اور بادل پر ذہن مرکوز کرلو۔ میں نغمہ چھیڑتا ہوں۔''

راجکمار نے ویسا ہی کیا۔ مغنی نے جو نغمہ چھیڑا وہ واقعی لاجواب تھا۔ راجکمار دھیرے دھیرے بادل میں تبدیل ہوکر آسمان کی طرف چلا گیا اور ادھر اُدھر منڈلانے لگا۔ چاند اور سورج کی روشنی اس کے بدن پر پڑنے لگی۔ قوس و قزح نے بھی اس کا استقبال کیا۔ راجکمار کی خوشی کا کوئی ٹھکانہ نہ رہا۔ دوسرے بادلوں سے بھی اس کی ملاقات ہوئی۔ مختلف قسموں اور شکلوں کے بادل اس کے قریب آئے۔ سب نے اس کی داستان سنی۔ سن کر حیران ہوئے اور کہنے لگے......

''آدم زاد بادل بن گیا! یہ کیا حماقت ہے؟''

''میں آسمان میں رہنا چاہتا ہوں۔''

''تم آسمان میں کتنے روز رہ پاؤ گے؟ ایک دن تمہیں پانی بن کر زمین پر ہی جانا پڑے گا۔ پھر سورج کی گرمی سے بھاپ بن کر بادل بن جاؤ گے۔ یہ یکسانیت بھری زندگی یونہی چلتی رہے گی۔''

یہ سن کر راجکمار حیران رہ گیا۔ اس کا مطلب بادلوں کی زندگی بھی انسانوں کی طرح یکسانیت کی شکار ہے۔''

جس دن راجکمار پانی بن کر زمین پر اترا وہ برسات کا دن تھا۔ راجکمار بارش بن کر ایک غریب کسان کے آنگن میں گرا۔ وہ پورا ایک ہی جگہ نہیں گرا۔ کچھ حصہ زمین پر گرا۔ کچھ حصہ ایک ٹوٹی ہوئی ہانڈی پر اور کچھ حصہ پچھواڑے کے تالاب میں۔ مگر وہ جہاں بھی رہا اس کا دل کسان کی جھونپڑی میں لگا رہا۔ وہ دیکھتا کہ دن یورو زباسی بھات کھا کر کاندھوں پر ہل اٹھائے کھیت میں چلا جاتا ہے۔ اس کی بیوی پاروتی گھر کے کاموں میں مصروف رہتی۔ گھر کی لیپائی کرتی، آنگن میں جھاڑو لگاتی، بیلوں کا کمرہ صاف کرتی، اپلے بناتی، دھان کی کٹائی کرتی، اس کے بعد چولہا جلا کر کھانا پکانے بیٹھ جاتی۔ وہ مسلسل مصروف رہتی۔

بن پھول   مترجم: احمد کمال آتشمی

اس کا چھ سال کا بچہ کا تو بھی مصروف رہتا۔ دھول مٹی سے کھیلتا، کاغذ کے بڑے ٹکڑے میں دھاگہ باندھ کر پتنگ اڑاتا، کپڑوں کے چیتھڑوں کی گیند بنا کر کھیلتا، ماں کی ڈانٹ سنتا، مار کھاتا مگر خوش رہتا۔ بیل کے بچھڑے سے اس کی خوب دوستی تھی۔ اس کے ساتھ وہ دوڑ لگاتا۔ ایک روز گرنے کے سبب اس کے ہونٹ زخمی ہو گئے مگر پھر بھی ہنستا کھیلتا رہا۔ ایسی زندگی راجکمار نے کبھی نہیں دیکھی تھی۔ اسے بہت رشک آیا۔

زمین پر اس کی زندگی کی میعاد دن بہ دن کم ہونے لگی۔ گرمی کا زمانہ آ گیا۔ سورج کی گرمی اس پر پڑنے لگی۔ وہ دوبارہ بادل بن کر آسمان کی طرف چلا گیا۔ مختلف ملکوں کے اوپر منڈلاتا رہا۔ مختلف ملکوں پر پانی بن کر گرتا رہا۔ ایک بار وہ سہارا کے ریگستان پر بھی گرا۔ وہاں صرف چند گھنٹے ہی رہ سکا۔ چیراپونجی میں بہت دنوں تک رہا۔ اسے افریقہ کے جنگلوں میں بھی رہنے کا اتفاق ہوا۔

اسے می سی سی، گنگا، آمازون جیسی ندیوں سے مل کر بہنے کا بھی موقع ملا۔ سمندر سے بھی ملاقات ہوئی۔ اسے کرۂ ارض پر مختلف مناظر دیکھنے کا بھی شرف حاصل ہوا۔ کبھی وہ بادل بن کر اڑتا، کبھی پانی بن کر گرتا رہا۔ اسی طرح اس کی زندگی کے کئی سال گزر گئے مگر اس کے لئے ایک بات حیرت انگیز تھی۔ اس کا جسم تو تبدیل ہو گیا تھا مگر اس کے دل میں کوئی تبدیلی نہیں آئی تھی۔

ایک دن اسے پتہ چلا کہ وہ بادل بن کر جس پہاڑ کی چوٹی پر منڈلا رہا ہے وہ وہ پاروتی کی چوٹی ہے۔ تھوڑا نیچے آنے کے بعد اسے مغنی کا غار بھی نظر آیا۔ مغنی غار کے سامنے بیٹھا بانسری بجا رہا تھا جس کی آواز ہر شے کو مسحور کر رہی تھی۔ تھوڑا اور نیچے آ کر راجکمار نے کہا ....'' پربھو! مجھے بادل والی زندگی سے آزاد کیجئے۔ اس طرح اڑنا منڈلانا مجھے اچھا نہیں لگ رہا ہے۔''

''ٹھیک ہے،'' مغنی نے کہا۔ ''تو کیا تم الکار پوری واپس جاؤ گے؟''

''نہیں،'' راجکمار نے کہا۔ ''میں بنگال کے اس کسان کے گھر میں پیدا ہونا چاہتا ہوں۔''

گہری رات تھی۔ کسان کی بیوی گھبرا کر اٹھی بیٹھی۔ اس نے کسان کو جھنجھوڑ کر اٹھایا۔

'او جی! سنتے ہو، باہر کسی نوزائیدہ بچے کے رونے کی آواز آ رہی ہے۔ جا کر دیکھو تو سہی''

کسان چراغ لے کر باہر نکالا۔ اس نے دیکھا کہ ایک خوبصورت نوزائیدہ بچہ اس کے آنگن میں لیٹا ہوا رو رہا ہے۔

’’کس کا بچہ ہے؟ کہاں سے آیا؟‘‘ اس نے آواز لگائی۔ کسان کی بیوی نے کہا ……

’’اُف! بچے کو پہلے گھر کے اندر لے چلتے ہیں۔ اسے بھوک لگی ہوگی۔ سردی سے کانپ رہا ہے۔‘‘

کسان کی بیوی اسے سینے سے لگا کر گھر کے اندر لے گئی۔ کافی پوچھ تاچھ کے بعد بھی پتہ نہیں چل سکا کہ بچہ کس کا ہے۔ کسان کی بیوی بولی ……… ’’میں سمجھ گئی کہ یہ بچہ کون ہے۔ میرا کانو میرے پاس واپس آیا ہے۔‘‘

دو مہینے قبل کانو کا لڑکا اسے مر گیا تھا۔

☆ ☆ ☆

دو کنارے

مکان کافی پرانا اور بوسیدہ تھا اس کے باوجود اسے پہچاننے میں مجھے کوئی پریشانی نہیں ہوئی۔ آنگن میں گھاس اُگ آئی تھی۔ زیادہ تر کمرے کھنڈر نما ہو چکے تھے۔ جنوبی کمرے میں مجھے روشنی نظر آئی۔ میں اسی طرف بڑھا۔ باہر سے ہی مجھے کمرے میں کیروسین لیمپ جلتا نظر آیا۔

’’کیا اندر کوئی ہے؟‘‘

’’کون ہے؟‘‘

دروازہ کھول کر وہ باہر نکلی۔

’’کیا یہاں بیدھو کا کوئی رشتے دار رہتا ہے؟‘‘

’’ہاں میں ہوں اس کی پتنی۔‘‘

اس وقت میری عمر پچاس سال تھی۔ اس کے باوجود میرا دل دھڑکنے لگا۔ میں اس بوڑھی عورت کی طرف ایک ٹک دیکھتا رہا۔ سفید بال، منھ میں دانت ندارد، جھریوں بھرا چہرہ، آنکھیں دھنسی ہوئیں۔ اس کے باوجود اسے دیکھ کر میرے دل کی دھڑکنیں تیز ہو گئیں۔ میں حیرت سے اسے دیکھتا رہا۔ کیا یہ وہی ہے؟ یکا یک میرے ذہن کے پردے پر ایک خوبصورت

بن پھول   مترجم: احمد کمال ہاشمی

چہرہ نمودار ہوا اور پھر غائب ہو گیا۔ پلی گرام کے اندھیرے میں جھینگروں کی آواز کو چیرتی ہوئی الّو کی کرخت آواز اچانک گونج اٹھی۔ میں نے سوال کیا ....

''گھر کے پچھواڑے میں بیدھو نے ناریل کا جو پیڑ لگایا تھا کیا وہ آج بھی ہے ہے؟''

میری اچانک آمد اور غیر رسمی تعارف سے وہ پہلے ہی کافی حیران تھی میرا سوال سن کر اس کی حیرانی اور بڑھ گئی۔ تھوڑی دیر خاموش رہ کر اس نے جواب دیا ....''ہاں ہے۔ دو سال قبل تیز آندھی کی زد میں آ کر ایک طرف جھک گیا ہے۔''

برآمدے سے اتر کر کھڑکی کے راستے سے میں گھر کے پچھواڑے تالاب کے کنارے پہنچ گیا۔ میں نے دیکھا کہ ناریل کا پیڑ سوالیہ نشان کی شکل میں جھک کر کھڑا ہے۔ میں نے واپس آ کر کہا ....''اچھا اب میں چلتا ہوں۔''

''تم کون ہو؟ تم نے تو اپنے بارے میں کچھ بتایا ہی نہیں۔ اچانک آئے اور چلے بھی جا رہے ہو۔''

''میں؟ میں ایک پردیسی ہوں۔ بیدھو کے ساتھ میری دوستی تھی اس لئے اس کی خیریت جاننے کیلئے چلا آیا۔ یہ لو۔''

میں نے کچھ روپے نکال کر اس کے ہاتھوں میں تھما دیئے اور فوراً باہر نکل آیا۔ میں ایک پل کے لئے بھی نہیں رکا۔ وہاں سے سیدھا میں شای کی محفل میں آ گیا۔

میں اپنے بچپن کے دوست جتین کے بیٹے کی برات میں جب یہاں آیا تو میرے وہم و گمان میں بھی یہ بات نہیں تھی کہ سونار پور گاؤں میں آ کر میرے ماضی پر سے اس طرح پردہ ہٹ جائے گا۔ لیکن ایک ناممکن واقعہ ہو گیا۔ اسٹیشن پر اترنے کے بعد جب میں بیل گاڑی پر سوار ہو کر کچھ دور گیا تو متحیر رہ گیا۔ مجھے لگا جیسے یہ سارے راستے میرے شناسا ہیں۔ آگے ایک بہت بڑا برگد کا پیڑ ہے اس کے کچھ آگے بائیں طرف ایک تالاب ہے جس میں بہت سارے کنول کھلے رہتے ہیں۔ اس کے کنارے ایک شیوو مندر ہے۔ جیسے جیسے میں آگے بڑھتا گیا سب کچھ ویسا ہی نظر آیا۔ سونار پور گاؤں کی پوری تصویر میری آنکھوں کے سامنے اُبھر آئی۔ ماکھن تیلی کا گھر اور اِدھر اُدھر جانے کا راستہ سب کچھ۔

''تم یہاں آتے ہی کدھر غائب ہو گئے تھے؟'' جتین نے سوال کیا۔ شادی کی محفل

سے اچانک میرے غائب ہو جانے پر سارے لوگ پریشان تھے۔

”میں گھوم پھر کر گاؤں دیکھ رہا تھا۔“ ناقابل یقین سچ میں ایسے نہیں بتا سکا۔

”اتنی رات گئے!! بڑا عجیب شوق ہے تمہارا۔ اندھیرے میں تمہیں راستہ کیسے سوجھ رہا تھا؟“ ”میرے پاس ٹارچ ہے۔“

لڑکی والوں کی طرف کا ایک نوجوان میری طرف چائے کا ایک کپ بڑھاتا ہوا بولا ....”میں کل صبح آپ کو پورا گاؤں دکھا دوں گا۔ یہاں ایک پرانا قلعہ ہے۔ اس کے علاوہ اور بھی بہت ساری قابل دید جگہیں ہیں جیسے کہ ....“ وہ قابل دید جگہوں کا نام بتائے جا رہا تھا مگر میں کچھ نہیں سن رہا تھا۔ میرے دھیان میں بار بار بیدھو کی بیوی کا چہرہ اور اس کی باتیں گردش کر رہی تھیں۔ اس نے کہا تھا ....”خاندان میں اور کوئی باحیات نہیں رہ گیا ہے، محنت و مشقت کرنے کی طاقت بھی باقی نہیں رہ گئی ہے اس لئے میں بھیک مانگ کر گزارہ کرتی ہوں۔ دوسرا کوئی اور راستہ نہیں ہے۔“

حالانکہ میں اس وقت لکھ پتی ہوں۔

میرے ذہن کے پردے پر اس غار کا نقشہ اور اس سادھو کی دونوں آنکھیں ابھر آئیں۔ یہ بہت دنوں قبل کی بات ہے۔ اس وقت میں اسکول کا طالب علم تھا۔ ایک دن میں نے سنا کہ گنگا کے کنارے غار میں ایک سادھو مہاراج آئے ہوئے ہیں۔ اس زمانے میں جٹادھاری سادھو کو تعلیم یافتہ سماج میں جعل ساز تصور کیا جاتا تھا۔ اس لئے میں نے اس خبر پر کچھ خاص توجہ نہیں دی۔ میں نے انہیں دیکھنے میں بھی دلچسپی نہیں دکھائی۔ غیر تعلیم یافتہ لوگ ضرور انہیں دیکھنے کے لئے دوڑ پڑے۔ ایک دن میں نے سنا کہ سادھو مہاراج کے پاس روحانی قوت بھی ہے۔ یہ سننے کے بعد بھی میں ان کو دیکھنے نہیں گیا۔ میں بورڈنگ میں رہا کرتا تھا۔ بورڈنگ کے دو چار لڑکے گئے مگر میری خواہش نہیں ہوئی۔ ایک دن اچانک ان سے میری ملاقات ہوگئی۔ وہ اتوار کا دن تھا۔ میں گنگا کے کنارے مچھلیاں پکڑنے گیا تھا۔ میں نے دیکھا کہ ایک جٹادھاری سادھو نہا رہے ہیں۔ میں سمجھ گیا کہ وہی ہیں۔ نہانے کے دوران سادھو مہاراج نے تیکھی نظروں سے میری طرف کئی بار دیکھا۔ میں بے چین سا ہو گیا مگر بیٹھا رہا۔

اشنان ختم کرنے کے بعد سادھو مہاراج میری طرف مڑ کر بولے ....”اٹھ،

میرے ساتھ چل،،

میں ان کے حکم عدولی نہیں کرسکا۔ غار میں داخل ہونے کے بعد انہوں نے مجھ سے کہا..........''پچھلے جنم کے بھلے کاموں کے بدلے تو اس جنم میں تیلی سے برہمن ہوا ہے۔ تو مچھلیاں کیوں پکڑ رہا ہے؟ اگلے جنم میں تو چھیرا ہونا چاہتا ہے کیا؟''

''میں تیلی تھا؟''

''ہاں پچھلے جنم میں تو سونار پوگاؤں میں تیلی تھا۔ تیرا نام بیدھو اور تیرے باپ کا نام ماکھن تھا۔''

مجھے یاد ہے اس وقت میں نے ان کی بات ہنسی میں اڑا دی تھی۔

☆ ☆ ☆

مرد

عورتوں کے اسپتال میں ایک کمرے میں انّا کا آئی اور نیتا ایک اور دوسرے کے قریب الگ الگ بیڈ پر لیٹی ہوئی ہیں۔ انا کا آئی چالیس سال کی پختہ عمر کی عورت ہے۔ نیتا کی عمر سترہ سال ہے۔ دونوں پورے مہینے کے حمل سے ہیں۔ زچگی کا وقت بہت قریب ہے۔

انا کا آئی دبلی تیلی پلپلی عورت ہے۔ جبڑوں کی ہڈیاں اونچی، پیشانی کی نسیں ابھری ہوئیں، آنکھیں زردی مائل، دانت باہر کی طرف نکلے ہوئے، پیٹ کافی ابھرا ہوا، ہاتھ اور پاؤں کافی دبلے، سات بچوں کی ماں، پیٹ میں آٹھواں بچہ پل رہا ہے۔ پچھلی زچگی کے وقت جان کے لالے پڑ گئے تھے اس لئے ڈاکٹروں کی ہدایت پر اس بار اسپتال میں داخل ہوئی ہے۔ اس کا شوہر کلرک ہے۔

نیتا کافی حسین ہے۔ اس کا پہلا بچہ ہونے والا ہے۔ پہلی نظر میں بالکل پتہ نہیں چلتا کہ وہ حاملہ ہے۔ بھرا بھرا چہرہ ہے۔ پہلے بچے کی آمد کی خوشی میں وہ اور دلکش نظر آرہی ہے۔ اس کا شوہر ڈاکٹر ہے۔ سائنس کے نئے طور طریقوں کے مطابق اسپتال ہی میں مناسب ڈھنگ سے ڈیلیوری ہو سکتی ہے یہی سوچ کر اس نے بیوی کو اسپتال میں داخل کروایا ہے۔

بن پھول   مترجم: احمد کمال ہاشمی

عمر، شکل وصورت اور مالی حیثیت میں کافی تضاد ہونے کے باوجود دونوں میں دوستی ہوگئی تھی۔ تعارف ہونے کے بعد دونوں پہلے پہل کافی سنبھل کر اور محتاط انداز میں ایک دوسرے سے گفتگو کرتی تھیں۔ دونوں اپنی اپنی زندگی کے روشن پہلوؤں کو بڑھا چڑھا کر بیان کرتی تھیں۔ پھر انہوں نے اپنے شوہروں کے بارے میں بولنا شروع کیا۔ آہستہ آہستہ تکلف کی دیوار گرتی گئی۔ اور جب وہ آپس میں بے تکلف ہوگئیں تو پتہ چلا کہ دونوں مرد مخالف ذہن رکھتی ہیں۔ مرد ذات کی برائیاں بیان کرتے دونوں نہیں تھکتی تھیں۔ یہاں تک کہ وہ اپنے اپنے شوہروں کی برائیاں بھی بلا جھجک کرنے لگیں۔ اس موضوع پر گفتگو کرکے ان کا دن بڑی آسانی سے گزر جاتا تھا۔ اس دن دونوں کے درمیان کچھ اس قسم کی گفتگو ہو رہی تھی۔

اناکالی : مردوں کے بارے میں کیا بولوں بہن؟ ایسی خود غرض قوم دنیا میں اور کوئی ہے ہی نہیں۔

نمیتا : ذرا سی بات پر واویلا مچانا بھی ان کی عادت ہے۔

اناکالی : میرے شوہر تو آفس سے واپس آ کر تاش کے اڈے کی طرف دوڑتے ہیں۔ رات کے گیارہ بارہ بجے سے پہلے گھر نہیں آتے۔ اس وقت بھی اگر بھات (چاول) گرم نہ ملے تو سارا گھر سر پر اٹھا لیتے ہیں۔ اچھا، تمہیں بتاؤ بہن! اتنی رات تک بھات گرم رکھنا ممکن ہے کیا؟ چولہے میں آگ کب تک رہے گی؟ دوسری طرف اگر کسی مہینے کوئلہ زیادہ خرچ ہو جائے تو اس پر بھی شور شرابہ!!

نمیتا : میرے والے بھی ویسے ہی ہیں۔

اناکالی : انہیں بھی تاش کھیلنے کا نشہ ہے کیا؟

نمیتا : وہ بلیرڈ زیادہ کھیلتے ہیں۔ وہ بلیرڈ کھیل کر دوستوں کے ساتھ گپیں لڑا کر، فلم دیکھ کر روز آدھی رات گئے واپس لوٹتے ہیں۔ اگر ایک آواز پر میں نے دروازہ نہیں کھولا تو ان کا غصہ آسمان سے باتیں کرنے لگتا ہے۔ میں تو جیسے ان کی نوکرانی ہوں۔ آدھی رات گئے دروازہ کھولنے کے لئے میں چوکھٹ پہ بیٹھی رہوں گی۔ ایک روز رات گئے گھر لوٹے تو میں گھر

میں نہیں تھی۔ پڑوسی کے گھر کیرتن سننے گئی تھی۔ باپ رے باپ!! انہوں نے کیا غصہ دکھایا تھا۔

انا کالی : بھگوان نے ان لوگوں کو غصہ کے علاوہ اور دیا بھی کیا ہے۔ میرے پڑوسی بیکلنٹھ بابو تو روز شراب پی کر آتے ہیں اور ایسی حرکتیں کرتے ہیں کہ کیا بتاؤں۔ پٹائی تو دونوں بیویوں کی قسمت بن گئی ہے۔

نمیتا : اچھا! وہ کیسے؟

انا کالی : خوفناک چہرہ، لمبی مونچھیں، سرخ آنکھیں، کالا کلوٹا جیسے کوئی دیو!! میں نے سنا ہے کافی دولت مند آدمی ہے۔ شام ہوتے ہی روز شراب نوشی کرتا ہے۔ شراب کے نشے میں چور ہو کر دونوں بیویوں کو کمرے میں بلا کر چخنی چڑھا دیتا ہے۔ چخنی بھی اتنی اونچائی پر ہے کہ بیویوں کے ہاتھ وہاں تک نہیں پہنچ پاتے ہیں۔ دروازہ بند کرنے کے بعد بیویوں کی پٹائی شروع کر دیتا ہے۔ جب تک بیویاں بے ہوش نہیں ہو جاتیں وہ انہیں نہیں چھوڑتا ہے۔

نمیتا : اس کی دو بیویاں ہیں؟؟

انا کالی : ہاں، دو بیویاں!! ابھی حال ہی میں اس نے خفیہ طریقے سے دوسری شادی کی۔ ارے مردوں کو ذرا بھی شرم و حیا نہیں آتی ہے۔ یہ لوگ ایسے ہی ہوتے ہیں۔ پچھلے زمانے میں تو مرد دو سو، پانچ سو شادیاں کرتے تھے۔ اب تو صلاحیت نہیں ہے اس لئے اتنی شادیاں نہیں کرتے ہیں۔

نمیتا : (مسکرا کر) دل ہی دل میں مگر لالچ تو رہتی ہی ہے۔ میرے بغل والے مکان میں ایک عمر دراز آدمی رہتا ہے۔ اس کی اوچھی حرکتوں کی وجہ سے میں اُدھر کی کھڑکی کھولنے کی ہمت نہیں کرتی ہوں۔

انا کالی : (نتھنے پھلا کر) ارے جھاڑو مارو کمبخت کو۔ ان لوگوں کی حرکتیں دیکھ کر اور سن کر تو مجھے مرد ذات سے ہی نفرت ہو گئی ہے۔

نمیتا : کسی نہ کسی نشے کے عادی بھی ہوتے ہیں یہ لوگ۔

انا کالی : ان کو تو پہلے کسی نشے کی عادت نہیں تھی مگر اب بڑھاپے میں افیم کی لت پڑ گئی ہے۔

نمیتا : ان کو دن رات سگریٹ پینے کی عادت پڑ گئی ہے۔

انا کالی : خود غرض، بہت بڑے خود غرض ہوتے ہیں یہ لوگ۔

نمیتا : اخباروں میں مردوں کی گھناؤنی حرکتوں کی خبر روز چھپتی ہے۔ کہیں غنڈے کسی لڑکی کا اغوا کر لیتے ہیں، کہیں کوئی عورت شوہر کے ظلم سے تنگ آ کر خود کشی کر لیتی ہے تو کہیں کوئی شوہر بیوی کا قتل کر ڈالتا ہے۔ روز ایسی ایک نہ ایک خبر ضرور رہتی ہے۔

انا کالی : میں اخباروں کی بات تو نہیں کہہ سکتی۔ لیکن میں اپنی آنکھوں سے روز ان کی حرکتیں دیکھتی ہوں۔ ایسی نمک حرام ذات دوسری اور کوئی نہیں ہے۔ اب یہی دیکھ لو نا۔ جس بیٹے کو ہم لوگ سینے سے لگا کر اپنا دودھ پلا کر بڑا کرتی ہیں وہی بیٹا شادی کر کے غیر بن جاتا ہے۔ ماں کی طرف مڑ کر دیکھتا بھی نہیں ہے۔ کچھ دنوں کے بعد اس کی بیوی بھی اس کے لئے بیکار ہو جاتی ہے۔ پھر وہ دوسری عورت میں دلچسپی لینا شروع کر دیتا ہے۔ سب کے سب خود غرض اور پاجی ہوتے ہیں۔

نمیتا : اس کے علاوہ وہ لوگ کماتے ہیں اس لئے ان کا غرور ساتویں آسمان پر رہتا ہے۔ بات بات پر احسان جتانا ان کی فطرت ہے۔ ہم لوگ تو صرف نوکرانی اور داسی ہیں جو فقط کھانا پکانے کے لئے ہیں۔ ان کی نظروں میں ہماری نہ تو اہمیت ہے اور نہ کوئی قدر و قیمت۔ ایک ایک پیسے کے لئے ان کے آگے ہاتھ پھیلانا پڑتا ہے۔ پیسے دینے کی بات تو درکنار صرف نصیحتیں کرتے ہیں۔ فضول خرچی مت کرو۔ زیادہ آرام طلبی گناہ ہے۔ خود گویا بڑے برہم چاری ہوتے ہیں۔

انا کالی : ارے وہ لوگ!! وہ لوگ تو کھوے ہیں کھوے۔ پانی میں بھی رہتے ہیں اور حسبِ ضرورت خشکی کا بھی مزہ لیتے ہیں۔ جب کسی

خطرے کا احساس ہوا گردن اپنے خول میں چھپالیتے ہیں پھر اپنے مفاد کے لئے آہستہ آہستہ گردن باہر نکالتے ہیں ۔ بڑے بزدل بھی ہوتے ہیں ۔ سب کے سب کچھوے ہیں بالکل کچھوے ۔

نمیتا : (مسکرا کر) میں تو سمجھی تھی آپ انہیں عیار کہیں گی مگر آپ نے تو مثال بڑی عمدہ دی ہے ۔

اسی روز رات گئے رات کی بات ہے ۔ مسلسل بارش ہو رہی ہے ۔ مردوں کے ویٹنگ روم میں انا کالی کا شوہر ہری بسواس افیم کے نشے میں چور بیٹھا ہوا ہے ۔ اس کے سامنے ایک خوبرو نوجوان بھی بیٹھا ہوا ہے مگر وہ اس سے بھی بے نیاز ہے ۔ وہ صرف فرض کی ادائیگی کی غرض سے وہاں موجود ہے ۔ خوبرو نوجوان ڈاکٹر بی ۔ کے دتہ ہے نمیتا کا شوہر پائپ پی رہا ہے اور پورے انہماک سے انگریزی میگزین ''ٹرولوا سٹوری'' میں چھپی ایک پریم کہانی پڑھ رہا ہے ۔ وہ بھی اپنے آس پاس کے ماحول سے بے نیاز ہے ۔

دو متصل کمروں میں دو میزوں پر انا کالی اور نمیتا لیٹی ہوئی ہیں ۔ دونوں زچگی کے درد سے بے چین ہیں ۔ دونوں کے قریب گائنو ڈاکٹر اور نرس کھڑی ہیں ۔

انا کالی بول رہی ہے .... ''ڈاکٹر صاحب! میری جان بچائیے ڈاکٹر صاحب! میں آپ کی پاؤں پکڑ رہی ہوں ۔''

نرس نے کہا .... ''بس تھوڑی دیر میں درد ختم ہو جائے گا ۔ بچے پر نظر پڑتے ہی تم سب کچھ بھول جاؤ گی ۔''

''اب میں برداشت نہیں کر سکتی ۔ ذرا ان کو بلا دیجئے ۔ ہائے میں مر گئی ۔ ڈاکٹر صاحب! اوہ! آہ! ان کو بلا دیجئے ۔ انہیں جلدی بلا دیجئے ۔''

نمیتا کی نرس بول رہی تھی .... ''ڈرو مت ، فوراً ہو جائے گا ۔ ایسے نہیں کیا کرتے ۔''

ڈاکٹر صابن سے اپنے ہاتھ دھونے لگا ۔ ایک گھنٹے کے بعد ہری بسواس اور ڈاکٹر بی ۔ کے دتہ کو خبر ملی کہ کسی پیچیدگی کے بغیر بچے کی ولادت ہوئی ہے ۔ دتہ کا چہرہ خوشی سے چمک اٹھا ۔ اس نے لمبے پائپ میں ایک اور سگریٹ بھر لیا ۔ ہری بسواس نے اپنی نشے سے بھری نگاہیں

اٹھائیں۔اس کے ہونٹوں پرمسکراہٹ دوڑگئی۔ بارش تھم چکی تھی۔ دونوں باہر نکل کراپنے اپنے گھروں کوچل دیئے۔

کچھ دیر بعد نرس نے آکرانا کالی کو بتایا۔۔۔۔۔۔۔۔۔''یہ دیکھوتمہاری کتنی خوبصورت بیٹی ہوئی ہے۔'' یہ سن کرانا کالی کاپلپلا چہرہ سفید ہوگیا۔نوزائیدہ بچی پرنظر جمائے وہ اچانک چیخ اٹھی۔۔۔۔۔۔۔۔۔

''بیٹی؟ مجھے بیٹی ہوئی ہے!!''

''ہاں، بیٹی ہوئی ہے،بھولی بھالی اورخوبصورت!! سر پرگھنے بال ہیں۔''

''نیتا کوکیا ہوا ہے؟''

''بیٹا!'' نرس نے یہ کہہ کرانا کالی کے بستر پرسلانا چاہا۔اچانک انا کالی اٹھ بیٹھی۔ اس نے دونوں ہاتھوں سے نوزائیدہ بچی کو دھکیل دیا۔

''یہ میری بیٹی نہیں ہے۔تم لوگوں نے بچے بدل دیئے ہیں۔''

نرس نے حیرانی سے کہا۔۔۔۔۔۔۔۔۔''یہ کیا کہہ رہی ہوتم؟ میں ایسا کیوں کرنے لگی؟''

''تم لوگوں نے یقیناً بچے بدل دیئے ہیں۔مجھے بیٹی نہیں ہوسکتی ہے۔جیوتشی نے کہاتھا کہ اس بار مجھے بیٹا ہوگا۔''انا کالی کی آواز کانپ رہی تھی۔

''یہ تمہاری ہی بیٹی ہے۔''

''نہیں، نہیں، یہ میری بیٹی نہیں ہے۔میری سات سات بیٹیاں ہیں۔مجھے اب اور بیٹی نہیں چاہئے۔مجھے بیٹی نہیں بیٹا ہوا ہے۔نیتا ڈاکٹر کی بیوی ہے اس لئےتم لوگوں نے میرے بیٹے کواس کے حوالے کردیا ہے۔''

''چھی! چھی! ایسا کیسے ہوسکتا ہے؟ یہ تمہاری ہی بیٹی ہے۔لواسے اپنی گود میں لے لو۔''

''نہیں، نہیں مجھے بیٹی نہیں چاہئے۔نہیں چاہئے، نہیں چاہئے۔مجھے بیٹا لا دو، مجھے بیٹا لا دو، مجھے بیٹا ہی ہوا ہے۔''

اسپتال کے پرسکون ماحول کوزائل کرتے ہوئے انا کالی شورمچانے لگی۔

قریب کے بیڈ پرلیٹی ہوئی نیتا نے اپنے نوزائیدہ بیٹے کواپنے سینے سے لگالیا۔

☆ ☆ ☆

وہ لڑکی

اس دن جب میں ٹرام سے اترا تو وہ لڑکی راستے پر کھمبے سے شانوں کی ٹیک لگائے کھڑی تھی۔ مجھے دیکھ کر مسکراتے ہوئے اس نے نمسکار کیا۔ میں نے اس کے نمسکار کا جواب دیا لیکن میں اسے پہچان نہیں پایا۔ میں نے سوچا شاید وہ میری کوئی شاگردہ ہوگی۔ لڑکی کافی حسین و جمیل تھی۔ فٹ پاتھ پر چلتی ہوئی وہ کچھ دور چلی گئی۔ آگے جا کر دائیں جانب والی گلی میں میرا مکان تھا۔ تھوڑی دور جانے کے بعد میں نے پیچھے مڑ کر دیکھا۔ وہ لڑکی میرے پیچھے پیچھے چلی آرہی تھی۔ مجھے لگا شاید وہ مجھ سے کچھ بولنا چاہتی ہے۔ اس لئے گلی کے موڑ پر پہنچ کر میں تھوڑی دیر کے لئے رک گیا۔ لڑکی میری طرف دیکھ کر دوبارہ مسکرائی۔ پھر وہ میرے قریب آ کر کھڑی ہوگئی۔ وہ واقعی بہت خوبصورت تھی۔

’’اسی گلی میں آپ کا مکان ہے کیا؟‘‘

’’ہاں!‘‘

’’اگر میں آپ کے ساتھ آپ کے گھر چلوں تو کیا آپ کو کوئی اعتراض ہوگا؟‘‘

اس کے اس سوال پر میں حیرت زدہ رہ گیا۔ تھوڑ الا جواب بھی ہوگیا۔ مگر مجھے بولنا پڑا۔

’’نہیں، نہیں اعتراض کیوں ہوگا بھلا!!۔۔۔۔۔۔۔۔۔۔۔لیکن میں آپ کو پہچان نہیں پایا۔‘‘

’’لیکن میں آپ کو پہچانتی ہوں۔۔۔۔۔۔آپ مجھے ’’آپ‘‘ کہہ کر مت بلائیے۔ میں ہر اعتبار سے آپ سے چھوٹی ہوں۔ آپ جب پریسیڈنسی کالج کی بی۔اے میں تھے تو میں آئی۔اے میں تھی۔ آپ بہت مشہور تھے۔ تمام طلبہ آپ کو پہچانتے تھے۔ میں بھی آپ کو پہچانتی تھی۔‘‘

’’میرے گھر جا کر کیا کرو گی؟‘‘

’’بس یونہی!۔۔۔۔۔۔ایک تجسس ہے اور کوئی بات نہیں۔‘‘

’’ٹھیک ہے۔ چلو!!‘‘

میں غیر شادی شدہ تھا اور ایک چھوٹے سے فلیٹ میں رہتا تھا۔ میں اپنے گھر کا تالا کھول کر اندر داخل ہوگیا۔ لڑکی بھی میرے پیچھے پیچھے اندر آ گئی۔

”تم اس کرسی پر بیٹھو۔ میں کپڑے تبدیل کر کے آتا ہوں.....چائے پیوگی؟“

”نہیں!“

میں دوسرے کمرے میں چلا گیا۔ کپڑے تبدیل کر کے واپس آیا تو دیکھا کہ لڑکی کمرے میں چاروں طرف ٹہل رہی ہے۔ مجھے دیکھتے ہی بول اٹھی.........

”آپ کا ذوق قابل تعریف ہے۔ ہر چیز خوبصورت ہے۔“ پھر اچانک گردن گھما کر اس نے کہا.........”ایک بات بتاؤں؟ کیا آپ یقین کریں گے؟“

”بات اگر یقین کرنے کے قابل ہوئی تو کیوں نہیں کروں گا؟“

”آپ کے ساتھ میری شادی ہونے والی تھی۔“

یہ میرے لئے بالکل نئی خبر تھی.......”ایسا کیا؟“ میں بول اٹھا۔

”ہاں! میرے پتا نے میری ایک تصویر آپ کو بھیجی تھی۔ لیکن آپ نے وہ تصویر آج تک واپس نہیں کی۔ کیا وہ تصویر ابھی بھی آپ کے پاس محفوظ ہے؟“

”مجھے اچانک انگلینڈ جانا پڑ گیا تھا۔ اس وقت بہت سارے خطوط ادھر ادھر ہو گئے تھے۔ ان میں شاید وہ تصویر بھی ہو۔ میں نے کبھی دیکھی نہیں۔“

”اچھا کوئی بات نہیں۔ اب میں چلتی ہوں۔ میں نے آپ کا وقت برباد کیا۔“

”تم کہاں رہتی ہو؟“

لڑکی خاموش رہی۔ پھر تھوڑا مسکرائی۔ پھر اس نے بات کا موضوع بدلتے ہوئے کہا۔

”میں آپ سے ایک گزارش کرنا چاہتی ہوں۔ اگر آپ کو میری تصویر مل جائے تو اسے جلا دیجئے گا۔“

”جلا دوں گا؟.........کیوں؟؟“

لڑکی پھر خاموش ہوگئی۔ میں نے کہا.........”ٹھیک ہے۔ دیکھا جائے گا۔ فی الحال تم کچھ کھا کر جاؤ، میرے پاس کچھ اچھے بسکٹ ہیں۔ میں لے کر آتا ہوں.....“

میں نے اندر جا کر الماری کھولی اور بسکٹ نکالا۔ واپس آیا تو دیکھا کہ وہ لڑکی نہیں تھی۔ میں حیران رہ گیا۔ اس کی اس حرکت کی مجھے امید نہیں تھی۔ دروازہ کھلا ہوا تھا۔ میں نے باہر جھانک کر دیکھا۔ گلی میں کوئی نہیں تھا۔

وہ لڑکی اپنی اس حرکت کے باوجود یا شاید اسی حرکت کی وجہ سے ہی مجھے بھا گئی۔ میں نے روز اس کے بارے میں سوچنا شروع کردیا۔ وہ لڑکی خوبصورت ہی نہیں تھی بلکہ پراسرار بھی تھی۔

ایک دن پرانے کاغذات کی ڈھیر میں اس لڑکی کی تصویر اور اس کے پتا کا لکھا ہوا خط مجھے مل گیا۔ میں نے لفافہ کھولا ہی نہیں تھا۔ تصویر میں وہ لڑکی مجھے حسین نہیں لگی۔ اچانک میرے کانوں میں کسی نے سرگوشی کی ....

تصویر جلا دیجئے۔ فوٹو گرافر نے اچھی تصویر نہیں نکالی ہے۔ اسے جلا دیجئے۔''

میں نے گردن گھما کر دیکھا۔ آس پاس کوئی نہیں تھا۔ شاید یہ میرا وہم تھا۔

اس لڑکی کا خیال آہستہ آہستہ میرے دل و دماغ پر غالب آتا گیا۔ میں نے اس کی تصویر Enlarge کروا کر دیوار پر لٹکا دی۔ میرا خیال تھا کہ وہ اس تصویر کے لئے دوبارہ آئے گی لیکن وہ نہیں آئی۔ میں نے اسکے والد کو ایک خط بھیجا۔ میں نے لکھا ....

''مجھے اچانک انگلینڈ جانا پڑ گیا تھا اس لئے مجھے آپ کا خط تاخیر سے ملا۔ مجھے آپ کی بیٹی پسند ہے۔ آپ کسی دن تشریف لائیے۔''

میں روز انتظار کرتا رہا کہ جواب آئے گا لیکن جواب نہیں آیا۔

ایک روز میں کالج سے واپس آیا تو دیکھا کہ فریم زمین پر الٹا گرا ہوا ہے۔ کانچ کے ٹکڑے چاروں طرف بکھرے ہوئے ہیں اور تصویر غائب ہے۔

چند دنوں کے بعد اس لڑکی کے والد کا خط ملا ....

''آپ کے خط کا شکریہ!! لیکن مجھے بڑے افسوس کے ساتھ لکھنا پڑ رہا ہے کہ میری بیٹی بس کے حادثے میں مر چکی ہے۔ وہ آپ سے کافی عقیدت رکھتی تھی۔ آپ جیسا شوہر اسے ملتا تو اس کی زندگی خوشگوار ہو جاتی لیکن بھگوان کی مرضی شاید ایسی نہیں تھی۔ سب تقدیر کا کھیل ہے۔ .... والسلام!!''

☆☆☆

معمولی واقعہ

کملا کو دیکھ کر نرین حیران رہ گیا۔

اس نے اس کی طرف دوبارہ دیکھا۔ ہاں، وہ کملا ہی تھی۔ وہی کملا جسے دیکھ کر اس کی آنکھوں میں بے شمار رنگین سپنے سج گئے تھے، زندگی کے پہلے سپنے، پہلی عورت، پہلا پیار۔ زندگی کا پہلا سپنا مکمل نہیں ہوتا۔ پہلی عورت ہاتھ نہیں آتی اور پہلا پیار پورا نہیں ہوتا۔ اسے کملا نہیں ملی مگر اسے صرف اسی بات کا غم نہیں تھا، زیادہ غم تو اس بات کا تھا کہ کملا بیوہ ہو چکی تھی۔ شادی کے صرف تین مہینوں کے بعد کملا کا سہاگ اجڑ گیا تھا۔

اس کے بعد سے آج تک پانچ برسوں کا عرصہ گزر گیا تھا۔ کملا کو بیوگی کے لباس میں نرین نے آج پہلی بار دیکھا۔ خشک بال، بدن پر سفید ساری، وہی کملا جس کے لمبے لمبے گھنے گیسو ہوا کرتے تھے، جسے رنگ رنگیلی ساڑیوں کا بہت شوق ہوا کرتا تھا۔ نرین اس کی طرف دیکھتا رہ گیا۔

کنڈلی نہیں ملنے کی وجہ سے اس کی شادی کملا کے ساتھ نہیں ہو پائی تھی۔ اگر کنڈلی مل گئی ہوتی تو آج سمترا کی جگہ کملا اس کی بیوی ہوتی۔ کملا کے پتا کٹر ہندو تھے۔ کملا کی کنڈلی پوری طرح سے ملوانے کے بعد ہی انہوں نے اس کی شادی کروائی تھی۔

لیکن بات بھی غلط نہیں تھی کہ سمترا کو پا کر وہ کملا کو بھول گیا تھا۔ ان پانچ برسوں میں اس نے کملا کو کتنی بار یاد کیا تھا؟ بلکہ۔۔۔۔۔۔۔۔۔۔!!

کیا کملا کی نظر بھی اس پر پڑی تھی؟ شاید نہیں!! وہ تو دوسری طرف رُخ کر کے بیٹھی ہوئی ہے۔ کیا میں اسے آواز دوں۔۔۔۔۔؟ نرین نے سوچا۔ لیکن۔۔۔۔۔۔۔۔۔۔!!

دوسری طرف رُخ ہونے کے باوجود کملا نے نرین کو دیکھ لیا تھا۔ صرف دیکھ ہی نہیں لیا تھا بلکہ دل ہی دل میں وہ اسے بار بار دیکھ رہی تھی۔ اسے اچھی طرح احساس تھا کہ نرین اس کو مسلسل دیکھے جا رہا ہے۔ لیکن نہیں، وہ اس کی طرف نہیں دیکھ سکتی تھی۔ بالکل نہیں!! اس کے سر اس کے ساتھ تھے۔ اس نے اپنی ساری کا پلو درست کیا۔ پھر گھونگھٹ کچھ اور نکال کر سلیقے سے

بیٹھ گئی۔

لیکن دل پر قابو پانا مشکل ہوتا ہے۔ ذہن کے پردے پر بار بار نرمین کا چہرہ ابھر رہا تھا۔ نرمین کچھ دبلا ہو گیا تھا۔ آنکھوں کے گرد سیاہ حلقے مزید گہرے ہو گئے تھے۔ اس نے نرمین کو ایک لمبی مدت کے بعد دیکھا تھا۔ پورے پانچ سال کے بعد!! پتہ نہیں نرمین کو کیسی بیوی ملی تھی۔ وہی نرمین جس نے اس کی ریاضی کی کاپی میں ایک نظم لکھ دی تھی۔ جس نے اسے ......

کملا نے ایک گہری سانس لی۔

لیکن وہ یہ کیا کر رہی ہے؟ کچھ بھی ہو نرمین اب اس کے لئے غیر مرد تھا۔ کملا نے اپنی آنکھیں بند کر کے اپنے مرحوم شوہر کا چہرہ یاد کرنے کی کوشش کی۔ لیکن ذہن کے پردے پر وہ چہرہ نہیں ابھر سکا۔ اس کے تصور میں سفید کپڑوں میں لپٹی ہوئی اس کے شوہر کی لاش کی تصویر ابھر آئی۔ اس کے ساتھ اسے نرمین کا برسوں پہلے دیکھا ہوا شرارتی چہرہ نظر آیا۔ برسوں پہلے سنی ہوئی بات بھی دوبارہ سنائی پڑی ...... "کملا! کیا تم مجھ سے شادی کرو گی؟ تم مجھے بہت اچھی لگتی ہو ......"

کملا جبراً منہ پھیر کر بیٹھی رہی۔ وہ کسی طور بھی نرمین کی طرف رُخ کرنا نہیں چاہتی تھی۔ لیکن وہ اپنے آپ پر قابو نہیں رکھ سکی۔ ایک انجانی قوت نے اس کی گردن نرمین کی طرف گھما دی لیکن وہ نرمین کو دیکھ نہیں سکی۔ .... ایک قلی اپنے سر پر ایک بڑا صندوق اٹھائے ہوئے جا رہا تھا۔ اس کے پیچھے دوسرا قلی تھا۔ نرمین کا چہرہ ان کے پیچھے چھپ گیا۔

گارڈ نے سیٹی بجائی۔

ٹرین چلنے لگی۔

نرمین کی ٹرین بھی چل پڑی۔

سمترا نے سوال کیا .... "تم جھک کر کیا دیکھ رہے ہو؟"

"نہیں، کچھ نہیں!! نرمین نے جواب دیا اور اندر آ کر اپنی سیٹ پر بیٹھ گیا۔ مخالف سمتوں کو جانے والی دونوں ٹرینیں تیزی سے اپنی اپنی منزل کی طرف رواں رواں ہو گئیں۔

بینوتا دستیدار

بیرو بھومک نے جب دوسری شادی کی تو اس وقت ان کی عمر باون سال تھی۔ان کے الکلوتے قریبی دوست تریپورہ سین کا خیال تھا کہ انہوں نے بینوتا کے عشق میں گرفتار ہو کر اس سے شادی کی تھی حالانکہ تریپورہ سین نے انہیں اس شادی سے باز رکھنے کی کوشش کی تھی مگر عشق کا بخار چڑھنے پر اچھے برے کی تمیز باقی نہیں رہ جاتی ہے۔

تریپورہ سین کے ساتھ بیرو بھومک کی شناسائی تقریباً دس سال پرانی تھی۔ شناسائی دھیرے دھیرے دوستی میں بدل گئی۔ شناسائی کی پہلی وجہ یہ تھی کہ دونوں ایک ہی پیشے سے منسلک تھے۔ دونوں انشورنس ایجنٹ تھے۔ دونوں میں قربت بڑھنے کی ایک اور وجہ بھی تھی۔ وہ یہ کہ دونوں فحاشی کے شوقین تھے۔ دونوں کے پاس عریاں تصویروں کا ذخیرہ موجود تھا۔ عورتوں کے بارے میں دونوں ایسی گفتگو کرتے تھے کہ کوئی بھی شریف انسان شرما جائے۔ اسی بنا پر دونوں کی دوستی اور مضبوط ہوتی گئی۔ بیرو بابو رنڈوا تھے اور تریپورہ بابو کنوارے اس لئے دونوں میں گاڑھی چھنتی تھی۔ دونوں ایک ہی مکان میں رہتے تھے۔ ان کا فلیٹ ایک گلی میں دوسری منزل پر تھا۔ متصل دو کمروں میں دونوں سوتے تھے۔ ایک مشترکہ ڈرائنگ روم تھا اور ایک باورچی خانہ تھا جو دو لوگوں کے لئے کافی تھا۔

خالی اوقات میں بلو فلمیں دیکھنے کے علاوہ بھی ان کا ایک کام تھا۔ شام کو جب دونوں مل بیٹھتے تھے تو ان کی گفتگو کا موضوع یہ ہوتا تھا کہ آج کس نے کیسی لڑکی دیکھی۔ اس کے بعد لڑکیوں کی جسمانی ساخت اور ناز و ادا پر تبصرے کرنے لگتے۔

زندگی یونہی گزر رہی تھی کہ ایک دن اچانک تریپورہ سین نے کہا۔۔۔۔۔۔۔۔۔''بھائی جان! ایک لڑکی نے مجھے گھائل کر دیا۔ میرے سینے میں خنجر اتار دیا۔''

''کس نے گھائل کر دیا؟''

''بینوتا دستیدار''

''یہ کون ہے؟''

”ہماری ہی کمپنی میں ایک ایجنٹ ہے۔ آج ہی اس کی تقرری ہوئی ہے۔ تم تو آج آفس گئے ہی نہیں۔ جاتے تو دیکھ پاتے کہ کتنی تگڑی ”مال“ ہے۔ آنکھیں کٹار ہیں۔ سیدھے دل میں اتر جاتی ہیں۔“

یہ سن کر بیرو بھومک کی ہوس زدہ آنکھیں چمک اٹھیں۔

” آففف ......تب تو میں نے بہت کچھ مس کر دیا۔“

”مِس نہیں کیا۔ کل وہ پھر آئے گی۔ وہ شاید تم کو جانتی ہے۔ تمہارے بارے میں پوچھ رہی تھی۔ میں نے کہہ دیا کہ تم کل دفتر آؤ گے۔“

”مجھے جانتی ہے؟ بینوتا دستیدار؟ میں تو پہچان نہیں پا رہا ہوں .... کیا عمر ہے اس کی؟“

”بیس سے کم کی ہی ہوگی۔ ادھ کھلی کلی ہے۔“

دوسرے دن جب بینوتا دستیدار سے بیرو بھومک کی ملاقات ہوئی تو ایک بات نے اسے حیرت میں ڈال دیا۔ بینوتا نے چہرے کا نچلا حصہ دوپٹے سے ڈھک رکھا تھا۔ تھوڑی پوری طرح نظر نہیں آ رہی تھی۔ انداز ایسا تھا جیسے برقعہ پہننے والی کسی خاتون نے اپنے چہرے کا اوپری حصہ کھول رکھا ہو۔ تعارف ہونے کے بعد بیرو بھومک نے اس سے پوچھا ......

” آپ کے کپڑوں کا انداز کچھ الگ ہے۔ یہاں کی ہندو لڑکیاں اس طرح کے کپڑے نہیں پہنتی ہیں۔“

”یہ اس ملک کا لباس نہیں ہے۔“ بینوتا نے جواب دیا۔ ”میں بچپن میں اپنے والد کے ساتھ مصر گئی تھی۔ وہاں کی لڑکیاں ایسا ہی لباس پہنتی تھیں۔ مجھے بہت اچھا لگتا تھا۔ اس لئے میں آج بھی جب باہر نکلتی ہوں تو یہی لباس پہنتی ہوں۔ اچھا ہے نا؟“

”بہت اچھا ہے۔“ بیرو بھومک نے کہا۔

بینوتا اور بیرو بھومک میں قربت بڑھنے میں دیر نہیں لگی۔ اس کے لئے بیرو بھومک کو زیادہ کوشش بھی نہیں کرنی پڑی۔ تری پورہ سین کا خیال تھا کہ قربت بڑھانے میں بینوتا کی طرف سے پیش قدمی ہو رہی تھی۔ بینوتا اسے بار بار ہوٹل میں کھانے پر مدعو کرتی تھی۔ اس کے لئے سنیما کے ٹکٹ بھی خریدتی تھی۔ اس کے ساتھ ایڈن گارڈن جاتی تھی۔ کبھی چڑیا گھر کی سیر کرتی تھی۔ بیرو

بھومک نہال ہوگئے۔ تریپورہ سین بے حال ہوگئے۔ فطری طور پر انہیں جلن ہونے لگی۔ مگر تریپورہ سین جہاں دیدہ شخص تھے۔ انہوں نے اپنے احساسات دل میں دبا کر رکھے۔ بیرو بھومک کو کچھ پتہ نہیں چلنے دیا۔ وہ وقتاً فوقتاً بیرو بھومک سے صرف اتنا ہی پوچھتے ………… ”کیوں بھائی! لڑکی پھنسی؟“

”پھنس تو میں رہا ہوں۔ میرے گلے میں کانٹا اٹکا ہوا ہے۔“

”تھوڑی سے نیچے پردہ اترا کہ نہیں؟“

”نہیں، وہ آسانی سے اتارنے پر راضی نہیں ہے۔“

”کیوں؟“

”اس کی مرضی۔“

کچھ دنوں کے بعد بیرو بھومک نے ایک دن اچانک کہا ………… ”لگتا ہے کہ اب پردہ گرنے والا ہے۔ وہ مجھ سے شادی کرنے پر رضامند ہوگئی ہے۔ اس نے وعدہ کیا ہے کہ شادی کی پہلی رات وہ پردہ تھوڑی سے نیچے گرا دے گی۔“

”مگر ایک انجان لڑکی، جس کے خاندان کے بارے میں کچھ پتہ نہیں کیا اس سے شادی کرنا دانش مندانہ فیصلہ ہوگا؟“

”فیصلہ تو دانشمندانہ نہیں ہے مگر وہ مجھے چاہئے۔ اس کی کجراری آنکھوں نے مجھے مدہوش کر دیا ہے مگر اس نے صاف لفظوں میں کہہ دیا ہے کہ شادی سے پہلے وہ مجھے اپنے قریب پھٹکنے بھی نہیں دے گی۔“

”مگر تم ایک بات بھول رہے ہو۔ ہر لڑکی کی خریدی جا سکتی ہے۔ بس قیمت قیمت کی بات ہے۔ تم اسے خریدنے کی کوشش کر کے دیکھو۔“

”میں کوشش کر چکا ہوں۔ بینوتا بکنے پر تیار بھی ہے مگر اس کی قیمت ہے شادی۔“

بینوتا کے ساتھ بیرو بھومک کی شادی تو فوراً ہوگئی مگر سہاگ رات کو ہی بیرو بھومک کی موت ہوگئی۔ ڈاکٹر گھوشال کے مطابق بیرو بھومک کی موت ہارٹ فیل ہونے کے سبب ہوئی تھی۔

اخبار والوں نے اس سے زیادہ کچھ نہیں لکھا تھا۔ لیکن تریپورہ سین نے اس بارے میں اپنی ڈائری میں جو کچھ لکھا تھا وہ چونکا دینے والا تھا۔ تریپورہ سین نے لکھا تھا…………

بن پھول   مترجم: احمد کمال ہاشمی

”بیرو بھومک کی سہاگ رات کو میں دروازے کی آڑ میں چھپ کر شہوت آمیز لطف لے رہا تھا۔ میرے کمرے کے متصل کمرے میں سہاگ رات منائی جا رہی تھی۔ اس لئے مجھے زیادہ دشواریوں کا سامنا نہیں کرنا پڑ رہا تھا۔ میں کواڑ کے ایک سوراخ سے سب کچھ دیکھ رہا تھا۔ بینوتا اس وقت بھی اپنی گردن میں نیلے رنگ کا دوپٹہ لپیٹے ہوئے تھی۔ ان کی شادی ہندوؤں کے تین نکاتی قانون کے مطابق ہوئی تھی اس لئے دوپٹہ ہٹانے کی ضرورت نہیں تھی۔ بینوتا جب سہاگ کے پلنگ پر چڑھی تب بھی اس کی گردن میں دوپٹہ لپٹا ہوا تھا۔ بیرو بھومک بیتاب ہو گیا۔ اس نے ملتجی لہجے میں کہا۔۔۔۔۔۔۔۔۔ اب تو اس پردے کو ہٹاؤ بینوتا‘‘۔

”ہٹاتی ہوں‘‘ کہہ کر بینوتا نے دوپٹہ ہٹا لیا اور اس طرح گردن ٹیڑھی کی کہ میں چونک گیا۔ ایسا لگا جیسے کوئی ناگن پھن پھیلا کر بیٹھ گئی ہو۔ بہت سانپ ایسے ہوتے ہیں جن کی گردن پر کالی دھاریاں ہوتی ہیں۔ بینوتا کی گردن پر بھی ویسی ہی دھاریاں تھیں۔۔۔۔۔۔۔ چار پانچ سیاہ دھاریاں۔ جلد کے نیچے خون جمنے کے نشانات تھے۔ بیرو بھومک چیخ پڑا ۔۔۔۔۔۔ ”تم کون ہو؟ کون ہو تم؟ بینوتا نے قہقہہ لگایا اور پھر اچانک بدلی ہوئی آواز میں بولی ۔۔۔۔۔۔۔ ”ہاں، میں وہی ہوں۔‘‘ بیرو بھومک نے زوردار چیخ ماری اور بے ہوش ہو گیا۔ بینوتا پلنگ سے اتری اور دروازہ کھول کر باہر نکل آئی۔ مجھ پر نظر پڑتے ہی سپاٹ لہجے میں بولی ۔۔۔۔۔۔۔ ”وہ بیہوش ہو گئے ہیں۔ ڈاکٹر گھوشال کو بلائیے۔‘‘ ڈاکٹر گھوشال آئے مگر بیرو بھومک مردہ پایا گیا۔ بینوتا فوراً چلی گئی بلکہ غائب ہو گئی۔ اس نے ارتھی کا بھی انتظار نہیں کیا۔ عجب لڑکی تھی۔‘‘

بیرو بھومک کے انتقال کے تقریباً ایک سال بعد سی آئی۔ ڈی کا ایک افسر دفتر میں آیا۔ اس نے ایک تصویر دکھا کر تریپورہ سین سے پوچھا ۔۔۔۔۔۔۔ ”کیا یہ شخص کبھی آپ کے دفتر میں کام کرتا تھا؟‘‘ تریپورہ سین کچھ دیر تک تصویر کو دیکھتے رہے۔ انہیں تصویر جانی پہچانی سی لگ رہی تھی لیکن وہ اس شخص کو ٹھیک سے پہچان نہیں پا رہے تھے۔ مگر دوسرے ہی لمحے انہوں نے پہچان لیا۔ تصویر بیرو بھومک کی تھی۔ کافی پرانی تصویر تھی۔ شاید جوانی کی۔

”تصویر بیرو بھومک کی لگ رہی ہے۔‘‘ تریپورہ سین نے کہا۔

”ہاں ٹھیک۔ میں نے سنا ہے کہ یہ شخص اسی نام سے یہاں کام کرتا تھا۔ ابھی کہاں ہے؟‘‘

"ایک سال پہلے اس کا انتقال ہو گیا۔ لیکن آپ انہیں کیوں ڈھونڈ رہے ہیں؟"

"یہ ایک مفرور مجرم ہے۔ تقریباً ایک سال قبل اس نے اپنی بیوی کا گلا دبا کر قتل کیا تھا۔"

"کیا کہہ رہے ہیں آپ؟"

تری پورہ سین کی نظروں کے سامنے بینوتا کے گلے کی سیاہ دھاریاں ابھر آئیں۔

☆ ☆ ☆

سُنند ا

دس بجنے سے پانچ منٹ پہلے ہی سُنند الفٹ کے سامنے جا کر کھڑی ہو گئی۔ لفٹ مین نے سلام کر کے بڑے احترام کے ساتھ لفٹ کا دروازہ کھولا۔ دو منٹ بعد ہی وہ عمارت کی دوسری منزل پر واقع اپنے دفتر کے سامنے پہنچ گئی۔ چپراسی نے سلام کیا اور دروازے کا پردہ سر کا کر کھڑا ہو گیا۔ سُنند انے اپنی کرسی پر بیٹھتے ہوئے دفتر کی گھڑی پر نظر ڈالی۔ چپراسی نے کمرے میں داخل ہو کر پنکھا چلا دیا۔ سِکھے کی ہوا سے میز پر پڑے کاغذات اڑ کر گر گئے۔ چپراسی نے فوراً وہ کاغذات اٹھائے اور میز پر رکھ کر پیپر ویٹ سے دبا دیا۔ سُنند اپیپر ویٹ کو دیکھ کر چونک گئی۔ سفید پتھر پر نقش کیا ہوا خوبصورت پیپر ویٹ تھا۔ وہ سوچنے لگی کہ یہ پیپر ویٹ تو پہلے یہاں نہیں تھا۔ یہاں تو معمولی قسم کا پیتل کا پیپر ویٹ تھا۔ یہ کہاں سے آ گیا؟

"یہ پیپر ویٹ کہاں سے آیا؟"

"چندر بابو نے لا کر رکھا ہے۔"

چندر کانت گھوش سُنند اکے پرائیوٹ سکریٹری تھے۔ گھڑی نے دس بجائے۔

"چندر بابو کو بلاؤ۔"

چپراسی چلا گیا۔ تھوڑی دیر کے بعد اس نے آ کر بتایا کہ چندر بابو اب تک دفتر نہیں آئے ہیں۔ سُنند انے گھڑی پر دوبارہ نظر ڈالی اور کہا............ "چندر بابو کے آتے ہی یہاں بھیجنا۔"

چپراسی باہر نکل گیا۔ سُنند اپنا نچلا ہونٹ دانتوں تلے دبا کر کچھ دیر بیٹھی رہی۔

سندھ ادیوی کا رنگ کالا تھا۔ چھوٹی چھوٹی آنکھیں تھیں۔ بھویں نہیں تھیں۔ چہرہ گول گپا تھا لیکن کافی تعلیم یافتہ تھی۔ ایم۔اے، پی۔ایچ۔ڈی تھی۔ لندن اور امریکہ میں کافی ریسرچ ورک بھی کر چکی تھی۔ اس لئے ہندوستان آنے کے بعد ملازمت حاصل کرنے میں کوئی دشواری نہیں ہوئی۔ اپنی قابلیت کی بنا پر اس نے اعلیٰ عہدہ حاصل کیا تھا۔ غریب باپ کی بیٹی تھی۔ اس کے والد ایک دفتر میں کلرک ہوا کرتے تھے۔ وہ دس بہنوں میں سے ایک تھی۔ اگر سندھ وظیفہ حاصل نہیں کرتی تو تعلیم جاری رکھنا مشکل ہو جاتا۔ سرکاری خرچ ہی پر وہ انگلینڈ گئی تھی۔ آج جو وہ کچھ بھی تھی وہ اس کی اپنی محنتوں کا ثمرہ تھا۔ اب اس نے اپنے والد کی ساری ذمہ داریاں اپنے شانوں پر اٹھا لی تھی۔

میز پر کچھ فائلیں پڑی تھیں۔ وہ انہیں کلیئر کرنے لگی۔ فائلیں کلیئر کرنے کے بعد اس نے ایک بار پھر گھڑی کی طرف دیکھا۔ ساڑھے دس بج رہے تھے۔ مگر چندر بابو کا اب تک کوئی پتہ نہیں تھا۔ ساڑھے دس بجے بعد چندر بابو حاضر ہوئے۔

''ذرا گھڑی دیکھئے۔ کتنا بج رہا ہے۔''

''ہاں، آج دیر ہوگئی'' چندر بابو نے کہا ''بیوی کی طبیعت خراب ہوگئی تھی۔ ڈاکٹر کے پاس لے جانا پڑا۔''

''آپ جھوٹ بول رہے ہیں۔'' سندھ ا تیز لہجے میں بولی ''مجھے پتہ ہے کہ آپ کی شادی نہیں ہوئی ہے۔ آپ کے والد آپ کے لئے لڑکی کی ڈھونڈر رہے ہیں۔ اپنے بیٹے کیلئے انہیں ایک شہزادی اور آدی سلطنت چاہئے۔ مجھے سب کچھ معلوم ہے۔''

چندر بابو شرما کر رہ گئے۔ ان کا چہرہ دیکھنے کے لائق تھا۔

''یہ پیپر ویٹ کہاں سے آیا؟''

''میرا پیپر ویٹ ہے۔ میں نے آپ کے لئے یہاں رکھا ہے۔ یہاں جو تھا وہ دیکھنے میں خراب ....''

''آپ اپنا پیپر ویٹ لے جائیں۔ جو پیپر ویٹ دفتر سے ملا ہے اسی سے میرا کام چل جائے گا ....اور ہاں' آپ کے ہاتھ میں کیا ہے؟''

چندر بابو چند لمحے خاموش رہے پھر دھیرے سے کہا ....''کاجو''

''کاجو؟ آپ دفتر میں بیٹھ کر کاجو کھاتے رہیں گے؟''

''میں یہ کاجو آپ کے لئے لایا تھا۔میں نے سنا ہے کہ آپ کو کاجو بہت پسند ہیں''

پہلے تو سندا کچھ دیر خاموش رہی پھر غصے کے مارے اس کے نتھنے پھولنے لگے۔آنکھیں شعلہ بار ہو گئیں۔۔۔۔۔۔۔۔

''کیا کہنا چاہتے ہیں آپ؟ آپ فوراً میرے کمرے سے نکل جائیے۔میں آپ کو سسپنڈ کرتی ہوں۔جائیے، یہاں کھڑے کیوں ہیں؟''

چندر بابو بے تحاشہ رونے لگے پھر آگے بڑھ کر سندا کے پاؤں پکڑ کر گڑگڑا کر بولے۔۔۔۔۔۔۔''میں مجبور انسان ہوں۔مجھے معاف کر دیجیئے۔''

سندا نے انہیں معاف کیا کہ نہیں یہ بتانا مشکل ہے کیونکہ ٹھیک اسی وقت کھٹمل کے کاٹنے سے سندا کی آنکھ کھل گئی۔ زندگی کا مکروہ چہرہ سامنے آگیا۔وہی بدبودار بستر، گندی دیواریں، بغل میں سوئے ہوئے ادھ ننگے چھوٹے بھائی بہن، باہر کی نالی سے اٹھتی ہوئی سڑ اس مہک۔اسی وقت ماں کی آواز سنائی پڑی۔۔۔۔۔۔۔۔

سونی اٹھو، چولھا جلاؤ، آج سوموار ہے۔اپنے پتا جی کو دفتر کے لئے بھات پکا کر نہیں دو گی؟''

اسے یاد آ گیا کہ چند روز پہلے چندر کانت گھوش اپنے بہت سارے رشتے داروں کو لے کر اسے دیکھنے آیا تھا۔اسے یاد ہے کہ اس کے والد نے ان لوگوں کی کتنی خاطر تواضع کی تھی۔اسے یہ بھی یاد آیا کہ پورے دس روپے ناشتے پر خرچ ہوئے تھے لیکن چندر کانت نے اسے پسند نہیں کیا تھا۔ساری باتیں اسے یاد آ گئیں۔

اسی وقت اسے اپنے والد کی آواز بھی سنائی دی۔۔۔۔۔۔۔

''اجی سنتی ہو، آج شام سونی کو سجا سنوار کر تیار رکھنا، میرے دفتر کے رام ترن متر ا اسے دیکھنے آئیں گے۔''

سندا پڑھائی میں تیز تھی۔ ہمیشہ اپنے کلاس میں اول آتی تھی۔اس نے میٹریکولیشن بھی فرسٹ ڈویژن سے پاس کیا تھا۔لیکن اس کے والد اسے آگے نہیں پڑھا سکے۔سندا اٹھی اور کھڑکی دروازے بند کر کے باہر نکل گئی۔ پھر کبھی واپس نہیں آئی۔

ممکن ہے کہ اخباروں میں آپ نے تلاش گمشدہ کے کالم میں اس کی تصویر بھی دیکھی ہو یا شاید نہیں بھی دیکھی ہوگی۔

☆ ☆ ☆

بھوت

عام خیال یہ ہے کہ دیوراج اندر ہی پہاڑ کے دیوتا ہیں لیکن وہ دبلا پتلا منحنی جسم والا بوڑھا ڈاکیہ بھی پہاڑ اٹھائے پھرتا ہے۔ یہ بات اس روز ظاہر ہوئی جب وہ ششما کے سر پر ایک پہاڑ رکھ کر خاموشی سے چلا گیا۔

خط ہاتھ میں لئے ششما فرطِ اندوہ سے بُت بنی بیٹھی تھی۔ پرشانت نے لکھا تھا ....
''مجھے معلوم ہے کہ میرا یہ خط پڑھ کر تمہیں صدمہ پہنچے گا مگر خط لکھے بغیر چارہ بھی نہیں ہے۔ تم میرا یقین کرو میں نے ہر ممکن کوشش کر ڈالی مگر میرے ماتا پتا برادری سے باہر میری شادی کروانے پر کسی طرح راضی نہیں ہیں۔ ایسی صورت میں انہیں ذہنی کرب میں مبتلا کر کے شادی کرنا میرے لئے ناممکن ہے۔ جنہوں نے ساری تکلیفیں سہہ کر مجھے پال پوس کر بڑا کیا ان کو کوئی دلی صدمہ میں نہیں دے سکتا۔ ان کے آشیرواد کے بغیر کیا میری ازدواجی زندی پُرمسرت ہوگی؟ تم ہی بتاؤ میں کیا کروں؟ اس جیون میں تو ہمارا ملن ممکن نہیں ہو پایا لیکن اگر دوسرے جنم میں ہم ایک ہی برادری میں پیدا ہوئے اور اگر اس جنم کی یاد اگلے جنم تک قائم رہیں تو شاید ہمارا ملن ہوگا۔ تم ناراض مت ہونا۔ میرے دل پر کیا گزر رہی ہے یہ میں تم کو بتا نہیں سکتا۔ مجھے اظہارِ غم کے الفاظ نہیں مل رہے ہیں۔ مجھے صرف اس بات پر اطمینان ہے کہ ساری تکلیفیں میں صرف تمہارے لئے برداشت کر رہا ہوں۔ درد ہی محبت کو لا زوال بناتا ہے۔ اگر ممکن ہوا تو اگلے چند روز میں تم سے ملاقات کرنے کی کوشش کروں گا۔''

کیا اِندر دیوتا کا پہاڑ اس سے بھی زیادہ گراں ہوگا؟

لیکن اس سے زیادہ بھاری ایک اور کوہِ گراں تیار تھا۔ جو دو دنوں کے بعد سر پر گرا۔

غموں کا یہ پہاڑ بھی دبلا پتلا منحنی بوڑھا ڈاکیہ گرا گیا۔

چھوٹا سا ایک خط لیکن خبر دھماکہ خیز!!

پرشانت نے خودکشی کر لی۔

سورج اور آسمان دنوں شمّا کی آنکھوں کے سامنے ناچنے لگے۔

شمّا مضافات کے ایک اسکول میں استانی تھی۔ اسکول کے وسیع کمپاؤنڈ کے ایک گوشے میں اس کا کوارٹر تھا۔ اس کوارٹر میں شمّا کے ساتھ ایک معمر استانی مسز بوس بھی رہتی تھیں۔ متصل دو کمروں میں دونوں سوتی تھیں۔ درمیانی دروازے پر ایک پردہ لٹکا رہتا تھا۔ رات گہری تھی۔ اچانک ایک زوردار چیخ مار کر شمّا اٹھ بیٹھی۔ مسز بوس جیسی حالت میں سوئی تھیں اسی حالت میں دوڑ کر آئیں۔

"کیا ہوا؟"

"پتہ نہیں کون کھڑکی سے جھانک رہا تھا۔"

مسز بوس نے اپنی پیشانی پر شکن پیدا کرتے ہوئے شک کا اظہار کیا کہ وہ یقیناً سکریٹری کا لفنگا بھتیجا ہوگا۔ اس لونڈے کی چال ڈھال، اس کے حرکات و سکنات بہت دنوں سے مسز بوس کی ناپسندیدگی کا سبب تھے لیکن اس کو رنگے ہاتھوں پکڑنے کا کوئی موقع اب تک نہیں مل سکا تھا۔ وہ کافی عیار اور چالاک تھا۔

شمّا نے اپنا بستر کھینچ کر مسز بوس کے کمرے میں پناہ لے لی مگر خوف سے باہر نکلنے کا راستہ نہیں نکل پایا۔ مسز بوس کے کمرے سے اسکول کے پچھواڑے کا پیپل کا پیڑ صاف نظر آتا ہے۔ رات کی تاریکی میں وہ پیڑ مزید گھنا نظر آنے لگتا ہے۔ اس رات اچانک نیند ٹوٹی تو شمّا نے سہمی ہوئی نظروں سے دیکھا کہ اس پیڑ کی نچلی ڈال پر کوئی بیٹھا اپنے پاؤں ہلا رہا تھا۔ رات کے آخری پہر کے چاند کی روشنی میں اس نے صاف طور پر دیکھا۔ وہ پرشانت تھا۔ شمّا نے فرطِ خوف سے اپنی آنکھیں بند کر لیں۔

ایک دن اسے محسوس ہوا کہ باغ میں ایک دیوار سے ٹیک لگائے بیٹھا کوئی اس کی طرف

دیکھ رہا ہے۔اس کی آنکھوں میں شدید قسم کی بھوک تھی۔چاروں طرف گہری تاریکی تھی۔بغل کے بستر پر مسز بوس خراٹے لے رہی تھیں۔ششما کو لگا جیسے اس گہری تاریکی میں پرشانت کی بھوت کی نظریں ٹارچ کی روشنی کی طرح اندھیرے کو چیرتی ہوئی اس کی طرف آرہی تھیں ....وہ ڈر کے مارے آنکھیں موند کر رام نام کا جاپ کرنے لگی۔

ایک روز شام کے وقت جب وہ چہل قدمی کرکے واپس آرہی تھی دروازے کے قریب پہنچ کر اسے لگا جیسے کوئی اس کے قریب سے ہوا کی طرح گزر رہا ہو،اچانک دروازے کے پٹ کھل کر بند ہو گئے۔

زندگی میں جو اس کا دلبر تھا مرنے کے بعد وہ اس کے لئے سوہان روح بن گیا تھا۔شام ہوتے ہی ششما کے بدن پر لرزہ طاری ہو جاتا تھا۔

اس روز چھٹی تھی۔مسز بوس اپنے گھر گئی ہوئی تھیں۔ششما نے سوچا کہ ایک اور استانی کرونا دیدی کو بغل والے کوارٹرسے بلا لے گی لیکن جب وہ انہیں بلانے گئی تو پتہ چلا کہ کرونا دیدی تو راضی ہیں مگر نیتو دیدی کو سخت اعتراض ہے کیونکہ وہ اکیلے نہیں سو پاتی تھیں۔مجبوراً ششما کو نوکر پر بھروسہ کرتے ہوئے تنہا سونا پڑا۔

گہری نیند میں اپنی پیشانی پر کسی کا لمس محسوس کرکے ششما کی نیند ٹوٹ گئی۔برف کی طرح سرد لمس!!اس نے گردن گھما کر دیکھا کوئی بالکل اس کے سرہانے بیٹھا ہوا تھا۔اس نے ایک زوردار چیخ ماری اور بے ہوش ہو گئی۔کچھ دیر بعد جب اس کی آنکھ کھلی تو اس نے دیکھا کہ بھوت پانی کی چھینٹیں مار کر اسے ہوش میں لانے کی کوشش کر رہا ہے۔ششما کے حلق سے ایک عجیب قسم کی گڑگڑ کی آواز نکلنے لگی۔پیٹ میں کچھ اُبال سا کھانے لگا لیکن بھوت نے اسکا پیچھا انہیں چھوڑا۔

دوسرے ہی دن ششما نے ملازمت سے استعفیٰ دے دیا۔اس کے علاوہ کوئی چارہ بھی نہیں تھا۔اپنا سارا سامان سمیٹنے کے بعد جب وہ باہر کھڑی ٹیکسی میں جا کر بیٹھی تو اس کا چہرہ شرم کے مارے سرخ ہو رہا تھا۔

''چھی،چھی،مجھے کتنی شرم آرہی ہے۔''

''ماتا پتا کی رضامندی جب مجھے مل گئی تو پھر زمانے کا کیا ڈر؟ بس ٹرین وقت پر ملے

جائے تو کام بن جائے........میں تو بس تمہیں آزما رہا تھا۔''

ٹیکسی چل پڑی۔

☆☆☆

کہانی کی کہانی

ذہن کے فون پر مسلسل رنگ کرنے کے بعد آخرکار ''کہانی'' کی آواز آئی........

''جی فرمائیے۔''

''آج کل تم سے ملاقات نہیں ہوتی ہے۔ کیا معاملہ ہے؟''

''درگا پوجا کے دن قریب ہیں ناں۔ سارے لکھاری مجھے بلا رہے ہیں۔ ایک دم فرصت نہیں ہے۔ آپ کے قلم کی جنبش پر بھی حاضر ہونا پڑے گا کیا؟''

''ہاں ضرور۔ درگا پوجا تو میرے لئے بھی ہے۔''

''ٹھیک ہے ضرور آؤں گی۔ کہئے آپ کو کب فرصت ہے؟ پہلے تو آپ رات کے بارہ بجے کے بعد لکھنا شروع کرتے تھے۔''

''میں آج کل شادی شدہ ہو گیا ہوں۔ ان دنوں........''

''تو بتائیے میں کب آؤں؟''

''ابھی آ جاؤ''

''ابھی؟''

''کیوں؟ کیا ہوا؟ کوئی دقت ہے کیا؟''

''اچھا ٹھیک ہے آتی ہوں۔''

''کہانی'' ایک ان دیکھی ٹیکسی پر چڑھ کر آ گئی۔ اس کو دیکھ کر میں حیران رہ گیا۔ وہ ننھی منی نازک اندام حسینہ جسے میں اچھی طرح پہچانتا تھا کہاں گم ہو گئی؟ یہ لحیم شحیم عورت وہ نہیں ہو سکتی۔ میں اکثر نازک اندام حسیناؤں کو لحیم شحیم ہوتے دیکھ چکا ہوں مگر ایسا تو اتنی کم مدت میں نہیں ہوتا ہے۔ میں نظروں سے اس عورت کی طرف دیکھتا رہا۔ پاؤڈر کی موٹی تہیں، گول گول

بن پھول   مترجم: احمد کمال ہاشمی

کجراری آنکھیں، گورا رنگ، بدن پر چمکتی بنارسی ساڑی، بلاؤز کے کناروں پر زری کا کام، زیورات سے لدی پھندی، انگلیوں میں تین انگوٹھیاں۔ میں اسے دیکھ کر گھبرا سا گیا۔

’’شاید آپ مجھے پہچان نہیں پائے۔‘‘ اس عورت نے سریلی آواز میں کہا۔

’’میں سچ مچ تمہیں پہچان نہیں پایا۔‘‘

’’میں پبلشر کے یہاں سے سیدھا یہیں آ رہی ہوں۔ میک اپ ہٹانے کا بھی وقت نہیں ملا۔ میں اب کہانی نہیں ناول ہوں جناب۔ زندگی کے نشیب و فراز کی داستان ہوں۔ پانچ اساتذہ اور تین ناقدین کے توصیفی کلمات لے کر آئی ہوں۔‘‘

میں نے اس کے چہرے کی طرف دیکھا۔ وہی جاذبیت برقرار تھی۔ اس کے ہونٹوں پر مسکراہٹ کھیل رہی تھی۔

’’تم اتنی تندرست کیسے ہو گئی؟‘‘

’’پبلشروں کی نظر میں مختصر کہانیوں کی کوئی اہمیت نہیں رہی۔ مختصر کہانیاں اب صرف رسالوں میں چھپتی ہیں۔ پبلشروں کے پاس میں ناول کا روپ دھار کر جاتی ہوں۔۔۔۔۔۔۔۔۔ ٹیکسی والے کو واپس بھیج دوں؟ آپ کے پاس کتنی دیر رہنا ہوگا؟‘‘

’’ہاں، ٹیکسی والے کو چھوڑ دو۔‘‘

تھوڑی دیر بعد کہانی ایک سوٹ کیس لے کر آئی اور بغل والے کمرے میں داخل ہو کر اپنا میک اپ چھڑانے لگی۔ میں اسے خاموشی سے دیکھتا رہا۔ مجھے ایسا لگ رہا تھا جیسے میں کوئی خواب دیکھ رہا ہوں۔

’’صابن اور پانی مل جائے تو بہتر ہوگا۔‘‘ اس نے کمرے کے اندر سے آواز دی۔

’’متصل کمرہ غسل خانہ ہے۔ وہیں چلی جاؤ، سب کچھ مل جائے گا۔‘‘

تقریباً بیس منٹ کے بعد کہانی تروتازہ ہو کر کمرے سے باہر نکلی۔ اس بار میں نے اسے دیکھا تو دیکھتا رہ گیا۔ اس کے جس حسن کا میں برسوں سے شیدائی رہا تھا وہی حسن و جمال میرے سامنے تھا۔ میری نظروں سے اس کی نظریں ملتے ہی اس کے ہونٹوں پر ایک معنی خیز مسکراہٹ دوڑ گئی۔

’’آپ کے دل میں کیا ہے میں سمجھ گئی۔ منھ سے کچھ بولنے کی ضرورت نہیں ہے۔

بن پھول   مترجم: احمد کمال ہاشمی

میرے پاس زیادہ وقت نہیں ہے۔ آپ کیا چاہتے ہیں بولئے۔"

"میں تمہیں چاہتا ہوں۔ اپنی کہانی کو چاہتا ہوں۔"

"وہ تو میں سمجھ گئی مگر یہ بتائیے کہ میں کون سا روپ دھاروں؟ سماجی، سیاسی، فرضی، حقیقی یا تاریخی؟ پلاٹ کیسا ہوگا؟"

میری سمجھ میں نہیں آ رہا تھا کہ کیا جواب دوں۔ میں نے کہا........... "کہانی چاہئے مطلب یہ کہ..........."

"اچھا ر کیجئے میں ایک کھیل دکھاتی ہوں۔ میں نے ایک آدمی سے جادو کا کھیل سیکھا ہے۔ آپ اپنی آنکھیں بند کیجئے۔ میں دکھاتی ہوں۔"

"آنکھیں کیوں بند کروں؟"

"میں بند آنکھوں پر ہاتھ پھیروں گی۔ آنکھیں بند کیجئے تو سہی۔"

میں نے آنکھیں بند کر لیں۔ کہانی میرے پپوٹوں پر ہولے ہولے ہاتھ پھیرنے لگی۔ مجھ پر غنودگی طاری ہونے لگی۔ کچھ دیر بعد مجھے محسوس ہوا کہ میرے پپوٹوں پر اب کوئی ہاتھ نہیں پھیر رہا ہے۔ میں نے دھیرے سے اپنی آنکھیں کھول دیں۔ میں نے جو کچھ دیکھا وہ میری توقع کے خلاف تھا۔ میں نے دیکھا کہ میز پر سے ساری کتابیں اور کاغذات غائب ہیں اور ان کی جگہ کھانے پینے کی بہت ساری چیزیں قرینے سے رکھی ہوئی ہیں۔ چپاتیاں، پراٹھے، پوریاں، کچوریاں، سموسے، نمک پارے، بالوشاہی، ڈبل روٹی، کیک، بسکٹ اور حلوہ۔ اور ان سب کے قریب ہی ایک کڑاہی میں لٹی رکھی ہوئی ہے۔ میں حیران رہ گیا۔ میں نے چاروں طرف نظریں دوڑائیں۔ کہانی کہیں نظر نہیں آ رہی تھی۔ آخر وہ گئی کہاں؟ اچانک روشن دان سے مجھے اس کی کھلکھلاہٹ سنائی پڑی۔ میں نے روشندان کی طرف دیکھا۔ باہر کھلے آسمان میں گیہوں کی سبز بالی ہواؤں میں لہرا رہی تھی۔ گیہوں کی بالی بولنے لگی..........

"آپ میز پر جتنی چیزیں دیکھ رہے ہیں وہ سب میری بدلی ہوئی شکلیں ہیں۔ ادھر جو لٹی رکھی ہوئی ہے وہ بھی۔ میں جو کبھی کھلے آسمان کے نیچے کھیت میں گیہوں کی ہری بالی تھی آج الگ الگ روپ دھار کے مختلف چیزیں بن گئی ہوں۔ میرا ہر روپ بازار میں چل نکلا ہے۔ اور اب دیکھئے..........."

میں نے دیکھا کہ کیک کے ساتھ بسکٹ کی لڑائی شروع ہوگئی۔اچانک کہیں سے دو کاغذات اڑتے ہوئے آئے اوران دیکھے ہاتھ ان پر کچھ لکھنے لگے۔لکھنا ختم ہوتے ہی میں نے دیکھا کہ دونوں نے لیئی لگا کراپنے کاغذ کو دونوں طرف کی دیواروں پر چپکا دیا۔ایک کاغذ پر بسکٹ کی خوبیاں تحریر تھیں دوسرے پر کیک کی۔ پھر میں نے دیکھا کہ نمک پارے،سموسے، کچوریاں اور پراٹھے بسکٹ کی طرف ہوگئے۔ پوریاں اور چپاتیاں کیک کی طرف ہوگئیں۔ بالو شاہی اور ڈبل روٹی نے کسی کا ساتھ نہیں دیا۔کہیں سے کاغذات اڑ اڑ کر آتے رہے اوران کاغذات پر اندیکھے ہاتھوں سے کچھ تحریر ہوتا رہا۔ پھر دونوں کی طرف دیواریں پوری طرح سے ڈھک گئیں۔ گیہوں کی بالی کہنے لگی ۔۔۔۔۔۔۔۔۔

''آج کل گیہوں کی قدرتی بالی کوکوئی پسند نہیں کرتا۔زندگی کے سیدھے سادے احساسات والی کہانیاں بھی کسی کو پسند نہیں آتیں۔سب کوکہانی میں ایک رنگ چاہئے۔ بتائیے میں آپ کے پاس کون سارنگ لے کر آؤں؟''

''مجھے کوئی رنگ نہیں چاہئے۔ میں قدرتی بالی کی کہانی ہی سننا چاہتا ہوں۔تمہاری باتیں،تمہارا درد،تمہاری خوشیاں،تمہارے احساسات۔۔۔۔۔۔۔۔وہ سب کچھ جو تم نے آج تک کسی کونہیں بتایا۔وہ سب کچھ جوتمہارے دل میں ہر پل موجود رہتا ہے ۔''

''وہ سب کچھ بہت مختصر ہے ۔بس چند لمحوں کا واقعہ ہے ۔''

''مختصر سہی مگر میں سننا چاہوں گا ۔''

گیہوں کی بالی دھیرے دھیرے ہلنے لگی ۔ بہت دیر کے بعد اس نے کہنا شروع کیا ۔۔۔۔۔۔

''ایک دن صبح سویرے آسمان سے آتی ہوئی روشنی کی پہلی کرن میرے چہرے پر پڑی۔ٹھیک اسی وقت باد صرصر کی ایک ہلکی لہر میرے جسم کوسہلانے لگی اور اسی وقت ایک ٹڈا کہیں سے اڑ کر آیا اور میرے بدن پر بیٹھ گیا۔ میں مدہوش ہوگئی۔ کچھ دیر کے بعد جب میں نے اپنی مدہوشی پر قابو پایا تو دیکھا کہ میں اکیلی ہوں۔ روشنی کی اس پہلی کرن اور باد صرصر کی اس ہلکی لہر سے زندگی میں دوبارہ کبھی سامنا نہیں ہوا۔ اپنے سارے میک اپ میں بھی میں یہ کبھی بھول نہیں پائی کہ ان کا میری زندگی میں کبھی آنا ہوا تھا۔ میں آج بھی آس لگائے بیٹھی ہوں کہ زندگی میں ان کا سامنا پھر کبھی ہوگا۔۔۔۔۔۔۔''

<hr>

"ٹھیک ہے ناں؟ تو اب میں جاؤں؟"

اپنا سوٹ کیس ہاتھ میں اٹھائے "کہانی" باہر نکل گئی۔

☆ ☆ ☆

منزلِ گمشدہ

ایسا لگا جیسے کوئی رنگین خواب تیزی سے گزر گیا۔ وہ ایک رنگین تتلی تھی۔ میں فوراً گھر سے نکل گیا اور اس کے پیچھے گیا۔ وہ کنیر کے پیڑ پر جا بیٹھی مگر میرے وہاں پہنچنے سے پہلے ہی اُڑ گئی۔ پھر بوس گھرانے کے باغیچے میں شہتوت کے پیڑ پر بیٹھ کر پنکھ ہلانے لگی۔ باغیچے کا دروازہ مغرب کی طرف کھلتا تھا جہاں کافی گھوم کر جانا پڑتا تھا۔ میں نے جانے کی ٹھان لی۔

کررررر۔۔۔۔۔۔۔۔۔ کی آواز آئی۔ میں سوچنے لگا کہ یہ کس پرندے کی آواز ہے۔ پرندہ ہلکے سبز رنگ کا تھا۔ دیکھنے میں کافی خوبصورت لگ رہا تھا۔ قریب سے گزرتے ہوئے ایک مسافر سے میں نے پوچھا۔۔۔۔۔۔۔۔۔ "اس پرندے کا نام کیا ہے؟"

وہ "پتہ نہیں" کہہ کر آگے بڑھ گیا۔ میں کچھ دیر تک اس پرندے کو حیرت سے دیکھتا رہا۔ پرندہ پھُر سے اڑا اور راستے کے کنارے موجود گھونسلے میں گھس گیا۔ میں اس گھونسلے کی طرف متوجہ ہو گیا۔ گھونسلہ چاروں طرف سے بیلوں سے ڈھکا ہوا تھا۔ سبز رنگ اتنا سبز تھا کہ دور سے کالا لگ رہا تھا مگر درحقیقت سبز رنگ سے ایک روشنی پھوٹ رہی تھی۔ پتیاں کنارے پر آری کی طرح کٹی کٹی تھیں۔ ان کے ساتھ بے شمار پھول تھے۔ پھول بھی کافی خوبصورت لگ رہے تھے۔ پتہ نہیں ان بیلوں کا نام کیا تھا۔ ضلع کلکٹر کے دفتر کے کلرک تیزی سے دفتر جا رہے تھے۔ میں نے ان سے کہا۔۔۔۔۔۔۔۔

"ان بیلوں کا نام بتائیے تو ذرا!"

"وہ جنگلی بیلیں ہیں۔" یہ کہہ کر وہ تیزی سے آگے بڑھ گئے۔ میں سمجھ گیا کہ انہیں بھی معلوم نہیں ہے۔

سچائی یہی ہے کہ ہم لوگ بہت کچھ نہیں جانتے ہیں۔ کل رات مچھر دانی لگاتے ہوئے

میں نے سوچا.........' کیل، دھاگا اور مچھردانی کس نے ایجاد کی؟ روز مرہ کے استعمال میں آنے والی بہت ساری چیزوں کے نام ہم نہیں جانتے ہیں۔ ہمارے چاروں طرف بے شمار پھول، پھل، بیلیں اور درخت ہیں مگر ہم ان کے نام سے ناواقف ہیں۔

"ارے بھوتو!! تم یہاں؟" کسی نے آواز لگائی۔ میں نے مڑ کر دیکھا۔ وہ میرا ہم جماعت گو بند تھا۔ گو بند نے ایک خوشخبری سنائی۔

"تم نے سنا؟ کل رامافٹ بال کھیلتے ہوئے مار کھا کر بے ہوش ہو گیا تھا۔"

"اچھا!!"

"ہاں، کل ہم لوگوں نے اس کی اوقات بتا دی۔ اب وہ ہم لوگوں کے ساتھ بدتمیزی کرنے کی ہمت نہیں کرے گا۔ ہابل بھائی نے کل اس کے پیٹ میں ایسی لات ماری کہ وہ بے ہوش ہو کر گر پڑا۔"

گو بند بڑے جوش و خروش سے واقعہ بیان کر رہا تھا۔ وہ فٹ بال کا بڑا شوقین تھا۔ ہمارے گاؤں کے متصل گاؤں میں جو اسکول تھا راما اسی کا طالب علم تھا۔ راما کی وجہ سے ہی آج تک ہم لوگ فٹ بال میں اس اسکول کو کبھی ہرا نہیں سکے تھے۔ وہ بار بار فیل کر کے آج تک اسی اسکول میں ہے۔ اساتذہ بھی اسے چھوڑنا نہیں چاہتے ہیں کیونکہ اس کی وجہ سے ہر سال کپ اس اسکول میں جاتا ہے۔ وہ فٹ بال کا بہترین کھلاڑی ہے۔ بڑی مونچھیں، چوڑا سینہ، اگر چہ میں فٹ بال کا اتنا شوقین نہیں تھا پھر بھی مخالف ٹیم کے بڑے جیالے کے زوال کی خبر سن کر خوشی کا اظہار کرنا پڑا۔

گو بند سے باتیں کرتے ہوئے ملک پاڑہ کے موڑ تک پہنچ گیا۔ تب گو بند نے کہا ......

"ارے ہاں میں تو تمہیں اصل بات بتانا بھول ہی گیا۔ آج ہم لوگ آپس میں پیسے اکٹھا کر کے ہابل بھائی کی دعوت کرنے والے ہیں۔ تمہیں بھی چار آنے دینے پڑیں گے۔ میں بازار سے گوشت لانے جا رہا ہوں۔ تم اگر ندی سے ہلسا مچھلی لا سکو تو اچھا ہوگا۔ ندی تمہارے گھر کے قریب ہی ہے۔ فتی خالہ نے کھانا پکانے کی ذمہ داری قبول کر لی ہے۔ شاندار دعوت ہوگی ...... تم مچھلی لا دو گے ناں؟" میں نے وعدہ کر لیا۔

گو بند چلا گیا۔ میں بھی واپس آنے لگا کہ اچانک میری نظر مو کد اپھوپھی کے گھر کے

باہر ایک کونے پر پڑی جہاں ایک خالی جگہ پر رکھی بالو پر ایک بلی لوٹ پوٹ کر رہی تھی۔ دیکھنے میں اچھا لگ رہا تھا۔ میں کچھ دیر کے لئے رک گیا۔

''ارے بھوتو! یہ تم ہو؟'' کھڑی سے موکھدا پھوپھی کا چہرہ نظر آیا۔ وہ بیوہ تھیں اور ہمیشہ بیمار رہتی تھیں۔

''ہاں، میں ہوں۔''

''ذرا سامنے والی دکان سے مصری لا دو بیٹا۔ کل سے مجھے بخار آ رہا ہے۔ چلنا پھرنا دشوار ہے۔''

میں نے موکھدا پھوپھی سے پیسے لے لئے اور دکان کی طرف چل پڑا۔ دکان پر کافی بھیڑ تھی۔ گاہک قطار میں کھڑے تھے۔ میں بھی قطار میں لگ گیا۔ سامنے والا شخص ننگا بدن تھا۔ اس کی پیٹھ پر دو حیرت انگیز تل تھے۔ ریڑھ کی ہڈی کے دونوں طرف یکساں دوری پر دونوں تل بنے تھے۔ ایسا لگتا تھا جیسے کسی نے کمپاس کی مدد سے بنا دیئے ہوں۔ مجھے حیرانی ہوئی کہ ایسا کیسے ہو گیا۔ گاہک مختلف موضوعات پر گفتگو کر رہے تھے۔ چاول کی قیمت، کپڑے، گاندھی، نہرو، سبھاش چندر بوس، ہندو مسلمان فساد، میونسپلٹی کے نالے، سیلاب اور ٹرین وغیرہ۔ میں نے آسمان کی طرف دیکھا۔ بادل کا ایک ٹکڑا بالکل گھڑیال کی شکل کا لگ رہا تھا۔ مصری خریدنے میں دو گھنٹے لگ گئے۔ موکھدا پھوپھی کو مصری دے کر واپس ہوتے ہوئے راستے میں نیپال سے ملاقات ہو گئی۔ اس نے پوچھا۔۔۔۔۔۔۔۔۔''اسٹیشن نہیں جاؤ گے؟''

''کیوں؟ اسٹیشن کیوں؟''

''ارے تم نے سنا نہیں؟ آج تین بجے کی ٹرین سے شہنواز یہاں سے گزرے گا۔''

مجھے پتہ نہیں تھا مگر مجھے شہنواز کو دیکھنے کی تمنا تھی۔ میں نیپال کے ساتھ اسٹیشن چلا گیا۔ وہاں لوگوں کا جم غفیر تھا۔ وقفے وقفے سے ''جے ہند'' کے نعرے لگائے جا رہے تھے۔ بہت سارے لوگ تھے۔ بہت طرح کے لوگ تھے۔ ان کی باتوں میں مجھے وہ جذبہ نظر نہیں آیا جو ایک محبِّ وطن میں نظر آنا چاہئے۔ ایسا لگتا تھا جیسے سب کے سب تفریحاً وہاں آئے ہوں۔ کوئی بیڑی کے کش لے رہا تھا۔ کوئی قہقہے لگا رہا تھا۔ ایسا لگتا تھا وہ انسان نہ ہوں دھول گرد ہوں جو ہوا چلتے ہی ہوا کے ساتھ ہوا کے رخ میں اڑ رہے ہوں۔ مجھے بوریت کا احساس ہونے لگا مگر میں نے

بن پھول   مترجم: احمد کمال حشمی

واپس جانا مناسب نہ سمجھا اور ٹرین کا انتظار کرنے لگا۔

تقریباً ایک گھنٹے کے انتظار کے بعد ٹرین آئی۔ سب لوگ پھر ''جے ہند'' کا نعرہ بلند کرنے لگے۔ مگر میں شہنواز کو دیکھ نہیں پایا۔ میرے سامنے لمبے قد کے دو لوگ کھڑے ہو گئے۔ ان کی پشت اور کپڑے کا ڈیزائن دیکھ کر واپس لوٹنا پڑا۔

ندی کے کنارے ہلسا مچھلی کے انتظار میں بیٹھا ہوا ہوں۔ چھوٹی کشتیاں اب تک نہیں آئی ہیں۔ سورج مغرب میں غروب ہونے لگا ہے۔ افق پر لالی پھیل گئی ہے جو بہت خوبصورت لگ رہی ہے۔۔۔۔۔۔۔۔۔ یکا یک مجھے شرمندگی کا احساس ہونے لگا۔ میں تو رنگین تتلی کے پیچھے گھر سے نکلا تھا اور اب ہلسا مچھلی کے انتظار میں بیٹھا ہوں۔ سارا دن مجھے تتلی کی یاد بھی نہیں آئی۔

☆ ☆ ☆

سروپ

اس دن تھرڈ کلاس کمپارٹمنٹ میں بہت زیادہ بھیڑ تھی۔ زیادہ تر مسافر کھڑے تھے۔ میری قسمت اچھی تھی کہ مجھے ایک کنارے کی سیٹ مل گئی مگر زندگی کی کوئی آسائش خالص نہیں ہوتی ہے۔ گلاب میں کانٹے بھی ہوتے ہیں۔ میرے بغل میں جو مسافر بیٹھا تھا اس کی قربت مجھے بہت ناگوار گزر رہی تھی۔ اس کے سر پر گھنے بال تھے، چہرے پر بے ترتیب ڈاڑھی تھی۔ دانت پیلے تھے۔ آنکھوں کے کناروں پر میل تھی۔ اس کے بدن سے پسینے کی بدبو اٹھ رہی تھی۔ اس کے کپڑے بھی کافی گندے تھے۔ گندہ انسان تھا۔ اس پر طرہ یہ کہ وہ بار بار میری طرف ڈھلکا آ رہا تھا۔ دو مرتبہ سر سے سر ٹکرایا بھی۔ کمپارٹمنٹ میں اگر بھیڑ نہیں ہوتی تو میں دوسری طرف چلا جاتا مگر کھسکنے کی بھی جگہ نہیں تھی۔ اس لئے مجبوراً میں وہیں بیٹھا رہا مگر غصے میں جل بھن رہا تھا۔ اس سے نجات کا کوئی راستہ بھی نہیں تھا۔ اچانک مجھے راستہ مل گیا۔ میرا نظریہ یکلخت بدل گیا۔ اب تک میں اس شخص کو غیر مہذب اور جانور سمجھ رہا تھا اور اسے کوڑے دان سے تشبیہ دے رہا تھا مگر جب میں نے اس کی طرف غور سے دیکھا تو میرے سوچنے کے انداز میں تبدیلی آ گئی۔ مجھے وہ شخص کافی تھکا ماندہ لگا۔ کافی غریب بھی لگ رہا تھا۔ عمر بھی کافی ہو گئی تھی۔ ڈاڑھی اور مونچھیں سفید ہو چکی

بن پھول   مترجم: احمد کمال آفشمی

تھیں۔ چہرے سے بیچارگی ٹپک رہی تھی۔ اچانک مجھے اپنے والد کی یاد آگئی۔ عمر کے آخری حصے میں انہوں نے افیم کا نشہ پکڑ لیا تھا۔ شام ہوتے ہی وہ بھی اس شخص کی طرح ڈولنے لگتے تھے۔ ماں خوب ڈانٹتی تھی مگران کی زبان سے احتجاج کا ایک لفظ بھی نہیں نکلتا تھا۔ وہ کسی مجرم کی طرح سرجھکائے بیٹھے رہتے۔ کبھی کبھی ان کے ہونٹوں پر پشیمانی بھری مسکراہٹ دوڑ جاتی تھی۔

”سنئے“ میں نے کہا۔

”کیا ہوا؟“

”آپ میرے کاندھے پر سر رکھ کر سونے کی کوشش کریں۔“

”نہیں۔ آپ کے کپڑے خراب ہو جائیں گے۔ میرے بالوں میں تیل لگا ہوا ہے۔“

”کوئی بات نہیں۔ آپ کچھ دیر نیند پوری کر لیں۔“

مجھے زیادہ اصرار نہیں کرنا پڑا۔ اس نے میرے شانے پر سر رکھا اور سو گیا۔ تقریباً ایک گھنٹے تک وہ سوتا رہا۔ اس دوران بہت سارے مسافر اتر گئے۔ کافی جگہیں خالی ہو گئیں۔ پھر انجن کے جھٹکے سے اس کی نیند کھل گئی ....

”میں بہت دیر سویا۔ تمہیں تکلیف تو نہیں ہوئی ناں؟“

”نہیں۔ کچھ خاص نہیں۔“

”اب تم سوؤ۔ میں ”تم“ کہہ کر مخاطب کر رہا ہوں۔ کچھ خیال نہ کرنا۔ تم میرے بڑے بیٹے کے ہم عمر لگتے ہو .... کتنی عمر ہے تمہاری؟“

”بیس سال“

”میرے بیٹو کی عمر بھی بیس سال ہے۔ اچھا، اب تم خالی سیٹ پر لیٹ جاؤ۔ میں تمہارے سامان کی نگرانی کروں گا .... تمہارا سامان کہاں ہے؟“

”وہ ایک ٹرنک ہے اور کچھ نہیں۔“

”ٹھیک ہے۔ میں نظر رکھوں گا۔ تم سو جاؤ۔“

مجھے بھی زوروں کی نیند آ رہی تھی۔ سو میں بھی سیٹ پر لیٹ گیا۔ میری نیند گہری ہوتی ہے اس لیے عام طور پر میں ٹرین میں سوتا نہیں ہوں مگر پتہ نہیں کیوں مجھے اس شخص پر اتنا اعتماد ہوا کہ میں گہری نیند سو گیا۔ مجھے یاد نہیں کہ میں کتنی دیر سوتا رہا۔ ایک بڑے اسٹیشن پر شور و غل کی آواز

سن کر میری نیند ٹوٹ گئی۔ سامنے ہی ایک آدمی کھانا فروخت کر رہا تھا۔ میں نے سر نکال کر کچھ پوریاں، ترکاری اور مٹھائیاں خریدیں۔ ٹرین چل پڑی تھی۔ اس وقت ٹرین کے کمرے میں اور کوئی نہیں تھا۔ اس شخص نے میری طرف دیکھتے ہوئے کہا ....

''تم زیادہ دیر نہیں سوئے۔ لگتا ہے مجھ پر بھروسہ نہیں ہوا۔''

میں نے کھانا ضرورت سے زیادہ خریدا تھا۔ میں نے آدھا اس کی طرف بڑھاتے ہوئے کہا ....

''آپ بھی کھائیے۔''

''تم نے میرے لئے بھی خریدا ہے کیا؟'' اس نے کہا۔ پھر کچھ توقف کے بعد کہنے لگا ....''اچھا ہی کیا تم نے۔ مجھے بھی بھوک لگی ہے۔''

وہ بڑے بے ڈھنگے پن سے جلدی جلدی کھانے لگا۔ پھر جلدی ہی سب کچھ کھا گیا۔

''اور تھوڑا لیں گے؟'' میں نے پوچھا۔

''نہیں۔ تم کھا لو۔''

کھانے سے فارغ ہو کر ہاتھ منھ دھو کر ہم دونوں ایک دوسرے کے آمنے سامنے بیٹھ گئے۔

''تم کہاں سے آ رہے ہو؟'' اس نے پوچھا۔

''ہزاری باغ سے۔''

''وہاں کیا کرتے ہو؟''

''کالج میں پڑھتا ہوں اور چھٹیوں میں گھر جا رہا ہوں۔ آپ کہاں سے آ رہے ہیں؟''

''میں بھی ہزاری باغ سے آ رہا ہوں۔ میری بھی چھٹی ہوئی تو گھر جا رہا ہوں۔''

''کیا آپ وہاں ملازمت کرتے ہیں؟''

''نہیں، میں وہاں جیل میں تھا۔ کل ہی رہائی ملی ہے۔''

''آپ جیل کیوں گئے؟''

''چوری کرنے کے سبب۔ میں ایک چور ہوں۔''

یہ سن کر مجھ پر بجلی گر گئی۔ مجھے لگا جیسے کسی نے اونچے پہاڑ کی چوٹی سے نیچے ڈھکیل

دیا ہو۔ میری زبان گنگ ہوگئی۔ میں اس کی طرف دیکھتا رہ گیا۔

"ہاں، میں چور ہوں۔ چوری میرا پیشہ ہے۔ یہ مجھے تیسری بار جیل جانا پڑا۔ جیل سے نکلنے کے بعد کچھ دن آرام کرتا ہوں۔ پھر چوری کرتا ہوں اور جیل چلا جاتا ہوں۔ یہی میری زندگی ہے۔"

"آپ چوری کیوں کرتے ہیں؟"

"پہلی بار بری صحبت میں پڑ کر میں نے چوری کی تھی۔ بیٹی کی شادی کرنے کے لئے مجھے پیسوں کی ضرورت تھی۔ ہم لوگوں نے بیس ہزار روپئے چرائے۔ میرے حصے میں پانچ ہزار روپئے آئے تھے جس سے میں نے بیٹی کی شادی کرائی۔ اس جرم میں مجھے دو سال کی سزا ہوئی تھی۔ جیل میں بیٹھ کر میں نے قسم کھائی تھی کہ پھر کبھی چوری نہیں کروں گا مگر جیل سے چھوٹنے کے بعد میں نے محسوس کیا کہ قسم کی حفاظت کرنا مشکل ہے۔ میں بدنام ہو چکا تھا۔ شریفوں کے سماج میں میرے لئے کوئی جگہ نہیں تھی۔ لوگوں نے میرا سماجی بائیکاٹ کر دیا۔ مجھے کوئی کام دینے پر راضی نہیں تھا۔ لوگ مجھ سے ٹھیک سے بات تک نہیں کرتے تھے۔ اس طرح سماج سے کٹ کر انسان کتنے دن رہ سکتا ہے۔ اس لئے مجھے دوبارہ چوری کرنے پڑی۔ چوری کرکے جو رقم ہاتھ لگی تھی وہ بھی گھر والوں کے حوالے کرکے میں پھر جیل چلا گیا۔ جیل کے باہر بھی محنت مشقت کرکے کھانا پڑتا جیل کے اندر بھی محنت کرنی پڑتی ہے۔ محنت کے بغیر کھانا کہیں بھی میسر نہیں ہوتا۔ جیل میں کم از کم یہ سہولت تو ہے کہ "جگہ خالی ہے" کا اشتہار نہیں ڈھونڈنا پڑتا ہے۔ وہاں روز کام دستیاب ہے۔ مختلف طرح کے کام سیکھنے کا موقع بھی ملتا ہے۔ مختلف لوگوں سے ملاقات ہوتی ہے۔ بیمار ہونے پر ڈاکٹر آ کر بلا معاوضہ علاج کرتا ہے۔ پختہ کمرے میں سونا نصیب ہوتا ہے۔ تفریح کا بھی انتظام رہتا ہے۔ تعلق گہرا ہو تو جیلر اچھا سلوک کرتا ہے۔ جیل میں کوئی تکلیف نہیں ہوتی ہے۔ جیل کے باہر کی دنیا میں گزارہ مشکل ہے۔ ایک بار قدم ڈگمگائے تو پھر سماج معاف نہیں کرتا ہے۔ منھ سے بھلے کوئی کچھ نہ کہے مگر رویہ یہ بتا دیتا ہے کہ تم چور ہو۔ تم ہم سے الگ ہو۔"

وہ شخص لگاتار بولتا رہا جیسے کہ سبق زبانی یاد ہو۔ میں خاموشی سے اس کے چہرے کی طرف دیکھتا رہا۔ میرے منھ سے ایک لفظ بھی نہیں نکلا۔ میرے دل میں خوف پیدا ہونے لگا۔ اس نے اپنے بارے میں مجھے جو کچھ بتایا اسے سن کر مجھے اس سے نفرت ہونی چاہیئے تھی مگر مجھے

اس سے نفرت ہونے لگی۔وہ چور تھا۔پتہ نہیں میرے سامنے کب تک بیٹھا رہے گا۔

''تم نے مجھے کھانا کھلایا ہے۔میری بھی خواہش ہے کہ میں تم کو کچھ کھلاؤں۔تم میرے بیٹوں کی عمر کے ہو۔جیل سے رہا ہوتے وقت مجھے کچھ پیسے ملے تھے۔میں نے ٹکٹ کے پیسے رکھ کر باقی پیسوں کی شراب پی لی۔جیل سے رہا ہوں کے بعد میں ہر بار ایسا ہی کرتا ہوں۔مجھے کیا پتہ تھا کہ تم سے ملاقات ہوگی۔اگر پتہ ہوتا تو کچھ پیسے بچا کر رکھتا۔''اس کے ہونٹوں پر بے چارگی سے پر مسکراہٹ دوڑ گئی۔

میں خاموشی سے اس کی طرف دیکھتا رہا۔میری سمجھ میں نہیں آ رہا تھا کہ کیا بولوں۔وہ بھی پلکیں جھکائے بغیر میری طرف دیکھتا رہا۔ٹرین اندھیرے میں تیزی سے رواں دواں تھی۔وہ اچانک بول اٹھا............''میں ایک کام کی بات بتا سکتا ہوں۔میری باتوں پر عمل کرو گے تو تمہارے گھر میں کبھی چوری نہیں ہوگی۔میں ماہر چور ہوں اس لئے تم کو کچھ ہدایتیں دے سکتا ہوں............دوں؟''

''دیجئے۔''میں نے کہا۔

''چونکہ میں ایک نقب زن ہوں اس لئے نقب زنی کے متعلق ہی کچھ باتیں بتاؤں گا۔ ہمیں جس گھر میں نقب لگانی ہوتی ہے اس پر ہم لوگ دس پندرہ روز پہلے سے نظر رکھنا شروع کر دیتے ہیں۔گھر کی بتیاں کب بجھائی جاتی ہیں،رات بارہ بجے کے بعد کسی کا آنا جانا رہتا ہے کہ نہیں،گھر میں کتے ہیں تو نہیں ہیں اور اگر ہیں تو کس قسم کے ہیں؟،کھانا دے کر انہیں خاموش کرایا جا سکتا ہے کہ نہیں، ہم انہیں دن میں کھلا کھلا کر انسیت پیدا کرنے کی کوشش کرتے ہیں۔تین چار دنوں تک کھلاتے رہنے سے انسیت پیدا ہو جاتی ہے۔ہم لوگ یہ بھی دیکھتے ہیں کہ رات بارہ بجے سے دو بجے تک کے درمیان کوئی الارم گھڑی تو نہیں بجتی ہے۔بہت سارے گھروں میں قلم کا ریا طالب علم نصف رات کے بعد اٹھ کر پڑھتے لکھتے ہیں۔ایسے گھروں میں نقب زنی ناممکن ہے۔ اور ہاں ایک اور بات کا ہمیں دھیان رکھنا پڑتا ہے۔جس گھر کے لوگ سونے سے پہلے ٹارچ جلا جلا کر چاروں طرف دیکھ لیتے ہیں اس گھر کے قریب ہم لوگ پھٹکتے بھی نہیں ہیں۔اس لئے تم بھی کچھ باتوں پر عمل کرنا۔پہلی بات یہ کہ سونے سے پہلے چاروں طرف ٹارچ جلا کر دیکھ لینا۔ دوسری بات،رات کو ایک بجے کا الارم لگا کر سویا کرو۔تیسری بات۔اگر گھر میں کتے ہوں تو انہیں

باندھ کر رکھنا اور اپنے ہاتھوں سے کھانا کھلایا کرنا۔ انہیں کبھی بھی باہر مت نکلنے دینا مگر سونے جانے سے پہلے کھول دینا۔ ساری باتیں یاد رہیں گی ناں؟''

''ہاں، یاد رہیں گی۔'' میں نے جواب دیا۔

وہ شخص اگلے اسٹیشن پر اتر گیا۔

ایک مہینے بعد کا واقعہ ہے۔ میری گرمی کی چھٹیاں ختم نہیں ہوئی تھیں۔ میں رات کے وقت سو رہا تھا کہ اچانک میری نیند ٹوٹ گئی۔ میرے چہرے پر ٹارچ کی روشنی پڑ رہی تھی۔ میں ہڑبڑا کر اٹھ بیٹھا اور فوراً بیڈ سوئچ آن کر دیا۔ میں نے دیکھا کہ سامنے وہی شخص کھڑا ہے۔ اس نے سرگوشی کی ....

''اوہ! یہ تمہارا گھر ہے؟ مجھے تو پتہ ہی نہیں تھا۔ تم نے میری ایک بات بھی نہیں مانی۔ میں نے خواہ مخواہ نقب لگائی۔ شور مت مچانا۔ میں جاتا ہوں۔''

وہ خاموشی سے باہر نکل گیا۔ میں بت بنا اسے جاتے دیکھتا رہا۔ کچھ دیر کے بعد میں نے اٹھ کر دیکھا کہ اس نے گھر کی ایک دیوار میں نقب لگائی تھی۔ میرے والدین اوپر والے کمرے میں سو رہے تھے۔ میں نے انہیں جگانا مناسب نہیں سمجھا کیونکہ گھر کی کوئی چیز چوری نہیں کی گئی تھی۔

سات دنوں کے بعد ایک روز ایک شخص مجھے ایک لفافہ دے کر چلا گیا۔ اس میں دس دس کے دو نوٹ تھے اور ایک چھوٹا سا خط تھا ...... ''دیوار میں جو سوراخ ہے اسے بند کروا لینا۔ فقط سروپ''۔

ایک مہینے کے بعد اس شخص سے ٹرین میں پھر ملاقات ہوگئی۔ اس وقت اس کے ہاتھ میں ہتھکڑیاں تھیں۔ اس کے ساتھ ایک کانسٹیبل تھا۔ مجھ پر نظر پڑتے ہی وہ شخص مسکرانے لگا۔ اس نے مجھ سے پوچھا ....

''رقم ملی تھی؟''

''ہاں، کسی سروپ نے مجھے بیس روپئے بھیجے تھے۔''

''میرا ہی نام سروپ ہے۔''

☆ ☆ ☆

بن پھول   مترجم: احمد کمال آتشی

لاش

معاملہ بحث سے شروع ہوا تھا۔ جیون، کالو اور امل میڈیکل کالج کے ایک میس میں رہتے تھے۔ تینوں تیسرے سال کے طالب علم تھے۔ لاشوں پر سرجری کی مشق چل رہی تھی۔ اس وقت اناٹومی ہال کی ہر میز پر ایک ایک لاش رکھی ہوئی تھی۔ طالب علموں نے سر، گلا، ہاتھ، پاؤں، سینہ چیر کر لاشوں کی حالت خراب کر رکھی تھی۔

جیون اور کالو ایک ہی کمرے میں رہتے تھے اور امل تیسری منزل کے ایک چھوٹے سے کمرے میں اکیلا رہتا تھا۔ جیون کے کمرے میں بحث کی شروعات ہوئی تھی۔

کانو : بھائیو! آج میرا موڈ بہت خراب ہے۔

جیون : اچانک کیوں خراب ہو گیا؟ لگتا ہے کہ بیوی کا خط نہیں آیا ہے۔

کانو : اس کا خط آیا ہے۔ میرا موڈ کسی اور وجہ سے خراب ہے۔

امل : لگتا ہے پیسے ختم ہو گئے ہیں۔

کانو : ارے نہیں۔ وجہ وہ نہیں ہے۔ نیل منی سے ہمیشہ ادھار مل جاتا ہے۔ نیل منی کالج کے ریسٹورنٹ کا مالک تھا۔ کالج کے سارے طلبہ اس کے یہاں کھانا کھاتے تھے۔

امل : تو موڈ خراب ہونے کا اچانک کیا سبب ہو گیا؟

کانو : مجھے جو لاش دی گئی ہے وہ کسی لڑکی کی ہے۔ اس کے ہاتھ پر ''پاروِل'' گودا ہوا ہے۔ لڑکپن میں گاؤں کی ایک لڑکی سے میری گہری دوستی تھی۔ اس کا نام بھی پاروِل تھا۔ بہت دنوں پہلے اس سے میرے مراسم ختم ہو گئے تھے۔ آج ڈسکشن کرتے ہوئے اس کا ہی خیال آتا رہا۔ لگ رہا تھا جیسے وہ میری پشت پر کھڑی ہو۔

امل نے زوردار قہقہہ لگایا۔

امل : چھی۔ تم اتنے ڈرپوک ہو۔ تم اس کا چہرہ دیکھ کر اسے پہچان نہیں پائے؟

بن پھول   مترجم : احمد کمال آشمی

کانو : چہرہ تھا ہی نہیں ۔ سر اور گردن کا ڈسکشن ہو چکا تھا۔ میں پاؤں کا ڈسکشن
کر رہا تھا اور محسن پیٹ کا اور گوبند ہاتھ کا۔ ان کے پارٹنرکالی، جتن اور مہابیر
ہیں ۔ وہ لوگ بتار ہے تھے فرطِ خوف سے ان کا بدن کانپ رہا تھا۔

امل : دھت! یہ سب بدعقیدے ہیں ۔

جیون : کیا تمہارا کوئی بدعقیدہ نہیں ہے؟

امل : بالکل نہیں ہے ۔

جیون : گائے کا گوشت کھا سکتے ہو؟

امل : کھا سکتا ہوں مگر کھاتا نہیں کیونکہ طبیعت مائل نہیں ہوتی ۔

جیون : یہ بھی بدعقیدے کی مثال ہے ۔

امل : ہو سکتا ہے مگر کانو کی طرح آنو کے اجالے میں میرا بدن نہیں کانپ سکتا۔

جیون : اور رات کو؟

امل : رات کو بھی نہیں کیونکہ میں بھوت پریت پر یقین نہیں رکھتا۔

جیون : کیسے یقین نہیں کرو گے؟ برسہابرس سے دنیا کے ہر ملک میں، ہر سماج
میں، ہر سطح پر لوگ جس پر یقین کرتے ہیں کیا وہ غلط ہو سکتا ہے؟ تمہارے
یقین نہیں کرنے کی وجہ کیا ہے؟

امل : میں نے کبھی اپنی آنکھوں سے بھوت نہیں دیکھا ہے ۔

جیون : کیا تم نے کبھی اپنی آنکھوں سے سوئزرلینڈ اور آئس لینڈ دیکھا ہے؟ تو کیا
یہ ممالک نہیں ہیں؟ مائیکرو اسکوپ ایجاد ہونے سے پہلے کیا کسی نے
بیکٹیریا دیکھا تھا؟ تو کیا اس کا مطلب یہ ہوا کہ بیکٹیریا تھے ہی نہیں؟

کانو : ممکن ہے کہ کبھی بھوتو اسکوپ بھی ایجاد ہو جائے تب ہمارے چاروں
طرف بھوت ہی بھوت نظر آئیں گے۔

امل : یہ سب بکواس ہے ۔

کانو : بھائی! میرا تو بدن کانپ رہا تھا اور یہ بکواس نہیں ہے ۔

جیون : آج جو لاش آئی ہے کیا تم نے دیکھی؟ کالا مستنڈا چہرہ، گھنی سفید سیاہ

ڈاڑھی، بڑی بڑی آنکھیں، دانت نکلے ہوئے جیسے کہ لاش ہنس رہی ہو۔
اسے دیکھ کر میں بھی ڈر گیا تھا۔ پتہ نہیں وہ لاش کس کے حصے میں آئے گی؟
ایسا لگتا ہے کہ اس کے بدن پر چاقو رکھتے ہی لاش اٹھ بیٹھے گی اور کاٹ
کھائے گی۔ کتنا خوفناک چہرہ ہے!!

امل : میں نے وہ لاش دیکھی ہے۔ مجھے بالکل ڈر نہیں لگا۔ لاش لاش ہے۔
لاش سے کیا ڈرنا؟

جیون : رات کے بارہ بجے اندھیرے میں اناٹومی روم میں جا کر اس کی پیشانی
پر سندور لگا سکتے ہو؟

امل : ہاں، لگا سکتا ہوں۔

جیون : نہیں لگا سکتے۔

امل : بالکل لگا سکتا ہوں۔

جیون : میں شرط لگا سکتا ہوں کہ تم ایسا نہیں کر سکتے۔

امل : ٹھیک ہے۔ لگی شرط!! کتنے کی؟

جیون : دس روپے کی۔

امل : منظور ہے۔

جیون : آج رات بارہ بجے ہم لوگ تمہیں میس سے باہر نکال دیں گے۔ منا ڈوم
کو دو روپے دینے پر وہ اناٹومی روم کھولنے پر تیار ہو جائے گا۔ میں اسے
راضی کر لوں گا مگر تم ٹارچ یا کوئی اور روشنی لے کر نہیں جا سکتے۔ اندھیرے
میں ہی روم میں داخل ہونا پڑے گا۔ مجھے امید ہے کہ تم ٹٹول کر پتہ کر لو گے
کہ میز کہاں ہے۔ راضی ہو؟

امل : راضی ہوں۔

لیکن اس شام جیون میس میں نہیں رہ سکا۔ وہ رات کے کھانے پر اپنی بہن
کے یہاں مدعو تھا۔ اس لئے طے پایا کہ نو ہی امل کو ساتھ لے کر اناٹومی
روم تک جائے گا۔ کانو دور ہی رہے گا اور امل اندر داخل ہو گا۔

<hr>

گھڑی میں الارم لگا کر سب سو گئے۔ الارم بجتے ہی دونوں اٹھے۔ امل نے پہلے سے ہی سندور اور تیل ملا کر ایک شیشی میں بھر رکھا تھا۔ اسے لے کر دونوں نکل پڑے۔ کانو دور ہی کھڑا رہ گیا۔ امل اناٹومی روم کی طرف بڑھا۔ اناٹومی روم کا دروازہ کھلا ہوا تھا۔ جیون اس کا انتظام کر کے گیا تھا۔ اندر جا کر پہلے تو امل کو کچھ نظر نہیں آیا۔ گھپ اندھیرا تھا۔ وہ چند لمحے چپ چاپ کھڑا رہا۔ کہیں سے کھٹ کھٹ کی آواز آئی۔ امل کو لگا کہ چوہے ہوں گے۔ جب آنکھیں کچھ دیکھنے کے قابل ہوئیں تو اسے میز کا ہیولہ نظر آیا۔ وہ آہستہ آہستہ آگے بڑھا۔ میز کے قریب پہنچ کر وہ کچھ دیر کھڑا رہا۔ پھر اس نے جیسے ہی انگلی سیندور میں ڈبو کر لاش کی پیشانی پر لگانے کی کوشش کی ایک خلاف توقع بات ہوئی۔ لاش نے ہاتھ بڑھا کر اسے دبوچ لیا۔ اسی وقت ایک چیخ سنائی پڑی۔

کانو اور منا ڈوم دوڑ کر اندر داخل ہوئے۔ انہوں نے دیکھا کہ امل بے ہوش پڑا ہے اور جیون خون سے لت پت ہے۔ لاش کو میز سے اتار کر جیون خود میز پر لیٹ گیا تھا۔ یہ جیون اور منا ڈوم کی ملی بھگت تھی۔ امل اپنی جیب میں چاقو چھپا کر لے گیا تھا۔ چہرے پر پانی کے چھینٹے مارتے ہی امل کو ہوش آ گیا۔ جیون کو ایمرجنسی روم میں لے جایا گیا۔ کانو اس کے ساتھ گیا۔

امل جب اپنے کمرے میں آیا تو اس وقت دو بج رہے تھے۔ کمرے میں داخل ہوتے ہی وہ پھر زور سے چیخ پڑا۔ وہی کالی مسٹنڈی لاش بڑی بڑی آنکھیں اور خوفناک چہرہ لئے امل کے بستر پر بیٹھی ہوئی تھی۔

لاش نے دھیمی آواز میں کہا...........''تم لوگوں کا کھیل تماشا تمام ہوا۔ اب میرے بارے میں بھی کچھ سوچو۔ تم لوگوں نے مجھے میز سے اتار کر زمین پر لٹا دیا ہے۔ مجھے ٹھنڈ لگ رہی ہے...........''

امل آگے کچھ نہیں سن سکا۔ وہ پھر بے ہوش ہو چکا تھا۔

☆ ☆ ☆

سور بھ

رات گئے فون کی گھنٹی بج اٹھی اور بجتی رہی۔ مجبوراً مجھے بستر سے اٹھنا پڑا۔
’’ہیلو! ہاں یہ میرا ہی نمبر ہے .... ہاں، میں ہی بات کر رہا ہوں۔ بولئے ....
سور بھ؟ نہیں۔ اس نام کا یہاں کوئی نہیں رہتا۔ یہاں میں اور میرے نو سال کے بیٹے دیپو کے سوا
اور کوئی نہیں رہتا ہے۔ ایک میرا نوکر بیرو ہے سور بھ نہیں۔ مجھے لگتا ہے کہ آپ نے رانگ نمبر ڈائل
کیا ہے۔ سکس فائیو اے بھی ایک نمبر ہے۔ میرا نمبر سکس فائیو ایچ ہے۔ اگر ایسا ہے تو آپ کو غلط
اطلاع ملی ہے۔ یہاں سور بھ نام کا کوئی نہیں رہتا ہے۔ آپ کہاں سے بول رہی ہیں؟ بیرک پور
ہیلو میں کاٹ رہا ہوں۔ آپ میرے گھر آنا چاہ رہی ہیں؟ ٹھیک ہے آئیے مگر رات نو بجے کے بعد
فون کر کے آئیے گا۔ میں صبح دفتر کے لئے نکل جاتا ہوں۔ شام کو سات آٹھ بجے سے پہلے واپس
نہیں آتا۔ دیپو اسکول جاتا ہے۔ وہاں سے نکل کر وہ میری بہن کے گھر چلا جاتا ہے۔ میری بہن کا
گھر اس کے اسکول کے قریب ہی ہے۔ میں دفتر سے لوٹتے وقت اسے گھر لے آتا ہوں۔ اگر
آپ اتوار کو آئیں گی تو سہولت ہوگی۔ مگر فون کر کے تشریف لائیے گا۔‘‘
دوسری طرف ایک خاتون تھی۔ فون کاٹنے کے بعد میں کچھ دیر حیران کھڑا رہا۔ میں سوچ
میں پڑ گیا کہ وہ عورت کون تھی اور سور بھ کو کون ہے؟ وہ مجھ سے ملنے کیوں آنا چاہتی ہے؟ خواب
گاہ میں آ کر میں نے دیکھا کہ دیپو نیند میں بے چینی سے کروٹ بدل رہا ہے۔ ’’ٹن‘‘ کی ایک آواز
آئی۔ میں نے دیوار گھڑی کی طرف دیکھا۔ ایک بج رہا تھا۔ اس کے بعد مجھے ایک بو محسوس ہونے
لگی۔ ایسا لگا جیسے کمرے میں خوشبو پھیل رہی ہو۔ میں کوئی عطر وغیرہ استعمال نہیں کرتا تھا۔ میرا
فلیٹ تیسری منزل پر تھا۔ چاروں طرف مکانات تھے۔ قرب و جوار میں پھولوں کا کوئی پیڑ بھی نہیں
تھا۔ تو پھر یہ خوشبو کہاں سے آ رہی تھی؟ وہ عورت کسی سور بھ کو تذکرہ کر رہی تھی۔ تو کیا ....
میری نظر دیپو پر پڑی۔ وہ چپت پٹ کر رہا تھا۔ شاید وہ کوئی خواب دیکھ رہا تھا۔ اس کے ہونٹوں پر
ہنسی تھی۔ خوشبو تیز تر ہوگئی۔ مگر یہ خوشبو تھی کیسی؟ میں مختلف خوشبوؤں کے بارے میں سوچنے
لگا .... رجنی گندھا۔ گلاب؟ گندھ راج؟ گندھ نہیں، یہ خوشبو بالکل الگ تھی۔ میں غور کرنے لگا

         مترجم: احمد کمال آتشی

کہ شاید اس علاقے میں کسی کا باغ ہو اور شاید اس باغ میں تیز خوشبو والا کوئی پھول کھلا ہو۔ خوشبو مزید تیز ہو گئی۔ حیرت کی بات تھی کہ کچھ دیر پہلے وہ عورت سورج کے بارے میں دریافت کر رہی تھی۔ مجھے افسوس ہوا کہ میں اس کا نام، پتا یا فون نمبر نہیں پوچھ سکا۔ دیپو نیند میں بڑ بڑانے لگا .... ''ہاں مجھے یاد ہے۔'' میں نے دیپو کی طرف دیکھا۔ اس کے چہرے سے خوشی چھلک رہی تھی۔ معاملہ پراسرار ہوتا جا رہا تھا۔ خوشبو اور تیز ہو گئی۔ ایسا لگ رہا تھا باہر عطر کی بارش ہو رہی ہو۔ گھٹن محسوس ہونے لگی۔ سردی کا موسم تھا۔ کمرے کی ساری کھڑکیاں بند تھیں۔ میں نے کھڑکیاں کھول دیں۔ کھڑکیاں کھلتے ہی دور سے بانسری کی آواز آتی سنائی پڑی۔ کہیں کوئی بانسری بجا رہا تھا۔ بانسری کی آواز بہت مدھر تھی۔ دیپو کے لحاف پر میں نے کمبل ڈال دیا۔ دیپو پر سکون ہو گیا تھا۔ اس نے ایک کروٹ لی۔ وہ پھر بڑ بڑانے لگا .... ''میں ابھی اسکول میں پڑھتا ہوں۔'' شاید وہ نیند میں کسی سے گفتگو کر رہا تھا۔ معاملہ پیچیدہ ہو گیا تھا۔ میں نے نیند لانے کیلئے شیلف سے تنقید کی ایک کتاب اٹھائی اور لیٹ کر پڑھنے لگا۔ مگر نیند نہیں آئی۔ بانسری کی آواز خوشبو سے مل کر خوشگوار ماحول بنا رہی تھی۔ شاید میں غنودگی کے عالم میں تھا۔ پھر مجھے لگا جیسے کوئی رنگین دھند کھڑکی کے راستے سے کمرے میں داخل ہو رہی ہو اور اس میں کوئی غیر واضح طور پر حرکت کر رہا ہو۔ میرے چاروں طرف خوشبو، موسیقی اور رنگ کا حصار بن گیا تھا۔ اگلے ہی لمحے میری حیرت حد سے تجاوز کر گئی۔

ایک شخص ملکئی سبز اور گلابی رنگ کا جبّہ پہنے میری طرف بڑھ رہا تھا۔ اس کے بال سنہرے تھے۔ آنکھیں خوابیدہ تھیں۔ داڑھی اور مونچھیں بڑھی ہوئی تھیں مگر ایسا لگ رہا تھا کہ وہ مونچھ اور داڑھی نہیں بلکہ چہرے کے افق پر شفق کی لالی پھیلی ہوئی ہو۔ اس کے پیلے پیلے ہونٹ کانپ رہے تھے۔ پہلے تو اس کی باتیں میری سمجھ میں نہیں آئیں۔ پھر ایسا لگا جیسے کوئی بہت دور سے بول رہا ہو۔ ٹھیک اسی طرح جیسے لندن یا امریکہ سے ٹرنک کال پر کوئی بات کر رہا ہو ....

''آپ کہانیوں کی کتاب پڑھ رہے تھے اس لئے میرے دل میں آپ سے ملنے کی خواہش پیدا ہوئی۔ میں بھی آرٹ کی دنیا کے ایک رسالے کا مدیر رہ چکا ہوں۔ گفتگو اور خواب کا فرق تو آپ جانتے ہی ہوں گے۔''

''نہیں! میں ایک کلرک ہوں۔ فائل کے علاوہ اور کچھ نہیں جانتا۔ میں جو کتاب پڑھ رہا

تھا وہ میری بیوی کی ہے۔ گھر پر پڑھائی کرکے ہی اس نے بی ۔ے پاس کیا تھا۔ اسی وقت اسے اس طرح کی کتابیں خرید نی پڑی تھیں ۔ میں نیند لانے کے لئے یہ کتاب پڑھ رہا تھا۔''

''ایک معنی خیز ہنسی اس کے چہرے پر عود کر آئی ۔

''پھر بھی ہر شخص کو یہ جاننا ضروری ہے کہ گفتگو اور خواب میں کیا فرق ہے کیونکہ ہر شخص گفتگو کرتا ہے اور خواب دیکھتا ہے ۔''

بتائیے کیا فرق ہے؟ میں تو نہیں جانتا ۔''

''باتیں تمام ہو جاتی ہیں مگر خواب تمام نہیں ہوتے ۔ خوابوں کا دریا کبھی خشک نہیں ہوتا ۔ برسوں تک سلامت رہتا ہے ....آپ کی بیوی کہاں ہے ؟''

''میرے بیٹے کی پیدائش کے وقت ہی اس کا انتقال ہو گیا تھا ۔''

میں نے دیکھا کہ اس کے ارد گرد اور بھی مرد عورت جمع ہو گئے ۔ سبھوں کے بدن پر مختلف قسم کے لباس تھے ۔ سبھوں کے جسم شفاف تھے مگر برہنگی نہیں تھی ۔ ایسا لگا جیسے ان میں سے کچھ لوگوں کے پنکھ بھی ہیں ۔ پتا نہیں میرے کمرے میں کیا ہو رہا تھا ۔

''آپ کی بیوی کو کیا ہوا تھا ؟'' اس نے پوچھا ۔

میں خاموش رہا ۔ میں نے یہ بتانا مناسب نہیں سمجھا کہ اس نے پھانسی لگا کر خود کشی کی تھی ۔ میرے چاروں طرف جل ترنگ بج اٹھے ۔ میں سمجھ گیا کہ وہ سبھی ہنس رہے ہیں ۔ میری خاموشی انہیں دھوکے میں نہیں رکھ سکی ۔ شاید انہیں پتا تھا کہ میری بیوی نے خود کشی کی تھی ۔

''جس طرح شمال کی طرف بہنے والی ندی اپنا رخ بدل کر مغرب یا مشرق کی طرف کر لیتی ہے اسی طرح سپنے بھی اپنا رخ بدل لیتے ہیں ۔ آپ کی بیوی کے سپنوں کے دریا کو بھی آپ میں سمندر نہیں مل سکا تھا، ریگستان ملا تھا ۔ اس لئے اس نے اپنا رخ بدل لیا تھا ۔ اسی لئے اس نے خود کشی کر لی تھی ۔ آپ کو پارول یاد ہے ؟''

کون پارول ؟''

''آپ نے اپنے پچھلے جنم میں جس سے پیار کیا تھا لیکن اسے اپنا نہیں سکے تھے ۔ اس جنم میں بھی آپ نے لاشعوری طور پر مختلف لڑکیوں میں اسے ڈھونڈنے کی کوشش کی ۔ آپ کی بیوی کو اس کا پتا چل گیا تھا ۔ اس لئے وہ آپ کے ساتھ نہیں رہ سکی ۔ آپ پارول کو نہیں پا سکے تھے

جبکہ وہ آج بھی زندہ ہے۔ مگر وہ آپ سے پیار نہیں کرتی تھی۔ آج بھی نہیں کرتی ہے۔ وہ سورج سے پیار کرتی ہے۔ وہ سورج کو آج بھی تلاش کر رہی ہے۔ ہاں، آج بھی ڈھونڈ رہی ہے۔''

اونچے اونچے پیڑوں کے درمیان جس طرح ہوائیں چلنے سے سائیں سائیں کی آواز آتی ہے ٹھیک اسی طرح کی آواز مجھے سنائی پڑی۔ شاید وہ لوگ لمبی لمبی سانسیں لے رہے تھے۔

میں اٹھ کر بستر پر بیٹھ گیا۔ گھڑی نے ڈیڑھ بجایا۔ میں آدھے گھنٹے تک شاید کوئی خواب دیکھ رہا تھا۔ خواب ہی تو تھا۔ مجھے احساس ہوا کہ اب خوشبو نہیں آرہی ہے۔ سرد ہوائیں کھڑکی کے راستے سے تیزی سے کمرے میں آرہی تھیں۔ میں نے کھڑکیاں بند کردیں۔

دوسرے دن دیپو اسکول چلا گیا۔ میں بھی دفتر گیا۔ میں نے خود کو اس بات پر قائل کرنے کی کوشش کی کہ رات کا اسرار واقعہ ایک خواب تھا۔ مگر دل یہ ماننے پر تیار نہیں تھا۔ میرا دل کہہ رہا تھا کہ وہ خواب نہیں حقیقت تھی۔ مگر میں نے دل کی بات کو اہمیت نہیں دی۔ خواب کو حقیقت مان لینے سے گہرے سمندر میں ڈوب جانا پڑتا ہے۔ قدموں کے نیچے سے زمین سرک جاتی ہے۔ اگرچہ اس واقعہ کے بعد پھر کچھ نہیں ہوا۔ فون بھی نہیں آیا۔ وہ عورت ملنے بھی نہیں آئی۔ خوشبو بھی نہیں آئی۔ میں سارے دن کی محنت و مشقت کے بعد رات کو سو جاتا۔ صبح سات بجے نیند کھلتی تھی۔ رات کے ایک بجے کیا ہوتا ہے مجھے خبر نہیں رہتی تھی۔ لیکن میں نے ایک بات نوٹ کیا۔ دیپو اکثر بد خیال ہو جایا کرتا تھا۔ اس کے اسکول ٹیچر ناگ صاحب سے ایک روز راستے میں ملاقات ہوئی تو کہنے لگے ....''آج کل آپ کے بیٹے کا من پڑھائی میں نہیں لگ رہا ہے۔ وہ ہمیشہ کھڑکی کے باہر نظریں جمائے رہتا ہے۔ زیرِ لب بڑبڑاتا بھی رہتا ہے۔ آگے چل کر شاعر بنے گا کیا؟''

وہ واقعی اکثر اپنے خیالوں میں گم ہو جایا کرتا تھا۔ وجہ دریافت کرنے پر گھبرا جاتا تھا۔

چند دنوں کے بعد معاملہ اچانک مزید پراسرار ہو گیا۔ میں نے ایک عجیب و غریب خواب دیکھا۔ ہاں، شاید وہ خواب ہی تھا۔ اور کیا ہو سکتا ہے؟

ایک خوبصورت باغ تھا۔ اس کے بیچوں بیچ پتھر کی ایک نشست تھی۔ مختلف قسم کے پھولوں کے درخت تھے۔ ہر درخت پر پھول لدے ہوئے تھے۔ بے شمار شہد کی مکھیاں تھیں۔ ان گنت تتلیاں تھیں۔ باغ میں انیس بیس سال کی ایک لڑکی بیٹھی ہوئی تھی۔ مجھ پر نظر پڑتے ہی وہ

بن پھول   مترجم: احمد کمال ہاشمی

اُٹھ کھڑی ہوئی۔

''پاروَل! سنو'' میں پکارا۔

پاروَل نے مڑ کر میری طرف دیکھا بھی نہیں۔

''ایک بار میری بات سنو پاروَل!''

پاروَل دوڑ کر بھاگنے لگی۔ اس کی رنگین ساری کا آنچل لہرانے لگا۔ جوڑے کے بال کھل گئے۔ میں بھی اس کے پیچھے دوڑ پڑا۔ کچھ دیر میں ہی میں نے اسے پکڑ لیا۔ وہ چیخ پڑی ۔۔۔۔۔۔۔ ''مجھے چھوڑ دو۔ میں تم سے پیار نہیں کرتی۔ مجھے سور بھ سے پیار ہے۔'' اس نے ہاتھ چھڑا کر دوبارہ دوڑنا شروع کر دیا۔ میں بھی دوڑنے لگا۔ چڑیاں چہچہانے لگیں۔ بھونرے گنگنانے لگے۔ پھر میں ٹھوکر کھا کر گر پڑا۔

میری نیند کھل گئی۔ کمرہ خوشبو سے بھر گیا تھا۔ دیپو بستر پر بے چینی سے کروٹیں بدل رہا تھا۔

اس کے دوسرے دن رات گئے پھر فون آیا۔

''ہلو! میں بول رہی ہوں۔ آپ نے مجھے اتوار کو بلایا تھا۔ کل میں آؤں گی۔''

''آپ کون ہیں؟ مجھے بتائیے۔''

''آپ مجھے کیسے پہچانیں گے؟ میں یہاں کے اسکول میں استانی ہوں۔''

''آپ کا نام کیا ہے؟ شاید میں آپ کو پہچان لوں۔''

''میرا نام پاروَل ہے۔''

اس کے بعد کچھ اور پوچھنے کی میری ہمت نہیں ہوئی۔ دوسرے دن صبح صبح فون آیا۔ میرے باس نے فون کیا تھا ۔۔۔۔۔۔۔ ''فائل میں ایک ضروری کاغذ نہیں مل رہا ہے۔ آپ فوراً آئیے۔''

ملازمت کا معاملہ تھا اس لئے مجھے جانا پڑا۔ ضروری کاغذ ڈھونڈ کر باس کو دینے کے بعد گھر لوٹنے میں مجھے دو گھنٹے لگ گئے۔ گھر پہنچ کر میں نے دیکھا کہ ایک سانولی عورت دیپو کے ساتھ بیٹھی باتیں کر رہی ہے۔ اس کے بال سفید ہونے شروع ہو گئے تھے مگر آنکھوں میں بلا کی چمک تھی۔ اگرچہ اس کی عمر پختہ تھی مگر وہ اٹھارہ سال سے زیادہ کی نہیں لگ رہی تھی۔ دیپو کافی خوش نظر آ رہا تھا۔ پاروَل نے کہا ۔۔۔۔۔۔۔۔۔۔

”میں اسے اپنے ساتھ لے جانا چاہتی ہوں۔“

میں نے سوال کیا........”دیپو! کیا تمہارا ہوم ٹاسک نہیں ہے؟“

”میرا نام دیپو نہیں سور بھ ہے۔“ اس نے جواب دیا اور میں ساکت ہو کر رہ گیا۔

☆☆☆

مانسی

اس روز میں اس کے انتظار میں اپنے کمرے میں اکیلا بیٹھا ہوا تھا۔ کھڑکی سے باہر بادل کا ایک ٹکڑا بھی کسی کے انتظار میں بیقرار نظر آ رہا تھا۔ کمرے کے ایک گوشے میں رکھے ہوئے گلدان میں ایک گلاب بھی کسی کا منتظر تھا۔ مانسی کو گلاب بہت عزیز تھے۔ میں بہت غریب تھا پھر بھی اس کے لئے گلاب کا پھول خرید لایا تھا۔ مجھے پتا تھا کہ اگر وہ میری ہو جائے تو........مگر نہیں ایسے ناممکن اور نا قابلِ یقین خواب کے سچ ہو جانے کی کوئی امید نہیں تھی۔ میں پھر بھی اس کا منتظر تھا۔

زینے پر کسی کے قدموں کی چاپ سنائی پڑی۔ کھٹ کھٹ کی آواز جیسے میری امیدوں کو کچل کر آ رہی تھی۔ مانسی کے قدموں کی چاپ ایسی نہیں ہوتی ہے۔ اس کی آمد اچانک ہوا کرتی ہے۔ وہ بغیر آواز کے چل کر دروازے پر اچانک نمودار ہوتی ہے۔ دوسرے ہی لمحے لمبی زلفوں اور گھنی مونچھوں والا ایک شخص نظر آیا۔

”دیدی نہیں آ سکیں گی۔ انہوں نے یہ خط بھیجا ہے۔“ ایک لفافہ دے کر وہ شخص چلا گیا۔ اس نے جواب کا انتظار بھی نہیں کیا۔ میں نے خط پڑھا۔ جواب دینے والی کوئی بات بھی تھی بھی نہیں۔ مانسی نے لکھا تھا........

”میں معافی چاہتی ہوں کہ وعدہ کرکے بھی نہیں جا سکی۔

اچانک میرے دل میں خیال آیا کہ شادی ایک سماجی بندھن ہے۔ سماج اور پریوار کو ناراض کرکے اور والدین کو تکلیف دے کر اگر میں شادی کروں گی تو خوش نہیں رہ پاؤں گی۔ شادی کے بغیر بھی پیار تا بنا ک رہے گا۔ اس

یقین کے پیشِ نظر میں تمہاری زندگی سے اپنا سماجی تعلق ختم کر رہی ہوں ۔ میں نے لاٹری کا ایک ٹکٹ خریدا تھا ۔ وہ بھیج رہی ہوں ۔ مجھے آج خبر ملی ہے کہ تم کو پہلا انعام ملا ہے ۔ تمہیں ایک لاکھ پچیس ہزار روپے ملیں گے ۔ مستقبل میں کبھی تم سے دوبارہ ملاقات ہوگی یا شاید نہیں بھی ہو ۔ تم ناراض نہ ہونا پیارے ۔''

مائتی نہیں آئی ۔

دس برس گزر گئے ۔

ایک لاکھ پچیس ہزار روپے لاکھوں میں بدل چکے ہیں ۔ اب میں شہر کے مشہور ترین علاقے کی ایک عظیم الشان عمارت میں رہتا ہوں ۔ میرے پاس چار عدد گاڑیاں ہیں ۔ دو آفس ہیں ۔ بہت سارے نوکر ہیں ۔ مکان کی ہر منزل میں ایک عدد ٹیلی فون ہے ۔

اس روز میں ایک سسرالی رشتے دار کے ساتھ کاروباری گفتگو میں محوتھا ۔ لاکھوں روپے منافع ہونے کی امید تھی ۔ میری بیوی سامنے بیٹھی اس رشتے دار کو چائے پلا رہی تھی ۔

اچانک فون کی گھنٹی بج اٹھی ۔ نچلی منزل سے میرے پرائیوٹ سکریٹری مسٹر چکرورتی نے کہا ۔۔۔۔۔۔۔۔''مائتی دیوی نام کی ایک بیوہ عورت تین چھوٹے چھوٹے بچوں کے ساتھ آئی ہے ۔ وہ آپ سے ملنا چاہتی ہے ۔''

''کہہ دو میں بہت مصروف ہوں ۔ ابھی ملاقات نہیں ہو سکتی ۔'' میں نے کہا ۔

کاروباری گفتگو چلتی رہی ۔ اچانک مجھے لگا کہ کسی نے میری پشت پر چابک مارا ہو ۔ میں گفتگو نامکمل چھوڑ کر تیزی سے نیچے آیا ۔

مائتی جا چکی تھی ۔

☆ ☆ ☆

رنگوں کا کھیل

مایا نے کہا تھا .... ٹھیک ہے ۔ تم کہتے ہو تو میں لال ہی لوں گی ۔''

بہت معمولی سا جملہ ہے ۔ واقعہ بھی بہت معمولی ہے ۔

درگا پوجا کے موقع پر میں نے دو ساڑیاں خریدی تھیں .... ایک لال اور دوسری نارنجی ۔ اس نے نارنجی ساڑی ہی پسند کی تھی ۔ اس کا کہنا تھا .... ''میں سانولی ہوں اس لئے لال رنگ مجھ پر اچھا نہیں لگے گا'' مگر ماں نے کہا کہ نارنجی ساڑی اپنی بہن کو دے دوں ۔ ماں کے پیش نظر ساڑی کا رنگ نہیں ساڑی کی قیمت تھی ۔ نارنجی ساڑی کی قیمت دو روپے زیادہ تھی ۔

میں نے تنہائی میں لے جا کر اس سے کہا تھا .... ''تم لال ہی لے لو ۔''

میری بات مکمل ہونے سے پہلے ہی وہ بول اٹھی تھی .... ''ٹھیک ہے ۔ تم کہتے ہو تو میں لال ہی لوں گی ۔'' اس نے لال ساڑی ہی رکھ لی تھی ۔ لال ساڑی پہن کر ہی وہ خوش تھی ۔

اس کے بعد بہت سارے واقعات ہوئے ۔ بہار میں زلزلہ آیا ۔1950ء میں قحط پڑا ۔ دوسری جنگ عظیم ہوئی ۔ رابندر ناتھ ٹیگور کا انتقال ہوا ۔ سبھاش چندر بوس لاپتہ ہو گئے ۔ ہمارا ملک آزاد ہوا ۔ گوڈسے کی گولی سے گاندھی جی کا قتل ہوا ۔ مایا کو مرے ہوئے بھی بیس سال گزر چکے ہیں ۔ میں فالج زدہ ہو کر بستر پر پڑا ہوا ہوں ۔ مذکورہ بالا واقعات سے میرے دل میں کوئی ہلچل پیدا نہیں ہوتی ہے ۔ ہلچل پیدا ہوتی ہے تو صرف ایک جملے سے .... ''ٹھیک ہے ۔ تم کہتے ہو تو میں لال ہی لوں گی ۔''

میری نظروں کے سامنے دیوار پر مایا کی ایک آئل پینٹنگ ٹنگی ہوئی ہے ۔ مصور نے میری گزارش پر اسے نارنجی رنگ کی ساڑی پہنائی ہوئی ہے ۔

کل صبح میں نے اچانک دیکھا کہ ساڑی کا رنگ نارنجی نہیں لال ہے ۔ میں نے ڈاکٹر کو بلایا ۔ اس نے میری آنکھوں کا معائنہ کیا اور کہا ....

''آپ کی آنکھیں کمزور ہو گئی ہیں ۔ تصویر میں ساڑی کا رنگ نارنجی ہی ہے ۔''

☆ ☆ ☆

مترجم : احمد کمال آتشیبن پھول

نی

میری بیوی کا نام من موہنی ہے مگر میں اسے ہمیشہ ''نی'' کہہ کر بلاتا ہوں ۔ ہماری ایک ہی اولاد ہے ۔ نیلا جو انگلینڈ میں تعلیم حاصل کر رہی ہے ۔ مجھے اس کو ایک خبر دینی ہے ۔ مگر ممکن نہیں ہو پا رہا ہے ۔ میں نے دو بار خط لکھنے کی کوشش کی مگر دونوں بار ذہن بھٹک گیا اور مجھے کاغذ چاک کر دینا پڑا ۔ میں نے تیسری بار خط لکھنا شروع کیا ....

پیاری نیلا!

امید کرتا ہوں کہ تم خیریت سے ہوگی ۔ تمہیں معلوم ہی ہے کہ ہر سال شیو چتر دشی کے دن تمہاری ماں اپاس کرتی ہے اور رات کو شیو مندر جا کر پوجا کرتی ہے ۔ اس شیو مندر میں جو تمہارے ماموں کے گھر کے قریب ہے ۔ تم اس مندر میں جا چکی ہو ۔ آج کل اس کے چاروں طرف جنگل ہو گیا ہے ۔ مندر بھی بوسیدہ ہو چکا ہے ۔ مگر اس مندر کے سوا کہیں اور جانا نہیں چاہتی ہے ۔ اس بار بھی وہ وہیں گئی تھی ۔ اس دن ملازم چھٹی پر تھا ۔ میرے گھٹنے میں بھی بہت درد تھا اس لئے نی اکیلی گئی تھی ۔ مندر سنسان تھا ۔ نی شیولنگ کے سامنے چراغ جلا کر آنکھیں موندے بیٹھی ہوئی تھی ۔ اچانک اس نے آنکھیں کھولیں اور حیران رہ گئی ۔ سامنے خود مہادیو بیٹھے ہوئے تھے ۔ ان کے گلے میں زہریلا ناگ پھن پھیلائے لپٹا ہوا تھا ۔ ان کی آنکھوں سے خوشی چھلک رہی تھی ۔ انہوں نے کہا .... ''میں تمہاری پوجا سے مطمئن ہوں ۔ مانگو کیا مانگتی ہو؟''

نی متذبذب ہو کر بولی .... ''آپ جو دیں گے میں قبول کر لوں گی ۔''

''ٹھیک ہے ۔ میں تمہیں لافانی زندگی دیتا ہوں ۔''

''میں اکیلی لافانی زندگی لے کر کیا کروں گی بھگوان؟ انہیں اور

نیلا کو بھی اگر..........''

''مگر ان دونوں نے تو میری پوجا کی ہی نہیں۔ انہیں یہ وردان کیسے دے سکتا ہوں؟''

''تو پھر مجھے بھی لافانی زندگی نہیں چاہئے۔''

اُف! پھر گڑ بڑ ہوگئی۔ میں پھر بھٹک گیا۔ مجھے یہ کاغذ بھی چاک کر دینا پڑے گا۔ آخر نیلا کو خبر دوں تو کیسے؟ کیا سیدھے سیدھے لکھ دوں کہ تمہاری ماں رات گئے شیو مندر میں پوجا کرنے گئی تھی۔ وہاں اسے زہریلے سانپ نے کاٹا اور وہ مر گئی؟

نہیں! میں ایسا نہیں لکھ سکتا!!

☆☆☆

ایک چھوٹی کہانی

دیئے کی لَو سیدھی کھڑی تھی۔ ایسا لگ رہا تھا جیسے وہ بے چینی سے کسی کا انتظار کر رہی ہو۔ کسی کا انتظار ہی اسے سنجیدہ بنائے ہوئے تھا۔ لیکن چند ہی لمحوں کے بعد وہ آہستہ آہستہ تھر تھرانے لگی۔ ہوا کا ایک جھونکا آیا تھا۔ اس کی تھرتھراہٹ اور بڑھ گئی۔ ایسا لگنے لگا جیسے وہ ہوا کے جھونکے کی بانہوں میں جا کر مد ہوش ہوگئی ہو۔

لَو : چھوڑو مجھے! یہ کیا کر رہے ہو؟

جھونکا : کیا تم مجھے چھوڑ کر زندہ رہ سکتی ہو؟ تمہیں پتہ ہے سائنس دانوں نے کیا کہا ہے؟

لَو : کیا کہا ہے؟

جھونکا : میرے اندر آکسیجن نامی ایک گیس موجود ہے۔ اسی گیس نے تمہیں دیئے کی لَو کی شکل عطا کی ہے۔ اگر میں نہیں ہوتا تو تم بھی نہیں ہوتیں۔

لَو : اُف! یہ کیا کر رہے ہو تم؟

ہوا کا جھونکا تیز تر ہو گیا۔ دیئے کی لَو مد ہوش ہو کر اور زیادہ تھرتھرانے لگی۔

کمرے کے دوسرے گوشے میں سرگوشی ہو رہی تھی۔

’’توبہ! یہ کیا کر رہے ہو تم؟‘‘

’’احمق ہو کیا؟ میں تو اب تک اسی لئے جاگ رہا تھا۔‘‘

’’چھوڑو، مجھے چھوڑو، کمرے میں روشنی ہے۔ مجھے شرم آ رہی ہے۔‘‘

’’تو روشنی گل کر دو‘‘

ایک خوبصورت چہرہ دیئے کی لَو کے قریب آیا۔ پھر اس نے ایک پھونک سے لَو کو گل کر دیا۔

’’زوروں کی ہوا چل رہی ہے۔ کیا میں کھڑکی بند کر دوں؟‘‘

’’ہاں! بند کر دو۔‘‘

اور کھڑکی بند ہو گئی۔

☆ ☆ ☆

سچ

گولیاں چل رہی تھیں۔ بھگدڑ مچ گئی تھی۔ لوگ جان بچانے کے لئے بھاگ رہے تھے۔ وہ ناانصافی کے خلاف احتجاج کرنے آئے تھے مگر ناکامی کا سامنا کرنا پڑا۔ ناانصافی کا حل نہیں نکلا۔ انصاف کی امید بھی نہیں تھی۔ انہیں صرف گولیاں ملیں۔ گولیوں کے سامنے بھلا کون ٹھہرتا؟ سبھی بے تحاشہ بھاگ رہے تھے۔ ایسا لگ رہا تھا جیسے آندھی کے سبب دھول گرد اڑ رہی ہو۔ چاروں طرف ایک اندھیرا اچھانے لگا۔ ایسا معلوم ہو رہا تھا جیسے ناانصافی کے خلاف انصاف کی شکست ہو جائے گی۔ اچانک ایک حیرت انگیز واقعہ رونما ہوا۔ اسی دھول گرد سے نکل کر ایک انسان نمودار ہوا۔ اس نے آواز دی .... ’’بھاگو مت۔ رک جاؤ۔‘‘

نہ جانے اس کی آواز میں کون سا جادو تھا کہ بھاگنے والے سارے لوگ رک گئے۔

’’میرے ساتھ آؤ‘‘ سچ نے بلند آواز میں کہا اور عزم کے ساتھ آگے بڑھنے لگا۔ سارے لوگ اس کے پیچھے پیچھے چل پڑے۔ کچھ لوگ مرے بھی لیکن رکے نہیں۔ چند لمحوں کے

بعد سچ گر پڑا۔ مجھے لگا شاید وہ مر گیا۔لیکن وہ مرا نہیں۔گولی لگنے سے اس کا گھٹنا ٹوٹ گیا تھا۔مگر ان لوگوں کی جیت ہوئی۔انصاف کے آگے ناانصافی کو جھکنا پڑا۔

بہت دنوں کے بعد ۔۔۔۔۔۔۔۔۔

پھر جنگ شروع ہوئی ۔۔۔۔۔۔۔۔۔ناانصافی کے خلاف انصاف کی جنگ مسلسل!!

ناانصافی اس بار بھی طاقت ور تھی۔اس کے پاس گولہ، بارود اور فوج کافی تھی۔اس بار بھی کمزور کو بھا گنا پڑا۔ایسا لگ رہا تھا جیسے اس بار ان کا بچنا مشکل ہے۔مگر وہ اچانک پھر نمودار ہوا۔دونوں ہاتھوں سے بیساکھیاں سنبھالے ہوئے کھٹ کھٹ کی آواز کے ساتھ وہ آگے بڑھنے لگا۔اس کی آنکھیں شعلے برسا رہی تھیں۔

’’بھاگو مت۔میرے ساتھ آؤ‘‘ اس کی آواز فلک شگاف تھی۔وہ بیساکھیوں کے سہارے آگے بڑھتا رہا۔کھٹ کھٹ کرتا ہوا دشمنوں کی صف میں جا گھسا۔لوگ اس کے پیچھے چل پڑے۔سروں کا از دحام تھا جو سمندر کی لہروں کی طرح بڑھتا چلا آ رہا تھا۔اس بار گولی سچ کے سینے میں لگی۔وہ منھ کے بل گر پڑا۔لوگ ہائے ہائے کرتے ہوئے اس کے چاروں طرف جمع ہو گئے۔ لیکن میں نے دیکھا کہ وہ اب بھی نہیں مرا۔اس کی لاش سے ایک اور سچ ابھرا جس کا سر فلک بوس تھا۔بدن چمک رہا تھا۔آنکھیں سورج کی طرح روشنی تھیں۔اس کی آواز فلک شگاف تھی۔اس کی رہبری بے مثال تھی۔اب کوئی گولی اسے مار نہیں سکتی تھی۔اب وہ ہمیشہ ناانصافی کے خلاف لڑے گا اور فتح یاب ہوگا۔سچ امر ہے۔

آپ میرے بارے میں جاننا چاہتے ہیں کہ میں کون ہوں؟

میرا نام ہے ۔۔۔۔۔۔۔۔۔تاریخ!!

☆ ☆ ☆

ایک صدی کا فرق

۔۔۔۔۔۔۔۔۔1872ء

ڈاکٹر نرتیہ نند سین دن بھر کے تھکے ماندے رات دس بجے گھر لوٹے۔ابھی وہ کپڑے

تبدیل کرکے کھانے پر بیٹھنے ہی والے تھے کہ دروازے پر کسی نے آواز لگائی ....''ڈاکٹر بابو' باہر نکل کر انہوں نے دیکھا کہ دروازے پر رام پور گاؤں کے گوپی بابو کھڑے ہیں۔

''میرا بیٹا تیز بخار کے سبب بیہوش ہوگیا ہے۔ اگر آپ مہربانی کرکے ....''

''چلئے۔ میں چلتا ہوں۔''

اس زمانے میں بیل گاڑی پر بیٹھ کر مریضوں کو دیکھنے جانا پڑتا تھا۔ رام پور گاؤں ایک کوس دور تھا۔ بیل گاڑی پر سوار ہوکر جب تک ڈاکٹر سین مریض کے گھر تک پہنچتے مریض مر چکا تھا۔

ڈاکٹر بابو نے فیس نہیں لی۔

1972ء

ڈاکٹر نرتیہ ندسین کے پوتے ڈاکٹر پی۔ کے سین غیر ممالک سے بہت ساری ڈگریاں حاصل کرنے کے بعد کلکتہ میں پریکٹس کرتے تھے۔ ایک دن گوپی بابو کا پوتا ان کے یہاں پہنچا اور کہا ....

''میری بیوی کی حالت انتہائی نازک ہے۔ میں آپ کو لے جانے آیا ہوں۔ آپ کے دادا نرتیہ ند بابو ہمارے فیملی ڈاکٹر تھے ....ان سے ہمارے قربی تعلقات تھے۔''

ڈاکٹر پی۔ کے سین نے اپنی ڈائری دیکھی اور بولے ....

''میں سات دن سے پہلے آپ کو وقت نہیں دے سکتا۔''

''لیکن میری بیوی کی طبیعت بہت خراب ہے۔''

''سوری! آئی کین ناٹ ہیلپ۔ آپ کسی اور ڈاکٹر کو لے جائیں۔''

انہوں نے انکار کردیا۔

☆☆☆

احسان مندی

اُدھر آئج جس عمارت کی دوسری منزل کے فلیٹ میں رہتے تھے وہ کافی پرانی تھی۔ بڑا

بازار میں ان کی لوہے کی دکان تھی۔ان کی رہائش ان کی مالی حیثیت کے مطابق بالکل نہیں تھی۔ اگر وہ چاہتے تو چورنگی جیسے علاقے میں بھی فلیٹ لے کر رہ سکتے تھے۔ انہیں بہت بڑی دولت ورثے میں ملی تھی مگر وہ جس فلیٹ میں رہتے تھے اس کے دروازے اور کھڑکیاں ٹھیک سے بند بھی نہیں ہوتی ہیں۔ وہ ساری تکلیفیں مس بوس کے لئے اٹھا رہے تھے۔ مس بوس ٹیلی فون دفتر میں ملازم تھیں۔

ایک بار ایک سنیما ہال کے ایک واقعہ کے طفیل مس بوس سے ان کا تعارف ہوا تھا۔ مس بوس کو کم قیمت والا ٹکٹ نہیں ملا اس لئے واپس جا رہی تھیں کہ جلد بازی میں اَدھر آئچ ان سے آ ٹکرائے۔

"سوری! کچھ خیال نہ کریں۔ آج بہت زیادہ بھیڑ ہے۔ بھیڑ سے باہر نکلئے۔"
وہ دونوں بھیڑ سے باہر آ گئے۔ اَدھر آئچ نے پوچھا............"ٹکٹ ملا؟"
"نہیں، کم قیمت والے سارے ٹکٹ فروخت ہو چکے ہیں۔"
"اچھا، آپ ٹھہریئے، میں ٹکٹ لے کر آ تا ہوں۔"
"مجھ سے بھی پیسے لے لیجئے۔"
"رکئے۔ پہلے دیکھتا ہوں ٹکٹ دستیاب ہے کہ نہیں۔"
اَدھر آئچ چلے گئے۔ تھوڑی دیر بعد زیادہ قیمت والے دو ٹکٹ لے کر واپس آئے اور کہا............"چلئے۔ اندر چلتے ہیں۔"
آرام دہ گدے والی کرسیوں پر بیٹھ کر دونوں نے فلم دیکھی۔ سر کے اوپر پنکھا چل رہا تھا۔ اسی دوران اَدھر آئچ نے ایک بہانے سے مس بوس کے گھر کا پتہ معلوم کر لیا۔ کئی روز تک آنے جانے کا سلسلہ رہا۔ پھر وہ وہیں جا کر رہنے لگے۔ پہلے پہل تو وہ پرانا اور بوسیدہ مکان دیکھ کو تھوڑا جھجکے تھے مگر عشق غالب آ گیا اور وہ وہیں رہنے پر تیار ہو گئے۔
اَدھر آئچ برہمن تھے اور مس بوس عیسائی۔ مگر کاروبارِ عشق میں جن باتوں پر نظر رکھی جاتی ہے ان میں مذہب کی کوئی جگہ نہیں ہوتی ہے۔ دونوں ایک دوسرے کو خاموشی سے پسند کرنے لگے تھے مگر دونوں میں سے کسی نے کبھی اظہارِ عشق نہیں کیا۔ اَدھر آئچ کی مس بوس سے روز ہی ملاقات ہوتی تھی مگر ملاقاتیں ایک دوسرے کی خیریت پوچھنے اور سیاسی موضوعات پر گفتگو کرنے میں ضائع

بن پھول   مترجم: احمد کمال ہاشمی

ہو جاتی تھیں۔ان کے دل کے تاریک گوشے میں جو بات ہیرے کی طرح چمک رہی تھی اسے وہ کبھی اپنی زبان پر نہیں لا سکے۔ادھر مس بوس کا بھی وہی حال تھا۔

مگر ایک دن ایسا واقعہ ہوا کہ برف پگھل ہی گئی۔

ادھر آرنچ نے دل کے ہاتھوں مجبور ہوکر فیصلہ کیا کہ وہ اپنے احساسات کی ترسیل کے لئے خط کا سہارا لیں گے۔انہوں نے ہلکے زرد رنگ کے ایک کاغذ پر لکھنا شروع کیا ۔۔۔۔۔۔۔۔

محترمہ!

بھگوان کی بڑی کرپا ہے کہ کچھ روز قبل سینما ہال میں آپ سے ملاقات ہوئی۔آپ سے مل کر میرے اندر سے آواز آئی کہ آپ ہی وہ ہیں جس کی اس دل کو تلاش تھی۔آپ ہی وہ ہیں جس کے بغیر میری زندگی ادھوری تھی۔۔۔۔۔۔۔۔

اتنا لکھنے کے بعد ادھر آرنچ کو لگا کہ بات بن نہیں رہی ہے۔انہوں نے وہ ورق لیٹر پیڈ سے پھاڑا اور مروڑ کر گھر کے ایک کونے میں پھینک دیا۔

دوسرے روز انہوں نے سوچا کہ خط لکھ ہی دینا چاہئے۔شادی کی پیشکش کرنے میں بھی شرمانا نہیں چاہئے۔کل انہوں نے کیا لکھا تھا یہ دیکھنے کے لئے وہ کاغذ گھر کے کونے میں ڈھونڈنے لگے۔مگر یہ دیکھ کر انہیں سخت حیرت ہوئی کہ زرد رنگ کے اس کاغذ کی جگہ مڑا تڑا گلابی رنگ کا کاغذ پڑا ہوا ہے۔وہ سوچنے لگے کہ وہ کبھی گلابی رنگ کا کاغذ استعمال ہی نہیں کرتے ہیں۔انہوں نے وہ کاغذ اٹھا کر پڑھنا شروع کیا ۔۔۔۔۔۔۔۔

محترم!

آج میں آپ سے جو کہنا چاہ رہی ہوں اسے کہتے ہوئے مجھے خود شرم محسوس ہو رہی ہے۔پھر بھی لکھنے کی جسارت کر رہی ہوں۔اس روز آپ نے میرے لئے سینما کا ٹکٹ خریدا مگر مجھ سے پیسے نہیں لئے۔پھر میرے گھر کے قریب آ کر رہنے کی تکلیف برداشت کرتے رہے۔میرے کام آنے کے لئے ہمیشہ تیار رہتے ہیں ان سب باتوں کا مطلب میں خوب سمجھتی ہوں۔لڑکیاں اس معاملے میں بہت حساس ہوتی ہیں۔مگر کیا آپ میرے دل کا حال سمجھ سکتے ہیں؟ کیا مجھے سب کچھ کھول کر بولنا پڑے

گا؟ بولنے میں کوئی مضائقہ تو نہیں ہے۔ مگر مجھے شر آ رہی ہے کہ ....
خط یہیں ختم ہو گیا تھا۔

دوسرے دن اپنے لوہے کی دکان میں جا کر انہوں نے اپنے خاص ملازم کو بلا کر ہدایت
دی۔ ''چوہے دان اب فروخت مت کرنا۔ اغل بغل کی دکانوں میں جتنے چوہے دان ہیں سب
خرید کر گودام میں محفوظ کر لو۔''

''اس کی قیمت بڑھنے والی ہے کیا؟'' ملازم نے پوچھا۔

''نہیں .... میں اب چوہے دان فروخت ہی نہیں کروں گا۔ کسی کو فروخت بھی
نہیں کرنے دوں گا۔ بازار میں جتنے چاہے دان ہیں سب خرید لو۔''

اس کے بعد انہوں نے اپنے دوست ہری پرشاد کو فون کیا ....

''ہیلو، ہیلو! ہری؟ بھائی تمہیں میرا ایک کام کرنا ہے۔ اس بار گنیش پوجا تمہیں کرنی
ہے .... اور وہ بھی بڑے پیمانے پر .... سارا خرچ میں اٹھاؤں گا .... کمہار ٹولی میں
ابھی سے مورتی کا آرڈر دے دو .... چوہا بڑا اور خوبصورت ہونا چاہئے .... ہاں، ہاں
چوہا!! چوہے کی بدولت ہی تو میری شادی ہو رہی ہے .... چوہے نے ہی میرا خط اسکو اور اس
کا خط مجھے پہنچایا .... ہاں، تم نے ٹھیک کہا۔ میگھ دوت کا زمانہ چلا گیا۔ یہ چوہا دوت کا زمانہ
ہے .... وہ میرے متصل کمرے میں رہتی ہے۔ گھر میں چوہے بہت ہیں .... گنیش پوجا شاندار
طریقے سے کرنے کا اہتمام کرو .... میں خود گنیش پوجا کر سکتا تھا مگر میں برہمن ہوں اور وہ
عیسائی۔ اس لئے میرا پوجا کرنا مناسب نہیں لگتا۔ اس لئے تمہارے توسط سے کرنا چاہتا ہوں۔
احسانمندی بھی کوئی چیز ہوتی ہے .... مورتی کا آرڈر فوراً دے دو .... میں دوسرو پے
بھیج رہا ہوں .... نہیں، نہیں .... پیسے تو تمہیں لینے ہی ہوں گے ....''

★★★

بچولال

بچولال دبلا پتلا انسان ہے۔ برسوں سے پیٹ کے مرض میں مبتلا ہے۔ مگر احتیاط کرنا اس نے سیکھا ہی نہیں۔ کوئی جو کہے وہ کر تار ہتا ہے۔ ایلوپیتھی، ہومیوپیتھی، حکیمی، کبیر اجی، ٹوٹکا غرض ہر طرح کا علاج کر کے تھک چکا ہے۔ گلے میں پتھروں کی مالا اور ہاتھ میں پتھروں کی انگوٹھی ہے۔ مختلف مندروں کی زیارت بھی کر چکا ہے۔ کسی نے کہا ۔۔۔۔۔۔۔۔ بھونیشور شیو مندر جا کر اماوس کی رات میں بیل کے پیڑ کے نیچے ایک پاؤں پر کھڑے رہ کر اگر وہ بابا سے پرارتھنا کرے تو حیرت انگیز فائدہ ہوگا۔'' اس نے وہ بھی کیا۔ پرارتھنا کرتے ہی ایک بیل کا ایک خشک پتہ نیچے گرا۔ گھر لے جا کر اس نے اس پتے کو گنگا جل میں بھگو کر عقیدت کے ساتھ کھایا مگر کوئی فائدہ نہیں ہوا۔ ایک بار وہ تار کیشور جا کر وہاں کئی روز تک بیٹھا رہا۔ مسلسل تین دن تین رات بغیر پانی کے برت بھی رکھا۔ سپنے میں ایک ننگا سادھو آ کر بولا ۔۔۔۔۔۔۔۔ ''دواؤں سے یہ مرض ٹھیک ہونے والا نہیں ہے۔ روز صبح و شام پیٹ پر ہاتھ پھیرو۔ سب ٹھیک ہو جائے گا۔'' اس نے کچھ دن پیٹ پر ہاتھ پھیر کر گزارے۔ کوئی فائدہ نہیں ہوا۔ پیٹ پھولا کا پھولا ہی رہا۔ شام ہوتے ہی تیزابی ڈکار اور پیٹ میں جلن کا احساس ہوتا رہا۔ مختلف لوگ مختلف مشورے دیتے رہے۔ مشورے دینے والوں کی دنیا میں کمی نہیں ہے۔ ایک آدمی کے مشورے پر تیل سے پرہیز کرنا شروع کیا۔ دوسرے نے گھی کھانے سے منع کیا۔ تیسرے کا مشورہ تھا کہ مسالہ پیٹ کے تمام امراض کی جڑ ہے۔ اس لئے اسے بھی چھوڑ نا ہوگا۔ اس نے تینوں مشورے مان لئے۔ تیل، گھی اور مسالوں کے بغیر کھانا کھانا شروع کر دیا۔ کچھ افاقہ ہوا مگر منہ کا ذائقہ بگڑ گیا۔ کھانے کا نام سنتے ہی متلی ہونے لگتی۔ متلی کی کیفیت سن کر ایک ڈاکٹر نے کہا ۔۔۔۔۔۔۔۔ ''پیٹ میں کیچوا ہے۔ پاخانہ ٹسٹ کرواؤ۔'' بچولال نے شہر جا کر پاخانہ ٹسٹ کروایا۔ کوئی کیچوا نہیں نکلا۔ ڈاکٹر نے پھر بھی کہا ۔۔۔۔۔۔۔۔ ''اکثر اوقات کیچوا نہیں نکلتا ہے۔ اگر نہیں نکلا تو بھی دوا تمہیں کھانی ہوگی۔'' بیچارہ کچوے کی دوا کھا کر ادھ مرا ہو گیا مگر کیچوا نہیں نکلا۔ اس کی خالہ نے کہا ۔۔۔۔۔۔۔۔ ''تو ہر کس و ناکس کی باتیں سن کر مرے گا کیا؟ تو بنگالی ہے۔ بنگالیوں کی طرح دال، بھات، مچھلی اور سبزی پیٹ بھر کر کھا۔ تیرا مرض دور ہو جائے

بن پھول   مترجم: احمد کمال آفشمی

گا۔'' خالہ کی باتیں مان کر بینگالیوں والا کھانا شروع کرتے ہی اس کا پیٹ پھول گیا اور تیزابی ڈکار آنے لگی۔ پریشانی بڑھ گئی۔

بیچولال فکر مند ہو گیا۔ وہ فیصلہ نہیں کر پا رہا تھا کہ اسے کیا کرنا چاہئے۔ ایسے میں اس کے بچپن کے دوست سری ناتھ سنگھ نے ایک مشورہ دیا جو بیچولال کو مناسب لگا۔ سری ناتھ سنگھ لور پرائمری اسکول میں سنسکرت کے استاد تھے۔ انہوں نے کہا۔.........دیکھو بیچولال میں نے کتابوں میں پڑھا ہے کہ پانی کا دوسرا نام زندگی ہے۔ پانی زندگی ہے اور زندگی پانی۔ میرا یقین ہے کہ اگر تم خالص پانی پیو گے تو تمہارا مرض جاتا رہے گا۔ غیر ضروری علاج میں وقت برباد نہ کرتے ہوئے تم کہیں سے خالص پانی حاصل کر کے پینا شروع کر دو مگر تالاب اور کنویں کا پانی خالص نہیں ہوتا ہے۔ یہاں تک کہ ندی کا پانی بھی خالص نہیں ہوتا۔ ان میں مختلف قسم کے کیمیائی مادے گھلے ہوتے ہیں۔

''تو کیا تم مجھے شہر سے نل کا پانی منگوانے کو کہہ رہے ہو؟ کیا بابو کے ٹیوب ویل کا پانی پینا مناسب نہیں ہو گا؟''

''میرے خیال میں وہ پانی بھی خالص نہیں ہے۔ بوتلوں میں بھر کر جو پانی آتا ہے میں نے سنا ہے کہ وہ خالص ہوتا ہے۔ ڈاکٹر چھیدام کے یہاں مل جائے گا۔''

بیچولال خوشحال شخص تھا۔ اس نے ڈاکٹر چھیدام سے بیک وقت ڈسٹلڈ واٹر کی تیس بوتلیں خرید لیں۔ تین دنوں تک اس نے دوسرا کوئی پانی استعمال نہیں کیا۔ رفع حاجت کے لئے بھی وہ وہی پانی استعمال کرتا رہا۔ مگر مرض میں کوئی کمی واقع نہیں ہوئی۔ ٹھیک چار بجتے بجتے تیزابی ڈکار اٹھنا شروع ہو جاتا تھا۔

سری ناتھ سنگھ نے کہا۔.........''تمہارے پیٹ میں کافی گندگی جمع ہو گئی ہے۔ محض تین دنوں میں کیا خاک افاقہ ہو گا۔ کم سے کم ایک مہینے تک استعمال کر کے دیکھو۔''

ڈاکٹر چھیدام کے پاس خالص پانی اور دستیاب نہیں تھا۔ وہ ابھی یہ سوچ رہا تھا کہ کسی کو شہر بھیجے کہ نہیں اسی دوران سری ناتھ سنگھ سے بھی زیادہ ذہین شخص سے بیچولال کی ملاقات ہوئی اور اسے اپنا فیصلہ بدلنا پڑا۔

وہ شخص گاؤں میں نیا آیا تھا مگر رمیش چودھری کا شناسا تھا۔ وہ چھٹیوں میں گھومنے آیا

مترجم: احمد کمال ہاشمی
بن پھول

تھا۔ایم۔ایس۔سی کا طالب علم تھا۔ پال بابو کے یہاں اس سے ملاقات ہوئی تھی۔ خالص پانی کے بارے میں اس نے بتایا۔۔۔۔۔۔۔۔"عام دواخانوں میں جو ڈسٹلڈ واٹر ملتا ہے اسے بھی خالص پانی کہنا مناسب نہیں ہوگا۔ وہ پانی سستے قسم کی بوتلوں میں بھرا ہوتا ہے جن کا شیشہ"الکلی فری" نہیں ہوتا۔ کچھ دنوں میں وہ الکلی پانی میں گھل جاتا ہے۔"

ایک اجنبی سے یہ دریافت کرنا کہ الکلی کیا ہوتی ہے۔ بیچولال کو گوارہ نہیں ہوا۔ اس نے مسکرا کر اپنی گردن ایسے ہلائی جیسے کہ وہ الکلی کے بارے میں سب کچھ جانتا ہو۔مگر دل ہی دل وہ بری طرح گھبرا گیا کہ پتہ نہیں اب تک اس کے پیٹ میں کیا کچھ نہیں چلا گیا اور وہ بھی تیس بوتل۔اگر وہ جانتا کہ الکلی عام سوڈا کی جیسی کوئی چیز ہوتی ہے تو شاید وہ اتنا نہ گھبراتا کیونکہ وہ سوڈا بہت بار پی چکا تھا۔

وہ چپکے چپکے خبر لینے لگا کہ خالص پانی کہاں ملتا ہے۔ ایک بات اس کے ذہن میں گھر کر گئی کہ خالص پانی پینے سے وہ ٹھیک ہو جائے گا۔ اگر خالص پانی کے دو چار قطرے بھی اس کے پیٹ میں گئے تو اس کی بیماری بہت حد تک کم ہو جائے گی۔اس نے سوچا جیسے بھی ہو خالص پانی کا انتظام کرنا ہی پڑے گا۔

کہتے ہیں جیسا سوچو گے ویسا ہی نظر آئے گا۔ کوشش کرنے میں برائی نہیں تھی۔سری ناتھ کی مدد سے بیچولال کو آخر کار پتہ چلا کہ کیمیائی لیباریٹری کے سوا خالص پانی اور کہیں نہیں مل سکتا۔ کافی خرچ کر کے وہ کلکتہ پہنچا اور اپنی خالی زاد بہن کے سسرال شیام بازار میں ٹھہرا۔اس کے بہنوئی کے بڑے بھائی کا بیٹا نیلو ذہین اور چالاک لڑکا تھا۔بیچولال نے اس سے کیمیائی لیباریٹری لے چلنے کو کہا۔نیلو کو پہلے تو کیمیائی لیباریٹری کا مطلب سمجھ میں نہیں آیا مگر وہ ذہین لڑکا تھا۔ چند لمحوں کی گفتگو کے بعد وہ سمجھ گیا کہ کیمسٹری کے ڈیمانسٹریٹر شیونا تھ بابو کے پاس لے جانے سے سارا مسئلہ حل ہو جائے گا۔

شیونا تھ بابو ماہر کیمیات تھے۔ بیچولال کی گزارش سننے کے بعد انہوں نے کہا۔۔۔۔۔۔۔۔ "میں خالص پانی تیار کر سکتا ہوں مگر زیادہ نہیں چند قطرے ہی بن پائیں گے۔"

"منظور ہے" بیچولال نے جواب دیا۔

"اتنے میں آپ کا کام چل جائے گا؟"

''جی ہاں، فی الحال چل جائے گا۔'' اس نے سوچا جتنا بھی مل رہا ہے وہ کیوں چھوڑے

''ٹھیک ہے، میں تیار کر دوں گا۔''

''قیمت کیا ابھی دینی پڑے گی؟'' بچولال نے جھجکتے ہوئے سوال کیا۔

''قیمت نہیں دینی پڑے گی۔''

یہ سن کر بچولال کو شبہ ہوا کہ پتہ نہیں خالص ہو گا کہ نہیں۔ وہ پوچھ بیٹھا ....

''پانی خالص ہو گا ناں؟''

''آپ دوپہر کو میری لیبارٹری میں تشریف لائیں۔ میں آپ کے سامنے تیار کروں گا۔''

اسی روز دوپہر کو آفس جاتے ہوئے ٹیبو بچولال کو شیوناتھ بابو کی لیبارٹری تک چھوڑتا گیا۔ بچولال پہلے کبھی کوئی لیبارٹری نہیں دیکھی تھی۔ اس لئے یہ دیکھ کر اس کی آنکھیں پھٹی رہ گئیں کہ بڑا سا کارخانہ تھا جس میں بہت سارے شیشے کے برتن تھے۔ کچھ پتلی، کچھ موٹی، کچھ ٹیڑھی نلکیاں تھیں۔ چولہا بھی عجیب و غریب تھا۔ ایک نلکی کے سرے پر نیلے رنگ کی آگ جل رہی تھی۔ شیشے کی ایک پیالی میں سرخ رنگ کا رقیق ابل رہا تھا۔ بغل والے کمرے سے سوں سوں کی آواز آ رہی تھی۔ بچولال دبلا پتلا آدمی تھا۔ چار منزل کی سیڑھیاں طے کر کے وہاں پہنچا تھا۔ اس کے دل کی دھڑکن تیز ہو گئی۔

اسی وقت شیوناتھ بابو داخل ہوئے .... ''یہ دیکھئے، اس میں خالص ہائیڈروجن ہے اور اس میں خالص آکسیجن۔ ہائیڈروجن اور آکسیجن کی آمیزش سے ہی پانی بنتا ہے۔ یہ معلوم ہے ناں؟'' شیوناتھ بابو نے دو برتن دکھاتے ہوئے کہا۔ بچولال کچھ نہیں سمجھ سکا۔ اس نے دیکھا کہ دونوں برتن خالی تھے۔

''اب ان کو ملانا ہو گا۔ یہیں ٹھہریئے، میں بغل والے کمرے میں جا کر ملا کر لاتا ہوں۔''

بچولال پھر شک میں مبتلا ہو گیا۔ کہیں یہ شخص مجھے ٹھگ تو نہیں رہا ہے۔ آخر وہ ملائے گا کیا؟ برتن میں تو کچھ ہے ہی نہیں۔

شیوناتھ بابو ایک چھوٹی سی شیشی لے کر دوبارہ کمرے میں داخل ہوئے .... ''میں نے اس میں ہائیڈروجن اور آکسیجن ملا دیا ہے۔ آگ پر رکھتے ہی پانی بن جائے گا۔''

<hr>

زوردار دھماکے کی آواز ہوئی۔

"یہ دیکھئے، شیشی پر بوند بوند پانی جمع ہوگیا ہے۔ یہ خالص پانی ہے۔ اٹھئے اور دیکھئے۔"

مگر بیچو لال اٹھ نہیں سکا۔ دھماکے کی آواز سے اس کا ہارٹ فیل ہو چکا تھا۔

☆ ☆ ☆

دو مسافر

نیتائی منڈل چاق و چوبند انسان نہیں ہیں اس لئے اگر انہیں کہیں کا سفر درپیش ہو تو بڑی قباحت محسوس کرتے ہیں۔ گاؤں سے اسٹیشن تقریباً تین میل دور ہے۔ بیل گاڑی سے جانا پڑتا ہے۔ شہر کو جانے والی ٹرین بھی دن بھر میں ایک ہی ہے جو صبح آٹھ بجے روانہ ہوتی ہے۔ انہی وجوہات کی بنا پر وہ شہر بہت کم جاتے ہیں۔ صبح سویرے گھر سے نکلنا ان کے لئے مشکل امر ہے۔ صبح چھ بجے سے پہلے ان کی نیند ہی نہیں ٹوٹتی ہے۔ ضروریات سے فارغ ہونے اور منہ ہاتھ دھونے میں ایک گھنٹہ گزر جاتا ہے۔ ایک مسواک کو چباچبا کر جب تک بکھیر نہ دیں انہیں تشفی نہیں ہوتی ہے۔ اس کے بعد غسل کرتے ہیں مگر بدن پر تیل ملنے میں ہی آدھا گھنٹہ بیت جاتا ہے۔ اس کے بعد ایک گھنٹہ پوجا کرتے ہیں۔ پوجا پاٹ سے فارغ ہوکر ناشتہ کرنے بیٹھتے ہیں۔ چوڑا اور ناریل ان کا پسندیدہ ناشتہ ہے۔ ایک کٹورا چوڑا کھانے میں کچھ تو وقت صرف ہوتا ہی ہے۔ پھر کپڑے بدلنے میں وقت لگتا ہے۔ بٹن لگانا بھی وقت طلب کام ہے کیونکہ درزی نے کاج اتنے چھوٹے بنار کھے ہیں کہ بٹن آسانی سے گھستے ہی نہیں ہیں۔ اس کے بعد جوتے پہننا، فیتے باندھنا، بال سنوارنا۔۔۔۔۔۔۔۔۔ مطلب یہ کہ سلیقے سے تیار ہونے میں ان سارے مراحل سے گزرنا ہی پڑتا ہے۔ نیتائی منڈل یہ سارے کام تیزی سے نہیں کر پاتے ہیں اس لئے دیر ہو ہی جاتی ہے۔ ان کا خیال ہے کہ انسان پرندہ نہیں ہے کہ پھر سے اڑ جائے۔ انہی دشواریوں کے سبب وہ کہیں آنا جانا نہیں چاہتے ہیں۔ ٹرین چھوٹ جانے کی صورت میں وہ ویٹنگ روم میں انتظار کرنے والوں میں سے بھی نہیں ہیں۔

مگر اس بار ایک مقدمے کے سلسلے میں ان کا شہر جانا ضروری ہوگیا۔ انہیں اور پہلے

جانے کی بات تھی مگر وہ اب تک ٹالتے رہے تھے لیکن اس بار شہر جانا بہت ضروری ہو گیا تھا۔ ان کے وکیل بشمبھر چودھری نے خط لکھ کر آنے کا تقاضہ کیا تھا۔ نیتائی منڈل فکرمند ہو گئے۔ پوجا پاٹ سے فارغ ہوتے ہوتے سات بج جاتے ہیں اور اس پر سے بیل گاڑی کی سواری!!

کافی غور و فکر کے بعد انہوں نے طے کیا کہ شہر جانے کی تیاری چند روز پہلے سے کرنی ہوگی۔ پندرہ تاریخ کو مقدمے کی شنوائی تھی۔ آٹھ تاریخ سے ہی ٹرین پکڑنے کی کوشش کریں گے۔ ایک دن اور پریشانی یہ تھی کہ ان کے پاس گھڑی نہیں تھی۔ سورج کو دیکھ کر انہیں وقت کا اندازہ کرنا ہوگا۔ پہلے دن گھر سے نکلتے نکلتے سورج برگد کے پیڑ کے اوپر چڑھ آیا تھا یعنی آٹھ بج چکے تھے۔ دوسرے دن وہ کچھ اور سویرے گھر سے نکل پڑے مگر گاؤں کی سرحد پر پہنچتے ہی ہرو گھوش سے ملاقات ہوگئی جو آٹھ بجے والی ٹرین سے اترے تھے۔ یعنی اس روز بھی ٹرین ملنے کی امید ختم ہوگئی۔ واپس آنا پڑا۔ نیتائی منڈل نے بیل گاڑی کی دونوں بیلوں کو ایسی نظروں سے دیکھا جیسے سارا قصور انہیں کا ہو۔ تیسرے دن وہ کچھ اور سویرے اٹھے۔ اس طرح ان کی کوششیں جاری رہیں۔

تری لوک تر فدار بڑے چاق و چوبند انسان ہیں۔ کوئی کام ادھورا چھوڑنا ان کی فطرت میں شامل نہیں ہے۔ انہیں جو کام کرنا ہوتا ہے اسے کب اور کیسے کرنا ہے اس کا فیصلہ وہ قبل از وقت کر لیتے ہیں۔ فرض کیجئے انہوں نے کچھ لوگوں کی دعوت کر رکھی ہے اور لوگوں کے آنے کا وقت آٹھ بجے ہے تو وہ چھ بجے ہی کھانا تیار کروا لیں گے۔ ان کے مزاج میں ''ٹھیک ہے، بعد میں کرلوں گا'' والی بات شامل نہیں ہے۔ ایسا کرنے والوں کو وہ قطعی پسند نہیں کرتے ہیں۔ ان کا اصول یہ ہے کہ جو کرنا ہے وقت سے پہلے کرلو۔ وقت بچ جائے تو گپ شپ کرو۔ اس روز انہیں بھی آٹھ بجے والی ٹرین پکڑنی تھی۔ اگرچہ ان کا مکان نیتائی منڈل کے گاؤں میں نہیں ہے۔ مگر پھر بھی اسٹیشن سے دو میل کی دوری پر ہے۔

وہ گھڑی میں الارم لگا کر سو گئے۔ اپنی موٹر سائیکل ہے اس لئے فکر کی کوئی بات نہیں تھی۔ وہ نیتائی منڈل کی طرح سست انسان نہیں ہیں۔ اس کے علاوہ وہ پوجا پاٹ کے بھی عادی نہیں ہیں۔ وہ اٹھیں گے اور موٹر سائیکل پر سوار ہو کر نکل پڑیں گے۔

مقررہ دن نیتائی منڈل کی بیل گاڑی جب اسٹیشن پہنچی تب تک ٹرین چھک چھک کرتی

روانہ ہو چکی تھی۔ وہ مایوس ہو کر دیکھتے رہ گئے۔ پھر ان کے صبر کا پیمانہ لبریز ہو گیا۔ وہ گاڑی وان کو برا بھلا بولنے لگے۔ بیچارہ گاڑی وان کیا بولتا۔ اس نے تو حتی المقدور تیزی سے گاڑی ہانکی تھی مگر مسافر کے ساتھ بحث کرنا اس نے مناسب نہیں سمجھا۔ سر جھکا کر سب کچھ سنتا رہا۔ بہت دیر تک بک بک جھک جھک کرنے کے بعد نتائی منڈل کو شدید بھوک کا احساس ہوا۔ صبح وہ کچھ کھائے بغیر ہی گھر سے نکل پڑے تھے۔ چوڑا اور ناریل وہ ایک پوٹلی میں باندھ کر لائے تھے۔ انہوں نے گاڑی وان سے کہا..........''سارا سامان اتار کر ویٹنگ روم میں رکھو۔ میں پہلے کھاؤں گا۔ تمہارے چکر میں پڑ کر لگتا ہے مجھے جان گنوانی پڑے گی۔''

سامان لے کر وہ ویٹنگ کی طرف بڑھے۔ نتائی منڈل کے قدموں کی چاپ سے تری لوک ترفدار کی نیند ٹوٹ گئی۔ وہ بڑبڑا کر اٹھ بیٹھے۔

وہ صبح پانچ بجے ہی اسٹیشن پہنچ گئے تھے۔ ویٹنگ روم میں لیٹ کر وہ ٹرین کا انتظار کر رہے تھے۔ پھر پتہ نہیں کب ان کی آنکھ لگ گئی۔

☆ ☆ ☆

جان بُل

جان بل انگلینڈ میں رہتے تھے اور پین ملک بنگال میں۔ ایک کا مکان لندن میں تھا تو دوسرے کا کلکتہ میں پھر بھی دونوں میں بہت گہرا تعلق تھا اور یہ تعلق جوٹ کی بنا پر تھا۔ دونوں جوٹ کے تاجر تھے۔ پین ملک یہاں سے جوٹ خرید کر بھیجتے تھے۔ وہاں جان بل اسے بیچتے تھے۔ لاکھوں روپے کا کاروبار تھا مگر دونوں کی آج تک ملاقات نہیں ہوئی تھی۔

ایک دن اچانک جان بل کے دل میں آیا کہ کبھی بنگال کی سیر کی جائے۔ ان کے لئے بنگال کا مطلب کلکتہ تھا۔ انہوں نے پین ملک کو خط لکھا..........

مائی ڈیر مسٹر ملک!

میں فلاں تاریخ کو فلاں اسٹیمر کے ذریعہ کلکتہ پہنچ رہا ہوں۔ میرے لئے ایک اچھے ہوٹل میں ٹھہرنے کا انتظام کرو۔ ممکن ہو تو اسٹیمر

گھاٹ پر حاضر رہنا۔کاروبار میں مزید ترقی ہوسکتی ہے کہ نہیں اس پر گفتگو کروں گا۔تمہارا شہر بھی دیکھوں گا۔اس کے لئے جو انتظام کرنا ہو کر کے رکھو۔تم مجھے چہرے سے نہیں پہچانتے اس لئے آفس کے مسٹر اسٹیفن کو ساتھ لے کر آنا تا کہ کوئی پریشانی نہ ہو۔میں مسٹر اسٹیفن کو بھی خط لکھ چکا ہوں۔اگر تمہیں آنے میں کوئی اڑچن ہو تو آنے کی کوئی ضرورت نہیں۔میں اسٹیفن کی مدد سے تم تک پہنچ جاؤں گا۔امید ہے کہ تم بخیر ہوگے۔ نیک خواہشات کے ساتھ۔

تمہارا

جان بل

مقررہ دن جان بل کلکتہ پہنچ گئے۔پین ملک اور مسٹر اسٹیفن اسٹیمر گھاٹ پر منتظر تھے۔ پین ملک یہ سوچ کر پریشان ہو رہے تھے کہ پتہ نہیں جان بل کیسے انسان ہوں گے۔ایک تو انگریز اوپر سے اتنے بڑے آدمی!!پین ملک گھر سے نکل کر کالی تلہ مندر میں رک کر''ماں'' کو پرنام کر کے آئے تھے۔جان بل سے مل کر انہیں اطمینان ہوا۔وہ دلچسپ آدمی تھے۔ملنسار طبیعت کے مالک تھے۔غرور ذرہ برابر بھی نہیں تھا۔آسانی سے سمجھ میں آ جانے والی زبان بول رہے تھے ورنہ پین ملک تو ڈر رہے تھے وہ پتہ نہیں فرانٹے سے بولی جانے والی انگریزی سمجھ بھی پائیں گے کہ نہیں۔مگر جان بل کی انگریزی سن کر انہوں نے چین کی سانس لی کہ ہر بات ان کی سمجھ میں آ رہی تھی۔

اسٹیمر سے اتر کر جان بل ٹیکسی میں سوار ہو گئے۔چاروں طرف تجسس بھری نظروں سے دیکھے جا رہے تھے۔بے شمار لوگ اپنے اپنے کاموں میں مصروف پسینے میں شرابور تھے۔ ''یہاں کے لوگ بہت محنتی لگ رہے ہیں۔کتنی دیر کام کرتے ہیں یہ لوگ؟''

''رات بھر محنت کرنے والے لوگ ہیں۔'' پین ملک نے جواب دیا۔

''کیا بات ہے!!بہت خوب''

جان بل سب کچھ بڑے غور سے دیکھتے ہوئے آگے بڑھ رہے تھے۔وہ سوچ رہے تھے کہ ان کا اندازہ پہلے کتنا غلط تھا۔ٹیکسی تیزی سے آگے بڑھ رہی تھی۔اچانک جان بل نے سوال

بن پھول   مترجم: احمد کمال ہاشمی

کیا ....

’’یہ لوگ کھاتے کیا ہیں؟‘‘

’’دال، چاول اور سبزی۔ وہ بھی انہیں روز پیٹ بھر کر نصیب نہیں ہوتا۔‘‘ پپن ملک نے جواب دیا۔

’’آئی سی‘‘ کہہ کر جان بل خاموش ہو گئے۔ پھر انہوں نے مسٹر اسٹیفن کے کانوں میں سرگوشی کے انداز میں کچھ کہا جسے سن کر مسٹر اسٹیفن بول پڑے۔ ’’نہیں نہیں، بالکل نہیں‘‘ پپن ملک کی سمجھ میں کچھ نہیں آ سکا۔ وہ خاموش رہے۔

ہوٹل پہنچ کر جان بل نے کہا .... ’’شکریہ مسٹر ملک!! میں کھاپی کر تھوڑا آرام کروں گا۔ اس کے بعد آفس جاؤں گا۔ آفس کے کام سے نپٹا کر شام پانچ بجے گھومنے نکلوں گا۔ آج مسٹر اسٹیفن کسی پارٹی میں مصروف رہیں گے۔ اس لئے شام کو میرا ساتھ نہیں دے پائیں گے۔ کیا آپ میرا ساتھ دیں گے؟‘‘

’’ضرور‘‘

’’بہت شکریہ‘‘

شام کو ٹھیک پانچ بجے جان بل اور پپن ملک بذریعہ ٹیکسی شہر دیکھنے نکل پڑے۔ منومنٹ، چورنگی، لاٹ صاحب کا مکان، میوزیم اور دیگر مقامات دیکھتے دیکھتے وہ لوگ دھرمتلہ پہنچ گئے۔ اچانک جان بل پوچھ بیٹھے .... ’’اچھا یہ بتائیے، تھوڑی تھوڑی دوری پر بتیوں اور آئینوں سے سجی جو دکانیں ہیں وہ کس چیز کی ہیں؟ کسی میں مرد، کسی میں عورت اور کسی میں بچہ بیٹھا ہوا ہے۔‘‘

’’وہ پان کی دکانیں ہیں۔‘‘ پپن ملک نے جواب دیا۔

’’پان؟ یہ کیا چیز ہوتی ہے؟ کوئی میٹھی چیز ہوتی ہے کیا؟ میں دیکھ رہا ہوں کہ بہت سارے لوگ خرید کر کھا رہے ہیں۔‘‘

’’نہیں، میٹھی نہیں ہوتی ہے، مگر مزیدار چیز ہوتی ہے۔ کیا آپ کھائیں گے؟‘‘

’’ہاں، ضرور‘‘

پان کی ایک اچھی دکان کے سامنے ٹیکسی رکوا کر پپن ملک اتر گئے۔

’’ایک عمدہ پان بنانا۔مسالے ڈال دینا۔صاحب کھائیں گے۔‘‘ زیادہ قیمت دے کر چاندی کا ورق لگے ہوئے دو عدد پان لا کر پن ملک نے جان بل کو دے دیئے۔

’’کیا دونوں ایک ساتھ کھالوں؟‘‘ جان بل تھوڑا ہچکچائے۔

’’ہاں،دونوں پان ایک ساتھ کھالیں۔‘‘ پن ملک نے پرجوش لہجے میں کہا۔

جان بل دونوں پان منھ میں ڈال کر چبانے لگے۔ٹیکسی دوبارہ چل پڑی۔ کچھ دیر بعد جان بل کے منھ سے پیک نکلنا شروع ہوگیا۔انہوں نے رومال نکال کر منھ پونچھا۔ پھر رومال پر نظر پڑتے ہی وہ چوک اٹھے۔۔۔۔۔۔۔۔۔’’ارے یہ کیا؟ خون نکل رہا ہے کیا؟ ملک یہ کیا ہوگیا؟‘‘

’’گھبرائیے مت۔ یہ پان کا پیک ہے۔آپ پان چباتے رہئے۔‘‘

جان بل چبانے لگے مگر کچھ دیر میں،ہی ان کی طبیعت بگڑنے لگی۔سر چکرانے لگا۔دل کی دھڑکن بڑھ گئی۔ ایسا لگ رہا تھا کہ سانس رک جائے گی۔ وہ سمجھ نہیں پا رہے تھے کہ یہ کیا ہو رہا ہے۔

’’ملک!میری طبیعت خراب ہو رہی ہے۔ مجھے ہوٹل واپس لے چلو۔‘‘

جان بل کی قے آ گئی۔ ان کے قیمتی سوٹ پر پیک پھیل گیا۔منھ سے لگا تار لال رنگ نکل کر پھیل رہا تھا۔ آنکھیں الٹنے لگیں۔ ملک خوفزدہ ہو گئے۔ ٹیکسی تیز رفتار سے ہوٹل پہنچ گئی۔ ملک نے جان بل کو سہارا دے کر دھیرے سے ٹیکسی سے اتارا۔ پھر لفٹ کے ذریعہ بڑی مشکل سے ان کے کمرے تک لے گئے۔ دوسری منزل پر صاحب کے لئے ایک کمرہ بک تھا۔ کمرے میں پہنچتے ہی وہ ایک جھٹکے سے کرسی پر بیٹھ گئے۔ پھر ملتجی نظروں سے ملک کی طرف دیکھ کر بولے۔۔۔۔۔۔۔۔۔’’ڈاکٹر کو بلاؤ ملک۔لگتا ہے میں زندہ نہیں بچوں گا۔‘‘

پن ملک پوری طرح گھبرا گئے۔وہ سوچنے لگے کہ یہ کیا ہوگیا۔ پان میں کہیں زردہ تو نہیں پڑ گیا۔اگر سچ مچ جان بل کو کچھ ہو گیا تو بہت برا ہوگا۔ پولس انہیں پریشان کرے گی۔ وہ ڈاکٹر بلانے کے لئے دوڑ پڑے۔

ایک گھنٹے کے بعد جب وہ ڈاکٹر کو لے کر لوٹے تو دیکھا کہ جان بل شراب پی رہے ہیں۔ وھسکی کی بوتل کا ڈھکن بھی نہیں کھولا تھا۔ بوتل کا منھ ٹکرا کر توڑ ڈالا تھا۔ آدھی بوتل خالی کر چکے تھے۔ ملک کو دیکھ کر بے ساختہ ہنسنے لگے۔

بن پھول   مترجم: احمد کمال ہاشمی

"اب میں پہلے سے بہتر محسوس کر رہا ہوں۔ اب کوئی ڈر نہیں ہے۔"

ڈاکٹر نے پھر بھی ان کا معائنہ کیا اور کہا.........." ڈرنے کی کوئی بات نہیں ہے۔" اور فیس لے کر چلا گیا۔ ڈاکٹر کے جاتے ہی جان بل نے کہا........."ایک مسئلہ حل ہو گیا۔ میں پہلے روز سے ہی ایک بات سوچ رہا تھا۔"

"کیا؟"

"میں سوچ رہا تھا کہ تم لوگ آخر اتنی محنت کرتے کیسے ہو؟ اسٹیفن نے مجھے بتایا تھا کہ تم لوگ جب چاہو ہم لوگوں کی طرح شراب نہیں پی سکتے۔ میں سوچتا رہا کہ پھر تم لوگ اتنی محنت کیسے کر لیتے ہو۔ اب میں سمجھ گیا۔ مجھ جیسا عادی شرابی جو چیز کھا کر چکرا گیا وہ چیز تم بڑے لوگ بڑے آرام سے چبا تے رہتے ہو۔ واہ!!"

جان بل نے خالص وہسکی کی ایک اور گھونٹ لی اور مسکرا کر ملک کی طرف دیکھنے لگا۔

☆☆☆

پنچھی اور پنجرا

اندو بالا کی باتیں سن کر میں حیران رہ گیا۔

اندو بالا نے جو کچھ کہا وہ ناقابل یقین تھا۔ میں روز جو دیکھتا ہوں اسے رد بھی تو نہیں کر سکتا۔ اندو بالا کے شوہر جیتن بابو کی حرکتیں بلاشبہ بدل گئی تھیں۔ ولایت جانے سے پہلے اور آج والے جیتن بابو میں زمین آسمان کا فرق ہے۔ وہ سگریٹ پینا تو دور پان بھی نہیں کھاتے تھے۔ وہ بیحد مہذب اور غیر متنازعہ شخصیت کے مالک ہوا کرتے تھے۔ کسی کے ساتھ کبھی ان کی ان بن نہیں ہوئی۔ وہ اپنے کام سے کام رکھتے تھے اور فرصت کے اوقات میں رامائن پڑھا کرتے تھے۔ راہ چلتے اگر کہیں ملاقات ہو جاتی تو مسکراہٹ کے ساتھ بڑی بڑی خاکساری سے ملتے اور راستے کے ایک طرف کھڑے ہو جاتے جیسے کہ آمنا سامنا ہو جانا کوئی جرم ہو۔ کبھی کسی معاملے میں انہیں احتجاج کرتے نہیں دیکھا۔ زندگی کی تمام مشکلات کو وہ ہمیشہ خندہ پیشانی سے قبول کر لیتے تھے۔ یہاں تک کہ ظلم اور ناانصافیوں کو بھی۔ بلکہ یوں کہئے کہ وہ زندگی سے لڑنا نہیں جانتے تھے۔ زندگی کے

معاملے میں ان کی سوچ اسٹیشن کے پلیٹ فارم پر کھڑے ان مسافروں کی سوچ سے مماثلت رکھتی تھی جن کا خیال تھا کہ ٹرین آتے ہی چلے جانا ہے۔ خواہ مخواہ پلیٹ فارم پر کھڑے مسافروں سے جھگڑا کیا کرنا۔ ٹرین آنے تک کسی جھمیلے سے بچ کر رہنا ہی دانشمندی ہے۔

لیکن ولایت سے لوٹ کر آنے والے جس جیتن بابو کو میں نے دیکھا وہ بالکل جدا ہیں۔ پھک پھک سگریٹ پھونکتے ہیں، ہمیشہ پان چباتے رہتے ہیں، ہاف شرٹ پہن کر موٹر سائیکل پر چڑھ کر چاروں طرف چکر کاٹتے رہتے ہیں۔ ایک انتہا پسند سیاسی جماعت کے ممبر بھی ہیں۔ ولایت جانے والے جس جیتن بابو کو میں جانتا تھا وہ ہر بات پر سر تسلیم خم کرنے کے عادی تھے۔ مگر یہ جیتن بابو تو کسی کی ایک نہیں سنتے۔ علاقے کے معمر وکیل بابو میونسپلٹی کے چیئرمین ہوا کرتے تھے۔ انہیں ہٹانے کا خیال بھی کسی کو نہیں آیا تھا۔ لیکن ولایت سے آنے کے بعد انہیں ہٹا کر جیتن بابو خود چیئرمین بن بیٹھے۔ جو شخص کبھی خاموش طبع اور امن پسند طبیعت کا مالک ہوا کرتا تھا وہ اب اس قدر انتہا پسند اور تیز طرار تھا کہ آنکھوں سے دیکھے بغیر یقین کرنا مشکل ہے۔ یہ جو ٹھان لیں کر گزرتے ہیں۔ سر پر زوردار چوٹ لگنے کے سبب انسان کے عادات و اطوار تبدیل ہوتے میں نے دیکھا ہے۔ ایسی کہانیاں کتابوں میں پڑھی ہیں۔ فلموں میں دیکھا ہے کہ اندھے کی بینائی واپس آ گئی۔ گونگا بولنے لگا۔ شیطان بھگوان بن گیا۔ جیتن بابو کے سر پر ایک بار کاری ضرب لگی تھی۔ زوردار آندھی طوفان اور بارش میں وہ دوسرے گاؤں سے واپس آ رہے تھے۔ ایک درخت کی ایک بڑی شاخ ٹوٹ کر ان کے سر پر گری تھی۔ اسی وقت بجلی بھی کڑی تھی۔ جیتن بابو گر کر بے ہوش ہو گئے۔ ان کے ساتھ اس وقت ان کا نوکر ہاری بھی تھا۔ وہ دوڑ کر گاؤں والوں کو بلا لایا۔ انہیں بے ہوشی کے عالم میں گھر لایا گیا۔ گھر میں کہرام مچ گیا۔ ان کی آنکھیں بند تھیں۔ سانس رک گئی تھی۔ نبض نہیں مل رہی تھی۔ سب کو لگا کہ موت ہو گئی۔ یہاں تک کہ ڈاکٹر ونود کو بھی ایسا ہی لگا۔ لوگ انہیں لے کر شمشان کی طرف چل پڑے۔ راستے میں ایک پیڑ کے نیچے ارتھی اتارتے وقت سب نے دیکھا کہ جیتن بابو کے ہاتھ اور پاؤں میں جنبش ہوئی۔ سانس بھی ہلکی ہلکی چلنے لگی۔ پھر اچانک انہوں نے آنکھیں کھول دیں۔ سنا ہے کہ وہ تھوڑا مسکرائے بھی۔ پھر لوگ انہیں گھر واپس لے کر آ گئے۔ جس ضرب نے انہیں موت کے دہانے تک پہنچا دیا تھا بلا شبہ وہ کافی شدید تھا۔ اس کے سبب ان کی فطرت میں تبدیلی ناگزیر تھی۔ ان کی فطرت میں جو تبدیلی آئی تھی وہ

بن پھول   مترجم: احمد کمال آسی

تو میں دیکھ ہی رہا تھا مگر ان کی بیوی اندو بالا جو کچھ کہہ رہی تھی وہ نا قابل یقین تھا۔ کیا عدالت یقین کرے گی؟ مجھے تو لگتا ہے کہ نہیں کرے گی۔ لیکن جتین بابو بضد تھے۔ انہوں نے عدالت میں مقدمہ دائر کر دیا۔ فیصلہ کیا ہوگا یہ کہنا مشکل ہے۔

میں نے ایک دن جتین بابو سے کہا تھا۔۔۔۔۔۔۔۔''اندو جب آپ کو چھوڑ کر اپنی مرضی سے چلی گئی تو آپ دوسری شادی کیوں نہیں کر لیتے؟ جب آپ کی کوئی اولاد نہیں ہوئی تو دوسری شادی کرنے میں رکاوٹ کہاں ہے؟ کوئی آپ کو برا نہیں بولے گا۔''

جتین بابو کچھ دیر خاموشی سے میری طرف دیکھتے رہے پھر لرزتی ہوئی آواز میں بولنے لگے۔۔۔۔۔۔۔۔''مجھے اندو کی ضرورت ہے۔ میں اس کے لئے سب کچھ قربان کر سکتا ہوں۔''

اندو دور کے ایک رشتے سے میری بہن ہوتی تھی۔ جتین بابو کے دوبارہ زندہ ہوتے ہی وہ کلکتے میں اپنے مائیکے چلی گئی اور پھر واپس نہیں آئی۔ اس نے خط میں لکھا تھا کہ اب وہ کبھی واپس نہیں آئے گی۔ جتین بابو بھی ہار ماننے والے نہیں تھے۔ وہ عدالت سے رجوع کرنا چاہتے تھے۔ ان کے تیور سے لگتا تھا کہ وہ قانونی طور سے اندو کو واپس نہیں لا سکے تو غیر قانونی راستہ اختیار کرنے سے بھی نہیں جھجکیں گے۔

میں نے سوچا کیوں نہ میں خود ایک بار کلکتہ جاؤں اور اندو کو منانے کی کوشش کروں۔ شاید وہ میری بات مان لے۔ معاملے کا عدالت تک جانا اچھا نہیں تھا۔ میں نے اندو کے والد کو خط بھی لکھا مگر لا حاصل۔ ان کا جواب تھا۔۔۔۔۔۔۔۔''میری بھی خواہش ہے کہ اندو اپنے شوہر کے ساتھ رہے مگر میرے لاکھ سمجھانے پر بھی وہ راضی نہیں۔ اب کیا کروں بتاؤ؟ بیٹی کو زبردستی تو گھر سے باہر نہیں نکال سکتا ناں۔ اگر تم اسے سمجھا بجھا کر لے جا سکو تو مجھے خوشی ہوگی۔''

آخر کار ایک دن میں پہنچ ہی گیا۔ وہاں جا کر میں نے دیکھا کہ اندو بیوگی کے لباس میں ہے۔ اسے الگ لے جا کر میں نے پوچھا۔۔۔۔۔۔۔۔''بات کیا ہے؟ شوہر کے زندہ رہتے تم بیوگی کے لباس میں کیوں ہو؟''

''وہ میرے شوہر نہیں ہیں۔''

''اگر وہ تمہارے شوہر نہیں ہیں تو کون ہیں؟''

''وہ بیرین بابو ہیں۔'' اندو نے کچھ توقف کے بعد کہنا شروع کیا۔۔۔۔۔۔۔''جب میں

کالج میں بڑھتی تھی تو اس زمانے میں بیرین بانام کا ایک شخص مجھ سے شادی کرنے کیلئے بے تاب تھا ۔ لیکن وہ کائستھ تھا اس لئے میرے والد اس سے مری شادی پر راضی نہیں ہوئے ۔ تب بیرین نے مجھے ایک خط لکھ کر پوچھا تھا کہ کیا میں اس کے ساتھ گھر سے بھاگنے پر راضی ہوں ۔ مجھے وہ شخص ایک نظر نہیں بھاتا تھا ۔ میں نے سخت لہجے میں انکار کرتے ہوئے جواب لکھ دیا ۔ میرا خط پا کر اس نے خودکشی کر لی تھی ۔ مجھے یقین ہے کہ اس کی بھٹکتی روح میرے شوہر کے جسم میں داخل ہو گئی ہے ۔ میں حیرت سے اندو کی طرف دیکھتا رہ گیا ۔ میں سوچنے لگا یہ لڑکی کہیں پاگل تو نہیں ہو گئی ۔

"تمہارے ذہن میں ایسا عجیب و غریب خیال کیسے آیا؟"

"اس کے حرکات و سکنات، انداز گفتگو اور آنکھوں کی چمک سے بالکل بیرین کی جیسی ہیں ۔ میرے شوہر کی طرح قطعی نہیں ہیں ۔ اس کے علاوہ ایک اور عجیب واقعہ ہوا جسے سن کر آپ لوگوں کو بالکل یقین نہیں آئے گا ۔"

"کیسا واقعہ؟"

"پچھلے ماگھ کے مہینے میں وہ ایک رات کافی تاخیر سے گھر آئے ۔ میں نے ان کا کھانا ڈھک کر رکھ دیا تھا ۔ میرے سوا گھر کے تمام لوگ سو چکے تھے ۔ وہ کھانا کھانے لگے ۔ میں ان کے سامنے بیٹھی تھی ۔ کھانے کے دوران انہوں نے اچانک کہا کہ میرے امرود کی جیلی لا دو ۔ جیلی اسٹور روم میں تھی ۔ سردی کا زمانہ تھا ۔ میں کچن سے گزر کر اسٹور روم تک جانا نہیں چاہتی تھی ۔ میں نے کہا کل کھلا دوں گی ۔ آج گڑھی میں روٹی کھا لیجئے ۔ وہ کہنے لگے مجھے جیلی ابھی چاہئے ۔ میں کل تک انتظار نہیں کر سکتا ۔ زندگی میں مجھے جب جس چیز کی ضرورت ہوئی ہے میں نے حاصل کر کے ہی دم لیا ہے ۔ انسان کی لت مر کر بھی نہیں چھوٹتی ہے ۔ میری بھی نہیں چھوٹی ہے ۔ تم لوگوں نے سوچا تھا کہ ذات پات کی بنا پر بیرین کو روک لو گی مگر نہیں روک سکی ۔ اتنے دنوں میں تم کو اس بات کا اندازہ ہو گیا ہوگا ۔"

اندو کی بات سن کر میں حیران رہ گیا ۔ مجھے یقین ہے کہ آپ لوگ بھی حیران ہو گئے ہوں گے ۔

میں نے کہا .... "تمہارے کہنے کا مطلب یہ ہے کہ پنجرہ وہی ہے .... پنچھی

<hr>

بن پھول   مترجم: احمد کمال ہاشمی

بدل گیا ہے۔"

اندو معنی خیز انداز میں مسکراتی ہوئی بولی ...."لگتا تو ایسا ہی ہے۔"

☆☆☆

جیوتش

جیوتش نے آنے کا وعدہ کیا تھا۔ میں اپنا سوٹ کیس تیار کرکے اس کا منتظر تھا۔ تقریباً ایک ماہ قبل ہم دونوں نے کشمیر جانے کا پروگرام بنایا تھا۔ تجویز اسی کی تھی۔ اس نے کہا تھا ....

"پریش بھائی! کلکتہ میں اب دل نہیں لگتا۔ بم بازی، سیاست، بے کیف تھیٹر اور سنیما، ہڑتال اور حملہ دیکھ کر گھٹن کا احساس ہونے لگتا ہے۔ چلو کہیں بھاگ چلیں۔ کیا کشمیر چلو گے؟ کشمیر میں منجولی رہتی ہے۔ وہاں رہنے سہنے کا کوئی مسئلہ نہیں ہوگا۔ منجولی کے پتا وہاں اعلیٰ افسر ہیں۔ اس نے مجھے بلایا ہے۔ چلو کشمیر گھوم آتے ہیں۔"

جیوتش نے ہی پرسوں دو برتھ ریزرویشن کے ٹکٹ مجھے دیئے تھے۔ اس نے آج ٹیکسی سے آنے کا وعدہ کیا تھا۔ میں شیونگ کرکے سوٹ کیس میں کپڑے رکھ کر تیار تھا مگر جیوتش کی کوئی خبر نہیں تھی۔ جیوتش ایک سرکاری فلیٹ میں ایک کمرہ لے کر رہتا تھا۔ اس کے کمرے میں فون ہے۔ میں نے فون کیا مگر فون کی گھنٹی بجتی رہی۔ اس کا مطلب تھا کہ وہ اپنے کمرے میں نہیں ہے۔ ٹرین کا وقت ہو چلا تھا مگر وہ نہیں آیا۔ میں نے پھر فون کیا۔ اس بار بھی گھنٹی بجتی رہی۔ ٹکٹ میرے پاس تھے۔ اس لئے میں نے ٹیکسی لی اور نکل پڑا۔ میں نے سوچا شاید وہ سیدھا اسٹیشن پہنچ گیا ہوگا اور وہیں میرا انتظار کر رہا ہوگا مگر وہ وہاں بھی نہیں تھا۔ ٹرین ابھی کھلی نہیں تھی۔ میں نے دوبارہ اسے ڈھونڈنے کی کوشش کی مگر وہ نہیں ملا۔ میں نے سوچا کیا میں اکیلا چلا جاؤں مگر اسے چھوڑ کر جانا مناسب ہوتا؟ اس لئے میں نہیں گیا۔ اسٹیشن سے نکل کر سیدھا اس کے فلیٹ پہنچا۔ اس کے دروازے پر تالا لٹک رہا تھا۔ کوئی بتا نہیں سکا کہ وہ کہاں گیا۔ کلکتے میں کوئی کسی کی خبر نہیں رکھتا۔ بغل والے بھی انجان رہتے ہیں۔ میں اپنے گھر واپس آ گیا۔

میں بھی ایک سرکاری فلیٹ میں کمرہ لے کر رہتا ہوں۔ میرے کمرے میں بھی فون

ہے۔میں نے پھر فون کیا۔اس بار بھی گھنٹی بجتی رہی۔جیوتش گھر میں نہیں تھا۔آخر گیا کہاں؟ میں نے کھا کر بستر پر سونے کی کوشش کی۔اچانک میرے فون کی گھنٹی بج اٹھی۔

''ہیلو کون؟''

''میں جیوتش''

''ارے بھائی،تم کہاں ہو؟''

''میں تو چلا آیا ہوں''

''کہاں؟ کشمیر؟ ہوائی جہاز سے گئے؟ مجھے چھوڑ کر؟''

''تمہیں ساتھ لانا ناممکن تھا۔یہ جگہ عجیب و غریب ہے۔''

''وہاں کے مناظر بہت حسین ہیں نا؟ کشمیر کو تو زمین کا جنت کہا جاتا ہے اس لئے مناظر تو حسین ہوں گے ہی۔تم مجھے چھوڑ کر چلے گئے۔''

''نہیں،مجھے یہاں کوئی منظر نظر نہیں آ رہا ہے۔یہ ایک عجیب و غریب جگہ ہے۔جب سے میں یہاں آیا ہوں ہر طرف ویرانی تھی۔کوئی نظر نہیں آیا۔کھلا آسمان،وسیع میدان مگر کہیں کوئی موجود نہیں۔میں نے چلنا شروع کیا۔کچھ دور جانے کے بعد مجھے کچھ لوگ نظر آئے جو میری طرف دوڑے چلے آ رہے تھے۔میں خوفزدہ ہو گیا مگر بھاگ نہیں سکا۔چاروں طرف خالی میدان تھا۔کہیں چھپنا ممکن نہیں تھا۔ان لوگوں نے قریب آ کر مجھ سے سوال کیا۔.........''آپ بنگالی ہیں؟''میں نے جواب دیا''ہاں''ان لوگوں نے کہا۔.........''ہمارے ساتھ آئیے۔''ہم لوگ مکتی باہنی والے ہیں۔ہم لوگ پاکستانی فوج کو مار بھگائیں گے۔وہ لوگ یہاں بھی آ گئے ہیں مگر ہم انہیں یہاں نہیں رہنے دیں گے۔ہم انہیں یہاں سے بھی نکال باہر کریں گے۔''ان لوگوں میں سے کسی کے ہاتھ میں ہنسوا،کسی کے ہاتھ میں کلہاڑی،کسی کے ہاتھ میں بندوق،کسی کے ہاتھ میں تلوار اور کسی کے ہاتھ میں ڈنڈا تھا۔کچھ لوگ خالی ہاتھ بھی تھے۔ان کا کہنا تھا کہ ان کی انگلیوں میں ناخن ہیں،گھونسہ ہے،لات ہے،ہمت ہے،آپ ہمارے ساتھ چلئے۔''ان لوگوں نے یہ کہہ کر میرا ہاتھ پکڑ کر کھینچنا شروع کر دیا۔پھر میں بھی ان میں شامل ہو گیا اور ان لوگوں کے ساتھ دوڑنے لگا۔دوڑتے دوڑتے میں نے پوچھا......

''پاکستان فوج کہاں ہے؟''

”ہم لوگ آخر جا کہاں رہے ہیں؟“

ان لوگوں نے جواب دیا۔

”ہم لوگ اپنے لیڈر کے پاس جا رہے ہیں۔ وہ ہمیں بتائیں گے کہ کہاں اور کیسے حملہ کرنا ہے۔“ کچھ دیر دوڑنے کے بعد ہم لوگ ایک ایسی جگہ پہنچے جہاں ہر طرف اجالا ہی اجالا تھا۔ مجھے پہلی ہی نظر میں ایک شخص نظر آیا جو گھوڑے کی پیٹھ پر سوار ہماری طرف دیکھ رہا تھا۔ ان لوگوں نے کہا .... ”وہ دیکھو باگھا جتن۔ ان کے پیچھے کھدی رام بوس ہیں۔ ان کی دائیں طرف سوریہ سین ہیں۔ ان کے سامنے بنوئے ہیں۔ ادھر ٹیلے پر دنیش کھڑے ہیں۔ ایک طرف بادل ہیں اور ادھر دیکھیے دور ار بندو گھوش کھڑے ہیں۔ پولن داس ہیں۔ ان کے قریب کنہائی ہیں۔ ان کے قریب ....“

”مگر یہ سارے لوگ تو مر چکے ہیں۔“ میں نے کہا۔

”میں بھی مر چکا ہوں۔ میری لاش جادب پور کی ایک نالی میں پڑی ہوئی ہے۔“

”تم کیسے مرے؟“

”پائپ گن کی گولی سے“

”تم کو کس نے مارا؟“

”جس نے مارا میں اسے پہچانتا ہوں مگر نام نہیں بتاؤں گا۔ وہ میرا دوست ہی ہے۔ اسے اپنی غلطی کا احساس آگے چل کر ہوگا۔“ اس کی آواز رندھ گئی۔

فون کی لائن اچانک کٹ گئی

”ہیلو ..... ہیلو“

دوسری طرف سے کوئی آواز نہیں آئی۔

☆☆☆

چہرے کی تبدیلی

بہت دنوں پہلے ڈاکٹر پتت پاون چکرورتی نے جس گاؤں میں پریکٹس شروع کی تھی

بن پھول   مترجم: احمد کمال آتشی

اس زمانے میں وہاں مغربی تہذیب کا شائبہ بھی نہیں تھا۔گاؤں میں ریل اسٹیشن نہیں تھا۔انگریزی میڈیم اسکول قائم نہیں ہوا تھا۔لوگ چائے پینا نہیں جانتے تھے۔ایلوپیتھی طریقہ علاج کا نام بھی لوگوں نے نہیں سنا تھا۔ڈاکٹر پت پاون چکروری ایسے دقیانوسی گاؤں میں ڈاکٹری کرنے آئے تھے۔ان کے رشتے کے ایک پھوپھا اس گاؤں کے داروغہ تھے۔انہی کی ہدایت اور ہمت افزائی سے وہ کافی کشمکش کے بعد اس گاؤں میں قسمت آزمائی کرنے آئے تھے۔خوشحال ہوتے تو شہر میں ڈاکٹری کرتے،چرب زبان ہوتے تو سرکاری ملازمت حاصل کر سکتے تھے مگر یہ سب صفات ان میں نہیں تھیں۔بڑی مشکل سے سستے قسم کا کوٹ پینٹ پہن کر،لکڑی کا اسٹیتھو اسکوپ لے کر (اس زمانے میں لکڑی کا اسٹیتھو اسکوپ کا چلن تھا)اور کچھ ضروری دوائیں اور چھری قینچی لکڑی کے ایک چھوٹے سے صندوق میں سجا کر پھونس کے ایک چھوٹے سے کمرے میں انہوں نے اپنی ڈاکٹری زندگی کی شروعات کی۔

اپنے داروغہ پھوپھا کی ہدایت پر وہ کوٹ پینٹ پہن کر گاؤں والوں کی توجہ اپنی طرف مبذول کرانے کے لئے بازار میں گھومنے لگے۔گاؤں والے مرعوب اور متحیر ہو کر اس نئے ڈاکٹر کو دیکھتے ضرور مگر علاج کے لئے وہ ہمیشہ یا تو ہارواوجھا کو بلاتے یا پھر جوگین منڈل کو یا پھر ہنومان تریویدی کو۔وہی تینوں اس گاؤں کے مشہور کبیراج تھے۔گاؤں کے لوگ کوٹ پینٹ میں ملبوس اس ڈاکٹر کو بلا کر اپنی زندگی داؤ پر لگانے کی بات سوچ بھی نہیں سکتے تھے۔مگر آخرکار ایک دن انہیں ایسا کرنا ہی پڑا۔اس کے پیچھے داروغہ پھوپھا کی کوشش نہیں بلکہ ان کی اپنی قابلیت کار فرما تھی۔

ایک شام وہ چہل قدمی کر رہے تھے۔ایک سنسان راستے پر انہیں دور سے زمین پر کوئی چیز پڑی نظر آئی۔قریب جا کر انہوں نے دیکھا کہ ایک آدمی راستے پر بے ہوش پڑا ہے۔اس کی نبض چل رہی تھی مگر حالت بہت خستہ تھی۔انہوں نے ادھر ادھر نظریں دوڑائیں،کہیں کوئی نظر نہیں آیا۔انہوں نے اس آدمی کو اپنے کاندھوں پر اٹھایا اور اپنی کٹیا میں لے آئے۔اس کے کپڑوں پر تے کی گندگی تھی اسے صاف کیا۔ اور گرم پانی سے اس کے بدن کو حرارت پہنچائی۔اپنے ہاتھوں سے تیار کی ہوئی دوا کھلائی اور رات بھر اس کی تیمارداری کرتے رہے۔آدمی کی جان بچ گئی۔اسے ہیضہ ہوا تھا۔وہ اپنے رشتے داروں کے ساتھ بیل گاڑی پر سوار ہو کر ایک شادی کی تقریب میں جا رہا تھا مگر راستے میں ہیضہ ہونے کے سبب رشتے داروں نے اسے راستے میں چھوڑ

دیا تھا۔ جلد ہی یہ خبر پورے گاؤں میں پھیل گئی۔ ایک مہینے سے زیادہ عرصے تک کوٹ پینٹ پہن کر گھومنے سے جو کام نہیں ہوا وہ اس واقعہ نے کر دیا۔ سب کو پتہ چل گیا کہ ڈاکٹر پِتّ پاون اسم بامسمّٰی شخص ہیں۔ اب مریضوں کا ہجوم ان کے پاس آنے لگا۔ پھر بھی پِتّ پاون کو مشکلات کا سامنا کرنا پڑا۔ لوگ اتنے جاہل اور ناسمجھ تھے کہ سائنسی طریقوں سے ان کا علاج کرنا دشوار گزار کام تھا۔ تمام باتیں ان کی سمجھ میں نہیں آتی تھیں۔ ٹوٹکے ابھی تک ان کے ذہنوں پر غالب تھے۔

وہ ایک بار ایک مریض کو دیکھنے گئے۔ اسے نمونیہ ہوا تھا۔ مریض کے گھر والے دولت مند تھے۔ ان لوگوں نے ہارواوجھا، جوگین منڈل اور ہنومان تری ویدی تینوں کو بلا رکھا تھا مگر مرض بڑھتا جا رہا تھا۔ اس لئے پِتّ پاون کو بلایا گیا۔ انہوں نے جا کر دیکھا کہ تینوں کبیراج الگ الگ خیالات کا اظہار کر چکے ہیں۔ ہارواوجھا کے مطابق پیٹ میں گیس ہو گیا ہے۔ جوگین منڈل کا خیال تھا کہ مریض کا پِت بڑھ گیا ہے۔ ہنومان تری ویدی کو کھانسی کے علاوہ کچھ اور سمجھ میں نہیں آیا۔ پِتّ پاون کو اس مسئلے کا بھی حل نکالنا تھا۔

کچھ دنوں کے اندر پِتّ پاون سمجھ چکے تھے کہ اس گاؤں میں ڈاکٹری کرنی ہے تو تینوں کبیراجوں سے ٹکرانا مناسب نہیں ہوگا۔ ان سے مل کر کام کرنا ہوگا۔ گاؤں والوں کی پہلی ترجیح وہی تینوں ہیں۔ علاج کے معاملے میں سارے لوگ ان کی ہی ہدایتوں پر عمل کرتے ہیں۔ یہاں تک کہ اگر کسی ڈاکٹر کی ضرورت پڑتی بھی ہے تو اس کا فیصلہ وہی تینوں کرتے ہیں۔ اس لئے انہیں خوش رکھنا ہی دانشمندی ہے۔ تینوں کو الگ الگ خوش رکھنا زیادہ مشکل نہیں تھا مگر تینوں ایک دوسرے کے حریف تھے۔ وہ سوچ رہے تھے کہ اس وقت تینوں کو ایک ساتھ کیسے خوش کیا جائے۔ مرض تو نمونیہ تھا مگر ان کی سمجھ میں نہیں آیا کہ وہ تینوں میں سے کس کے خیال کی تائید کریں۔ اگر وہ کسی ایک کی تائید کرتے ہیں تو باقی دونوں ناخوش ہو جائیں گے۔ وہ بڑی آفت میں پھنس گئے۔ بہت سوچ بچار کے بعد ایک خیال ان کے ذہن میں آیا۔ انہوں نے کہا........''اوجھا جی ٹھیک بول رہے ہیں۔ گیس کے سبب ہی بخار آیا ہے۔'' اوجھا کے چہرے پر فتح کے آثار نمایاں ہو گئے۔

''اس کے بعد پِت نے اپنا کام کرنا شروع کر دیا'' پِتّ پاون بولنے لگے........

''گیس کے ساتھ اس کی لڑائی ہوگئی۔ پِت کتنا خطرناک ہے آپ سب لوگ جانتے ہوں گے۔ اس کے تیکھے پن سے بیزار ہو کر گیس کو ہار جانا پڑا۔ پِت کی جیت ہوگئی۔'' یہ سن کر جوگین منڈل

کے چہرے کی رونق بڑھ گئی۔ انہوں نے فخر یہ انداز میں اپنی مونچھوں پر تاؤ دینا شروع کردیا۔

پتت پاون نے اپنی بات جاری رکھی .... ''لیکن پت کی اجارہ داری زیادہ دیر تک قائم نہیں رہ سکی۔ کھانسی نے عروج پر آتے ہی پت کو زیر کردیا۔ فی الحال کھانسی ہی اصل مسئلہ ہے۔'' ہنو مان تری ویدی کھلکھلا کر ہنس پڑے اور تالی بھی بجا دی۔

تینوں کی عزت رکھتے ہوئے پتت پاون نے علاج شروع کردیا۔ چند روز میں ہی نمونیہ کا مریض ٹھیک ہوگیا۔ پتت پاون کی ڈاکٹری چل نکلی مگر اس گاؤں کے لوگ اتنے جاہل تھے کہ اکثر اوقات کسی نہ کسی پریشانی سے دوچار ہوتے رہے۔ ایک بار انہوں نے ایک مریض کو ایک شیشی دوا دیتے ہوئے کہا کہ تین گھنٹوں کے وقفے سے ایک ایک خوراک کھاتا رہے۔ وہ شخص فکرمند ہوگیا کہ وہ وقت کیسے مقرر کرے کیونکہ اس کے پاس گھڑی نہیں تھی۔ گھڑی صرف وہاں کے زمیندار گھر میں ہوا کرتی تھی۔ زمیندار سے گزارش کرنے پر اس نے کہا .... ''ٹھیک ہے میں ہر تین گھنٹے پر اپنا آدمی بھیج کر آپ کے مریض کو یاد دہانی کرا دیا کروں گا۔'' زمیندار نے اپنا وعدہ تو نبھایا مگر مرض اچھا نہیں ہوا بلکہ بڑھتا ہی گیا۔ پتت پاون کو دوبارہ جانا پڑا۔ وہاں پہنچ کر انہوں نے دیکھا کہ دوا ساری کی ساری پڑی ہوئی ہے۔ شیشی پر جس کاغذ سے خوراک کی نشانی بنائی گئی تھی اسی کا غذ کو کاٹ کاٹ کر پان میں بھگو کر مریض کو کھلایا گیا تھا۔

ایک بار ایک مریض نے کہا ...... ''کھانا ہضم نہیں ہو رہا ہے۔ مجھے کوئی دوا دیجئے۔''

پتت پاون نے کہا .... ''دوا کھانے سے پہلے کچھ روز کھانے پینے کے اصول پر عمل کر کے دیکھیں۔ چاول اور روٹی چھوڑ کر دو چار روز پھل کھائیے۔''

مریض چلا گیا مگر دوسرے ہی دن اس کا بھائی بھاگا بھاگا آیا اور بولا .... ''ڈاکٹر صاحب! آپ کو میرے ساتھ چلنا ہوگا۔''

''کیوں؟''

''بھائی جان دست سے بے دم ہو گئے ہیں۔''

''ایسا کیسے ہوگیا؟''

''آپ چل کر خود دیکھ لیں۔''

پتت پاون کو جانا پڑا۔ جا کر انہوں نے دیکھا کہ مریض بستر پر ادھ مرا پڑا ہوا ہے۔

بن پھول   مترجم: احمد کمال ہاشمی

”کیا ہوا؟“

”پیٹ جھٹر رہا ہے۔“

”کھانے میں کچھ گڑ بڑی ہوئی ہوگی۔“

”بالکل نہیں، میں نے آپ کے کہنے کے مطابق پھل ہی کھائے۔“

”کون سا پھل کھایا؟“

”تاڑ........وہ بھی زیادہ نہیں صرف پانچ عدد۔“

یہ سن کر پتت پاون نے اپنا سر پیٹ لیا۔اس گاؤں کے لوگوں کو یہ بھی پتہ نہیں تھا کہ بارلی کسے کہتے ہیں۔ایک شخص کو بارلی کہا گیا تو اس نے ندی کنارے سے بالو لا کر کھانا شروع کر دیا اور پھر اس کی حالت غیر ہو گئی۔

پچاس سال گزر گئے۔اس وقت ڈاکٹر پتت پاول کی عمر پچیس سال تھی۔ابھی ان کی عمر پچھتّر سال ہے۔گاؤں میں بہت کچھ بدل گیا۔اسٹیشن بن گیا ہے۔بسیں چلنے لگی ہیں۔چائے کی دکانیں کھل گئی ہیں۔قریبی شہر میں سنیما ہال بھی کھل گیا ہے۔پڑوس میں رامو کے گھر میں بیٹری سیٹ والا ریڈیو بھی آ گیا ہے۔گاؤں میں لڑکوں کا ہائی اسکول تو تھا ہی لڑکیوں کا بھی اسکول کھل گیا ہے۔

ایک دن پتت پاون کے پاس ایک دبلا پتلا نوجوان آیا اور بولا.........”ڈاکٹر بابو! میرا سینہ چیک کر کے دیکھئے۔کھانسی کم کیوں نہیں ہو رہی ہے؟“

اس نوجوان کا نام سلائل تھا۔اس نے باریک کپڑے کا کرتا پہن رکھا تھا جس کے نیچے پہنی گئی بنیان صاف نظر آ رہی تھی۔آنکھوں پر رنگین چشمہ چڑھا ہوا تھا۔پاؤں میں چپل تھی۔

پتت پاون نے اس کا سینہ اور گلا چیک کیا اور کہا.........”سینے میں کوئی خرابی نہیں ہے۔کھانسی گلے کی وجہ سے ہو رہی ہے۔“

”تو کیا کروں ڈاکٹر بابو؟ مینتھول پیسٹل دو شیشی پی چکا ہوں۔آج کل پنیسلین کا لوزینس بھی نکلا ہے۔وہی کھا کر دیکھوں کیا؟“

”اس کی کوئی ضرورت نہیں ہے۔“

”تو کیا کروں؟“

’’بیڑی پینا چھوڑ دو۔‘‘

سلال نے آنکھیں مٹکائیں اور ناخوش ہو کر چلا گیا۔ بیس دنوں کے بعد دوبارہ آیا۔ اس کے پاس کچھ کاغذات تھے۔

’’ڈاکٹر بابو! میں کلکتہ گیا تھا۔ وہاں ڈاکٹر بھٹا چاریہ میرے پھوپھا زاد بھائی کے سالا ہیں۔ میں نے ان سے مشورہ کیا۔ ان کی ہدایت پر میں نے سینے کا ایکسرے کروایا۔ گلے میں بھی ٹسٹ کروایا۔ انہوں نے یہ سب دوائیں لکھی ہیں۔‘‘ پتت پاون نے دیکھا وہاں کے ڈاکٹر نے عام قسم کی بہت ساری بازاری دوائیں لکھ دی ہیں۔

پچاس سال پہلے ڈاکٹر پتت پاون گاؤں کے جاہل مریضوں کی طرف جس بیچارگی سے دیکھتے تھے سلال کی طرف بھی اسی بیچارگی سے دیکھا۔ انہیں محسوس ہوا کہ آج بھی سب کچھ ویسا ہی ہے صرف انسانوں کے چہرے بدل گئے ہیں۔

☆☆☆

نا تمام

آج کل بازار میں کچھ بھی دستیاب نہیں ہے۔ چاول، دال، نمک، تیل کچھ بھی دستیاب نہیں۔ دکاندار کہتا ہے کہ ختم ہو گیا۔ پچھلے دنوں جگدیش بابو، جنہیں ذیابیطس اور جوڑوں کے درد کی شکایت ہے، دوا خرید نے گئے مگر انسولین اور Colchicum نہیں ملا۔ دکاندار نے کہا…… ’’یہ دوائیں ختم ہو گئی ہیں۔‘‘ سکرین ختم ہو گیا ہے۔ ہارلکس ختم ہو گیا ہے۔ لگتا ہے کہ آزادی کے بعد سب کچھ ختم ہو گیا۔

ایسا لگتا ہے کہ جگدیش بابو کا ملازم پلٹو بھی ختم ہو گیا ہے۔ اس کے بدن میں کچھ بھی نہیں بچا ہے۔ ہڈی ہڈی چہرہ، آنکھوں کی روشنی کم، سامنے کا دانت نہیں ہے، ہاتھ اور پاؤں پتلے پتلے، سر بالوں سے خالی۔ وہ پاکستان سے آیا مہاجر ہے۔ کہتے ہیں کہ وہ کبھی فرید پور ضلع کے کسی گاؤں کا مالدار شخص تھا۔ ہولی اور درگا پوجا شان سے مناتا تھا۔ اس کے بیٹے بیٹیاں اور پوتے پوتیاں بھی تھیں۔ سب کے سب مسلمانوں کے ہاتھوں مارے گئے۔ وہ کسی طرح اپنی جان بچا کر بھاگنے

بن پھول   مترجم: احمد کمال آشمی

میں کامیاب ہوا تھا۔ وہ خود کو برہمن بتاتا تھا۔ مگر جگدیش بابو کو اس کی اس بات پر یقین نہیں تھا
کیونکہ وہ دیکھنے میں ہر جین کی طرح کا لا تھا۔ جگدیش بابو نے ایک بار اس سے پوچھا تھا ....
''اپنے گھر والوں کو ظالموں کے بیچ چھوڑ کر تم بھاگنے پر کیسے تیار ہوئے؟'' پلٹو نے جواب
دیا تھا .... ''میں انسان نہیں جانور ہوں اس لئے اپنی جان بچانے کے لئے بھاگ آیا۔ یہ
سوچ کر آج بھی میرا سینہ شق ہوتا ہے۔ کیا آپ مجھ پر ایک احسان کریں گے مالک؟''
''کیسا احسان؟'' جگدیش بابو پریشان ہو گئے کہ کہیں وہ پیسے نہ مانگ بیٹھے۔
''آپ کے پاس بندوق ہے جس سے آپ نے پچھلے دنوں ایک پاگل کتے کو مارا تھا۔
آپ اس سے مجھے مار ڈالیں۔ میں اس بار بھاگوں گا نہیں۔ میں سینہ کھول کر کھڑا رہوں گا۔'' یہ
کہہ کر وہ سچ مچ سینہ کھول کر کھڑا ہو گیا۔ جگدیش بابو پلٹو کی باتوں سے بہت متاثر ہوئے۔ انہوں
نے اس کی پیٹھ تھپتھپاتے ہوئے کہا .... ''تم پاگل ہو یا دیوانے؟ تم جیسے رہ رہے ہو ویسے ہی
رہو۔ اگر سلیقے سے رہو گے تو میں دوبارہ تمہاری شادی کروا دوں گا۔ تمہاری نئی دنیا ہو گی۔''
اس یقین دہانی پر پلٹو کی آنکھوں میں ایک ایسی چمک عود کر آئی کہ اگر جگدیش بابو اس کا
مفہوم سمجھ پاتے تو ڈر جاتے۔

پلٹو جگدیش بابو کو بہت سستے میں مل گیا تھا۔ صرف پیٹ بھر کھانے کے عوض چوبیس گھنٹے
خدمت کرنے والا نو کر آج کل ملنا مشکل ہے۔ ایسے ملازم کی تنخواہ کم از کم ایک سو روپے ضرور ہوتی
ہے۔ پلٹو کی خوراک بھی بہت کم ہے۔ وہ کم کھانے کا عادی ہے۔ اگرچہ اس نے اپنی زبان سے
کبھی کچھ نہیں کہا مگر حقیقت یہ تھی کہ موٹے چاول کھانے کی عادت اسے کبھی نہیں رہی تھی مگر اسے
مجبوراً کھانا پڑتا تھا۔

پلٹو اگرچہ جگدیش بابو کو سستے میں مل گیا تھا مگر پھر بھی انہیں شک رہتا تھا کہ پلٹو بازار کی
رقم میں سے کچھ پیسے چراتا ہے۔ اس شک کی بنیاد بھی تھی۔ بنیاد یہ تھی کہ وہ خود چوری کرنے کے
عادی تھے۔ ان کی تنخواہ ڈھائی سو روپے تھی مگر آمدنی پانچ سو روپے تھی۔ کبھی کبھی یہ آمدنی چھ اور
سات سو روپے بھی ہو جاتی تھی اور یہ ساری آمدنی اوپری آمدنی تھی۔ ان کا خیال تھا کہ اس دنیا
میں کوئی ایماندار نہیں ہے۔ ان کی نظر میں ایماندار وہی ہے جس کی چوری پکڑی نہیں جاتی۔ وہ پلٹو
پر کڑی نگاہ رکھتے تھے۔ اس کے بازار سے لوٹنے پر پائی پائی کا حساب لیتے تھے۔ مگر آج تک پلٹو

بن پھول   مترجم: احمد کمال ہاشمی

کی چوری پکڑ نہیں سکے تھے۔ ویسے بھی سبزی بازار میں چوری پکڑنا دشوار تھا کیونکہ سبزیوں کے دام گھٹتے بڑھتے تھے۔ آج جو سبزی آٹھ آنے کیلو ملتی تھی وہ کل بارہ آنے بھی ہو سکتی تھی یا پھر آج جس کی قیمت بارہ آنے کیلو تھی کل ممکن تھا کہ اس کی قیمت اتر کر دس آنے کیلو ہو سکتی تھی۔ پھر بھی وہ روز حساب لیتے تھے۔ اس دن بھی وہ حساب لے رہے تھے ۔۔۔۔۔۔۔۔

''آج سگریٹ تم نے کتنے میں خریدی؟''

''آج سگریٹ نہیں ملا۔ ختم ہو گیا تھا۔ پرسوں ملے گا''

''چینی؟''

''چینی بھی نہیں ملی ختم ہو گئی تھی۔''

''بسکٹ؟''

''بسکٹ بھی ختم ہو گیا تھا۔''

''مچھلی؟''

''بڑی مچھلی دس روپے کیلو مل رہی تھی۔ میں نے ایک پاؤ چھوٹی مچھلی خریدی۔''

''کتنے میں خریدی؟''

''ساڑھے چھ روپے کیلو کے حساب سے۔''

''ہائیں!! اتنی مہنگی؟؟ اور کیا لائے؟''

''آلو ختم ہو گیا تھا۔ ایک کدو دس آنے میں ملا۔''

''اتنا چھوٹا کدو! دس آنے میں!!''

پلٹو خاموش رہا۔

''لاؤ بچے ہوئے پیسے واپس کرو۔''

جگدیش بابو پیسے گننے لگے۔ گنتے گنتے رک گئے۔

''یہ کیا؟ تیس پیسے کم کیوں ہیں؟ میں نے تو تمہیں پانچ روپے کا ایک نوٹ دیا تھا۔''

پلٹو نے بھی پیسے گنے۔ تیس پیسے واقعی کم تھے۔ جگدیش بابو نے اسے ایک پھٹی پرانی قمیص پہننے کو دی تھی۔ پلٹو نے جیب میں ہاتھ ڈالا تو پتا چلا کہ جیب پھٹی ہوئی ہے۔

''جیب پھٹی ہوئی ہے مالک۔ مجھے اس کا پتا نہیں تھا۔ میں نے پیسے جیب میں رکھے

بن پھول   مترجم: احمد کمال ہاشمی

تھے۔شاید کہیں گر گئے۔''

جگدیش بابو غصے پر قابو نہیں رکھ سکے۔وہ اٹھ کھڑے ہوئے اور چیخ کر کہا ....

''ضرورت کا ایک بھی سامان تو لائے نہیں۔یہ ختم ہوگیا۔وہ ختم ہوگیا۔وہ ختم ہوگیا اور اوپر سے پیسے چرا کر کہتے ہو پھٹی جیب سے پیسے گر گئے۔چور کہیں کے!!''

''نہیں۔نہیں ....میں نے چوری نہیں کی۔''

''نکلو یہاں سے۔'' کہتے ہوئے جگدیش بابو نے اسے ایک زوردار تھپڑ رسید کر دیا۔دبلا پتلا پلٹو منھ کے بل گر پڑا۔اس کے بدن میں بھی کچھ نہیں تھا۔سب کچھ ختم ہوگیا تھا۔پھر بھی وہ اٹھا اور سر جھکا کر بیٹھ گیا۔

مگر ایک چیز ختم نہیں ہوئی تھی ....اس کی آنکھوں کے آنسو جو جھر جھر کر کے اس کے گالوں پر بہنے لگے۔

☆☆☆

ٹنّی اور وی۔آئی۔پی لوگ

اس دن میں صبح سے بہت مصروف رہا۔میرے گھر بہت سارے وی۔آئی۔پی تھے۔مختلف موضوعات پر گفتگو ہوئی۔حکومت کا نظام ٹھیک سے کیوں نہیں چل رہا ہے۔بیروزگاری کا مسئلہ کیسے حل ہو،خطیر رقم خرچ کر کے گنگا پر ایک اور پل کی تعمیر مناسب ہے کہ نہیں،لڑکے اور لڑکیوں کی تعلیم کا استعمال کہاں غلط ہو رہا ہے،جس ملک میں دکانوں اور کاروباری مراکز کے نام انگریزی میں لکھے ہوئے ہوں اور جہاں کے لوگوں کی اکثریت انگریزی کے الفاظ کے سہارا لئے بغیر بنگلہ نہیں بولتی ہے وہاں ہر کام بنگلہ زبان میں ہو، یہ مطالبہ کہاں تک جائز ہے؟ اس طرح کے بے شمار سنجیدہ موضوعات پر میرے گھر میں بیٹھ کر تبادلہ خیال ہوا۔سبھوں نے چائے ناشتہ کر کے مجھے ممنون کیا۔دس بجے تک مجھے سانس بھی لینے کی مہلت نہیں ملی۔میرے مکان کا راستہ موٹر گاڑیوں سے بھر گیا تھا۔

دس بجے کے بعد میں نے گھر کے باہر برآمدے میں ایزی چیئر پر بیٹھ کر ہاتھ پاؤں

پسارے اور بنگلہ اخبار دیکھنے لگا۔اس میں بھی شروع سے آخرتک ملک کی خبریں تھیں۔کہاں کہاں کون سا پروجیکٹ ہو رہا ہے،کس کو کس کے ساتھ شامل کر کے کون سی کمیٹی یا ذیلی کمیٹی بن رہی ہے،بدعنوانی کے خلاف حکومت کون کون سے اقدامات کر رہی ہے،غریبی ہٹانے اور بے روزگاری دور کرنے کے لئے کہاں کہاں کیا ہو رہا ہے۔ان خبروں کے درمیان ہمارے ملک کے حکمرانوں کی دوسری خبریں بھی تھیں مثلاً کس کے کتے کو سردی لگ گئی ہے،کس کے باغ میں پھول کھلے ہیں،کس کا بلڈ پریشر کم اور زیادہ ہو رہا ہے،کس کی گلچھوشی کون کر رہا ہے؟ یہ سب بھی تو ہمارے ملک ہی کی خبریں تھیں۔یہ سوچ کر میرا دل بھر آیا کہ ہم لوگ مسلسل ملک کے لئے فکرمند ہیں اور ملک کی ترقی کے لئے دل و جان سے کوشش کئے جا رہے ہیں ٹھیک اسی وقت راستے کی طرف سے ایک سریلی آواز آئی ....

''دادا جی۔''

میں نے گردن گھما کر دیکھا۔ٹنی کھڑی تھی۔اس نے ایک گندہ سا فراک پہن رکھا تھا جو پیٹھ کی طرف پھٹا ہوا تھا۔اس کی ماں گھروں میں جھاڑو پونچھا کرتی تھی۔کچھ دنوں تک وہ میرے گھر میں بھی کام کر چکی تھی۔اسی دن سے ٹنی مجھے''دادا جی''کہا کرتی ہے۔وہ روز اسی راستے سے اچھلتی کودتی گزرتی ہے۔کبھی آہستہ نہیں چلتی۔راستے پر سے گو بھی اٹھایا کرتی تھی۔کبھی وہ سر پر ٹوکرا اٹھائے اپنی ماں کے ساتھ جاتی ہوئی نظر آتی۔کبھی اس کے ہاتھ میں راشن کا تھیلا ہوا کرتا ہے۔مگر ہمیشہ ہنستی مسکراتی اور چنچل دکھائی پڑتی۔وہ تھی تو کالی کلوٹی مگر اس کی آنکھوں میں ہمیشہ خوشی کی چمک رہتی تھی۔وہ اکثر میرے مکان کے سامنے آ کر''دادا جی''کہہ کر پکارتی۔میری بیوی اسے کچھ نہ کچھ کھانے کو دیتی۔

میں نے دیکھا کہ وہ طلبیدہ نظروں سے میری طرف دیکھ رہی ہے۔شاید کھانے کی کوئی چیز ملنے کی امید لگائے ہوئے تھی۔

میں نے کہا ....''ٹھہرو!میں کچھ کھانے پینے کی چیز دیتا ہوں۔''

میرے اندر جاتے ہی میری بیوی نے کہا ....''کھانے کی کوئی چیز نہیں ہے۔تمہارے وی۔پی۔آئی۔ مہمان سب کچھ صفا چٹ کر گئے۔ایک بسکٹ بھی نہیں ہے۔''

میں باہر نکلا اور ٹنی سے بولا ....''تم شام کو آنا۔''

<hr>

بن پھول   مترجم: احمد کمال ہاشمی

مگر شام کوٹنی نہیں آئی۔

یہ ایک بہت معمولی واقعہ ہے مگر اس کی بنیاد پر ایک بہت بڑے سچ نے میرے ذہن میں سر ابھارا۔

☆☆☆

فلو

پہلے سر میں درد شروع ہوا۔ پھر لگا تار چھینکیں آنے لگیں مگر ان چھینکوں سے بھی سر کا درد کم نہیں ہوا بلکہ دونوں چھینوؤں کے درمیان سر کا درد اور بڑھ گیا۔ میں بے چینی محسوس کرنے لگا۔ میں نے نسوار سونگھ لی۔ چھینکیں پھر آنے لگیں۔ ٹھیک اسی وقت پپتی آ گئی۔ اسے دیکھتے ہی میں افاقہ محسوس کرنے لگا۔ کھڑکی سے سورج کی روشنی اندر آرہی تھی۔ روشنی پپتی کی لال ساڑی اور اس کے گالوں پر پڑنے لگی۔ مجھے لگا جیسے میرے دل کے آسمان پر بھی رنگ بکھر گیا ہو۔

''آپ کو اتنی چھینکیں کیوں آرہی ہیں؟ کیا ہوا؟''

''پتہ نہیں کیا ہوا؟ سر میں درد ہو رہا ہے۔''........ یہ کہہ کر میں اپنے ہاتھوں سے اپنا سر دبانے لگا۔

''میں سر دبا دیتی ہوں۔''

''نہیں۔ رہنے دو۔ میں تمہیں کیوں زحمت دوں؟''

''ارے اس میں زحمت کیسی،'' پپتی نے ہنس کر کہا..........''آپ لیٹ جائیے۔ میں بہت اچھے سے سر دبا سکتی ہوں۔ بھیا کے سر میں بھی درد ہوتا ہے تو میں ان کا سر دبا کر انہیں سلا دیتی ہوں۔ آپ لیٹ جائیے اور آنکھیں بند کر لیجئے۔ آپ مجھے دیکھ کیوں رہے ہیں؟'' میں نے آنکھیں بند کر لیں۔ پپتی میرا سر دبانے لگی۔

شام ہوتے ہی بخار آگیا۔ پپتی نے بخار دیکھا اور کہا...........

''آپ کو تیز بخار ہے تقریباً 103 ڈگری کے قریب۔ ڈاکٹر کو بلاؤں؟ آپ کس سے

علاج کرواتے ہیں؟''

میں نے اسے ڈاکٹر کا نام اور فون نمبر بتا دیا۔ وہ دوسرے کمرے میں جا کر فون کرنے لگی۔ میں اس کی گفتگو سننے لگا۔ اچانک مجھے ایک عجیب سا احساس ہوا۔ مجھے پپتی کی آواز کوئل کی طرح لگنے لگی۔ میں تصور میں اس کے سر پر کلغی کی طرح چوٹی دیکھنے لگا جو رہ رہ کر کھل جا رہی تھی۔ اس میں سے گلابی روشنی نکل کر پھیل رہی تھی۔ میں سوچنے لگا آخر وہ ڈاکٹر سے اتنی باتیں کیوں کر رہی ہے؟ کہیں پہلے کی شناسائی تو نہیں۔ وہ رہ رہ کر ہنس بھی رہی تھی۔

''نہیں نہیں۔ میں تو یونہی گھومنے آئی ہوں .... وہ میرے بڑے بھائی کے دوست ہیں ....ان کی ماں؟ ....وہ بھی ٹھیک ہیں ....لیکن وہ نہ دیکھ پاتی ہیں اور نہ سن پاتی ہیں ....جھٹکو بہت کام کا نوکر ہے۔''

پپتی نے واپس آ کر کہا ....''تھوڑی ہی دیر میں ڈاکٹر صاحب آ جائیں گے۔ بڑے اچھے انسان لگ رہے ہیں۔ ماں کی خیریت پوچھ رہے تھے۔ کہہ رہے تھے کہ اگلی سردی میں ان کو موتیا بند کا آپریشن کر دیں گے ....اچھا یہ بتائیے کہ کیا ان کی شادی ہوگئی ہے؟ میری سہیلی رونو کی شادی ایک ڈاکٹر سے ہوئی تھی۔ اس کا نام بھی امرت سین تھا۔''

''نہیں۔ اس کی شادی نہیں ہوئی ہے۔'' یہ کہہ کر میں نے کروٹ بدل لی۔ سر درد سے پھٹا جا رہا تھا۔ کچھ ہی دیر میں ڈاکٹر سین آ گئے۔ انہوں نے چیک اپ کر کے کہا ....

''فلو ہوا ہے۔ میں ایک دوائی دیتا ہوں۔ چار چار گھنٹے کے وقفے سے کھاتے رہیں اور تین دن تک بستر پر رہیں۔ کمپلیٹ ریسٹ۔''

اس کے بعد انہوں نے پپتی کی طرف دیکھ کر مسکراتے ہوئے کہا ....

''آپ اپنے رومال کو یوکیلپٹس میں بھگولیں اور سونگھتے رہیں۔ فلو چھوت چھات والی بیماری ہے۔''

مجھے لگا جیسے ڈاکٹر سین پپتی کی طرف کچھ زیادہ ہی پیار سے دیکھ رہے ہیں۔

بھائی سمر!

''پپتی دار جلنگ سے تمہارے پاس گئی ہے۔ وہ تمہیں کیسی لگی؟ تم

تو سمجھ ہی رہے ہوگے کہ میں یہ سوال کیوں کر رہا ہوں۔ میری بہن کے لئے اچھا رشتہ مل جائے تو مجھے اطمینان ہوگا۔ مگر اچھا رشتہ ملتا کہاں ہے؟ تم اس تجویز پر غور کرو۔

تمہارا

نرین

مگر یہ خط حقیقت نہیں خواب تھا۔ میں سوچنے لگا کہ مجھے ایسا خواب کیوں دکھائی دیا؟ میرے سر میں پھر درد ہونے لگا۔

''دوا کھانے کا وقت ہوگیا۔ پپتی مسکرا کر یہ کہتی ہوئی کمرے میں داخل ہوئی۔ اس نے شیشی سے دوا انڈیلی اور مجھے پلا کر رنگین تولئے سے میرا منہ پونچھا۔ مجھے نقاہت محسوس ہو رہی تھی۔ شام ہوتے ہوتے گلے میں خراش ہونے لگی۔

''پپتی''

''جی''

''اچھا۔ رہنے دو۔''

''بولئے ناں۔ کیا بول رہے تھے۔''

''ٹارچ جلا کر میرے گلے میں دیکھو گی؟ خراش بڑھ گئی ہے۔ لگ رہا ہے کہ .... خیر! چھوڑو۔ تمہیں چھوت لگ جائے گی۔''

''ارے نہیں نہیں۔ مجھے کچھ نہیں ہوگا۔ میں دیکھتی ہوں۔''

پپتی نے ٹارچ جلایا اور میرے منہ کے قریب منہ لا کر اندر دیکھنے لگی۔

''گلا سرخ ہوگیا۔''

''سرخ؟'' یہ سن کر اچانک نہ جانے کیوں مجھے ایک طرح کی تحریک ملی۔

''مینڈلس پگمنٹ میرے گلے میں لگا دو۔ دوسرے کمرے میں چھوٹی سی شیشی طاق پر رکھی ہوئی ہے۔'' پپتی دوا میں بھگوا کر روئی کا پھاہا بنا کر لائی۔

''منہ کھولئے۔ جہاں سرخ ہوگیا ہے وہیں دوا لگانی ہے ناں؟''

''ہاں' اندر کی طرف جہاں دل کرے وہاں لگا دو۔'' یہ کہتے ہوئے مجھے خیال آیا کہ یہ

بات قطعی غیر ضروری ہے۔ پپتی نے بہت سلیقے سے دوا لگا دی۔ میرا دل دھک دھک کرنے لگا۔

دوسرے دن سچ مچ نزین کا خط موصول ہوا۔۔۔۔۔۔۔۔۔

بھائی سمر!

خط ملتے ہی پپتی کو وہاں سے روانہ کر دو۔ اس کی شادی طے ہو گئی ہے۔ کپڑے اور زیوارت کی خریداری کے وقت اس کی موجودگی ضروری ہے۔ کسی بھی حال میں اسے واپس آنے میں تاخیر نہیں ہونی چاہئے۔ تمہیں ڈھیر سارا پیار۔ ماں کو پرنام۔

تمہارا نزین

دوسرے ہی دن بخار اتر گیا۔ سردی، نزلہ، سر درد سب غائب!!

جاتے وقت جب پپتی پرنام کرنے آئی تو میں صرف اتنا کہہ سکا۔۔۔۔۔۔۔ ''خوش رہو۔''

☆ ☆ ☆

خط ملتے ہی

ایک بار پھر مجھے اس کا دیدار حاصل ہوگا۔ یہ سوچ کر میں اس کے خیالوں میں کھو گیا۔ میں نے کبھی یہ سوچا بھی نہیں تھا کہ میں نے ہمیشہ کے لئے جس سے ترک تعلق کر لیا تھا اس سے میری پھر کبھی ملاقات ہوگی۔ مجھے اس بات کا گمان بھی نہیں تھا کہ اس کا کبھی اس طرف سے گزر بھی ہوگا۔ ناممکن ممکن ہونے والا تھا۔ وہ آ رہی تھی اور میں اسے دیکھنے کے لئے بے چین ہو گیا۔ میرا دیرینہ خواب نیا بن گیا ہے۔ اگرچہ اس سے میری ملاقات صرف پانچ منٹ کے لئے ہوگی، اس کے ساتھ اس کا شوہر بھی ہوگا مگر اس کے باوجود وہ میری زندگی کا حسین ترین لمحہ بننے والا تھا۔ ملاقات کی مدت لاکھ مختصر سہی، ملاقات چاہے جیسی بھی ہو میرے لئے یہی بہت اہم تھا کہ اس سے میری ملاقات ہوگی۔ میں اس کا خط مکرر پڑھنے لگا۔

محترم!

میرے شوہر کا تبادلہ لکھنؤ ہو گیا ہے۔ ہم لوگ پٹنہ سے ہو کر

گزریں گے۔ ٹرین رات ساڑھے آٹھ بجے پٹنہ پہنچے گی۔صرف پانچ منٹ رکے گی۔اگر آپ اسٹیشن آجائیں تو آپ سے مل کر بہت خوشی ہوگی۔آپ کو دیکھے بہت دن ہوگئے۔آپ کو دیکھنے کی بڑی خواہش ہورہی ہے۔آپ آئیں گے ناں؟ مجھے امید ہے کہ آپ مجھے بھولے نہیں ہوں گے۔

امیتا

کچھ بھی تو نہیں بھولا تھا۔ ماضی کے سارے سپنے اپنی تمام ترنگینیوں کے ساتھ میری آنکھوں میں لہرانے لگے۔ وہ دن مجھے خاص طور پر یاد آگیا جب میں نے امید ویاس کے درمیان دھڑ کتے دل کے ساتھ پہلی بار اس سے اپنے عشق کا اظہار کیا تھا۔ مجھے ڈر تھا کہ وہ کہیں کچھ غلط نہ سمجھ لے،کہیں ناراض نہ ہوجائے۔مگر ایسا کچھ نہیں ہوا۔ وہ خاموشی سے میری باتیں سنتی رہی۔ شرم سے سرخ ہوتے گال،کپکپاتے لب،شرمگیں نگاہیں............اس دن کی اس کی تصویر میرے دل کے نہاں خانے میں آج تک محفوظ ہے جو کبھی ہٹ بھی نہیں سکتی۔ مکمل خوشی انسان کی زندگی میں بار بار آتی ہے مگر میری زندگی میں صرف ایک بار آئی تھی اور کبھی آئے گی بھی نہیں یہ مجھے معلوم تھا۔ مجھے معلوم تھا کہ مجھے اس کی یادوں کے سہارے زندگی کے باقی دن گزارنے ہیں۔ یادوں سے مفر نہیں ہے۔ میں تمہیں ایک دن کے لئے بھی نہیں بھولا ہوں۔ بھول سکتا بھی نہیں۔ یہ سچ ہے کہ میں تمہیں پا نہیں سکا تھا مگر تم نے میری روح کی گہرائیوں میں جو مقام بنالیا ہے وہ آج بھی ہے اور کل بھی رہے گا۔ تم نے مجھے چاہا تھا اور شدت سے چاہا تھا مگر میں ہی تم کو حاصل نہیں کرسکا۔ مگر میں بھی تم سے بہت پیار کرتا تھا اس لئے مجھے تمہارا ساتھ چھوڑ نا پڑا۔ میں اپنی بدقسمتی کا سایہ تمہارے اوپر پڑنے نہیں دینا چاہتا تھا۔میں اپنی بدقسمتی کا بار تنہا اٹھاؤں گا۔ جو میری تقدیر میں لکھا ہوا ہے میں اس میں تمہیں شریک نہیں کرسکتا۔ میں تم سے بہت پیار کرتا تھا اس لئے میں نے تم سے ترک تعلق کرلیا۔

شاید خدا کا وجود ہے۔ نظام ہستی اسی کے حکم پر چلتا ہے۔اسی احساس کی بنا پر میں تکلیف میں بھی سکون محسوس کرتا ہوں ورنہ انسان دکھوں کا بوجھ نہیں اٹھا پاتا۔کسی دانشور نے کہا

مترجم: احمد کمال آشمیبن پھول

ہے کہ اگر خدا کا وجود نہیں بھی ہوتا تو ہمیں اپنی ضرورت کے مطابق ایک خدا بنا لینا پڑتا۔ خدا کے بغیر انسان کی زندگی پرسکون نہیں ہو سکتی۔ میں نے بھی اپنی بدقسمتی کو خدا کی مرضی سمجھ لیا۔ میں نے مان لیا تھا کہ جس نے میرے خوابوں کے خرمن پر بجلی گرائی تھی، جس نے میرے تصورات کے محل کو ڈھایا تھا وہ کوئی اور نہیں خدا ہی تھا۔ اس نے جو کیا وہ میری بہتری کے لئے تھا۔ ہماری ناقص عقل اس کی مشیت سمجھنے سے قاصر ہوتی ہے۔ اس لئے اس کے کاموں پر تبصرہ کرنے کا نہ ہمیں حق حاصل ہے اور نہ ہم اس قابل ہیں۔ میں بھی اسی فلسفے کا قائل تھا۔ میں نے آئتا سے پیار کیا تھا اور آئتا نے مجھ سے۔ آئتا کے والدین کو بھی ہمارے رشتے پر کوئی اعتراض نہیں تھا۔ میرے والدین تو بحیات تھے ہی نہیں۔ اس کے باوجود ہماری شادی نہیں ہو سکی۔ سب کچھ ٹھیک ٹھاک تھا کہ اچانک ایک روز کھانستے کھانستے میرے منہ سے خون نکل آیا۔ جانچ سے پتہ چلا کہ مجھے ٹی۔ بی ہے۔ سب کچھ جاننے کے باوجود آئتا مجھ سے پیار کرتی رہی مگر میں پیچھے ہٹ گیا۔ میں نے اپنے ضمیر کی آواز سنی۔

آئتا کی شادی کہیں اور ہوگئی۔ آئتا جیسی خوبصورت، نیک سیرت اور تعلیم یافتہ لڑکیاں زیادہ دنوں تک کنواری نہیں رہتی ہیں۔ آئتا جیسی لڑکیاں پورے بنگال میں بہت کم ہی ہوں گی۔ کم از کم میری نظر میں تو کوئی اور نہیں تھی۔ خوبصورت اور تعلیم یافتہ لڑکیاں تو بہت ہوں گی مگر اس کی طرح نازک اور نرم مزاج لڑکی میں نے آج تک نہیں دیکھی۔ آئتا کے والدین نے اس کے لئے جس لڑکے کا انتخاب کیا تھا وہ اس کے لائق تھا۔ خاندانی لڑکا تھا، اچھی ملازمت تھی، خوبصورت اور پروقار نوجوان تھا۔ اس میں کسی طرح کی کوئی کمی نہیں تھی۔ ایسے میں آئتا کو خوش ہونا چاہئے تھا۔ شاید وہ خوش بھی تھی مگر نہ جانے کیوں مجھے لگتا تھا کہ آئتا پوری طرح خوش نہیں ہے۔ میرا خیال تھا کہ مجھے پا کر آئتا زیادہ خوش ہوتی اگرچہ میں کسی بھی زاویے سے آئتا کے شوہر کا ہم پلہ نہیں تھا۔ میرا دل کہتا تھا کہ آئتا آج بھی میری منتظر ہے۔ آج بھی میرا دل اس بے بنیاد خیال کی آماجگاہ ہے کہ آئتا اپنے خوبصورت شوہر کی ملازمت اور اعلیٰ خاندان کے باوجود اتنی خوش نہیں ہے جتنی وہ مجھ سے شادی کر کے ہوتی۔ یہ شاید میری خوش فہمی ہو مگر یقین کیجئے اسی خوش فہمی کی بنا پر میں آج تک زندہ ہوں۔ وقت کے سیلاب میں میرا سب کچھ غرقاب ہو گیا تھا۔ بس خوش فہمی کا ایک جزیرہ ہی

بن پھول   مترجم: احمد کمال ہاشمی

بیچ گیا تھا جس پر میں تنہا زندہ تھا۔

میں نے اس کا خط کھول کر دوبارہ پڑھا ....

اس سے مل کر میں کیا باتیں کروں گا!! اتنے دنوں کے بعد ملاقات ہوگی اور وہ بھی صرف پانچ منٹ کے لئے!! اسٹیشن کی بھیڑ بھاڑ میں میں پانچ منٹ میں آخر کتنی باتیں کر پاؤں گا؟ اگرچہ کہنے کی بہت ساری باتیں میرے دل میں ہلچل بچائے ہوئے تھیں۔ لیکن محض پانچ منٹ میں اتنی ساری باتیں میں کیسے کہہ پاؤں گا۔ شاید میں کچھ نہیں کہہ پاؤں گا یا شاید رسمی باتیں کرنے میں ہی بیش بہا پانچ منٹ گزر جائیں گے۔ اس کے بعد زندگی میں شاید پھر کبھی اس سے ملاقات نہیں ہوگی۔

میں اس کا خط ایک بار پھر پڑھنے لگا۔

میں سارا دن بازار میں گھومتا رہا۔ کلکتہ میونسپل مارکیٹ کی دال موٹ اپیتا کو بہت پسند تھی۔ مختلف دکانوں میں ویسی دال موٹ ڈھونڈنے میں ناکام رہا۔ یہاں کی کوئی چیز شاید اسے پسند نہ آئے۔ ایک آدمی سے میں نے گزارش کی۔ اس نے وعدہ کیا کہ شام تک مجھے عمدہ قسم کی دال موٹ لاکر دے گا۔ میں فیصلہ نہیں کر پا رہا تھا کہ دال موٹ کے علاوہ اپیتا کے لئے اور کیا لوں۔

میرے کپڑے گندے ہو گئے تھے۔ نوکر چھٹی پر تھا۔ اس لئے میں خود کپڑے دھونے بیٹھ گیا۔ گندے کپڑوں میں اس سے ملنا مجھے اچھا نہیں لگا۔ شام ہو چلی تھی۔ اچانک میرے ذہن میں آیا کہ کیوں نہ کچھ گلاب کے پھول لے لئے جائیں۔ سرخ نہیں سفید گلاب لے جانا بہتر ہوگا۔ نرین کے یہاں مل سکتے تھے۔ میں نے کلائی پر بندھی گھڑی پر نظر ڈالی۔ ساڑھے چھ بج رہے تھے۔ کافی وقت تھا۔ میں نرین کے گھر جانے کے لئے نکل پڑا۔

شام ڈھل چکی تھی۔ میں جب نرین کے گھر سے نکلا تو اندھیرا ہو چکا تھا۔ بڑے بڑے سفید گلاب بہت خوبصورت لگ رہے تھے۔ اپیتا خوش ہو جائے گی۔ پھول لینے میں کافی دیر ہو گئی تھی۔ نرین گھر پر نہیں تھا۔ مالی بھی باہر گیا ہوا تھا۔ باہر آ کر میں نے ایک بار پھر گھڑی پر نظر ڈالی اور

مطمئن ہو گیا۔ ٹرین کے آنے میں ابھی ایک گھنٹہ باقی تھا۔ ابھی سارھے سات بج رہے تھے۔ میں نے جس شخص کو دال موٹ لانے کو کہا تھا اس کا مکان کچھ دور گلی میں تھا۔ میں وہاں چل پڑا۔ اسٹیشن پر بہت سارے لوگ مال و اسباب لئے ٹرین کا انتظار کر رہے تھے۔ میں سفید گلاب اور دال موٹ لئے پلیٹ فارم پر چہل قدمی کرنے لگا۔ میرے دل میں درد کی ایک لہر دوڑ رہی تھی۔ ٹرین کب آئے گی؟ ریلوے کا ایک ملازم کچھ دوری پر کھڑا تھا۔ میں نے اس سے دریافت کیا۔۔۔۔۔۔۔۔''لکھنؤ جانے والی گاڑی آنے میں ابھی کتنی دیر ہے؟''

اس نے مجھے حیرت سے دیکھا اور کہا۔۔۔۔۔۔۔۔''وہ ٹرین تو ٹھیک آٹھ بج کر پینتیس منٹ پر جا چکی۔'' میں نے چونک کر کلائی پر بندھی گھڑی دیکھی۔ سارھے سات بج رہے تھے۔ تب مجھے یاد آیا کہ آج صبح میں نے گھڑی میں چابی نہیں دی تھی۔ امیتا کا خط پا کر میں اس قدر بے خیال ہو گیا تھا کہ گھڑی میں چابی دینا بھول گیا تھا۔۔۔۔۔۔۔۔میں بت بنا کھڑا رہا۔

☆ ☆ ☆

چتوری لال

مجھے یقین ہے کہ آپ نے چتوری لال کا نام کبھی نہیں سنا ہوگا۔ میں نے بھی نہیں سنا تھا۔ اس دن اس نے خود آ کر اپنا تعارف کروایا۔ اس نے بتایا کہ اس کا دور کا ایک رشتے دار میری دوا سے صحت یاب ہوا تھا۔ اس کی سفارش پر وہ اپنا علاج کروانے میرے پاس آیا تھا۔

''آپ کو کیا تکلیف ہے؟'' میں نے پوچھا۔

چتوری لال نے اپنے دونوں ہاتھ جوڑ لئے اور کہا۔۔۔۔۔۔۔۔''سب سے پہلے میں ایک ضروری جانکاری آپ سے حاصل کرنا چاہتا ہوں۔ آپ کی فیس کتنی ہے؟''

''دس روپے''

''دس روپے دینا میرے لئے بہت مشکل ہے ڈاکٹر صاحب۔ کچھ کم کیجئے۔''

''اگر آپ سچ مچ غریب ہیں اور دس روپے دینے کی استطاعت نہیں رکھتے ہیں تو میں آپ سے ایک پائی بھی نہیں لوں گا۔''

مترجم: احمد کمال ہاشمی   بن پھول

یہ بات سن کر چتوری لال کے چہرے پر جو تاثرات ابھرے وہ دیکھنے کے لائق تھے۔ اس میں عقیدت بھی تھی اور ایک ایسا احساس بھی تھا جیسے کہ وہ مجھ سے ایسے ہی جواب کی امید کرتا تھا۔ اپنی گردن دوسری طرف گھماتے ہوئے وہ مسکرا کر اپنی مونچھوں پر تاؤ دینے لگا۔ شاید یہ وہ سوچ رہا تھا کہ اب کیا کہا جائے۔

میں ایک دوسرے مریض کو دیکھنے لگا۔ پھر اس سے نبٹنے کے بعد میں دوبارہ چتوری لال کی طرف متوجہ ہوا۔ چتوری لال کہنے لگا..........''میرے مکان کے قریب ہی ایک اچھا ڈاکٹر رہتا ہے۔ وہ ایم۔ بی۔ بی۔ ایس ہے مگر میں اسکے پاس نہیں گیا۔ سیدھا آپ کے پاس آیا ہوں۔ یہاں آنے میں میرے تین روپئے بارہ آنے خرچ ہوئے ہیں۔ ٹرین کا کرایہ ڈھائی روپے، ناشتہ چائے پر ایک روپیہ، رکشے کا کرایہ چار آنے۔ گھر واپس جانے میں مزید اتنا ہی خرچ آئے گا۔ آپ اپنی فیس کچھ کم کیجئے ڈاکٹر صاحب۔ میں آپ کو صرف دو روپے دے سکتا ہوں۔''

''میں تو پہلے بھی کہہ چکا ہوں کہ اگر آپ واقعی میری فیس دینے کے لائق نہیں ہیں تو آپ کو دو روپے بھی دینے کی ضرورت نہیں ہے۔ آپ کا ضمیر جو کہے وہی کیجئے۔ میں کیا بولوں؟ آپ خود ایک شریف آدمی ہیں۔''

یہ بات سن کر چتوری لال نے اپنے ہونٹ دبائے۔ پھر مسکراتے ہوئے گویا ہوا.......

''راجندر سنگھ نے مجھے بتایا تھا کہ آپ ودیا ساگر ہیں۔ جو جتنی فیس دیتا ہے آپ قبول کر لیتے ہیں۔''

''میں پہلے کبھی ودیا ساگر ضرور ہوا کرتا تھا مگر ان دنوں مہنگائی اتنی بڑھ گئی ہے کہ اب دیا کا ساگر بن کر رہنا ممکن نہیں رہا۔ میں اب تالاب بن کر رہ گیا ہوں۔'' چتوری لال نے یہ سن کر قہقہہ لگایا۔

''آپ درست فرما رہے ہیں۔ سب کی حالت ایک جیسی ہے۔ میری کچھ زمینیں ہیں۔ دھان کی اچھی فصل ہوئی۔ مجھے اس کی مناسب قیمت بھی ملی لیکن اخراجات..........!!

چتوری لال کے اخراجات کے تفصیل سننے کا موقع مجھے نہیں ملا۔ اسی وقت ایک شناسا کار لے کر حاضر ہو گئے۔ ان کی سالی عالم نزع میں تھی۔ موصوف اچھی ملازمت کرتے تھے۔ ڈپٹی مجسٹریٹ کے عہدے پر فائز تھے۔ ان کے سسرالی رشتے دار مع اہل وعیال ان کے

مہمان بن گئے تھے۔ وہ لوگ پاکستانی مہاجر تھے۔ آتے ہی ان کی سالی کو ٹائیفائیڈ ہوگیا۔ میں نے چتوری لال سے کہا۔۔۔۔۔۔۔۔۔ ''آپ تھوڑی دیر بیٹھئے۔ میں جا کر فوراً آتا ہوں۔''

میں نکل پڑا۔ ایک انجکشن لگاتے ہی خوش قسمتی سے سالی کی طبیعت سنبھلنے لگی۔ میں تقریباً ایک گھنٹہ بعد واپس آیا۔ چتوری لال تب تک بیٹھا ہوا تھا۔ برآمدے میں ایک اور مریضہ آ کر بیٹھ گئی تھی۔ اس کی ناک سوجی ہوئی تھی۔ دونوں آنکھیں سرخ تھیں۔ چہرے پر بے شمار چھوٹے چھوٹے دانے ابھر آئے تھے۔ مجھ پر نظر پڑتے ہی اس نے گھونگھٹ کاڑھ لیا۔

چتوری لال کہنے لگا۔۔۔۔۔۔۔۔۔ ''میں آپ کو پانچ روپئے تک دے سکتا ہوں ڈاکٹر بابو! یہ لیجئے اور میری بات سنئے۔''

مجھے سخت غصہ آیا مگر اس وقت غصے کا اظہار مناسب نہیں تھا۔ اس لئے میں نے اپنے ہونٹوں پر مسکراہٹ بکھیرتے ہوئے کہا۔۔۔۔۔۔۔۔۔ ''کیا پانچ روپئے سے زیادہ دینے کی استطاعت واقعی آپ کی نہیں ہے؟''

چتوری لال زیرِ لب مسکرا کر خاموش ہوگیا۔ پھر گویا ہوا۔۔۔۔۔۔۔۔۔ ''میں راجندر سنگھ کا رشتے دار ہوں۔ کیا آپ میرے ساتھ کوئی مروت نہیں کریں گے؟''

میں معنی خیز انداز میں مسکرایا۔ میری مسکراہٹ کا مطلب سمجھتے ہوئے چتوری لال بولا۔۔۔۔۔۔۔ ''چلئے۔ آپ کی بات بھی رہ جائے گی میری بات بھی رہ جائے گی۔ چھ روپئے لے لیجئے۔''

اس نے گن کر چھ روپئے میرے سامنے رکھ دیئے اور ہاتھ جوڑ کر کھڑا ہوگیا۔

''ٹھیک ہے۔ بتائیے آپ کو کیا تکلیف ہے؟'' میں نے پوچھا۔

چتوری لال نے تفصیلات بتانی شروع کر دیں۔ اس کی باتیں سن کر میں سمجھ گیا کہ اسے ذیابیطس ہے۔ میں نے اس کے پیشاب کی جانچ کی۔ کافی شوگر تھا۔

''آپ شاید بہت خوش خوراک ہیں؟'' میں نے پوچھا۔

''ہاں، میں ہوں۔ بچپن میں کھانا میسر نہیں تھا۔ ان دنوں بھگوان کی کرپا ہے۔ آپ کی آشیرواد سے اب کسی چیز کی کمی نہیں ہے۔ اس لئے شکم سیر ہو کر کھاتا ہوں۔'' یہ کہتے ہوئے چتوری لال کے چہرے کی رونق بڑھ گئی۔

''لیکن آپ کو جو مرض لاحق ہے اس میں زیادہ کھانا مناسب نہیں ہے۔ خوراک کم کرنی

پڑے گی۔''

''حضور! یہ مجھ سے نہیں ہوگا۔ بچپن میں پتا جی کا دیہانت ہوگیا تھا۔قرض کی زیادتی کی وجہ سے ان کے سرکا ایک ایک بال گروی تھا۔کبھی کبھی ایک وقت کا بھی کھانا میسر نہیں ہوتا تھا۔ آپ کی آشیرواد سے اب حالات بڑے اچھے ہیں۔گھر میں گائے ہے، دھان ہے، آلو ہے، گنا ہے ....اگر آپ میری خوراک پر پابندی لگا دیں گے تو ....'' چتوری لال نے ایک معنی خیز مسکراہٹ کے ساتھ اپنی بات ختم کر دی۔

''کچھ دنوں تک خود پر قابو رکھئے۔شکر، چاول اور آلو کم از کم یہ تین چیزیں آپ کو ترک کرنی ہی پڑیں گی۔''

''لیکن میں تو انہیں تین چیزوں کا شوقین ہوں۔اگر یہی تین چیزیں نہ کھاؤں تو پھر کھاؤں گا کیا؟''

''تو پھر انجکشن لینا پڑے گا۔لیکن اس سے پہلے مجھے آپ کے خون کی جانچ کرنی پڑے گی کہ خون میں چینی کی مقدار کتنی ہے۔''

''خون میں بھی چینی ہوتی ہے؟''

''بالکل ہوتی ہے۔خون میں چینی کی اضافی مقدار ہو تو پیشاب کے ساتھ نکلتی ہے۔''

''اچھا!!''

چتوری لال کچھ دیر تک اپنی بائیں مونچھ کی نوک درست کرتا رہا پھر بولا ....''اس کا مطلب ہے کہ خرچ ....''

''ہاں، خرچ تو کافی ہے۔خون کی جانچ کے سولہ روپے لگیں گے۔ اس کے علاوہ انجکشن کا خرچ الگ ہے۔روزانہ کم از کم ایک انجکشن لینا پڑے گا۔اس میں اخراجات کافی آئیں گے۔اس لئے بہتر یہ ہوگا کہ کچھ دنوں تک کھانے میں احتیاط کرکے دیکھیں۔''

چتوری لال خاموشی سے اپنی مونچھوں پر تاؤ دیتا رہا۔اس کے بعد میرے دونوں پاؤں پکڑ کر کہنے لگا ....

''میں خون کی جانچ کے آٹھ روپے سے زیادہ نہیں دے سکتا۔ مجھ پر تھوڑی مہربانی کریں۔کرنی ہے پڑے گی۔''

مجھے اس کی بات ماننی پڑی۔ میں سمجھ گیا کہ اس بار ضدی آدمی سے پالا پڑا ہے۔ میں نے چتوری لال کا خون لیا اور کہا۔۔۔۔۔۔۔۔۔۔ ''آپ شام کو آ کر مجھ سے ملیں۔ خون کی جانچ کرنے کے بعد آپ کا علاج شروع ہوگا۔''

اتنی دیر تک جو مریضہ آدھا گھونگھٹ گاڑھ کر برآمدے میں بیٹھی تھی اچانک میرے کمرے میں گھس آئی اور بڑے ڈرامائی انداز میں میرے دونوں پاؤں پکڑ لئے۔

''مجھے بچا لیجئے ڈاکٹر بابو!!''

''آخر ہوا کیا؟ یہ تو بتاؤ۔ میرے پاؤں چھوڑ و پہلے۔''

وہ پاؤں چھوڑ کر کھڑی ہو گئی۔

''گھونگھٹ سرکاؤ۔ دیکھوں تو سہی کہ تم کو ہوا کیا ہے؟''

میں نے اس کا معائنہ کیا۔ اس میں شک و شبہ کی گنجائش نہیں تھی کہ اسے آتشک تھا۔ چتوری لال بھی اس کی طرف حیرت سے دیکھ رہا تھا۔ میں نے اس دوشیزہ سے کہا۔۔۔۔۔۔۔۔۔۔ ''تمہیں جو بیماری لاحق ہے اس کے علاج میں بھاری رقم کی ضرورت پڑے گی۔ کیا برداشت کر سکوگی؟''

اس لڑکی نے اپنے آنچل سے دو عدد چاندی کے کنگن نکال کر میز پر رکھ دیئے اور بولی۔۔۔۔۔۔

''میری اتنی ہی استطاعت ہے۔ اسے رکھ لیجئے اور میری بیماری کا علاج کیجئے ڈاکٹر بابو۔''

''مگر میں یہ کنگن لے کر کیا کروں گا؟۔۔۔۔۔۔۔۔۔۔ ٹھیک ہے تمہیں میری فیس نہیں دینی پڑے گی صرف دواؤں کی قیمت دے دینا۔''

''کیا خرچ آئے گا؟''

''مکمل طور پر علاج کرنے میں تقریباً پچاس روپے خرچ ہوں گے۔ تمہارے خون کی جانچ بھی کرنی پڑے گی۔''

''اس پر کتنا خرچ آئے گا؟''

''دس روپئے۔۔۔۔۔ چلو میں وہ بھی تم سے نہیں لوں گا مگر دواؤں کی قیمت تو تمہیں دینی ہی

پڑے گی۔‘‘لڑکی خاموشی سے اپنے آنسو پونچھنے لگی۔

’’ان دونوں کنگنوں کی قیمت کیا ہوگی؟‘‘ میں نے پوچھا۔

’’میں نے برسوں پہلے تیس روپے میں خریدی تھی۔ ابھی ان کی قیمت کا اندازہ مجھے نہیں ہے۔‘‘

’’دس روپے سے زیادہ نہیں ملیں گے اس کے۔‘‘ چتوری لال نے بتایا۔

لڑکی نے پھر میرے پاؤں پکڑنے کی کوشش کی۔ میں نے اسے روکتے ہوئے کہا ……

’’تم باہر بیٹھو۔ دیکھتا ہوں میں تمہارے لئے کیا کر سکتا ہوں۔ میں اسپتال والوں کو خط لکھ دیتا ہوں۔ شاید وہاں تمہارا علاج مفت ہو سکے۔‘‘

’’میں وہاں گئی تھی۔ وہ لوگ بھی رقم کا مطالبہ کر رہے ہیں۔‘‘

’’تب اور کیا ہو سکتا ہے۔‘‘ میں نے کہا۔

لڑکی آنچل سے منھ ڈھک کر بے ساختہ رو پڑی۔

’’رونے سے کیا ہوگا؟ تم باہر بیٹھو۔ میں کوئی دوسرا انتظام کرتا ہوں۔‘‘

چند روز قبل ایک انگریزی کمپنی نے مجھے کچھ دوائیں نمونے کے طور پر بلا معاوضہ دی تھیں۔ میں نے انہیں کو کام میں لانے کا فیصلہ کیا۔

اچانک چتوری لال بول اٹھا ………’’اچھا ڈاکٹر بابو یہ بتائیے۔ کیا پچاس روپے میں اس کی بیماری کا علاج ہو جائے گا؟‘‘

’’ہاں، ہو جائے گا۔‘‘ میں نے کہا۔

چتوری لال کچھ دیر تک اپنی بائیں مونچھ پر تاؤ دیتا رہا پھر بولا ………’’آپ اسے دوائیں دیجئے۔ قیمت میں ادا کروں گا۔‘‘

’’آپ!!‘‘

چتوری لال نے میری بات کا جواب دیئے بغیر اپنی کمر سے ایک بٹوہ نکالا اور دس کے پانچ عدد نوٹ میرے ہاتھ پر رکھ دیئے اور مسکراتے ہوئے بولا ………’’ہمدردی بڑی ظالم شے ہے ڈاکٹر صاحب۔ اسی نے ہمیں برباد کیا ہے۔‘‘

چتوری لال سے ایسی عالمانہ گفتگو کی توقع مجھے قطعی نہیں تھی۔ اچانک ایک شے نے

بن پھول   مترجم: احمد کمال ہاشمی

میرے ذہن میں سہرا بھار ا۔

''یہ لڑکی آپ کی رشتے دار ہے کیا؟'' میں نے پوچھا۔

''نہیں ۔لیکن ......!!'' چتو ری لال کے لہجے میں ہچکچاہٹ تھی۔

''صاف صاف بتا ئیے کیا بات ہے؟''

''بات کچھ خاص نہیں ......!!'' چتوری لال نے کہنا شروع کیا ''بات صرف اتنی ہے کہ اس لڑکی کی شکل میری ماں سے بہت ملتی ہے۔ پتا جی کے انتقال کے ایک مہینے بعد میری ماں بھی چل بسی تھی۔اس وقت ہمارے حالات اتنے خراب تھے کہ میں ماں کا علاج نہیں کروا سکا تھا۔''

میں نے دیکھا کہ چتوری لال کی آنکھیں ڈبڈبا گئی ہیں۔

☆☆☆

<h1 style="text-align:center">سائنس</h1>

سائنس کے موضوع پر بحث جاری تھی ۔ ایک جوشیلے نو جوان نے میز پر مکا مارتے ہوئے کہا ....'' کچھ بھی ہو آخر میں جیت لیکن سائنس کی ہی ہوتی ہے ۔''

کرنل مکھر جی اب تک خاموش تھے۔ وہ مکان کے ایک گوشے میں بیٹھے سگار کا کش لیتے ہوئے ناتیوں اور پوتوں کی تکرار سے محظوظ ہو رہے تھے ۔ آخر میں وہ سگار کا ہلکا کش لیتے ہوئے گویا ہوئے ....''ہمیشہ ایسا نہیں ہوتا ہے ۔ میں کم از کم ایک ایسا واقعہ جانتا ہوں جب ایسا ہوا تھا۔ سائنس کو ہار ماننی پڑی تھی ۔''

''وہ کیسے؟'' ان کے سائنس گریجویٹ پوتے نے سوال کیا۔

''میں تم لوگوں کو ایک کہانی سناتا ہوں ۔ یہ کہانی ایک سچے واقعہ پر مبنی ہے ۔'' سگار کی خاک احتیاط سے ایک طرف جھاڑتے ہوئے کرنل مکھر جی نے بولنا شروع کیا ....

''یہ بہت زمانے پہلے کی بات ہے ۔ اس وقت بنگال میں ڈاکٹری کی تعلیم دی جاتی

مترجم: احمد کمال آشفتیبن پھول

تھی۔ میں نے اس وقت نیا بی۔ایم۔ایس پاس کر کے ملازمت حاصل کی تھی۔ ہیڈ کوارٹر میں کام کرنے کے علاوہ ہماری ایک اور ذمہ داری مضافات کے خیراتی اسپتالوں کا معائنہ کرنا بھی تھی۔ عام طور پر ایسا ہوتا تھا کہ جو اسپتال اسٹیشن کے قریب تھے وہاں تو ہم لوگ معائنہ کرنے اکثر جایا کرتے تھے مگر جو اسپتال اسٹیشن سے کافی دور دراز کے علاقوں میں قائم تھے وہاں جانے کا اتفاق شاذ و نادر ہی ہوتا تھا۔ ایسے اسپتالوں میں مقامی ڈاکٹروں کا ہی رام راج چلتا تھا۔''

سگار کا ایک لمبا کش لے کر ایک ہلکی سی مسکراہٹ کے ساتھ کرنل مکھرجی نے اپنی نظریں سامنے والی دیوار پر ٹکا دیں گویا وہ ماضی کے واقعات کو مکرر دیکھ رہے ہوں۔

''پھر کیا ہوا؟'' پوتے کا سوال سن کر وہ دوبارہ حال کی دنیا میں واپس آ گئے۔

''بتاتا ہوں۔ میں نے ایک بار اسٹیشن سے دور علاقے کے کسی اسپتال کا معائنہ کرنے کا ارادہ کیا۔ مجھے ٹھیک سے یاد نہیں اسپتال کا نام کرنپور یا شاید ہرن پور تھا۔ میں نے وہاں جانے کا فیصلہ کیا۔ گزشتہ تین برسوں میں وہاں کوئی نہیں گیا تھا۔ وہ اسپتال اسٹیشن سے تیس میل دور تھا۔ وہاں پہنچنے کیلئے پہلے کشتی سے پھر گھوڑے پر سوار ہو کر راستہ طے کرنا پڑتا تھا۔ راستہ دشوار گزار تھا۔ میں ایک دن پوری تیاری کے ساتھ وہاں کیلئے روانہ ہو گیا۔ میں جب اسپتال پہنچا تو اس وقت دوپہر کے بارہ بج رہے تھے۔ گرمی کا زمانہ تھا۔ ڈاکٹر بابو ڈسپنسری میں نہیں تھے۔ میں نے دیکھا کہ کچھ دوری پر ایک برگد کے پیڑ کے نیچے اچھی خاصی بھیڑ جمع ہے۔ مجھے کمپاؤنڈر نے بتایا کہ ڈاکٹر بابو وہیں ہیں۔ میں بھی بھیڑ کی طرف بڑھا۔ وہاں پہنچ کر میں نے دیکھا کہ ڈاکٹر بابو ننگے بدن بیٹھے ہوئے ہیں۔ ان کی پیٹھ اور سینے پر کافی بال تھے۔ کالی اور سفید گھنی مونچھیں تھیں۔ میں بھیڑ کو چیرتا ہوا ان کے قریب پہنچا مگر ان کو میری موجودگی کا قطعی احساس نہیں ہوا۔ وہ دواؤں کا نسخہ لکھنے میں محو تھے۔ مجھے کوٹ پینٹ میں ملبوس دیکھ کر ایک مریض نے ان کے کان میں سرگوشی کی۔ سرگوشی سن کر انہوں نے نظریں اٹھا کر میری طرف دیکھا ....

''کیا بات ہے؟''

''میں اس ضلع کا سول سرجن ہوں اور معائنہ کرنے آیا ہوں۔''

یہ سنتے ہی ڈاکٹر بابو کھڑے ہو گئے اور مجھے ایک لمبی سلامی دی۔

''آپ معائنہ کرنے آئے ہیں تو چلئے میں آپ کو ڈسپنسری میں لے چلتا ہوں۔ یہ سب

بن پھول   مترجم: احمد کمال ہاشمی

لوگ میرے مریض ہیں۔'' یہ کہتے ہوئے وہ مجھے لے کر ڈسپنسری میں آئے۔ ڈسپنسری پہنچ کر میں نے انہیں وہ الماری کھولنے کو کہا جس میں سرجیکل اوزار تھے۔ میری نظر الماری کے ایک کونے میں رکھے ایک تھرما میٹر پر پڑی۔ میں نے پوچھ بیٹھا ....

''یہ یہاں کیوں پڑا ہوا ہے؟ کیا آپ اس کا استعمال نہیں کرتے ہیں؟''

''جی نہیں،''

''کیوں؟''

''ضرورت ہی نہیں پڑتی۔''

یہ سن کر مجھے شبہ ہوا کہ پتہ نہیں ڈاکٹر بابو اس کے استعمال سے واقف بھی ہیں یا نہیں۔ اس زمانے میں تھرما میٹر کا استعمال عام نہیں ہوا تھا۔

''کیا آپ کو معلوم ہے کہ یہ کیا ہے؟''

''ہاں معلوم ہے۔ یہ درجہ حرارت ناپنے کا آلہ ہے۔''

''اس کا استعمال کیا ہے؟''

''اس سے انسان کے بدن کا درجہ حرارت ناپا جاتا ہے۔''

''ایک عام آدمی کے بدن کا درجہ حرارت کتنا ہوتا ہے؟''

''کس آدمی کا؟''

''مثال کے طور پر آپ اپنے کو ہی لے لیجئے۔''

''اٹھانوے ڈگری۔''

''آپ کی بیوی کا؟''

''اسی ڈگری''

''آپ کے بیٹے کا؟''

''اس کا درجہ حرارت کتنا ہو سکتا ہے ....'' ''یہی تقریباً ساٹھ ڈگری۔''

میں سمجھ گیا کہ اس سلسلے میں ڈاکٹر بابو کی معلومات صفر ہے۔ آدمی کے بدن کے درجہ حرارت کے بارے میں جو کچھ جانتا تھا میں نے انہیں بتایا۔ میں نے انہیں یہ بھی بتایا کہ تھرما میٹر کا استعمال کیسے کیا جاتا ہے۔ ڈاکٹر بابو کسی فرماں بردار بچے کی طرح سر جھکا کر میری تمام باتیں سنتے

بن پھول   مترجم: احمد کمال ہاشمی

رہے۔ مزید کچھ باتوں کے بعد میں نے ان سے کہا۔۔۔۔۔۔۔۔۔''لائیے اپنا وزیٹرس بک نکال لیجئے۔ میں اس میں اپنے تاثرات لکھوں گا۔'' میں نے سخت الفاظ میں اپنے تاثرات لکھے۔ میں نے لکھا۔۔۔۔۔۔۔۔''ڈاکٹر بابو کا طریقہ علاج دقیانوسی ہے۔ جدید طریقہ علاج کے بارے میں ان کی معلومات ناقص ہے۔ ایسے ڈاکٹر کو ملازمت پر رکھنا سرکاری پیسیوں کی بربادی ہے۔''

میں نے یہ سب کچھ انگریزی میں لکھا تھا۔ میری تحریر ختم ہوتے ہی ڈاکٹر بابو نے دریافت کیا۔۔۔۔۔۔۔۔''آپ نے کیا لکھا مجھے بتائیے۔ میں انگریزی نہیں جانتا ہوں۔''

میں نے مفہوم بتا دیا۔ مفہوم سنتے ہی ڈاکٹر کا چہرہ غصے سے لال ہو گیا؟ آنکھیں آگ برسانے لگیں۔

''مجھے اس شیشے کی ٹیلی کے بارے میں زیادہ جانکاری نہیں ہے اس سے آپ نے یہ اندازہ لگا لیا کہ میں معالجے کے بارے میں کچھ نہیں جانتا؟ کیا آپ کو پتہ ہے کہ میں نے اب تک ہزاروں مریضوں کا علاج کیا ہے۔ میں نے کئی بڑے بڑے کامیاب آپریشن کئے ہیں۔ ابھی یہاں دو سو مریض موجود ہیں۔ کیا آپ نے ان سے کچھ پوچھا؟ میرا تعارف تو وہی لوگ آپ کو دیں گے۔ اس شیشے کے تھرمامیٹر سے آپ نے میری قابلیت ناپ لی؟۔۔۔۔۔۔۔۔آپ نے جو کچھ لکھا اسے کاٹ دیجئے۔ ورق پھاڑ کر پھینک دیجئے۔''

''کیا مطلب ہے آپ کا؟ کیا پھاڑ کر پھینک دیجئے۔''

''آپ نے جو کچھ لکھا ہے اسے پھاڑ کر پھینکئے اور ان مریضوں سے مل کر میرے بارے میں پوچھئے۔ وہ لوگ میرے بارے میں جو بتائیں گے وہ لکھئے۔''

''مجھے آپ کی بدتمیزی پر سخت حیرانی ہے۔''

''اگر آپ میری بات نہیں مانیں گے تو آپ یہاں سے نہیں جا سکتے ہیں۔۔۔۔۔۔۔۔ارے تم لوگ کہاں ہو ادھر آؤ سب لوگ!''

یہ سنتے ہی لوگوں کا ایک گروہ اندر آ گیا اور مجھے اپنے نرغے میں لے لیا۔ موقع کی نزاکت دیکھتے ہوئے میں نے رجسٹر کا ورق پھاڑ کر پھینک دیا اور ڈسپنسری سے باہر نکل آیا۔ دوسرا کوئی لفظ منھ سے نکالے بغیر میں نے گھوڑے کو ایڑ لگائی اور وہ واپس چلا آیا۔

''پھر کیا ہوا؟''

’’پھر میں نے ہیڈ کوارٹر آ کر اس ڈاکٹر کو برخاست کر دیا اور ایک دوسرے ڈاکٹر کو وہاں بھیجا۔ لیکن اس ڈاکٹر کا کچھ نہیں بگاڑ پایا۔ اس نے بغل میں اپنی ذاتی ڈسپنسری کھول کر پریکٹس شروع کر دی۔ پریکٹس پوری طرح کامیاب تھی۔ میں نے جس ڈاکٹر کو وہاں بھیجا تھا اس کے خلاف درخواستیں موصول ہونی شروع ہو گئیں۔ اور آخرا ایک دن گاؤں والوں نے مل کر اس کی پٹائی بھی کر دی۔ بیچارے کو وہاں سے بھاگنا پڑا۔‘‘

’’پھر کیا ہوا؟‘‘

’’پھر کیا ہوتا! سائنس ہار گیا۔ انسان جیت گیا۔‘‘

☆ ☆ ☆

حسِّ مزاح

بہت زیادہ دنوں کی بات نہیں ہے۔ اس روز فرحت بخش جنوبی ہوا چل رہی تھی۔ میری کچھ خاص مصروفیت نہیں تھی۔ گزشتہ رات نیند بھی گہری آئی تھی۔ اس لئے میں چہل قدمی کرنے کے لئے باہر نکل گیا۔ کالج اسکوائر کے ایک بینچ پر بیٹھا ابھی میں ایک سگریٹ سلگا ہی رہا تھا کہ ٹھیک اسی وقت ایک شخص میرے قریب آیا۔ وہ خوبرو اور خوش لباس تھا۔ بدن پر قیمتی کرتا، پیروں میں نئے جوتے، انگلی میں نگینے والی انگوٹھی تھی۔ وہ پان چباتا ہوا آیا اور میری طرف دیکھنے لگا۔ اس نے تھوڑا خم ہو کر پان کا پیک پھینکا اور پھر ہلکی مسکراہٹ کے ساتھ میرے سامنے آ کر کھڑا ہو گیا۔

’’کیا آپ میری کچھ مدد کرنا پسند کریں گے صاحب؟ زیادہ نہیں مجھے صرف پانچ روپوں کی ضرورت ہے۔ میں ایک بڑی مشکل میں پھنس گیا ہوں۔‘‘

یہاں سے کہانی شروع ہوتی ہے۔

میں نے گمبھیر آواز میں کہا۔۔۔۔۔۔۔۔’’مجھے معاف فرمائیے۔‘‘

’’آپ کے پاس پانچ روپے نہیں ہیں؟‘‘

’’ہاں، ہیں مگر میں آپ کو نہیں دوں گا کیونکہ آپ شکل سے غریب آدمی نہیں معلوم

بن پھول   مترجم: احمد کمال ہاشمی

ہوتے ہیں۔''

''میں کسی زمانے میں امیر آدمی تھا اس لئے آپ کو ایسا لگ رہا ہے۔ میرا لباس دیکھ کر آپ میرے بارے میں کوئی رائے قائم مت کیجئے۔ ان دنوں میں سچ مچ تہی دست ہوں۔''

''کیا ثبوت ہے کہ آپ جھوٹ نہیں بول رہے ہیں؟''

''آپ میرے گھر چل کر یدکھ لیجئے۔''

''آپ کہاں رہتے ہیں؟''

''ٹیا برج''

میں ایک دم جیسے جوش میں آ گیا۔

''ٹھیک ہے۔ آپ ہمارے میس میں انتظار کیجئے۔ مجھے اپنا پتہ بتائیے۔ میں مطمئن ہو جاؤں گا کہ واقعی آپ کی مالی حالت خراب ہے تو آپ کی مدد ضرور کروں گا۔''

''لیکن ٹیا برج جا کر واپس آنے میں تو کافی وقت صرف ہوگا۔ میں آپ کے میس میں کب تک بیٹھا رہوں گا۔ اس سے بہتر یہ ہوگا کہ میں بھی آپ کے ساتھ چلوں۔''

میرا جواب سن کر اسے اندازہ ہو گیا ہوگا کہ کس عقلمند آدمی سے اس کا پال پڑا ہے۔

''اگر آپ غنڈہ ہوئے اور اپنے علاقے میں لے جا کر مجھے کچھ نقصان پہنچانے کی کوشش کی تو............؟؟''

''نہیں، میں آپ کو ساتھ نہیں لے سکتا۔ آپ کو میس میں ہی میرا انتظار کرنا ہوگا۔''

''لیکن جانے اور آنے میں کافی دیر ہو جائے گی، جناب!''

''میں ٹیکسی سے جاؤں گا اور واپس آؤں گا۔ اس لئے زیادہ دیر نہیں ہوگی۔''

مجھے سچ مچ جوش آ گیا تھا۔

کچھ دور جانے کے بعد ٹیکسی والے نے آگے جانے سے انکار کر دیا کیونکہ آگے جانا مشکل تھا۔ گلی کے بعد گلی پھر اس کے آگے ایک اور تپلی گلی تھی۔ ٹیکسی اس میں داخل نہیں ہو سکتی تھی۔ مجھے اتر جانا پڑا۔ ٹیڑھی میڑھی گلیوں سے ہو کر گزرتا ہوا میں جتنی دور جا سکتا تھا گیا لیکن مزید آگے جانے سے میں بھی قاصر تھا۔ سامنے ایک بند دروازہ میرا راستہ روک رہا تھا۔ لگا تار دستکیں دینے کے بعد بند دروازہ کھلا۔ ایک بوڑھی عورت لالٹین ہاتھ میں اٹھائے باہر نکلی۔

''کیا چاہئے؟''

''۱۳/۱۴۴، نمبر مکان کون سا ہے، بتائیں گی؟''

بوڑھی عورت تھوڑی دیر تک خاموش رہی۔ پھر اس نے سوال کیا..........''کیا آپ مکتیشور کا مکان ڈھونڈ رہے ہیں؟''

''جی ہاں''

''ان دونوں مکانوں کے درمیان سے ہو کر جو تنگ گلی آگے جاتی ہے اس سے ہو کر سیدھے چلے جائیں۔ آپ کو لکڑی کا ایک گودام نظر آئے گا۔ اس گودام کی پشت پر اس کا مکان ہے۔''

اس کی ہدایت پر میں ابھی آگے بڑھنے ہی والا تھا کہ وہ مجھ سے دوبارہ گویا ہوئی......
''واپس ہوتے اگر آپ مجھ سے دوبارہ مل کر جائیں تو مناسب ہوگا۔''

مجھے معلوم نہیں اس نے ایسا کیوں کہا مگر میں نے اس سے دوبارہ ملنے کا وعدہ کر لیا۔

لکڑی کے گودام کے قریب پہنچ کر اندھیرے میں مجھے کافی پریشانی اٹھانی پڑی۔

''مکتیشور بابو ہیں کیا؟ مسلسل کئی بار آواز دینے کے بعد مجھے کامیابی نصیب ہوئی۔

گودام کے پچھلے حصے میں روشنی نظر آئی۔ دوسرے لمحے میں کیروسن لیمپ اٹھائے ایک نیم برہنہ دبلا پتلا لڑکا باہر نکلا۔

''آپ کے تلاش کر رہے ہیں؟''

''مکتیشور بابو کو''

''وہ گھر پر نہیں ہیں''

''کہاں گئے ہیں؟''

''لاپتہ ہو گئے ہیں۔''

''یہ کیا کہہ رہے ہو تم؟ کیوں؟؟''

''قرض داروں کے تقاضوں سے تنگ آ کر۔''

(آپ لوگوں کی حس مزاح بیدار ہوئی ہوگی)

''آپ کہاں سے آئے ہیں؟''

میں ہکا بکا ہوگیا۔ مجھ سے کوئی جواب نہیں بن پایا۔اچانک میں نے دیکھا کہ ایک عورت اس لڑکے کے پیچھے آ کر کھڑی ہوگئی۔اس نے اپنے سینے پر ایک کچھ ڈال رکھا تھا۔اس کے کپڑے بوسیدہ تھے۔

’’ان کو کسی حادثے سے دو چار تو نہیں ہونا پڑا ہے؟‘‘اس عورت کی کپکپاتی آواز سن کر میں گھبرا گیا۔

’’نہیں نہیں۔۔۔۔۔۔۔۔۔میری ان سے شناسائی رہی ہے اس لئے میں ان کی خیریت پوچھنے آیا ہوں۔‘‘

’’اندر آئیے۔‘‘میں اگر اندر نہیں جاتا تو بہتر تھا۔اندر جا کر میں نے محسوس کیا کہ ایک سو روپئے کا نقصان ہونے والا ہے۔گھر میں بہت سارے بچے تھے۔سب کے سب بھوک سے بے حال اور جسم کپڑوں سے عاری۔ دو بچے بخار میں مبتلا ہو کر بستر پر پڑے ہوئے تھے۔ میں اپنے آپ کو لاچار محسوس کرنے لگا۔ مجھ پچھتاوے کا احساس ستانے لگا۔اگر میں نے اسی وقت اس شخص کو پانچ روپے دیدئے ہوتے تو مجھے اس مصیبت میں گرفتار نہیں ہونا پڑتا۔ یہاں تک سننے کے بعد بھی اگر آپ کے دل میں حس مزاح بیدار نہیں ہوئی تو آگے سنئے۔۔۔۔۔۔۔۔

گلی سے باہر نکل کر میں نے اپنے وعدے کے مطابق اس بوڑھی عورت سے ملاقات کی۔ میں نے بتایا۔۔۔۔۔۔۔۔

’’میں نے جو کچھ دیکھا وہ قابل رحم ہے۔‘‘

’’سب کچھ ڈرامہ ہے۔‘‘بوڑھی عورت نے کہا۔

’’یہ کیا کہہ رہی ہیں آپ؟‘‘

’’آج کل کے لوگ عقلمند ہو گئے ہیں۔یونہی مانگنے سے خیرات نہیں دیتے ہیں۔لیکن بھکاری بھی چالاک ہو گئے ہیں۔ آپ جیسے کچھ رحمدل لوگ چھان بین کرنے کے بعد خیرات دیتے ہیں۔اس لئے مکتیشور نے کئی رفیوجیوں کو اپنے گودام میں پناہ دے رکھی ہے اور یہ سکھا دیا ہے کہ اگر اسکے بارے میں کوئی پوچھنے آئے تو وہ لوگ یہ بتائیں کہ وہ قرض کے بوجھ سے پاگل ہو گیا ہے۔‘‘

''یہ کیا کہہ رہی ہیں آپ؟'' اس بوڑھی عورت نے خاموشی اختیار کر لی۔

اگر اب بھی آپ کے دل میں حس مزاح پیدا نہیں ہوئی تو چھوڑئیے میں آپ کو اصل واقعہ بتاتا ہوں۔ میں نے جہاں سے کہانی شروع ہونے کی بات کہی ہے۔ بس وہیں سے کہانی ہے۔ اصل واقعہ یوں ہے کہ اس شخص نے جب دیکھا کہ میں کسی قیمت پر اس کی مدد کرنے کو تیار نہیں ہوں تو اس نے اپنی جیب سے ایک ''ہول لائف شیفارس'' نکال کر کہا۔........... '' آپ یہ قلم رکھ لیجئے اور اس کے عوض مجھے پانچ روپے دید یجئے۔''

میں سمجھ گیا کہ قلم چوری کا ہے لیکن میں نے اس شخص کو پولس کے حوالے نہیں کیا۔ میں نے اپنے مقدر کا شکریہ ادا کیا اور سوچنے لگا کہ آج صبح میں کس کا منھ دیکھ کر بیدار ہوا تھا۔ قلم واقعی بہت قیمتی اور خوبصورت تھا۔ آج کل میں اس قلم سے چور بازاری کے خلاف مسلسل مضامین لکھ رہا ہوں ۔

بیج اور درخت

وہ سچ مچ بڑی مصیبت میں پڑ گئے تھے۔ میں بھی مخمصے میں تھا۔ رقم معمولی نہیں تھی ۔ دو ہزار روپے کا معاملہ تھا۔ کیا وہ میری گزارش پر اتنی بڑی رقم چھوڑنے پر رضامند ہوگا؟ یہ سچ ہے کہ وہ میرا بڑا احترام کرتا تھا لیکن احترام کرنے کا مطلب یہ تو نہیں تھا کہ میں اس سے کوئی نامناسب گزارش کروں۔ لیکن وہ صاحب ہاتھ جوڑ کر گڑگڑانے لگے .... ''مجھ پر رحم کیجئے ڈاکٹر صاحب! یقین کیجئے تین دنوں سے کھانا میسر نہیں ہے۔'' ان کی آنکھوں سے آنسو چھلک پڑے ۔ لاچار ہوکر میں نے ان سے وعدہ کر لیا کہ ان کے قرض دار سے درخواست کروں گا کہ وہ سود معاف کر دے۔ میں اسے سمجھانے کی کوشش کروں گا کہ اپنا مکان بیچ کر بھی وہ اس کی پوری رقم نہیں چکا سکتے ہیں۔ اس لئے جتنی رقم مل رہی ہے اسے قبول کر لینے میں ہی دانشمندی ہے۔ انہیں جیل بھجوا کر اسے کوئی فائدہ نہیں ہوگا بلکہ نقصان ہی ہوگا۔ میری یقین دہانی پر وہ صاحب آنسو پونچھتے ہوئے چلے گئے۔ ان کا لاغر جسم اور معمولی کپڑے دیکھ کر مجھے بہت افسوس ہوا۔

بن پھول   مترجم: احمد کمال ہاشمی

مجھے ایک کہانی یاد آرہی ہے۔ کہانی ایسے واقعہ پر مبنی ہے۔ واقعہ بہت پرانا ہے۔ تقریباً بیس برس پرانا!! ایک دن میرا ایک دوست صبح سویرے اچانک میرے غریب خانے پر حاضر ہوا۔

''بہت دنوں سے تمہاری کوئی خیریت نہیں ملی۔ اس لئے میں یہاں اتر گیا۔ میں ایک شادی کی تقریب میں شرکت کیلئے پٹنہ جا رہا ہوں۔ شادی کل ہے۔ آج رات یہاں سے ٹرین پر سوار ہوں گا تو بھی کل وقت پر پہنچ جاؤں گا۔ بہرحال، بتاؤ کیسے ہو؟'' اس نے پوچھا۔

ایک لمبے عرصے کے بعد رتن کو دیکھ کر میں بہت خوش ہوا۔ میں رتن کو بہت عزیز رکھتا تھا۔ مجھے اس کی سادگی پسند تھی۔ وہ لکھ پتی باپ کا اکلوتا بیٹا تھا۔ اعلیٰ تعلیم یافتہ بھی تھا۔ اس کے باوجود اس کی باتوں اور اس کے لباس سے اس سے غرور نہیں ٹپکتا تھا۔ وہ سراپا شریف النفس تھا۔ اتنے دنوں میں وہ بالکل نہیں بدلا تھا۔ ان دنوں میں نے ڈاکٹری کی شروعات کی تھی۔ مریضوں کی زیادہ بھیڑ نہیں رہتی تھی۔ اس لئے میں نے سارا دن اس کے ساتھ وقت گزارا۔

اچانک وہ بول اٹھا ۔۔۔۔۔۔۔۔۔ ''او ہو! مجھ سے ایک غلطی ہوگئی۔ میں کافی افراتفری میں روانہ ہوا تھا اس لئے ساڑی خریدنا بھول گیا۔ یہاں ساڑیوں کی کوئی اچھی دکان ہے کیا؟''

میں پہلے کچھ سمجھ نہیں پایا۔ میں نے پوچھا ۔۔۔۔۔۔۔۔۔ ''کیسی ساڑی؟''

''ارے یار! میں شادی کی تقریب میں شرکت کے لئے جا رہا ہوں تو کیا خالی ہاتھ جاؤں گا؟ سوچ رہا ہوں ایک عدد بنارسی ساڑی خرید لوں۔ یہاں کوئی اچھی دکان ہے کیا؟''

میں رتن کو جگت بابو کی دکان ''جگت جیوتی بھنڈار'' میں لے گیا۔ جگت بابو نے اپنی مرحوم بیوی جیوترموئی دیوی کے نام کے پہلے حصے کے ساتھ اپنا نام جوڑ کر دکان کا نام رکھا تھا۔ دکان خوب چلتی تھی۔ ہم دونوں جب دکان پر پہنچے تو اس وقت دن کے ڈھائی بج رہے تھے۔ جگت بابو خود ہی دکان میں موجود تھے۔ کوئی سلیز مین نہیں تھا۔ شاید سب کے سب کھانا کھانے گئے تھے۔ جگت بابو ایک تکیے کا سہارا لے کر اونگھ رہے تھے۔ ہم لوگوں کے دکان میں داخل ہونے سے ان کی نیند ٹوٹ گئی۔ ان کے چہرے پر ناگواری کے اثرات نمایاں ہوگئے۔ لیکن مجھ سے واقف ہونے کے سبب انہوں نے اپنے چہرے پر مسکراہٹ بکھیرتے ہوئے کہا ۔۔۔۔۔۔۔۔۔ ''ارے ڈاکٹر صاحب آپ؟ اتنی دو پہر میں کیسے چلے آئے؟''

''یہ میرا دوست ہے۔ یہ شادی کی ایک تقریب میں جا رہا ہے۔ اسے ایک بنارسی

ساڑی خریدنی ہے۔ساڑیاں دکھائیے۔''

جگت بابو کچھ دیر تک خاموش بیٹھے رہے۔اس کے بعد دکان کے شیلف کی طرف دیکھتے ہوئے بولے..........''ساڑی؟ بنارسی؟ ٹھیک ہے دکھاتا ہوں۔''

وہ تکیہ چھوڑ کر اٹھ کھڑے ہوئے۔اٹھتے وقت ان کی دھوتی کھلنے لگی۔انہوں نے دھوتی ٹھیک کی پھر ایک شیلف کی طرف بڑھے۔شیلف سے ساڑیوں کی ایک گٹھری ''دھپ'' سے نیچے گرائی۔پھر اکڑوں بیٹھ کر اس میں سے ایک ساڑی نکالی۔

''لیجئے۔دیکھئے!!''

رتن کو وہ ساڑی پسند نہیں آئی۔''دوسری ساڑی دکھائیے۔''

انہوں نے ایک اور ساڑی دکھائی۔رتن کو وہ ساڑی بھی پسند نہیں آئی۔ جب تیسری ساڑی بھی رتن کو پسند نہیں آئی تو جگت بابو کا چہرہ لال ہو گیا۔وہ پلکیں جھپکائے بغیر رتن کو دیکھتے رہے۔پھر سوال کیا...........

''آپ کو کیسی ساڑی چاہیئے؟''

''کوئی خوبصورت ساڑی۔آپ کے پاس ہے کیا؟'' رتن نے کہا۔

''ہاں ہے۔ڈھائی سو روپئے اور تین سو روپئے والی ساڑیاں ہیں۔''

''ٹھیک ہے دکھائیے۔'' رتن نے سپاٹ لہجے میں کہا۔

''اگر آپ واقعی خریدیں گے تو دکھاؤں گا ورنہ خواہ مخواہ اوپر چڑھ کرا تارنے کا کوئی فائدہ نہیں۔آپ واقعی خریدیں گے تو؟''

''رہنے دیجئے۔آپ کو زحمت کرنے کی ضرورت نہیں۔'' رتن یہ کہہ کر مسکراتے ہوئے اٹھ کھڑا ہوا اور دکان سے باہر نکل گیا۔مجھے بھی باہر آنا پڑا۔

''خریدو گے نہیں؟'' میں نے پوچھا۔

''کسی دوسری دکان پر چلو۔یہ غیر مہذب آدمی لگتا ہے۔'' رتن نے کہا۔

مجھے متھر اداس کی یاد آئی۔متھر اداس میرا مریض تھا۔اس نے کپڑوں کی ایک چھوٹی سی دکان کھولی تھی۔ہم لوگ اسی کی دکان پر گئے۔ہمارے اوپر نظر پڑتے ہی متھر اداس ہڑبڑا کر اٹھ کھڑا ہوا۔اس نے اس طرح گرم جوشی سے ہمارا خیر مقدم کیا گویا سارا دن ہماری راہ میں نظریں

بچھائے بیٹھا رہا ہو۔

''سیٹھ جی! مجھے اپنے دوست کے لئے ایک عمدہ سی بناری ساڑی چاہئے۔'' میں نے کہا۔

''آیئے، بیٹھیئے۔''

اس نے ہمیں خوش آمدید کہا اور ساڑیاں دکھانے لگا۔ایک.....دو.....تین.....چار.....بیچارے کی دکان میں اس سے زیادہ ساڑیاں نہیں تھیں۔رتن کوان میں سے کوئی ساڑی پسند نہیں آئی۔لیکن متھرا داس نے ہار نہیں مانی۔اس نے ہندی میں کہا.........''آپ لوگ تھوڑا انتظار کیجئے۔میں آپ لوگوں کو کچھ اور ساڑیاں دوسری دکان سے لا کر دکھاتا ہوں۔''

دو پہر کی دھوپ کی پرواہ نہ کرتے ہوئے متھرا داس باہر نکل گیا۔تھوڑی دیر بعد وہ بہت ساری ساڑیاں لے کر واپس آیا۔مختلف رنگوں اور مختلف قسموں کی ساڑیاں تھیں۔رتن کو ایک ساڑی کی ڈیزائن اچھی لگی مگر رنگ پسند نہیں آیا۔

متھرا داس نے سوال کیا.........''آپ کو کون سا رنگ چاہئے؟''

''ہلکا سبز''رتن نے جواب دیا۔

''ہزاری مل کی دکان بند ہوگئی ہے۔اس کی دکان میں ہلکے سبز رنگ کی ساڑیاں ہیں۔ میں کل لا کر رکھوں گا یا پھر آپ کہیں تو ڈاکٹر صاحب کے یہاں بھیج دوں گا۔''

''لیکن یہ تو کل تک نہیں رکیں گے۔آج ہی شام کی ٹرین سے پٹنہ جا رہے ہیں۔''میں نے بتایا۔

''اوہ!اچھا دیکھتا ہوں۔''

ہم لوگ دکان سے باہر نکل آئے۔رتن نے کہا...........''رہنے دو۔میں پٹنہ میں ہی خرید لوں گا۔''

شام کے وقت میں رتن کو اسٹیشن تک چھوڑنے کیلئے تیار ہو ہی رہا تھا کہ اتنے میں متھرا داس مارواڑی آ پہنچا۔اس کے ہاتھوں میں ہلکے سبز رنگ کی تین عدد ساڑیاں تھیں۔رتن کو ایک ساڑی پسند آ گئی۔اس نے آٹھ سو روپئے میں وہ ساڑی خرید لی۔بعد میں مجھے پتہ چلا کہ وہ ساڑی فروخت کر کے متھرا داس کو ایک سو روپئے کا منافع ہوا تھا۔

بن پھول   مترجم: احمد کمال ہاشمی

مصیبت زدہ شخص کو دیکھ کر مجھے یہ کہانی یاد آئی تو اسے غیر ضروری اور غیر متعلق مت سمجھیے گا۔اس شخص سے اس کہانی کا گہرا تعلق ہے۔وہ مصیبت زدہ شخص کبھی کا دولت مند جگت چودھری ہے۔''جگت جیوتی بھنڈار'' قرض کے سیلاب کی زد میں آ کر تباہ ہو گیا ہے اور جس شخص سے رقم ادھار لے کر انہوں نے اپنے آپ کو کسی طرح زندہ رکھا ہے اس شخص کا نام ہے سیٹھ متھر اداس جس نے ایک دن میرے گھر آ کر رتن سے ہلکے سبز رنگ کی ساڑی فروخت کی تھی۔آج اس کی چار چار دکانیں اور دو دو ملیں ہیں۔لاکھوں کا بینک بیلنس ہے۔

اس سلسلے میں ایک اور بات بتانا ضروری ہے۔

میری درخواست پر متھر اداس نے جگت چودھری کا پورا قرض معاف کر دیا تھا۔

☆☆☆

طمانچہ

جس مریض نے شام کو میری فیس دے جانے کا وعدہ کیا تھا وہ نہیں آیا۔طبیعت مکدّر ہوئی۔دواؤں کی قیمت یا فیس اگر کسی مریض پر باقی رہ جائے تو اس کی وصولی آسانی سے نہیں ہوتی ہے۔اگر بار بار تقاضہ کیا جائے تو لوگ برا مان جاتے ہیں۔اس لئے ایسا کرنا مناسب بھی معلوم ہوتا ہے۔جن لوگوں پر فیس یا دواؤں کی قیمت باقی رہ جاتی ہے ان کے اندر بھی تھوڑی غیرت ہوتی ہے اس لئے وہ لوگ مجھ سے کترا کے نکل جانے کی کوشش کرتے ہیں۔اگر راستے میں اچانک کہیں مل جائیں تو ان دیکھی کرنے کی کوشش کرتے ہیں یا راستہ بدل لیتے ہیں۔ایسے انسانوں کی احسان فراموشی سے طبیعت مکدر ہو جاتی ہے۔میں اس شخص کے گھر حسب ضرورت چار دنوں تک صبح و شام جایا کرتا تھا مگر آج تک انہوں نے ایک پائی بھی نہیں دی۔انہوں نے آج کا وعدہ کیا تھا مگر اب تک ان کا کوئی اتا پتا نہیں تھا۔رات کے نو بج رہے تھے مگر کوئی خبر تک انہوں نے نہیں بھجوائی۔میں بھی کس دیش میں پیدا ہو گیا ہوں............!!میں اب اٹھنے کی تیاری کر ہی رہا تھا کہ اتنے میں گنیش دا دروازے پر نظر آئے۔گنیش دا بیکار آدمی تھے۔بال بچے اپنے اپنے پیروں پر کھڑے ہو چکے تھے۔اس لئے اب ان کے سر پر کوئی ذمہ داری نہیں تھی۔پڑوسیوں

کے گھر میں جھانکنا، اِدھر کی بات اُدھر کہنا، افواہیں پھیلانا، کون وزیر کیا کر رہا ہے، ایسی ہی باتوں میں اِن کا زیادہ تر وقت گزرتا ہے۔ اِن کا جسم بواسیر، گٹھیا اور ایگزیما جیسی بیماریوں کی آماجگاہ ہے۔ اِن میں سے جب کوئی بیماری ابھر آتی ہے تو وہ مجھ سے دوا طلب کرتے ہیں۔ مفت میں!!

گنیش دانے آتے ہی کہنا شروع کیا............ ''ڈاکٹری چھوڑ دو۔ تم بیماریوں کی تشخیص نہیں کر پاتے ہو۔ نئی دواؤں کا نام نہیں جانتے ہو تو پھر ڈاکٹری کرنے کی ضرورت کیا ہے؟'' یہ کہہ کر وہ ہنسنے لگے۔

''کیوں؟ کیا ہوا؟''

''مترا خاندان والوں کے لڑکے کا علاج تم نے کیا تھا؟''

گزشتہ چار دنوں سے میں اِس کا علاج کر رہا ہوں۔ ابھی اس کے گھر سے میری بقایا فیس لے کر کسی کے آنے کا وعدہ ہے۔''

''کوئی نہیں آئے گا۔ اِن لوگوں نے سول سرجن کو بلوایا ہے۔ وہ لوگ کہتے پھر رہے ہیں کہ تم مرض پکڑ نہیں پائے۔''

''ایسا کیا؟''

''میں خود اپنے کانوں سے سن کر آ رہا ہوں۔''

غصے سے میرا پارہ چڑھ گیا مگر میں نے اپنے چہرے سے ظاہر نہیں ہونے دیا۔ میں نے مسکراتے ہوئے صرف اتنا کہا............ ''ٹھیک ہے۔'' تھوڑی دیر تک خاموش رہنے کے بعد گنیش دانے کہا............

''کل سے بواسیر بہت بڑھ گیا ہے۔ کوئی دوا دو گے کیا؟''

میں چند لمحے خاموش رہنے کے بعد جواب دیا............

''میں دوا تو دے سکتا ہوں مگر دوا کی قیمت ادا کرنی ہوگی۔ اس ملک میں کسی پر احسان کرنے کی روایت اب نہیں رہی۔''

''ارے باپ رے!! تمہارا غصہ ابھی ساتویں آسمان پر ہے۔ آج میں چلتا ہوں۔ سنیک لگا کر کام چلا لوں گا۔ کل آؤں گا۔ تب تک تمہارا غصہ ٹھنڈا ہو جائے گا۔''

گنیش دا یہ کہہ کر مسکراتے ہوئے چلے گئے۔ کچھ دیر تک میں غصے سے بھرا بیٹھا رہا۔

’’کمپاؤنڈر بابو، ذرا دیکھئے تو دواؤں کی کل کتنی رقم باقی ہے۔‘‘

’’تقریباً ڈھائی سو روپے۔‘‘

’’کل کسی کو تقاضے کیلئے بھیجا تھا؟‘‘

’’ہاں!‘‘

’’کچھ وصولی ہوئی؟‘‘

’’نہیں‘‘

’’میں کیس کر دوں گا کم بختوں کے نام پر۔ سب کے سب فریبی اور احسان فراموش ہیں۔‘‘ کمپاؤنڈر خاموشی سے سنتا رہا۔

’’کمپاؤنڈر بابو، کل آپ خود جا کر مترا خاندان والوں کو میرا بل دے آئیے گا۔ چار دنوں کی فیس بتیس روپئے اور دواؤں کی قیمت الگ۔‘‘

’’جی اچھا‘‘

’’عجیب ملک میں پیدا ہو گیا ہوں۔ ایک بھی شریف آدمی نہیں ملتا۔ سب کے سب فریبی، دغا باز اور نمک حرام ہیں۔‘‘

ٹھیک اسی وقت مجھے ایک زور دار طمانچہ لگا۔

ایک نوجوان شخص دروازے پر آ کھڑا ہوا۔ وہ میرے لئے اجنبی تھا۔

’’کیا یہی ڈاکٹر سامنت کی ڈسپنسری ہے؟‘‘

’’ہاں‘‘

’’ڈاکٹر سامنت کہاں ہیں؟‘‘

’’میں ہی ڈاکٹر سامنت ہوں، کہیئے کیا بات ہے؟‘‘

نوجوان تھوڑا ہچکچایا۔ ایسا لگ رہا تھا جیسے وہ تھوڑی شرمندگی اور گھبراہٹ محسوس کر رہا ہو۔ اس نے اندر آ کر مجھے پرنام کیا۔

’’میں رتن دگھی سے آ رہا ہوں۔‘‘

میڈیکل پاس کرنے کے بعد میں نے پہلے پہل رتن دگھی میں ہی پریکٹس کرنے کا فیصلہ کیا تھا۔ ایک سال تک مکھیاں مارنے کے بعد میں وہاں سے واپس چلا آیا تھا۔ یہ تقریباً تیس

سال پہلے کا واقعہ ہے۔ اتنے دنوں کے بعد اب وہاں سے یہ کون آ گیا۔

’’میں نے آپ کو پہچانا نہیں۔‘‘

نوجوان نے مسکرا کر کہا۔۔۔۔۔۔۔۔’’آپ مجھے نہیں پہچان پائیں گے۔ شاید میری ماں کو آپ پہچانتے ہوں گے۔ میری ماں کا نام راس منی ہے۔ میری پیدائش کے وقت میری ماں کو کافی تکلیف ہوئی تھی۔ اگر آپ نہیں ہوتے تو شاید میری ماں اس وقت نہیں بچ پاتی۔‘‘

مجھے سارا واقعہ یاد آ گیا۔ میرے ذہن کے پردے پر سولہ سترہ سال کی ایک نو بیاہتا عورت کا حمل کے درد سے کہراتا ہوا چہرہ ابھر آیا۔ اس وقت راس منی نے بھی مجھے ایک پیسہ نہیں دیا تھا۔ اس نے کہا تھا۔۔۔۔۔۔۔۔’’آپ کا قرض چکانا میرے لئے ناممکن ہے ڈاکٹر صاحب۔ پھر بھی میں آپ کو از راہِ احسانمندی کچھ دینے کی کوشش کروں گی چاہے جیسے بھی ہو۔ آپ میری باتوں پر یقین کریں۔۔۔۔۔۔۔۔‘‘

نوجوان نے تھوڑی ہچکچاہٹ کے بعد کہا۔۔۔۔۔۔۔۔

’’ماں تقریباً دس سال پہلے مر گئی۔ مرتے وقت اس نے مجھ سے کہا تھا کہ جب میں برسر روزگار ہو جاؤں تو کم سے کم ایک سو روپیے آپ کو ضرور دے آؤں۔ آپ کی دعاؤں سے میری آمدنی اچھی ہے۔ اس لئے آپ کو کچھ دینے آیا ہوں۔‘‘

ایک ہزار روپیے کا ایک نوٹ میرے ہاتھوں میں دیتے ہوئے نوجوان نے کہا۔۔۔۔۔۔

’’آپ کا پتہ ڈھونڈ نکالنے میں مجھے کافی وقت لگ گیا ورنہ میں بہت پہلے آپ کی خدمت میں حاضر ہوتا۔‘‘

☆ ☆ ☆

وشنو بھکت ۔ کالی بھکت

ٹرین کے تیسرے درجے میں کافی بھیڑ تھی۔ اس کے باوجود ڈبّے کے ایک گوشے میں کٹر کالی بھکت کالی کنکر ورما، کٹر وشنو بھکت نتیہ نند گوسوامی کے ساتھ مذہب پر بحث کر رہے تھے۔ ورما جی کا رنگ کالا تھا۔ آنکھیں سرخ تھیں۔ پیشانی پر سیندور کی بندی تھی۔ گوسوامی جی

بن پھول   مترجم: احمد کمال ہاشمی

گورے تھے۔ گھنی مونچھیں وار سینے تک لمبی ڈاڑھی تھی، آنکھوں پر نیلا چشمہ تھا اور طوطے جیسی لمبی ناک پر سفید چندن کا ٹیکہ تھا۔ گوسوامی جی نے سر ہلاتے ہوئے کہا.........."آپ چاہیں جو بھی کہیں مگر مذہب کی اصل روح محبت ہے۔ خون بہانا وحشیانہ فعل ہے۔ انسان ایسا نہیں کر سکتا۔ کرنا بھی نہیں چاہیئے۔"

ورما جی نے قہقہہ لگاتے ہوئے جواب دیا.........."خون بہانے کا کیا مقصد سمجھتے ہیں آپ؟ ذرا بتائیے تو سہی۔ آپ نے کیا کسی درندے کو ایسا کرتے دیکھا ہے؟ آپ کالی ماتا کے بارے میں جانتے ہی کتنا ہیں؟"

گوسوامی جی نے ہاتھ جوڑ لئے اور کہا.........."میں جتنا جانتا ہوں وہی کافی ہے مہاشے۔ مجھے اور جاننے کی خواہش نہیں ہے۔ بچپن میں ایک بار بکرے کی بلی چڑھاتے دیکھ کر میں بے ہوش ہو گیا تھا۔"

ٹرین ایک جھٹکے کے ساتھ رک گئی۔ گوسوامی جی خود کو سنبھال نہیں پائے اور لڑھک کر ورما جی کے بدن پر گر پڑے۔ ورما جی کی پیشانی پر لگا سیندور گوسوامی جی کی ناک پر لگ گیا۔ پلیٹ فارم پر کھیرے والا نیچے بیچ رہا تھا۔ ورما جی نے سر کھڑکی سے باہر نکال کر کھیرے خریدے۔ اسی دوران کچھ مسافر ڈبے میں سوار ہوئے۔ بھیڑ بڑھ گئی۔ بیشتر مسافروں کو بیٹھنے کی جگہ نہیں ملی۔ گوسوامی جی کے قریب جو شخص کھڑا تھا اس کے کاندھوں پر ایک بڑا ڈھول لٹک رہا تھا۔ ٹرین چلتے ہی اس ڈھول کا ایک سرا گوسوامی جی کی ناک کے سامنے جھولنے لگا۔ ایک دو بار ناک سے ٹکرایا بھی۔ ڈھول لاکھ وشنو بھکتوں کے لئے بجانے کا ایک اہم اوزار رہا ہو مگر اس کا ناک اس سے ٹکرانا گوارہ نہیں ہو سکتا تھا۔ گوسوامی جی نے نرم لہجے میں ڈھول والے سے کہا........."بھائی صاحب! ذرا کھسک کر کھڑے ہوئیے۔"

مگر چاہتے ہوئے بھی اس شخص کے لئے کھسکنا ممکن نہیں تھا۔ مجبوراً گوسوامی جی کو اپنی گردن ٹیڑھی کر کے اپنی ناک کی حفاظت کرنی پڑی۔ گوسوامی جی کی گردن ٹیڑھی دیکھ کر ورما جی کہنے لگے..........

"ارے بھائی! تم لوگ کب تک ایسے کھڑے رہو گے؟ جہاں کھڑے ہو وہیں بیٹھ جاؤ تم لوگ"۔ تھوڑے توقف کے بعد ڈھول والا شخص بیٹھ گیا۔ گوسوامی جی نے اپنی ناک کے تحفظ

سے مطمئن ہوکر پھر بحث چھیڑ دی ....''اسی ڈھول کو دیکھئے ۔ یہ ایک شاندار چیز ہے ۔ وشنو بھکتوں کے لئے ڈھول اور جھانجھر لازمی ہیں ۔ کیا ایسی کوئی چیز کالی بھکتوں کے یہاں ہے؟ خون بہانے کے علاوہ ....!!

ان کا جملہ مکمل ہونے سے پہلے ہی ان کی ناک پر ڈھول سے ضرب لگی ۔ وہ شخص کھڑا ہو گیا تھا ۔ ورما جی کی ہنسی چھوٹ گئی ۔ انہوں نے کہا ....''پھر کیوں کھڑے ہو گئے بھائی؟''

''مجھے اگلے اسٹیشن پر اترنا ہے ۔''

''اگلا اسٹیشن آنے میں ابھی دیر ہے ۔''

مگر ڈھول والا شخص کھڑا ہی رہا ۔ ڈھول گوسوامی جی کی ناک کے سامنے جھولتا رہا ۔ اگلے اسٹیشن پر جیسے ٹرین ایک جھٹکے کے ساتھ رکی ڈھول گوسوامی جی کی ناک پر جا لگا ۔ کسی طرح چشمہ بچ گیا ۔ ایک ایک کر کے تقریباً سارے مسافر اتر گئے ۔ صرف ورما اور گوسوامی رہ گئے ۔ ورما جی کہنے لگے ....

''او ہو ووو .... آپ کی ناک سے خون نکل رہا ہے ۔ ڈھول کی ضرب سے وشنو بھکت کا خون نکل گیا ۔ یہ کیا غضب ہو گیا ہے!!''

ناک کا خون پونچھتے ہوئے گوسوامی جی کہنے لگے ....''ارے جناب! سارا معاملہ پیسے کا ہے ۔ پیسے نہیں ہونے کے سبب ہی تو تیسرے درجے میں سفر کر رہا ہوں ۔ اسی لئے میری یہ حالت ہوئی ۔ پیسے نہ ہوں تو دھرم ورم سب بیکار ہے ۔''

کھیرا چھیلتے ہوئے اور مسکراتے ہوئے ورما جی بولنے لگے ....''ٹھیک ہی کہا آپ نے ۔ پیسے نہیں ہیں تبھی تو میرے جیسے کالی بھکت کو چھری سے کھیرا کاٹ کر کھانا پڑ رہا ہے ...... آپ کھیرا کھائیں گے کیا؟''

''دیجئے .... سب کچھ پراسرار ہے ۔''

لیکن سب سے بڑی راز سے دونوں ہی ناواقف تھے ۔ اگلے اسٹیشن پر جب گوسوامی جی کھیرا کھاتے ہوئے اتر گئے تب بھی بھیس بدلے ہوئے جاسوس ورما جی کو پتہ ہی نہیں چل سکا کہ گوسوامی کے بھیس میں جو شخص ابھی ابھی اترا ہے وہ بدنام زمانہ خطرناک قاتل برج دھرم مشرا تھا ۔ ڈھول نے ٹھیک پہچان لیا تھا ۔

ایک پل کا کرشمہ

آئینے کے سامنے کھڑا اگرگن خان اپنے بازوؤں کے عضلات دیکھ رہا تھا۔گرگن خان اس کا اصل نان نہیں تھا۔اس کا اصلی نام تھا نیل کانت۔مگر وہ گرگن خان کے نام سے ہی مشہور تھا کیونکہ بنکم چندر چٹرجی کے ناول ''چندر شیکھر'' کے ایک گرگن خان کا رول خوبصورتی سے ادا کرکے اس نے ہر خاص و عام کو اپنا گرویدہ بنا لیا تھا۔

گرگن خان کی عمر پچیس سال سے زیادہ نہیں تھی۔چہرے پر فرنچ کٹ ڈاڑھی تھی۔ اس کی مناسبت سے موچھیں بھی تھیں۔بادامی رنگ، چمکدار آنکھیں......لیکن یہ اس کے ظاہری خدوخال تھے۔ بباطن وہ مالدار، تعلیم یافتہ، مضبوط تن و توش کا کنوارہ جوان تھا۔

شریمتی نام کی ایک حسینہ پر اس کا دل آ گیا تھا۔لیکن شریمتی کا دل کسی اور کی طرف مائل تھا۔اس کی پسند دبلا پتلا ایک غریب نوجوان تھا۔ یہ بات گرگن خان کے لئے ناقابل برداشت تھی۔اس کے آگے ایک دبلے پتلے چھوکرے کی اتنی اہمیت!! یہ سوچ کر حقارت کی ایک لہر اسکے رگ و پے میں دوڑ جاتی تھی۔ایک طمانچہ جڑنے سے اس کا سر دھڑ سے الگ ہو کر دور جا گرتا۔لیکن اس کا سر دھڑ سے الگ کرنے کی کوشش گرگن نے کبھی نہیں کی تھی۔اس نے سلیقے سے اپنی کوششیں جاری رکھیں۔بھدی آواز میں رابند سنگیت سنانا شروع کر دیا۔پوشاک پر خصوصی توجہ دینے لگا۔ چہرے پر کریم لگانے لگا۔ بال بنائے مگر شریمتی کی توجہ اس دبلے پتلے چھوکرے کی طرف ہی مبذول رہی۔گرگن غصے سے لال ہو گیا۔

آج شام شریمتی آئی تھی۔ بہت دیر تک ٹھہری مگر اس کا رہنا نہ رہنے کے مترادف تھا۔ گرگن سمجھ گیا کہ وہ اس چھوکرے کے خیالوں میں گم ہے۔ گرگن نے بلایا تھا اس لئے وہ چلی آئی تھی۔ گاؤں کا کوئی بھی شخص اس کا حکم عدولی نہیں کر سکتا تھا۔ گرگن طیش میں آ گیا۔اس نے میز کے دراز سے ریوالور نکالا اور گرج اٹھا.........''مجھے شریمتی چاہئے۔آج چاہئے۔ابھی چاہئے۔ ورنہ یہ ریوالور کام کرے گا۔'' اس کے سر پر خون سوار تھا۔ شریمتی مسکرا کر کچھ دیر تک گرگن کی طرف دیکھتی رہی پھر بولی.........''آپ اتنا ہنگامہ کیوں کر رہے ہیں؟ میں آپ سے کچھ پوچھنا چاہتی

بن پھول   مترجم: احمد کمال ہاشمی

ہوں۔اگر میں آپ کو نہیں ملی تو آپ کیا کریں گے؟''

''میں تینیو کو مار ڈالوں گا۔'' تینیو اس چھوکرے کا نام تھا۔

''ایسی بات ہے تو مجھے سوچنے کی مہلت دیجئے۔ میں کچھ دیر تنہائی میں سوچنا چاہتی ہوں۔ آپ دوسرے کمرے میں جائیے۔ جاتے وقت دروازہ بند کر دیجئے گا۔''

فرطِ جذبات سے مغلوب ہو کر گرگن نے پوچھا..........''کتنی دیر سوچو گی؟''

''دس منٹ''

ٹھیک ہے۔ یہ کہہ کر گرگن آہستہ قدموں سے باہر نکل گیا۔

آئینے کے سامنے اپنے عضلات پھیلا کر گرگن کچھ سوچ رہا تھا۔ دس منٹ تک سوچنے کے بعد شریمتی یہ کہہ کر چلی گئی تھی کہ وہ آج رات دس بجے آئے گی۔ ٹھیک دس بجے اس کے پاس گاڑی پہنچ جانی چاہئے۔ گرگن نے گھڑی دیکھی۔ نو بج رہے تھے۔ ابھی ایک گھنٹہ باقی تھا۔ اففف!! گرگن بے قرار ہو کر آہیں بھرنے لگا۔

یکا یک گرگن ہنسنے لگا۔ زوردار ہنسی!! اس چھوکرے کا کیا حال ہوگا؟ بیچارہ!!''

غصے کے عالم میں گرگن نے دانت کٹکٹانے شروع کر دیئے۔ اس کمبخت کو اپنی اوقات میں رہنا چاہئے تھا۔ اس نے آئینے میں اپنا مضبوط تن و توش ایک بار پھر دیکھا۔ اس کے ہونٹوں پر معنی خیز مسکراہٹ دوڑ گئی۔

دس بج چکے تھے۔ گاڑی چلی گئی تھی۔ گرگن سراپا انتظار تھا۔ اس کے دل کی کیفیت ایسی ہو رہی تھی جیسے کسی برتن میں پانی ابالا جا رہا ہو۔ اچانک گلی کے موڑ سے گاڑی کی آواز آئی۔ اسے ایسا لگا جیسے دونوں گھوڑوں کے آٹھوں پاؤں اس کے سینے پر پڑ رہے ہوں۔ گاڑی رکی۔ پھر سیڑھیاں چڑھنے کی آواز آئی۔ دروازے کے قریب آ کر شریمتی تھوڑا اٹھکی۔ پھر پردہ ہٹا کر اندر آ گئی۔ شریمتی پر نظر پڑتے ہی گرگن کا غصہ سرد ہو گیا۔ شریمتی نے آہستہ سے کہا..........''آپ کے وعدے پر بھروسہ کر کے میں آ گئی۔''

''کیسا وعدہ؟''

''آپ تینیو کو کوئی نقصان نہیں پہنچائیں گے۔ وعدہ کیجئے۔''

''وعدہ ہے۔''

دونوں ایک دوسرے کے سامنے چند لمحے خاموش کھڑے رہے۔ وہ چند لمحے تیزی سے گزر گئے۔ لیکن پتہ نہیں ان چند لمحوں میں کیا کرشمہ ہوا کہ سکونت توڑتے ہوئے گرگن بول اٹھا۔۔۔۔۔۔۔۔''ٹھیک ہے۔ تم جاسکتی ہو۔'' شرمیتی نے حیرانی سے اس کی طرف دیکھا۔ پھر واپس چلی گئی۔ اس کے جاتے ہی گرگن سوچنے لگا۔۔۔۔۔۔۔۔

''یہ کیا کیا میں نے؟ ہاتھ آیا موقع میں نے گنوا دیا۔''

کسی نے اس کی زبان سے وہ جملہ کہلوا دیا؟ کون تھا وہ؟

وہ حیران رہ گیا۔ پھر خاموشی سے دور جاتے ہوئے گھوڑوں کی ٹاپوں کی آواز سننے لگا۔

☆ ☆ ☆

مالا بدل

رات کافی گہری تھی۔ چاروں طرف چاندنی چھٹک رہی تھی۔ آسمان کی ایک طرف بادل کے چھوٹے چھوٹے ٹکڑے تیر رہے تھے جیسے چاروں طرف سفید پھول بکھرے ہوئے ہوں۔

دوسری منزل پر بندنا کھڑکی کے قریب خاموش کھڑی تھی۔ آج اس کی زندگی کی ایک خاص رات تھی۔ آج اس کے شوہر سے اس کی پہلی ملاقات ہونے والی تھی۔ یہ سہی معنوں میں پہلی ملاقات تو نہیں تھی مگر پھر بھی پہلی ملاقات تھی۔ شادی کی بھیٹر اور لوگوں کا شور شرابہ سب کچھ اختتام پذیر تھا۔ آج ہی ملن کی پہلی رات تھی۔ چاندنی رات مزید گہری ہو رہی تھی۔ پیپہا بھی وقفے وقفے سے گا رہا تھا۔ اس کے جوڑے سے بیلے کا ایک پھول زمین پر گر پڑا۔ پھول مسکرا رہا تھا۔ آسمان میں بادل اپنی شکل اور رنگ بدل رہے تھے۔ ہنسوں کا جوڑا اسیر کر رہا تھا۔

یہ خوابوں کی دنیا ہی تو تھی۔ بندنا کے خوابوں کی تعبیر مل گئی تھی۔ اس خوبرو اور وجیہہ نوجوان نے اسی کو پسند کیا تھا۔ بنگال میں حسیناؤں کی کوئی کمی نہیں تھی۔ کتنی ہی حسین، تعلیم یافتہ اور دولت مند لڑکیاں آئی تھیں لیکن اس کی آواز اور سرگم کے آگے سب کی مات ہو گئی۔ اس کے رگ و پے میں نشہ سا دوڑ گیا اور کیوں نہ دوڑتا؟ اسے یاد آیا کہ اس نے کتنی مشق کی تھی۔ ستار اور بین کے

<hr>

بن پھول   مترجم: احمد کمال آتشی

ساتھ رات دن کی ریاضت، تان پورہ کے ساتھ بڑے بڑے گلوکاروں کے ساتھ تعارف، اس نے ساری زندگی اس کے علاوہ اور کچھ نہیں کیا تھا۔ گزشتہ سولہ برسوں سے اس نے ساز اور آواز ہی کی تپسیا کی تھی۔ سُر تال کے وسیلے سے ہی اس کی ملاقات اس کے شوہر سے ہوئی تھی۔ اس کے شوہر کا پروقار چہرہ آہستہ آہستہ اس کے ذہن کے پردے پر اُبھرنے لگا۔ وہ آج رات ایک راگ گا کر اسے سنائے گی۔ اس نے ستار لا کر بغل والے کمرے میں رکھ لیا تھا۔

"چھن" کی ایک آواز گونجی۔ ستار کا کوئی تار ٹوٹ گیا کیا؟ بندنا نے گردن گھما کر دیکھا اور حیران رہ گئی۔ بغل والے کمرے کے دروازے پر ایک نہایت حسین و جمیل دوشیزہ نظر آئی۔ اس نے کہا............

"میں چلی"

"لیکن آپ ہیں کون؟" بندنا نے پوچھا۔

"میں تمہارے نغموں کی تال ہوں۔ اتنے دنوں تک تم میری عاشق تھیں اس لئے میں تمہارے پاس تھی۔ آج تم کسی اور کے گلے میں مالا ڈال کر اس کے خوابوں کی اسیر ہوگئی ہو۔ اب تمہیں میری ضرورت نہیں ہے۔ اس لئے چلی۔" اس نے بندنا کو کچھ بولنے کی مہلت بھی نہیں دی اور باہر نکل گئی۔ بندنا حیرت سے بت بنی رہ گئی۔ وہ کچھ دیر تک ویسے ہی کھڑی رہی۔

کھلی ہوئی کھڑکی سے اس کی نظر باہر آسمان پر پڑی۔ ہنسوں کا جوڑا کہیں نظر نہیں آ رہا تھا۔ سفید پوشاک میں ملبوس ایک پری انجانی سمت میں اڑی چلی آ رہی تھی۔ پورے آسمان میں اس کی چُنری لہرا رہی تھی۔

اچانک وہ چونک اٹھی۔ پیچھے سے کسی نے اس کی آنکھوں پر اپنے ہاتھ رکھ دیئے۔ اسے پتہ ہی نہیں چلا کہ کب اس کا شوہر چپکے سے کمرے میں داخل ہوا۔

☆ ☆ ☆

بے مثال

کھنیکا کھتگیر کے ذہن پر بجلی گر پڑی۔ وہ مر تو نہیں گئی لیکن ایسی صورت میں اسے مر جانا چاہئے کہ نہیں اور اگر چاہئے تو آسان لیکن درد ناک موت کا کیا طریقہ ہو یہی سوچتے ہوئے وہ چھت پر ٹہل رہی تھی۔ مٹی کا تیل، پھانسی کا پھندہ، تالاب میں غوطہ یہاں تک کہ سائنائڈ کا استعمال بھی اسے حقیر لگ رہا تھا۔ کیا ٹی۔ بی کے جراثیم سونگھ لینا مناسب نہ ہوگا؟

اچانک پیچھے سے رمیش بابو کے قدموں کی چاپ سنائی پڑی۔

"کھنو! کیا تم یہاں ہو؟ تم بھی کتنی عجیب لڑکی ہو؟"

کھنیکا نے کوئی جواب نہیں دیا۔ رمیش بابو کہنے لگے۔۔۔۔۔۔۔۔"تم خاموش کیوں ہو؟ میں اس کے ساتھ تمہاری شادی جبراً تو نہیں کئے دے رہا ہوں۔ لیکن اس رشتے پر غور کرنے میں کیا قباحت ہے؟"

کھنیکا کہنے لگی۔۔۔۔۔۔۔۔"پتا جی، یہ بات میرے وہم و گمان میں بھی نہیں تھی کہ آپ کسی رنڈوے سے میری شادی کریں گے۔"

"ٹھیک ہے تم مت کرو اس سے شادی۔ مجھے لڑکا پسند آیا اس لئے میں نے کہا تھا۔ وہ اعلیٰ تعلیم یافتہ ہے۔ اچھی ملازمت کرتا ہے، صحت مند ہے، اس کی کوئی اولاد نہیں ہے۔ یہ اس کی دوسری شادی ہے تو کیا ہوا۔ لیکن تمہیں پسند نہیں ہے تو مت کرنا شادی۔۔۔۔۔۔۔۔ چلو اب جا کر سو جاؤ۔ تعلیم حاصل کر کے صرف تمہارے ٹونسل بڑے ہوئے ہیں عقل نہیں بڑھی ہے۔"

رمیش بابو ماں سے محروم اپنی بیٹی کو لے کر نیچے چلے گئے۔

میں یہ بتانا بھول گیا بلکہ مجھے یہ پہلے ہی بتا دینا چاہئے تھا کہ کھنیکا کھتگیر نے انگریزی میں آنرز کے ساتھ بی۔ اے پاس کیا تھا۔ رسائل اور جرائد میں اس کی تصویریں بھی چھپی تھیں۔

کھنیکا نے دوسرے دن اپنی سہیلی سجاتا سے کہا۔۔۔۔۔۔۔۔"خیر، ایک بڑی مصیبت سے نجات ملی۔ میں اس شخص کی عقل کی بلیہاری جاؤں۔ بیوی کے مرتے ہی دوسری شادی کی ضرورت آن پڑی۔ میں یہ محسوس کر رہی ہوں کہ مردوں نے ہم عورتوں کو سگریٹ سمجھ رکھا ہے۔

بن پھول   مترجم: احمد کمال ہاشمی

ایک ختم ہوتے ہی دوسرا سلگا لیتے ہیں۔ اور اس شخص نے تو جلد بازی کی حد ہی کردی۔ پہلی بیوی کی چتا کی آگ سے دوسری شادی کا منڈپ روشن کرنا چاہتا ہے۔''

''آخر معاملہ کیا ہے؟ تم کس کی بات کر رہی ہو؟'' سجاتا نے پوچھا۔

''اجے کمار بوس نام ہے اس کا۔'' کھنیکا کہنے لگی، ''سرکاری ملازمت کرتا ہے۔ شعرو شاعری کا بھی شوق رکھتا ہے مگر مزاج کچھ زیادہ ہی شاعرانہ ہے۔''

''اچھا!!''

کھنیکا پر جوش انداز میں بولتی رہی .... ''میرا خیال ہے کہ قانون بنا کر اس طرح کی شادیوں پر پابندی عائد کر دینی چاہئے۔''

سجاتا خاموش ہوگئی۔

سجاتا اس وقت تو خاموش ہوگئی مگر اس سلسلے میں اس کا نظریہ کیا ہے اس نے عملاً دکھا دیا۔ مہینے بھر بعد سجاتا اور اجے بوس کی شادی کا دعوت نامہ رشتے داروں میں تقسیم ہونے لگا۔

اب وہ اس کی سہیلی کا شوہر تھا۔ اس سے تعارف ہوا تو ایک دن باتوں باتوں میں کھنیکا نے ہنستے ہوئے اجے بوس سے کہا .... ''مجھے لگتا ہے کہ بچپن میں آپ نے نظم ''ٹرائی ٹرائی اگین'' دل لگا کر پڑھی تھی۔''

''ہاں وہ نظم تو میں نے پڑھی ہے'' اجے بابو نے جواب دیا۔ ''لیکن کیا آپ کو پتہ ہے پہلی بیوی کے انتقال کے بعد بڑے بڑے لوگ آ آ کر مجھ سے گزارش کرتے رہے۔ سو میں کیا کرتا .... میری اپنی مرضی بھی تھی۔''

''بڑے بڑے لوگ مطلب ......؟؟'' کھنیکا نے حیرت سے سوال کیا۔

''بڑے بڑے لوگوں سے مراد دو بیویوں کا شوہر مہابھارت کے سادھو سے لیکر شیلی، بائرن، موپاساں اور رابندرناتھ سب کی گزارش تھی۔ یہاں تک کہ ہمارے ستین دت نے بھی کہا۔ کون گیا، کون جائے گا۔

اس کی چنتا کسے بھلا۔

اتنی فرصت نہیں کسی کو، نہیں کسی کو

اور وہ عمر خیام!! وہ تو بضد تھے۔ ایسے ایسے لوگوں کی بات رکھنے کیلئے مجھ جیسے حقیر کے پاس دوسری شادی کے علاوہ اور کوئی دوسرا راستہ نہیں تھا۔''

کھنیک کا مارے شرم کے لال ہو گئی۔

''بس بس بس۔ میں سب سمجھ گئی۔'' وہ بول اٹھی، لیکن وہ انجے کی حاضر جوابی سے متاثر ہوئے بغیر نہ رہ سکی۔ بڑا دلچسپ آدمی ہے۔ سجاتا خاموش رہ گئی۔

کچھ دنوں بعد خبر ملی کہ سجاتا نے خودکشی کر لی۔ اس کے کچھ اور دنوں بعد خبر ملی کہ انجے بابو پھر شادی کر رہے ہیں۔ اس بار ان کی شادی کھنیک کا ختگیر سے ہو رہی ہے اور وہ بھی لو میرج!!

☆ ☆ ☆

لاثانی

میں بڑے آرام سے تھا۔

دفتر میں باس کی اور گھر میں ششٹی ماں کی مہربانیاں شامل حال تھیں۔ باس کی وجہ سے میری تنخواہ میں اور ششٹی ماں کی وجہ سے میرے کنبے میں اضافہ ہو رہا تھا۔ میرے ماں باپ مر چکے تھے۔ وارثت میں ایک خطیر رقم میرے ہاتھ لگی تھی۔

میری بیوی پر بھاوتی نے سالانہ ڈیڑھ بچے کے حساب سے چار برسوں میں مجھے چھ اولادوں کا باپ بنا دیا تھا۔ اس دوران دو بار جڑواں بچے پیدا ہوئے تھے مگر کثیر الاولاد ہونے کے باوجود کسی چیز کی کوئی کمی نہیں تھی۔ مگر ایک دن مجھے بیوقوف بن جانا پڑا۔

حسب روایت پانچویں سال میری بیوی پھر حاملہ ہوئی لیکن اس بار معاملہ ذرا مختلف تھا۔ اس بار وہ زندہ نہیں بچ پائی۔ وہ اس وقت اپنے میکے شانتی پور میں تھی۔ میری ساس اور سسر دونوں بہت پہلے مر چکے تھے۔ میرا برادر نسبتی ونود چونکہ ڈاکٹر تھا اس لئے پر بہار بار زچگی کے وقت میکے جاتی تھی۔ ونود کا ایک خط مجھے ملا۔ اس نے لکھا تھا..........

''اچانک Eclampsia ہونے کی وجہ سے دیدی چار گھنٹوں کے اندر ہی چل بسی۔ آپ کو اطلاع دینے کی مہلت بھی نہیں ملی۔ گردے خراب ہو گئے تھے۔ سنبھلی دیدی بچوں کو لے کر

مترجم: احمد کمال حشمیبن پھول

سنبل پور چلی گئی ہیں ۔ان کا خط شاید آپ کو ملا ہوگا۔''

خط ملا تھا جس میں انہوں نے لکھا تھا۔۔۔۔۔۔۔۔۔''کیا کیا جا سکتا ہے بھائی! یہ سب تقدیر کا کھیل ہے ۔تمہارے بچے ابھی کچھ دن میرے پاس رہیں گے ۔میرے اپنے بال بچے تو ہیں نہیں اس لئے ان کی دیکھ بھال میں مجھے کوئی پریشانی نہیں ہوگی ۔ بچے مزے میں ہیں ۔ان کی طرف سے فکر مند ہونے کی ضرورت نہیں ہے ۔''

مجبوراً میں نے دفتر میں چھٹی کی درخواست دے ڈالی مگر ہائے رے میری قسمت!! میرے باس کا تبادلہ ہو گیا تھا۔اس لئے میری چھٹی کی درخواست نا منظور ہو گئی ۔

دو مہینے گزر گئے ۔ مجھے سنبل پور والی سالی کی طرف سے ایک اور خط ملا جس میں انہوں نے دیگر باتوں کے علاوہ لکھا تھا ۔۔۔۔۔۔۔۔۔

''پربھا بہت نیک سیرت اور خوش قسمت تھی ۔ وہ تو چلی گئی مگر اپنے پیچھے شوہر اور بچے چھوڑ گئی مگر اس کی وجہ سے یہ مناسب نہیں ہوگا کہ پورا کنبہ تباہ ہو جائے ۔اس لئے میری مانو تو تم دوسری شادی کر لو۔ میں نے ایک مناسب لڑکی بھی دیکھ رکھی ہے ۔اگر تم کہو تو میں بات آگے بڑھاؤں ۔ مجھے وہ لڑکی بہت پسند ہے ۔ مجھے یقین ہے کہ تمہیں بھی پسند آئے گی ۔''

سات دنوں تک غور و خوض کرنے کے بعد یعنی ایک ڈبہ چائے اور پانچ پیکٹ سگریٹ ختم کرنے کے بعد میں نے اس گمبھیر مسئلے کا جو حل نکالا وہ قطعی غیر معمولی نہیں تھا۔ میں نے اپنی سالی کے خط کا جو جواب لکھا وہ کچھ یوں تھا ۔۔۔۔۔۔۔۔۔

''دوسری شادی کرنے کی میری ذرا بھی خواہش نہیں ہے ۔ پربھا کی یاد ہمیشہ ستاتی رہتی ہے ۔لیکن دیدی! میری خواہش اور ناخواہش کے بھروسے دنیا تو بیٹھی نہیں رہے گی ۔یہ اپنی ڈگر پر چلتی ہی رہے گی ۔اس لئے جذبات سے کام لینا دانشمندی نہیں ہوگی۔ پھر جب آپ لوگ اصرار کر رہی ہیں تو کنبے کی بھلائی کیلئے ایک کوشش کی جا سکتی ہے ۔دوسری شادی میں پسند ناپسند کوئی معنی نہیں رکھتی ہے ۔لڑکی کو آپ پسند ہے نا؟''

آخر کار شادی کی تاریخ طے پا گئی ۔ شادی سنبل پور ہی میں ہونا قرار پائی ۔سنجھلی دیدی نے ذہانت کا ثبوت دیتے ہوئے لکھا ۔۔۔۔۔۔۔۔۔''بچوں کو میں نے بڑی دیدی کے پاس لاہور بھیج دیا ہے ۔ بچوں کا باپ کی شادی دیکھنا مناسب نہیں ۔''

<hr>

میں نے اطمینان کی سانس لی۔

میں نے باس سے کافی التجا کر کے ایک ہفتے کی چھٹی منظور کرالی اور شادی کے لئے روانہ ہو گیا اور وہ بھی اکیلا!! بھلا اس شادی کے بارے میں کسی کو بتانے کی ضرورت بھی کیا تھی!! میں نے کچھ سوچ کر اپنی مونچھیں منڈوا لیں۔ ایک تو کالا اور بھدا بدن اور اس پر سفیدی مائل مونچھیں لے کر شادی کرنے جانے میں مجھے خود بھی ہچکچاہٹ محسوس ہو رہی تھی۔

شادی کی تقریب تھی۔ ریشمی ساری میں لپٹی ہوئی یہ لڑکی میری دوسری بیوی بننے جا رہی تھی۔ کبھی میں نے پربھا کو بھی اسی حالت میں دیکھا تھا لیکن اب وہ بہت دور چلی گئی تھی۔ آج ایک دوسری لڑکی میری زندگی میں آنے والی تھی۔ پتہ نہیں اسکے گرد ے ہیں؟ عجیب عجیب خیالات دل میں سر ابھار رہے تھے۔ ذہن کے پردے پر پربھا کا چہرہ بھی عود کر آیا۔ بچے نہ جانے کیا کر رہے ہوں گے؟ مرنے کے بعد کیا سچ مچ روح آس پاس رہتی ہے؟ قریب بیٹھی ہوئی لڑکی اچھے ڈیل ڈول کی لگ رہی تھی مگر بالکل سمٹی سمٹائی ہوئی بیٹھی تھی۔

شادی کی کارروائی شروع ہوئی مگر لڑکی نے اپنا گھونگھٹ نہیں اٹھایا۔ سنجھلی دیدی نے بتایا کہ وہ حد درجہ شرمیلی ہے۔ وہ منھ دوسری طرف کر کے پڑی رہی۔ سنجھلی دیدی نے لوگوں کی بھیڑ بڑھنے نہیں دی۔ پھر یہ شادی دوسری شادی تھی۔ دوسرے لوگوں کو بھلا اس میں کیا دلچسپی ہو سکتی تھی۔ لڑکی کا اپنا کوئی رشتہ دار نہیں تھا۔ غیر کے یہاں پلی بڑھی تھی۔ شادی کی تقریب بھی سنجھلی دیدی کے مکان ہی پر چل رہی تھی۔ وہی لڑکی کی سرپرست بھی تھیں۔ اس لئے شادی میں زیادہ گہما گہمی نہیں تھی۔

سہاگ رات کو ایک مزید ار واقعہ رونما ہوا!!

دل میں امید و بیم کا طوفان لئے جب میں حجلۂ عروسی میں داخل ہوا تو دیکھا کہ میرے چھ بچوں اور ایک نو زائیدہ بچے کو گود میں لئے پربھا بستر پر براجمان ہے۔ کیا میں خواب دیکھ رہا تھا؟ پربھا بول اٹھی ....''چھی چھی!!! آخر جیت سنجھلی دیدی ہی کی ہوئی۔''

''کیا مطلب؟''

''کیا مطلب کیا؟ اس بار زچگی کے دوران مجھے بہت زیادہ تکلیف ہوئی۔ اس صورت حال میں میں نے سنجھلی دیدی سے کہا اگر میں مر گئی تو تم کو بڑا دکھ ہوگا۔ دیدی نے کہا خاک

دکھ ہوگا۔''،تین مہینے بھی نہیں گزریں گے اور تم دوسری شادی کرلو گے۔میں نے کہا نہیں ایسا بالکل نہیں ہوسکتا ہے۔اس بات پر سنجھلی دیدی نے مجھ سے شرط لگا لی اور ونود کے ساتھ مل کر یہ ڈرامہ رچایا۔میں تو شانتی پور ہی میں تھی۔آج ہی شام کو یہاں آئی ہوں۔آ کر دیکھا کہ سنجھلی دیدی شرط جیت گئیں۔ایک سو روپے انہیں دینے پڑیں گے۔چھی چھی چھی!!!تم بھی کتنے بے غیرت ہو ......یہ تو بتاؤ کہ تم نے اپنی مونچھیں کیوں صاف کرا لی ہیں؟''

میری حالت بہت غیر ہو رہی تھی۔

دوسرے دن میں نے سنجھلی دیدی کو ان کی جیتی ہوئی رقم دے دی۔

اب مونچھوں کے دوبارہ اُگ آنے کے انتظار میں ہوں۔

☆☆☆

چمپا

شری مان کارتک شریمتی چمپا کے عشق میں گرفتار ہو گئے تھے۔چمپا کو اس پر کوئی اعتراض نہیں تھا بلکہ اسے خوشی ہوئی تھی۔اس کی وجہ یہ تھی کہ کارتک دولت مند تو تھا ہی خوش شکل بھی تھا۔ملن کی راہ میں جو سماجی،معاشی اور مذہبی بندشیں عام طور پر ہوتی ہیں وہ یہاں نہیں تھیں۔چمپا ایک طوائف تھی۔سرکار سے لائسنس لے کر وہ اپنا دھندہ کرتی تھی۔یہ کوئی انوکھی بات نہیں تھی لیکن ان دونوں کو بنیاد بنا کر ایک ایسا واقعہ ہوا جو اس کہانی کا محرک بنا۔

کارتک کے پڑوسی امر بابو کے بچپن کے دوست جوگین بابو جو کلکتہ میں رہتے تھے ان کے گھر مہمان ہوئے۔آتے ہی انہوں نے کہنا شروع کیا ......''امر بھائی! میں تو آ گیا مگر سارا انتظام تمہیں ہی کرنا پڑے گا۔فوراً پانچو سنار کو بلاؤ۔مجھے کل ہی شام کی ٹرین سے واپس لوٹنا ہے۔صرف ایک دن کی چھٹی منظور ہوئی ہے۔شادی کے زیادہ دن نہیں بچے ہیں۔صرف پندرہ روز ہی تو ہیں۔''

''سب ٹھیک ہو جائے گا۔''امر بابو نے ہاتھ نچاتے ہوئے کہا......''تم پریشان مت ہو،پہلے ہاتھ منھ دھولو۔کچھ کھاؤ پیو۔آرام کرو۔اس کے بعد میں سارا انتظام کر دوں گا۔ٹھہرو،

میں ذرا بیگم کو تمہاری آمد کی خبردے کر آتا ہوں۔''

امر بابو زنان خانے میں چلے گئے۔ جوگین بابو نے اپنا کوٹ اتار کر کھڑکی کے قریب ایک کھونٹی سے لٹکا دیا۔ امر بابو نے واپس آ کر کہا۔۔۔۔۔۔۔۔''چلو تم اندر ہی چلو۔ باتھ روم خالی ہے۔ غسل کر لو۔ غسل کرو گے تو؟''

''ہاں ضرور''

''ٹھیک ہے آ جاؤ''

''میں شام کی پوجا بھی کروں گا۔''

''سارا انتظام ہے۔ تم آؤ تو سہی''

دونوں اندرونی کمرے میں چلے گئے۔

جوگین بابو نے نہانے میں کافی وقت صرف کیا۔ رات کے سفر کے سبب ان کی نیند پوری نہیں ہوئی تھی۔ نہانے کے بعد انہوں نے پوجا کی۔ وہ مذہبی مزاج کے آدمی تھے اور روزانہ دیر تک پوجا کرنے کے عادی تھے۔ پوجا کے بعد ناشتہ پانی کرنے میں کچھ وقت گزرا۔ اپنے بچپن کے دوست جوگین بابو کے لئے امر بابو نے اچھا خاصا اہتمام کر ڈالا تھا۔ کھانے پینے سے فارغ ہو کر شادی کی بات چل نکلی۔ کچھ دیر کے بعد دونوں دوست مالی صورتحال پر گفتگو کرنے لگ گئے۔ جوگین بابو نے کہا۔۔۔۔۔۔۔۔''بھائی! میں نے اپنا مکان گروی رکھ کر تین ہزار روپوں کا انتظام کیا ہے۔ اب اسی میں سارا کام نمٹا لینا ہے۔''

''وہ تو ہو جائے گا مگر سامان بہت عمدہ نہیں ہوگا۔ کیا نقدی نہیں دینی پڑے گی؟''

''نقد ڈیڑھ ہزار روپئے کا مطالبہ ہے جس کا انتظام میں اپنی بہو کے زیورات بیچ کر کروں گا۔''

''تمہاری بہو تو بہت تمہارے ساتھ رہتی ہے؟''

''اب تک تو ہے مگر شادی کے بعد میں نے سوچا ہے کہ اس کے میکے بھیج دوں گا۔ میرے گھر میں دیکھ بھال کرنے والا کوئی نہیں ہے۔ زمانہ خراب ہے۔ گو بردھن کی ماں زندہ ہوتی تو پریشانی کی کوئی بات نہیں تھی۔''

اچانک ایک سوگوار خاموشی چھا گئی۔ تین سال قبل جوگین بابو نے اپنے بیٹے گو بردھن

کی شادی کرائی تھی۔ چھ مہینے بعد ہی گوبردھن کا انتقال ہوگیا۔ اس کے ٹھیک چھ مہینے کے بعد گوبردھن کی ماں بھی چل بسی۔ بیٹے کی موت وہ برداشت نہیں کر پائی۔

امر بابو کھڑکی سے باہر دیکھنے لگے۔ جوگین بابو نے دھوتی کے کونے سے اپنے آنسو پونچھے۔

''گوبردھن کی شادی پر تم نے جو پانچ ہزار روپے لڑکی والوں سے لئے تھے کیا تم نے وہ سارے روپے خرچ کر ڈالے؟''

''اسی رقم سے تو میں نے مکان کو دو منزلہ کیا۔ گوبردھن کے لئے ہی تو دوسری منزل بنانی پڑی تھی۔ اب سب کچھ بیکار ہے۔ خیر، خوش قسمتی سے یہ مکان تھا کہ جسے گروی رکھ کر میں شادی کے لئے رقم کا انتظام کر پایا۔''

''مکان گروی رکھ کر صرف تین ہزار روپے کا انتظام ہو پایا؟''

''یہ بھی ملنا مشکل تھا مگر مجبوری تھی۔ ادھر بیٹی کی عمر اٹھارہ سال ہو چکی ہے۔ اچھا رشتہ مل گیا اس لئے میں نے فیصلہ کرنے میں دیر نہیں کی۔ کچھ دنوں میں پراویڈنٹ فنڈ کی رقم ملے گی تو مکان چھڑا لوں گا اور پھر مکان کس کام کا؟ بیٹی کی شادی کے بعد اس میں رہے گا کون؟''

''ہاں سو تو ہے.........ویسے لڑکا کیا کرتا ہے؟''

''اسی سال اس نے بی۔اے پاس کیا ہے۔ دو سال سے فیل ہو رہا تھا۔ لیکن خاندان اچھا ہے۔ خوشحال لوگ ہیں۔ اپنا ذاتی مکان ہے۔''

''ایسا لڑکا ڈیڑھ ہزار روپے کا مطالبہ کر رہا ہے!!''

''اب کیا بولوں بھائی۔ میں نے مول تول نہیں سمجھے۔ لڑکی چونکہ انہیں پسند آ گئی اس لئے راضی ہو گیا۔ گزشتہ دو برسوں سے کتنی ہی لڑکے والے آئے مگر کسی نے اسے پسند نہیں کیا کیونکہ اس کے سامنے کے دو دانت برہری کو نکلے ہوئے ہیں۔''

یہ کہتے ہوئے جوگین بابو اپنے خیالوں میں گم ہو گئے۔ انہوں نے بھی گوبردھن کیلئے بے شمار لڑکیاں دیکھی تھیں۔ کئی انہیں پسند بھی آئی تھیں۔ ایک لڑکی تو انہیں بے حد پسند آئی تھی لیکن اس کے باپ نے پانچ ہزار روپے دینے سے معذوری ظاہر کر دی تھی۔ ایک اور لڑکی..........!!

''پاچو سنار کو بلاؤں کیا؟ لیکن اسے بلانے کی کیا ضرورت ہے؟ کیوں نہ ہم لوگ ہی

اس کے پاس چلیں۔ٹرام سے جانے میں صرف پانچ منٹ لگیں گے۔''

دونوں ڈرائنگ روم سے باہر نکل آئے۔

''ارے یہ کیا؟میرا کوٹ کہاں گیا؟یہیں تو میں نے ٹانگا تھا۔''جوگین بابو بول اٹھے۔

''کہاں؟''

''اسی کھونٹی پر۔''

''تب تو کسی نے کھڑکی سے ہاتھ بڑھا کر کوٹ اُڑا لیا۔تم نے کوٹ وہاں ٹانگا ہی کیوں؟''

''کوٹ کی جیب میں وہی تین ہزار روپے بھی تھے۔''

''کیا کہہ رہے ہو تم!!''

جوگین بابو سر پکڑ کر بیٹھ گئے۔

پورے محلے میں بات پھیل گئی۔امر بابو نے اپنے اور پڑوسیوں کے نوکروں کو بلا کر پوچھ تاچھ کرنا شروع کیا۔پولس کا خوف دلا دیا۔بلکہ یہ بھی کہا گیا کہ اگر کسی نے ڈھونڈ نکالا تو اسے انعام دیا جائے گا مگر بے سود!!

آخر میں ایک ملازم نے کہا..........''کارتک بابو کی مدد لیجئے۔ان کے زیر اثر کئی غنڈے ہیں۔اگر وہ چاہیں تو کوٹ کا پتہ چل سکتا ہے۔''

کارتک کے پتا بشیشر بابو سے امر بابو کی اچھی خاصی شناسائی تھی لیکن ان کا انتقال ہو چکا تھا۔کارتک بھی انہیں پہچانتا تھا اور ان کی عزت بھی کرتا تھا مگر اس کے بارے میں علاقے میں جس طرح کی باتیں سنی جاتی تھیں اس کی وجہ سے امر بابو کو اس سے مدد لینے میں ہچکچاہٹ ہو رہی تھی مگر بچپن کے دوست کا معاملہ تھا اس لئے جانا پڑا۔سب کچھ سننے کے بعد کارتک کچھ دیر خاموش رہا۔پھر بولا..........

''میں کوشش کرکے دیکھتا ہوں۔اگر کچھ ممکن ہوا تو میں دو گھنٹے کے اندر آپ کے پاس آؤں گا۔اگر نہیں پہنچا تو سمجھ لیجئے گا کہ ممکن نہیں ہو پایا۔''

امر بابو واپس آ گئے۔

کارتک نے اپنی موٹر سائیکل نکالی اور دس منٹ میں چمپا کے پاس پہنچ گیا۔اسے دیکھ کر

چمپا کچھ حیران ہوئی لیکن عام دن میں یہ کارتک کے آنے کا وقت نہیں تھا۔

"آج اس وقت کیسے آ گئے؟" چمپا نے پوچھا۔

"ایک ضرورت آن پڑی ہے۔ میں نے سنا ہے کہ غنڈوں نے تم کو 'رانی' منتخب کیا ہے؟" چمپا معنی خیز انداز میں مسکرائی ...." ہاں تم نے ٹھیک سنا ہے۔ میں تیس ووٹوں سے جیتی تھی۔ پھولی میرے مقابلے میں کھڑی ہوئی تھی مگر ہار گئی۔"

"کیا اس کا فیصلہ بھی ووٹوں سے ہوتا ہے؟"

"بالکل"

"رانی کے اختیارات کیا کیا ہیں؟"

"وہی جو رانی کے ہوتے ہیں۔ میں جو ان لوگوں کو حکم دوں گی وہ بے چوں و چرا کریں گے .... کوئی ضرورت آن پڑی ہے کیا؟"

"ہاں"

کارتک نے ساری باتیں اس کو تفصیل سے بتائیں۔

"کیا چوروں اور جیب کتروں پر بھی تمہارا اختیار ہے؟"

"بالکل ہے۔ اس سال کے لئے انڈرورلڈ کی 'رانی' میں ہوں۔ بنگلہ زبان میں تم مجھے 'زمین کی رانی' کہہ سکتے ہو۔"

"بہر حال بیچارے کی مدد کر سکتی ہو تو کر دو۔ بڑا بد حال ہے۔ بیٹی کی شادی کی خریداری کرنے کے لئے اس نے جو قرض لیا تھا وہ سارا پیسہ اس کوٹ کی جیب میں تھا۔"

"اچھا دیکھتی ہوں۔"

کال بیل کا بٹن دباتے ہی ایک دیو ہیکل انسان سلام کر کے اندر داخل ہوا۔

"کچھ دیر قبل کیلاش اسٹریٹ سے ایک کوٹ چرایا گیا ہے۔ وہاں کس کی ڈیوٹی تھی؟"

"سوکھن کی"

"اسے بلاؤ"

آدھے گھنٹے میں سوکھن آ گیا۔ اس کے چہرے پر ایسی معصومیت تھی کہ کسی کو یقین نہیں آ سکتا تھا کہ وہ ایک چور ہے۔

بن پھول   مترجم: احمد کمال ہاشمی

"سوکھن! کیا تم نے کیلاش اسٹریٹ سے کوئی کوٹ چرایا ہے؟"

"ہاں مائی جی!! کھڑکی کے قریب ہی ٹنگا ہوا تھا۔ میں نے گلی سے ہاتھ بڑھا کر کھینچ لیا۔"

"کوٹ واپس کرو"

"مگر اسے تو گودام میں جمع کر چکا ہوں۔"

چمپا نے کارتک کی طرف دیکھتے ہوئے پوچھا......... "کیا تم کوٹ پہچانتے ہو؟"

"نہیں"

"تم اس آدمی کو لے کر آؤ تب تک میں کوٹ منگوا کر رکھتی ہوں۔"

تقریباً دو گھنٹے بعد کارتک اور جوگین بابو چمپا کے ڈرائنگ روم میں بیٹھے تھے۔ کمرہ بڑا شاندار تھا۔ فرش پر قیمتی قالین بچھا ہوا تھا۔ اس پر چلنے سے ایسا لگتا تھا کہ پاؤں دھنس رہے ہوں۔ اس کمرے میں ہر چیز بیش بیش قیمت تھی۔ پردہ ہٹا کر چمپا کمرے میں داخل ہوئی۔

"کیا یہی آپ کا کوٹ ہے؟"

چمپا کو دیکھ کر جوگین بابو تھوڑا چونکے پھر بولے......... "ہاں یہی ہے۔"

"دیکھ لیجئے اس میں جو کچھ تھا وہ موجود ہے کہ نہیں۔"

جوگین بابو نے ٹٹول کر دیکھا۔ سب کچھ موجود تھا۔ اندرونی جیب میں کیا پن ہوا نوٹوں کا بنڈل جوں کا توں تھا۔ ایک جیب میں بیڑی اور ماچس تھا سو وہ بھی موجود تھا۔ جوگین بابو سوچنے لگے کہ آخر انہوں نے اس عورت کو پہلے کہاں دیکھا تھا۔ پھر اچانک انہیں یاد آ گیا۔

"میں نے شاید تمہیں پہلے کبھی کہیں دیکھا ہے۔" انہوں نے چمپا سے کہا۔

"نہیں۔ کہیں نہیں دیکھا ہوگا۔"

"اچھا یہ بتاؤ کیا تمہارا نام ساوتری ہے؟"

"نہیں، میرا نام چمپا ہے۔"

چمپا یہ کہہ کر اندر چلی گئی۔

جوگین بابو نے پہچاننے میں کوئی غلطی نہیں کی تھی۔ جن دنوں وہ اپنے بیٹے گوبردھن کے لئے ایک کے بعد ایک لڑکی دیکھ رہے تھے انہی دنوں انہوں نے اس لڑکی کو دیکھا تھا۔ لڑکی اپنی

شکل وصورت اور اپنے ''ساوتری'' نام کی وجہ سے انہیں بہت پسند آئی تھی۔ لیکن اس کا باپ بہت غریب تھا۔ پانچ ہزار روپئے کا مطالبہ پورا نہیں کر سکا تھا۔

جوگین بابو مبہوت ہو کر بیٹھے رہ گئے۔

''اب چلئے۔ کوٹ تو مل گیا۔''

واپس لوٹتے وقت بھی ان کے پاؤں قالین میں دھنس رہے تھے۔

☆ ☆ ☆

پوجا کی کہانی

آپ کہانی سننا چاہتے ہیں؟ تو سنئے!!

اس روز درگا پوجا سے دو دن قبل میں شملہ سے واپس لوٹ رہا تھا۔ میں بیمہ ایجنٹ ہوں۔ مجھے اپنے کام کے سلسلے میں مختلف شہروں کا دورہ کرنا پڑتا ہے۔ میں جس ''زندگی'' کے لئے گیا تھا اسے حاصل نہیں کر پایا۔ اس پر کسی اور ایجنٹ نے قبضہ کر لیا تھا۔ اس لئے طبیعت مکدر تھی۔

میں ٹرین کے جس ڈبے میں داخل ہوا اس میں ایک نہیں بلکہ تین تین حسین عورتیں بیٹھی ہوئی تھیں۔ انہیں دیکھ کر میری آنکھیں چندھیا گئیں۔ ان حسین عورتوں کے ساتھ ایک نوجوان بھی تھا۔ وہ بھی کافی وجیہہ تھا۔ مجھے اپنے بھاری بھرکم اور بے ڈھب جسم لے کر ان کے قریب بیٹھنے میں پشیمانی محسوس ہوئی مگر مجھے بیٹھنا ہی پڑا۔ تھوڑی دیر کے بعد تھوڑی ہچکچاہٹ کے ساتھ نوجوان سے پوچھا ....

''آپ لوگ کہاں تک جائیں گے؟''

نوجوان ایک ہفتہ وار فلمی رسالے میں ایک اداکارہ کی نیم عریاں تصویر دیکھنے میں غرق تھا۔ میں نے اپنا سوال دہرایا ....''آپ لوگ کہاں تک جائیں گے؟''

نوجوان نے چونک کر کہا ....''کیا پوچھا آپ نے؟''

''میں یہ پوچھ رہا ہوں کہ آپ لوگ کہاں جا رہے ہیں؟''

''بنگال''

"میں بھی وہیں جا رہا ہوں، چلئے ایم ساتھ ساتھ بڑا اچھا سفر کٹے گا۔"

نوجوان دوبارہ اس رسالے میں غرق ہو گیا۔ اچانک میری نظر اس رسالے میں چھپی اپنی کمپنی کے اشتہار پر پڑی۔ میں نے اس نوجوان کی توجہ اپنی طرف مبذول کرانے کی غرض سے کہا..... "یہ اشتہار ہماری کمپنی کا ہے۔ ہم لوگ جتنا بونس دیتے ہیں....."

نوجوان عریاں تصویر سے نظریں ہٹائے بغیر جواب دیا....... "مجھے اس سے کوئی دلچسپی نہیں۔"

"بونس سے دلچسپی نہیں.......!! کیا آپ کی زندگی کا بیمہ ہو چکا ہے؟"

"میں نے کہا مجھے اس سے کوئی دلچسپی نہیں ہے۔ جس چیز سے مجھے دلچسپی ہے میں وہ دیکھ رہا ہوں۔" یہ کہہ کر نوجوان نے دوبارہ اس تصویر پر اپنی نظریں گڑا دیں.......میرا نام وشنو چرن ورما ہے۔ میں ہار ماننے والوں میں سے نہیں ہوں۔ میں نے کہا......... "آپ جیسا زندہ دل انسان جیون بیمہ میں دلچسپی نہیں رکھتا میں نہیں مان سکتا۔ مہینے سے ایک معمولی رقم دے کر اگر زندگی........"

نوجوان نے میری بات کاٹتے ہوئے کہا......... "غیر ضروری باتیں کرکے مجھے پریشان مت کیجئے۔ اگر اس موضوع پر تفصیل سے گفتگو کرنی ہے تو میری ماں سے بات کیجئے۔"

میں نمسکار کرکے اسکی ماں سے مخاطب ہوا......... "آپ کا بیٹا تو اس موضوع پر بات کرنے پر تیار نہیں ہے۔ آپ یقیناً میری بات سے اتفاق کریں گی کہ جیون بیمہ ہر آدمی کیلئے ضروری ہے۔" اس عورت نے ایک زوردار قہقہہ لگاتے ہوئے کہا......... "میں بھی اس بارے میں زیادہ کچھ نہیں جانتی ہوں۔ اگر آپ کو زحمت نہ ہو تو ذرا تفصیل سے بتائیں۔"

"ضرور" کہہ کر میں نے بتانا شروع کیا اور رٹے رٹائے جملے ان کے گوش گزار کر دیئے۔ لیکن میں یہ دیکھ کر حیران رہ گیا کہ میری باتوں کا اس عورت پر ذرہ برابر بھی اثر نہیں ہوا۔ دیگر دونوں عورتیں بھی میری باتیں توجہ سے سن رہی تھیں مگر ان پر بھی میری باتیں بے اثر رہیں۔ تھوڑے توقف کے بعد میں نے کہا......... "مجھے امید ہے کہ میری باتیں آپ لوگوں کی سمجھ میں آ گئی ہوں گی۔"

"ہاں، میں سمجھ گئی" پہلی عورت نے کہا "مگر مجھے جیون بیمہ کی کوئی ضرورت نہیں

ہے۔'' ''ہوسکتا ہے آپ کو ضرورت نہ ہو مگر آپ کے بیٹے اور آپ کے شوہر کو؟''

''میرا شوہر لافانی ہے۔ اس لئے اسے جیون بیمہ کی ضرورت، ہی کہاں ہے؟''

ٹھیک اسی وقت بنک کے اوپر سے گنیش نے اپنا سر نکالتے ہوئے کہا۔۔۔۔۔۔۔۔''ماں! تم لوگ کافی شور و غل کر رہی ہو۔ کیا ایسے میں نیند آئے گی؟ تم بھی ذرا سولو نا۔''

میں نے نگاہیں اٹھا کر دیکھا اور حیران رہ گیا!!

ساری بات میری سمجھ میں آ گئی۔ ماں درگا بنگال جا رہی ہیں۔ ان کے ساتھ لکشمی، سرسوتی، کارتک اور گنیش ہیں۔ میں نے احتراماً جھک کر ان کے پاؤں چھو لئے اور کہا۔۔۔۔۔۔۔ ''میں ناسمجھ ہوں۔ معافی چاہتا ہوں۔''

درگا ہنستی ہوئی بولیں۔۔۔۔۔۔۔''بچے! تم نے کوئی غلطی نہیں کی ہے۔ لاؤ فارم نکالو۔ میں بنگال کی پوجا کا بیمہ کروا کر رکھتی ہوں۔ میں تمہاری باتوں سے بہت متاثر ہوئی ہوں۔''

☆ ☆ ☆

جوتھیکا

اس سے اچانک ملاقات ہوگئی۔ اس نے مجھے پرسوں بتایا تھا کہ اس کے سوا اس کے گھر کے تمام افراد سنیما دیکھنے جائیں گے۔ اسے فلم بینی کا کوئی شوق نہیں تھا۔ اس لئے وہ نہیں جائے گی۔ یہ سنہری موقعہ میں گنوانا نہیں چاہتا تھا۔ میں نے اسے ایک رقعہ لکھ بھیجا تھا کہ آفس سے لوٹتے وقت میں اس سے ملنے آؤں گا۔

اس سے بیسیوں بار ملاقات ہوچکی ہے۔ وہ روزانہ ہمارے گھر آتی تھی مگر کبھی اس سے تنہائی میں ملنے کا موقعہ نہیں ملتا تھا۔ دبلی، پتلی، نیلی آنکھوں والی وہ لڑکی میری بہن کی سہیلی تھی۔ اسی کے تو سط سے پہلی بار اس سے میرا تعارف ہوا تھا۔ اس کے بعد د۔۔۔۔۔۔۔۔!!

میری نگاہیں بنا بار گھڑی کی طرف جاتی تھی۔ پانچ کب بجیں گے!!

<hr>

دھڑکتے دل کے ساتھ میں بیرونی کمرے میں داخل ہوا۔ کمرے میں اندھیرا تھا۔
اسے یہیں ملنا تھا۔ میں نے اس سے کہا تھا کہ ملازموں کو چھٹی دے رکھے۔ شاید اس نے ایسا ہی
کہا تھا۔ کہیں کسی کی موجودگی کا احساس نہیں ہو رہا تھا۔ لیکن وہ کہاں تھی؟ میں تھوڑی دیر تک
اندھیرے میں کھڑا رہا۔ لیکن وہ ہے کہاں؟ کپڑے کی سرسراہٹ اور چوڑیوں کی کھنک سن کر میں
نے پیچھے مڑ کر دیکھا۔ صوفے پر کوئی بیٹھا ہوا تھا۔ اس کا چہرہ نظر نہیں آ رہا تھا۔ میں صوفے کی
طرف بڑھا۔

’’جوتھی‘‘ میں نے آواز دی۔

جوتھی نے کوئی جواب نہیں دیا۔ میں تھوڑا اور آگے بڑھا اور سرگوشی کی ....’’ یہاں
آتے ہی تمہیں نہ دیکھ کر میں گھبرا گیا تھا۔ کب سے بیٹھی ہو یہاں؟‘‘

اس نے پھر کوئی جواب نہیں دیا۔ تھوڑا اکسمسا کر وہ کچھ اور سمٹ کر بیٹھ گئی۔

’’خفا ہو؟‘‘ جوتھی خاموش رہی۔

’’کوئی بات نہیں کرو گی؟‘‘ جوتھی نے گردن جھکا لی۔ میں اس کے قریب بیٹھ گیا۔ وہ
کچھ اور سمٹ گئی۔ میں نے اس کے دونوں ہاتھ اپنے ہاتھوں میں لے لئے ....’’ مجھ سے
ناراض ہو کیا؟‘‘

جوتھی نے اس بار بھی کوئی جواب نہیں دیا۔

دل میں تمنائیں انگڑائیاں لے رہی تھیں مگر اظہار کیسے کروں؟ جذبوں کی زبان نہیں
ہوتی ہے۔ میں نے ایک لمبی سانس لی۔ ہم دونوں خاموش تھے۔ جب خاموشی طویل ہوگئی تو میں
نے پکارا ....’’ جوتھی!‘‘ ایسا لگا جیسے اس کے پورے بدن نے جھرجھری لی ہو مگر وہ پھر بھی
خاموش رہی۔ آخر جوتھی کو ہوا کیا تھا؟ وہ کچھ بول کیوں نہیں رہی تھی؟ اس کا ایک ہاتھ ابھی تک
میرے ہاتھوں میں تھا۔ میں اس کے لمس سے محظوظ ہو رہا تھا۔ اس کی انگلی میں ایک انگوٹھی تھی۔
میں نے اس سے پہلے کبھی جوتھی کی انگلی میں انگوٹھی نہیں دیکھی تھی۔ میں نے انگوٹھی اس کی انگلی
میں گھماتے ہوئے جذبات سے مغلوب ہو کر کہا ....’’ جوتھی‘‘

جوتھی کا اچانک اٹھی اور تیزی سے باہر نکل گئی۔ میں ہکا بکا رہ گیا۔

تھوڑی دیر کے بعد میں اپنے گھر پہنچا تو دیکھا جوتھی کا وہاں پہلے سے موجود تھی۔ مجھ پر

نظر پڑتے ہی اس نے حیرت سے پوچھا.........''آج آپ کو آفس سے لوٹنے میں اتنی دیر کیسے ہوگئی؟''

میں نے چند ثانئے اس کی طرف دیکھا اور جواب دیا.........''ایک ضروری کام سے مجھے ایک جگہ رکنا پڑا۔''

ماں میرے لئے چائے لانے چلی گئی۔ میری بہن دوسرے کمرے میں اپنے بچے کو سلا رہی تھی۔ جوتھی کا کوٹھا پا کر میں پوچھ بیٹھا.........''کل صبح تم کو میرا رقعہ نہیں ملا تھا؟''

''نہیں تو...........!! کس کے ہاتھ سے بھیجا تھا؟''

''میں نے تمہیں بیرونی کمرے میں تنہا ملنے کی گزارش کی تھی۔ مجھے تم سے ایک ضروری بات کہنی تھی۔ کیا تمہیں سچ مچ وہ رقعہ نہیں ملا؟''

جوتھی نے انگلی میں انگوٹھی گھماتے ہوئے حیرت سے جواب دیا ''نہیں تو!!''

میں دنگ رہ گیا۔

☆☆☆

خوابِ مشترکہ

سدھیر کے ہاتھ میں رجنی گندھا کی ایک تتلی شاخ تھی۔ لبوں پر ایک معنی خیز مسکراہٹ کھیل رہی تھی۔ اس کا دل ہواؤں میں اُڑ رہا تھا۔ اس نے آتے ہی کہا.........

''ہاسی اگر میں تم کو ایک خوشخبری سناؤں تو تم مجھے کیا دو گی؟''

''بتائیے تو سہی بات کیا ہے؟''

''پہلے بتاؤ کہ تم مجھے کیا دو گی؟''

''میں کیا دے سکتی ہوں؟.........اچھا ٹھیک ہے میں آپ کے رومال پر خوبصورت کشیدہ کاری کر دوں گی۔ بہت اچھی ڈیزائن مجھے ملی ہے۔''

''نہیں نہیں۔ مجھے یہ نہیں چاہئے۔''

”تو پھر کیا چاہئے آپ کو؟ چاکلیٹ لیں گے؟“

”میں بچہ ہوں کیا جو چاکلیٹ کھاؤں گا؟“

ہاسی کو ہنسی آ گئی۔ وہ بولی ....”تو ٹھیک ہے مجھے نہیں سننی کوئی خوشخبری۔ کشیدہ کاری اور چاکلیٹ پر بھی راضی نہیں ہیں تو ....“

”تب میں چلا“ سدھیر نے کہا۔

ہاسی نے پھر پوچھا ....”کیا آپ واقعی نہیں بتائیں گے؟“

”اگر تم مجھے ایک چیز دو تو میں بتا سکتا ہوں۔ وہی چیز جو میں نے تم سے پہلے بھی مانگی تھی۔“ اس نے یہ کہہ کر معنی خیز نگاہوں سے ہاسی کی طرف دیکھا اور مسکرایا۔

ہاسی یہ سن کر شرما گئی پھر اپنے آپ کو سنبھالتے ہوئے بولی ....”میں تو پہلے بھی کہہ چکی ہوں کہ یہ ممکن نہیں ہے۔“ اس نے خوفزدہ نگاہوں سے سدھیر کی طرف دیکھا۔ سدھیر بول رہا تھا ....”میں نے سوچا تھا کہ یہ خبر میں خوشدلانہ ماحول میں تم کو بتاؤں گا مگر ایسا ممکن نہیں ہو پایا۔ میں معذرت خواہ ہوں۔ خبر یہ ہے کہ تمہاری شادی سانترہ گا چھی کے اسی نوجوان کے ساتھ طے کر دی گئی ہے۔“ یہ کہہ کر سدھیر چل دیا۔

”سدھیر دا، ذرا ٹھہریئے۔“ ہاسی نے آواز دی مگر سدھیر نے پلٹ کر نہیں دیکھا۔

الکا آئی تھی۔ وہی الکا جس کو ایک نظر دیکھنے کیلئے اجے سارا دن منتظر رہا کرتا تھا کہ کب شام ہو اور کب الکا آئے۔

الکا آتے ہی کہنے لگی ....”اجے دا، انگریزی میں ”پیٹ“ کوئی لفظ ہے کیا؟“

”ہاں ہے، پیٹ کا مطلب سر ہوتا ہے۔“ اجے نے کہا۔

”سچ!!“

”لغت دیکھ لو۔ پیٹ کا مطلب سر ہی ہوتا ہے۔“

”تب تو ورونا دی نے ٹھیک ہی بتایا تھا۔“

”اچھا بتاؤ تو ماتھا کی انگریزی کیا ہوتی ہے؟“ اجے نے پوچھا۔

”ہیڈ“ الکا نے جواب دیا۔

مترجم: احمد کمال آشمیبن پھول

"ہیڈ کا مطلب تو سر ہوتا ہے۔"

"ماتھا بھی تو سر ہی کو کہتے ہیں۔"

"تو یہ ہے کہ تمہاری بنگلہ زبان کی جانکاری!" اجے نے ہنستے ہوئے کہا "یعنی تم ماتھا اور سر کا ایک ہی مطلب لیتی ہو۔"

"دونوں میں فرق کیا ہے؟" الکا نے مسکراتے ہوئے پوچھا۔

"تب تو تمہارے اور اس دھوبن میں کوئی فرق نہیں ہے۔" اجے نے سنجیدگی کے ساتھ جواب دیا۔ "تم دونوں ہی عورت ذات ہو۔"

"کون دھوبن؟" الکا نے پوچھا۔

"ارے وہی .... تمہاری گلی کے موڑ پر جو دھوبی رہتا ہے نا اس کی بیٹی .... کمسن ہے۔ تمہاری ہی عمر کی ہوگی۔"

الکا بولی .... "اجے دا، میں دیکھ رہی ہوں کہ آج کل آپ ہر چیز پر بڑی ناقدانہ نگاہ ڈال رہے ہیں۔ دھوبن بھی آپ کی نگاہوں سے نہیں بچ پا رہی ہے۔"

"بالکل صحیح" اجے نے کہا .... "اپنی چیز کو پرکھ لینا ضروری ہوتا ہے۔"

"کون ہے آپ کی اپنی چیز؟"

"ہے کوئی!!"

الکا یہ سن کر اچانک کسی خیال میں گم ہو گئی اور قریب رکھی ہوئی میز ٹھیک کرنے لگی۔ اجے بے معنی نگاہوں سے کھڑکی سے باہر دیکھنے لگا۔

دونوں الگ الگ خواب دیکھ رہے تھے۔ دونوں ایک دوسرے کے بہت قریب لیٹے ہوئے تھے۔ ہاسی کا ہاتھ اجے کے سینے پر تھا۔

اجے اور ہاسی شوہر بیوی ہیں۔

☆☆☆

گیتا کی تفسیر

ٹرین کے اس کمپارٹمنٹ میں میرے اور اس شخص کے علاوہ تیسرا اور کوئی نہیں تھا۔ میرے پاس گیتا کی ایک تفسیر تھی اور ایک ٹارچ۔ ٹارچ سامنے ہی رکھا ہوا تھا۔ میں پوری توجہ کے ساتھ گیتا کی تفسیر کے مطالعے میں غرق تھا۔ مجھے اس شخص سے متعارف ہونے میں کوئی دلچسپی نہیں تھی۔ اس کے بدن پر میلی قمیص تھی جو جگہ جگہ سے پھٹی ہوئی تھی۔ سر کے بال خشک تھے، آنکھیں سرخ، چہرے پر بے ترتیب ڈاڑھی، گندہ انسان لگ رہا تھا وہ۔ کھڑکی کے قریب بیٹھا وہ باہر اندھیرے میں جار ہا تھا۔ کچھ ہی دیر میں بارش شروع ہوگئی۔ ٹرین ایک اسٹیشن پر رک گئی۔

''ایک پیسہ دیجئے بابو۔ سارا دن میں نے کچھ نہیں کھایا ہے۔'' یہ کہتے ہوئے ایک میلی کچیلی بچی نے اپنا ہاتھ کھڑکی سے اندر بڑھا دیا۔ میں بھکاریوں کو کبھی منہ نہیں لگاتا ہوں۔ میں نے دیکھا کہ اس شخص نے اس بچی کو ایک پیسہ دیا۔ ٹھیک اسی وقت ٹرین چل پڑی۔

''ارے!!'' کہتا ہوا وہ شخص ایک جھٹکے سے اٹھ کھڑا ہوا اور زنجیر کھینچ دی۔

میں نے پوچھا............''کیا ہوا؟''

''پیسہ اس کے ہاتھ سے گر گیا۔ ذرا مجھے اپنا ٹارچ دیجئے تو''

ٹرین رکتے ہی وہ ٹارچ اٹھا کر جلدی سے اتر گیا۔ تھوڑی ہی دیر میں وہ بھیگتا ہوا واپس آیا۔ اس کی آنکھیں چمک رہی تھیں۔

''میں نے پیسہ تلاش کر کے اسے دے دیا۔ پلیٹ فارم پر ہی گرا تھا۔''

گارڈ آیا۔ اس نے پوری بات سنی اور مسکراتا ہوا واپس چلا گیا۔ شاید اس کے لئے یہ کوئی نئی بات نہیں تھی۔ لیکن دوسرے ہی اسٹیشن پر داروغہ آ دھمکا۔ لیکن اس نے بھی زنجیر کھینچنے کا کوئی تذکرہ نہیں کیا۔ اس نے سوال کیا............

''کیا آپ کا نام رام لال دھر ہے؟''

''ہاں''

اس نے اپنی جیب سے ایک فوٹو نکالا اور چہرہ ملایا۔

بن پھول   مترجم: احمد کمال ہاشمی

’’آپ نے اپنی بیٹی کا قتل کیا ہے؟‘‘

’’ہاں، میں نے قتل کر کے اس کو بھوک سے نجات دلائی ہے۔ میں اسے کھانا نہیں دے پاتا تھا۔ بھوک کی شدت سے وہ رات دن روتی رہتی تھی۔ اس نے ایک دن چوری کی۔ اس لئے ....

’’آپ میرے ساتھ آئیے‘‘

’’میں نہیں جاؤں گا‘‘

اچانک وہ شخص اٹھا اور داروغہ کے گلے میں اپنے دانت گڑا دئیے۔ ایک ہنگامہ برپا ہو گیا۔ صورتحال بگڑتے دیکھ کر میں فوراً ٹرین سے اترا اور دوسرے کمپارٹمنٹ میں داخل ہو گیا۔

☆☆☆

پریم کہانی، 1964

موصلا دھار بارش ہو رہی تھی۔ میں نے سوچا کہ بالائی منزل پر جو خالی کمرہ ہے اس میں بیٹھ کر نظم لکھوں گا۔ مکان کے باہر کدم کے بیشمار پھول اپنی خوشبو بکھیر رہے تھے۔ کھڑکی سے باہر میں نے دیکھا کہ دور افق پر کالی داس کے میگھ دوت میں بیان کئے گئے ہاتھیوں کے جھنڈ جیسے کالے بادل آسمان میں منڈلا رہے تھے۔ اسی وقت ڈاکیہ آیا۔ اس نے ایک رسالے کے مدیر کا خط میرے حوالے کیا۔ مدیر نے درگا پوجا کے خاص نمبر کیلئے مجھ سے ایک کہانی طلب کی تھی۔ اس نے لکھا تھا کہ عشقیہ کہانی ہو تو بہتر ہے۔ میں اپنی اوپری منزل کے خالی کمرے میں بیٹھ کر جو نظم لکھتا اس میں بھی عشقیہ جذبات عنقا نہیں ہوتے۔ میری بیوی جو روزانہ چاول پکاتی ہے، کپڑے دھوتی ہے، مسالے پیستی ہے اور بچوں کی پرورش کرتی ہے اس کی نذر کرتے ہوئے میں ایک خوبصورت نظم کہہ ڈالی مگر افسوس!! مدیر نے نظم نہیں کہانی کی فرمائش کی تھی۔ مجھے لگا کہ نظم پوری کئے بغیر کہانی ذہن میں نہیں آ سکے گی۔ میں نے اٹھ کر کھڑکی کی بند کر دی۔ میں نے سوچا کہ اوپری کمرے کی کھڑکیاں بھی بند کر کے پہلے بارش سے بچنے کا انتظام کروں ورنہ کہانی نہیں لکھ پاؤں گا۔ ٹھیک اسی وقت دروازے پر تین چہرے نمودار ہوئے۔ ایک عورت اور دو مرد۔ عورت خاصی جوان تھی

بن پھول   مترجم: احمد کمال ہاشمی

لیکن مانگ میں سیندور نہیں تھا۔ دونوں مردوں میں ایک بالکل نوجوان تھا جبکہ دوسرا قدرے عمر رسیدہ جس کی عمر کا اندازہ لگانا مشکل تھا۔ پتہ نہیں کیوں مجھے ان لوگوں کے درمیان ایک غائبانہ عشق کا مثلث نظر آ رہا تھا۔ ایسا لگا کہ اگر کسی طرح اس کے بارے میں کچھ پتہ چل جائے تو مجھے کہانی کا ایک اچھا پلاٹ مل جائے گا۔

عورت ہی پہلے مخاطب ہوئی..........''میں نے سنا ہے کہ آپ کے مکان میں اوپر والا کمرہ خالی ہے۔''

''نہیں، ایسا کہنا مناسب نہیں ہوگا۔ میں اس کمرے میں بیٹھ کر لکھتا پڑھتا ہوں۔''

اس بار عمر رسیدہ شخص ایک قدم آگے بڑھا اور بڑے مہذب انداز میں مخاطب ہوا.......

''بس سات دنوں کیلئے کمرہ دیدیجئے۔''

''آخر کس لئے؟ بتائیے تو سہی۔''

''یہ میری بیٹی ہے اور یہ میرا داماد۔ کچھ دیر پہلے ہی رجسٹرار کے سامنے قانونی طور پر ان کی شادی ہوئی ہے۔ ہم لوگ ہندو ہیں۔ شادی کی تمام رسمیں پوری نہ ہوں تو اطمینان نہیں ہوتا ہے۔ میرا صرف ایک ہی مکان ہے جہاں مہمانوں کی اتنی بھیڑ ہے کہ تل دھرنے کو بھی جگہ نہیں ہے۔ چھت پر بھی مہمان بھرے ہوئے ہیں۔ آپ ایک قلمکار ہیں۔ آپ یقیناً ہم لوگوں کا درد محسوس کریں گے۔ یہی سوچ کر ہم لوگ آپ کے پاس آئے ہیں۔ مجھے پوری امید ہے کہ آپ راضی ہو جائیں گے۔''

مجھے راضی ہونا ہی پڑا۔ کہانی لکھنا ممکن نہیں ہو پایا۔

کچھ ہی دیر کے بعد میرے گھر میں لوگوں کی آمد کا سلسلہ شروع ہو گیا۔

سات دنوں کے بعد ان لوگوں نے واقعی کمرہ خالی کر دیا۔ جب وہ لوگ کمرہ چھوڑ کر گئے تو میں اس وقت گھر پر موجود نہیں تھا۔ میں نے دیکھا کہ میز پر ایک لفافہ رکھا ہوا ہے۔ میں نے لفافہ کھول کر دیکھا۔ لفافے میں کوئی خط نہیں بلکہ ایک سو روپے کا ایک چیک تھا۔ کہانی کا معاوضہ مجھے اس سے زیادہ نہیں ملتا۔ پھر بھی طبیعت مکدر ہوگئی۔ میں نے تو انہیں پیسوں کے لئے کمرہ نہیں دیا تھا۔ یہ سوچ کر دیا تھا کہ...........میری نظروں کے سامنے شیلا کا چہرہ رقص کرنے لگا۔ شیلا میری بیٹی تھی۔ اس نے ایم۔ اے کر رکھا تھا لیکن سانولی ہونے کی وجہ سے اس کی شادی نہیں

بن پھول   مترجم: احمد کمال ہاشمی

ہو پا رہی تھی۔ کوئی رسوخ نہیں تھا اس لئے کوئی ملازمت بھی نہیں مل سکی تھی۔ اس ملک میں جو چیز با آسانی مل جاتی ہے وہی اسے آخر کار مل گئی۔ اسے ایک عاشق مل گیا۔ ایک دن وہ کسی کو کچھ بتائے بغیر گھر چھوڑ کر چلی گئی۔ بعد میں خبر ملی کہ ان لوگوں نے شادی کر لی۔ شیلا برہمن کی بیٹی تھی اور اس کے عاشق کا تعلق نائی برادری سے تھا۔ نئے قانون کے مطابق ان دونوں کی شادی میں کوئی رکاوٹ نہیں تھی مگر پتہ نہیں اسے حجلۂ عروس کہاں میسر ہوا۔ اچانک میری آنکھیں نم ہو گئیں۔ دوسرے ہی لمحے اٹھ کر میں نے سگریٹ سلگا لیا۔

☆ ☆ ☆

رابندر ناتھ کی کہانی

گرمی کے زمانے میں ایک بار رابندر ناتھ سے ملنے گیا۔ اس دن شدید گرمی تھی۔ مجھے پسینے میں شرابور دیکھ کر انہوں نے پوچھا..........''کافی گرمی لگ رہی ہے نا؟ پنکھے کے اور قریب آ کر بیٹھ جاؤ'' پھر مسکرا کر دوبارہ گویا ہوئے..........''اب اس علاقے میں بجلی آ گئی ہے۔ پہلے تو کچھ بھی نہیں تھا۔ نہ جانے کتنی گرمیاں میں نے یہاں اسی طرح کاٹی ہیں۔''

''تب تو کافی تکلیف ہوتی ہوگی؟'' میں نے پوچھا۔

''نہیں بالکل تکلیف نہیں ہوتی تھی۔'' انہوں نے مسکرا کر جواب دیا۔ ''گرمی سے نجات پانے کا ایک موثر طریقہ مجھے معلوم تھا۔''

میں نے سوالیہ نظروں سے ان کی طرف دیکھا۔

وہ گویا ہوئے..........''شعر و شاعری!! بارہ بجے سے شعر کہنا شروع کرتا تو دوپہر کب اور کیسے گزر جاتی تھی پتہ بھی نہیں چلتا تھا۔ اچانک ہی احساس ہوتا تھا کہ شام ہو گئی۔

پھر ایک دن رابندر ناتھ کے یہاں پہنچا تو دیکھا کہ وہ میز پر بیٹھے پوری طرح جھک کر کچھ لکھ رہے تھے۔ مجھے دیکھتے ہی بول اٹھے..........''آؤ بیٹھو''

ان کا خمیدہ جسم دیکھ کر مجھے احساس ہوا کہ ان کو لکھنے میں دشواری ہو رہی ہے۔ میں نے کہا..........''آج کل تو مختلف قسم کی کرسیاں اور میزیں بازار میں دستیاب ہیں۔ کرسی پر بیٹھ کر

بن پھول   مترجم: احمد کمال آغسمی

ٹیک لگا کر آرام سے لکھا جا سکتا ہے۔''

انہوں نے جواب دیا.........''مجھے پتہ ہے مگر پھر بھی مجھے اسی طرح سے میز پر جھجک کر لکھنا پڑتا ہے۔ گھڑے میں پانی کم ہو جائے تو اسے جھکانا ہی پڑتا ہے ورنہ کچھ باہر نہیں آتا۔

☆☆☆

دلچسپ تجربہ

معمر مگر دلچسپ شخصیت کے مالک رکشت اس دن جوشیلے انداز میں میرے کلینک میں داخل ہوئے اور کہنے لگے.........''معذرت خواہ ہوں کہ اس دن میں نے آپ کے سائنس کو ایک فریب قرار دیا تھا مگر اب میری آنکھیں کھل گئیں۔ میں اپنے الفاظ واپس لینا چاہتا ہوں۔ میں ایک بات بھی آپ کو بتانے آیا ہوں جو آپ نہیں جانتے مگر شاید جانتے بھی ہوں کیونکہ آپ ڈاکٹر حضرات سب کچھ جاننے کا دعویٰ کرتے ہیں۔

''آپ بیٹھئے تو سہی.........بتائیے کون سی بات ہے؟''

''میں بال بال بچ گیا ڈاکٹر صاحب ورنہ میری بیوی کو چوڑیوں اور سیندور سے ہمیشہ کے لئے محروم ہو جانا پڑتا۔''

یہ کہہ کر رکشت جی اخبار اٹھا اٹھا کر اس سے ہوا کرنے لگے۔

''آپ ہزاری باغ گئے تھے نا؟'' میں نے پوچھا۔

''جی ہاں وہیں تو واقعہ رونما ہوا۔ میری بیٹی نے مجھے منع کیا کہ پتا جی جنگل کے اندر مت جائیے گا۔ ادھر شیر ہیں۔ مگر آپ نے تو مجھے ایک روز ایک گھنٹہ چہل قدمی کرنے کا مشورہ دیا تھا۔ ہزاری باغ کے مناظر بھی بہت دلفریب ہوتے ہیں۔ مجھے سیر کرنے میں مزہ بھی آتا تھا مگر ایک دن میں بڑی مصیبت میں پھنس گیا۔''

''آپ انسولین روز لے رہے ہیں تو؟''

''آپ کو کہنا تھا آپ نے کہہ دیا لیکن میرے پاس اتنے پیسے کہاں ہیں۔ اسی لئے تو میں نے اس دن آپ کے سائنس کو خوب برا بھلا کہا تھا لیکن پھر مجھے بھگتنا پڑا۔ میں مانتا ہوں کہ

میں انسولین نہیں لے رہا ہوں مگر اس سائنس کی بدولت میں اس دن زندہ بچ گیا۔''

''کیسے آخر؟''

''آپ کی ہدایت کے مطابق میں اس دن شام کو نکل پڑا۔ میری بیٹی نے اس دن بھی مجھے تنبیہ کی کہ بابا جی جنگل میں زیادہ دور مت جائیے گا۔ اندھیرا بڑھنے سے پہلے واپس آ جائیے گا مگر کچھ دور جاتے ہی میں کھو سا گیا۔ ذہن میں رابندرناتھ ٹیگور کا مصرعہ گونجنے لگا۔ ....
''پھاگن کی بہار آئی جنگل جنگل۔'' چاروں طرف سرخ سرخ پھول کھلے تھے۔ افق پر شام کی لالی پھیلی ہوئی تھی۔ پپیہا اپنی مدھر آواز میں گیت گانے لگا۔ اس کی آواز مجھے جنگل میں دور لے کر چلی گئی۔ میں جنگل میں گھستا چلا گیا۔ جنگل میں جا کر میں مدہوش ہوتا گیا۔ جنگل میں مختلف قسم کے پھولوں، بیلوں اور درختوں کا لامتناہی سلسلہ تھا۔ پپیہا میرے ساتھ آنکھ مچولی کھیلنے لگا۔ کبھی محسوس ہوتا جیسے وہ دائیں طرف ہے، کبھی بائیں طرف، کبھی آگے، کبھی پیچھے۔ میں ادھر ادھر دیکھتا ہوا بے خیالی میں مزید آگے بڑھتا گیا۔ چاروں طرف ایک عجیب سا سناٹا تھا۔ ایک عجیب سی خوشبو بھی محسوس ہونے لگی۔ مجھے نشہ ہونے لگا۔ میں نشے کے عالم میں آگے بڑھ گیا۔ پپیہے کی آواز مجھے خوابوں کی دنیا کی سیر کرانے لگی۔ میں نے سوچا کہ دیکھوں تو پپیہا کیسا ہے۔ مجھے یاد نہیں رہا کہ میں کتنی دور نکل آیا۔ مجھے اس بات کا بھی احساس نہیں رہا کہ رات کی تاریکی بڑھنے لگی ہے۔ اچانک میری نظروں میں بجلی کوندھ گئی۔ میں تھرا گیا۔ میرے سامنے دو شیر تھے۔ ایک بہت بڑا اور ایک قدرے چھوٹا۔ میں بے ہوش ہو گیا۔ جب مجھے ہوش آیا تو میں نے دیکھا کہ بڑا شیر میرے منھ کے قریب اپنا منھ لا کر سونگھنے کی کوشش کر رہا ہے۔ مجھے لگا اب وہ مجھے چبا جائے گا۔ مگر ایسا نہیں ہوا۔ جانتے ہیں آگے کیا ہوا؟''

''کیا ہوا؟'' میں نے پوچھا۔

اس نے چھوٹے شیر کی طرف دیکھ کر رشتہ بنگلہ میں کہا اس کی سانسوں سے ایسٹون کی بہت مہک آ رہی ہے۔ اس کا مطلب ہے کہ اس کے خون میں شوگر بہت زیادہ ہے۔ کیا اسے کھانا مناسب ہوگا؟ چھوٹا شیر میرے چاروں طرف گھومنے لگا پھر اس نے بھی میرا منھ کئی بار سونگھا اور بولا .... ''نہیں اسے مت کھائیے .... آپ کا شوگر کتنا ہے؟''

''پانچ فیصد''

"نہیں بالکل مت کھائیے اسے۔ میں بھی اسے نہیں کھاؤں گا۔ میرا شوگر آج تین فیصد
ہے۔ یہ تو انسان نہیں مربہ ہے۔ چلئے چلتے ہیں۔"

"مجھے شیروں نے نہیں کھایا۔ خراماں خراماں دونوں چلے گئے۔ اس طرح میں سائنس
کی بدولت زندہ بچ گیا۔ مجھے ایک اور بات کا احساس ہوا۔ بنگال اور بہار کے الحاق کا
خاطر خواہ نتیجہ نکلا ہے ورنہ بھلا بہار کے شیر اس قدر رشتہ بنگلہ کیسے بول پاتے۔ اس کا مطلب ہے
وہ لوگ بھی ذو لسانی ہو گئے ہیں۔"

میں بھلا کیا کہتا۔ بس ہنستے ہوئے خوش مزاج رکشٹ جی کی طرف دیکھتا رہ گیا۔

☆ ☆ ☆

ودھاتا

شیروں نے پریشان کر رکھا تھا۔ لوگ کافی بے چین تھے۔ پہلے گائے اور بچھڑے
اور اب انسان ان کا شکار ہونے لگے تھے۔ اس لئے لوگوں نے لاٹھی، ڈنڈے، خنجر، بھالے اور
بندوق نکالے اور شیر کو مار ڈالا۔ لیکن ایک شیر مرا تو دوسرا آ گیا۔ آخر میں انسان نے ودھاتا سے
دخواست کی ....

"بھگوان ہمیں شیر کے شکنجے سے بچا لو۔"

ودھاتا نے کہا .... "ٹھیک ہے۔"

کچھ دیر کے بعد شیروں نے ودھاتا کی خدمت میں عرضی دی .... "ہم لوگ
انسانوں کے ظلم سے پریشان ہیں۔ ایک جنگل سے دوسرے جنگل مارے مارے پھر رہے ہیں۔
لیکن شکاری ہمیں سکون سے رہنے سے نہیں دیتے۔ اس مسئلے کا حل نکالو بھگوان!"

ودھاتا نے کہا .... "ٹھیک ہے۔"

اسی وقت ٹکلے کی ماں نے ودھاتا سے عاجزی کی .... "بابا! میرے ٹکلے کو ایک
بہت ہی حسین و جمیل بیوی دے دے۔ میں پانچ پیسوں کا چڑھاوا چڑھاؤں گی۔"

ودھاتا نے کہا .... "ٹھیک ہے۔"

مترجم: احمد کمال آفاقیبن پھول

ہر یہر بھٹا چار یہ مقدمہ لڑنے جا رہا تھا۔ اس نے ودھاتا کو مخاطب کرتے ہوئے کہا..........''میں نے ساری زندگی تمہاری پوجا کی ہے۔ برت کر کے اپنی صحت خراب کر لی ہے۔ میں اپنے کمبخت بھتیجے کو مزہ چکھانا چاہتا ہوں ۔تم میری مدد کرو۔''

ودھاتا نے کہا..........''ٹھیک ہے۔''

سشیل کے امتحانات سر پر تھے وہ روز ودھاتا سے گزارش کرتا تھا..........''بھگوان مجھ پاس کر دو۔'' آج اس نے کہا..........''بھگوان اگر تم نے مجھے اسکالرشپ دلوا دیا تو میں پانچ روپے خرچ کر کے ہری لوٹ کراؤں گا۔''

ودھاتا نے کہا..........''ٹھیک ہے۔''

ہرین پر کائیت ڈسٹرکٹ بورڈ کا چیئر میں بننا چاہتا تھا۔ کالی پروہیت کے توسط سے ودھاتا کی بارگاہ میں اس نے گزارش کی..........''مجھے صرف گیارہ ووٹوں کی ضرورت ہے۔''

کالی پروہت بہت موٹی رقم لے کر غلط سلط منتر پڑھنے لگا۔

ودھاتا نے کہا..........''ٹھیک ہے۔ ٹھیک ہے۔''

کسان نے دونوں ہاتھ اٹھا کر دعا کی..........''بھگوان پانی برساؤ''

ودھاتا نے کہا..........''ٹھیک ہے۔''

پڑوس کی بوا اس عورت کے بارے میں کہنے لگی..........''ودھاتا! وہ کمینی بہت مغرور ہے۔ نئے نئے زیورات پہن کر اس کے پاؤں زمین پر نہیں پڑتے۔ اس کے بیٹے کی حالت غیر کر کے تم نے بہت اچھا کیا ہے۔ اس کمینی عورت کو سبق سکھانا ضروری ہے۔''

ودھاتا نے کہا..........''ٹھیک ہے۔''

فلسفی نے کہا..........''بھگوان میں تم کو سمجھنا چاہتا ہوں۔''

ودھاتا نے کہا..........''ٹھیک ہے۔''

چین سے شور اٹھا..........''بھگوان جاپانیوں کے ظلم سے ہمیں محفوظ رکھو۔''

ودھاتا نے کہا..........''ٹھیک ہے۔''

بنگلہ دیش کا ایک نوجوان اصرار کرنے لگا..........''کوئی مدیر میری تخلیقات شائع نہیں کرتا۔ مجھے اپنی تخلیقات شائع کروانی ہے۔ مدیر کو مجھ پر مہربان کر دو بھگوان!''

بن پھول   مترجم: احمد کمال ہاشمی

ودھاتا نے کہا ...."ٹھیک ہے۔"

تھوڑا وقفہ ملتے ہی ودھاتا نے اپنے قریب بیٹھے ہوئے برہما سے پوچھا ...."کیا آپ کے کمرے میں خالص سرسوں کا تیل ہے؟"

"ہاں ہے! مگر کیوں؟" برہما نے پوچھا۔

"مجھے اس کی ضرورت ہے۔ کیا تھوڑا تیل دیں گے؟" ودھاتا نے پھر سوال کیا۔

"ہاں! ضرور ضرور" برہما نے گرمجوشی سے جواب دیا۔

برہما کے کمرے سے خالص سرسوں کا تیل لایا گیا۔ ودھاتا نے فوراً اسے اپنی ناک میں ڈالا اور گہری نیند سو گئے۔

آج تک ان کی نیند نہیں ٹوٹی ہے۔

☆ ☆ ☆

ڈاکٹر بابو

میں بیری بیری کا مریض ہوں اس لئے تبدیلی آب و ہوا کی غرض سے آیا ہوں۔ میں نے سنا تھا کہ دیبا کر بابو یہاں کے سب سے ماہر اور قابل اعتماد ڈاکٹر ہیں اس لئے میں نے انہیں بلوایا تھا اور ان کی ہدایتوں کو ہمہ تن گوش ہو کر سن رہا تھا۔ ڈاکٹر بابو بول رہے تھے ....

"دیکھئے کبھی بھی بھوک سے زیادہ کھانا مت کھائیے گا۔ کئی بار کھائیے مگر تھوڑا تھوڑا کھائیے۔ ایک ہی بار زیادہ کھانا مت کھائیے گا۔ آپ دل کے مریض ہیں۔ پریشانی بڑھ جائے گی۔ ہاں! ایک بات اور .... اینڈ دس از موسٹ امپارٹنٹ ...... ریسٹ!! فزیکل اور سائیکولوجیکل ریسٹ! آرام ضروری ہے۔ زیادہ چلنا پھرنا اور زیادہ شغل ہونا بالکل نہیں چلے گا۔"

میں نے ڈرتے ڈرتے پوچھا ...."ناول وغیرہ پڑھ سکتا ہوں یا نہیں؟"

ڈاکٹر بابو کی سفید اور کالی مونچھوں کے درمیان ہونٹوں پر ہلکی سی مسکراہٹ نظر آئی۔ وہ گویا ہوئے ...."اشتعال انگیز ناول پڑھنا مناسب نہیں ہوگا۔ کوئی عام ناول ہو تو پڑھ سکتے ہیں۔" اس کے بعد انہوں نے ایک لمبی چوڑی تقریر کر کے مجھے بتانے کی کوشش کی کہ ذہنی اشتعال

سے دل کی دھڑکنیں تیز تر ہو جاتی ہیں جو جان لیوا ثابت ہوسکتی ہیں ۔

''ناول پڑھنے کی ضرورت ہی کیا ہے؟ سامنے کی کھڑکی کھول کر باہر کا منظر دیکھا کریں ۔ آپ کے مکان کے باہر کا نظارہ بہت خوبصورت ہے ۔ بس بیٹھ کر دیکھتے رہئے ۔ آپ وقت گزاری کیلئے فکر مند کیوں ہو رہے ہیں؟''

میں سمجھ گیا بحث کرنا فضول ہے ۔

''کیا میں سگریٹ پی سکتا ہوں؟''

''نہیں بالکل نہیں ۔''

میں احساس ندامت کے ساتھ خاموش ہو گیا ۔ تھوڑی دیر کے بعد میں نے دریافت کیا ......

''کھانے میں مجھے کیا کیا کھانا چاہئے؟''

''آپ سب کچھ کھا سکتے ہیں مگر کھانا سادہ ہونا چاہئے ۔ مرغن غذائیں کھانے سے تکلیف بڑھ جائے گی ۔ ایک دو بسکٹ یا ٹوسٹ یا کچھ ہلکی تلی چیزیں مگر کبھی کبھی ۔ مائنڈ اٹ ...... چائے یا اگر ہضم کر پائیں تو کچھ دودھ یا انڈا ۔ ایک دو چپاتیاں .... بس یہی سب کھائیں اور کیا ۔ اپنی خوراک آپ کو خود متعین کرنی پڑے گی ۔ کون کیا ہضم کر سکتا ہے آف دی ہینڈ یہ بتانا ذرا مشکل ہے ۔ کوئی صرف ایک کھیار لمبی ڈکار لینے لگتا ہے اور کسی کو دودھ پی کر بھی کچھ نہیں ہوتا ہے ۔ صرف دو باتوں کا خاص خیال رکھیں ۔ اپنے آپ کو اوورلوڈ مت کیجئے گا اور پیٹ میں گیس نہیں ہونا چاہئے ۔ تبھی آپ تندرست رہئے گا ۔ چاول مت کھائیے گا ۔''

''آپ کچھ دوائیں بھی دیں گے کیا؟''

''ہاں، دوائیں تو ضرور ہیں .... مجھے ایک کاغذ دیجئے ۔''

انہوں نے اپنی جیب سے چشمے کا ڈبہ نکالا اور موٹے فریم کا چشمہ نکال کر آنکھوں پر چڑھا لیا ۔ میز پر پڑ الیٹر پیڈ میں نے ان کی طرف بڑھا دیا ۔ ڈاکٹر بابو نے دو صفحات پر دواؤں کی ایک لمبی فہرست لکھ ڈالی ۔ دو طرح کا مکسچر ...... ایک پیٹ گیس کیلئے اور دوسرا دل کی توانائی کیلئے ۔ انہوں نے ہاضمے کے لئے بھی دوا کی ایک پڑیا دی جو بوقت ضرورت رات کو سوتے وقت کھانی تھی ۔ وٹامن بی کی ایک دوا بھی انہوں نے دی جو دن میں دو بار کھانی تھی ۔ اس کے علاوہ ہفتے

میں چار انجکشن لگوانے تھے۔ایک گلوکوز 50 سی سی اور تین کیلشیم کا کورس پورا ہوتے ہی وٹامن-بی کا انجکشن لگوانا تھا۔ان کا کہنا تھا کہ وٹامن-بی بیری بیری والے دل کیلئے بہت مفید ہوتا ہے۔ان سب دواؤں کے علاوہ انہوں نے برانڈی سے بنا ایک اور مکسچر لکھ دیا تا کہ رات گئے اگر دل کی تکلیف بڑھ جائے تو ایک خوراک کھایا جا سکے۔

دواؤں کا نسخہ لکھ دینے کے بعد ڈاکٹر بابو بولنے لگے............''روز دو وقت آپ کا بلڈ پریشر چیک کرنا پڑے گا۔ڈائٹک اور پلس پریشر، دونوں وقت دیکھنا ضروری ہے۔''

''ٹھیک ہے۔''

اپنا چشمہ ڈبے میں رکھتے ہوئے پھر گویا ہوئے............''اور ہاں! برسات کی سرد ہوا سے اپنے آپ کو بچائیے گا۔ پتہ نہیں کیوں سرد ہوا لگنے سے دل کی تکلیف بڑھ جاتی ہے۔''

''ٹھیک ہے، میں بارش کی ہوا سے بچنے کی کوشش کروں گا۔''

چشمے کا ڈبہ اپنی جیب میں رکھتے ہوئے ڈاکٹر بابو بولے............''اچھا اب میں چلتا ہوں۔ اب آپ کو کوئی خطرہ نہیں ہے۔ چیئر اَپ!!'' مسکرا کر میری پیٹھ تھپتھپاتے ہوئے وہ چلے گئے۔ اجنبی شہر میں ایک قابل اعتماد ڈاکٹر کو پا کر میں مطمئن ہو گیا۔

رات کو مجھے سانس لینے میں تھوڑی پریشانی ہونے لگی۔ میں سمجھ گیا کہ دل کی تکلیف بڑھ رہی ہے۔شام کو میں نے پڈنگ کچھ زیادہ کھائی تھی۔تھوڑی سگریٹ نوشی بھی کی تھی۔ میں جو ناول پڑھ رہا تھا وہ جاسوس کی حقیقت پر مبنی ایک ضخیم ناول تھا۔ دل کا کوئی قصور نہیں تھا۔

میں لیٹا ہوا تھا۔اٹھ کر بیٹھ جانا پڑا۔ کچھ دیر میں یونہی بیٹھا رہا۔ میں نے سوچا کچھ دیر میں خود بخود راحت ہو جائے گی۔لیکن تکلیف کم نہیں ہوئی۔رات بہت تاریک اور سنسان تھی۔ دل میں ایک نامعلوم خدشے نے سر ابھارنا شروع کیا۔بغل میں بیوی سوئی ہوئی تھی میں نے اسے جگایا۔شو بھا بڑبڑا کر اٹھ بیٹھی اور بغیر کچھ سمجھے بوجھے میرے سر پر ہوا کرنے لگی گویا سر پر ہوا کرنے سے ہر طرح کی تکلیف دور ہو جاتی ہے۔

تھوڑی دیر تک ہوا کرنے کے بعد بھی جب میری تکلیف کم نہیں ہوئی تو میں نے کہا............''بھانو سے کہو کہ وہ ڈاکٹر دیبا کر کو دوبارہ لے کر آئے۔''

بن پھول   مترجم: احمد کمال آشمی

بھانو میرے بھائی کا نام تھا جو میرے ہمراہ آیا تھا اور بغل والے کمرے میں سو رہا تھا۔
اس نے سائیکل نکالی اور فوراً روانہ ہوگیا۔
شوبھا کہنے لگی ....''ڈاکٹر بابو نے برانڈی والی جو دوا دی تھی فی الحال وہی پی کر
دیکھئے .... میں لاؤں کیا؟''
''لے آؤ''

میں نے ایک خوراک وہ دوا پی لی۔ شوبھا دوبارہ ہوا کرنے لگی۔ تھوڑی دیر میں، میں
راحت محسوس کرنے لگا۔ سانس کی تکلیف کم ہوگئی۔ میں آہستہ سے لیٹ گیا۔ سوچا نوکر کو بھیج کر
ڈاکٹر بابو کو آنے سے منع کروا دوں۔ خواہ مخواہ ڈبل فیس ادا کرنی پڑتی۔ ابھی تو کچھ گھنٹوں پہلے وہ
مجھے دیکھ کر گئے تھے۔ اتنے میں بھانو نے آ کر خبر دی ....
''ڈاکٹر دیبا کر کا انتقال ہوگیا۔ ابھی ابھی کچھ دیر پہلے!!''
''ارے! ایسا کیسے ہوگیا؟''
''سول سرجن نے بتایا کہ اچانک ان کا ہارٹ فیل ہوگیا۔''
میں اٹھ کر بیٹھ گیا۔ شوبھا دوبارہ میرے سر پر ہوا کرنے لگی۔

☆☆☆

ہم قدم

بیٹھ کر، سو کر، اخبار پڑھ کر، تاش کھیل کر، اڈے بازی کر کے، شکوہ شکایت کر کے،
غیبت کر کے میں تھک گیا۔ مگر مجھے کسی صورت سکون حاصل نہیں ہوا۔ اصلی سبب تنگ دستی تھی۔ جو
کچھ مجھ سے ممکن تھا میں نے کیا۔ میں نے امتحان پاس کیا، متعدد جگہوں پر ملازمت کی درخواستیں
دیں بلکہ کچھ دنوں تک ایک انشورنس کمپنی کا ایجنٹ بھی رہا مگر سب کچھ لا حاصل! اگر چہ ابھی بھی
بہت کچھ کرنا باقی ہے۔ اسٹیشنری کی دکان یا بیئے کی دکان یا کم از کم پان بیڑی کی ایک چھوٹی سی
دکان کھولنے کے بارے میں سوچ رہا ہوں لیکن ....اُف!! مکھیوں کی بھنبھناہٹ نے
پریشان کر رکھا ہے۔ جب بھی لیٹتا ہوں ایک مکھی آنکھ آکے کونے پر آ کر بیٹھ جاتی ہے۔ اتنی مکھیاں

اوراتنی گرمی!! تھوڑی دیر تک سکون سے بیٹھ کرغور وفکر کرنا بھی دشوار ہو گیا ہے۔ لیٹتے ہی مکھی حاضر۔ اگر پیسے ہوتو مکھی مارنے کی دوا چھڑک کر کچھ دیر سکون سے بیٹھ کرغور وفکر کرتا۔ آپ شاید ہنس رہے ہوں گے اورسوچ رہے ہوں گے کہ میں عجیب مفکر قسم کا انسان ہوں۔ آمدنی کی فکر سے زیادہ سہل اور زیادہ مشکل دوسری اورکوئی فکر نہیں ہوتی ہے۔لیکن میں مفکر نہیں ہوں فکر مند ہوں۔

آخر کار میں نے ایک فیصلہ کرلیا۔کلکتہ جانے کا فیصلہ!! سوچا کلکتہ جا کر پورے جی جان سے کوشش کر کے دیکھوں گا۔اس پلی گرام میں پڑے رہنے سے کچھ بھی حاصل نہیں تھا۔اگر دکان ہی کھولنی تھی تو کلکتہ سب سے مناسب جگہ تھی۔وہاں کوئی ملازمت بھی مل سکتی تھی۔اتنے دنوں تک گھر میں بیٹھے بیٹھے میں نے درخواستیں بھیجی تھیں۔وہاں جا کر دفتروں کے چکر کاٹنے سے ممکن تھا کہ کوئی ملازمت مل جاتی۔

کلکتہ جانا ہی بہتر تھا۔

دوسرے دن صبح سویرے میں پتا جی کا چاندی کا حقہ لے کر باہر نکل گیا۔گروی رکھ کر کچھ رقم حاصل ہو سکتی تھی۔ جب تک کچھ رقم جیب میں نہ ہو کلکتہ جانا بیکار تھا۔ چاندی کے حقے کا ذکر سن کر آپ یہ نہ سمجھیں کہ میں کسی زمیندار کی اولاد ہوں۔ نہیں ایسا نہیں ہے۔ پتا جی بڑے شوقین مزاج آدمی تھے، شاید اسی لئے وہ کچھ بچا کر نہیں رکھ سکے تھے۔حقہ گروی رکھ کر مجھے پورے دس روپئے ملے۔دس روپے میرے پاس پہلے سے تھے۔اس لئے میں کلکتہ کے لئے روانہ ہو گیا۔

کلکتے میں اپنے دور کے ایک رشتے دار کا مہمان بن گیا۔ رشتہ اتنا پیچیدہ تھا کہ یہ بتانا میرے لئے بہت مشکل تھا کہ وہ کاش بابو میرے کیا لگتے تھے۔ وہ میری ماں کی بہن کی بیٹی کی چچی ساس کے بھتیجے کے پھوپھی زاد سالے کے ہم زلف تھے۔ رشتے کی یہ گتھی ٹھیک سے نہ سلجھائی جائے تو ان سے رشتہ بتانا دشوار تھا۔زیادہ مغز ماری نہ کرتے ہوئے ان کا سامنا ہوتے ہی میں بول پڑا۔۔۔۔۔۔۔۔۔۔۔

’’بھائی جان آپ نے مجھے پہچانا کہ نہیں۔‘‘

وہ مجھے پہچان نہیں پائے پھر بھی بول اٹھے۔۔۔۔۔۔۔۔۔۔’’ایک لمبے عرصے کے بعد آپ سے ملاقات ہو رہی ہے اس لئے۔۔۔۔۔۔تھوڑا۔۔۔۔۔۔!! آپ شاید بانسبیڑیا سے آرہے ہیں؟‘‘

میں سمجھ گیا کہ بانسبیڑیا میں ان لوگوں کے خاندان کا کوئی فرد رہتا ہے۔ میں نے جواب

بن پھولمترجم: احمد کمال ہاشمی

دیا۔۔۔۔۔۔۔''نہیں! آپ مجھے پہچان نہیں پائے۔۔۔۔۔۔نہیں پہچان پانا فطری ہے۔ میں بانکوڑہ سے آ رہا ہوں۔ ہم لوگ بانکوڑہ کے ایک دور دراز علاقے میں رہتے ہیں۔ میں ہوں آپ کا۔۔۔۔۔۔'' یہ کہتے ہوئے میں نے اپنی ماں سے رشتہ داری کا جو فارمولا اس نے رکھا تھا وہ بیان کر دیا اور پھر آخر میں کہا۔۔۔۔۔۔''اس طرح آپ ہمارے ہیمنت کے ہم زلف ہوئے۔ میرے سارے رشتے دار کلکتہ کی گلی کوچوں میں رہائش پذیر ہیں۔ ان سے رابطہ منقطع ہو گیا ہے۔ اس بار میں نے سوچا کہ چلو وکاش بھیا سے مل کر آتا ہوں۔''

قلی کے سر پر میرے بڑے سے ٹرنک اور بستر کے گٹھر کی طرف دیکھتے ہوئے وکاش بابو نے پوچھا۔۔۔۔۔۔''آپ یہاں رہنے کے لئے آئے ہیں کیا؟''

''زیادہ نہیں، صرف دو چار دنوں کے لئے۔''

''اچھا''

قلی نے میرا سامان اتارا اور پیسے لے کر چلا گیا۔

کچھ دیر کے بعد میں نے دیکھا کہ وکاش بابو نے کھانا کھایا، کپڑے بدلے اور باہر نکل گئے۔ میں اکیلا چپ چاپ بیٹھا رہا۔ لیکن زیادہ دیر تک اکیلا نہیں رہ سکا۔ کچھ ہی دیر میں مختلف ساخت اور عمر کے بچے اور بچیاں مجھے گھیر کر بیٹھ گئے۔ کسی نے چاکلیٹ کی فرمائش کی، کسی نے پٹنگ کی۔ ایک نے بلا اجازت میری جیب میں ہاتھ ڈال دیا۔ میرے کان کی لو پر ایک بڑا سامسہ تھا اسے دیکھ کر کچھ بچے بہت خوش ہوئے۔ اتنی جلدی گھل مل جانا کوئی بچوں سے سیکھے۔ مجبوراً مجھے بھی باہر نکل جانا پڑا۔

میں آج سے تقریباً دس سال قبل تعلیم حاصل کرنے کی غرض سے پہلی بار کلکتہ آیا تھا۔ تین روز گزر گئے۔ میں نے گھوم پھر کر دیکھا۔ مجھے کہیں کوئی شناسا نہیں ملا۔ میرے ہم جماعتوں میں سے پتہ نہیں کون کہاں تھا۔ سارے اساتذہ نئے تھے۔ میں اس زمانے میں جس میس (Mess) میں رہا کرتا تھا وہ اب ''ڈائنگ کلینگ'' میں بدل گیا تھا۔ نہ مجھے کوئی پہچان پایا نہ میں کسی کو۔ گھوم پھر کر مجھے وکاش بابو کے گھر لوٹنا پڑا۔ تین روز اسی طرح گزر گئے۔ وکاش بابو کے ساتھ ہر صبح تھوڑی دیر کیلئے ملاقات ہوتی۔ وہ ہمیشہ بہت جلدی بازی میں رہتے تھے جیسے کہ انہیں کہیں پہنچنے میں تاخیر ہو رہی ہو۔ ہر صبح کچھ لے کر باہر چلے جاتے اور واپس آ کر بازار سے خریدی

بن پھول   مترجم: احمد کمال ہاشمی

ہوئی ساگ سبزیاں رکھ کر تیل لگانے بیٹھ جاتے۔ جلدی جلدی سر اور بدن پر تیل لگا کر نل کے نیچے غسل کرنے بیٹھ جاتے اور وہیں سے اپنی پتنی کو ہدایت کرتے ...."ارے سنتی ہو!! کھانا نکالو۔ دیر ہو رہی ہے۔ پونے نو بج گئے۔ پہنچنے میں بھی تو وقت لگتا ہے۔" اس کے بعد جلدی جلدی کھانا کھا کر باہر نکل جاتے اور رات کو کبھی دس اور کبھی گیارہ بجے واپس آتے۔ اس لئے اب تک وکاش بابو کے ساتھ زیادہ بات کرنے کا موقعہ نہیں مل پایا تھا۔ میں نے سوچا کافی مصروف آدمی ہوں گے۔ وکاش بھیا کو دیکھ کر مجھے رشک ہوتا ہے۔ روز کیسے آفس جاتے ہیں سارا دن کام میں مصروف رہتے ہیں اور رات کو آرام کی نیند سوتے ہیں۔ میں نے سوچا وکاش بھیا کی ماتحتی میں رہنے میں بھلا ہوگا۔ ان کی کوششوں سے مجھے کوئی ملازمت بھی مل سکتی ہے۔

دوسرے دن میں ان کے ساتھ لگ گیا۔ کھانا وغیرہ کھانے کے بعد جب وہ باہر جانے لگے تو ٹھیک اسی وقت میں ان سے مخاطب ہوا ...."بھیا! آج میں آپ کے ساتھ جاؤں گا۔"

"میرے ساتھ کیوں؟؟"

"ایک بات کہنی تھی، یعنی کہ ....!!"

"اچھا تو آیئے میرے ساتھ، دیر مت کیجئے۔ مجھے دیر ہو رہی ہے۔ دیر ہو گئی تو وہ کمبخت آ جائے گا......"

میں فوراً ان کے ساتھ باہر نکل پڑا۔ راستے میں وکاش بابو نے پوچھا ...."بولئے کیا بات ہے؟"

"میں کہ کہنا چاہتا تھا کہ ...." میں سوچنے لگا کہ انہیں اصل بات کیسے بتاؤں۔

"دیکھئے میں پہلے بتا دینا چاہتا ہوں کہ میں آپ کو قرض نہیں دے پاؤں گا۔"

"نہیں نہیں، مجھے قرض نہیں چاہئے۔" میں نے کہا۔ "چلئے میں ٹرام میں بیٹھ کر آپ کو ساری باتیں بتاؤں گا۔"

"میں ٹرام سے نہیں جاؤں گا۔ مجھے پیدل جانا ہے۔"

"ٹھیک ہے میں بھی پیدل چلوں گا۔ کتنی دور جانا ہے؟"

"ایڈن گارڈن"

”آپ کا دفتر ایڈن گارڈن میں ہے۔کون سا دفتر ہے؟“

”آپ سے کس نے کہہ دیا کہ میں کسی دفتر میں کام کرتا ہوں۔“ یہ کہہ کر وکاش بابو نے معنی خیز نظروں سے میری طرف دیکھا۔

”تو پھر؟“

”ارے رام! آپ شاید یہ سمجھتے ہیں کہ میں روز دفتر جاتا ہوں۔“

”تو پھر آپ روزانہ کہاں جاتے ہیں؟“

تھوڑا رک کر وکاش بابو نے جواب دیا.........”میں راہ فرار اختیار کرتا ہوں۔“

میں حیرت سے بت بنا ان کی طرف دیکھنے لگا۔ وکاش بابو نے اپنی بات جاری رکھتے ہوئے کہا۔.........

”پتاجی نے کچھ رقم Fixed Deposite کر رکھی تھی۔اس کے چالیس روپئے سود سے کھانے پینے کا انتظام ہو جاتا ہے۔تین برسوں کی مسلسل کوششوں کے باوجود میں کوئی ملازمت حاصل کرنے میں ناکام رہا حالانکہ میں نے ایم۔اے میں فرسٹ کلاس فرسٹ حاصل کیا تھا.....چلئے دیر ہو رہی ہے۔اگر وہ کمبخت پہلے آ جائے گا تو بینچ پر جگہ نہیں ملے گی۔“

ہم دونوں تھوڑی دیر تک خاموشی سے راستہ طے کرتے رہے۔ وکاش بابو دوبارہ گویا ہوئے.........”دیکھئے گھر جا کر راز افشا مت کر دیجئے گا۔میری بیوی یہ سمجھتی ہے کہ میں کسی دفتر میں تنخواہ کے بغیر ٹریننگ لے رہا ہوں۔کچھ دنوں کے بعد تنخواہ ملنی شروع ہو جائے گی۔یہی سبب ہے کہ وہ روز جلدی جلدی میرے لئے کھانا پروس دیتی ہے۔“

ہم لوگ پھر خاموشی سے راستہ طے کرنے لگے۔تھوڑی دیر بعد وکاش بابو پھر بول اٹھے.....”میں گھر سے بھاگ آتا ہوں۔بات آپ کی سمجھ میں آئی کہ نہیں؟ در جن بھر بچوں کو لے کر سارا دن گھر میں رہنا میرے لئے ناقابل برداشت ہے۔ان کے مطالبات جاری رہتے ہیں۔ بانسری خرید دیجئے، چاکلیٹ لا دیجئے، پڑوسی کے بچے نے لال قمیص خریدی ہے مجھے بھی ویسی قمیص چاہئے، بیوی کی بھی الگ فرمائشیں ہوا کرتی ہیں۔اس لئے میں گھر سے بھاگ نکلتا ہوں۔ سمجھ گئے نا آپ؟“

پھر کچھ دیر تک خاموشی رہی۔اس کے بعد وکاش بابو نے مسکراتے ہوئے.........

’’گھر میں رہنا جی کا جنجال ہے ۔ گزشتہ رات گھر پہنچ کر میں نے سنا کہ گر جانے کی وجہ سے چھوٹے بیٹے کے سر پر خراش آگئی ہے ۔ ناک سے کافی خون بہہ رہا تھا۔ اگر میں گھر میں موجود رہتا تو قرض لے کر کسی ڈاکٹر کو بلانا پڑتا۔ میں گھر پر نہیں تھا اس لئے جھمیلے سے بچ گیا ۔۔۔۔۔۔۔۔ چلئے ذرا تیزی سے قدم بڑھائیے۔ ایڈن گارڈن میں ایک گھنے درخت کے سائے میں ایک بینچ ہے میں اسی پر کبھی بیٹھ کر کبھی لیٹ کر سارا دن ۔۔۔۔۔۔۔۔ سمجھا آپ نے!! دیر ہو جاتی ہے تو وہ کمبخت آ کر اس پر قبضہ جما لیتا ہے ۔‘‘

ہم دونوں قدم سے قدم ملا کر تیزی سے آگے بڑھنے لگے مبادا کہ ایڈن گارڈن کا وہ بینچ کہیں ہاتھ سے نکل نہ جائے ۔

احتجاج

میں ٹرین کے سفر کے دوران ایک کتاب پڑھ رہا تھا۔ کتاب کے مصنف نے اس کتاب میں اپنی دانش وری کا بھرپور مظاہرہ کیا تھا۔ اس نے دلائل اور شواہد کی بنیاد پر یہ بتانے کی کوشش کی تھی کہ ہمارے ملک میں اخلاقی گراوٹ کا سبب تعلیم کا فقدان ہے ۔ ہمارے ملک میں بیشتر لڑکے اور لڑکیاں معاشی بدحالی کی وجہ سے اسکول نہیں جا پاتیں جس کے سبب ۔۔۔۔۔۔ وغیرہ وغیرہ۔

میرے سامنے والی برتھ پر ایک آدمی بیٹھا ہوا تھا۔ وہ بڑی دیر سے للچائی ہوئی نظروں سے کتاب کی طرف دیکھ رہا تھا۔ جیسے ہی میں نے کتاب بند کی اس نے کہا ۔۔۔۔۔۔۔ ’’کتاب مجھے دیجئے ۔ میں ذرا دیکھنا چاہتا ہوں ۔‘‘ میں نے کتاب اسے دیدی۔

اس نے بڑی محویت سے کتاب پڑھنی شروع کردی۔ میں کھڑکی سے باہر دیکھنے لگا۔ دور افق پر سورج غروب ہو رہا تھا۔ مختلف رنگوں کے بادل مختلف لباس میں کسی تصویر کی صورت کھڑے تھے ۔ ایسا لگ رہا تھا جیسے کوئی بادشاہ رخصت ہو رہا ہو اور امراء و رؤسا اسے الوداع کہنے کے لئے یکجا ہوئے ہوں ۔

بن پھول   مترجم: احمد کمال ہاشمی

اگلے اسٹیشن پر اتر کر مجھے لانچ پر چڑھنا تھا۔ میں نے اپنا سامان سمیٹنا شروع کردیا۔ اترنے کے بعد اگر فوراً کسی قلی کا انتظام نہیں ہو پایا تو لانچ میں جگہ ملنے کی امید کم تھی۔ راستے بھر مجھے کھڑا رہنا پڑ سکتا تھا۔ اس لئے اسٹیشن پر اترتے ہی میں نے فوراً ایک قلی کو بلا کر اس کے سر پر سارا سامان رکھ دیا اور لانچ کی طرف چل پڑا۔ دھکے دیتا اور کھاتا ہوا میں آگے بڑھتا رہا۔ لانچ کے قریب بھیڑ اور بڑھ گئی تھی۔ ٹکٹ چیکر مسافروں کی ٹکٹیں دیکھنے کے بعد ہی لانچ پر سوار ہونے کی اجازت دے رہا تھا۔

جب میری باری آئی تو میں نے چمڑے کے منی بیگ سے ٹکٹ نکال کر ہاتھ میں لے لیا اور منی بیگ کو شرٹ کی اوپری جیب میں رکھ لیا۔ خوش قسمتی سے لانچ میں مجھے بیٹھنے کی جگہ مل گئی مگر مجھے پتہ نہیں تھا کہ میری بدقسمتی بھی قریب کھڑی مسکرا رہی ہے۔ قلی کو پیسے دینے کے لئے جب میں نے جیب میں ہاتھ ڈالا تو پتہ چلا کہ کسی نے بھیڑ میں میرا منی بیگ اڑا لیا تھا۔ میں بیچارگی سے چاروں طرف دیکھنے لگا۔ قلی میرا سامان رکھ کر اپنے سر سے پگڑی اتارتے ہوئے میرے سامنے آ کر کھڑا ہو گیا۔ اس کی طرف دیکھ کر میں بہت پشیمان ہو گیا۔ قلی مجھے اچھی طرح پہچانتا تھا۔ لیکن کیا وہ میری باتوں پر یقین کرے گا؟ لیکن یقین کرے یا نہ کرے مجھے سچائی تو بتانی ہی تھی۔ جواباً مجھے اس کی طرف سے خراب برتاؤ کی امید تھی مگر اس نے مجھے سلام کر کے مسکرا کر کہا .... ”میری مزدوری کو لے کر فکر مند مت ہوئیے بابو جی! مجھے معلوم ہے آپ میرے پیسے نہیں ماریں گے۔ مجھے آپ کے منی بیگ کی چوری کا بہت افسوس ہے، اچھا، میں چلتا ہوں۔“ اس نے مجھے دوبارہ اسلام کیا اور چلا گیا۔

ٹرین میں جس شخص نے میری کتاب مجھ سے مانگی تھی میں نے دیکھا وہ لانچ کے ایک گوشے میں بیٹھا وہی کتاب پڑھ رہا ہے۔ میں اس کے پاس گیا۔ اور ساری بتا سنائی۔ اس نے مسکرا کر کتاب کی طرف اشارہ کرتے ہوئے کہا .... ”مصنف نے ٹھیک ہی لکھا ہے کہ جب تک چھوٹے لوگوں کو تعلیم نہیں دی جاتی ہم لوگوں کا بھی گزارہ مشکل ہے۔“ اس شخص نے شاید چائے والے کو پہلے سے ہی چائے کا آرڈر دے رکھا تھا۔ چائے آئی۔ میری بھی چائے کی خواہش ہوئی مگر میں دست تھا اس لئے صرف للچا کر رہ گیا۔ وہ شخص لاپروا ہی سے چائے کی چسکیاں لیتا ہوا کتاب دوبارہ پڑھنے لگا۔ اس نے مجھے چائے کی پیشکش تک نہیں کی۔

بن پھول   مترجم: احمد کمال ہاشمی

میں یہ سوچ کر فکرمند ہونے لگا کہ اس پار اتر کر کیا کروں گا؟ ٹکٹ کلکٹر کو میں ساری باتیں بتا چکا تھا۔ ممکن تھا کہ وہ اس پار گیٹ سے باہر نکلنے میں میری مدد کر دیتا مگر قلی کی مزدوری اور بس کا کرایہ کہاں سے آئے گا؟ لانچ گھاٹ سے میرا مکان تقریباً پانچ میل کے فاصلے پر تھا۔ رات کے وقت اتنی دور پیدل چلنا بھی ممکن نہیں تھا۔

لیکن گھاٹ پر وہی قلی دوبارہ میرے سامنے آ کھڑا ہوا۔ اس نے خاموشی سے میرا سامان اپنے سر پر اٹھا لیا۔ میں اس کے پیچھے پیچھے چلنے لگا۔ بس اسٹینڈ پر پہنچ کر اس نے میرا سامان ایک بس پر چڑھا دیا۔ میں نے کہا .... ''تم نے میرا سامان بس پر کیوں چڑھا دیا۔ تمہیں پتہ ہے کہ .... ''میری بات مکمل ہونے سے پہلے ہی اس نے اپنی کمر سے بندھی سارے دن کی کمائی نکال کر مجھے دیتے ہوئے کہا .... ''آپ اسے رکھ لیجئے۔ میں کبھی آپ کے گھر جا کر آپ سے لے لوں گا۔''

میں گنگ ہو گیا۔ اچانک مجھے یاد آیا کہ میرا ایک بھائی یہیں قریب میں رہتا ہے۔ میں نے اپنی جیب سے ایک نوٹ بک نکالی اور ایک ورق پھاڑ کر اس پر اپنے بھائی کو مخاطب کرتے ہوئے لکھا .... ''اس آدمی کو پانچ روپے دے دینا۔ گھر پہنچ کر تم کو رقم بھجوا دوں گا۔'' وہ مجھے سلام کر کے چلا گیا۔ میں بھی اپنے گھر خیریت سے پہنچ گیا۔

دوسرے دن صبح سویرے وہی قلی میرے گھر پر آ دھمکا۔ میں نے سوچا شاید میرے بھائی سے اس کی ملاقات نہیں ہو سکی ہوگی۔ اس نے سلام کرتے ہوئے کہا .... ''حضور! کل آپ نے غلطی سے اپنے بھائی کو مجھے زیادہ پیسے دینے کی بات لکھ دی تھی۔ میں نے آپ کو ڈھائی روپے دیئے تھے۔ میری دوبارہ کی مزدوری پچاس پیسے ہوئے، اس طرح پوری رقم تین روپے کی بنتی ہے۔ آپ نے دو روپے زیادہ لکھ دیئے تھے۔''

اس نے دو روپے میرے سامنے رکھ دیئے۔ یہ بتانا شاید غیر ضروری ہے کہ میں نے دانستاً اسے دو روپے زیادہ دیئے تھے۔ لیکن میں اسے یہ بات نہیں بتا سکا۔ اسے دو روپے انعام دینے کی ہمت میں نہیں جٹا سکا۔ میں خاموش رہ گیا۔

اچانک مجھے یاد آیا کہ ٹرین میں میں نے جس شخص کو اپنی کتاب پڑھنے کیلئے دی تھی اس نے کتاب لوٹانے کی زحمت گوارہ نہیں کی تھی۔ میں بھی مانگنا بھول گیا تھا۔

آنکھوں دیکھا حال

’’تم لوگوں نے سانپوں کا ذکر چھیڑ ہی دیا ہے تو سنو میں ایک واقعہ سناتا ہوں جو میری نظروں کے سامنے رونما ہوا تھا۔ میرا ایک دوست پر ہلاد تھا۔ کیا تم لوگوں کو پر ہلاد یاد ہے؟‘‘

داسو چاچا کے دوست پر ہلاد کا نام بھی ہم لوگوں نے نہیں سنا تھا۔ ہم لوگوں نے یہ بات انہیں بتائی۔

’’سننا ممکن بھی نہیں ہے۔ پر ہلاد جب اس علاقے میں رہتا تھا تو تم لوگ پیدا بھی نہیں ہوئے تھے۔ پر ہلاد کو ایک بار ایک سانپ نے کاٹ لیا۔‘‘

ان کی بات سن کر ڈاکٹر رائے احتراماً خاموش ہو گئے۔ سانپوں کا ذکر انہوں نے ہی شروع کیا تھا۔ سانپوں پر انہوں نے کافی ریسرچ کیا ہے اور آج تک کر رہے ہیں۔ سانپوں کے سلسلے میں کئی دلچسپ واقعات وہ بیان کر رہے تھے اور ہم لوگ توجہ سے سن رہے تھے۔ ایسے میں داسو چاچا نے دخل اندازی کی۔

’’بہت زہریلے سانپ نے اسے کاٹا تھا اور وہ بھی پوپھٹے۔ صبح ہوتے ہوتے اس کا جسم نیلا پڑ گیا۔ ڈاکٹر تک کو بلانے کا وقت نہیں مل سکا۔ اپنی ماں کا اکلوتا بیٹا تھا۔ حال ہی میں اس کی شادی ہوئی تھی۔‘‘

اتنا کہہ کر داسو چاچا حقہ پینے لگے۔

’’اس کے بعد کیا ہوا؟‘‘

’’اس کے بعد اسے شمشان لے جایا گیا۔ محلے کے کئی لوگ اس کے ہمراہ گئے۔ اس کی ماں اور اس کی جوان بیوہ بھی ہمارے ساتھ ساتھ گئیں۔ اس کی بیوی چودہ سال کی دبلی پتلی عورت تھی۔ گھونگھٹ اس نے اتنا بڑا کاڑھ رکھا تھا کہ اس کا چہرہ دکھائی نہیں دے رہا تھا۔ بعد میں اس نے اس کا چہرہ دیکھا۔‘‘

داسو چاچا پھر حقہ پینے لگے۔

’’پھر کیا ہوا؟‘‘

’’جب ہم لوگ شمشان پہنچے تو اس وقت تقریباً دس بج رہے تھے۔شمشان سنسان تھا۔ کسی آدمی کا پتہ نہیں تھا۔ کچھ دور پر ندی کے کنارے ایک کشتی کھڑی تھی جس کی طرف ہم لوگوں نے پہلے توجہ نہیں دی تھی۔لکڑیاں ابھی نہیں آئی تھیں۔ہم لوگ لاش ایک جگہ رکھ کر لکڑیاں آنے کا انتظار کرنے لگے۔اسی وقت ہم لوگوں نے دیکھا کہ ایک آدمی ہماری طرف آ رہا تھا۔اس کے بدن پر سرخ لباس تھا۔کالا کلوٹا آدمی،سر پر کالے کالے لمبے بال،ہر بال مڑ کر سانپ کے پھن کی طرح ہو گیا تھا۔پرہلاد کی ماں کی سینہ شگاف آہ وبکا سن کر ہی شاید وہ اس طرف متوجہ ہوا تھا۔وہ سیدھے ہمارے قریب آ گیا۔

داسو چاچا پھر خاموش ہو گئے۔صرف ان کے حقے کی آواز آ رہی تھی۔ڈاکٹر رائے نے بیزاری سے تھوڑا کھانسا۔وہ ہم لوگوں کو’’وائپر‘‘اور’’کلیوبرین‘‘ذات کے سانپوں کی تصویر بنا کر ان کا فرق بتا رہے تھے۔

’’پھر کیا ہوا؟‘‘ہم لوگوں نے داسو چاچا سے پوچھا۔

’’اس نے آتے ہی پوچھا اسے مرے ہوئے کتنی دیر ہوئی ہے۔ہم لوگوں نے بتایا کہ صبح کو اس کی موت ہوئی تھی۔

’’کیا ہوا تھا؟ سانپ نے کاٹا تھا؟ کیا تم لوگوں میں سے کسی نے سانپ کو دیکھا تھا؟‘‘ پرہلاد کی ماں نے سب کچھ تفصیل سے بتانا شروع کیا………’’نہیں ہم لوگوں میں سے کسی نے اپنی آنکھوں سے سانپ کو نہیں دیکھا۔رات کے آخری پہر میں بہو دروازہ کھول کر باہر نکلی تھی۔دروازہ کھلا دیکھ کر سانپ اندر آ گیا ہوگا۔پرہلاد نے بتایا تھا کہ وہ ایک ناگ تھا۔اس نے اپنی آنکھوں سے دیکھا تھا۔اس سانپ نے بستر پر چڑھ کر میرے بیٹے کو کاٹ لیا۔اس کی چیخ سن کر سانپ تیزی سے باہر نکل گیا۔اس کے فوراً بعد بہو اندر آئی تھی۔بہو بھی سانپ کو نہیں دیکھ پائی تھی۔اس سے زیادہ مجھے اور کچھ پتہ نہیں بابا!دیکھئے دیکھئے میرے بچے کا جسم کالا پڑ گیا۔اس کے ایک گھنٹہ بعد ہی سب کچھ ختم ہو گیا۔یہ سب میرے پچھلے جنم کے پاپوں کا پھل ہے بابا!اور کچھ نہیں………‘‘اتنا کہہ کر پرہلاد کی ماں زور زور سے رونے لگی۔

داسو چاچا پھر خاموش ہو گئے۔

’’آگے کیا ہوا؟‘‘

"کچھ دیر تک خاموش رہنے کے بعد سادھو بابا نے کہا.........تھوڑا دودھ اور مٹی کی ایک طشتری اگر آپ لوگ کہیں سے لے آئیں تو میں اپنی طرف سے ایک کوشش کرسکتا ہوں۔ دودھ اور مٹی کی طشتری مہیا کرنا کون سا بڑا کام تھا۔ ہم لوگ فوراً دوڑ پڑے ایک گھنٹے میں دودھ اور مٹی کی طشتری کا انتظام ہوگیا۔ دودھ کو طشتری میں ڈھال کر سادھو بابا نے کہا کہ لاش پر سے سارے کپڑے ہٹا دیئے جائیں خاص طور پر جہاں سانپ نے کاٹا ہے۔ جس سانپ نے اسے کاٹا ہے وہ خود آئے گا اور اس جگہ پر منھ لگا کر سارا زہر چوس لے گا۔ سانپ جہاں کہیں بھی ہوگا اسے یہاں آنا ہی پڑے گا۔ آپ لوگ اپنے منھ سے ایک لفظ بھی نہیں نکالیں گے۔ میں گیان دھیان میں بیٹھا رہا ہوں۔ یہ کہہ کر سادھو بابا لاش کے پیروں کی طرف بیٹھ گئے.......بہت ہی مہان آدمی جو اچانک حاضر ہوئے تھے۔"

داسو چاچا چپ ہوگئے۔ ان کے حقے کی آواز کے سوا اور کوئی دوسری آواز نہیں آ رہی تھی۔

"آگے کیا ہوا؟"

"سادھو بابا یوگا کے انداز میں بیٹھے رہے۔ ہم لوگ بھی ان پر نظریں جمائے خاموش بیٹھے رہے۔ وقفے وقفے سے ہم لوگ ادھر ادھر بھی دیکھ رہے تھے کہ شاید سانپ کسی طرف سے آ رہا ہو۔ شمشان سنسان، دھوپ تیز، سرخ کپڑوں ملبوس سادھو بابا یوگا کے انداز میں بیٹھے ہوئے تھے۔ سامنے لاش رکھی ہوئی تھی۔ ہمارے آس پاس کا ماحول عجیب ہو رہا تھا۔ لیکن سانپ کہیں نظر نہیں آ رہا تھا۔ اچانک ہم لوگوں کی نظریں پر ہلاد کی بیوی پر پڑیں۔ وہ بیٹھے بیٹھے جھوم رہی تھی۔ سر سے گھونگھٹ سرک گیا تھا۔ اس کی آنکھیں!! باپ رے باپ!! بالکل سانپ کی آنکھ لگ رہی تھیں۔ وہ پلکیں بھی نہیں جھپک رہی تھی۔ اس کی ناک سے "پھوں پھوں" کی آواز نکلنے لگی۔ زبان بھی باہر نکل آئی تھی۔ زبان کسی انسان کی نہیں سانپ کی تھی۔ کالی اور دو حصوں میں منقسم!"

داسو چاچا اتنا کہہ کر چپ ہوگئے۔

"پھر کیا ہوا؟"

"ہماری آنکھیں حیرت سے پھٹی کی پھٹی رہ گئیں لیکن سادھو بابا دم سادھے آنکھیں بند کئے پہلے ہی کی طرح بنے بیٹھے رہے جیسے کہ وہ خود بھی ایک لاش ہوں۔ ہم لوگوں بھی اپنی اپنی

سانسیں روک کے بیٹھے رہے۔

''پھر کیا ہوا؟''

''پھر وہ زمین پر کسی چھپکلی کی طرح آہستہ آہستہ لیٹ گئی۔ پھر سینے کے بل سانپ کی طرح رینگتی ہوئی پر ہلاد کی طرف بڑھنے لگی۔ سانپ نے پاؤں میں ہی کاٹا تھا۔ زخم کا نشان صاف نظر آ رہا تھا۔ وہ اسی جگہ پر اپنا منھ لگا کر چوسنے لگی۔''

''پھر کیا ہوا؟''

''آدھے گھنٹے کے بعد پر ہلاد کے جسم میں تھوڑی حرکت ہوئی پھر اس نے آنکھیں کھول دیں۔''

''پھر کیا ہوا؟''

''پھر ایک عجیب بات ہوئی۔ اچانک سب نے دیکھا کہ اس کی بیوی وہاں موجود نہیں ہے۔ اس کی جگہ ایک ناگن ہے اور اس کی ساڑی پڑی ہوئی ہے۔ ناگن بے سدھ ہو کر پڑی ہوئی تھی۔ سادھو بابا نے آہستہ آہستہ اپنی آنکھیں کھولیں۔ پھر انہوں نے طشتری میں رکھا ہوا دودھ ناگن کو پلایا۔ ناگن سارا دودھ پی گئی۔''

''پھر کیا ہوا؟''

''پھر وہ سرسراتی ہوئی ایک طرف چلی گئی۔ کچھ دور جا کر اس نے اپنا پھن اٹھا کر ہم لوگوں کی طرف دیکھا پھر غائب ہو گئی۔ ہم لوگ بھی پر ہلاد کو لے کر گھر آ گئے۔''

''اچھا، اب میں چلتا ہوں'' یہ کہہ کر ڈاکٹر رائے گلا کھنکارتے ہوئے اٹھ کر چلے گئے۔

☆☆☆

اشتہار

بھوتی سانیال کا بیٹا اپور بو سانیال سچ مچ اپور بو (یعنی حیرت انگیز) تھا بلکہ یہ کہا جائے کہ عجیب و غریب تھا تو زیادہ مناسب ہوگا۔ کہا جاتا ہے کہ بھوتی سانیا اپنی بیوی کی اس اولاد کو دس مہینے دس دن پیٹ میں نہیں رکھ سکی تھی۔ ساتویں مہینے میں ہی تولد ہو گیا تھا۔ ایسے جلد باز بچے کو

سات مہینے بھی اگر وہ اپنی کوکھ میں رکھ سکی تھی تو شاید یہ اس کے کسی پرانے نیک کام کا نتیجہ تھا کیونکہ سات ماسا بچے عموماً زندہ نہیں رہ پاتے ہیں مگر اپوربو زندہ رہ گیا تھا۔ اپوربو کے بچپن کی شرارتوں میں جن لوگوں کو شری کرشن کے بچپن کی شرارتوں کا عکس نظر آتا تھا (مثلاً خالہ، پھوپھی، دادی، نانی وغیرہ) انہیں اپوربو کی خصلت کی انفرادیت کا قطعی اندازہ نہیں تھا۔ گھر میں مکھن کی کمی نہیں تھی مگر وہ سگریٹ چرایا کرتا تھا۔ بازار میں ہر قسم کی بانسری دستیاب تھی مگر وہ سیٹی بجایا کرتا تھا۔ اس نے گوپیوں کے کپڑے چرانے کی کوشش کبھی نہیں کی مگر اسکول میں موقع ملتے ہی لڑکیوں کے جوتوں کے فیتے ضرور غائب کر دیتا تھا۔ عجیب و غریب حرکتیں، ہی اپوربو کی خصلت کی شناخت تھیں۔ بچپن ہی سے اس کے اشارے وہ دیتا آیا تھا۔

نئے نئے طریقوں کے سہارے وہ امتحانات میں کامیاب بھی ہوتا آیا تھا۔ ہاتھ کی صفائی کے سہارے!! اس نے ایک بار سوالنامے کی چوری کی تھی۔ دوسری بار اس نے امتحان کی کاپی بدل دی تھی۔ تیسری بار اس نے ممتحن کو رشوت دینے کے جو طریقہ اختیار کیا وہ واقعی عجیب و غریب تھا۔ وہ سیدھا ممتحن کے پاس گیا اور اس کے ہاتھ میں دس دس روپے کے دس نوٹ تھماتے ہوئے ہنس کر بولا ....'' جوگین بابو نے آپ کی دی ہوئی رقم آپ کو واپس بھیجی ہے۔ انہوں نے یہ بھی کہا کہ اس کی کوئی رسید دینے کی ضرورت نہیں ہے۔''

''جوگین بابو؟ کون جوگین بابو؟'' ممتحن نے حیرانی سے پوچھا۔

اپوربو کی ہنسی میں مزید اضافہ ہو گیا۔

''یہ تو مجھے معلوم نہیں سر! انہوں نے مجھے بلایا اور آپ کے مکان کی طرف اشارہ کرتے ہوئے کہا ....'' یہ ایک سو روپے لے جا کر اس آدمی کو دے دو۔ میں نے بہت پہلے ان سے قرض لیا تھا مگر لوٹا نہیں سکا تھا اس لئے شرمندگی کے مارے میں ان کا سامنا نہیں کرنا چاہتا۔ تم جا کر کہنا کے جوگین بابو نے روپے دیئے ہیں وہ خود سمجھ جائیں گے۔''

یہ سن کر ممتحن کی حیرانی میں اضافہ ہو گیا۔ انہوں نے تو خود بہت لوگوں سے قرض لے رکھے تھے۔ تقاضہ کرنے والوں سے بچ نکل کر بھاگنے کی کوشش میں کلکتہ کی بہت ساری گلیوں کے نام انہیں زبانی یاد ہو گئے تھے۔ بھلا وہ خود کسی کو قرض کب دینے لگے؟ آخر یہ جوگین بابو ہیں کون؟ ممتحن حیران ہو کر سوچتا رہا۔

’’تمہارا نام کیا ہے؟‘‘

’’میرا نام اپوربو سانیال ہے۔میں نے اس سال بی۔اے کا امتحان دیا ہے۔میرا رول نمبر بہتر ہے۔اس نے ایک سانس میں کہا اور باہر نکل گیا۔امتحان کا نتیجہ خاطر خواہ نکلا۔اپوربو اچھے نمبروں سے بی۔اے پاس کر گیا۔ایسی عجیب وغریب حرکتیں ہی اپوربو سانیال کی خصوصیتیں تھیں۔

اپوربو کی دونوں آنکھیں سلامت تھیں پھر بھی وہ اپنی بائیں آنکھ کو اس طرح بند رکھتا تھا جیسے کہ اس میں گرد پڑ گئی ہو۔لوگ جس بات پر ہنستے ہیں اپوربو اس پر خاموش رہتا ہے۔لوگ جس بات پر سنجیدہ ہو جاتے ہیں اپوربو اس بات پر قہقہہ لگانے لگتا ہے۔آج کل شادی نہ کرنے کا چلن عام ہے۔مگر اپوربو نے شادی کی تھی۔ایک نہیں دو دو شادیاں!!دونوں شادیاں اس نے خفیہ طریقے سے کی تھیں کیونکہ کھلے عام شادی تو سب لوگ کرتے ہیں اگر اپوربو بھی کرتا تو وہ اپوربو ہی کیا!!

دو شادیاں کرنے کے سبب ہی اپوربو عام راستے پر چلنے پر مجبور ہو گیا لیکن اس کے باوجود اس نے اپنی انفرادیت برقرار رکھی۔

دکان کا نام’’چناچور‘‘موٹے حروف میں لکھا ہوا ہے لیکن دکان چناچور کی نہیں مذہبی کتابوں کی ہے۔اب یہ بتانا فضول ہے کہ دکان اپوربو سانیال کی ہے۔اس کا خیال ہے کہ ستیہ جگ آنے والا ہے اس لئے لوگوں میں مذہبی رجحان بڑھ رہا ہے۔مذہبی کتابوں کی مانگ بڑھتی جائے گی۔اپوربو کا قول ہے………’’ایک بات یاد رکھنی ہوگی۔مذہب کی طرف مائل ہونے کے باوجود لوگ اس کا اعتراف کرنے میں عار محسوس کرتے ہیں۔پرانے زمانے میں لوگ جس طرح جنسی کتابیں راز دارانہ طریقے سے خریدتے تھے اسی طرح آج کل لوگ مذہبی کتابیں خریدتے ہیں۔اس لئے اگر دکان کا نام’’مذہبی کتاب گھر‘‘یا’’دھرم مندر‘‘رکھ دیا جائے تو خریدار آنے میں عار محسوس کریں گے۔لوگ کوکین پان کی گلوری میں چھپا کر کھاتے ہیں۔اس لئے کوکین کے عادی لوگوں کی بھیڑ دوا کی دکانوں پر نہیں پان کی دکانوں پر ہوتی ہے۔اس لئے اپوربو کا خیال تھا کہ دکان کا نام’’چناچور‘‘ہو تو مذہبی کتابوں کے خریدار بھاری تعداد میں آئیں گے۔

بش شرٹ، ڈھیلے پاجامے، نیلے چشمے اور فرنچ کٹ ڈاڑھی کے ساتھ اپوربو روز دکان

میں خریدار کا انتظار کرتا رہتا ہے ۔ پہلے چند روز چھوٹے چھوٹے بچے چناچور خریدنے کی غرض سے آئے لیکن جب اپورو بو نے انہیں چناچور کے بجائے مذہبی کتاب دکھائی تو وہ حیرت زدہ رہ گئے پھر مسکراتے ہوئے چلے گئے۔ اپورو بو سانیال بھی دل ہی دل میں مسکرانے لگا ۔۔۔۔۔۔۔۔۔

''مناسب لوگوں کو اب تک خبر نہیں ہوئی ہے۔ جس دن خبر ہوگی اس دن بھیڑ سنبھالنے کیلئے مجھے ایک نوکر رکھنا پڑے گا۔ صرف پبلسٹی کی ضرورت ہے۔''

''چناچور'' ایک روز لال رنگ کی روشنی سے جگمگانے لگا۔ بتی جلتی گل ہو جاتی پھر جلتی۔ بتی جلنے کے ساتھ اندر سے آواز ابھرتی ۔۔۔۔۔۔۔۔۔ ''چناچور''

پھر بھی مناسب لوگوں تک خبر نہیں پہنچی۔ مذہب کے ماروں کی توجہ سنسکرت پریس کی طرف ہی رہی۔ یہ حیرت کی بات تھی ۔

لیکن اپورو بو ہار ماننے والوں میں سے نہیں تھا۔ وہ سرکش تھا، جیالا تھا، نڈر تھا، پھر یہ ہوا کہ اس نے لوگوں کی توجہ اپنی طرف مبذول کرانے کے لئے جو کچھ کرنا شروع کیا اس کا تذکرہ اگر مستحسن انداز میں نہ کیا جائے تو یہ سنسکرت زبان کی بے حرمتی ہوگی۔ ہوا یوں کہ اس نے اپنی بش شرٹ کی ایک ہاتھ کی پوری آستین کاٹ ڈالی۔ اس کا داہنا ہاتھ شانے تک ننگا ہو گیا۔ صرف بایاں ہاتھ چھپا ہوا تھا۔ سر پر مولویوں والی ٹوپی تھی۔ منھ میں پائپ دبا ہوا تھا۔ بائیں آنکھ بند کر کے میز تھتھپاتے ہوئے وہ گانا گا رہا تھا ۔۔۔۔۔۔۔۔۔ ''ایکلا چولورے'' دکان کے سامنے بھیڑ جمع ہوگئی۔ پولس بھی آ گئی لیکن خریدار نہیں آئے۔ اس کی تمام تر کوششوں کے باوجود مناسب لوگ نا مناسب راستے پر چلتے رہے۔ وائے حیرت!!

ایک روز اچانک اپورو بو نے اپنی آدھی مونچھ منڈوا لی۔ یہ دیکھ کر لوگوں نے خوب لطف اٹھایا۔ قہقہہ لگایا مگر مذہبی کتابوں کے خریدار نہیں آئے۔ ''کہاں گئے سب لوگ کہاں گئے سب لوگ'' اپورو بو نے ترنم میں آواز لگانی شروع کر دی۔ لیکن خریدار پھر بھی نہیں آئے۔ وائے حیرت!!

آخر کار لوگ ایک دن یہ دیکھ کر حیران رہ گئے کہ اپورو بو اپنے بوڑھے باپ بھوتی سانیال کو جوتے سے مار رہا ہے۔ بھوتی سانیال کے سر سے خون بہہ رہا ہے اور وہ بے چارے فرطِ خوف سے تھر تھر کانپ رہے ہیں۔

لوگوں نے کہا ۔۔۔۔۔۔۔۔۔ ''چھی چھی!! یہ کیا حرکت ہے؟ تم اپنے باپ کو جوتے کیوں

بن پھول   مترجم: احمد کمال آرشمی

مارر ہے ہوں؟‘‘

اپورب و نے قہقہہ لگاتے ہوئے جواب دیا.........’’کوئی اور نہیں مارتا اس لئے مار رہا ہوں۔ میں لوگوں کی توجہ اپنی طرف مبذول کرانا چاہتا ہوں اس لئے مار رہا ہوں۔ لوگ میری دکان پر کیوں نہیں آرہے ہیں؟ میری طرف دیکھ کیوں نہیں رہے ہیں؟ اب میں ننگا ہوکر سڑک پر ناچوں گا۔ زبردست پبلسٹی کروں گا.........‘‘ ’’چنا چور‘‘

اور پھر سچ مچ اپورب و سانیال اپنے دونوں ہاتھ اٹھا کر عجیب و غریب انداز میں ناچنے لگا۔ خاص بات.........

اب اپورب و سانیال ہماری مفید دواؤں کے استعمال سے پوری طرح صحت یاب ہو گیا ہے۔ آزمائش شرط ہے۔ ہمارا پتہ :

مفید دواخانہ

بڑا کھمبا روڈ

نئی دہلی

☆☆☆

تعلیم یافتہ

ڈاکٹر باسو نے خون اور پیپ بھجوایا تھا۔ میں انہیں کی جانچ کر رہا تھا کہ اسی وقت ڈاکٹر باسو خود حاضر ہو گئے۔ ان کے ساتھ متوسط عمر کا ایک شخص بھی تھا۔

’’میری دونوں رپورٹیں کب ملیں گی؟‘‘

’’شام پانچ چھ بجے تک‘‘

’’یہ صاحب آپ سے ملنے کے خواہشمند تھے۔ اس لئے میں انہیں اپنے ساتھ لے کر آیا ہوں۔ میں ان کا تعارف نہیں کراؤں گا۔ یہ اپنا تعارف خود کرائیں گے۔ اب میں چلا۔ مجھے بہت سارے کام نمٹانے ہیں۔‘‘

شہر کے مصروف ترین ڈاکٹر باسو یہ کہہ چلے گئے۔ میں اس شخص کا تعارف حاصل کرنے

کی غرض سے اس کی طرف رُخ کر کے بیٹھ گیا۔اس پر ایک سرسری نظر ڈالتے ہی میں اس شخص سے بہت متاثر ہوا۔متوسط عمر کا ہونے کے باوجود وہ کافی خوبرو اور جاذب نظر تھا۔اس سے گفتگو کرنے کے بعد مجھے اس سے مرعوب ہونا پڑا۔اس کی جیسی علمیت والے بہت کم لوگ ہوتے ہیں ۔سقراط سے لے کر اسٹالن تک کے بارے میں، یورپین سائنس اور تواریخ کے بارے میں اس کی جانکاری حیرت انگیز تھی۔ ہندوستان کے ویدک زمانے سے لے کر گاندھی کے زمانے تک کی معلومات بھی اس کی زبان کی نوک پر تھیں ۔ادب، مذہب، سیاست اور دیگر موضوعات پر بھی اس کی گہری نگاہ تھی۔مختلف موضوعات پر دیر تک بولنے کے بعد آخر میں اس نے برہمچاری زندگی کے موضوع پر بولنا شروع کر دیا۔اس نے کہا ۔۔۔۔۔۔۔۔۔۔

'' دیکھئے میں کافی غور و فکر کے بعد اس نتیجے پر پہنچا ہوں کہ برہمچاری ہونے کے علاوہ نجات کا کوئی دوسرا راستہ نہیں ہے۔میں یہ بات اپنے ذاتی تجربے کی بنا پر بول رہا ہوں ۔''
'' کیا واقعی؟''

'' جی ہاں! اگر ذاتی تجربہ نہ ہوتو اس موضوع پر یقینی طور پر کچھ نہیں کہا جا سکتا ہے ۔گہرے پانی میں تیرنے والے ہی جانتے ہیں کہ تیرا کی کا مزہ کیا ہے۔''

اس آدمی کے تئیں اب میرے دل میں عقیدت کا جذبہ ابھر آیا تھا۔میرے یہ دریافت کرنے پر کہ وہ کہاں کار ہنے والا ہے اس نے بتایا کہ وہ یہاں اپنے ایک رشتے دار کے یہاں آیا ہوا ہے۔جتنے روز بھی اس کا قیام یہاں رہے گا وہ شہر کے معروف لوگوں سے ملتا رہے گا۔
'' کیونکہ شرفاء کے ساتھ اٹھنا بیٹھنا بھی تجربے کا باعث ہے۔سمجھا آپ نے؟''
میں اتنی دیر اپنا کام کرتے کرتے اس سے محو گفتگو تھا اس لئے اس نے کہا ۔۔۔۔۔۔۔۔۔
'' اچھا میں چلتا ہوں ۔ پھر ملوں گا۔''

یہ کہہ کر وہ شخص چلا گیا۔ میں اپنے کام میں مصروف ہو گیا۔ کچھ دیر کے بعد ششدھر پنڈت آ گئے۔ بدصورت چہرہ، سر پر چوٹیا، پیشانی پر چندن کی تین لکیریں، انگریزی زبان سے ناواقفیت کی بنا پر مجھے لگا تھا کہ ان کے ہونٹوں پر جو زخم تھا وہ شاید آتشک کی وجہ سے تھا لیکن جانچ اور معائنے کے بعد مجھے اپنی رائے بدلنی پڑی۔ خون میں ایسے کوئی جراثیم نہیں ملے تھے ۔ ششدھر پنڈت فیس ادا کر کے رپورٹ لے کر چلے گئے۔

بن پھول   مترجم: احمد کمال ہاشمی

میں نے اپنا کام ختم کر کے لیبارٹری بند کرنے ہی والا تھا کہ ڈاکٹر باسو دوبارہ حاضر ہو گئے

''میری رپورٹ تیار ہو گئی؟''

''ہاں، تیار تو ہو گئی لیکن آپ نے مریض کا نام تو بتایا ہی نہیں تھا اس لئے رپورٹ مکمل نہیں ہے۔''

''ارے میں تو مریض کو ہی آپ کے حوالے کر گیا تھا۔''

''کیا؟........ وہ آدمی؟؟ کیا کہہ رہے ہیں آپ!!''

''ارے کہنا کیا ہے؟ بتائیے ٹسٹ کے بعد آپ کو کیا ملا؟''

''سوزاک اور آتشک دونوں پازیٹیو (Positive) ہیں۔''

''مجھے ایسی ہی امید تھی۔ انگریزی تعلیم کا نتیجہ یہی نکلنا تھا۔ ایم۔اے، ڈی۔لٹ....... اعلیٰ تعلیم یافتہ!!''

ڈاکٹر باسو کے لبوں پر طنزیہ مسکراہٹ رقص کرنے لگی۔

☆☆☆

مایا

میں نے حیرت سے سوال کیا..........''منی موہن چکرورتی؟ کیا اس کی بائیں آنکھ کے نیچے ایک کالا داغ ہے؟''

''ہاں، کیا آپ اسے پہچانتے ہیں؟''

''ہاں، ایک بار اس سے مل چکا ہوں۔''

ٹرین میں ہم دونوں ایک دوسرے کے بغل میں بیٹھے ہوئے تھے۔ جہیز کی لعنت پر گفتگو کرتے ہوئے منی موہن چکرورتی کا ذکر آ گیا اور نہ میں تو من موہن چکرورتی کو بھول ہی چکا تھا۔ ٹرین میں اچانک اس کے خسر سے ملاقات ہو جائے گی یہ بات میرے وہم و گمان میں بھی نہیں تھی۔

یہ تقریباً دس سال پہلے کی بات ہے۔ چاکولہ ڈسپنسری کے ڈاکٹر صاحب نے چھٹی لے رکھی تھی۔ میں ایک مہینے کے لئے ان کا کام سنبھالنے گیا تھا۔ وہیں منی بابو سے ملاقات ہوئی تھی۔ وہ چاکولہ کے ڈاکٹر صاحب کے دور کے رشتے دار تھے۔ خیراتی اسپتال کا جو کمرہ عورتوں کے لئے مختص تھا منی بابو اس کمرے میں رات کو سوتے تھے۔ ٹھیک اسے متصل جس کمرے میں مریضوں کے زخموں کی مرہم پٹی کی جاتی تھی اس میں میں نے اپنے سونے کا انتظام کروایا تھا۔ مضافات کی ڈسپنسری میں قانون کے مطابق دو کمرے ضرور تھے مگر مریضوں کے لئے کبھی استعمال نہیں کئے جاتے تھے۔ مریضوں کا ہر طرح کا علاج برآمدے ہی میں کیا جاتا تھا۔ ہم لوگوں کے لئے کھانا ڈاکٹر بابو کے گھر سے آتا تھا۔ ڈاکٹر بابو چھٹی لے کر باہر گئے تھے مگر ان کے گھر کے افراد چاکولہ ہی میں رہتے تھے۔

ایک روز منی بابو کو بخار آ گیا۔ معمولی بخار تھا۔ پریشانی کی کوئی بات نہیں تھی مگر منی بابو بے حد پریشان ہو گئے۔ ایسا لگتا تھا کہ وہ خوفزدہ ہو گئے ہوں۔ میں نے ان کا چیک اپ کیا، دوائیں دیں اور بستر پر لیٹے رہنے کا مشورہ دیا۔ ان دنوں سردی کا مہینہ تھا۔ منی بابو سارا دن لحاف اوڑھے بستر پر پڑے رہے۔ پانی تک پینا گوارہ نہیں کیا۔ شام تک ان کا بخار اور بڑھ گیا۔ آنکھیں لال ہو گئیں۔ میں نے پوچھا............"طبیعت کیسی ہے؟"

"ٹھیک ہوں۔" انہوں نے جواب دیا۔ میں نے ٹمپریچر دیکھا۔ بخار کافی بڑھ گیا تھا۔

رات کے تقریباً دس بجے ڈاکٹر بابو کے نوکر مادھو نے آ کر بتایا............"منی بابو عجیب و غریب حرکتیں کر رہے ہیں۔ آپ ایک بار چل کر انہیں دیکھ لیں۔"

میں نے جا کر دیکھا کہ منی بابو ننگے بدن کرسی پر بیٹھے ہوئے ہیں۔ میں نے ان سے کہا............"یہ آپ کیا کر رہے ہیں منی بابو؟ آپ نے کپڑے کیوں اتار دیئے ہیں؟ آپ کو سردی لگ جائے گی۔"

"لحاف تو اوڑھنا ہی ہے۔ پھر کپڑے پہننے کا کیا فائدہ؟" انہوں نے جواب دیا۔ مادھو، منی بابو کے لئے ساگودانہ پکا کر لایا تھا۔ میں نے انہیں ساگودانہ پلا دیا۔

"پانی پئیں گے؟" میں نے پوچھا۔

"ضرور پیوں گا مگر شیشے کے گلاس میں نہیں، چاندی کے گلاس میں پیوں گا۔ وہ دیکھئے،

وہ گلاس ہاتھ میں لے کر کھڑی ہے۔'' انہوں نے کھلے دروازے کی طرف انگلی سے اشارہ کیا۔ میں نے گردن گھما کر دیکھا۔ مجھے اندھیرے میں کوئی نظر نہیں آیا۔

''کون کھڑی ہے؟'' میں نے پوچھا۔

''مایا، میری بیٹی! کیا آپ کو دکھائی نہیں دے رہی ہے؟ چاندی کے گلاس میں ٹھنڈا پانی لے کر کھڑی ہے۔ وہ دیکھئے۔''

وہ کچھ دیر تک آنکھیں پھاڑ پھاڑ کر اندھیرے کی طرف دیکھتے رہے گویا سچ مچ انہیں کچھ دکھائی دے رہا ہو۔

''میں جا رہا ہوں۔'' یہ کہہ کر وہ اسی حالت میں باہر جانے لگے۔ میں نے زبردستی انہیں واپس بستر پر سلا دیا۔ میں نے سوچا شاید بخار تیز ہونے کی وجہ سے دماغی حالت بگڑ رہی ہے۔

''خبردار! آپ اکیلے باہر جانے کی کوشش نہ کریں۔ میں بغل والے کمرے میں موجود رہوں گا۔ ضرورت پڑنے پر آپ مجھے آواز دیجئے گا۔ میں جاگتا رہوں گا۔''

میں بہت دیر تک جاگتا رہا۔ ایک بار میں نے جا کر دیکھا کہ منی بابو سر سے پاؤں تک لحاف اوڑھے سو رہے تھے۔ میں بھی جا کر سو گیا۔

میری نیند چوکیدار کی آواز سن کر ٹوٹ گئی۔ میں نے باہر نکل کر دیکھا کہ منی بابو ننگے بدن چوکیدار کے ساتھ ہیں۔ چوکیدار نے بتایا۔۔۔۔۔۔۔۔۔''میں پہرہ دے کر واپس لوٹ رہا تھا کہ میں نے دیکھا پیڑوں کی جھنڈ کے قریب کتے زور زور سے بھونک رہے ہیں۔ مجھے کچھ شبہ ہوا۔ میں نے اپنے قدم اسی طرف بڑھائے۔ میں نے دیکھا کہ یہ آدمی ننگے بدن کھڑا ہے۔ مجھے لگا شاید کوئی پاگل ہے۔ میرے دریافت کرنے پر اس نے بتایا کہ وہ ڈاکٹر خانے کا راستہ بھول گیا ہے۔ اپنی باتوں سے یہ مجھے شریف آدمی لگا اس لئے میں اسے ادھر لے کر آ گیا۔''

چوکیدار کو واپس بھیج کر میں منی بابو کو اندر کمرے میں لے آیا۔ ان کی حالت دیوانوں جیسی ہو رہی تھی۔ ہونٹوں پر مسکراہٹ تھی۔

''آپ اکیلے باہر کیوں نکل گئے؟ آپ نے مجھے آواز کیوں نہیں دی؟'' میں نے پوچھا۔

"باہر مایا تھی۔ چاندی کا چمکدار گلاس ہاتھوں میں لئے وہ مجھے بلا رہی تھی۔ اس نے کہا میرے ساتھ آؤ، میں تمہیں جھرنے کا تازہ پانی پلاؤں گی۔ اس لئے میں اس کے پاس چلا گیا۔ پھر اچانک میں کھو سا گیا۔ مجھے یاد نہیں آ رہا ہے کہ اس کے بعد کیا ہوا۔ سب کچھ گڈ مڈ ہو رہا ہے۔"

"اچھا اب آپ سو جائیں۔ مجھے بتائے بغیر آپ باہر مت جائیے گا۔"

کسی مجبور بچے کی طرح منی بابو بستر پر لیٹ گئے۔

صبح کو مادھو کی چیخ سن کر میری نیند ٹوٹی۔ میں نے باہر نکل کر دیکھا کہ منی بابو کا بے جان جسم سیڑھیوں پر پڑا ہوا ہے۔

تاریکی کا سینہ چیرتی ہوئی ٹرین تیزی سے آگے بڑھ رہی تھی۔ میں اپنے ہم سفر بوڑھے شخص سے پھر سوال کیا ......

"کیا آپ کی بیٹی مایا نے خودکشی کی تھی؟"

"ہاں، میں اسے جہیز میں چاندی کے برتن نہیں دے سکا تھا اس لئے اس کے سسرال والوں نے اسے اتنے طعنے دیئے کہ بیچاری کو پھانسی لگا کر خودکشی کرنی پڑی تھی۔"

میں خاموش ہو گیا۔

☆ ☆ ☆

جیون درشن

یومِ آزادی کے موقعہ پر اپنے گھر کی باہری دیواروں کو سجانے کی خواہش ہر کسی کی ہوتی ہے۔ بھون مائتی کی بھی ہوئی۔ بھون مائتی کے والد جیون مائتی ایک معمولی کلرک تھے۔ انہوں نے ساری زندگی صبح دس بجے سے شام پانچ بجے تک آفس آنا جانا کیا۔ کسی بھی موقعہ، جشن پر شامل ہونے کا ولولہ ان کے دل میں بالکل نہیں رہ گیا ہے۔ ان کی صرف ایک ہی کوشش رہتی ہے کہ کسی طرح اپنی ملازمت برقرار رکھی جائے۔ گھر کی باہری دیواروں کو سجانے سے اگر ان کی ملازمت میں کسی طرح کی سہولت ملتی تو وہ ایسا ضرور کرتے۔ لیکن انہیں معلوم تھا کہ گھر کی دیواروں کو خوشنما پھولوں سے سجانے اور "جے ہند" لکھ کر لٹکانے سے بھی آفس کے بڑے بابو کو خوش نہیں کیا جا سکتا ہے۔ بلکہ الٹا اثر ہونا بھی بعید از قیاس نہیں تھا۔ اس لئے انہوں نے اس کام میں کوئی دلچسپی نہیں

بن پھول   مترجم: احمد کمال ہاشمی

لی۔ پھر ان کے ذہن میں ایک نئے خیال نے سر ابھارا اور وہ باہر چلے گئے ۔

لیکن ان کا بیٹا بھوون مائتی یوم آزادی کی شان کی حفاظت کرنا چاہتا تھا۔ وہ ایک تعلیم یافتہ انسان تھا۔ ایک شاعر تھا۔ اس لئے روایتی انداز میں ترنگا لہرانے اور رنگین روشنیوں سے گھر سجانے میں اسے کوئی دلکشی نظر نہیں آتی تھی ۔ وہ کچھ ایسا کرنا چاہتا تھا جو نیا ہوا اور ایک شاعر کی سوچ کی عکاسی کرتا ہو ۔ جس آزادی کے لئے سریندرناتھ، کھدی رام، کنائی لال ، چتر نجن اور نیتا جی نے.......... اس کے ذہن میں آزادی کی پوری تاریخ سمٹ آئی۔ اس نے ایک سگریٹ سلگایا اور دھوئیں کے مرغولے چھوڑتا ہوا سوچنے لگا ....''کیا کیا جائے'' تیسرا سگریٹ ختم کرتے ہی اس کے ذہن میں جھما کا سا ہوا اور ایک ''ترکیب'' نے سر ابھارا۔ وہ جھٹ اٹھ کر کھڑا ہو گیا اور سگریٹ کو کھڑکی سے باہر پھینک کر کہیں جانے کی تیاری کرنے لگا۔ اس کے گھر سے دو کوس کی دوری پر ایک جنگل تھا۔ اس نے فیصلہ کیا کہ اس جنگل سے پھول اور پتے لا کر اپنے گھر کی دیواروں کو سجائے گا۔ بھارت کی تہذیب ایک دن جنگل ہی سے شروع ہوئی تھی۔ بھوون مائتی نے موٹر سائیکل نکالی اور سوار ہو کر چل دیا۔

بہت سارے زرد پھول توڑ لینے کے بعد اس نے سوچا کیا یہی وہ زرد پھول ہیں جن کا ذکر کالی داس کے یہاں ملتا ہے ۔ بہت خوب!! یہ اگر کالی داس والے زرد پھول نہ بھی ہوں تو کیا میں انہیں ہی کالی داس والے پھول سمجھ کر اپنا گھر سجاؤں گا ۔ کالی داس ہندستان کی تہذیب کا ایک روشن ستارہ تھے۔ اس نے پیڑ کے سارے پھول توڑ لئے۔

اس کے بعد اس کی نظر سرخ پھولوں پر پڑی جو اوپری شاخوں پر کھلے ہوئے تھے ۔ اسے رابندرناتھ ٹیگور کی ایک نظم یاد آ گئی۔ اور وہ سوچنے لگا کہ Rododendron کس رنگ کا پھول ہوتا ہے۔ سرخ یا سفید؟ وہ دوبارہ سوچ میں غرق ہو گیا۔ کافی دیر تک سوچنے کے بعد اس کے ذہن میں ایک سوال آیا۔ کیا اگست کے مہینے میں سرخ پھول کھلتے ہیں؟ پھر وہ بڑ بڑانے لگا ....''دھت تری کی! میں خواہ مخواہ پریشان ہو رہا ہوں ۔ اگر میں خود ان پھولوں کا کوئی نام دے دوں تو کون مجھے روکے گا ۔ ہندوستان کے دو عظیم شاعروں کے بیان کردہ پھولوں کے نام کو جوڑ کر اگر میں اس پھول کا نام Ashokendron کر دوں تو کیا مضائقہ ہے؟ کیا یوم آزادی پر مجھے اتنی بھی آزادی نہیں ہے؟ اس نے اس درخت کے بھی سارے پھول توڑ لئے۔

بن پھول   مترجم: احمد کمال ہاشمی

اس نے دو طرح کے پھول جمع کر لئے تھے ۔اب کچھ پتوں کی ضرورت تھی ۔جنگل میں پتوں کی کوئی کمی نہیں تھی ۔اس نے دونوں ہاتھوں سے پتے توڑنے شروع کر دیئے۔ وہ یوم آزادی کا شاندار استقبال کرنا چاہتا تھا۔اچانک اس کے ذہن میں بجلی کوند گئی۔اس کی کلائی گھڑی کھل کر کہیں گر گئی تھی !!چاروں طرف بے شمار جھاڑیاں تھیں ۔ کیسے ڈھونڈے گا وہ؟ مگر ڈھونڈنا تو پڑے گا ہی !!

بھوون مائتی گھٹنوں کے بل کچھ دور تک جھاڑیوں میں گھستا گیا۔ پھر اسے دوبارہ حیرت کا سامنا کرنا پڑا۔ جھاڑیوں میں اسے ایک شخص گھٹنوں میں سر چھپائے بیٹھا ہوا نظر آیا۔اگرچہ اس کا چہرہ دکھائی نہیں دے رہا تھا مگر پھر بھی وہ کوئی شناسا آدمی لگ رہا تھا۔اس کے لباس کے ڈیزائن کو تو وہ اچھی طرح پہچانتا تھا۔ بھوون مائتی نے بہت ساری جاسوسی ناولیں پڑھ رکھی تھیں ۔ اس کے ذہن میں طوفان آگیا۔لیکن اس کے سمجھ میں یہ بات نہیں آ سکی کہ آخر اس شخص کو پتہ کیسے چلا کہ وہ آج رولڈ گولڈ کی ہاتھ گھڑی پہن کر جنگل میں پھول چننے آئے گا اور اس کی لاپرواہی سے گھڑی گم ہو جائے گی ۔اس نے کہیں پڑھ رکھا تھا کہ آج کل کچھ چور ٹیلی پیتھی کے علم سے آشنا ہوتے ہیں ۔ علم نجوم بھی جانتے ہیں ۔لیکن اس کا دل یہ ماننے پر راضی نہیں ہو رہا تھا کہ ان علوم کا ماہر کوئی چور موچی گرام کے جنگل میں بھی آ سکتا ہے ۔ کچھ دیر تک حیرانی کے عالم میں رہنے کے بعد بھوون مائتی نے ایک بہادری کا کام کر ڈالا۔اسے معلوم تھا کہ مشکل میں پڑتے ہی چور پستول نکال لیتے ہیں اور اگر پستول کی گولی ٹھیک جگہ پر لگ گئی تو موت بھی واقع ہو سکتی ہے ۔اس طرح کی باتیں اس کے ذہن میں آتی رہیں مگر وہ پیچھے نہیں ہٹا۔اس نے سوچا کہ کم از کم آج آزادی کے دن اسے بزدلی کا مظاہرہ نہیں کرنا چاہئے ۔

"کون ہے؟"اس نے ہمت جٹا کر سوال کیا۔

سر جھکا کر بیٹھے ہوئے شخص نے اپنا سر اٹھایا۔اس بار بھوون مائتی پر حیرتوں کا پہاڑ ٹوٹ پڑا۔ گھنی مونچھیں، ناک کے پاس کا لا تل ۔۔۔۔۔۔۔۔۔ وہ کوئی اور نہیں اس کے پتا جیون مائتی تھے ۔ لیکن وہ یہاں ایسے بیٹھے کیا کر رہے تھے؟ جیون مائتی بھی اپنے بیٹے کی طرف کچھ دیر تک دیکھتے رہے۔انہیں یہ گمان تک نہیں تھا کہ وہ اپنے اکلوتے بیٹے کو اس جگہ دیکھیں گے۔

"تم یہاں کیا کر رہے ہو بیٹے؟"انہوں نے پوچھا اور جھاڑیوں سے باہر نکل آئے ۔

بن پھول   مترجم: احمد کمال ہاشمی

بھو ون مائتی کے چہرے سے بیزاری کا احساس ہو رہا تھا۔

"تم یہاں کیوں آئے ہو بیٹے؟" جیون مائتی نے اپنا سوال دہرایا۔

"یوم آزادی کے موقعہ پر میں نے سوچا کہ گھر سجاؤں گا............"

"میں سمجھ گیا، تم پھول اور پتے اکٹھا کرنے کے لئے آئے ہو لیکن اس سے بندہ مطمئن نہیں ہوگا میرے بیٹے!"

"کون بندہ؟؟"

"ارے وہی میرا ہیڈ کلرک۔ وہ ان معمولی چیزوں سے بہلنے والا نہیں ہے۔ میں بھی یوم آزادی منانے ہی نکلا ہوں۔"

بھو ون غیر یقینی نظروں سے اپنے پتا کے چہرے کی طرف دیکھتا رہا۔ جیون مائتی کہنے لگے............

"ادھر آؤ۔ میں تمہیں ساری باتیں سمجھاتا ہوں۔ میں تم کو اپنے دفتر میں ملازمت دلوانا چاہتا ہوں۔ اب ہمارا ملک آزاد ہو چکا ہے۔ اس کو دینے کے لئے جتنی رقم کی ضرورت ہے وہ میرے بس سے باہر ہے۔ میں خود کو بیچ بھی دوں تو شاید ممکن نہ ہو سکے۔ جب مجھے ملازمت ملی تھی اس وقت کے بڑے بابو کچھ کچے کیلے لے کر مطمئن ہو جاتے تھے۔ وہ Dyspesia کے مریض تھے۔ کچے کیلے پا کر بہت خوش ہو جاتے تھے۔ ان کے بعد جو حضرت آئے انہیں پوری ایک ٹوکری دینی پڑتی تھی۔ درگا پوجا کے وقت مختلف پھلوں کی اور آم کے دنوں میں لنگڑے آموں کی۔ اس سے زیادہ اور کچھ نہیں۔ ان کے بعد آئے شمبھو گوسائیں!! انہیں کچھ دینا نہیں پڑتا تھا۔ ان کے منہ پر صرف یہ بولنا پڑتا تھا کہ وہ جس دیوتا کے عقیدت مند ہیں وہ اس زمانے میں سب سے عظیم دیوتا ہیں۔ لوگوں کی ناعقلی ہے کہ لوگ انہیں پہچان نہیں پائے۔ یہ سن کر ہی وہ خوش ہو جاتے تھے۔ گوسائیں جی کے بعد مسٹر پکڑاشی آئے۔ اول درجے کا کمینہ!! اسے شراب کی ایک بوتل دے کر اس سے کوئی بھی کام لیا جا سکتا تھا۔ اب ہمارے ملک کو آزادی مل گئی ہے۔ ہمارے بڑے بابو کھدر پہنتے ہیں۔ میں نے سنا ہے کہ نرین کے بھتیجے کو ملازمت ایک ریڈیو کے عوض میں ملی ہے جس کی قیمت ستائیس روپے ہے۔ اب بڑے بابو کو ایک ریفریجریٹر کی ضرورت آن پڑی ہے لیکن میں بھلا اتنی بڑی رقم کہاں سے لاؤں گا۔ اس لئے میں خار پشت ڈھونڈنے نکلا ہوں۔"

بن پھول   مترجم: احمد کمال آشفی

”خارپشت! !وہ کیوں؟؟“

”بڑے بابو کے پیٹ میں ہمیشہ درد رہتا ہے۔ کسی حکیم نے انہیں بتایا ہے کہ خارپشت کا گوشت کھانے سے درد جاتا رہے گا۔ بڑے بابو سب سے خارپشت کے بارے میں پوچھ رہے تھے۔ بھومک نے مجھے بتایا کہ اس جنگل میں خارپشت پائے جاتے ہیں۔ اس لئے میں ڈھونڈنے نکلا ہوں۔ آج یوم آزادی کے موقع پر اگر میں انہیں خارپشت پکڑ کے دیدوں تو وہ بہت خوش ہو جائیں گے۔ ان جھاڑیوں میں میں نے ایک گڑھا دیکھا ہے جس میں خارپشت کے کچھ کانٹے بھی نظر آئے ہیں۔ چلو ذرا قریب جا کر دیکھتے ہیں۔“

باپ اور بیٹے دونوں کمر جھکا کر جھاڑیوں میں گھس گئے۔ پھول اور پتے سوکھتے رہے۔

☆☆☆

تپن

شام ڈھل چکی ہے۔

مضبوط تن و توش والا شخص چپکے سے کھڑکی کے راستے سے اندر داخل ہوا۔ اس کا جسم گٹھیلا، بال خشک اور چہرے پر کالی گھنی داڑھیاں تھیں۔ چپلا حیران ہوئی۔ وہ شخص آہستہ آہستہ چلتا ہوا اس کے سامنے آ کر کھڑا ہو گیا۔

”چپلا! لو میں آ گیا۔“

چپلا کے منہ سے بیساختہ چیخ نکلتے نکلتے رہ گئی۔ وہ تپن کو پہچان گئی تھی۔

”تپن! تم اتنے دنوں کے بعد کیسے آ گئے؟“

”ہاں دس برسوں کی مسلسل جدوجہد آج کامیاب ہوئی۔ میں آج ہی جیل سے فرار ہوا ہوں۔ اب دیر مت کرو۔ جلدی میرے ساتھ چلو۔“

”کہاں؟“

”میں پورا پلان بنا چکا ہوں، پہلے ہم لوگ چٹگام جائیں گے۔ پھر وہاں سے رنگون اور پھر پہاڑوں سے گزر کر............“

بن پھول   مترجم: احمد کمال آتشی

چپلا خاموش رہی ۔

تپن مسکرایا .... ''میں تمہاری مانگ میں سیندور دیکھ رہا ہوں ۔ مجھے جیل ہی میں خبر مل گئی تھی ۔ تم نے کہا تھا نا کہ تم کسی جیالے انسان کے گلے میں ور مالا ڈالو گی؟ ویسے تمہارا شوہر بھی کم جیالا نہیں ہے ۔ رائے صاحب ہونا سب کے بس کی بات نہیں ۔''

''تم میرا مذاق مت اڑاؤ'' چپلا بولی، میں نے تم سے وعدہ کیا تھا کہ میں تمہارا انتظار کروں گی لیکن اپنے وعدے پر قائم نہ رہ سکی ۔ مجھے معاف کردو ۔''

تپن خاموشی سے بت بنا اس کی طرف دیکھتا رہا ۔ اس کے عشق میں وہ دیوانہ ہوا تھا ۔ اس کی آنکھوں کا تارا بننے کے لئے اس نے اپنی پوری زندگی ملک پر نچھاور کردی تھی ۔ چپلا کو اپنی عمر دس سال کم لگنے لگی ۔ جوانی کے سوئے ہوئے جذبات اس کے تن من میں دوبارہ سر اٹھانے لگے ۔

''کیا تم مجھے اپنے ساتھ لے جاؤ گے؟'' چپلا نے پوچھا ۔

''ہاں، اسی لئے تو آیا ہوں .... مگر رائے صاحب کا کیا ہوگا؟''

''انہیں دلی صدمہ پہنچے گا ۔ اس کے علاوہ ....''

کہتے کہتے چپلا رک گئی ۔

''اس کے علاوہ کیا؟''

''انہیں معلوم ہے کہ شادی سے پہلے تمہارے ساتھ میرے کیا تعلقات تھے ۔''

''انہیں کیسے معلوم ہوا؟''

''میں نے ہی بتایا تھا ۔''

کچھ دیر خاموش رہ کر چپلا پھر گویا ہوئی .... ''تم جیل سے فرار ہو کر آئے ہو ۔ اگر میں بھی یہاں سے فرار ہوگئی تو وہ سب کچھ سمجھ جائیں گے ۔ اور اگر ایسا ہوا تو ....'' چپلا نے بات ادھوری چھوڑ دی ۔

''......... اور اگر ایسا ہوا تو شاید ہم لوگ جلد ہی دھر لئے جائیں گے ۔'' تپن نے بات مکمل کی ۔ اگر تمہیں اعتراض نہ ہو تو اس مشکل سے با آسانی چھٹکارہ حاصل کیا جا سکتا ہے ۔ یہ کہتے ہوئے اس نے اپنی جیب سے ریوالور نکال کر دکھایا ۔ ''مجھے معلوم ہے کہ تمہارے شوہر کلب سے

کس راستے سے واپس آتے ہیں۔‘‘

چپلا خاموش رہی۔

’’بولو، تم راضی ہو؟‘‘

چپلا نے تپن کے چہرے کی طرف دیکھتے ہوئے دھیرے سے کہا.........’’ہاں، میں راضی ہوں۔‘‘

تم نے اتنے دنوں تک جس کی قربت میں دن گزارے کیا تم اس کو اتنی آسانی سے چھوڑ دو گی؟ چھوڑ پاؤ گی؟‘‘

چپلا اس کی طرف حیران نگاہوں سے دیکھنے لگی۔ تپن یہ کیا بول رہا ہے؟ کیا اسے پتہ ہے کہ اس کے لئے اس نے کتنی بے خواب راتیں کاٹی ہیں؟ کیا اسے اندازہ ہے کہ سماج کے سخت اصولوں سے مجبور ہوکر اس نے شادی کی ہے؟ عورت کا درد، عورت کی مجبوری، عورت کی مشکلات، عورت کے من کی باتیں وہ کتنا جانتا ہے؟ کتنا سمجھتا ہے؟ کیا اس کے شادی کر لینے سے تپن اس سے دور ہو جائے گا؟ تپن ہی تو اس کے من مندر کا دیوتا ہے۔ وہ خود اسے لینے آیا ہے تو کیا وہ اس کو انکار کر دے گی؟

تپن نے پھر سوال کیا.........’’کیا تم میرے ساتھ چلو گی؟‘‘

’’ہاں، چلوں گی۔‘‘ چپلا کی آواز کانپ گئی۔

’’ٹھیک ہے، میں رائے صاحب کا کام تمام کرکے آتا ہوں۔‘‘ یہ کہہ کر تپن چلا گیا۔

ایک گھنٹے بعد دروازے پر آہٹ ہوئی۔ چپلا یکلخت کھڑی ہوگئی۔ دروازہ کھول کر رائے صاحب اندر داخل ہوئے، تپن نہیں!! تپن پھر کبھی واپس نہیں آیا۔

☆☆☆

یادگار

ہوٹل شاندار تھا۔ مجھے جو کمرہ ملا تھا وہ خوبصورت تھا۔ جنوب کی طرف کھڑکی تھی۔ کمرے میں پنکھا بھی تھا۔ کھانا بھی برا نہیں تھا۔ میں نے سوچا جتنے روز کلکتے میں رہنا پڑے گا میں یہیں رہوں گا۔ کسی کو میزبانی کی زحمت میں ڈالنے سے یہاں رہنا بہتر ہے۔ ہوٹل کا نوکر آ کر بستر ٹھیک کر گیا۔ نوکر نوجوان تھا۔ بدن پر صاف ستھرا الباس تھا۔ بال جدید فیشن کے مطابق تھے۔ آنکھوں میں خاکساری کی جھلک تھی۔ منمتھ نے مجھے عمدہ ہوٹل میں بھیجا تھا۔ یہاں مجھے کوئی شکایت نہیں تھی۔ میں رات کا کھانا کھا چکا تھا اس لئے بستر پر لیٹ گیا۔ کروٹیں بدلنے پر بھی دیر تک نیند نہیں آئی۔ پھر میں ماضی کی یادوں میں کھو گیا۔ ....

برسوں پہلے مجھے ایک بار ایک شخص کا مہمان بننے کا شرف حاصل ہوا تھا۔ موصوف اسٹیشن ماسٹر تھے۔ ندی کنارے کوئی جگہ تھی۔ اسٹیشن بڑا نہیں تھا مگر وہاں سے مچھلیاں باہر بھیجی جاتی تھیں۔ مچھلیوں کی تجارت کے سلسلے میں ہی میرا وہاں جانا ہوا تھا۔ وہاں کے مچھیروں سے گفت و شنید کرنے کے بعد کلکتے میں کاروبار کرنے کا میرا ارادہ تھا۔ تمام معاملات طے کرنے کے بعد اسی شام کو واپس آنے کی بات سوچ کر میں وہاں گیا تھا مگر اس روز معاملہ طے نہ ہونے کے سبب مجھے رکنا پڑا۔ مجھے شب گزاری کی فکر لاحق ہو گئی۔ مچھیروں کے گھر میں مجھے ٹھہرنا پسند نہیں تھا مگر وہاں کوئی ہوٹل، ڈاک بنگلہ یا دھرم شالہ بھی نہیں تھا۔ ایک شخص نے مشورہ دیا کہ میں اسٹیشن ماسٹر کے گھر چلا جاؤں گا۔ ان کے گھر کا دروازہ سب کے لئے ہمیشہ کھلا رہتا ہے۔ میں کافی سوچ بچار کرنے کے بعد وہاں پہنچا۔ اسٹیشن ماسٹر سے صبح کو ملاقات ہو چکی تھی۔ مچھلیاں لے جانے کا کرایہ اور دیگر سہولیات کے سلسلے میں بات کرنے کے لئے ان کے دفتر میں گیا تھا۔ گٹھیلا جسم، مسکراتا چہرہ، گنجا سر، چمکتی آنکھیں اور گھنی مونچھیں۔ ان دنوں گرمی کا زمانہ تھا۔ فتر میں خالی بدن بیٹھے ہوئے تھے۔ سینے پر کافی بال تھے۔ اس پر زنار نظر آ رہا تھا۔ میز پر سرخ رنگ کا گمچھا پڑا ہوا تھا جس سے وہ بار بار اپنے ہاتھ اور منھ پونچھ رہے تھے۔ گھر میں بھی یہی شغل جاری تھا۔ مجھے دیکھتے ہی انہوں نے مسکرا کر میرا استقبال کیا .... ''آیئے، آیئے۔ شاید آج کی ٹرین سے آپ کا واپس

جانا ممکن نہیں ہوسکا۔ بیٹھئے۔ کھانے پینے کا کیا انتظام ہوا آپ کا؟ ان کمبخت مچھیروں کے یہاں تو مناسب انتظام ہونے کی امید بھی نہیں ہے۔ کوئی انتظام نہیں ہوا تو آپ میرے یہاں ٹھہر سکتے ہیں۔''

میں نے ہچکچاتے ہوئے کہنا شروع کیا۔۔۔۔۔۔۔۔''کہیں نہ کہیں انتظام ہو جائے گا۔ اتنی رات گئے آپ کو۔۔۔۔۔۔۔''

میری بات مکمل ہونے سے پہلے ماسٹر جی بول اٹھے۔۔۔۔۔۔۔۔''میں اندر بول کر آتا ہوں۔'' وہ مجھے بٹھا کر گھر کے اندر چلے گئے۔ کچھ دیر کے بعد واپس آ کر مسکراتے ہوئے بولے۔۔۔۔۔۔''بیگم کو صرف یہ کہنے گیا تھا کہ کھانا زیادہ بنائے۔ میرے گھر کا چولہا بھی راون کے چولہے کی طرح دن رات جلتا رہتا ہے۔ کوئلہ ریل کا جلتا ہے۔ میری جیب سے کچھ خرچ نہیں ہوتا۔ ہا ہا ہا ہا ہا۔ ماسٹر جی نے فلک شگاف قہقہہ لگایا۔

''آیئے! اب ایک دوسرے سے متعارف ہوا جائے۔۔۔۔۔۔ چائے پیئں گے آپ؟''
''نہیں۔۔۔۔۔۔۔زحمت نہ کیجئے۔''
''پی لیجئے۔ ایک کپ چائے پینے سے کیا ہوتا ہے؟ آپ کہاں سے ہیں؟''
''میں ہگلی ضلع کا ہوں۔''
''ارے واہ! میں بھی وہیں کا ہوں۔''

کچھ دیر کے بعد چائے آ گئی۔ ماسٹر جی نے کرید کر میرا تعارف حاصل کرنا شروع کر دیا۔ یہاں تک کہ مجھے اپنے سسرالی رشتے داروں کے بارے میں سب کچھ بتانا پڑا۔ پاؤں ہلاتے ہوئے ''ٹھیک ٹھیک'' کہتے ہوئے وہ سب کچھ اس طرح سنتے رہے جیسے کہ کوئی دلچسپ کہانی سن رہے ہوں۔ بعد میں مجھے پتہ چلا کہ یہ ان کی عادت تھی۔ ہر کس و ناکس ان کو بہت عزیز تھا۔ سبھوں کے ساتھ ملنا جلنا، ان کی روداد زندگی سننا، مسائل کا حل ڈھونڈ نا ہی ان کی زندگی کا مقصد تھا۔ ان کا اپنا پریوار بہت چھوٹا تھا۔ اکلوتا بیٹا بیرون ملک رہ کر تعلیم حاصل کر رہا تھا۔ گھر میں ان کی بیوی کے سوا اور کوئی نہیں تھا۔ لیکن اس کے باوجود تقریباً بیس لوگوں کا کھانا ان کے گھر میں پکتا تھا۔ بنگ کلرک کی بیوی میکے گئی تھی سو وہ بھی ماسٹر کے گھر کھانا کھاتا تھا۔ نیا نیا ٹکٹ کلکٹر غیر شادی شدہ تھا وہ بھی کیلا ہی رہتا تھا۔ ماسٹر جی نے اپنا کھانا پکانا کے جھمیلوں سے اسکو دور

رکھا تھا۔ آب و ہوا کی تبدیلی کیلئے آئے ہوئے ماسٹر جی کے دور کے کئی رشتے دار بھی ان کے مہمان تھے۔ مجھ جیسے بن بلائے دو چار مہمان بھی روز آ جایا کرتے تھے۔ ملازمت کی تلاش میں آیا ہوا ان کے گاؤں کا ایک نو جوان بھی وہاں قیام پذیر تھا۔ مقامی کچھ لوگوں نے ایک چھوٹا سا تھیٹر گروپ بنا رکھا تھا۔ اس میں جو شخص بانسری بجایا کرتا تھا وہ بھی ماسٹر جی کے گھر میں ہی کھانا کھاتا تھا۔ ان کا گھر مختلف لوگوں کا بسیرا تھا۔ میں ماسٹر جی کے ساتھ بیٹھا گفتگو کر رہا تھا۔ ایک ایک کر کے سبھی لوگ وہاں جمع ہونے لگے۔ پہلے بانسری بجانے والا شخص آیا۔ پھر اس کے بعد طبلہ اور ہارمونیم والے آئے۔ ماسٹر جی گانے بجانے کے بڑے شوقین تھے۔ وہاں گانے والوں کی بھی کمی نہیں تھی۔ بکنگ کلرک، ڈاکٹر صاحب، داروغہ کا سالا، آب و ہوا کی تبدیلی کے لئے آئے لوگوں میں سے ایک بھی ایک دو صاحبان گانے والے تھے۔ دیکھتے دیکھتے محفل سج گئی۔ نیدھو بابو، دیجو بابو، رام پرساد سبھی موجود تھے۔ رات گیارہ بجے کی مال گاڑی کے چلے جانے کے بعد چھوٹے بابو بھی آ گئے۔ ٹھیک اسی وقت نوکر نے اطلاع دی کہ کھانا تیار ہے۔ سب لوگ اٹھ کر اندر چلے گئے۔ وسیع برآمدے میں کھانا پک رہا تھا۔ چھوٹے برآمدے میں سب کو ایک دوسرے سے چپک کر بیٹھنا پڑا۔ کچھ لوگوں کو جگہ نہیں مل پائی۔ ماسٹر جی کی پتنی نے رنگین کمبل بچھا کر ان لوگوں کے بیٹھنے کا انتظام کر دیا۔ سادہ کھانا تھا۔ کیلے کے پتے پر گرم ا گرم بھات، تھوڑا گھی، آلو کا بھرتا، دال، سبزی اور مچھلی۔ کھانا سادہ ضرور تھا مگر میں کیا بتاؤں کہ کتنا لذیذ تھا۔ کھانے کا ذائقہ میں آج بھی نہیں بھولا ہوں۔ کھانے کے بعد سونا بھی ایک مسئلہ بن گیا۔ ماسٹر جی کا کوارٹر زیادہ بڑا نہیں تھا۔ میں نے کہا کہ میں ویٹنگ روم میں رات گزار لوں گا۔ یہ سنتے ہی ماسٹر جی بول اٹھے ۔۔۔۔۔۔۔۔۔ ''نہیں، نہیں بالکل نہیں۔ ایسا ہرگز نہ کریں۔ مچھر آپ کو اٹھا لے جائیں گے۔ میں یہیں کچھ انتظام کرتا ہوں۔ دو بینچ ہیں۔ میں انہیں جوڑ کر سونے کی جگہ بنا دیتا ہوں۔''

باہر برآمدے میں دو بینچوں کو جوڑ کر خود اپنی نظروں کے سامنے ماسٹر جی نے میرے سونے کا انتظام کر دیا۔ بستر پر مچھر دانی بھی لگا دی گئی۔ اس رات مجھے گہری نیند آئی۔ اس کے بعد ماسٹر جی سے میرے گہرے مراسم ہو گئے۔

ماسٹر جی کی بہت ساری باتیں مجھے یاد آ رہی ہیں۔ ایک بار سردی میں میں ان کے یہاں گیا تھا۔ ٹرین علی الصبح پہنچی گئی۔ ٹرین سے اترتے ہی میں نے دیکھا کہ پلیٹ فارم کے ایک

بن پھول   مترجم: احمد کمال ہاشمی

طرف ایک چائے کی دکان پر کچھ لوگ چائے پی رہے ہی۔ میں بھی وہاں پہنچ گیا۔ اتنی صبح چائے ملنے کی مجھے توقع نہیں تھی۔ چائے بہت ذائقے دار تھی۔ چائے ختم کرکے میں نے قیمت دینی چاہی۔

''چائے کی قیمت نہیں دینی پڑے گی بابو''

''نہیں دینی پڑے گی؟ کیوں؟''

''ماسٹرجی روز صبح مسافروں کو چائے مفت پلاتے ہیں''۔ ٹوٹی پھوٹی بنگلہ زبان میں جس شخص نے جواب دیا وہ اسی اسٹیشن کا ایک قلی تھا۔ یہ سن کر میں دنگ رہ گیا کہ ماسٹرجی مسافروں کو مفت چائے پلاتے ہیں!!

کچھ دیر کے بعد ماسٹرجی سے ملاقات ہوئی۔

''آپ نے مفت چائے کی دکان کھول رکھی ہے۔ کیا بات ہے؟''

ماسٹرجی نے زوردار قہقہہ لگایا..........''میری اتنی استطاعت کہاں ہے بھائی؟ چائے کے ایک کاروباری نے ایک ڈبہ چائے پتی دی تھی۔ میں نے سوچا میں اکیلے چائے کیوں پیوں۔ سب لوگ مل جل کر پیتے ہیں۔ گنیش ماروازی نے چینی بھیج دی۔ گھر میں دو گائیں ہیں۔ روز آٹھ کیلو دودھ دیتی ہیں۔ میں نے کپ خرید کر منگوالئے۔ جھکسو کی صبح کی ڈیوٹی تھی سو اسے کہہ دیا کہ چائے بنا، پی اور سب کر پلا''۔ اتنا کہہ کر وہ پھر ہنسنے لگے۔

ایک اور واقعہ یاد آ رہا ہے۔ سردی کے موسم میں بہت ساری مچھلیاں باہر بھیجی جاتی تھیں۔ ہر مچھیرا ماسٹرجی کو تحفے میں اکثر مچھلیاں دیا کرتا تھا۔ ماسٹرجی اپنے لئے کچھ مچھلیاں رکھ کر باقی ساری مچھلیاں دوسروں میں تقسیم کر دیا کرتے تھے۔ ڈاکٹر صاحب، داروغہ اور پوسٹ ماسٹر کو تو دیتے ہی تھے زیادہ ہونے پر کبھی کبھی دوسرے اسٹیشن والوں کو بھی بھیج دیا کرتے تھے۔ ایک بار ایسا ہوا کہ مچھلیوں کی پیداوار کم ہوئی۔ دوسرے اسٹیشن والوں کو بھیجنا ممکن نہیں ہوسکا۔ ایک دن اچانک ماسٹرجی کو ایک بڑے بکس کی شکل میں ایک پارسل موصول ہوا۔ اس وقت میں وہان موجود تھا۔ بکس کھولتے ہی اندر سے دو بلیاں اچھل کر باہر نکلیں۔ بکس میں ایک خط بھی تھا جس میں دوسرے اسٹیشن والوں نے لکھا تھا..........''بھائی جان! ہم دو بلیاں بھیج رہے ہیں۔ یہ آپ کے برتن میں پڑے ہوئے کانٹے چبا کر زندہ رہیں گی۔''

’’دیکھا تم نے ان لوگوں نے کیسا مذاق کیا ہے؟‘‘ یہ کہتے ہوئے ماسٹر جی کے چہرے سے ہنسی پھوٹنے لگی۔ پھر انہوں نے بازار سے مچھلیاں خرید کر دوسرے اسٹیشن والوں کو بھجوا دیں۔ ان سے جڑے ہوئے ایسے بیشمار واقعات ہیں۔

میں اپنے ایک کام کے سلسلے میں کلکتہ آیا ہوا تھا۔ ہوڑہ اسٹیشن سے سیالدہ بڑا بازار کے ایک ہوٹل پہنچتا مگر ہوڑہ اسٹیشن پر ہی ایک شناسا سے ملاقات ہو گئی۔ اس کی زبانی پتہ چلا کہ منمتھ انگلینڈ سے واپس آ گیا ہے۔ اسے اچھی ملازمت بھی مل گئی ہے۔ اس نے مجھے اس کا پتہ بھی بتا دیا۔ منمتھ کو دیکھے ہوئے ایک زمانہ ہو گیا تھا۔ اسے دیکھنے کی خواہش ہوئی۔ میں ہوڑہ اسٹیشن سے نکل کر سیدھا اس کے گھر پہنچ گیا۔ اس کا مکان شاندار تھا۔ جیسے ہی میں برآمدے تک پہنچا ایک بچہ سامنے آ گیا۔

’’کہئے۔ کیا بات ہے؟‘‘

’’مجھے منمتھ بابو سے ملنا ہے۔ ان سے کہو۔۔۔۔۔۔‘‘

میری بات پوری ہونے سے پہلے ہی بچہ اندر چلا گیا۔ پھر اندر سے ایک سلیٹ اور پنسل لے کر آیا اور بولا۔۔۔۔۔۔۔۔’’آپ اپنا نام اور ملاقات کا مقصد یہاں لکھئے۔‘‘

میں نے لکھ دیا۔ بچے نے ڈرائنگ روم کا دروازہ کھول کر کہا۔۔۔۔۔۔’’آپ یہاں انتظار کیجئے۔‘‘ میں بیٹھ گیا۔ صوفہ سیٹ سے سجا ہوا ڈرائنگ روم بہت خوبصورت لگ رہا تھا اور صاحب خانہ کے نفیس ذوق کا پتہ دے رہا تھا۔ دس منٹ کے بعد منمتھ باہر آیا۔ اگر میں اسے بھیڑ میں دیکھتا تو شاید پہچان نہیں پاتا۔ وہ ڈھیلے ڈھالے پاجامے میں ملبوس تھا۔ بٹر فلائی مونچھیں تھیں۔ مجھے امید تھی کہ مجھے دیکھتے ہی وہ مجھے پرنام کرے گا مگر ایسا نہیں ہوا۔ مجھے دیکھ کر وہ مسکرایا۔

’’اچھا، آپ آئے ہیں۔‘‘

’’بہت دنوں سے تمہیں نہیں دیکھا اس لئے اس سوچا۔۔۔۔۔۔۔۔‘‘

’’اچھا کیا۔۔۔۔۔۔۔۔کہاں ٹھہرے ہوئے ہیں آپ؟‘‘

’’ٹھہرا تو کہیں نہیں ہوں۔ ہوڑہ اسٹیشن پر پیچو لال سے ملاقات ہو گئی۔ اسی نے تمہارے بارے میں بتایا اور تمہارا پتہ دیا۔ اس لئے میں سیدھا یہیں چلا آیا۔‘‘

منمتھ نے اپنی کلائی پر بندھی گھڑی پر نظر دوڑائی اور بولا۔۔۔۔۔۔۔۔’’میرے گھر میں

بن پھول   مترجم: احمد کمال ہاشمی

آج ایک دم جگہ نہیں ہے۔اول تو مکان ہی کافی چھوٹا ہے پھر آج میری سالی اور میرے ہم زلف بھی آئے ہوئے ہیں۔ چلئے میں پہلے آپ کے ٹھہرنے کا انتظام کئے دیتا ہوں۔زیادہ رات ہوگئی تو کسی ہوٹل میں کمرہ بھی نہیں ملے گا۔آج کل کلکتے میں کافی بھیڑ ہونے لگی ہے۔''

اس کا کہنا غلط نہیں تھا مگر میں سوچنے لگا کیا وہ صوفہ سیٹ کھسکا کر اپنے ڈرائنگ روم میں میرے سونے کے لئے تھوڑی جگہ نہیں بنا سکتا تھا؟

آپ شاید یہ کہیں گے کہ مجھے اس سے اتنی فراخ دلی کی توقع کیوں تھی؟

مجھے اس سے ایسی توقع نہیں ہوتی من متھا اگر ماسٹر جی کا بیٹا نہیں ہوتا۔

☆ ☆ ☆

ہنس

سورین کی عمر بیس سال تھی۔اچھا لڑکا تھا۔اس نے انگریزی میں اچھے نمبروں سے آنرز کیا تھا۔ وہ وجیہہ اور خوبرو نوجوان تھا۔ایسا لگتا تھا جیسے اگلے زمانے کا کوئی شاہزادہ اس زمانے میں پیدا ہو گیا ہو۔اس کی آنکھیں بے خوف اور متجسس تھیں۔اس کی ایک بڑی خواہش تھی کہ وہ فوج میں ملازمت کرے۔ملک آزاد ہو چکا تھا۔وہ اپنے ملک کی آن بان اور شان کی حفاظت کرنا چاہتا تھا۔اس نے اپنے آپ کو اسی کے مطابق ذہنی اور جسمانی طور پر تیار کیا تھا۔وہ روز صبح کو ورزش کرتا تھا اور شام کو کھیلتا تھا۔وہ صرف ایسی ہی کتابوں کا مطالعہ کرتا تھا جن میں بہادری اور شجاعت کے قصے ہوں۔سورین کے والد معروف مدرس تھے۔انہوں نے سورین سے وعدہ کیا تھا کہ اگر وہ اچھے نمبروں سے بی۔اے پاس کر لے گا تو وہ اسے ایک بندوق خرید دیں گے۔بندوق رکھنے کے لئے لائسنس کی ضرورت پڑتی ہے۔انہوں نے کہا تھا کہ وہ لائسنس بھی حاصل کر لیں گے کیونکہ پولس کے اعلیٰ افسر مسٹر گھوشال اس کے والد کے دوست تھے۔

سورین نے دوسرے کی بندوق سے پہلے ہی مشق شروع کر دی تھی۔اس کا نشانہ بہت اچھا ہو گیا تھا۔لیکن دوسرے کی بندوق سے ہمیشہ کام نہیں چل سکتا ہے۔بوقت ضرورت نہیں بھی مل سکتا ہے۔اس لئے مسلسل مشق نہ ہونے کے سبب کبھی کبھی اس کا نشانہ خطا بھی ہو جاتا تھا۔اسے

مترجم: احمد کمال حشمیبن پھول

انتظار تھا کہ کب اس کی اپنی بندوق ہوگی۔ بندوق ملنے کی امید پر ہی اس نے من لگا کر پڑھائی کی تھی۔ اسے پتہ تھا کہ اس کے والد زبان کے پکے انسان ہیں۔ اگر وہ آنرز کے ساتھ بی اے پاس کرلے گا تو اس کے والد اسے بندوق ضرور خرید دیں گے۔ اس کے بعد وہ فوج میں شامل ہونے کے لئے درخواست دے گا۔ اسے امید تھی کہ فوج کے اسکول سے ہی اسے ایک بندوق مل جائے گی مگر اپنی بندوق ہونے کا لطف ہی الگ ہے۔

اس کے والد نے اپنا وعدہ پورا کیا۔ انہوں نے اس کے لئے ایک بندوق خرید دی۔ رائفل نہیں ایک عام سی بندوق کیونکہ رائفل رکھنے کی اجازت حکومت سے نہیں ملی۔

جس دن اس کے ہاتھ میں بندوق آئی۔ اس کی خوشی کی انتہا نہ رہی۔ مارے خوشی کے وہ رات بھر سو نہیں سکا۔ وہ سوچتا رہا کہ اس کا پہلا شکار کون ہوگا۔ اس کی خواہش تھی کہ باگھ، بھالو یا اسی قبیل کے کسی اور جنگلی جانور کا وہ شکار کرے گا مگر کلکتہ کے گرد و نواح میں ایسے جانوروں کا ملنا ناممکن تھا۔ وہ جانور جنگلوں میں ملتے ہیں اور اس کے ماں باپ خاص طور پر ماں اسے جنگل میں جانے کی اجازت کبھی نہیں دیتی۔ یہ بھی ممکن تھا کہ ماں اسے فوج میں بھرتی ہونے نہ دے۔

دوسرے دن اس کا دوست سمر آ گیا۔

’’میں نے سنا ہے کہ تم نے بندوق خریدی ہے؟‘‘

’’ہاں‘‘

’’تو چلو جھیل کے پاس چلتے ہیں۔ وہاں آج کل بڑے بڑے ہنس دیکھے جا رہے ہیں۔ گیج بھی ہے۔‘‘

’’گیج کون سا ہنس ہے؟‘‘

’’یہ بہت بڑا ہنس ہوتا ہے۔ اس کے سر پر کالا دھبہ ہوتا ہے۔‘‘

’’ٹھیک ہے۔ چلو چلتے ہیں۔‘‘

دونوں بندوق لے کر نکل پڑے۔

جھیل کافی بڑی تھی۔ انہیں کافی چلنا پڑا۔ بڑے ہنس نظر نہیں آ رہے تھے۔ چھوٹے چھوٹے خوبصورت پرندے بیشمار تھے۔ انہیں مارنا اسے اچھا نہیں لگا۔ ایک جگہ چھوٹے چھوٹے بہت سارے ہنس نظر آئے۔ سمر نے سرگوشی کی ……… ’’انہیں ہی مارو‘‘

بن پھول
مترجم: احمد کمال آ شمی

مگر سورین کسی دوسرے خیال میں گم تھا۔ اسے لگا کہ ناممکن ضرور ممکن ہوگا۔ اسے یقین تھا کہ سفید بڑے ہنس ضرور مل بیں گے۔ وہ ایک گولی چلا کر اپنے اس یقین کو برباد نہیں کرنا چاہتا تھا۔ وہ جانتا تھا کہ گولی کی آواز سے سارا پلان چوپٹ ہو جائے گا۔ اس نے کہا ۔۔۔۔۔۔۔۔۔

''میں انہیں نہیں ماروں گا۔ چلو آگے چلتے ہیں ۔ دوسری طرف دیکھتے ہیں ۔''

چھوٹے ہنس پنکھ پھڑ پھڑاتے ہوئے اڑ گئے۔ سورین کو لگا کہ جیسے وہ بڑے ہنسوں کو خبردار کرنے گئے ہیں۔ ان کو بہت دیر تک چکر کا ٹنا پڑا۔ پھر شام ہونے سے پہلے ایک بڑا سفید ہنس نظر آیا۔ حیران کن بات یہ تھی کہ ہنس تالاب کے بیچوں بیچ نیلے پانی میں بیٹھا ہوا تھا۔ سورین کو لگا کہ کسی جادو کے اثر سے آس پاس کی جھاڑیاں صاف ہوگئی ہیں ۔ نیلا تالاب مجسم ہو کر ٹھوس بن گیا ہے اور اس کے بیچ برف کی طرح سفید ہنس بیٹھا ہوا ہے۔ عام طور پر کئی ہنس ایک ساتھ جھنڈ کی شکل میں رہتے ہیں مگر یہ اکیلا تھا اور بے خوف و خطر بیٹھا گردن گھما کر اپنی پیٹھ کے پنکھ صاف کر رہا تھا۔ اسے آس پاس کے کسی کی پرواہ نہیں تھی۔ سورین کچھ لمحے اسے دیکھتا رہا۔ ایسا ہنس اس نے پہلی بار دیکھا تھا۔ اس کے سر پر کالا دھبہ بھی نہیں تھا۔ اچانک ہنس نے سورین کی طرف دیکھا۔ سورین کے ہاتھ میں بندوق دیکھ کر وہ سمجھ گیا کہ سورین اسے مارنے آیا ہے۔ پہلے تو وہ ذرا گھبرایا پھر سینہ پھیلا کر دو قدم آگے آ گیا۔ کوئی دوسرا ہنس ہوتا تو اڑ کر بھاگ جاتا مگر یہ اور آگے بڑھ آیا تھا۔ ہنس کی اس جسارت سے سورین کو اپنی ہتک محسوس ہوئی۔ اس نے گولی چلا دی۔ ہنس نہ اڑا نہ ہلا۔ وہ اپنی جگہ پر بیٹھا رہا۔ سورین نے دیکھا کہ اس کے سینے سے خون نکلنے لگا ہے لیکن وہ مرا نہیں۔ اس وقت سورین کی حیرت کی انتہا نہ رہی جب اس نے دیکھا کہ ہنس دھیرے دھیرے اس کی طرف بڑھنے لگا ہے۔ دیکھتے دیکھتے وہ جھیل کے کنارے آ گیا۔ سمر نے سرگوشی کی ۔۔۔۔۔۔۔۔۔

''پکڑو۔ پکڑو'' ہنس پانی سے نکل کر کنارے پر آ گیا اور سورین کے پیروں کے قریب آ کر سورین کی طرف سر اٹھا کر دیکھنے لگا جیسے کہہ رہا ہو ۔۔۔۔۔۔۔۔۔ ''پکڑو گے؟ پکڑو''

دونوں نے ہنس کو پکڑ لیا اور اس کے پیر باندھ کر لے چلے۔ ہنس کافی وزنی تھا۔ پہلے سورین اسے لے کر چل رہا تھا مگر جلد ہی اس کے ہاتھ تھک گئے۔ وہ دونوں ہاتھ بدلتا رہا مگر اب آگے ڈھونا مشکل ہو رہا تھا۔ کچھ دیر سمر لے کر چلا مگر جلد ہی وہ بھی تھک گیا۔ شہر کے قریب پہنچتے ہی خوش قسمتی سے انہیں ٹیکسی مل گئی۔

بن پھول   مترجم: احمد کمال ہاشمی

گھر پہنچ کر سورین نے ہنس کو ایک کمرے میں بند کردیا۔ اسے کاٹنے میں سورین کو تامل ہور ہا تھا مگر سمر بضد تھا کہ اسے کاٹا جائے ....

''کاٹو گے نہیں تو کیا پالو گے؟ وہ کچھ کھائے پیئے گا بھی نہیں اور ایک دن مر جائے گا۔ اس سے بہتر ہے کہ ابھی مار ڈالو۔ یہ خاص قسم کا ہنس ہے۔ اس کا روسٹ ذائقے دار ہوگا۔''

''کون کاٹے گا؟ میں تو نہیں کاٹ سکتا۔''

''تم کیوں کاٹو گے؟ یہ باورچی جھکسو میاں کا کام ہے۔ میں کل اسے بھیج دوں گا۔''

دوسرے دن جھکسو میاں چھری لے کر آیا۔ وہ کمرے کا تالا کھولنے لگا۔ سورین اوپری منزل پر چلا گیا۔ اتنے خوبصورت ہنس کا کاٹا جانا اس سے دیکھا نہیں جاتا۔ تھوڑی دیر بعد جھکسو کی آواز آئی ....

''بابو! ہنس کہاں ہے؟ اس کمرے میں تو نہیں ہے۔''

سورین نیچے آیا ....''اسی کمرے میں تو تھا۔''

''مگر ہے کہاں؟''

سورین حیرت زدہ رہ گیا۔ ہنس غائب ہو گیا تھا۔ تھوڑی ہی دیر میں سورین کی حیرت میں اضافہ ہو گیا۔ اس کے کمرے میں سرسوتی کی جو تصویر ٹنگی تھی۔ اس میں بھی ہنس نہیں تھا۔ تصویر میں ہنس کی جگہ خالی تھی۔

اس رات سورین نے ایک عجیب و غریب خواب دیکھا ....

وہی ہنس اس کے کمرے میں ادھر ادھر گھوم رہا تھا۔ پھر وہ سورین کے قریب آ کر کہنے لگا۔ ''تم مجھے نہیں مار سکے ناں؟ مجھے مارا جا بھی نہیں سکتا۔ میں سرسوتی ماں کی سواری ہوں۔ سرسوتی ماں مجھ پر سواری کرتی ہیں۔ میں مادری زبان ہوں ....''

''تم تصویر میں تھے؟''

''ہاں، میں تھا مگر میں تمہیں چھوڑ کر نہیں جا سکتا ہوں۔ میں تمہاری مادری زبان ہوں۔ میں تو تمہیں ذرا ڈرانا چاہتا تھا۔''

صبح اٹھ کر سورین نے دیکھا کہ تصویر میں ہنس واپس آ گیا ہے۔

اس کے کچھ دنوں کے بعد اخبارات میں سلچر کی ایک دردناک خبر شائع ہوئی۔

بن پھول   مترجم: احمد کمال ہاشمی

فوج کی گولی سے بنگلہ زبان کی حمایت میں احتجاج کرنے والے گیارہ لوگ مارے گئے۔فوج کا کام تو حق اور انصاف کی حفاظت کرنا ہے مگر فوج نے احتجاجیوں پر گولیاں چلا دی تھیں ۔

اس نے فیصلہ کرلیا کہ اب وہ فوج میں ملازمت نہیں کرے گا۔اگر ملک میں کبھی ایسی فوج بنی جو صرف ظلم اور ناانصافیوں کے خلاف لڑے گی تب وہ فوج میں شامل ہوگا۔
اس نے ایم۔اے میں داخلہ لے لیا۔

☆☆☆

درندہ تو نہیں

اس کے بال خشک تھے ۔ آنکھیں دھنسی ہوئی تھیں ۔ کالا بھجنگ تھا۔ کپڑے پھٹے ہوئے تھے ۔ پاؤں میں چپل بھی کافی پرانی تھی ۔ اس نے بغل میں لکڑی کا ایک بکس دبا رکھا تھا جو پوری طرح دھاگوں میں لپٹا ہوا تھا۔اس کی عمر تقریباً پینتیس سال ہوگی۔اس کا رنگ پہلے کبھی گورا رہا ہوگا مگر اب بادامی ہو گیا تھا۔ گلے کی ہڈیاں ابھر آئی تھیں ۔ چہرے پر کچی کچی ڈاڑھی تھی ۔ چال ڈھال سے وہ ایک لاابالی طبیعت کا انسان لگ رہا تھا۔

شام ہو چلی تھی ۔ وہ ایک پتلی گلی میں داخل ہوا۔ کچھ دور جا کر دائیں طرف ایک اور پتلی گلی میں داخل ہو کر وہ ایک بوسیدہ مکان کے سامنے رک گیا۔

''دامو! دامو!!'' اسے اونچی آواز میں پکارنا پڑا کیونکہ دروازے میں کنڈی نہیں تھی ۔ دروازہ اتنا بوسیدہ تھا کہ ایک دھکے سے ٹوٹ سکتا تھا۔

دامو باہر نکلا۔ وہ ایک پھٹی پرانی لنگی پہنے ہوئے تھا۔ پاؤں چپل سے عاری تھے ۔

''کون ہے؟ ارے بلٹو؟ کیا حال ہے؟''

''میری نوکری چلی گئی۔ دس دن جیل میں گزارنے پڑے ۔ ان لوگوں کے پاس کوئی ثبوت نہیں تھا پھر بھی مجھ پر نکسل ہونے کا الزام لگایا گیا۔ میں نے کافی دوڑ دھوپ اور سفارش کے بعد ملازمت حاصل کی تھی ۔ وہ بھی چلی گئی۔

بن پھول   مترجم: احمد کمال آشفتی

’’میں نے پہلے ہی تمہیں خبردار کر دیا تھا کہ کیشٹو نکسل ہے اس کے ساتھ اٹھنا بیٹھنا ترک کرو۔‘‘

’’وہ نکسل ہے کہ نہیں یہ میں نہیں جانتا مگر وہ میرے بچپن کا دوست ہے۔ وہ ہمیشہ مصیبت میں میری مدد کرتا رہا ہے۔ اس سے ملنا جلنا کیسے ترک کر دوں؟‘‘

’’انجام تو دیکھ ہی رہے ہو۔ تمہاری نوکری چلی گئی .... یہ تم نے بغل میں کیا دبا رکھا ہے؟‘‘ سوال کا جواب دیئے بغیر بلٹو نے کہا .... ’’چلو ندی کنارے گھوم کر آتے ہیں۔‘‘

’’تم اکیلے جاؤ۔ مجھے کیوں لے جانا چاہتے ہو؟‘‘

’’میری جیب میں پیسے نہیں ہیں۔ بس کا کرایہ تم دینا۔‘‘

’’میرے پاس پیسے کہاں ہیں؟ میں بھی تو ان دنوں بیکار رہوں۔ ماموں سے کب تک قرض لیتا رہوں گا۔ اگر مانگوں تو دے ہی دیں گے مگر اب مجھے مانگنے میں شرم آتی ہے۔‘‘

’’تمہارے ماموں بہت نیک انسان ہیں۔ ان سے کم از کم پانچ روپے مانگو نا۔‘‘

’’پانچ روپے؟ کیوں؟ اتنے پیسوں کا کیا کرنا ہے؟‘‘

’’کشتی پر سوار ہو کر ندی کی سیر کرنے کی خواہش ہو رہی ہے۔‘‘ یہ کہتے ہوئے بلٹو کی دھنسی ہوئی آنکھیں چمک اٹھیں۔

’’تم پاگل تو نہیں ہو گئے؟‘‘

’’موڈ بہت خراب ہے یار! کشتی میں سوار ہو کر ندی کی سیر کرنے سے شاید ٹھیک ہو جائے۔ راستے کے دونوں طرف بھیڑ، پارک، سنیما اور تھیٹر کا بھی وہی حال ہے کلکتے میں کہیں سانس لینے کی جگہ میسر نہیں ہے۔ سامنے والے مکان کی کشادہ جگہ پر بیٹھ جاتا مگر آج کل وہ بھی وہاں بیٹھنے نہیں دیتا ہے۔‘‘

’’کون؟ تم بلٹو ہو کیا؟‘‘ دامو کے ماموں گھر سے نکلے۔ ’’کیا حال ہے؟‘‘

’’حال اچھا نہیں ہے۔ میری نوکری چلی گئی۔ ان لوگوں نے نکسل کے شبہے میں مجھے برخاست کر دیا۔‘‘

’’ایسا کیا؟ اچھا آؤ اندر بیٹھو۔‘‘

’’نہیں میں اندر نہیں جاؤں گا۔ میں دامو کے ساتھ گھومنے جانا چاہتا ہوں۔‘‘

دامو ہاف شرٹ پہن کر آگیا۔ کچھ دور جا کر اس نے کہا۔۔۔۔۔۔۔''چلو گنگا کنارے تک پیدل جاتے ہیں۔ وہاں جا کر کوئی چھوٹی کشتی کرائے پر لے لیں گے۔ راستے میں بمل بابو سے قرض لے لوں گا۔''

''وہ قرض دیں گے؟''

''ہاں، دیں گے کیونکہ وہ اپنی کالی کلوٹی بیٹی کو میرے گلے سے باندھنے کی کوشش میں ہیں۔ وہ اس سلسلے میں کئی بار ماموں سے ملاقات بھی کر چکے ہیں۔ ان کا کہنا ہے کہ اگر میں ان کی بیٹی سے شادی کر لوں تو وہ مجھے اپنے دفتر میں ملازمت بھی دلوا دیں گے۔''

''ان سے قرض بھلے ہی لو مگر خبردار یہ شادی مت کرنا۔''

''کیوں؟''

''تم مجھ کو دیکھو تو سمجھ جاؤ گے۔ کیا تم اپنے ماموں پر تکیہ کر کے شادی رچاؤ گے؟ میں نے اپنے باپ پر تکیہ کر کے شادی کی تھی۔ دیکھو میری کیا حالت ہے۔ پتا جی لقوہ زدہ ہیں۔ تین بہنیں کنواری بیٹھی ہوئی ہیں۔ میرے دو بیٹے علاج کے بغیر مر گئے۔ ہمیں دو وقت کا کھانا بھی میسر نہیں ہے۔ میری نوکری بھی چلی گئی۔''

بمل بابو کے مکان کے قریب پہنچ کر دامو نے کہا۔۔۔۔۔۔۔''تم ذرا ٹھہرو۔ میں پیسے لے کر آتا ہوں۔'' پانچ منٹ میں ہی دامو واپس آ گیا۔

''کچھ زیادہ ہی رقم مل گئی۔''

''گڈ۔ مگر شادی کے چکر میں مت پڑنا۔''

کچھ دیر تک دونوں خاموشی سے چلتے رہے۔ پھر بلٹو کہنے لگا۔۔۔۔۔۔۔''جانتے ہو قصور کس کا ہے؟ سارا قصور میرے باپ کا ہے۔ اپنی جنسی خواہشات کی تکمیل کے لئے وہ ایک کے بعد ایک بچے پیدا کرتے رہے۔ میرے دو بھائی اور تین بہنیں ہیں۔ دونوں بھائی غنڈے ہیں۔ تینوں بہنیں بدچلن ہوئی ہیں۔ میری کم عمری میں جب میری مونچھیں بھی نہیں اُگی تھیں، میری شادی کر دی گئی تھی۔ میں بھی اپنے باپ کے نقش قدم پر چلا۔ اولاد کے بعد اولاد ہوتی رہی مگر میں کسی کو مرنے سے نہیں بچا سکا۔ ایک ڈھیر یا دوسرا ٹائیفائیڈ سے۔ علاج کے لئے پیسے میرے پاس نہیں تھے۔ محلے کے ایک نیم حکیم ہومیو پیتھ پر بھروسہ کرنا پڑا مگر اس شخص کا

بن پھول   مترجم: احمد کمال آئے تشمی

احسانمند بھی ہوں کہ اس نے کبھی مجھ سے ایک پائی نہیں لی۔''

کچھ دور چلنے کے بعد دونوں ایک اچھے سے ہوٹل کے قریب پہنچے۔

''تم نے کتنے روپے قرض لئے؟''

''دس روپے''

''چلو اس ہوٹل میں چلتے ہیں۔ میں شراب پیوں گا۔''

''شراب؟ میں شراب نہیں پیتا۔''

''مگر مجھے شراب پلاؤ۔ پلیز پلیز۔ میرا موڈ بہت خراب ہے۔''

دامو کو ہوٹل میں داخل ہونا ہی پڑا۔ بلٹو ضد پر اڑ گیا تھا۔

گنگا گھاٹ پر پہنچ کر ایک چھوٹی سی ناؤ کرائے پر لی گئی۔ ناؤ پر سوار ہونے کے بعد بلٹو نے ماجھی سے کہا ....

''ناؤ کو بیچ ندی میں لے چلو۔''

ناؤ جیسے ہی ندی کے بیچوں بیچ پہنچی۔ بلٹو نے بغل میں دبا ہوا لکڑی کا بکس ندی میں اچھال دیا۔

''تم نے کیوں پھینک دیا؟''

''میں نے اپنے پہلے دونوں بچوں کو گنگا میں بہایا تھا۔ اسے بھی بہا دیا۔''

''کیا ....!! اس میں تمہارا بیٹا تھا؟؟''

''ہاں آج ہی پیدا ہوا تھا۔ گورا چٹا خوبصورت بچہ تھا۔ میں نے اس کا گلا دبا کر اسے مار ڈالا۔ ویسا گورا چٹا بچہ اس جنم میں زندہ نہیں رہ پاتا۔''

''کیا کہہ رہے ہو تم؟ تمہاری پتنی کہاں ہے؟''

''میں نے اسے بھی مار ڈالا۔ میں نے اپنے باپ کو بھی مار ڈالا۔''

یہ کہہ کر بلٹو نے ندی میں چھلانگ لگا دی۔

اسے ڈھونڈا نہیں جا سکا۔

★★★

مترجم: احمد کمال ہاشمی   بن پھول

اندر باہر

ہر آدمی میں دو دو آدمی ہوتے ہیں۔ ایک باہر والا آدمی اور دوسرا اندر والا آدمی۔ باہر والا آدمی بظاہر شریف، مہذب اور سماجی ہوتا ہے لیکن اندر والا آدمی ہمیشہ شریف اور سماجی نہیں ہوتا ہے۔ اس کے طور طریقے، خیال اور نظریئے کچھ عجیب ہوتے ہیں۔ باہر والے آدمی کی حرکتیں دیکھ کر اندر والا آدمی کبھی ہنستا ہے، کبھی روتا ہے اور کبھی ہاں میں ہاں ملاتا ہے لیکن آپس دونوں کا آپس میں جھگڑا روزانہ کا معمول ہے۔

رام کشور بابو کے اندر والا آدمی بہت دنوں قبل تقریباً مر چکا ہے۔ باہر والے آدمی کی زیادتیوں نے اسے تنگ کر رکھا تھا۔ رام کشور بابو پیشے سے وکیل ہیں۔ قاتل کو بچانے کیلئے جھوٹے گواہ مہیا کرنا، زمینداروں کی طرف سے غریبوں کو برباد کرنے کا ذریعہ پیدا کرنا، نقلی وصیت بنانا جیسے بہت سارے کاموں کیلئے وہ ہمیشہ باہر والے آدمی کا سہارا لیتے رہے ہیں۔ اندر والے آدمی نے پہلے تو پر زور احتجاج کرتے ہوئے کافی واویلا مچایا تھا مگر اب وہ خاموش ہو کر بیٹھ گیا ہے۔

ایک دن صبح سویرے رام کشور بابو اپنے گنجے سر پر ہاتھ پھیرتے ہوئے باغیچے میں ٹہل رہے تھے۔ ایک بیوہ کی جائیداد کے معاملے نے ادھر کچھ دنوں سے انہیں کافی الجھا رکھا تھا۔ آج عدالت میں اس کیس کی سماعت تھی۔ اس لئے آج وہ ذہنی طور پر کافی پریشانی تھے۔

اسی وقت ایک ادھیڑ عمر کا آدمی آیا۔ اس نے نمسکار کرنے کے بعد بتایا کہ وہ ایک معاملے میں ان سے مشورہ لینا چاہتا ہے۔ رام کشور بابو اس آدمی کو پہچان نہیں پائے۔ اس لئے انہوں نے کہا۔۔۔۔۔۔۔۔''میں کسی قانونی معاملے میں مشورہ دینے کی فیس طلب کرتا ہوں۔ یہ آپ کو معلوم ہونا چاہئے۔''

''جی ہاں! مجھے معلوم ہے۔ آپ کی فیس کتنی ہے؟''

''بتیس روپے''

''ٹھیک ہے۔ میں دوں گا۔''

دونوں ڈرائنگ روم میں آ کر بیٹھ گئے۔ اس شخص نے کہا۔۔۔۔۔۔۔۔''میرے ایک قریبی

رشتے دار کے اکلوتے بیٹے کی شادی تقریباً دس سال پہلے ہوئی تھی مگر آج تک کوئی والا دنہیں ہوئی۔ آئندہ کوئی امید بھی نہیں ہے۔''

''ڈاکٹر سے مشورہ کیا تھا؟''

''ہاں! ڈاکٹر نے بھی نا امیدی کا اظہار کیا ہے۔''

''لڑکا پوری طرح صحت مند ہے تو......؟''

''جی ہاں! لڑکے میں کوئی کمزوری نہیں ہے۔''

''مجھ سے آپ کس قسم کا مشورہ چاہتے ہیں؟'' یہ کہہ کر رام کشور بابو نے نسوار کی ڈبیا سے نسوار نکالی''

''میں صرف یہ جاننا چاہتا ہوں کہ اگر افزائش نسل نہیں ہوتو جائیداد کا وارث کون ہوگا؟'' نسوار ناک سے کھینچتے ہوئے رام کشور بابو نے جواب دیا.........''اگر لڑکا پوری طرح سے صحت مند ہے تو دوسری شادی کرسکتا ہے۔ ہندو قانون کے مطابق اس میں کوئی اڑچن نہیں آسکتی ہے ہے۔''

''وہ تو ٹھیک ہے مگر قانونی اڑچن نہیں ہونے کے باوجود ہمیشہ سب کچھ کرنا ممکن ہوتا ہے؟'' رام کشور بابو نے مسکراتے ہوئے کہا.........''Sentiment کو لے کر چلیں گے تو دنیا کا ساتھ نہیں دے سکیں گے جناب! اسی روایتی Sentiment کی وجہ سے تو ہم پیچھے رہ گئے ہیں ۔''

رام کشور بابو نے Sentiment کے نقصانات کے موضوع پر ایک لمبی چوڑی تقریر کر ڈالی۔ باہر والے آدمی نے ان کی ہاں میں ملائی۔ اندر والا آدمی خاموش رہا۔

اس شخص نے پوچھا.........''فرض کر لیجئے اگر ان لوگوں نے لڑکی کی شادی نہیں کی تو ایسی صورت میں جائیداد کسے ملے گی؟''

''قانون کے مطابق جو لوگ اس کے وارث ہوں گے۔'' رام کشور بابو نے دھڑلے سے بتانا شروع کر دیا۔ آخر میں وہ اپنا نجی خیال مکرر ظاہر کئے بغیر نہیں رہ سکے.........''ارے جناب! لڑکے کی دوسری شادی کردیں ۔ بانجھ بیوی سے زندگی میں رونق نہیں آتی ۔ بچے نہ ہوں تو زندگی شمشان بن جاتی ہے۔ دیکھئے میں نے جو مناسب سمجھا آپ کو بتادیا۔ اگر آپ کو میری بات

<hr>

بن پھول   مترجم: احمد کمال ہاشمی

گراں گزری ہو تو میں معذرت خواہ ہوں۔''

''ارے نہیں نہیں، بالکل نہیں،'' اس آدمی نے کہا، ''آپ حقیقت پسند انسان ہیں اور ہمیشہ اپنے موکل کا بھلا سوچتے ہیں۔ یہی سن کر تو میں آپ کے پاس آیا ہوں۔''

بتیس روپے دے کر وہ شخص رخصت ہو گیا۔

چار پانچ روز کے بعد ایک دن ایک گاڑی رام کشور بابو کے دروازے پر آ کر رکی۔ ایک نوجوان عورت گاڑی سے اتر کر اندر چلی گئی۔ رام کشور بابو رنڈوا تھے۔ گھر میں صرف نوکر چاکر رہتے تھے۔ دوپہر کا وقت تھا۔ گھر میں اس وقت اور کوئی نہیں صرف ایک نوکر کا تھا۔ رام کشور بابو کورٹ گئے ہوئے تھے۔ نوکر ایک بڑا صندوق اور دیگر سامان گاڑی سے اتار کر اندر لے گیا۔ بڑے صندوق پر ایک نام لکھا ہوا تھا ''سروجنی دیوی''۔

نوکر کے انداز سے ظاہر ہو رہا تھا کہ وہ سروجنی دیوی کو نہیں پہچانتا ہے۔ اس نوجوان عورت کے حرکات و سکنات سے وہ محیر بھی ہوا تھا۔

سروجنی نے اندر جا کر سارا سامان رکھنے کے بعد اس لڑکے سے پوچھا..........

''بابو کہاں ہیں؟''

''کچہری گئے ہیں۔''

''کب آئیں گے؟''

''پتہ نہیں،''

وہ عورت اپنے بڑے صندوق پر بیٹھ گئی۔ وہ چہرے سے غم و اندوہ کی مورت لگ رہی تھی۔

رام کشور بابو کچہری سے واپس آ کر حیرت زدہ رہ گئے..........''ارے یہ کیا! تم اچانک خبر دیئے بغیر کیسے آ گئیں؟''

''اس گھر میں اب میرا گزارہ ناممکن ہے۔''

''کیوں؟ کیا ہوا؟'' رام کشور بابو اپنی بیٹی کی باتیں سن کر مزید حیران ہو رہے تھے۔

''گزارہ ناممکن کیوں ہے؟''

''میرے سسرال والے اپنے بیٹے کی دوسری شادی کرنے جا رہے ہیں۔ آپ نے بھی

بن پھول   مترجم: احمد کمال ہاشمی

انہیں یہی مشورہ دیا ہے۔‘‘

’’میں نے ایسا مشورہ دیا ہے؟؟ ۔۔۔۔۔۔۔۔۔ مطلب؟؟‘‘

’’ان لوگوں نے ایک اجنبی آدمی کو آپ کے پاس بھیج کر آپ سے مشورہ مانگا تھا۔ آپ ہی نے شاید مشورہ دیا تھا کہ لڑکے کی دوسری شادی کرنے میں ہی بھلائی ہے۔‘‘

اس وقت رام کشور بابو کے اندر والے آدمی نے باہر والے آدمی کا گلا دبا رکھا تھا۔

حیرت سے بت بنے رام کشور بابو اپنی اکلوتی بیٹی کی طرف بیچارگی سے تکتے رہ گئے۔

سروجنی نے پوچھا ۔۔۔۔۔۔۔۔۔ ’’کیا آپ نے واقعی ایسا مشورہ دیا تھا، پتا جی؟‘‘

☆ ☆ ☆

فاضل کرایہ

مصیبت شاید اسی کو کہتے ہیں۔

میں ٹرین کا ڈیلی پسنجر ہوں۔ اس روز سارا دن آفس میں قلم گھسیٹنے کے بعد میں بھاگم بھاگ ہوڑہ اسٹیشن پہنچ کر لوکل ٹرین کے تھرڈ کلاس کمپارٹمنٹ میں بیٹھا اپنی سانسیں درست کر رہا تھا کہ ٹھیک اسی وقت میں نے دیکھا سامنے والے پلیٹ فارم پر بمبئی میل کھڑی ہے۔ اس کے ایک کمپارٹمنٹ میں مجھے ایک ایسا چہرہ نظر آیا جسے دیکھ کر میرا دل خوشی سے جھوم اٹھا۔

بہت دنوں پہلے میرا ایک بیٹا تارکیشور کے میلے میں کھو گیا تھا۔ کافی کوششوں کے باوجود اس کا کوئی پتہ نہیں چل سکا تھا۔ میں نے اسے قسمت کا لکھا سمجھ کر اپنے دل کو کسی طرح تسلی دے لی تھی۔ آج اس کا چہرہ مجھے بمبئی میل کے کمپارٹمنٹ میں نظر آیا۔ میں بھلا اپنے آپ کو کیسے روک پاتا؟

میں فوراً بمبئی میل کی طرف دوڑ پڑا۔ ٹرین چل پڑی تھی۔ ٹرین میں چڑھنے کے بعد میں نے غور سے دیکھا۔ ہاں، وہ وہی تھا۔ اس کے قریب ایک بوڑھا آدمی بیٹھا ہوا تھا۔ میں نے تھوڑا ڈرتے ڈرتے سوال کیا ۔۔۔۔۔۔۔۔۔

’’تم اتنے دنوں تک کہاں تھے؟ تم نے مجھے پہچانا کہ نہیں؟‘‘

ہائے بھگوان!!اس نے ہندی میں جواب دیا........"ہمارا نام پوچھتے ہیں؟ کیوں؟ ہمارا نام مہادیو مشرا ہے اور گھر چھپرہ ضلع۔"

میرا دل ٹوٹ گیا۔ مجھے ایسا محسوس ہوا جیسے میں نے دوبارہ اپنے بیٹا کھو دیا ہو۔

بوڑھا آدمی بول اٹھا........"یہ ہمارا بیٹا ہے بابوجی! آپ کیا چاہتے ہیں؟"

میں نے سپاٹ لہجے میں کہا..........."کچھ نہیں،"

بہار کے چھپرہ کے باشندے باپ بیٹے کو حیرانی میں مبتلا کرتے ہوئے میری آنکھوں سے آنسو کے قطرے نکل کر میرے گالوں پر پھسلنے لگے۔

میں بردوان اسٹیشن پر اتر گیا۔

مجھے ایک بار پھر فاضل کرایہ (Excess Fare) ادا کرنا پڑا۔

☆ ☆ ☆

حل

آسمان نیلگوں ہے۔ ہوائیں سرد ہیں۔ خوبصورت پھول کھلے ہوئے ہیں اور میرا نام نہار رنجن ہے۔اس کے باوجود میری شادی گاؤں کی ایک دیہاتن کا متمنی سے ہوگئی جس نے ایک سال پورا ہوتے ہی ایک لڑکی کو جنم بھی دے دیا اور اس کا نام رکھ دیا "بچیا" مجھے اس نام پر اعتراض تھا مگر گھر والوں اور پڑوسیوں نے کہا.........."اس کالی کلوٹی لڑکی کا نام کیا پھول رانی رکھو گے؟ تم بھی ناحد کرتے ہو۔"

بڑی بدصورت لڑکی تھی۔کالی تو تھی ہی اس کی دونوں آنکھیں بھی چھوٹی بڑی تھیں۔ چہرے سے ہی پاگل لگتی تھی۔منہ سے ہمیشہ رال ٹپکاتی رہتی تھی۔ایسی لڑکی کا نام ظاہر ہے پھول رانی تو رکھا نہیں جا سکتا تھا۔

دو برسوں کے بعد کا واقعہ ہے۔کا منامنی بچیا کو لے کر اپنے مائیکے گئی ہوئی تھی۔وہ اتوار کا دن تھا۔سب لوگ فرصت سے تھے۔دوستوں کی محفل جمی ہوئی تھی۔ادھر ادھر کی باتیں ہو رہی تھیں کہ اچانک باتوں کا رخ میری طرف مڑ گیا۔نرپن بولنے لگا..........

”ہارے رے نہار کی بدقسمتی!! بھگوان نے بیٹی بھی دی تو کالی کلوٹی۔“

شیام بوس نے کہا۔۔۔۔۔۔۔۔”کیا کہوں بھائی۔شادی کے وقت بڑی دقتوں کا سامنا کرنا پڑے گا۔ بہت دولت خرچ کرنی پڑے گی۔“

ہارو نے چلم کا کش لیتے ہوئے کہا۔۔۔۔۔۔۔۔”ارے بھائی! آج کل صرف نقد دینے سے کام نہیں چلتا۔لڑکے والے سونے چاندی کا بھی مطالبہ کرتے ہیں۔ آنکھیں چھوٹی بڑی ہونے سے تو مشکلوں میں اضافہ ہو گیا ہے۔ پتہ نہیں کیا ہوگا؟“

سب لوگوں نے فکرمندی کا اظہار کیا۔

ٹھیک اسی وقت ڈاکیہ نے مجھے ایک خط لاکر دیا۔نرپین نے پوچھا۔۔۔۔۔۔۔۔”کس کا خط ہے بھائی؟“

میں نے خط پڑھ کر بتایا۔۔۔۔۔۔۔۔”میری پتنی کا ہے۔۔۔۔۔۔۔بچیا مر گئی!!“

☆ ☆ ☆

بن پھول کے ناول، مختصر کہانیوں کے مجموعے اور ان پر بنی فلمیں

ناول

Trinokhondo
Boitorini Tirey
Niranjana
Bhuban Som
Maharani
Agnishwar
Manaspur
Erao achhe
Nabin Dutta
Harishchandra
Kichukshan
Se O Ami
Saptarshi
Udai Asta
Gandharaj
Pitambarer
Punarjanma
Nayn Tatpurush
Krishnapaksha
Sandhipuja
Hate Bajare
Kanyasu
Adhiklal
Gopaldeber Swapna
Swapna Sambhab
Kashti Pathar
Prachchhanna
Mahima
Dui Pathik
Ratri
Pitamaha
Pakshimithun
Tirther Kak
Rourab
Jaltaranga

Rupkatha ebang
Tarpar
Pratham Garal
Rangaturanga
Ashabari
Li
Sat Samudra Tero
Nadi
Akashbasi
Tumi
Asanglagna
Simarekha
Tribarna
Alankarpuri
Jangam
Agni
Dwairath
Mrigoya
Nirmok
Mandanda
Nabadiganta
Koshtipathar
Sthabar
Bhimpalashri
Pancha Parba
Lakshmir Agaman
Dana

مختصر کہانیوں کے مجموعے

Pratibaad
swadhinata
"Bonofuler Golpo"
"Bonofuler Aro Golpo"
"Bahullo"
"Bindu Bishorgo"
"Adrisholok"

"Anugamini"
"Tonni"
"Nobomonjori"
"Urmimala"
"Soptomi"
"Durbin"
"Bonofuler Sreshto Golpo"
"Bonofuler Golpo Songroho-1"
"Bonofuler Golpo Songroho-2"
"Banaphooler Chhoto Galpa Samagra —1 & 2"
"Fuldanir Ekti Ful"

بن پھول کی تحریروں پر بنی فلمیں

Agnishwar
Bhuvan_Shome
Ekti Raat
Alor Pipasa (1965)
Hatey Bazarey
Arjun Pandit (اس فلم پر
انہیں بہترین کہانی کے لیے فلم فیئر
ایوارڈ سے نوازا گیا)
Tilottama
Paka Dekha

بن پھول کی خود نوشت سوانح حیات

Paschatpat